UNE MORT ESTHÉTIQUE

Née à Oxford en 1920, Phyllis Dorothy James a exercé diverses fonctions à la section criminelle du ministère anglais de l'intérieur jusqu'en 1979. Mélange d'*understatement* britannique et de sadisme, d'analyse sociale et d'humour, ses romans lui ont valu les prix les plus prestigieux, dont, en France, le Grand Prix de Littérature policière, en 1988. Anoblie par la reine en 1990, elle est l'auteur de nombreux romans policiers, d'un roman de science-fiction et d'un « fragment d'autobiographie » (*Il serait temps d'être sérieuse...*). Derniers ouvrages parus : *La Salle des meurtres* (2004), *Le Phare* (2006).

Paru dans Le Livre de Poche :

À VISAGE COUVERT
ENQUÊTES D'ADAM DALGLIESH *(La Pochothèque)*
LES FILS DE L'HOMME
L'ÎLE DES MORTS
MEURTRE DANS UN FAUTEUIL
LES MEURTRES DE LA TAMISE
MEURTRES EN BLOUSE BLANCHE
MEURTRES EN SOUTANE
LA MEURTRIÈRE
MORT D'UN EXPERT
PAR ACTION ET PAR OMISSION
PÉCHÉ ORIGINEL
LE PHARE
LA PROIE POUR L'OMBRE
ROMANS *(La Pochothèque)*
LA SALLE DES MEURTRES
SANS LES MAINS
UN CERTAIN GOÛT POUR LA MORT
UNE CERTAINE JUSTICE
UNE FOLIE MEURTRIÈRE

P.D. JAMES

Une mort esthétique

ROMAN TRADUIT DE L'ANGLAIS PAR ODILE DEMANGE

FAYARD

Titre original :

THE PRIVATE PATIENT

Édité par Faber and Faber Limited, Londres.

*Ce livre est dédié à
Stephen Page, éditeur,
et à tous mes amis, anciens et nouveaux,
de chez Faber et Faber pour célébrer
mes quarante-six années ininterrompues
de collaboration avec cette maison d'édition.*

Note de l'auteur

Le Dorset est célèbre pour son passé et pour la diversité de ses manoirs, mais ceux qui se rendront dans ce beau comté y chercheront en vain Cheverell Manor. Ce manoir et tous les personnages qui lui sont liés, ainsi que les regrettables événements qui s'y déroulent, n'existent que dans l'imagination de l'auteur et de ses lecteurs, et n'entretiennent aucun lien avec le moindre individu passé ou présent, vivant ou mort.

P.D. James

LIVRE UN

21 novembre-14 décembre
Londres, Dorset

1

Le 21 novembre, jour de ses quarante-sept ans, trois semaines et deux jours avant son assassinat, Rhoda Gradwyn se rendit à son premier rendez-vous avec son spécialiste de chirurgie esthétique. Ce fut là, dans un cabinet médical de Harley Street destiné, semblait-il, à inspirer confiance et à dissiper toute appréhension, qu'elle prit la décision qui allait inexorablement conduire à sa mort. Elle devait déjeuner un peu plus tard à l'Ivy. La coïncidence était fortuite. C'était la première date que le docteur Chandler-Powell avait pu lui proposer, et son déjeuner avec Robin Boyton, à douze heures quarante-cinq, était prévu depuis deux mois ; il ne fallait pas compter trouver une table à l'Ivy du jour au lendemain. Elle ne considérait aucune de ces deux entrevues comme une façon de célébrer son anniversaire. Celui-ci était un détail de sa vie privée qu'elle n'évoquait jamais, comme tant d'autres. Elle ne pensait pas que Robin ait pu découvrir sa date de naissance ni que, le cas échéant, l'information l'ait passionné. Tout en étant, elle le savait, une journaliste respectée, et même brillante, elle ne risquait guère de voir son nom à la rubrique des anniversaires de personnalités publiée dans le *Times*.

Elle était attendue Harley Street à onze heures et quart. D'ordinaire, quand elle avait rendez-vous dans Londres, elle préférait faire au moins une partie du trajet à pied, mais exceptionnellement, elle avait réservé un taxi pour dix heures et demie. Il ne fallait probablement pas trois quarts d'heure pour s'y rendre depuis la City, mais la circulation londonienne était imprévisible. Elle pénétrait dans un univers qui lui était étranger et ne souhaitait pas compromettre ses relations avec son chirurgien en arrivant en retard la première fois.

Huit ans auparavant, elle avait pris une location dans la City, dans une étroite rangée de maisons mitoyennes donnant sur une petite cour, tout au bout d'Absolution Alley, près de Cheapside, et avait su, dès qu'elle y avait emménagé, qu'elle n'aurait plus jamais envie de quitter ce quartier de Londres. Le bail était à long terme, et reconductible ; elle aurait volontiers acheté la maison, mais savait qu'elle ne serait jamais mise en vente. Pourtant, devoir renoncer à en revendiquer un jour l'entière possession ne l'affectait guère. Le gros de la construction datait du dix-septième siècle. De nombreuses générations y avaient vécu, y étaient nées et mortes, ne laissant que leurs noms sur des baux jaunissants et archaïques, et elle se satisfaisait de leur compagnie. Les pièces du bas étaient sombres avec leurs fenêtres à meneaux, mais celles de son bureau et de son salon, sous le toit, s'ouvraient sur le ciel, offrant une vue imprenable sur les tours et les clochers de la City et au-delà. Depuis le balcon exigu du troisième étage, un escalier métallique menait à un toit en terrasse isolé, occupé par une rangée de pots de terre cuite, où elle pouvait, par de beaux dimanches matin, s'asseoir avec un livre ou des journaux, savourant le calme dominical qui se prolongeait jusqu'à midi, la paix matinale n'étant interrompue que par les carillons familiers des cloches de la City.

Le quartier qui s'étendait à ses pieds était un charnier : il était construit sur de multiples strates d'ossements, plus anciens de plusieurs siècles que ceux qui gisaient sous des villes comme Hambourg ou Dresde. Cette connaissance contribuait-elle au mystère que la City recelait pour elle, un mystère qu'elle éprouvait avec une force singulière le dimanche, au son des cloches, quand elle partait explorer, seule, ses ruelles et ses places secrètes ? Depuis son enfance, elle était fascinée par le temps, par son aptitude apparente à progresser à des allures changeantes, par le phénomène de dissolution des esprits et des corps qu'il provoquait, le sentiment que chaque instant, tous les instants passés et à venir, se confondaient dans un présent illusoire qui, à chaque inspiration, se transformait en passé, un passé inaltérable, indestructible. Dans la City, ces instants avaient été capturés et solidifiés en pierre et en brique, en églises, en monuments et en ponts qui enjambaient le flot brun gris, éternel, de la Tamise. Au printemps et en été, elle sortait dès six heures du matin, refermant derrière elle la porte à double tour, s'enfonçant dans un silence plus profond et plus impénétrable que l'absence de bruit. Parfois, au cours de ces déambulations solitaires, elle avait l'impression que ses pas étaient assourdis, comme si une partie d'elle-même craignait de réveiller les morts qui avaient arpenté ces rues et avaient connu le même silence. Elle savait que les week-ends d'été, à quelques centaines de mètres, la foule des touristes ne tarderait pas à se déverser sur Millenium

Bridge, que sur le fleuve, les paquebots lourdement chargés quitteraient leur mouillage avec une lourdeur majestueuse et que la ville publique prendrait vie bruyamment.

Mais cette agitation restait à l'écart de Sanctuary Court. La maison qu'elle avait choisie aurait difficilement pu être plus différente de la villa banlieusarde étouffante, calfeutrée par des rideaux clos, enchâssée entre d'autres pavillons identiques de Laburnum Grove, Silford Green, le faubourg de Londres où elle était née et où elle avait passé les seize premières années de sa vie. Elle venait de faire le premier pas sur un chemin qui la réconcilierait peut-être avec toutes ces années ou, du moins, si toute réconciliation était impossible, les priverait de leur pouvoir destructeur.

Il était huit heures et demie, et elle se trouvait dans sa salle de bains. Elle ferma le robinet de la douche et, enveloppée dans un drap de bain, s'approcha du miroir qui surmontait le lavabo. Elle tendit la main et la passa doucement sur le verre embué, regardant son visage apparaître, pâle et anonyme comme une peinture tachée. Cela faisait des mois qu'elle n'avait pas touché intentionnellement sa cicatrice. En cet instant, lentement, délicatement, elle la parcourut du bout du doigt sur toute sa longueur, palpant le sillon argenté et brillant au centre, le contour dur et bosselé du bord. Elle posa la main gauche sur sa joue et chercha à imaginer l'étrangère qui, dans quelques semaines, se regarderait dans le même miroir et y verrait son sosie, un sosie incomplet, intact, une mince ligne blanche révélant peut-être encore le tracé de l'ancienne crevasse plissée. Contemplant l'image qui semblait n'être que le pâle palimpseste de ce qu'elle avait été jadis, elle entreprit d'abattre lentement, délibérément, les défenses qu'elle avait laborieusement édifiées et de laisser le passé tumultueux, comme un flot qui enfle avant de se transformer en une rivière en crue, l'envahir et prendre possession de son esprit.

2

Elle se revit dans la petite pièce du fond, qui servait tout à la fois de cuisine et de séjour, où ses parents et elle étaient complices de leurs mensonges et expiaient leur exil volontaire de la vie. La pièce de devant, avec son bow-window, était réservée aux grandes occasions, son silence dégageant une vague odeur de renfermé et de cire à la lavande, des relents si menaçants qu'elle retenait son souffle pour ne pas les inhaler. Elle était l'enfant unique d'une mère timorée et impuissante et d'un père alcoolique. C'est en ces termes qu'elle s'était définie pendant plus de trente ans, en ces termes qu'elle se définissait encore. Son enfance et son adolescence avaient été circonscrites par la honte et la culpabilité. Les explosions périodiques de violence de son père étaient imprévisibles. Il était trop risqué de faire venir des camarades de classe à la maison, d'organiser des fêtes d'anniversaire ou de Noël et, comme elle n'invitait jamais personne, on ne l'invitait pas non plus. Son lycée n'était pas mixte et les amitiés entre filles étaient passionnées. Être conviée à passer la nuit chez une amie était considéré comme une faveur insigne. Aucune camarade ne dormait jamais au 239 Laburnum Grove. L'isolement ne la faisait pas souffrir. Elle se savait plus intelligente que les autres et réussissait à se convaincre qu'elle n'avait nul besoin d'une compagnie qui ne manquerait pas d'être intellectuellement insatisfaisante et qui ne serait, elle le savait, jamais proposée.

Il était onze heures et demie, c'était un vendredi, le soir de paye, le pire jour de la semaine. Elle venait d'entendre le bruit redouté, celui de la porte d'entrée qui se refermait brutalement. Il entra d'un pas lourd et elle vit sa mère s'avancer pour se placer devant le fauteuil qui allait, Rhoda le savait, déclencher sa colère. Le fauteuil de son père. Il l'avait choisi, payé, et le meuble avait été livré le matin même. Ce n'est qu'après le départ de la camionnette que sa mère avait constaté qu'ils s'étaient trompés de couleur. Il faudrait le changer, mais il était trop tard pour le faire avant la fermeture du magasin. Elle savait que la voix geignarde et contrite de sa mère le mettrait en fureur, et que sa propre présence maussade n'arrangerait rien, mais elle était incapable de monter se coucher. Le vacarme qu'elle entendrait monter du rez-de-chaussée serait plus terrifiant que si elle participait à l'action. D'un coup, il n'y eut plus que lui dans la pièce, son corps titubant, sa puanteur. En entendant son hurlement d'indignation, ses vociférations, elle fut prise d'un élan de fureur qui lui donna du courage. Elle s'entendit dire : « Ce n'est pas la faute de maman. Le fauteuil était emballé quand le livreur est reparti. Elle n'a pas pu voir que ce n'était pas la bonne couleur. Ils l'échangeront, voilà tout. »

Alors, il fonça sur elle. Elle ne se rappelait pas les mots. Peut-être n'y en avait-il pas eu, ou alors, elle ne les avait pas entendus. Elle ne se souvenait que du claquement de la bouteille fracassée, comme la détonation d'une arme à feu, de l'odeur fétide, d'une douleur brûlante, instantanée et fugace, de la chaleur du sang qui ruisselait sur sa joue, tachant l'assise du fauteuil, du cri angoissé de sa mère : « Mon Dieu, regarde ce que tu as fait, Rhoda. Le sang ! Ils ne le reprendront plus maintenant. Ils ne voudront jamais l'échanger. »

Son père lui avait jeté un unique regard avant de sortir en trébuchant et de monter se coucher. Dans les secondes où leurs yeux s'étaient croisés, elle avait cru lire un chaos d'émotions : confusion, horreur et incrédulité. Sa mère s'était enfin préoccupée de sa fille. Rhoda avait essayé de resserrer les lèvres de la plaie, les doigts gluants de sang. Sa mère était allée chercher des serviettes de toilette et un paquet de pansements adhésifs qu'elle essaya d'ouvrir, les mains tremblantes, ses larmes se mêlant au sang. Ce fut Rhoda qui lui prit doucement le paquet, détacha les pansements de leur pellicule de protection et referma l'entaille tant bien que mal. Moins d'une heure plus tard, lorsqu'elle fut allongée, raide, dans son lit, l'hémorragie avait été endiguée et l'avenir jalonné. Il n'y aurait pas de visite chez le médecin, pas d'explication précise, jamais ; elle manquerait l'école un jour ou deux, sa mère téléphonerait, elle dirait qu'elle était souffrante. Et à son retour en classe, sa version des faits serait prête : elle s'était ouvert la joue sur le battant de la porte de la cuisine.

À présent, le souvenir aigu de cet instant unique et acéré s'émoussa dans la mémoire plus banale des années suivantes. La plaie, qui s'était vilainement infectée, resta douloureuse et mit longtemps à cicatriser, mais ses parents n'en parlèrent jamais, ni l'un ni l'autre. Son père avait toujours eu du mal à soutenir son regard ; désormais, il ne s'approchait presque plus d'elle. Ses camarades de classe détournaient les yeux, mais elle avait eu l'impression que la crainte avait remplacé l'hostilité active. Personne au lycée n'évoqua jamais son visage défiguré en sa présence jusqu'au jour – elle était alors en terminale – où son professeur d'anglais chercha à la convaincre de déposer un dossier d'admission à Cambridge – l'université qu'elle avait elle-même fréquentée – plutôt qu'à Londres. Miss Farrell avait dit, le nez dans ses papiers : « Votre cicatrice, Rhoda. La chirurgie esthétique fait des miracles de nos jours. Vous feriez peut-être bien de prendre rendez-vous avec votre médecin traitant avant de partir. » Levant la tête, elle avait rencontré le regard de Rhoda, frémissant d'indignation, et après quatre secondes de silence, Miss Farrell s'était recroquevillée dans son fauteuil, le visage couvert de vilaines marbrures écarlates, et s'était replongée dans ses documents.

On la traitait dorénavant avec un respect prudent. Ni l'antipathie ni la considération ne la gênaient. Elle avait sa vie privée, éprouvait un vif intérêt à dénicher ce que les autres dissimulaient, à faire des découvertes. Explorer les secrets d'autrui devint l'obsession de sa vie, le substrat et l'orientation de toute sa carrière. Elle se mit à traquer les esprits. Dix-huit ans après son départ de Silford Green, cette banlieue avait été le théâtre d'un meurtre qui avait fait la une des journaux. Elle avait observé avec une quasi-indifférence les portraits un peu flous de la victime et de l'assassin dans la presse. Des aveux rapides avaient conduit à une arrestation, et l'affaire avait été bouclée. Devenue une journaliste d'investigation de plus en plus réputée, elle se passionnait moins pour la brève notoriété de Silford Green que pour ses propres enquêtes plus captivantes, plus subtiles, et plus lucratives.

Elle avait quitté le domicile familial le jour de ses seize ans et avait loué une chambre meublée dans la banlieue voisine. Chaque semaine jusqu'à sa mort, son père lui avait envoyé un billet de cinq livres. Elle n'en accusait jamais réception, mais prenait l'argent dont elle avait besoin pour compléter ce qu'elle gagnait en travaillant comme serveuse le soir et le week-end. Elle se disait que si elle était restée à la maison, elle aurait sûrement coûté plus cher à son père en nourriture. Cinq ans plus tard, alors qu'elle avait décroché sa licence d'histoire avec mention très bien et obtenu un premier poste, sa mère l'avait appelée pour lui annoncer le décès de son père. Elle avait éprouvé une absence d'émotion qui semblait paradoxalement plus forte et plus contrariante que des regrets. On l'avait retrouvé noyé, gisant dans un ruisseau de l'Essex dont elle n'arrivait jamais à retrouver le nom, avec un taux d'alcool dans le sang qui prouvait qu'il était ivre. La conclusion du coroner – mort accidentelle – était prévisible et, pensait-elle, probablement exacte. C'était celle qu'elle avait espérée. Elle s'était dit, non sans une pointe de honte qui s'effaça promptement, qu'un suicide aurait été un jugement ultime trop rationnel et trop grave pour une existence aussi insignifiante.

3

La course en taxi fut plus rapide qu'elle ne l'avait prévu. Elle arriva en avance et demanda au chauffeur de la déposer à l'extrémité de Harley Street, du côté de Marylebone Road. Elle ferait le reste du chemin à pied. Comme chaque fois qu'elle passait par là, elle fut frappée par le vide de cette rue, par le calme presque troublant de ces alignements solennels de maisons dix-huitième. Chaque porte, ou presque, arborait une plaque de laiton dont la liste de noms confirmait ce que tout Londonien, certainement, savait : c'était le haut lieu de la compétence médicale. Derrière ces portes d'entrée rutilantes et ces fenêtres masquées par des rideaux, des patients attendaient, plongés dans différents stades d'angoisse, d'appréhension, d'espoir ou de détresse. Pourtant, elle n'en voyait guère arriver ni repartir. Il y avait bien quelques allées et venues de livreurs ou de coursiers, mais dans l'ensemble, la rue aurait pu être un décor de film désert, attendant l'arrivée du réalisateur, du cadreur et des acteurs.

Arrivée à la porte, elle examina les plaques. Il y avait deux chirurgiens et trois médecins. Celui qu'elle cherchait y figurait, tout en haut. Dr G.H. Chandler-Powell, membre de l'Académie royale de Chirurgie, membre de l'Académie royale de Chirurgie Plastique et Reconstructrice, MS – ces deux dernières lettres proclamant qu'il avait atteint le sommet de l'expertise et de la réputation. *Master of Surgery*. Cela sonnait bien, songea-t-elle. Les chirurgiens barbiers à qui Henry VIII avait accordé leur licence auraient été surpris de voir le chemin accompli par leurs successeurs.

La porte fut ouverte par une jeune femme au visage sérieux, vêtue d'une blouse blanche d'une coupe flatteuse. Elle était séduisante, mais d'une beauté assez ordinaire, et son bref sourire de bienvenue était plus menaçant que chaleureux. *Déléguée de classe*, se dit Rhoda. *Cheftaine. Il y en avait une comme elle dans chaque terminale.*

La salle d'attente dans laquelle elle entra correspondait à ce qu'elle avait imaginé, au point qu'elle eut l'impression d'y être déjà venue. Elle respirait l'opulence sans rien contenir qui fût de grande qualité. La table centrale en acajou, couverte de revues de décoration et de magazines féminins de luxe si soigneusement alignés qu'ils décourageaient toute tentative de lecture, était impressionnante mais manquait d'élégance. Les sièges assortis, certains à dossiers droits, d'autres plus confortables, donnaient l'impression d'avoir été achetés dans la vente du mobilier d'une maison de campagne où ils n'avaient pas beaucoup servi. Les gravures de chasse étaient d'assez grand format et suffisamment quelconques pour dissuader toute velléité de vol, et elle doutait de l'authenticité des deux hauts vases balustres qui ornaient la cheminée.

Parmi les patients, elle était la seule à révéler aux regards la capacité médicale qu'elle était venue solliciter. Elle put comme toujours observer discrètement les autres, sachant qu'aucun regard curieux ne s'attarderait sur elle. Ils levèrent les yeux à son arrivée, mais s'abstinrent de tout hochement de tête en guise de salut. Devenir patient, c'était abdiquer une partie de soi-même, être admis dans un système qui, aussi bienveillant fût-il, vous dépouillait subtilement de toute initiative, sinon de toute volonté. Ils étaient assis, consentants et résignés, chacun dans son monde. Une femme d'âge moyen regardait dans le vide, le visage inexpressif. Une fillette était assise sur la chaise voisine de la sienne. La petite, qui s'ennuyait, commença à s'agiter et à frapper doucement ses souliers contre les pieds de la chaise jusqu'à ce que la femme, sans même la regarder, tende la main pour la calmer. En face d'elles, un jeune homme qui, dans son costume impeccable, était l'incarnation même du financier de la City sortit le *Financial Times* de son attaché-case et, le dépliant avec la dextérité que confère l'habitude, concentra son attention sur la page. Une femme vêtue à la dernière mode s'approcha silencieusement de la table et examina les revues puis, peu convaincue par le choix proposé, regagna son siège près de la fenêtre et continua à contempler la rue déserte.

Rhoda n'eut pas à attendre longtemps. La jeune femme qui lui avait ouvert s'approcha d'elle et lui annonça d'une voix feutrée que le docteur Chandler-Powell pouvait la recevoir. Dans cette spécialité, la discrétion s'imposait évidemment dès la salle d'attente. Elle traversa l'entrée pour accéder à une vaste pièce claire. Les deux grandes doubles fenêtres qui donnaient sur la rue étaient dissimulées par d'épais rideaux de lin et par un voilage blanc, presque transparent, qui filtrait le soleil hivernal.

La pièce ne contenait aucun des meubles ni de l'équipement qu'elle s'était plus ou moins attendue à y trouver. Elle tenait du salon plus que du cabinet médical. Un gracieux paravent de laque décoré d'une scène rurale – des prairies, un cours d'eau et des montagnes lointaines – se dressait dans l'angle, à gauche de la porte. Il était ancien, de toute évidence, peut-être bien dix-huitième. Il devait dissimuler, songea-t-elle, un lavabo, ou même un lit d'examen, mais c'était peu probable. On avait peine à imaginer que quelqu'un pût se dévêtir dans ce cadre intime bien que somptueux. Deux fauteuils étaient disposés de part et d'autre de la cheminée de marbre, et un bureau ministre en acajou faisait face à la porte, derrière deux chaises droites. L'unique peinture était accrochée au-dessus de la cheminée, une grande toile représentant une demeure Tudor avec une famille du dix-huitième siècle groupée devant, le père et deux fils à cheval, la femme et trois petites filles dans un phaéton. Le mur d'en face était orné d'une série de gravures colorées représentant des scènes de Londres au dix-huitième siècle. Venant s'ajouter à la toile, elles accentuèrent son impression d'être subtilement hors du temps.

Le docteur Chandler-Powell était assis à son bureau. Il se leva lorsqu'elle entra et s'approcha pour l'accueillir. La main qu'il lui tendit était froide, son étreinte ferme mais brève. Il lui désigna une des deux chaises. Elle avait imaginé qu'il porterait un costume sombre alors qu'il était en tweed léger, gris pâle, d'une coupe irréprochable, une tenue qui paradoxalement faisait l'effet d'être encore plus habillée. Debout devant lui, elle vit un visage puissant et osseux avec une longue bouche mobile et des yeux noisette brillants sous des sourcils bien dessinés. Ses cheveux bruns, raides et un peu indisciplinés couvraient en partie son front élevé, quelques mèches retombant presque sur son œil gauche. Il émanait de lui une forme d'assurance qu'elle identifia immédiatement : une patine qui était en partie, mais pas entièrement, le fruit de la réussite. Ce n'était pas l'aplomb qu'elle avait si souvent rencontré dans son métier de journaliste : celui des célébrités dont le regard était toujours en quête du photographe suivant, prêtes à prendre la pose adéquate ; celui des nullités qui semblaient savoir que leur notoriété était fabriquée par les médias, gloire éphémère qui ne se nourrissait que de leur propre confiance en soi. L'homme qu'elle avait devant elle possédait l'aisance intérieure d'un être au sommet de sa profession, en sécurité, inviolable. Elle décela, aussi, une nuance d'arrogance qu'il ne parvenait pas à dissimuler entièrement, mais elle se dit que c'était peut-être une idée préconçue. *Master of Surgery* : il avait le physique de l'emploi.

« Vous venez, Miss Gradwyn, sans être envoyée par votre généraliste. » Ce n'était pas un reproche, mais une constatation. La voix était grave et séduisante, avec toutefois un soupçon d'accent régional qu'elle n'arrivait pas à identifier et auquel elle ne s'était pas attendue.

« J'ai jugé inutile de lui faire perdre son temps, et de perdre le mien. J'ai pris le docteur Macintyre comme médecin traitant il y a huit ans, parce que la Sécurité sociale m'y obligeait, mais je n'ai jamais eu à le consulter, ni lui, ni aucun de ses associés. Je ne passe au cabinet que deux fois par an pour faire vérifier ma tension. C'est généralement l'infirmière qui s'en charge.

– Je connais le docteur Macintyre. Je prendrai contact avec lui. »

Sans un mot, il s'approcha d'elle, tournant sa lampe de bureau de manière à ce que le puissant faisceau lumineux éclaire pleinement son visage. Ses doigts étaient frais quand ils se posèrent sur chacune de ses joues, pinçant la peau en plis. Son toucher était tellement impersonnel que c'en était presque un affront. Elle se demanda pourquoi il ne s'était pas retiré derrière le paravent pour se laver les mains, mais peut-être l'avait-il fait avant qu'elle n'entre dans la pièce, en préparation à cette consultation préliminaire. Pendant un moment, sans toucher la cicatrice, il l'examina en silence. Puis il éteignit la lampe et se rassit derrière son bureau. Les yeux fixés sur le dossier posé devant lui, il demanda : « Quand cela a-t-il été fait ? »

La formulation la surprit. « Il y a trente-quatre ans.

– Que s'est-il passé ?

– Est-il indispensable que je réponde à cette question ? demanda-t-elle.

– Non, à moins qu'il ne s'agisse d'une automutilation. Je suppose que non.

– En effet.

– Et vous avez attendu trente-quatre ans pour intervenir. Pourquoi le faire maintenant, Miss Gradwyn ? »

Après un bref silence, elle répondit : « Parce que je n'en ai plus besoin. »

Il ne réagit pas, mais la main qui prenait des notes s'immobilisa quelques secondes. Levant les yeux de ses documents, il demanda alors : « Qu'attendez-vous de cette opération, Miss Gradwyn ?

– J'aimerais faire disparaître cette cicatrice, mais je me rends parfaitement compte que c'est impossible. J'espère sans doute qu'il ne restera plus qu'une ligne aussi fine que possible, au lieu de cette profonde balafre.

– Avec un minimum de maquillage, elle devrait être presque invisible. Après l'opération, je pourrai vous adresser, si vous le souhaitez, à une infirmière spécialisée dans le camouflage cosmétique. Elles sont très habiles et réalisent des prodiges.

– Je préférerais m'en passer.

– Il ne sera peut-être pas nécessaire d'y recourir, ou seulement de façon très légère, mais la cicatrice est profonde. Comme vous le savez probablement, la peau est constituée de plusieurs couches que je vais être obligé d'inciser et de reconstituer. Après l'opération, la cicatrice restera rouge et inflammatoire pendant quelque temps, son aspect sera bien pire qu'avant, mais cela ne durera pas. Il faudra également vérifier les incidences sur le pli naso-labial, ce léger affaissement de la lèvre, et sur la partie supérieure de la cicatrice, à l'endroit où elle tire sur le coin de l'œil. Tout à la fin, je pratiquerai une injection de graisse pour regonfler et corriger les irrégularités de contour. Mais je vous expliquerai tout cela plus en détail la veille de l'opération, je vous montrerai un schéma. L'opération se fera sous anesthésie générale. Avez-vous déjà subi une anesthésie ?

– Non. Ce sera la première fois.

– L'anesthésiste vous verra avant l'opération. Il y a un certain nombre d'examens dont j'aurai besoin, notamment des analyses de sang et un électrocardiogramme, mais je préférerais qu'ils soient pratiqués à St Angela's. La cicatrice sera photographiée avant et après l'opération. »

Elle demanda : « L'injection de graisse dont vous avez parlé. De quel genre de graisse s'agit-il ?

– De la vôtre. Prélevée par seringue au niveau de l'abdomen. »

Bien sûr, songea-t-elle. Quelle question idiote.

« Quand êtes-vous disponible ? demanda-t-il. Je dispose d'un certain nombre de lits privés à St Angela's. Je peux aussi vous proposer Cheverell Manor, ma clinique du Dorset, si vous préférez vous éloigner de Londres. La première date possible serait le vendredi 14 décembre. Dans ce cas, il faudrait que l'intervention ait lieu au manoir. Nous n'aurons qu'une autre patiente à cette période de l'année. Je ferme ensuite la clinique pour les congés de Noël.

– Je préférerais ne pas rester à Londres.

– Mrs Snelling vous accompagnera au bureau à la fin de cette consultation. Ma secrétaire vous y remettra une brochure sur le manoir. C'est vous qui choisirez la durée de votre séjour. Les points de suture seront probablement résorbés au bout de six jours et il est bien rare que des patientes réclament ou souhaitent des soins post-opératoires de plus d'une semaine. Si vous vous décidez pour le manoir, il pourrait être judicieux de prendre le temps d'y faire une visite préliminaire d'une journée ou même d'y passer une nuit. Je préfère que mes patientes voient où elles seront opérées si elles ont le temps de le faire. Il est toujours déroutant d'arriver dans un endroit totalement étranger.

– La plaie sera-t-elle douloureuse, demanda-t-elle, après l'opération, je veux dire ?

« – Non, pas très. Un peu irritée peut-être et il peut se former un œdème relativement important. Si vous souffrez, nous y remédierons.

– J'aurai le visage bandé ?

– Non, pas de bandage. Un pansement maintenu par de l'adhésif. »

Elle avait encore une question à poser et n'hésita pas, même si elle pensait connaître la réponse. Elle ne lui était pas dictée par la peur et elle espérait qu'il le comprendrait. Dans le cas contraire, cela n'avait pas grande importance. « Considérez-vous cette opération comme dangereuse ?

– Une anesthésie générale n'est jamais sans risque. En ce qui concerne l'aspect purement chirurgical, ce sera une opération longue et délicate, qui pourrait présenter quelques difficultés. Elles relèvent de ma responsabilité, pas de la vôtre. Je ne dirais pas qu'elle est chirurgicalement dangereuse. »

Elle se demanda s'il voulait lui faire comprendre que les risques pouvaient être d'un autre ordre, psychologiques par exemple, à la suite d'un changement complet d'apparence. Elle ne pensait pas que ce serait le cas. Elle avait fait face aux conséquences de la cicatrice pendant trente-quatre ans. Elle saurait faire face à sa disparition.

Il avait voulu savoir si elle avait d'autres questions à lui poser. Elle répondit que non. Il se leva, ils échangèrent une poignée de main et, pour la première fois, il sourit. Son visage en fut transformé. « Ma secrétaire vous communiquera les dates possibles pour les examens à St Angela's, dit-il. Cela ne vous posera pas de problème ? Serez-vous à Londres pendant les deux prochaines semaines ?

– Oui. »

Elle suivit Mrs Snelling dans un bureau, au fond de l'appartement, où une femme d'âge mûr lui remit une brochure sur les services proposés par le manoir et lui communiqua le coût de la visite préliminaire que le docteur Chandler-Powell, expliqua-t-elle, estimait utile mais qui n'avait, bien sûr, rien d'obligatoire, et celui, plus élevé, de l'intervention et d'une semaine de séjour post-opératoire. Elle s'attendait à un tarif élevé, mais la réalité dépassait ses prévisions. De toute évidence, ces chiffres représentaient le prix d'un avantage social plus que médical. Il lui semblait se rappeler les propos d'une femme qui disait : « Bien sûr, je vais toujours au manoir », comme si cela l'admettait dans une coterie de patientes privilégiées. Elle savait qu'elle pouvait parfaitement se faire opérer dans un service conventionné, mais les cas qui n'étaient pas urgents étaient relégués sur une liste d'attente ; elle tenait par ailleurs à une certaine discrétion. La rapidité et l'intimité, dans tous les domaines, étaient devenues un luxe dispendieux.

On la raccompagna à la sortie moins d'une demi-heure après son arrivée. Elle avait une heure à perdre avant son rendez-vous à l'Ivy. Elle s'y rendrait à pied.

4

L'Ivy était un restaurant trop fréquenté pour assurer l'anonymat, mais la discrétion, si importante pour elle en règle générale, ne l'avait jamais préoccupée lorsqu'il s'agissait de Robin. À une époque où la notoriété ne pouvait que s'accompagner de révélations de plus en plus scandaleuses, même le magazine people le plus à cours de sujets ne consacrerait certainement pas un paragraphe au déjeuner que Rhoda Gradwyn, l'éminente journaliste, partageait avec un homme de vingt ans son cadet. Elle appréciait sa présence ; il l'amusait. Il lui ouvrait des sphères de l'existence qu'elle aspirait à connaître, fût-ce par procuration. Et il lui faisait pitié. Ce genre de sentiment était peu fait pour nourrir des rapports plus intimes. De toute manière, il n'en était pas question pour elle. Il se confiait ; elle écoutait. Elle supposait que cette relation devait lui apporter quelque satisfaction ; quelle autre raison aurait-elle eu de continuer à autoriser ce jeune homme à s'approprier une partie, fût-elle limitée, de sa vie ? Quand elle pensait à cette amitié, ce qui était rare, elle y voyait une habitude qui n'imposait pas d'obligation plus contraignante qu'un déjeuner ou un dîner occasionnels à ses frais à elle, et qu'il faudrait plus de temps et d'embarras pour rompre que pour poursuivre.

Il l'attendait, comme toujours, à sa table favorite près de la porte, celle qu'elle avait réservée, et en entrant, elle put l'observer pendant une demi-minute avant qu'il ne lève les yeux du menu et ne l'aperçoive. Elle fut frappée, comme de coutume, par sa beauté. Lui-même en paraissait inconscient, mais il était difficile de croire qu'un être persuadé que le monde tournait autour de lui pût ignorer l'avantage que les gènes et le destin lui avaient accordé et s'abstînt d'en tirer profit. Il l'avait fait, dans une certaine mesure, mais ne semblait guère y attacher d'importance. Malgré ce que l'expérience lui avait appris, elle avait toujours eu du mal à croire que des êtres humains pouvaient posséder la beauté physique sans être dotés des mêmes qualités de cœur et d'esprit, que la beauté pouvait être galvaudée au profit d'individus prosaïques, ignorants ou stupides. C'était son physique, supposait-elle, qui avait valu à Robin Boyton d'être admis à l'école de théâtre et d'obtenir ses premiers engagements, une brève apparition dans une série télévisée prometteuse, qui s'était malheureusement achevée au bout de trois épisodes. Avec lui, rien ne durait jamais. Le producteur ou le réalisateur le plus indulgent lui-même finissait par être exaspéré par des vers non appris, des répétitions manquées. Après son échec au théâtre, il s'était lancé dans un certain nombre d'entreprises fantaisistes, dont certaines auraient pu réussir si sa passion s'était prolongée plus de six mois. Elle avait résisté à toutes ses tentatives pour la convaincre d'investir dans ses projets, et il ne lui en avait pas tenu rigueur. Mais ses refus ne l'avaient jamais empêché de réessayer.

Il se leva lorsqu'elle s'approcha de la table et, la prenant par la main, l'embrassa cérémonieusement sur la joue. Elle aperçut une bouteille de Meursault, qu'elle paierait, bien sûr, dans le seau à glace ; il en manquait déjà le tiers.

« Quel plaisir de te voir, Rhoda ! dit-il. Alors, comment ça s'est passé avec le grand George ? »

Ils n'employaient jamais de termes d'affection. Un jour, il l'avait appelée chérie, mais n'avait pas osé renouveler la tentative. « Le grand George ? demanda-t-elle. C'est comme ça qu'on appelle Chandler-Powell à Cheverell Manor ?

– Pas en sa présence. Tu m'as l'air remarquablement calme après ce supplice, mais après tout, c'est dans ta nature. Que s'est-il passé ? Je meurs de curiosité.

– Il ne s'est rien passé du tout. Il m'a regardée. Il a examiné mon visage. Nous avons pris rendez-vous.

– Est-ce qu'il t'a impressionnée ? Je serais surpris du contraire.

– Son physique n'est pas banal. Je n'ai pas passé assez de temps avec lui pour me faire une idée de son caractère. Il m'a paru compétent. Tu as commandé ?

– Avant que tu arrives ? Jamais, voyons. Mais je nous ai concocté un menu plein d'inspiration. Je connais tes goûts. Et j'ai fait preuve de plus d'imagination que de coutume pour le vin. »

Étudiant la carte des vins, elle remarqua qu'il n'avait pas non plus manqué d'imagination pour le prix.

L'entrée avait à peine été servie qu'il lui exposait déjà l'objet de cette entrevue. « Je suis à la recherche de capital. Pas grand-chose, quelques milliers de livres. C'est un excellent investissement, très peu de risques – aucun en fait – et un rendement garanti. Jeremy l'estime à dix pour cent par an. Je me demandais si ça ne pourrait pas t'intéresser. »

Il présentait Jeremy Coxon comme son associé. Rhoda ne pensait pas qu'il eût jamais été plus que cela. Elle ne l'avait vu qu'une fois ; elle l'avait trouvé volubile mais inoffensif, et doté d'un certain bon sens. S'il exerçait quelque influence sur Robin, celle-ci était certainement bénéfique.

« Un investissement sans risque avec un rapport garanti de dix pour cent m'intéresse toujours. Je suis surprise que tu ne croules pas sous les demandes. C'est quoi, cette affaire avec Jeremy ?

– Toujours la même chose. Tu sais bien, je t'en ai parlé quand nous avons dîné ensemble en septembre. Les choses ont bien avancé depuis. Tu te souviens du concept ? En fait, c'est mon idée plus que celle de Jeremy, mais nous y avons travaillé ensemble.

– Tu m'as vaguement dit que vous envisagiez, Jeremy Coxon et toi, de proposer des cours de savoir-vivre aux nouveaux riches qui manquent d'assurance en société. Je ne sais pas pourquoi, j'ai un peu de mal à te voir en professeur… et même en spécialiste de bonne éducation.

– Je potasse des bouquins. Rien de plus facile. Quant à Jeremy, il connaît tout ça sur le bout des doigts, ça ne lui pose aucun problème.

– Tu ne crois pas que tes handicapés sociaux pourraient trouver leur bonheur eux-mêmes dans ces livres ?

– Sans doute, mais ils apprécient le côté humain de la chose. Nous leur donnons confiance en eux. Ils nous payent pour ça. Rhoda, nous avons mis le doigt sur un créneau du tonnerre, un marché en or. Tu ne peux pas imaginer le nombre de jeunes gens – des hommes surtout, et pas seulement les riches – qui se rongent les sangs parce qu'ils ne savent pas quoi mettre en telle ou telle circonstance, ou comment se conduire quand ils invitent une fille dans un bon restaurant pour la première fois. Ils ne savent pas se tenir en société, se demandent comment impressionner leur patron. Jeremy a une maison, tu sais, à Maida Vale, qu'il a achetée grâce à l'héritage d'une riche tante. C'est là que nous nous sommes installés pour le moment. Il faut qu'on soit discrets, évidemment. Jeremy n'est pas sûr qu'il soit légal de l'utiliser à des fins professionnelles. On vit dans la crainte des voisins. Une des pièces du rez-de-chaussée a été aménagée en restaurant et on y organise des mises en situation. Au bout d'un moment, quand ils ont pris confiance en eux, nous emmenons nos clients dans un vrai restaurant. Pas ici, bien sûr, dans des endroits un peu plus bas de gamme, où on nous fait des prix. Ce sont les clients qui payent, tu t'en doutes. On ne s'en tire pas trop mal, les affaires marchent plutôt bien, mais il nous faudrait une autre maison, ou au moins un appartement. Jeremy en a assez de sacrifier son rez-de-chaussée et de voir se pointer tous ces gens bizarres quand il a envie de recevoir ses amis. Et puis il y a le problème du bureau. Il a été obligé d'aménager une des chambres à cet effet. Il empoche les trois quarts des bénéfices parce que la maison est à lui, mais il trouve qu'il est grand temps que je paye ma part, je l'ai bien compris. Il va de soi que nous ne pouvons pas nous installer chez moi. Tu connais l'appartement, ce n'est pas vraiment l'atmosphère que nous recherchons. En plus, je n'y suis peut-être plus pour très longtemps. Le propriétaire devient extrêmement désagréable à propos du loyer. Dès que nous aurons un local à nous, nous pourrons nous développer sur un grand pied. Alors, Rhoda, qu'en penses-tu ? Ça t'intéresse ?

– De t'entendre en parler, certainement. Mais de là à sortir mon chéquier, sûrement pas. Ça pourrait marcher, malgré tout. Le projet me paraît plus raisonnable que la plupart de tes lubies précédentes. En tout cas, bonne chance.

– Autrement dit, c'est non.

– C'est non. » Elle ajouta impulsivement : « Il faudra que tu attendes mon testament. Je préfère faire la charité après ma mort. Je trouve plus facile d'envisager de se défaire de son argent quand on n'en a plus l'usage. »

Elle lui avait légué vingt mille livres, une somme insuffisante pour financer ses projets les plus excentriques, mais assez importante pour que le plaisir de toucher un héritage l'emporte sur la déception causée par le montant. Elle observa ses traits avec un certain plaisir. Malgré un vague remords, désagréablement proche de la honte, à l'idée de l'avoir provoqué malicieusement, elle releva avec amusement la surprise et la joie qui lui faisaient venir le rouge au visage, l'éclair de cupidité qui traversait son regard, puis le dégrisement rapide du réalisme. Pourquoi avait-elle cherché à confirmer ce qu'elle savait déjà de lui ?

« Tu t'es définitivement décidée pour Cheverell Manor ? demanda-t-il. Tu ne préfères pas la clinique de St Angela's ?

– J'aime mieux ne pas être à Londres et être plus ou moins sûre de jouir d'un minimum de tranquillité et d'intimité. J'y passe une nuit d'essai le 27.

C'est une proposition qu'il fait à ses patientes. Il préfère qu'elles connaissent les lieux avant de les opérer.

– Et il ne déteste pas l'argent.

– Toi non plus, Robin, alors, je t'en prie, ne joue pas les pères La Vertu. »

Le nez dans son assiette, il annonça : « J'envisage de faire un tour au manoir quand tu y seras. Je me suis dit que tu serais contente que je vienne te raconter quelques potins. La convalescence est tellement barbante.

– Non, non, Robin, pas de potins, merci. Si j'ai choisi le manoir, c'est justement pour avoir la paix. Je suppose que le personnel veillera à ce que je ne sois pas dérangée. N'est-ce pas le principal avantage de cette clinique ?

– C'est un peu vachard de ta part, quand on songe que c'est moi qui t'ai recommandé le manoir. Aurais-tu choisi cet endroit si je n'avais pas été là ?

– Dans la mesure où tu n'es pas médecin et où tu n'as jamais subi d'opération de chirurgie esthétique, je ne suis pas sûre de la valeur inestimable de ta recommandation. Il est vrai que tu as mentionné incidemment le manoir, mais ça s'arrête là. J'avais déjà entendu parler de George Chandler-Powell. Il est considéré comme l'un des six meilleurs spécialistes de chirurgie esthétique d'Angleterre, sinon d'Europe. Si tu ajoutes à cela que la chirurgie esthétique devient aussi à la mode que la thalasso, il n'est pas étonnant que sa réputation soit parvenue jusqu'à moi. J'ai consulté toute la documentation que j'ai pu trouver sur lui, j'ai comparé son dossier à d'autres, pris des avis compétents et j'ai fait mon choix. Mais tu ne m'as jamais expliqué tes liens avec Cheverell Manor. Il vaudrait peut-être mieux que j'en sache un peu plus long avant d'évoquer ton nom pour être accueillie par des regards glacials et me trouver reléguée dans la plus mauvaise chambre.

– Ça pourrait bien t'arriver. Je ne suis pas exactement leur visiteur préféré. En fait, je ne réside pas au manoir… ce serait un peu trop pour eux comme pour moi. Il y a un pavillon réservé aux visiteurs, Rose Cottage. C'est là que je loge. Il faut que je paye, figure-toi, ce que je trouve parfaitement abusif. On ne m'apporte même pas mes repas. En général, il m'est impossible de réserver le cottage en été, mais ils peuvent difficilement prétendre qu'il n'est pas disponible en décembre.

– Tu ne m'as pas dit que tu étais plus ou moins de la famille ?

– Pas de Chandler-Powell. Son assistant, le docteur Marcus Westhall, est mon cousin. Il opère avec lui et veille sur les patientes quand le grand George est à Londres. Marcus habite sur place avec sa sœur, Candace, dans l'autre cottage. Elle ne s'occupe pas des patientes, mais donne un coup de main au bureau. Je suis le seul membre encore vivant de leur famille. Tu pourrais penser que ça ne les laisserait pas indifférents.

– Et ce n'est pas le cas ?

– Je ferais mieux de te raconter toute l'histoire, si ça ne te barbe pas trop. Ça ne date pas d'aujourd'hui. J'essaierai d'être bref. Une histoire de famille, et d'argent, bien entendu.

– Tu m'étonnes.

– C'est la triste, triste histoire d'un pauvre petit orphelin jeté dans le monde cruel sans un sou. Quel dommage de te déchirer le cœur avec cette tragédie maintenant ! Je m'en voudrais que des larmes salées viennent gâcher le délicieux assaisonnement de ton crabe.

– J'en prends le risque. Si je dois aller là-bas, je tiens à en savoir le plus possible.

– Je me demandais bien ce que cachait cette invitation à déjeuner. Eh bien, si tu veux avoir le maximum d'informations, tu t'es adressée à la bonne personne. Cela vaut bien un repas. »

Il parlait sans rancune, mais son sourire était amusé. Elle songea qu'il était imprudent de le sous-estimer. Jamais encore il ne lui avait parlé de sa famille ni de son passé. Pour un homme aussi prompt à livrer, généralement avec humour, tous les menus détails de sa vie quotidienne, de ses petits triomphes et de ses échecs, plus fréquents, en amour et en affaires, il était étonnamment réticent à évoquer ses premières années. Rhoda se demandait s'il n'avait pas eu une enfance profondément malheureuse et si ce traumatisme précoce, toujours irrémédiable, n'expliquait pas son sentiment d'insécurité. N'ayant pas l'intention de répondre à des confidences par des aveux réciproques, elle n'avait aucune envie d'explorer sa vie. Mais il serait utile d'avoir pris des informations sur Cheverell Manor avant de s'y rendre. Elle se présenterait au manoir en qualité de patiente, ce qui sous-entendait un état de vulnérabilité et de dépendance physique et affective. Arriver dans l'ignorance, c'était se placer d'emblée en position d'infériorité.

« Parle-moi un peu de tes cousins, dit-elle.

– Ils sont très à l'aise financièrement, par rapport à moi du moins, et sur le point d'être très riches, par rapport à la plupart des gens. Leur père, mon oncle Peregrine, est mort il y a neuf mois en leur laissant à peu près huit millions. Il les avait lui-même hérités de son père, Theodore, qui a rendu l'âme quelques semaines seulement avant lui. C'est à lui que la famille doit sa fortune. *Mon premier livre de latin* et *Mes premiers pas en grec*, de T. R. Westhall – je ne suis pas tout à fait sûr des titres, mais ça te dit sûrement quelque chose. Je ne les ai pas eus entre les mains moi-même, je n'ai pas fréquenté ce genre d'école. Quoi qu'il en soit, tu serais surprise de savoir combien peuvent rapporter des manuels scolaires, s'ils deviennent des classiques sanctifiés par un long usage. Toujours réimprimés. Et le vieux savait gérer son argent. Il avait le chic pour le faire fructifier.

– Je suis étonnée que tes cousins disposent d'une somme pareille à la suite de deux décès aussi rapprochés, père et grand-père. Ils ont dû payer des droits de succession faramineux.

– Ce bon vieux Theodore y avait pensé. Je t'ai dit que mon grand-père était malin quand il s'agissait d'argent. Il avait pris une sorte d'assurance avant le début de sa dernière maladie. Quoi qu'il en soit, l'argent est là. Ils le toucheront dès que le testament aura été homologué.

– Et tu voudrais bien en avoir un peu.

– Franchement, j'estime que je le mérite. Theodore Westhall avait deux enfants, Peregrine, qui est devenu professeur de lettres classiques comme son père, et Sophie. Sophie était ma mère. Son mariage avec Keith Boyton n'a pas eu l'heur de plaire à son père, je crois même qu'il a essayé de l'empêcher. Il estimait que Keith était une nullité, un aventurier fainéant qui n'en voulait qu'à l'argent de ma famille. Pour être franc, il n'avait sans doute pas entièrement tort. Ma pauvre mère est morte quand j'avais sept ans. J'ai été élevé – enfin plus exactement traîné à droite et à gauche – par mon père. Un beau jour, il a fini par en avoir assez et par me larguer dans un internat, Dotheboys Hall. Un peu mieux que chez Dickens, mais pas tellement. Une fondation caritative payait mes frais de scolarité, qui n'étaient pas très élevés sans doute. Ce n'était pas une école idéale pour un garçon qui avait le malheur d'être plutôt mignon, surtout avec une étiquette "services sociaux" autour du cou. »

Il serra son verre de vin comme si c'était une grenade, au point que les jointures de ses doigts blanchirent. Pendant un moment, Rhoda craignit qu'il ne le brise. Puis il se détendit, lui sourit et porta le verre à ses lèvres. « À dater du mariage de maman, poursuivit-il, les Boyton ont été exclus de la famille. Les Westhall n'oublient jamais, et ne pardonnent jamais.

– Et ton père, où est-il, maintenant ?

– Franchement, Rhoda, je n'en ai pas la moindre idée. Il a émigré en Australie au moment où j'ai décroché ma bourse pour l'école de théâtre. Je n'ai pas eu de nouvelles depuis. Il est peut-être remarié, ou mort, ou les deux. Je n'en sais rien. Nous n'avons jamais été ce qu'on pourrait appeler proches. Et ce n'est pas lui qui nous faisait vivre. Ma pauvre maman a appris à taper à la machine et est allée gagner un salaire de misère dans un pool de dactylos. Une drôle d'expression, pool de dactylos. Je me demande si ça existe encore. Celui de ma pauvre maman était particulièrement moche.

– J'avais cru comprendre que tu étais orphelin.

– Je le suis peut-être. En tout cas, si mon père n'est pas mort, on ne peut pas dire qu'il soit très présent. Pas la moindre carte postale depuis huit ans. S'il est encore vivant, il doit commencer à se faire vieux. Il avait quinze ans de plus que ma mère, il a donc plus de soixante ans.

– Autrement dit, il ne risque pas de débarquer pour réclamer une part de l'héritage.

– De toute façon, ce serait en pure perte. Je n'ai pas vu le testament, mais quand j'ai appelé le notaire de famille – par pur intérêt, tu t'en doutes –, il m'a annoncé qu'il ne m'en remettrait pas de copie. Je pourrai en obtenir une quand l'homologation aura été prononcée. Je me demande si je vais me donner ce mal. Les Westhall préféreraient laisser de l'argent à une pension pour chats que de verser un centime à un Boyton. Si j'ai des droits, ils n'ont rien de légaux, ce n'est qu'une question d'équité. Je suis leur cousin. Je n'ai pas rompu avec eux. Ils ont largement assez d'argent pour être à l'abri du besoin et seront très riches dès que le testament aura été accepté. Ils pourraient se montrer un tout petit peu généreux, ça ne leur ferait pas de mal. C'est pour ça que je vais les voir. Pour leur rappeler que j'existe. L'oncle Peregrine n'a survécu que trente-cinq jours à grand-père. Je parie que Theodore s'est accroché à la vie de toutes ses forces dans l'espoir d'enterrer son fils. Je ne sais pas ce qui se serait passé si oncle Peregrine était mort le premier, mais de toute façon, quel qu'ait été l'imbroglio juridique, je n'aurais pas touché un sou.

– Tes cousins ont tout de même dû s'inquiéter, dit Rhoda. Il y a une clause, valable pour tous les testaments, qui précise que, pour hériter, le légataire doit survivre vingt-huit jours au moins à la mort du testateur. J'imagine qu'ils ont fait tout ce qu'ils pouvaient pour maintenir leur père en vie… en admettant qu'il ait réellement survécu pendant ces fameux vingt-huit jours. Après tout, ils l'ont peut-être fourré dans un congélateur pour le ressortir, tout beau tout neuf, le jour dit. Il y a une intrigue comme ça dans un polar de Cyril Hare. Il me semble qu'il s'appelle *Mort prématurée*, mais il a peut-être été publié à l'origine sous un autre titre. Je ne me souviens pas de grand-chose d'autre. Je l'ai lu il y a bien des années de cela. Il écrivait bien, ce Hare. »

Il resta silencieux et elle le regarda servir le vin, l'esprit visiblement ailleurs. Elle pensa avec amusement et avec une pointe d'inquiétude *Mon Dieu, est-ce qu'il prend vraiment ces bêtises au sérieux ?* Le cas échéant, et s'il se mettait en tête d'approfondir la question, il risquait fort de se brouiller définitivement avec ses cousins. Les accuser de fraude était certainement le meilleur moyen de lui fermer la porte de Rose Cottage et de Cheverell Manor. Elle s'était souvenue inopinément de ce roman policier et avait parlé sans réfléchir. Robin n'imaginait tout de même pas qu'elle ait pu être sérieuse !

Il dit, comme s'il reprenait ses esprits : « C'est une idée complètement loufoque.

– Je ne te le fais pas dire. Tu imagines Candace et Marcus Westhall se présenter à l'hôpital alors que leur père est à l'agonie, exiger de le ramener chez eux et le fourrer dans un congélateur vide à l'instant même où il rend l'âme, pour le dégeler huit jours plus tard ?

– Ils auront pu se dispenser de l'hôpital. Candace l'a soigné au cottage pendant les deux dernières années. Grand-père Theodore et oncle Peregrine avaient été admis dans le même établissement de soins, à côté de Bournemouth, mais ils étaient tellement pénibles avec le personnel que la direction n'a pas voulu les garder tous les deux. Peregrine a demandé à aller chez Candace et il y est resté jusqu'au bout. Il était soigné par le généraliste du coin, un médecin complètement gâteux. Je n'ai pas vu mon oncle une seule fois au cours de ces deux dernières années. Il refusait les visites. Le plan aurait pu marcher, tout de même.

– Ça m'étonnerait. Parle-moi des autres occupants du manoir, à part tes cousins. Des plus importants, en tout cas. Qui est-ce que je vais rencontrer là-bas ?

– Eh bien, le grand George en personne, évidemment. Et puis la reine de la ruche des infirmières, Flavia Holland – très sexy si les uniformes t'excitent. Je ne vais pas t'infliger la liste complète du personnel soignant. La plupart viennent en voiture de Wareham, Bournemouth ou Pool. L'anesthésiste était chef de service dans un hôpital public ; quand il n'a plus supporté les avanies de la Sécurité sociale, il s'est retiré dans un charmant petit cottage sur la côte de Purbeck. Un emploi à temps partiel au manoir lui convient parfaitement. Il y a aussi Helena Haverland, qui, depuis son divorce, a repris son nom de jeune fille et se fait appeler Miss Cressett. Un personnage plus intéressant. Elle porte le titre d'administratrice générale, ce qui couvre presque tout, de l'intendance à la comptabilité. Elle est arrivée au manoir peu après son divorce, il y a six ans. C'est son nom qui est piquant. Figure-toi que son père, Sir Nicholas Cressett, a vendu le manoir à George après la débâcle de la Lloyds. Il était dans le mauvais syndicat et il a tout perdu. Quand George a passé une offre d'emploi pour le poste d'administrateur général, Helena Cressett s'est présentée et elle a été embauchée. Quelqu'un de plus chatouilleux que George ne l'aurait certainement pas prise. Mais elle connaissait parfaitement la maison et a dû se rendre indispensable, ce qui était futé de sa part. Elle désapprouve tout ce que je représente.

– On se demande bien pourquoi.

– N'est-ce pas ? Je crois qu'en fait, elle désapprouve presque tout le monde. Un soupçon de morgue familiale, sans doute. Après tout, le manoir a appartenu à sa famille pendant près de quatre siècles. Oh, il faut absolument que je te parle des deux cuisiniers, Dean et Kim Bostock. George a dû les dénicher dans un restaurant gastronomique, il paraît qu'ils font une cuisine du tonnerre, mais je n'ai jamais été invité à y goûter. Il y a encore Mrs Frensham, la vieille gouvernante d'Helena, qui s'occupe de l'administration. C'est la veuve d'un prêtre de l'Église anglicane et elle a la tête de l'emploi ; c'est un peu comme si une conscience publique ambulante hantait les lieux pour vous rappeler vos péchés. Un peu gênant. J'allais oublier une fille bizarre qu'ils ont trouvée je ne sais où, Sharon Bateman, elle fait des bricoles à la cuisine et travaille un peu pour Miss Cressett. Elle passe son temps à entrer et sortir chargée de plateaux. Je pense avoir fait le tour.

– Comment sais-tu tout cela, Robin ?

– En ouvrant grand les yeux et les oreilles quand je vais boire un coup avec les gens du coin au pub du village, le Cressett Arms. Je suis le seul à faire ça. Ne crois pas qu'ils se répandent en ragots en présence d'étrangers. Contrairement à ce qu'on pense, ce n'est pas le genre des ruraux. Mais il m'arrive de recueillir quelques bribes d'informations lâchées par inadvertance. À la fin du dix-septième siècle, la famille Cressett a eu un grave différend avec le prêtre de la paroisse et n'a plus mis les pieds à l'église. Le village a pris le parti du prêtre et les hostilités se sont poursuivies pendant des siècles, comme cela arrive fréquemment. George Chandler-Powell n'a rien fait pour y remédier. En fait, ça lui convient plutôt. Ses patientes choisissent le manoir par souci de discrétion et il n'a aucune envie qu'on bavarde à tort et à travers. Quelques femmes du village viennent donner un coup de main pour le ménage, mais l'essentiel du personnel vient de plus loin. Ah ! il y a aussi le vieux Mog… Mogworthy. Il travaillait comme jardinier et factotum pour les Cressett et George l'a gardé. C'est une mine d'informations quand on sait le prendre.

– Attends, tu ne me feras pas croire ça.

– Croire quoi ?

– Ce nom. Tu l'as inventé. C'est vraiment un nom à coucher dehors.

– Et pourtant… Il m'a raconté qu'un prêtre de l'église de la Sainte-Trinité, à Bradpole au quinzième siècle, s'appelait comme ça. Mogworthy prétend qu'il en descend.

– Tu vois bien que ça ne peut pas être vrai. Si le premier Mogworthy était prêtre, il était obligatoirement membre de l'Église catholique romaine, et célibataire.

– Enfin, il descend de la même famille. Quoi qu'il en soit, il est là. Il habitait autrefois le cottage que Marcus et Candace occupent, mais George voulait récupérer les lieux et il l'a mis dehors. Il vit maintenant avec sa vieille sœur au village. Oui, Mog sait énormément de choses. Le Dorset regorge de légendes, parfaitement terrifiantes pour la plupart, et Mog en connaît un rayon sur le sujet. En fait, il n'est pas né dans ce comté. Tous ses ancêtres oui, mais son père est parti s'installer à Lambeth avant la naissance de Mog. Tu devrais lui demander de te parler des Pierres de Cheverell.

– Qu'est-ce que c'est ? Ça ne me dit rien.

– Oh, tu n'y couperas pas si Mog est dans les parages. Et tu ne peux pas les manquer. C'est un cercle néolithique qui se trouve dans un champ, à côté du manoir. L'histoire est parfaitement atroce.

– Raconte.

– Non, non, je laisse ce soin à Mog ou à Sharon. Mog prétend qu'elle est obsédée par ces pierres. »

Le serveur leur apporta la suite et Robin se tut, contemplant les plats avec approbation. Elle sentait qu'il se désintéressait de Cheverell Manor. La conversation devint décousue, et elle remarqua qu'il avait l'esprit ailleurs, jusqu'au moment du café. Il tourna alors les yeux vers elle et elle fut frappée, une fois de plus, par la profondeur et la clarté de leur bleu presque inhumain. Le pouvoir et l'intensité de son regard étaient troublants. Tendant la main par-dessus la table, il dit : « Rhoda, passe à l'appartement cet après-midi. Maintenant. S'il te plaît. C'est important. Il faut qu'on parle.

– Nous avons parlé.

– Surtout de toi et du manoir. Pas de nous.

– Jeremy ne t'attend pas ? Est-ce que tu ne dois pas apprendre à tes clients comment se comporter en présence de serveurs terrifiants et de vin bouchonné ?

– Mes élèves viennent pour l'essentiel en soirée. S'il te plaît, Rhoda. »

Elle se baissa pour ramasser son sac. « Je suis désolée Robin, mais ce n'est pas possible. J'ai beaucoup à faire avant d'aller au manoir.

– C'est possible, c'est toujours possible. Tu ne veux pas venir, voilà la vérité.

– Peut-être, mais le moment ne me convient pas. Nous discuterons après l'opération.

– Il sera peut-être trop tard.

– Trop tard pour quoi ?

– Pour beaucoup de choses. Tu ne vois donc pas que je suis mort de trouille à l'idée que tu puisses me laisser tomber ? Ça va être un immense changement pour toi, tu ne crois pas ? Peut-être n'y a-t-il pas que ta cicatrice dont tu veuilles te débarrasser. »

Depuis six ans qu'ils se connaissaient, c'était la première fois que ce mot était prononcé. Un tabou implicite venait d'être brisé. Se levant de table, l'addition payée, elle chercha à bannir de sa voix toute trace d'indignation. Sans le regarder, elle dit : « Je suis navrée, Robin, nous discuterons après l'opération. Je vais prendre un taxi pour la City. Veux-tu que je te laisse quelque part ? » Cela faisait partie du scénario habituel. Il ne prenait jamais le métro.

Mais la formulation, elle s'en rendit compte, était maladroite. Il secoua la tête sans répondre et la suivit en silence jusqu'à la porte. Arrivé dehors, alors qu'il s'apprêtait à s'éloigner dans l'autre sens, il lança à brûle-pourpoint : « Quand je dis au revoir à quelqu'un, j'ai toujours peur que ce soit la dernière fois. Quand ma mère partait travailler, je la suivais des yeux par la fenêtre. J'étais terrifié à l'idée qu'elle ne revienne pas. Est-ce que tu éprouves ça, parfois ?

– Non, sauf si la personne que je quitte a plus de quatre-vingt-dix ans, si elle est fragile ou si elle est atteinte d'une maladie en phase terminale. Rassure-toi, je n'entre dans aucune de ces catégories. »

Mais lorsqu'ils se séparèrent enfin, elle s'arrêta et, pour la première fois, se retourna pour le suivre des yeux jusqu'à ce qu'elle l'ait perdu de vue. Elle ne redoutait pas l'opération, elle n'avait aucun pressentiment funeste. Le docteur Chandler-Powell avait reconnu qu'il y avait toujours un risque lors d'une anesthésie générale, mais entre des mains compétentes, il n'y avait aucune raison de s'inquiéter. Pourtant, au moment où il disparut et où elle se détourna, elle partagea, l'espace d'un instant, les craintes irrationnelles de Robin.

5

Le mardi 27 novembre à quatorze heures, Rhoda était prête à partir pour son premier séjour à Cheverell Manor. Ses derniers articles avaient été rédigés et remis à temps, comme toujours. Elle n'avait jamais pu quitter sa maison, fût-ce pour une nuit, sans que tout soit en ordre, le ménage impeccablement fait, les poubelles vidées, les papiers rangés dans son bureau, la fermeture des portes intérieures et des fenêtres vérifiée. Le lieu qu'elle considérait comme son foyer devait être impeccable avant son départ, comme si ce souci du détail garantissait qu'elle y reviendrait saine et sauve.

En même temps que la brochure sur le manoir, on lui avait remis un plan pour se rendre dans le Dorset, mais comme elle le faisait toujours quand l'itinéraire ne lui était pas familier, elle avait noté les étapes sur un bristol qu'elle placerait sur le tableau de bord. Il y avait eu des éclaircies au cours de la matinée, mais malgré son départ tardif, elle mit du temps à sortir de Londres et au moment où, près de deux heures plus tard, elle quitta la M3 pour s'engager sur la route de Ringwood, le jour déclinait déjà. Le crépuscule s'accompagna de violentes bourrasques de pluie qui, en l'espace de quelques secondes, se transformèrent en averse diluvienne. Tressautant comme des créatures vivantes, les essuie-glaces n'arrivaient pas à écarter cette masse d'eau. Elle ne voyait devant elle que la lueur de ses phares sur un ruissellement de plus en plus dense. Elle ne distinguait que très peu d'autres véhicules. Elle jugea plus prudent de s'arrêter et scruta le bord de la route à travers un mur de pluie, cherchant un accotement stable, recouvert d'herbe. Quelques minutes plus tard, elle put se diriger précautionneusement vers quelques mètres de terrain plat, devant le lourd portail d'une ferme. Ici, au moins, ses roues ne risquaient pas de s'enfoncer dans un fossé caché ou dans de la boue spongieuse. Elle coupa le moteur et écouta la pluie qui martelait le toit comme une grêle de balles. Sous ce déluge, la BMW était un havre de paix métallique, qui accentuait encore le tumulte extérieur. Elle savait qu'au-delà d'invisibles haies taillées s'étendait une des plus belles campagnes d'Angleterre, mais pour le moment, elle se sentait murée dans une immensité à la fois étrangère et potentiellement hostile. Elle avait éteint son portable, avec soulagement, comme toujours. Personne au monde ne savait où elle était, personne ne pouvait la joindre. Aucun véhicule ne passait et, à travers le pare-brise, elle ne voyait que la muraille d'eau et, au-delà, des traînées lumineuses tremblotantes qui indiquaient la présence de maisons lointaines. Généralement, elle appréciait le silence et n'avait aucun mal à tenir son imagination en bride. Elle envisageait sereinement l'opération à venir, tout en étant bien consciente des risques d'une anesthésie générale. Mais elle se sentait en proie à un malaise plus profond que la simple appréhension due à cette visite préliminaire ou à l'imminence de l'intervention. C'était un sentiment, jugea-t-elle, trop proche de la superstition pour être agréable, comme si une réalité qu'elle avait ignorée ou refoulée jusque-là s'imposait progressivement, exigeant d'être reconnue.

La rivalité sonore de l'orage rendait vaine toute tentative pour écouter de la musique ; elle se laissa donc aller contre le dossier de son siège et ferma les yeux. Des souvenirs, anciens pour certains, plus récents pour d'autres, envahirent son esprit, sans résistance. Elle revécut ce jour de mai, sept mois auparavant, qui l'avait conduite à entreprendre ce voyage, responsable de sa présence sur ce tronçon de route déserte. La lettre de sa mère était arrivée avec une liasse de courrier sans intérêt : circulaires, convocations à des réunions auxquelles elle n'avait pas l'intention d'assister, factures. Sa mère écrivait encore plus rarement qu'elle ne téléphonait, et elle souleva l'enveloppe, plus carrée et plus épaisse que d'ordinaire, en se demandant vaguement quel malheur elle annonçait – maladie, problèmes avec la maison, impossibilité de continuer à vivre seule. C'était un faire-part de mariage. Le carton, imprimé dans un caractère alambiqué entouré d'images de cloches carillonnantes, annonçait que Mrs Ivy Gradwyn et Mr Ronald Brown espéraient que leurs amis leur feraient le plaisir d'assister à la célébration de leur mariage. La date, l'heure et le nom de l'église étaient indiqués, en même temps que les coordonnées d'un hôtel qui ferait bon accueil aux invités. Sa mère avait ajouté une note à la main : *Viens si tu peux, Rhoda. Je ne sais plus si je t'ai parlé de Ronald dans mes lettres. Il est veuf et sa femme était une de mes grandes amies. Il serait heureux de faire ta connaissance.*

Elle se rappela ses émotions : la surprise, suivie d'un sentiment de soulagement, dont elle avait eu un peu honte, à l'idée que ce mariage pourrait la dégager d'une partie de ses responsabilités à l'égard de sa mère, atténuer son sentiment de culpabilité dû à la rareté de ses lettres et de ses appels téléphoniques et à celle, plus grande encore, de leurs rencontres. Elles se retrouvaient comme des étrangères courtoises mais prudentes, toujours inhibées par ce qu'elles ne pouvaient pas dire, par des souvenirs qu'elles prenaient grand soin de ne pas éveiller. Elle ne croyait pas avoir jamais entendu parler de Ronald et n'avait aucune envie de le voir, mais elle ne pouvait pas refuser cette invitation.

Ce fut avec toute sa conscience à présent qu'elle se remémora cette journée solennelle qui ne promettait qu'un ennui supporté par devoir, mais qui l'avait menée à cet instant de solitude dans sa voiture battue par la pluie et à tout ce qui l'attendait. Elle était partie largement à temps, mais un camion s'était renversé, répandant son chargement sur la chaussée, et quand elle était arrivée devant l'église, un austère bâtiment néo-gothique, elle avait entendu des voix aiguës et incertaines chanter ce qui semblait être le dernier cantique. Elle s'était garée un peu plus bas et avait attendu que l'assemblée, essentiellement composée de personnes d'âge mûr ou plus avancé encore, soit sortie. Une voiture ornée de rubans blancs s'était approchée, mais elle était trop loin pour distinguer sa mère ou le marié. Elle avait suivi le flot de véhicules qui quittaient l'église jusqu'à l'hôtel, à six kilomètres plus bas sur la côte, une bâtisse ancienne à tourelles multiples flanquée de bungalows, avec un court de tennis à l'arrière. Sur la façade, une profusion de poutres sombres suggérait que l'architecte avait cherché à imiter le style Tudor, mais avait cédé à la démesure en ajoutant un dôme central et une porte d'entrée palladienne.

Le hall d'entrée avait un air de grandeur révolue, des rideaux de damas rouge pendaient en plis alambiqués et le tapis semblait encrassé par plusieurs décennies de poussière. Elle rejoignit le flot d'invités qui se déversait lentement vers la pièce du fond, laquelle proclamait sa fonction sur un panneau : SALLE DE RÉCEPTION. DISPONIBLE POUR TOUTES VOS FÊTES DE FAMILLE. Elle s'arrêta un instant sur le seuil, irrésolue. Puis elle entra et repéra immédiatement sa mère. Elle était avec son mari, entourée d'un petit groupe de femmes qui jacassaient. L'arrivée de Rhoda passa presque inaperçue, elle fendit la foule et vit le visage de sa mère s'éclairer d'un sourire timide. Cela faisait quatre ans qu'elles ne s'étaient pas vues, mais elle avait l'air plus jeune et plus heureuse et après quelques secondes, elle embrassa Rhoda sur la joue droite avec une légère hésitation puis se tourna vers l'homme qui se tenait à ses côtés. Il avait dans les soixante-dix ans, estima Rhoda, était un peu plus petit que sa mère, avec un visage doux, aux joues rebondies, agréable mais inquiet. Il semblait un peu perdu et il fallut que sa mère répète deux fois le nom de Rhoda pour qu'il lui sourie et lui tende la main. Il y eut des présentations générales. Les invités ignorèrent résolument la cicatrice. Quelques enfants qui trottinaient la regardèrent effrontément, avant de franchir en courant les portes-fenêtres pour aller jouer dehors. Rhoda se souvenait de bribes de conversation : « Votre mère nous a si souvent parlé de vous. » « Elle est très fière de vous. » « C'est vraiment gentil de votre part d'être venue de si loin. » « Quelle belle journée, n'est-ce pas ? C'est si bon de la voir heureuse comme ça. »

La qualité de la nourriture et du service était supérieure à ce qu'elle s'était attendue à trouver. La nappe qui recouvrait la longue table était immaculée, les tasses et les assiettes scintillaient et la première bouchée lui confirma que le jambon des sandwiches était de première fraîcheur. Trois femmes d'âge mûr, vêtues en serveuses, officiaient avec une jovialité désarmante. Du thé bien fort coulait d'une immense théière et après quelques chuchotements entre les nouveaux époux, on fit venir du bar un assortiment de boissons. La conversation, qui avait été jusqu'alors assourdie comme si l'on revenait d'un enterrement, gagna en animation et l'on se mit à lever des verres, dont certains contenaient des liquides d'une couleur étrange. Après de longues tractations entre sa mère et le barman, on apporta cérémonieusement des flûtes de champagne. On allait porter un toast.

L'opération avait été confiée au pasteur qui avait célébré l'office, un jeune homme roux qui, ayant quitté sa soutane, portait désormais un col droit avec un pantalon gris et une veste de sport. Il leva les mains et tapota l'air pour contenir le vacarme, avant de prononcer un bref discours. Ronald tenait de toute évidence l'orgue de l'église et le pasteur se livra à quelques plaisanteries laborieuses à propos de grand jeu et d'harmonie conjugale, le tout émaillé de petites touches d'humour inoffensives, oubliées à présent, que les plus hardis des invités avaient saluées de rires embarrassés.

On se bousculait près du buffet et, assiette à la main, elle se dirigea vers la fenêtre, savourant ces instants où les invités, manifestement affamés, ne risquaient pas de l'aborder. Elle les regarda avec un mélange délectable d'observation critique et d'amusement sardonique – les hommes dans leurs plus beaux costumes, certains un peu justes à présent pour leurs ventres rebondis et leurs dos élargis ; les femmes, qui s'étaient mises sur leur trente et un, profitant de ce mariage pour renouveler leur garde-robe. La plupart portaient, comme sa mère, des robes d'été à fleurs avec veste assortie, leurs chapeaux de paille pastel posés incongrûment sur des cheveux permanentés de frais. Elles auraient pu, se dit-elle, avoir presque la même allure dans les années trente et quarante. Elle se sentait étreinte par une émotion inconnue et importune, faite de pitié et de colère mêlées. *Je ne suis pas à ma place ici,* se dit-elle, *je ne me sens pas bien avec eux, et eux pas avec moi. Leur politesse embarrassée est incapable de combler l'écart qui nous sépare. Mais c'est de là que je viens, ce sont les miens, la classe ouvrière supérieure qui se mêle à la classe moyenne, ce groupe informe et discret qui s'est battu pour son pays, a payé ses impôts et s'est accroché à ce qui lui restait de traditions.* Tout ce qu'ils avaient obtenu en échange était de voir leur patriotisme naïf tourné en dérision, leur moralité méprisée, leurs économies dévaluées. Ils ne créaient pas d'ennuis. Les pouvoirs publics déversaient régulièrement des millions dans leurs quartiers, dans le but de les inciter à la vertu civile à force de pots-de-vin, de faveurs et de coercition. S'ils faisaient remarquer qu'ils ne se sentaient plus chez eux dans leur ville, que leurs enfants se retrouvaient dans des classes surchargées où quatre-vingt-dix pour cent des élèves ne parlaient pas anglais, ils se faisaient sermonner et accuser du péché capital de racisme par ceux qui vivaient dans des conditions financières plus faciles et dans un plus grand confort. Privés de la protection de comptables, ils étaient les vaches à lait du fisc rapace. Aucune industrie lucrative d'études sociologiques et d'analyses psychologiques ne s'était développée pour disséquer et expliquer leurs inadaptations par des carences affectives ou par la pauvreté. Peut-être devrait-elle écrire quelque chose sur cette catégorie de la population avant de renoncer définitivement au journalisme, mais elle savait qu'elle ne le ferait pas. D'autres défis, bien plus intéressants et plus rémunérateurs, l'attendaient. Ces gens-là n'avaient aucune place dans ses projets d'avenir, pas plus que dans sa vie.

Elle se rappela enfin le moment où elle s'était trouvée seule avec sa mère dans les toilettes des dames, contemplant leurs deux profils dans le long miroir qui surmontait un vase de fleurs artificielles.

Sa mère lui avait dit : « Ronald t'aime bien, je l'ai vu tout de suite. Je suis contente que tu aies pu venir.

– Moi aussi. Je le trouve très sympathique. J'espère que vous serez très heureux tous les deux.

– Tu n'as pas de souci à te faire sur ce point. Ça fait maintenant quatre ans que nous nous connaissons. Sa femme chantait dans la chorale. Une très belle voix d'alto – peu courante pour une femme, en fait. Nous nous sommes toujours bien entendus, Ron et moi. Il est tellement gentil. » Sa voix respirait la suffisance. Se jetant un regard critique dans le miroir, elle redressa son chapeau.

« Oui, il a l'air, confirma Rhoda.

– Je t'assure, il est tellement facile à vivre. Et je sais que c'est ce que Rita aurait voulu. Elle me l'a plus ou moins laissé entendre avant sa mort. Ron n'a jamais su se débrouiller seul. Et nous nous en sortirons… financièrement, je veux dire. Il va vendre sa maison et venir s'installer chez moi. Ça paraît raisonnable maintenant qu'il a soixante-dix ans. Alors, ce virement automatique que tu as mis en place – cette mensualité de cinq cents livres –, ce n'est pas la peine de continuer, Rhoda.

– Inutile de revenir là-dessus, à moins que ça ne dérange Ronald.

– Ce n'est pas ça. Un petit supplément est toujours appréciable. Je me disais simplement que tu pourrais en faire un meilleur usage. »

Elle se tourna et tendit la main vers la joue gauche de Rhoda, un effleurement si doux qu'elle ne sentit qu'un léger tremblement des doigts sur sa cicatrice. Elle ferma les yeux, se forçant à ne pas broncher. Mais elle ne se déroba pas.

« Il n'était pas méchant, Rhoda, reprit sa mère. C'était l'alcool. Il ne faut pas lui en vouloir. Il était malade, et en réalité, il t'aimait beaucoup. L'argent qu'il t'a envoyé quand tu as quitté la maison, c'était un sacrifice, tu sais. Il ne dépensait jamais rien pour lui. »

Sauf pour boire, pensa Rhoda, mais elle se mordit les lèvres. Elle n'avait jamais remercié son père pour ces cinq livres par semaine, elle ne lui avait plus adressé la parole après son départ de la maison.

La voix de sa mère sembla surgir du silence. « Tu te rappelles les promenades au parc ? »

Elle n'avait pas oublié le jardin public de banlieue où semblait régner un automne permanent, les allées rectilignes couvertes de gravier, les massifs rectangulaires ou circulaires débordant des couleurs discordantes des dahlias, des fleurs qu'elle détestait, le

parc où elle déambulait à côté de son père, sans mot
dire.

Sa mère insista : « Il était tout à fait bien quand
il n'avait pas bu.

– Je n'ai aucun souvenir de lui quand il n'avait pas
bu. » Avait-elle prononcé cette phrase ou l'avait-elle
seulement pensée ?

« Ce n'était pas facile pour lui, de travailler pour
le conseil. Je sais qu'il a eu de la chance de trouver
cet emploi après avoir été renvoyé du cabinet juridique, mais c'était au-dessous de ses compétences.
Il était intelligent, Rhoda, c'est de lui que tu tiens
ça. Il avait obtenu une bourse pour aller à l'Université et il a eu très bien.

– Tu veux dire qu'il a obtenu sa licence avec mention très bien ?

– Il me semble que c'est ce qu'il disait, oui. En
tout cas, ça veut dire qu'il était intelligent. C'est
pour ça qu'il a été si fier que tu sois admise au
lycée.

– Je ne savais pas qu'il était allé à la fac. Il ne me
l'a jamais dit.

– Pourquoi l'aurait-il fait ? Il pensait sans doute
que ça ne t'intéressait pas. Ce n'était pas quelqu'un
qui parlait beaucoup, pas de lui en tout cas. »

Aucun d'eux n'avait beaucoup parlé. Ces explosions de violence, cette rage impuissante, la honte
aussi, les avaient tous détruits. L'essentiel était indi-
cible. Et, les yeux posés sur le visage de sa mère, elle
se demanda comment elle pourrait rompre le silence
aujourd'hui. Sa mère avait certainement raison.
Son père avait dû avoir du mal à mettre de côté ce
billet de cinq livres chaque semaine. Il lui arrivait,
accompagné de quelques mots, d'une écriture parfois tremblante, une simple phrase. *Je t'embrasse*

tendrement, Papa. Elle prenait l'argent parce qu'elle en avait besoin et jetait la lettre. Avec la cruauté insouciante de l'adolescence, elle l'avait jugé indigne de lui offrir sa tendresse, un cadeau, elle l'avait toujours su, plus précieux que l'argent. Peut-être en vérité était-ce elle qui n'avait pas été digne de la recevoir. Pendant plus de trente ans, elle avait entretenu son mépris, son ressentiment et oui, sa haine. Mais ce ruisseau boueux de l'Essex, cette mort solitaire avait définitivement mis son père à l'abri de son pouvoir. Elle n'avait fait de tort qu'à elle-même, et cette prise de conscience était peut-être le début de la guérison.

Sa mère parlait toujours : « Il n'est jamais trop tard pour trouver quelqu'un à aimer. Tu es une femme séduisante, Rhoda, tu devrais vraiment faire quelque chose pour cette cicatrice. »

Des mots qu'elle n'aurait jamais cru entendre. Des mots que personne n'avait osé prononcer depuis Miss Farell. Elle ne se rappelait pas grand-chose de la suite, mais se souvenait parfaitement de sa propre réponse, formulée calmement et sans emphase.

« Je vais m'en débarrasser. »

Elle avait dû somnoler par à-coups. Cette fois, elle se réveilla pour de bon et, reprenant conscience dans un sursaut, constata que la pluie avait cessé. Il faisait nuit. Elle regarda le tableau de bord et vit qu'il était seize heures cinquante-cinq. Cela faisait près de trois heures qu'elle avait pris la route. Dans le calme soudain, le bruit du moteur déchira le silence quand elle quitta prudemment le bas-côté. Le reste du voyage se fit sans difficulté. Les virages se trouvaient là où elle les attendait et dans l'éclat des phares, les panneaux indicateurs portaient des noms rassurants. Plus tôt que prévu, elle reconnut le nom de Stoke Cheverell et prit à droite pour parcourir le dernier kilomètre. La rue du village était déserte, des lumières brillaient derrière les rideaux tirés et seul le magasin du coin avec sa vitrine encombrée et éclairée, derrière laquelle on distinguait vaguement deux ou trois clients attardés, manifestait quelques signes de vie. Elle trouva alors le panneau qu'elle cherchait, Cheverell Manor. Les grandes grilles métalliques étaient ouvertes. On l'attendait. Elle descendit la courte allée qui s'élargissait en demi-cercle, et la maison se dressa devant elle.

Il y avait une photo de Cheverell Manor dans la brochure qu'on lui avait remise lors de sa première consultation, mais ce n'était qu'une pâle image de la réalité. Dans ses phares, elle aperçut les contours de la demeure, plus grande qu'elle ne l'aurait cru, une masse sombre qui se dessinait sur le ciel plus sombre encore. Deux ailes s'étendaient de part et d'autre d'un important pignon central surmonté de deux fenêtres. Il en émanait une faible lueur, mais la plupart des autres croisées étaient aveugles, à l'exception de quatre grandes fenêtres à meneaux brillamment éclairées. Alors qu'elle s'avançait lentement et se rangeait sous les arbres, la porte s'ouvrit et une lumière puissante se répandit sur le gravier.

Elle éteignit son moteur, sortit et ouvrit la portière arrière pour y prendre son sac, heureuse de respirer l'air froid et humide après ce voyage. Une silhouette masculine se découpa sur le seuil et se dirigea vers elle. Bien que la pluie eût cessé, l'homme portait un ciré avec un capuchon qui lui couvrait la tête comme un bonnet de bébé, lui donnant l'apparence d'un enfant malveillant. Sa démarche était assurée et sa voix sonore, mais elle remarqua qu'il n'était plus tout jeune. Il lui prit le sac des mains et dit : « Si vous me donnez la clé, Madame, j'irai ranger votre voiture. Miss Cressett n'aime pas qu'elles soient garées ici. On vous attend. »

Elle lui tendit la clé et le suivit à l'intérieur de la maison. Elle éprouvait encore le vague malaise, le léger sentiment de désorientation qui s'était emparé d'elle, seule sous l'orage. Vidée de toute émotion, elle n'éprouvait qu'un faible soulagement à être arrivée et, en traversant le grand hall avec sa cage d'escalier centrale, elle prit conscience d'un besoin absolu de solitude, du poids que représenteraient la nécessité de serrer des mains, l'accueil officiel qui l'attendait. Elle n'aspirait qu'à une chose : retrouver le silence de sa propre maison et, plus tard, le confort familier de son lit.

Le hall d'entrée était imposant – elle s'y était attendue – mais n'avait rien d'accueillant. L'homme posa le sac au pied de l'escalier et puis, ouvrant une porte sur la gauche, annonça d'une voix forte : « Miss Gradwyn, Miss Cressett. » Il reprit le bagage et commença à gravir les marches.

Elle pénétra dans une grande salle qui lui rappela des images qu'elle avait dû voir dans son enfance ou, plus tard, en visitant d'autres grandes demeures rurales. Contrastant avec l'obscurité extérieure, elle débordait de lumière et de couleur. Très haut, les poutres gauchies étaient noircies par le temps. Des panneaux de boiseries sculptées ornaient la partie inférieure des murs surmontés d'une rangée de portraits, des visages Tudor,

Régence, victoriens, immortalisés avec des talents divers, certains, soupçonnait-elle, devant davantage leur place à la piété familiale qu'à leur intérêt artistique. En face d'elle, une cheminée de pierre avec des armoiries, en pierre également. Un feu de bois crépitait dans l'âtre, les flammes dansantes projetant des ombres rougeâtres sur les trois personnages qui se levèrent pour l'accueillir.

Ils venaient de toute évidence de prendre le thé ; les deux fauteuils tendus de lin disposés perpendiculairement au feu étaient les seuls éléments de mobilier modernes de la pièce. Entre eux, une table basse soutenait un plateau portant des vestiges de collation. Le comité d'accueil était constitué d'un homme et de deux femmes. Il est vrai que le terme d'« accueil » n'était guère approprié car elle eut le sentiment d'être une intruse qui arrivait très en retard pour le thé et qu'on attendait sans enthousiasme.

La plus grande des deux femmes fit les présentations. « Je suis Helena Cressett. Nous nous sommes parlé. Je suis heureuse que vous soyez arrivée ici sans encombre. Nous avons eu un violent orage, mais il arrive qu'ils soient très localisés. Peut-être y aurez-vous échappé. Permettez-moi de vous présenter Flavia Holland, l'infirmière de bloc opératoire, et Marcus Westhall, qui assistera le docteur Chandler-Powell lors de votre intervention. »

Ils échangèrent des poignées de main, visages plissés dans des sourires. Lorsque Rhoda rencontrait des inconnus, elle s'en faisait toujours une impression immédiate et puissante, une image qui s'incrustait dans son esprit et ne s'effaçait jamais entièrement, une idée du caractère fondamental des gens que le temps et une connaissance plus approfondie pouvaient, elle le savait, révéler dangereusement fallacieuse, mais qui l'était rarement. À présent, dans son état de fatigue qui émoussait légèrement sa perception, ils lui faisaient presque l'effet de stéréotypes. Helena Cressett dans un tailleur pantalon bien coupé avec un pull à col roulé évitant une élégance qui n'était pas de mise à la campagne tout en affichant que ce n'était pas du prêt-à-porter. Du rouge à lèvres pour tout maquillage ; des cheveux fins et clairs avec une nuance d'auburn encadrant de hautes pommettes saillantes ; un nez un peu trop long pour être beau ; un visage que l'on pouvait trouver séduisant, mais certainement pas joli. De remarquables yeux gris qui la dévisageaient avec plus de curiosité que de bienveillance. *Ancienne déléguée de classe*, se dit Rhoda, *directrice d'une école privée – ou plus probablement principale d'un collège d'Oxford*. Sa poignée de main était ferme, la nouvelle élève étant accueillie avec circonspection, tout jugement remis à plus tard.

Miss Holland était habillée moins formellement d'un jean, d'un pull noir et d'un gilet de daim, des vêtements confortables qui indiquaient clairement qu'elle n'était plus de service et avait quitté l'uniforme impersonnel de son emploi. Son visage hardi encadré de cheveux bruns donnait une impression de sexualité assurée. Ses larges pupilles, au milieu d'iris brillants d'une couleur si foncée qu'ils étaient presque noirs, enregistrèrent la cicatrice comme si elle se demandait mentalement quelle dose d'ennuis on pouvait attendre de cette nouvelle patiente.

Le docteur Westhall était surprenant. C'était un homme fluet au front haut et au visage sensible, le visage d'un poète ou d'un universitaire plus que d'un chirurgien. Il n'en émanait rien de la puissance ni de l'assurance si présentes chez le docteur Chandler-Powell. Son sourire était plus chaleureux que celui des femmes, mais sa main, malgré le feu, était froide.

Helena Cressett dit : « Sans doute seriez-vous contente de prendre une tasse de thé, ou peut-être quelque chose de plus fort. Voulez-vous qu'on vous serve ici ou dans votre salon privé ? De toute façon, je vais vous y conduire tout de suite pour que vous puissiez vous installer. »

Rhoda répondit qu'elle préférait prendre du thé dans sa chambre. Elles gravirent ensemble le vaste escalier sans tapis jusqu'au deuxième étage et débouchèrent sur un couloir dont les murs étaient ornés de cartes et de tableaux qui semblaient représenter la demeure autrefois. Le sac de Rhoda avait été déposé devant une porte, au milieu du couloir. Le prenant au passage, Miss Cressett ouvrit la porte et s'effaça pour laisser passer Rhoda. Elle lui fit visiter les deux pièces qui lui avaient été attribuées comme un hôtelier décrivant laconiquement le confort d'une suite d'hôtel, une routine trop souvent exécutée pour être autre chose qu'un devoir.

Rhoda remarqua que le salon était de proportions agréables et très joliment meublé, en mobilier d'époque, de toute évidence. Du georgien, pour l'essentiel. Le plateau du bureau d'acajou était assez grand pour qu'on puisse y écrire commodément. Seule dérogation au mobilier ancien, deux fauteuils modernes étaient disposés devant l'âtre avec une haute lampe de lecture réglable à côté de l'un d'eux. À gauche de la cheminée, il y avait un téléviseur moderne sur un pied, avec, au-dessous, un lecteur de DVD – un ajout incongru mais sans doute nécessaire à une pièce à la fois pleine de style et accueillante.

Elles passèrent à côté. Il y régnait la même élégance et l'on avait soigneusement évité tout ce qui aurait pu évoquer une chambre de malade. Miss Cressett posa la valise de Rhoda sur un support pliable puis, se dirigeant vers la fenêtre, elle tira les rideaux. « Il fait trop sombre, dit-elle, mais vous pourrez admirer la vue demain matin. Maintenant, si vous avez tout ce qu'il vous faut, je vais vous faire monter votre thé et le menu pour le petit déjeuner de demain. Le dîner est servi à la salle à manger à vingt heures, mais nous nous retrouvons à la bibliothèque pour l'apéritif à dix-neuf heures trente. Vous pouvez dîner dans votre chambre, mais si vous souhaitez vous joindre à nous, appelez-moi... tous les numéros de postes figurent sur le petit carton, près du téléphone. Quelqu'un viendra vous chercher pour vous conduire en bas. » Elle sortit.

Rhoda en avait suffisamment vu de Cheverell Manor pour le moment, et ne se sentait pas l'énergie nécessaire aux échanges verbaux d'un dîner. Elle demanderait à être servie dans sa chambre et se coucherait de bonne heure. Peu à peu, elle prit possession d'un lieu où, elle le savait déjà, elle reviendrait dans un peu plus de deux semaines sans pressentiment ni appréhension.

6

Il était dix-huit heures quarante ce même mardi quand George Chandler-Powell eut fini de s'occuper de ses patients privés à l'hôpital St Angela's. Retirant sa blouse, il se sentit paradoxalement à la fois épuisé et agité. La journée avait commencé de bonne heure et il avait travaillé sans dételer, ce qui était inhabituel mais indispensable s'il voulait avoir terminé toutes ses opérations à Londres avant d'aller passer Noël à New York comme d'habitude. Depuis sa petite enfance, il détestait Noël et évitait de rester en Angleterre à cette période de l'année. Son ex-femme, qui avait épousé en secondes noces un financier américain parfaitement en mesure de lui assurer le train de vie qu'ils jugeaient, l'un comme l'autre, raisonnable pour une femme fort élégante, avait une opinion très affirmée sur la nécessité que tous les divorces soient « civilisés ». Chandler-Powell soupçonnait cet adjectif de s'appliquer exclusivement aux accords financiers entre son ex-époux et elle. Néanmoins, sa fortune *made in USA* assurée, elle avait pu remplacer une générosité contrainte par la satisfaction plus substantielle d'une véritable aisance financière. Ils se revoyaient avec plaisir une fois par an, et il appréciait autant New York que le programme de divertissements culturels que Selina et son mari lui concoctaient. Il ne s'attardait jamais plus d'une semaine et prenait ensuite l'avion pour Rome là, il descendait dans la *pensione* située à l'extérieur de la ville où il avait séjourné pour la première fois quand il était encore à Oxford. Il y était accueilli paisiblement et n'y voyait personne. Mais ce séjour annuel à New York était devenu une habitude, et il ne voyait, pour le moment, aucune raison d'y mettre fin.

La première opération au manoir était prévue pour jeudi matin, et il n'y était pas attendu avant mercredi soir. Mais le matin même, deux services de l'hôpital public avaient été fermés à la suite d'une infection et les interventions programmées pour le lendemain avaient dû être reportées. Ayant regagné son appartement de Barbican et regardant par la fenêtre les lumières de la City, l'attente lui parut soudain interminable. Il avait envie de quitter Londres, de s'asseoir devant la cheminée de la grande salle du manoir, de se promener dans l'allée de tilleuls, de respirer un air moins pollué, l'odeur du feu de bois, de la terre et des feuilles mortes portée par une brise légère. Il jeta dans une valise ce qu'il lui fallait pour quelques jours avec l'euphorie insouciante d'un écolier en vacances et, trop impatient pour attendre l'ascenseur, dévala l'escalier jusqu'au garage où l'attendait sa Mercedes. Il rencontra les difficultés habituelles pour sortir de la City, mais une fois sur l'autoroute, le soulagement et le plaisir du mouvement l'emportèrent, comme toujours quand il roulait seul de nuit, et des images décousues du passé, telle une série de photographies sépia fanées, lui traversèrent l'esprit, sans le troubler. Il glissa un CD d'un concerto pour violon de Bach dans le lecteur et, les mains posées légèrement sur le volant, laissa la musique et les souvenirs confluer dans un calme contemplatif.

Le jour de ses quinze ans, il était parvenu à des conclusions sur trois questions qui le préoccupaient depuis son enfance : Dieu n'existait pas, il n'aimait pas ses parents et il serait chirurgien. Le premier point ne réclamait aucune intervention de sa part, il suffisait d'admettre que, puisqu'il ne pouvait attendre ni aide ni réconfort d'un être surnaturel, sa vie était soumise, comme celle des autres, au temps et au hasard, et que c'était à lui d'en prendre le contrôle dans toute la mesure du possible. Le deuxième n'exigeait pas beaucoup plus de lui. Et quand, avec un peu d'embarras – et de honte, de la part de sa mère –, ses parents lui apprirent qu'ils envisageaient de divorcer, il exprima ses regrets – cela paraissait de mise – tout en les encourageant subtilement à mettre fin à une union qui faisait manifestement le malheur de trois personnes. Les vacances scolaires seraient beaucoup plus agréables si elles n'étaient pas ponctuées de silences maussades ou d'explosions de rancœur. Lorsqu'ils trouvèrent la mort dans un accident de la route alors qu'ils étaient partis en vacances ensemble dans une de leurs tentatives réitérées de réconciliation, il éprouva un instant d'angoisse à l'idée qu'il puisse exister une puissance aussi influente que celle qu'il avait rejetée, mais plus impitoyable et dotée d'un certain humour sardonique, avant de se dire qu'il était absurde de renoncer à une superstition bienveillante en faveur d'une autre, moins accommodante et peut-être même malfaisante. Restait sa troisième conclusion, qui relevait de l'ambition : il s'appuierait sur les faits vérifiables de la science et emploierait toutes ses forces à devenir chirurgien.

Ses parents ne lui avaient guère laissé que des dettes. Cela n'avait pas grande importance. Il avait toujours passé l'essentiel de ses vacances d'été chez son grand-père de Bournemouth, et la maison du veuf devint désormais son foyer. Si tant est qu'il fût capable d'éprouver un véritable attachement pour un être humain, c'était Herbert Chandler-Powell qu'il aimait. Il aurait éprouvé pour le vieil homme la même tendresse si celui-ci avait été pauvre, mais il était bien content qu'il soit riche. Son grand-père avait fait fortune grâce à son talent pour concevoir des cartonnages élégants et originaux. Livrer ses articles dans un emballage Chandler-Powell devint un signe de prestige pour une entreprise et l'on pouvait être sûr qu'un cadeau serait toujours bien présenté dans une boîte ornée du célèbre logo C-P. Herbert avait découvert et encouragé de jeunes designers et certains cartons, édités en nombre limité, étaient très recherchés des collectionneurs. Son entreprise n'avait pas besoin d'autre publicité que les articles qu'elle produisait. Quand il eut soixante-cinq ans et que George en eut dix, il vendit son affaire à son plus gros concurrent et se retira avec ses millions. Ce fut lui qui finança les coûteuses études de George, qui l'envoya à Oxford, ne réclamant rien en retour que la compagnie de son petit-fils pendant les vacances scolaires et universitaires, puis pour trois ou quatre visites par an. Ces obligations n'avaient jamais été une corvée pour George. Lorsqu'il marchait à ses côtés ou faisait une promenade en voiture avec lui, il écoutait la voix de son grand-père lui raconter des épisodes de son enfance déprimante, de ses années à Oxford, de ses succès professionnels. Juste avant que George lui-même n'entre à l'Université, son grand-père avait été plus explicite. Et voilà que cette voix forte et autoritaire, gravée dans sa mémoire, s'imposa à travers la beauté aiguë et frémissante des violons.

« J'étais un gosse de l'école publique, tu sais, j'avais reçu une bourse du comté. Tu dois avoir du mal à comprendre ça. Les choses sont peut-être différentes aujourd'hui, mais ça m'étonnerait. Pas tant que ça en tout cas. On ne se moquait pas de moi, on ne me méprisait pas, on ne me faisait pas sentir ma différence. Simplement, j'*étais* différent. Je ne me suis jamais senti à ma place là-bas – d'ailleurs, je n'y étais pas. J'ai su d'emblée que je n'avais pas le droit d'y être, qu'il y avait quelque chose dans l'air de cette boîte qui me rejetait. Je n'étais pas le seul à éprouver ça, bien entendu. Il y avait des garçons qui ne venaient pas de l'école publique mais d'établissements privés moins prestigieux, des institutions qu'ils évitaient de mentionner. Je le remarquais tout de suite. C'étaient ceux qui cherchaient désespérément à se faire admettre dans ce précieux groupe de la société privilégiée. Je les imaginais, faisant assaut de cervelle et de brio pour pouvoir participer aux dîners universitaires de Boars Hill, jouant les bouffons du roi aux parties de campagne du week-end, offrant leurs vers pathétiques, leur esprit et leur intelligence pour acheter leur billet d'entrée. Je n'avais d'autre talent que mon intelligence. Je les méprisais, mais je savais parfaitement ce qu'ils respectaient, tous sans exception. L'argent, mon garçon, voilà ce qui comptait. Être bien né était important, bien sûr, mais être bien né et avoir de l'argent, c'était encore mieux. De l'argent, j'en ai gagné, crois-moi. Il te reviendra le moment venu, enfin ce qu'un gouvernement rapace te laissera après avoir prélevé son tribut. Fais-en bon usage. »

Le passe-temps préféré d'Herbert consistait à visiter des manoirs ancestraux ouverts au public où il se rendait par des itinéraires tortueux soigneusement tracés à l'aide de cartes peu fiables, au volant de sa Rolls-Royce immaculée, aussi raide que le général victorien auquel il ressemblait. Il circulait avec maestria sur les routes de campagne et les voies peu fréquentées, George à ses côtés lui lisant le guide. Ce dernier s'étonnait qu'un homme aussi sensible, à l'élégance classique, habite un appartement de luxe à Bournemouth, même si la vue sur la mer était imprenable. Avec le temps, il comprit mieux. La vieillesse venant, son grand-père s'était simplifié la vie. Il avait une cuisinière généreusement payée, une intendante et une femme de ménage qui venaient tous les jours, faisaient leur travail efficacement et silencieusement, et repartaient. Son mobilier, bien que coûteux, était réduit au minimum. Il ne collectionnait ni ne convoitait les objets qui éveillaient son enthousiasme. Il était capable d'admirer sans vouloir posséder. Très tôt, George sut qu'il était, lui, un possesseur.

Il sut également, dès qu'il posa les yeux sur Cheverell Manor, que c'était la maison qu'il voulait. Le bâtiment s'étendait devant lui dans la lumière veloutée d'une journée de début d'automne, au moment où les ombres commençaient à s'allonger et où les arbres, les pelouses et les pierres prenaient une intensité chromatique plus riche sous les rayons du soleil couchant. L'espace d'un instant, tout – la maison, les jardins, les grandes grilles de fer forgé – fut empreint d'un calme, d'une perfection de lumière, de forme et de couleur presque surnaturelle, qui l'émurent jusqu'au fond du cœur. Lorsqu'ils eurent terminé la visite et qu'il se retourna pour un dernier regard, il avait dit à son grand-père : « Je veux acheter cette maison.

– Eh bien, peut-être que tu l'achèteras un jour, George.

– Mais les gens ne vendent pas des maisons pareilles. Moi, je ne la vendrais jamais.

– Tu as raison. Mais il arrive que les gens y soient obligés.

– Pourquoi, grand-père ?

– Ils n'ont plus d'argent, ils n'arrivent plus à l'entretenir. Ou bien l'héritier gagne des millions à la City et se désintéresse de son patrimoine. Ou alors il meurt à la guerre. Les représentants de la classe terrienne ont une fâcheuse tendance à se faire tuer à la guerre. Ou encore, la maison est perdue par sottise… les femmes, le jeu, la boisson, la drogue, la spéculation, l'extravagance. On ne peut pas savoir. »

Finalement, c'était la malchance du propriétaire qui avait permis à George d'acheter cette maison. Sir Nicholas Cressett avait été ruiné lors de la débâcle de la Lloyds dans les années 1990. George n'avait su que le manoir était en vente qu'en tombant sur l'article d'un journal financier consacré aux membres de la Lloyds qui avaient le plus souffert de la crise, et Cressett occupait une place bien en vue sur la liste. Il ne savait plus qui l'avait écrit – une femme qui s'était fait un nom dans le journalisme d'investigation. Ce n'était pas un article bienveillant, et il mettait l'accent sur l'inconséquence et la cupidité plus que sur la malchance. George n'avait pas perdu de temps et avait acheté le manoir à l'issue d'une âpre négociation, car il savait exactement quels biens il souhaitait inclure dans la vente. Les meilleures toiles avaient été réservées pour une vente aux enchères, mais ce n'était pas elles qu'il convoitait. Ce qu'il voulait, c'était ce qui avait retenu son regard de petit garçon lors de cette première visite, et plus particulièrement un fauteuil Queen Anne. Il était entré dans la salle à manger un peu avant son grand-père et avait aperçu ce siège. Il était sur le point de s'y asseoir quand une fillette, une enfant sérieuse qui ne devait pas avoir plus de six ans et n'avait rien d'une beauté, vêtue de jodhpurs et d'un chemisier à col ouvert, s'était approchée de lui et lui avait dit agressivement : « Tu n'as pas le droit de t'asseoir là.

– Dans ce cas, il faut mettre une corde autour.

– Il devrait y en avoir une. D'habitude, elle y est.

– Peut-être, mais là, il n'y en a pas. »

Sans un mot, elle avait tiré le fauteuil avec une étonnante facilité au-delà de la corde blanche qui séparait la salle à manger de l'étroite bande accessible aux visiteurs. Elle s'était assise dessus hardiment, jambes ballantes, puis l'avait regardé fixement comme si elle le défiait de s'opposer à elle. Elle avait demandé : « Comment tu t'appelles ?

– George. Et toi ?

– Helena. J'habite ici. Tu n'as pas le droit de passer de l'autre côté des cordes blanches.

– Je sais. Je ne l'ai pas fait. Le fauteuil était de ce côté-ci. »

La conversation était trop ennuyeuse pour qu'il ait envie de la prolonger, la fillette trop petite et trop quelconque pour éveiller son intérêt. Il avait haussé les épaules et s'était éloigné.

Maintenant, le fauteuil se trouvait dans son bureau et Helena Haverland, née Cressett, était son employée. Si elle avait gardé le souvenir de cette toute première rencontre, elle n'en avait jamais parlé. Lui non plus. Il avait dépensé tout l'héritage de son grand-père pour acheter le manoir et avait prévu de pourvoir aux frais d'entretien en transformant l'aile ouest en clinique privée. Il passerait le début de la semaine à Londres pour opérer ses patients de l'hôpital public et ceux de ses lits privés de St Angela's et regagnerait Stoke Cheverell le mercredi soir. Les travaux de l'aile ouest avaient été raisonnables, les transformations limitées. L'aile était une restauration du vingtième siècle entreprise à la suite d'un remaniement antérieur, datant du dix-huitième, et aucun élément d'origine n'avait été altéré. Trouver du personnel pour la clinique ne lui avait pas posé de problème ; il savait qui il voulait, et était prêt à payer plus que nécessaire. Mais il avait été moins facile de recruter celui du manoir. Les mois d'attente du permis de construire puis de la réalisation des travaux s'étaient déroulés sans heurts. Il campait au manoir, souvent seul dans la maison, et avait gardé une vieille cuisinière, la seule domestique des Cressett à être restée, avec le jardinier, Mogworthy. Avec le recul, il considérait cette année-là comme la plus satisfaisante et la plus heureuse de sa vie. Il était enchanté de son acquisition et déambulait tous les jours dans le silence, de la grande salle à la bibliothèque, de la longue galerie jusqu'à son appartement de l'aile est, avec un sentiment intact de victoire paisible. Il savait que le manoir ne pouvait rivaliser avec la superbe salle ni avec les jardins d'Athelhampton, avec la beauté spectaculaire du cadre d'Encombe ni avec la noblesse et le passé de Wolfeton. Les belles demeures ne manquaient pas dans le Dorset. Mais celle-ci était la sienne et il n'en voulait aucune autre.

Les problèmes commencèrent après l'ouverture de la clinique et l'arrivée des premières patientes. Il avait passé une petite annonce pour trouver une intendante mais, comme le lui avaient prédit des relations en quête de la même perle rare, aucune candidature n'avait été satisfaisante. Au village, les anciens domestiques dont les ancêtres avaient travaillé pour les Cressett ne s'étaient pas laissé détourner de leurs loyautés séculaires par les hauts salaires qu'offrait l'intrus. Il avait pensé que sa secrétaire de Londres aurait le temps de s'occuper des factures et de la comptabilité. Il s'était trompé. Il avait espéré que Mogworthy, déchargé d'une partie de l'entretien du parc par une entreprise qui venait toutes les semaines s'occuper des gros travaux pour un prix exorbitant, condescendrait à jouer les hommes à tout faire dans la maison. Il s'était trompé. Mais sa seconde offre d'emploi, placée et formulée différemment, avait retenu l'attention d'Helena. C'était plutôt elle qui lui avait fait passer un entretien d'embauche que l'inverse, se rappelait-il. Elle lui avait expliqué qu'elle avait divorcé récemment, qu'elle disposait de revenus personnels et vivait dans un appartement à Londres, mais souhaitait avoir quelque chose à faire en attendant de décider de son avenir. Il ne lui déplairait pas de revenir au manoir, fût-ce provisoirement.

Cela remontait à six ans déjà, et elle était toujours là. De temps en temps, il se demandait comment il se débrouillerait le jour où elle déciderait de partir, ce qu'elle ferait certainement avec la même détermination et sans plus de façon que pour se faire embaucher. Mais il avait d'autres chats à fouetter : il avait des problèmes, certains de son propre fait, avec l'infirmière-chef, Flavia Holland, et avec son assistant, Marcus Westhall. Bien qu'excellent organisateur de nature, il n'avait jamais vu l'intérêt d'anticiper les crises. Helena avait recruté son ancienne gouvernante, Letitia Frensham, comme comptable. Elle devait être veuve, divorcée ou séparée, mais il n'avait pas vraiment cherché à le savoir.

Les comptes étaient soigneusement tenus, et au bureau, l'ordre avait remplacé le chaos. Mogworthy avait mis un terme à ses agaçantes menaces de démission et s'était fait beaucoup plus accommodant. Des villageois étaient devenus miraculeusement disponibles pour venir travailler à mi-temps. Helena lui avait affirmé qu'aucun cuisinier digne de ce nom n'accepterait une cuisine dans un état pareil, et il avait volontiers fourni l'argent nécessaire à sa rénovation. Des feux brûlaient dans les cheminées, des fleurs et des plantes vertes agrémentaient les pièces occupées, même en hiver. Le manoir avait pris vie.

Quand il s'arrêta devant les grilles fermées et sortit de la Mercedes pour les ouvrir, il vit que l'allée conduisant à la demeure était plongée dans l'obscurité. Mais quand il passa devant l'aile est pour garer sa voiture, des lampes s'allumèrent et il fut accueilli à la porte d'entrée par le cuisinier, Dean Bostock. Il portait un pantalon bleu à carreaux et une veste blanche courte, sa tenue habituelle lorsqu'il prévoyait de servir le dîner.

« Miss Cressett et Mrs Frensham sont sorties dîner, Monsieur, lui annonça-t-il. Elles m'ont demandé de vous prévenir qu'elles étaient chez des amis à Weymouth. Votre chambre est prête. Mogworthy a fait du feu dans la bibliothèque et dans la grande salle. Nous avons pensé qu'étant seul, vous préféreriez y dîner. Dois-je vous servir l'apéritif ? »

Ils passèrent dans la grande salle. Chandler-Powell retira sa veste et, ouvrant la porte de la bibliothèque, lança le vêtement sur un fauteuil, avec le journal du soir. « Volontiers, oui. Un whisky s'il vous plaît, Dean. Je vais le prendre tout de suite.

– Le dîner dans une demi-heure ?

– Ce sera parfait.

– Vous ne sortirez pas avant dîner, Monsieur ? »

Il y avait une pointe d'inquiétude dans la voix de Dean. En devinant la cause, Chandler-Powell répondit : « Alors, qu'est-ce que vous m'avez préparé de bon, Kimberley et vous ?

– Nous avions pensé à un soufflé au fromage, Monsieur, et à du bœuf stroganoff.

– Je vois. Le premier exige que je sois à table avant qu'il ne soit servi, et le second est prêt rapidement. Rassurez-vous, Dean, je ne sortirai pas. »

Le dîner fut excellent, comme toujours. Il se demanda pourquoi il se réjouissait tant de prendre ses repas quand le calme régnait au manoir. Les jours d'opérations, il mangeait avec le personnel médical et remarquait à peine ce que contenait son assiette. Après le dîner, il passa dans la bibliothèque et s'installa pour lire une demi-heure près du feu puis, attrapant sa veste et une lampe de poche, il sortit par la porte de l'aile ouest, tournant la clé et repoussant le verrou, avant de longer l'allée de tilleuls dans l'obscurité émaillée d'étoiles, jusqu'au cercle pâle des pierres de Cheverell.

Un muret, repère plus que barrière, séparait le parc du manoir du cercle de pierres et il le franchit sans difficulté. Comme d'ordinaire à la nuit tombée, ce rond de douze pierres semblait plus pâle, plus mystérieux et plus impressionnant, et donnait même l'impression d'absorber un peu de la lueur de la lune ou des étoiles. De jour, c'étaient des blocs de pierre communs, aussi ordinaires que n'importe quel gros rocher sur un flanc de colline, de taille irrégulière et aux formes biscornues, avec pour seul caractère distinctif le lichen très coloré qui s'insinuait dans les crevasses. Une note affichée sur la porte de la cabane à côté du parking demandait aux visiteurs de ne pas marcher sur les pierres et de ne pas les abîmer et expliquait que le lichen était ancien et rare et qu'il ne fallait pas y toucher. Chandler-Powell s'approcha du cercle, et même de la pierre centrale, la plus grande, qui se dressait tel un mauvais présage dans sa ceinture d'herbe morte, sans émotion particulière. Il eut une brève pensée pour la femme morte depuis longtemps qu'on avait ligotée ici en 1654 et brûlée vive pour sorcellerie. Pour quel motif ? Une langue trop acérée, des hallucinations, de l'excentricité, la volonté de satisfaire une vengeance privée, la nécessité de trouver un bouc émissaire en des temps de maladie ou de mauvaise récolte, ou peut-être un sacrifice propitiatoire à un dieu impitoyable et innommé ? Il n'éprouvait qu'une vague pitié sans objet, qui n'était pas assez puissante pour lui inspirer fût-ce un vestige de tristesse. Au fil des siècles, des millions de personnes avaient été, comme elle, les victimes innocentes de l'ignorance et de la cruauté de l'humanité. Il voyait suffisamment de souffrance en ce bas monde. Sa compassion n'avait aucun besoin de stimulation.

Il avait eu l'intention de prolonger sa promenade au-delà du cercle, mais jugea qu'il avait pris suffisamment d'exercice et, s'asseyant sur la pierre la plus basse, tourna les yeux vers l'allée qui donnait sur l'aile ouest du manoir, plongée dans les ténèbres. Il resta parfaitement immobile, attentif aux bruits de la nuit, au léger frottement des hautes herbes en bordure des pierres, au cri lointain d'un prédateur trouvant sa proie, au chuchotis des feuilles mortes sous une brise soudaine. Les angoisses, les irritations mesquines et les rigueurs d'une longue journée s'évanouirent. Il était assis en un lieu familier, tellement immobile que sa respiration même ne semblait qu'une affirmation imperceptible de la vie, doucement rythmée.

Regardant sa montre, il vit que trois quarts d'heure s'étaient écoulés. Il se rendit compte qu'il commençait à être transi, que la dureté de la pierre devenait inconfortable. Étirant ses jambes engourdies, il escalada le muret et s'engagea dans l'allée des tilleuls. Soudain, une lumière apparut à la fenêtre centrale de l'étage des patientes, la croisée s'ouvrit et une tête de femme s'y découpa. Elle se tenait, immobile, les yeux rivés sur la nuit. Instinctivement, il s'arrêta et la regarda, si figés l'un comme l'autre qu'un instant, il put croire qu'elle le voyait et qu'une forme de communication s'établissait entre eux. Il se rappela que c'était Rhoda Gradwyn, et qu'elle se trouvait au manoir pour son séjour préliminaire. Il avait beau prendre des notes et examiner soigneusement ses patientes avant d'opérer, il était rare qu'il garde leur image à l'esprit. Il aurait pu décrire avec une extrême précision la cicatrice qui la défigurait, mais ne se rappelait pas grand-chose d'autre, hormis une phrase. Elle voulait se débarrasser de cette cicatrice parce qu'elle n'en avait plus besoin. Il n'avait réclamé aucune explication et elle n'en avait pas proposé. Dans deux semaines à peine, elle en serait débarrassée. Comment elle affronterait son absence, cela ne le concernait pas.

Il se retourna pour reprendre le chemin de la maison et à cet instant, une main referma à demi le battant, les rideaux furent partiellement tirés. Quelques minutes plus tard, la lumière de la chambre s'éteignit et l'aile ouest fut livrée aux ténèbres.

7

Dean Bostock éprouvait toujours un frémissement de joie quand le docteur Chandler-Powell
téléphonait pour annoncer qu'il viendrait plus tôt
que prévu dans la semaine et serait au manoir à
temps pour dîner. C'était un repas que Dean aimait
beaucoup préparer, surtout quand le patron était
tranquille, qu'il avait le temps de l'apprécier et de
lui en faire compliment. Le docteur Chandler-
Powell apportait avec lui un peu de l'énergie et de
l'excitation de la capitale, de ses odeurs, de ses
lumières, de l'impression d'être au cœur des choses.
En arrivant, il traversait la grande salle presque
d'un bond, se défaisait de sa veste et jetait le journal
londonien du soir sur un fauteuil comme s'il était
délivré d'une servitude temporaire. Et pourtant, le
journal lui-même, que Dean récupérait plus tard
pour le lire paisiblement, lui rappelait le lieu où lui,
Dean, était vraiment chez lui. Il était né et avait
grandi à Balham. Londres était sa ville. Kim venait
de la campagne du Sussex, elle était montée à la
capitale pour entrer à l'école hôtelière où il était lui-
même élève de deuxième année. Moins de deux
semaines après leur première rencontre, il avait su
qu'il l'aimait. C'était en ces termes qu'il avait toujours vu les choses ; il n'était pas tombé amoureux,

il n'était pas amoureux, il aimait. Pour la vie, la sienne et celle de Kim. Et maintenant, pour la première fois depuis leur mariage, il la savait plus heureuse que jamais. Comment Londres pouvait-il lui manquer alors que Kim appréciait tant sa nouvelle vie dans le Dorset ? Elle, que des visages nouveaux, des lieux inconnus plongeaient dans une telle inquiétude, n'avait pas peur des nuits sombres de l'hiver. La noirceur absolue des ténèbres sans étoiles le désorientait et l'effrayait, lui, une obscurité rendue plus terrifiante encore par les cris presque humains d'animaux succombant entre les mâchoires de leurs prédateurs. Cette campagne si belle et apparemment si sereine était remplie de souffrance. Il regrettait les lumières, le ciel nocturne meurtri des gris, des violets et des bleus de la vie incessante de la ville, l'alternance régulière des feux de circulation, les flots lumineux qui se déversaient des pubs et des boutiques sur les trottoirs scintillants, lavés par la pluie. La vie, le mouvement, le bruit, Londres.

Son travail au manoir lui plaisait, mais ne le satisfaisait pas pleinement. On exigeait si peu de son talent. Le docteur Chandler-Powell était exigeant, mais les jours d'opération, il avalait ses repas au lance-pierres. Dean savait qu'il n'aurait pas tardé à se plaindre si la qualité avait été inférieure à ce qu'elle était d'ordinaire. L'excellence allant de soi, il mangeait rapidement et repartait. Les Westhall prenaient généralement leurs repas chez eux, dans le cottage où Miss Westhall s'était occupée de leur père souffrant jusqu'à sa mort en février. Quant à Miss Cressett, elle mangeait habituellement dans son appartement privé. Mais elle était la seule à prendre le temps de passer à la cuisine pour bavarder quelques instants avec eux, Kim et lui, pour préparer les menus et le remercier du mal qu'il se donnait. Les patientes étaient difficiles mais le plus souvent, elles n'avaient pas très faim, et le personnel non résident qui prenait le repas de midi au manoir le félicitait pour la forme, déjeunait rapidement et retournait travailler. Tout était si différent du restaurant dont il avait rêvé, un restaurant qui serait à lui, avec ses menus, ses clients, l'atmosphère qu'il créerait avec Kim. De temps en temps, alors qu'il cherchait le sommeil, allongé à côté d'elle, il se surprenait avec horreur à espérer vaguement que la clinique ne marcherait pas, que le docteur Chandler-Powell trouverait qu'il était trop épuisant et insuffisamment lucratif de travailler à la fois à Londres et dans le Dorset, que Kim et lui devraient chercher une autre place. Peut-être le docteur ou Miss Cressett les aideraient-ils à s'établir ailleurs. Il était évidemment exclu de retrouver les cuisines trépidantes d'un restaurant londonien. Jamais Kim ne supporterait cette vie-là. Il se rappelait encore avec horreur le jour où elle avait été licenciée.

Mr Carlos l'avait convoqué dans son sanctuaire grand comme un placard, à l'arrière de la cuisine, qu'il parait du nom de bureau, et avait calé son gros derrière dans le fauteuil sculpté qu'il avait hérité de son grand-père. Ce n'était jamais bon signe. Ici, Carlos exerçait une autorité génétique. L'année précédente, il avait proclamé à qui voulait l'entendre qu'il avait été touché par la foi évangélique. Cette régénération spirituelle avait mis tout le personnel très mal à l'aise et le soulagement avait été général quand, neuf mois plus tard, Carlos avait repris du poil de la bête, la cuisine n'étant plus zone interdite aux jurons. Mais cette renaissance avait laissé des traces : il n'était pas question de prononcer de mot plus grossier que « putain », et ce jour-là, Carlos lui-même en avait fait librement usage.

« Ça n'a pas de sens, putain, Dean. Il faut que Kimberley s'en aille. Putain, je ne peux pas la garder, aucun restaurant ne la garderait. Je n'ai jamais vu quelqu'un d'aussi lent. Si je fais mine de la bousculer un peu, putain, elle me regarde avec des yeux de chien battu. Elle s'énerve et neuf fois sur dix, elle fout tout en l'air. En plus, ça déteint sur les autres, putain. Nicky et Winston passent leur temps à l'aider à préparer les assiettes. La plupart du temps, tu n'as même pas la tête à ce que tu fais. Putain, c'est un restaurant que je dirige, pas une école maternelle.

– Kim est une bonne cuisinière, Mr Carlos.

– Bien sûr que oui, autrement, elle ne serait pas ici. Elle n'a qu'à continuer à être une bonne cuisinière, mais ailleurs. Et si tu l'encourageais à rester à la maison ? Fais-lui un gosse, putain, et quand tu rentreras chez toi, tu auras un bon repas que tu n'auras même pas besoin de préparer. Elle sera plus heureuse. J'ai vu ça je ne sais combien de fois. »

Comment Carlos pouvait-il savoir que « chez eux » se limitait à une pièce unique, tout à la fois salon et chambre, au fin fond de Paddington, que ce logement et cet emploi s'inscrivaient dans un projet soigneusement élaboré : épargner toutes les semaines le salaire de Kim, travailler ensemble tous les deux et puis, quand ils auraient amassé un capital suffisant, trouver le restaurant ? Son restaurant. Leur restaurant. Et une fois qu'ils seraient établis à leur compte et qu'elle ne serait plus irremplaçable en cuisine, le moment serait venu de faire le bébé dont elle avait tellement envie. Elle n'avait que vingt-trois ans. Ils avaient tout le temps.

Son annonce faite, Carlos s'était renversé contre son dossier, prêt à se montrer magnanime. « Inutile que Kimberley reste pendant la durée du préavis. Elle peut partir dès cette semaine. Je lui verserai un mois d'indemnité. Quant à toi, je te garde, bien sûr. Tu as l'étoffe d'un excellent chef. Le talent, l'imagination. Le travail ne te fait pas peur. Tu iras loin. Mais putain, si je garde Kimberley encore un an en cuisine, je suis sur la paille, c'est sûr. »

Dean avait enfin retrouvé sa voix, un vibrato cassé avec une nuance humiliante de supplication. « Nous avons toujours prévu de travailler ensemble. Je ne crois pas que Kim ait envie de prendre un emploi de son côté.

– Elle ne tiendra pas une semaine sans toi, putain. Désolé, Dean, mais c'est comme ça. Vous trouverez peut-être une boîte qui vous embauchera tous les deux, mais pas à Londres. Une petite ville de province, ça serait à essayer. C'est une jolie fille, elle a de bonnes manières. Confectionner quelques scones, des gâteaux maison, des thés d'après-midi, joliment servis avec napperons, ce genre de trucs ; au moins, elle ne serait pas stressée. »

Le mépris avait été cinglant comme une gifle. Si seulement il n'avait pas été debout là, sans rien pour se tenir, vulnérable, diminué, il n'y avait même pas un dossier de chaise auquel se cramponner pour réprimer cette bouffée de colère, de ressentiment et de désespoir. Mais Carlos avait raison, évidemment. Dean s'était attendu à cette convocation. Il la redoutait depuis des mois. Il lança un dernier appel : « J'aimerais pouvoir rester, en tout cas jusqu'à ce que nous ayons trouvé autre chose.

– Ça me va. Je t'ai bien dit que tu as l'étoffe d'un grand chef, non ? »

Il resterait, bien sûr. Leur projet de restaurant tombait peut-être à l'eau, mais il fallait bien qu'ils mangent.

Kim avait quitté sa place à la fin de la semaine et ce fut deux semaines plus tard jour pour jour qu'ils virent la petite annonce demandant un couple marié – cuisinier et aide-cuisinière – pour Cheverell Manor. Ils avaient passé leur entretien d'embauche un mardi, à la fin juin de l'année précédente. On leur avait dit de se rendre en train de Waterloo à Wareham, où on viendrait les chercher en voiture. Rétrospectivement, Dean avait l'impression qu'ils avaient fait le voyage en état de transe, transportés sans que leur volonté intervienne à travers un paysage verdoyant et magique vers un avenir lointain et inimaginable. Regardant le profil de Kim se découper devant les poteaux télégraphiques qui apparaissaient et disparaissaient, zébrant régulièrement les champs verts et les haies au-delà, il espérait de toutes ses forces que la journée finirait bien. Il n'avait pas prié depuis son enfance, mais s'était surpris à réciter silencieusement la même supplique désespérée. « Je vous en prie, mon Dieu, faites que tout se passe bien. Faites qu'elle ne soit pas déçue. »

Se tournant vers lui alors que Wareham n'était plus très loin, elle avait demandé : « Tu as bien les références, mon chéri ? » Elle lui avait posé cette question toutes les heures.

À Wareham, une Range Rover les attendait dans la cour de la gare ; un homme trapu, d'un certain âge, était au volant. Sans sortir de la voiture, il leur fit signe d'approcher. « Vous êtes les Bostock, c'est ça ? leur dit-il. Je m'appelle Tom Mogworthy. Pas de bagages ? Non, bien sûr. Vous ne restez pas. Montez à l'arrière. »

Ce n'était pas, avait songé Dean, un accueil très chaleureux. Mais cela n'avait pas d'importance, l'air sentait si bon et la voiture traversait un paysage d'une telle beauté. C'était un jour d'été parfait, avec un ciel d'azur sans un nuage. Par les vitres ouvertes de la Range Rover, une brise rafraîchissante caressait leurs visages, pas assez forte pour agiter les branches frêles des arbres ni faire frémir l'herbe. Les feuillages conservaient encore la fraîcheur du printemps, leurs ramures n'étaient pas encore alourdies par la poussière du mois d'août. Ce fut Kim qui, après qu'ils eurent roulé en silence pendant dix minutes, s'inclina en avant et demanda : « Vous travaillez à Cheverell Manor, Mr Mogworthy ?

– Depuis exactement quarante-cinq ans. J'étais encore gosse quand j'ai commencé à travailler dans le parc, je m'occupais des tailles dans le jardin de buis. Je le fais toujours. À l'époque, le propriétaire était Sir Francis. Après lui, il y a eu Sir Nicholas. Vous, vous travaillerez pour le docteur Chandler-Powell, enfin, si ces dames vous prennent.

– Ce n'est pas lui qui va nous recevoir ? demanda Dean.

– Il est à Londres. Il y opère les lundis, mardis et mercredis. Vous aurez affaire à Miss Cressett et à Miss Holland. Le docteur Chandler-Powell ne s'occupe pas des questions domestiques. Si vous donnez satisfaction à ces dames, vous serez embauchés. Sinon, bon vent. »

On aurait pu imaginer un début plus prometteur et à première vue, la beauté du manoir, silencieux et argenté dans le soleil d'été, était elle-même plus intimidante que rassurante. Mogworthy les avait laissés devant la porte d'entrée, se bornant à leur montrer la cloche, avant de remonter dans la Range Rover pour contourner l'aile est de la maison. Dean tira résolument la corde de la cloche de fer. Ils n'entendirent rien, mais une demi-minute plus tard, une jeune femme leur ouvrit la porte. Elle avait des cheveux blonds mi-longs qui, jugea Dean, n'avaient pas l'air très propres, une couche généreuse de rouge à lèvres ; elle portait un jean sous un tablier de couleur. C'était, pensa-t-il avec dédain, quelqu'un du village qui venait donner un coup de main, une première impression qui se révéla exacte. Elle les considéra un instant d'un air dégoûté, puis annonça : « Je m'appelle Maisie. Miss Cressett a dit que je dois vous servir le thé dans la grande salle. »

Se remémorant cette arrivée, Dean s'étonna de s'être habitué aussi facilement à la magnificence de la grande salle. Il comprenait à présent que les propriétaires de ce genre de demeures soient accoutumés à leur beauté et se déplacent avec une parfaite aisance dans les couloirs et dans les pièces, remarquant à peine les tableaux et les objets, toutes ces richesses qui les entourent. Il sourit, se rappelant que, après avoir demandé s'ils pouvaient se laver les mains, ils avaient dû traverser le vestibule pour arriver à une pièce située sur l'arrière – les toilettes de toute évidence. Maisie avait disparu et il avait laissé Kim passer la première, l'attendant à la porte.

Elle était ressortie trois minutes plus tard, les yeux écarquillés : « C'est tellement bizarre, avait-elle chuchoté. Figure-toi que la cuvette des toilettes est peinte à l'intérieur. Elle est toute bleue, avec des fleurs et des feuillages. Et le siège est immense…

c'est de l'acajou. En plus, il n'y a pas de chasse d'eau normale. Il faut tirer une chaîne comme dans les cabinets de ma grand-mère. Le papier peint est très joli quand même, et il y a plein de serviettes. Je n'ai pas su laquelle prendre. Un savon drôlement chic aussi. Dépêche-toi, mon chéri. Je ne veux pas rester toute seule. Tu crois que les cabinets sont aussi vieux que la maison ? Sûrement.

– Non », avait-il dit, fier de prouver la supériorité de son savoir, « il n'y avait pas de toilettes quand on a construit cette maison, pas de ce genre-là en tout cas. Elles doivent dater du dix-neuvième siècle. »

Il parlait avec une feinte assurance, décidé à ne pas se laisser intimider par le manoir. En quête de réconfort, c'était vers lui que Kim se tournait. Il ne fallait surtout pas lui montrer qu'il avait lui-même grand besoin d'être rassuré.

Regagnant l'entrée, ils trouvèrent Maisie à la porte de la grande salle. « Votre thé est servi, dit-elle. Je reviendrai dans un quart d'heure pour vous conduire au bureau. »

La grande salle les terrassa tout d'abord et ils s'avancèrent, timides comme des enfants, écrasés par les immenses chevrons, observés d'un regard sévère, leur semblait-il, par des messieurs élisabé-thains en pourpoint et en chausses et par de jeunes soldats arrogants, qui posaient avec leurs coursiers. Déconcerté par les dimensions et la noblesse du lieu, Dean ne prêta pas tout de suite attention aux détails. Il lui fallut un moment pour remarquer la grande tapisserie qui ornait le mur de droite et, des-sous, une longue table de chêne sur laquelle était posé un gros bouquet de fleurs.

Le thé les attendait, servi sur une table basse devant la cheminée. Ils admirèrent l'élégant service et l'assiette de sandwiches. Il y avait aussi des scones avec du beurre et de la confiture, et un cake. Ils avaient soif. Kim versa le thé, les mains tremblantes, tandis que Dean, ayant déjà eu une indigestion de sandwiches dans le train, prit un scone qu'il enduisit généreusement de beurre et de confiture. Après la première bouchée, il dit : « La confiture est faite maison, mais pas le scone. Ça ne va pas.

– Le cake a été acheté, lui aussi, confirma Kim. Il n'est pas mauvais, mais je me demande quand le dernier cuisinier est parti. Nous n'avons certainement pas l'intention de leur servir du cake du commerce. Et cette fille qui a ouvert la porte, c'est sûrement une intérimaire. Je ne les vois pas engager quelqu'un comme ça. »

Ils chuchotaient comme des conspirateurs.

Maisie revint rapidement. Sans l'ombre d'un sourire, elle lança d'un ton pompeux : « Voulez-vous bien me suivre, je vous prie ? » et leur fit traverser le vestibule carré en direction de la porte opposée, qu'elle ouvrit en disant : « Les Bostock sont là, Miss Cressett. Je leur ai donné du thé. » Et elle s'éclipsa.

La pièce était petite, lambrissée de chêne et aménagée de façon fonctionnelle, le large bureau contrastant avec les lambris sculptés et la rangée de petits tableaux qui les surmontait. Trois femmes étaient assises derrière le bureau et leur désignèrent des chaises qui les attendaient visiblement.

La plus grande se présenta : « Je m'appelle Helena Cressett. Voici Miss Holland, notre infirmière-chef, et Mrs Frensham. Avez-vous fait bon voyage ?

– Excellent, Madame, merci, répondit Dean.

– Parfait. Il faudra évidemment que vous voyiez votre logement et la cuisine avant de prendre votre décision, mais avant tout, nous aimerions vous expliquer en quoi consiste le travail. Il ne s'agit pas d'un emploi de cuisinier habituel. Le docteur Chandler-Powell opère à Londres du lundi au mercredi. Autrement dit, le début de semaine n'est jamais très chargé. Son assistant, le docteur Marcus Westhall, habite un des cottages avec sa sœur et son père, et généralement, je fais moi-même ma cuisine dans l'appartement que j'occupe ici. Il peut toutefois m'arriver de donner un petit dîner et de vous demander de le préparer. La seconde moitié de la semaine est nettement plus prenante. L'anesthésiste ainsi que le personnel infirmier et domestique supplémentaire sont là, certains passent la nuit ici, d'autres rentrent chez eux en fin de journée. Ils mangent un petit quelque chose en arrivant, puis un vrai déjeuner et un repas qu'on pourrait qualifier de thé dînatoire avant de repartir. Miss Holland sera aussi sur place, ainsi que, bien sûr, le docteur Chandler-Powell et ses patientes. Certains jours, le docteur Chandler-Powell quitte le manoir à cinq heures et demie du matin pour passer à sa clinique de Londres. Il est généralement de retour à treize heures et a besoin d'un copieux déjeuner, qu'il aime qu'on lui serve dans son salon personnel. Comme il lui arrive de devoir regagner Londres pour une partie de la journée, ses repas peuvent être irréguliers, mais il ne les néglige jamais. Je préparerai les menus avec vous à l'avance. Notre infirmière-chef est responsable de tout ce qui concerne les patientes, je lui demanderai donc de vous exposer ce qu'elle attend de vous. »

Miss Holland prit la parole : « Les patientes doivent être à jeun avant l'anesthésie et généralement, on ne leur sert que des repas légers pendant les vingt-quatre heures qui suivent l'opération, en fonction de la gravité et de la nature de l'intervention. Quand elles sont suffisamment rétablies pour manger normalement, elles ont tendance à se montrer exigeantes et difficiles. Certaines ont des régimes à suivre ; nous y veillons, la diététicienne ou moi-même. Les patientes mangent généralement dans leur chambre et rien ne doit leur être servi sans mon autorisation. » Elle se tourna vers Kimberley. « En règle générale, un membre du personnel infirmier apporte les repas dans l'aile des patientes, mais il se peut qu'on vous demande de servir le thé ou un rafraîchissement. Même pour quelque chose d'aussi banal, vous devez me consulter avant, c'est bien compris ?

– Oui, bien sûr.

– Pour tout ce qui ne concerne pas l'alimentation des patientes, vous prendrez vos instructions auprès de Miss Cressett, ou si elle est absente, de son adjointe, Mrs Frensham. Maintenant, Mrs Frensham a quelques questions à vous poser. »

Mrs Frensham était une grande femme, anguleuse et d'un certain âge, aux cheveux gris acier enroulés en chignon. Mais ses yeux étaient pleins de gentillesse et Dean se sentit plus à l'aise avec elle qu'avec Miss Holland, une femme bien plus jeune, aux cheveux bruns et – se dit-il – plutôt sexy, ou qu'avec Miss Cressett, dont le visage aux traits singuliers était d'une pâleur extraordinaire. Certains sans doute, songea-t-il, pouvaient la trouver séduisante, mais on ne pouvait certainement pas la dire jolie.

Les questions de Mrs Frensham s'adressaient essentiellement à Kim et n'avaient rien de compliqué. Quels biscuits servirait-elle avec le café du matin, et comment les confectionnerait-elle ? Immédiatement à l'aise, Kim décrivit sa recette personnelle de fins biscuits épicés aux raisins secs. Et comment faisait-elle les profiteroles ? Là encore, Kim n'eut aucun mal à répondre. Dean se vit demander de choisir entre trois vins à servir respectivement avec du canard à l'orange, de la vichyssoise et de l'aloyau de bœuf rôti, et de proposer des menus pour une chaude journée d'été ou pour les jours un peu difficiles qui suivent Noël. Il donna des réponses qui furent manifestement jugées satisfaisantes. L'épreuve n'avait pas été difficile et il sentit Kim se détendre.

Ce fut Mrs Frensham qui les conduisit à la cuisine puis qui, se tournant vers Kim, demanda : « Pensez-vous pouvoir être heureuse ici, Mrs Bostock ? »

Décidément, cette Mrs Frensham était sympathique, se dit Dean.

Kim était heureuse. Pour elle, cet emploi avait été une libération, un miracle. Il se rappelait le mélange d'admiration intimidée et de ravissement avec lequel elle avait parcouru la grande cuisine étincelante, puis, comme en rêve, les pièces qui la jouxtaient, le salon, la chambre et la salle de bains luxueuse qui seraient les leurs, effleurant les meubles avec un étonnement incrédule, courant à gauche et à droite pour regarder par toutes les fenêtres. Finalement, ils étaient sortis dans le jardin et elle avait écarté tout grand les bras devant la vue illuminée par le soleil, puis elle lui avait pris la main comme une enfant et l'avait regardé, les yeux brillants. « C'est merveilleux. Je n'arrive pas à y croire. Pas de loyer à payer, logés et nourris. Nous pourrons mettre nos deux salaires de côté. »

Pour elle, cet emploi avait été un nouveau départ, rempli d'espoir, illuminé d'images de Dean et elle travaillant ensemble, se rendant indispensables, le landau sur la pelouse, leur enfant courant dans le parc pendant qu'elle le surveillait depuis les fenêtres de la cuisine. Quant à lui, plongeant son regard dans le sien, il avait su ce jour-là qu'un rêve avait commencé à mourir.

8

Rhoda se réveilla. Comme à l'accoutumée, ce ne fut pas une lente remontée vers la conscience, mais une vigilance immédiate, tous ses sens en alerte en prévision d'une journée nouvelle. Elle resta paisiblement allongée quelques minutes, savourant la chaleur et le confort du lit. Avant de s'endormir, elle avait légèrement tiré les rideaux et une étroite bande de lumière pâle lui apprenait qu'elle s'était réveillée plus tard que prévu, plus tard certainement que d'habitude, et qu'une aube hivernale pointait déjà. Elle avait bien dormi, mais à présent, l'envie d'un thé brûlant était pressante. Elle composa le numéro affiché sur sa table de chevet et entendit une voix masculine. « Bonjour, Miss Gradwyn. Dean Bostock de la cuisine à l'appareil. Pouvons-nous vous apporter quelque chose ?

– Du thé, s'il vous plaît. Indien. Une grande théière, avec du lait mais sans sucre.

– Souhaitez-vous commander votre petit déjeuner tout de suite ?

– Volontiers, mais ne l'apportez que dans une demi-heure, je vous prie. Un jus d'orange frais, un œuf poché sur un toast de pain blanc et un toast de pain complet avec de la marmelade d'oranges. Je le prendrai dans ma chambre. »

L'œuf poché était un test. S'il était cuit à point, le toast légèrement beurré, ni desséché ni ramolli, elle pouvait être assurée de bien manger quand elle reviendrait pour son opération et sa convalescence. Elle reviendrait – et dans cette chambre. Enfilant son peignoir, elle se dirigea vers la fenêtre et découvrit le paysage de combes et de collines boisées. Un voile de brume s'étirait sur la vallée, laissant émerger le sommet arrondi des buttes comme des îles dans une mer d'argent pâli. La nuit avait été claire et froide. Sur l'étroite bande de pelouse qui s'étendait sous sa fenêtre, l'herbe était décolorée et raidie par le gel, mais déjà, le soleil embrumé commençait à la verdir et à l'assouplir. Sur les hautes ramures d'un chêne dépouillé, trois freux étaient perchés, étrangement silencieux et immobiles, comme des présages noirs disposés avec soin. Au-dessous, une allée de tilleuls menait à un muret et, par-delà, à un petit cercle de pierres. Seul le sommet des blocs était visible, mais sous son regard, la brume se leva et l'image du cercle se compléta. À cette distance, le muret masquant en partie les pierres, elle remarqua seulement qu'elles étaient de tailles différentes, des masses grossières aux formes biscornues, entourant une pierre centrale plus grande. Elles devaient, se dit-elle, dater de la préhistoire. Elle les observait encore quand elle entendit la porte de la suite se fermer doucement. Le thé était servi. Sans détourner les yeux, elle aperçut au loin une étroite bande de lumière argentée, et avec un battement de cœur plus vif, elle se rendit compte que c'était la mer.

Réticente à abandonner ce spectacle, elle attendit quelques secondes avant de se retourner. Avec un léger sursaut de surprise, elle vit qu'une jeune femme était entrée sans bruit et se tenait, silencieuse, les yeux rivés sur elle. Elle était menue, vêtue d'une robe à carreaux bleus sous un cardigan fauve informe, indices d'un statut ambigu. De toute évidence, ce n'était pas une infirmière, mais elle ne manifestait rien non plus de l'assurance d'une domestique, elle n'affichait pas la confiance que prête l'exercice d'un emploi reconnu et familier. Sans doute, se dit Rhoda, était-elle plus âgée qu'elle n'en avait l'air, mais sa tenue, et plus particulièrement ce gilet qui n'était pas à sa taille, la rapprochaient de l'enfance. Elle avait le teint pâle, des cheveux bruns et raides retenus d'un côté par une longue barrette fantaisie. La lèvre supérieure de sa petite bouche dessinait un arc si parfait qu'elle avait l'air gonflée au-dessus de la lèvre inférieure plus mince. Ses yeux étaient bleu pâle et un peu protubérants sous des sourcils rectilignes. Ils étaient attentifs, presque méfiants, tout près de porter un jugement dans leur insistance imperturbable.

D'une voix plus citadine que rurale, une voix ordinaire, empreinte d'une nuance de déférence que Rhoda estima trompeuse, elle dit : « Je vous ai monté votre thé, Madame. Je suis Sharon Bateman, j'aide à la cuisine. J'ai laissé le plateau sur le palier. Voulez-vous que je vous l'apporte ?

– Oui, dans un instant. Le thé vient-il d'être fait ?

– Oui, Madame. Je l'ai monté immédiatement. »

Rhoda fut tentée de lui faire remarquer que l'appellation « Madame » était inappropriée, mais elle s'en abstint. « Dans ce cas, laissez-le infuser quelques minutes. J'observais le cercle de pierres. On m'en avait parlé, mais je ne m'étais pas rendu compte qu'il était aussi proche du manoir. Il est sans doute préhistorique.

– Oui, Madame. Ce sont les pierres de Cheverell. Elles sont très connues. Miss Cressett dit qu'elles ont plus de trois mille ans. Elle dit que les cercles de pierres sont rares dans le Dorset.

– La nuit dernière, quand j'ai tiré le rideau, j'ai aperçu une lumière qui clignotait. On aurait dit une lampe de poche. Cela venait de cette direction. Peut-être quelqu'un se promenait-il parmi les pierres. Ce cercle doit attirer beaucoup de visiteurs.

– Pas tant que ça, Madame. Je ne crois pas que beaucoup de gens sachent qu'elles sont là. Les villageois les évitent. C'était sans doute le docteur Chandler-Powell. Il aime bien se promener dans le parc la nuit. Nous ne l'attendions pas si tôt, mais il est arrivé hier soir. Au village, personne ne s'approche des pierres après la tombée de la nuit. Ils ont peur de voir le fantôme de Mary Keyte qui s'y promène et qui observe.

– Qui est Mary Keyte ?

– Elle hante les pierres. On l'a attachée à la pierre du milieu et on l'a brûlée en 1654. Elle est différente de toutes les autres pierres, plus grande et plus sombre. On disait que c'était une sorcière. En général, c'était les vieilles qu'on brûlait comme sorcières, mais Mary Keyte n'avait que vingt ans, elle. On voit encore la trace brune là où il y a eu le feu. L'herbe ne pousse jamais au milieu des pierres.

– C'est sûrement qu'au fil des siècles, les gens l'ont empêchée de pousser, expliqua Rhoda. Probablement en versant un produit qui tue l'herbe. Vous ne croyez tout de même pas à ces bêtises, si ?

– Il paraît qu'on l'entendait hurler jusqu'à l'église. Elle a maudit le village pendant qu'elle brûlait, et ensuite, presque tous les enfants sont morts. Vous pouvez voir les restes des pierres tombales au cime-

tière, mais les noms sont presque effacés maintenant, on n'arrive plus à les lire. Mog dit que le jour
anniversaire de son supplice, on l'entend encore
crier.

– Quand le vent souffle fort la nuit, sans doute. »

La conversation devenait un peu agaçante, mais
Rhoda avait du mal à l'interrompre. La petite – elle
n'était probablement guère plus âgée que Mary
Keyte – éprouvait de toute évidence une obsession
morbide pour cette histoire de bûcher. Rhoda
reprit : « Les enfants du village ont dû mourir de
maladies infantiles, de tuberculose peut-être, ou
d'une fièvre. Avant de la condamner, ils mettaient
les maladies sur le compte de Mary Keyte, et après
l'avoir brûlée, ils l'ont accusée d'être responsable de
ces décès.

– Vous ne croyez donc pas que les esprits des
défunts peuvent revenir nous hanter ?

– Les morts ne reviennent ni comme esprits, quel
que soit le sens que l'on donne à ce mot, ni sous une
autre forme.

– Mais les morts sont là ! Mary Keyte n'a pas
trouvé le repos. Les portraits dans cette maison.
Ces visages… ils n'ont pas quitté le manoir. Je sais
qu'ils ne veulent pas de moi ici. »

Elle n'avait pas l'air hystérique ni même particulièrement inquiète. C'était une constatation. « C'est
ridicule, protesta Rhoda. Ils sont morts. Ils n'ont
plus la faculté de penser. Il y a un vieux portrait
chez moi, dans la maison où j'habite. Un gentilhomme de l'époque Tudor. Il m'arrive d'essayer
d'imaginer ce qu'il pourrait penser s'il me voyait
vivre et travailler. Mais si quelqu'un est ému, c'est
moi, pas lui. Même si je me persuadais que je peux
communiquer avec lui, il ne me parlerait pas. Mary

Keyte est morte. Elle ne peut pas revenir. » Elle s'interrompit et ajouta d'un ton autoritaire : « Vous pouvez m'apporter mon thé maintenant. »

Le plateau arriva, de la porcelaine fine, une théière provenant du même service, un pichet de lait assorti. Sharon dit : « Il faut que je vous demande, Madame, pour le déjeuner, est-ce que vous voulez être servie ici ou dans le salon des patientes ? Il est juste à l'étage au-dessous, dans la longue galerie. Voici un menu pour que vous puissiez faire votre choix. »

Elle sortit un papier de la poche de son cardigan et le tendit à Rhoda. Il offrait deux possibilités. « Dites au chef que je prendrai le consommé, décida Rhoda, les Saint-Jacques sur panais et épinards à la crème avec pommes duchesse, et pour finir le sorbet au citron. Et j'aimerais bien un verre de vin blanc bien frais. Un Chablis serait parfait. Je déjeunerai dans mon salon à treize heures. »

Sharon quitta la pièce. En buvant son thé, Rhoda s'interrogea sur des émotions qui étaient, elle l'admettait, confuses. Elle n'avait jamais vu cette jeune fille ni entendu parler d'elle, et son visage n'était pas de ceux qu'elle aurait oubliés aisément. Et pourtant, sans lui être familière, elle lui rappelait de façon déconcertante un trouble passé, dont elle n'avait pas pris une conscience aiguë sur le moment, mais qui subsistait dans un coin de sa mémoire. Cette brève rencontre avait renforcé l'impression que cette demeure recelait d'autres secrets que ceux qu'immortalisaient les peintures anciennes ou le folklore local. Il ne serait pas inintéressant de fouiller un peu, de céder une fois encore à cette passion qui l'avait toujours poussée à essayer de découvrir la vérité sur les autres, en tant qu'individus ou dans leurs relations professionnelles,

les révélations qu'ils faisaient sur eux-mêmes, les carapaces méticuleusement construites qu'ils présentaient au monde. C'était une curiosité qu'elle avait pourtant décidé d'endiguer, une énergie mentale qu'elle comptait désormais employer à d'autres fins. Peut-être serait-ce sa dernière enquête, si tant est qu'on pût l'appeler ainsi ; mais ce ne serait certainement pas la fin de sa curiosité. Elle se rendit alors compte que celle-ci perdait déjà de son pouvoir, qu'elle n'avait plus rien de compulsif. Peut-être, quand elle serait débarrassée de sa cicatrice, disparaîtrait-elle entièrement ou se réduirait-elle à un auxiliaire utile de la recherche. Tout de même, elle aurait bien aimé en savoir un peu plus long sur les occupants de Cheverell Manor, et s'il y avait vraiment des choses intéressantes à découvrir, le goût irrépressible de Sharon pour les bavardages pourrait lui être fort utile. Elle n'avait réservé sa chambre que jusqu'après le déjeuner, mais une demi-journée ne suffirait même pas pour explorer le village et le parc du manoir, surtout si elle avait rendez-vous avec Miss Holland pour visiter le bloc opératoire et la salle de réveil. La brume matinale annonçait une belle journée et il serait agréable de se promener dans les jardins et peut-être plus loin. Cet endroit lui plaisait, la demeure, sa chambre. Elle demanderait s'il était possible de rester vingt-quatre heures de plus. Dans deux semaines, elle reviendrait se faire opérer et ce serait le début d'une nouvelle vie, d'une vie inconnue.

9

La chapelle se trouvait à environ quatre-vingts mètres de l'aile est, à demi masquée par un cercle de buissons d'aucubas du Japon. On ignorait son histoire et la date de sa construction, mais elle était certainement plus ancienne que le manoir, une unique cellule rectangulaire toute simple avec un autel de pierre sous la fenêtre est. On ne pouvait s'éclairer qu'à la chandelle, et il y en avait toujours une boîte sur une chaise, à gauche de la porte, à côté d'un assortiment de bougeoirs, en bois pour beaucoup, rebuts de cuisines antédiluviennes et de chambres de domestiques victoriennes, de toute évidence. Comme il n'y avait pas d'allumettes, l'éventuel visiteur imprévoyant devait se passer de lumière pour faire ses dévotions, s'il y tenait. La croix qui ornait l'autel de pierre était grossièrement sculptée, peut-être par un charpentier du domaine obéissant aux ordres ou soumis à quelque impératif personnel de piété ou d'affirmation religieuse. Ce n'était certainement pas à la demande de quelque Cressett disparu de longue date, qui aurait sans doute préféré de l'argent ou une sculpture plus remarquable. Hormis la croix, l'autel était nu. De toute évidence, les grands bouleversements de la Réforme avaient touché son mobilier d'origine, la sobriété et le dépouillement ayant remplacé les ornements plus fastueux d'autrefois.

La croix se trouvait exactement dans le champ de vision de Marcus Westhall et il lui arrivait de rester longuement silencieux, le regard rivé sur elle comme s'il en attendait quelque pouvoir mystérieux, un soutien, une grâce qui, il en avait conscience, lui serait refusée à jamais. Sous ce symbole, des batailles avaient été livrées, les grandes révolutions sismiques de l'État et de l'Église avaient changé la face de l'Europe, des hommes et des femmes avaient été torturés, brûlés, assassinés. Elle avait été brandie, répandant son message d'amour et de pardon dans les enfers les plus sombres de l'imagination humaine. Quant à lui, il y voyait un adjuvant à la concentration, son image l'aidait à focaliser les pensées qui se glissaient, s'élevaient et s'enroulaient dans son esprit comme des feuilles brunes et friables emportées par une bourrasque.

Il était entré sans bruit et, s'asseyant comme d'habitude sur le banc de bois du fond, avait regardé fixement la croix, non pas pour prier, car il ne savait pas comment le faire ni avec qui exactement il était censé chercher à communiquer. Il se demandait parfois ce qu'il éprouverait s'il découvrait la porte secrète dont on dit qu'elle s'ouvre dès qu'on l'effleure, et sentait tomber de ses épaules ce poids de culpabilité et d'indécision. Mais il savait que cette dimension de l'expérience humaine lui était aussi irrémédiablement fermée que la musique à celui qui n'a pas d'oreille. Lettie Frensham l'avait peut-être trouvée. De bonne heure, le dimanche matin, il la voyait passer à bicyclette devant Stone Cottage, coiffée d'une casquette de laine, sa silhouette anguleuse abordant énergiquement la légère pente de la route, appelée par des cloches inaudibles vers quelque lointaine église de village, qu'elle n'avait jamais nommée, dont elle n'avait jamais parlé. Il ne l'avait jamais vue à la chapelle. Si elle y venait, c'était sans doute lorsqu'il était en salle d'opération avec George. Il songea qu'il aurait volontiers partagé ce sanctuaire avec elle, qu'il l'aurait accueillie sans déplaisir s'il lui était arrivé d'entrer discrètement pour s'asseoir à ses côtés dans un silence complice. Il ne savait rien d'elle, sinon qu'elle avait été autrefois la gouvernante d'Helena Cressett, et n'avait pas la moindre idée de ce qui avait pu la pousser à revenir au manoir après toutes ces années. Mais par sa tranquillité et son bon sens paisible, elle était comme un plan d'eau immobile dans une maison qu'il sentait agitée de profonds courants, ne fût-ce que ceux de son propre esprit troublé.

Quant au reste du manoir, Mog était le seul à fréquenter l'église du village, où il était un pilier de la chorale. Marcus supposait qu'en accompagnant les vêpres de sa voix de baryton toujours puissante, Mog affirmait une allégeance, partielle du moins, au village contre le manoir et à l'ancienne religion contre la nouvelle. Il voulait bien passer de l'un à l'autre tant que Miss Cressett était aux commandes et que la paye était bonne, mais le docteur Chandler-Powell n'avait pu acheter qu'une portion soigneusement rationnée de sa loyauté.

À part la croix de l'autel, le seul signe indiquant que cette cellule n'était pas un lieu comme les autres était une plaque commémorative de bronze incrustée dans le mur, à côté de la porte :

À LA MÉMOIRE DE CONSTANCE URSULA 1896-1928
ÉPOUSE DU BARON SIR CHARLES CRESSETT,
QUI A TROUVÉ LE REPOS EN CE LIEU.
MAIS PLUS FORT ENCORE, SUR TERRE
ET DANS LES CIEUX AINSI QU'EN MER,
EST L'HOMME DE PRIÈRE
ET LOIN DESSOUS LES FLOTS ;
ET AU LIEU ATTRIBUÉ À LA FOI
OÙ DEMANDER CEST AVOIR,
OÙ CHERCHER CEST TROUVER
OÙ FRAPPER OUVRE LA PORTE TOUTE GRANDE.

Honorée comme épouse, mais non comme épouse bien-aimée, et morte à trente-deux ans. Un mariage éphémère, sans doute. Il avait retrouvé ces vers, si différents des habituelles platitudes pieuses, dans des strophes de Christopher Smart, un poète du dix-huitième siècle, mais n'avait pas cherché à en savoir davantage sur Constance Ursula. Comme le reste de la maisonnée, il éprouvait une certaine réserve qui l'empêchait d'interroger Helena sur sa famille. Mais cette plaque de bronze lui faisait l'effet d'une intrusion discordante. La chapelle aurait dû n'être que pierre et bois.

Aucun autre lieu du manoir ne recelait pareille paix, pas même la bibliothèque où il lui arrivait de s'asseoir seul. Il y craignait toujours de voir sa solitude interrompue, la porte s'ouvrir, d'entendre résonner les mots redoutés, si familiers depuis son enfance : « Oh, tu es là, Marcus, nous t'avons cherché partout. » Personne ne l'avait jamais cherché dans la chapelle. Il s'étonnait que cette cellule de pierre soit aussi paisible. L'autel lui-même rappelait un conflit. Aux jours troublés de la Réforme, une querelle théologique avait opposé le prêtre local, fidèle à la foi ancienne, et le Sir Francis Cressett de l'époque, séduit par les innovations de la pensée et du culte. Ayant besoin d'un autel pour sa chapelle, il avait envoyé nuitamment les hommes de sa maisonnée voler dans l'église paroissiale celui de la chapelle de la Vierge, un sacrilège qui avait entraîné une rupture de plusieurs générations entre l'Église et le manoir. Plus tard, pendant la guerre civile, le manoir avait été brièvement occupé par les troupes parlementaires après leur victoire dans une escarmouche locale, et les morts royalistes avaient été allongés sur ces dalles de pierre.

Marcus écarta ces pensées et ces souvenirs pour se concentrer sur son dilemme personnel. Il devait décider – tout de suite – s'il resterait au manoir ou rejoindrait une équipe chirurgicale qui partait pour l'Afrique. Il savait ce que sa sœur voulait, ce que lui-même avait fini par considérer comme la solution de tous ses problèmes, mais cette désertion concernait-elle uniquement son emploi ? Le mélange de colère et de prière dans la voix de son amant ne lui avait pas échappé. Eric, qui travaillait comme infirmier de bloc opératoire à St Angela's, aurait voulu qu'il l'accompagne à une manifestation gay. Cette querelle n'avait rien d'inattendu. Ce n'était pas leur première dispute. Il se rappelait parfaitement les paroles qu'il avait prononcées :

« Je n'en vois pas l'utilité. Si j'étais hétérosexuel, tu ne me demanderais pas d'aller défiler dans la rue pour proclamer mon hétérosexualité. Pourquoi devrions-nous le faire ? N'avons-nous pas le droit d'être ce que nous sommes, un point c'est tout ? Nous n'avons pas à nous justifier, à nous afficher ni à le proclamer à la face du monde. Tu peux me dire en quoi ma sexualité devrait intéresser qui que ce soit, à part toi ? »

Il essayait d'oublier la violence de la scène qui avait suivi, la voix brisée d'Eric à la fin, son visage brouillé de larmes, le visage d'un enfant.

« Ça n'a rien à voir avec notre intimité ; tu fuis. Tu as honte de ce que tu es, de ce que je suis. C'est pareil avec ton boulot. Tu restes avec Chandler-Powell, à gaspiller ton talent sur des bonnes femmes futiles et extravagantes, pleines aux as et qui ne pensent qu'à leur apparence, alors que tu pourrais travailler à plein temps ici, à Londres. Tu n'aurais pas de mal à trouver du boulot… évidemment, tu trouverais du boulot.

– Ce n'est pas si facile actuellement, et justement, je n'ai pas l'intention de continuer à gaspiller mon talent. Je pars en Afrique.

– Pour t'éloigner de moi.

– Non, Eric. Pour m'éloigner de moi.

– Tu ne feras jamais ça ; jamais, jamais ! » Son dernier souvenir était les larmes d'Eric, la porte qui claquait.

Il avait contemplé l'autel avec tant d'intensité que la croix semblait se brouiller et se transformer en nébulosité indistincte et mouvante. Il ferma les yeux et s'imprégna de l'odeur humide et froide de la chapelle, il sentit le bois dur du banc dans son dos. Il se rappela la dernière opération importante qu'il avait pratiquée comme assistant à St Angela's, une patiente d'un certain âge envoyée par la Sécurité sociale, dont le visage avait été mutilé par un chien. Elle était déjà malade et n'avait probablement pas plus d'un an à vivre, ce qui n'avait pas empêché George de consacrer, pendant de longues heures, toute sa patience et toutes ses compétences pour reconstruire un visage qui puisse soutenir le regard cruel du monde. Rien n'était jamais négligé, rien n'était précipité ni forcé. George avait-il le droit de galvauder cette passion et ce talent, ne fût-ce que trois jours par semaine, en opérant des femmes fortunées qui n'aimaient pas la forme de leur nez, de leur bouche, de leurs seins, et qui voulaient que tout le monde sache qu'elles pouvaient se payer un chirurgien de sa classe ? Qu'est-ce qui était si important à ses yeux pour qu'il consacre tant de temps à des interventions qu'un chirurgien moins habile que lui pourrait réaliser, et aussi bien que lui ?

Démissionner maintenant n'en serait pas moins trahir un homme qu'il vénérait. Ne pas démissionner serait se trahir lui-même et trahir Candace, la sœur qui l'aimait et qui savait qu'il devait conquérir sa liberté, qui l'exhortait à avoir le courage d'agir. Du courage, elle-même n'en avait jamais manqué. Il avait dormi à Stone Cottage et y avait passé suffisamment de temps pendant la maladie de leur père pour s'être fait une idée de ce qu'elle avait enduré au cours de ces deux années. Elle se retrouvait à présent sans emploi, parce que son poste avait été supprimé et qu'elle n'en avait pas d'autre en vue, avec de surcroît la perspective de son départ à lui pour l'Afrique. C'était ce qu'elle souhaitait pour lui, ce à quoi elle avait œuvré, ce qu'elle l'avait encouragé à faire, mais il savait que la solitude serait lourde. Il s'apprêtait à abandonner les deux personnes qui l'aimaient – Candace et Eric – en même temps que George Chandler-Powell, l'homme qu'il admirait le plus.

Sa vie était un gâchis. Une partie de sa nature, timide, indolente, manquant d'assurance, lui avait fait prendre l'habitude de ne jamais rien décider, de laisser les choses se régler toutes seules, comme s'il plaçait sa foi dans une providence bienveillante qui agirait dans son intérêt s'il la laissait faire. Il était resté trois ans au manoir. Comment faire la part de la loyauté, de la gratitude, de l'intérêt d'apprendre son métier d'un homme au sommet de son art, du refus de le décevoir ? Tous ces éléments avaient joué un rôle, mais avant tout, il était resté parce que c'était plus confortable que de décider de partir. Il ferait face, maintenant. Il allait couper les ponts, et la rupture ne serait pas seulement physique. En Afrique, sa présence pourrait avoir une influence plus profonde, plus durable que tout ce qu'il avait pu réaliser au manoir. Il fallait qu'il fasse autre chose, et s'il fallait fuir, il fuirait vers des gens qui avaient terriblement besoin de ses compétences, vers des enfants aux grands yeux, affligés de becs-de-lièvre épouvantables et invalidants, vers des victimes de la lèpre qui devaient être acceptées et à qui il fallait rendre leur intégrité, vers les balafrés, les défigurés, les rejetés. Il avait besoin de respirer un air plus roboratif. S'il ne discutait pas maintenant avec Chandler-Powell, il n'aurait jamais le courage d'agir.

Il se leva, le corps endolori, et s'approcha de la porte d'un pas de vieillard, puis, après un instant d'arrêt, il se dirigea résolument vers le manoir, tel un soldat marchant au combat.

10

Marcus trouva George Chandler-Powell au bloc opératoire. Il était seul, occupé à compter un lot d'instruments chirurgicaux qui venait d'arriver, examinant chaque objet soigneusement, le tournant entre ses doigts et le reposant sur son plateau avec une sorte de vénération. C'était le travail d'un aide opératoire, et Joe Maskell arriverait à sept heures le lendemain matin pour préparer la première intervention de la journée. Marcus savait que s'il vérifiait les instruments, ce n'était pas parce que Chandler-Powell n'était pas sûr de Joe – il n'employait que des gens en qui il avait toute confiance –, mais parce qu'il était dans son élément entre ses deux passions, son métier et sa maison. Il était comme un enfant en train de trier ses jouets préférés.

Marcus prit la parole : « J'aurais voulu vous dire un mot, si vous avez le temps. »

Sa voix lui parut artificielle, curieusement placée. Chandler-Powell ne leva pas les yeux. « Tout dépend de ce que vous appelez un mot. Un mot ou une conversation sérieuse ?

– Une conversation sérieuse, sans doute.

– Dans ce cas, laissez-moi finir ici et nous passerons au bureau. »

La suggestion avait quelque chose d'intimidant aux oreilles de Marcus. Elle lui rappelait trop les convocations de son enfance dans le bureau de son père. Il aurait préféré parler tout de suite, s'en débarrasser immédiatement. Il attendit pourtant que le dernier tiroir soit refermé et que George Chandler-Powell ait franchi la porte donnant sur le jardin, qu'il ait traversé l'arrière de la maison et le hall pour rejoindre le bureau. Lettie Frensham était assise devant l'ordinateur ; elle marmonna de vagues excuses dès qu'ils entrèrent et s'éclipsa discrètement. Chandler-Powell s'assit devant la table de travail, désigna une chaise à Marcus et attendit. Marcus essaya de se convaincre que son silence n'était pas une impatience soigneusement maîtrisée.

George ne parlerait certainement pas le premier, et Marcus prit son courage à deux mains : « Je me suis décidé à propos de l'Afrique. Je voulais vous informer que je vais rejoindre l'équipe du docteur Greenfield. Je vous serais très reconnaissant de bien vouloir me libérer dans trois mois.

– J'imagine que vous êtes allé à Londres et que vous avez parlé à Greenfield. Je ne doute pas qu'il aura attiré votre attention sur un certain nombre de problèmes, concernant notamment la suite de votre carrière.

– Oui, il l'a fait.

– Matthew Greenfield est l'un des meilleurs spécialistes de chirurgie esthétique d'Europe, sans doute un des six meilleurs du monde. C'est également un brillant enseignant. Ses compétences ne font pas de doute – membre de l'Académie royale de chirurgie, et même de l'Académie royale de chirurgie plastique, *Master of Surgery*. Il part en Afrique pour enseigner et mettre en place un centre de très haut niveau. C'est ce que veulent les Africains, apprendre à se débrouiller par eux-mêmes. Ils n'ont pas envie que des Blancs viennent prendre les choses en main.

– Je n'ai pas l'intention de prendre quoi que ce soit en main, tout ce que je veux, c'est aider. Il y a tant à faire. Le docteur Greenfield estime que je pourrais être utile.

– Évidemment ; autrement, il ne perdrait pas son temps et ne vous ferait pas perdre le vôtre. Mais que pensez-vous avoir à lui offrir ? Vous êtes membre de l'Académie royale de chirurgie et vous êtes un bon chirurgien, mais vous n'êtes pas qualifié pour enseigner, ni même pour réaliser seul les interventions les plus complexes. De surcroît, une année en Afrique suffira à compromettre sérieusement votre carrière… en admettant que vous envisagiez de ne partir que pour un an. Le travail que vous avez accompli ici ne vous a rien apporté, je vous avais prévenu dès votre arrivée. La nouvelle réforme des carrières médicales rend les cursus de formation beaucoup plus rigides. Les internes sont devenus des médecins en année d'initiation, et vous savez comme moi le gâchis que le gouvernement a accompli dans ce domaine, les attachés n'existent plus, les chefs de clinique sont des stagiaires spécialistes en chirurgie. Dieu sait combien de temps cela durera avant qu'ils inventent autre chose, encore des formulaires à remplir, plus de bureaucratie, plus de bâtons dans les roues pour ceux qui essaient de faire leur boulot correctement. Mais une chose est sûre : si vous voulez faire carrière en chirurgie, il faut que vous suiviez tout le cursus de formation, et il n'autorise guère de souplesse. Il serait éventuellement possible de vous remettre le pied à l'étrier, et j'essaierai de vous donner un coup de main, mais c'est évidemment impossible si vous partez vadrouiller en Afrique. Si encore vous y alliez pour des motifs religieux. Je ne vous approuverais pas, mais je comprendrais… ou du moins, faute de comprendre, j'accepterais. Il y a des gens comme ça, mais je ne vous ai jamais tenu pour particulièrement dévot.

– Non. Je ne le suis certainement pas.

– Alors, quels sont vos motifs ? Vous voulez faire le bien de l'humanité ? Vous êtes rongé de culpabilité postcoloniale ? Elle fait toujours des ravages, paraît-il.

– George, je peux être utile là-bas. Je n'ai qu'un motif : la ferme conviction que partir en Afrique sera une bonne chose pour moi. Je ne peux pas rester ici éternellement, vous l'avez dit vous-même.

– Et je ne vous le demande pas. Tout ce que je vous demande, c'est de réfléchir sérieusement à l'orientation que vous souhaitez donner à votre carrière. Enfin, si vous voulez faire carrière en chirurgie. Mais si votre décision est prise, je ne vais pas gaspiller ma salive à essayer de vous convaincre. Je vous suggère tout de même d'y réfléchir encore. Pour le moment, je pars du principe qu'il faudra que je vous remplace dans trois mois.

– Je sais que cela ne vous arrange pas, et j'en suis désolé. Je sais aussi tout ce que je vous dois. Je vous en suis reconnaissant. Je vous en serai toujours reconnaissant.

– Je vous en prie, ne parlons pas de reconnaissance. Ce n'est jamais un mot bien plaisant entre collègues. Nous admettrons donc que vous nous quitterez dans trois mois. J'espère que vous trouverez en Afrique ce que vous y cherchez. Ou que vous arriverez à vous libérer de ce que vous fuyez. Maintenant, si vous n'avez rien d'autre à me dire, j'aimerais pouvoir disposer de mon bureau. »

Marcus avait encore un point à aborder et il s'arma de courage. Des paroles avaient été prononcées qui avaient brisé une relation. Il ne pouvait rien arriver de pire. Il dit : « C'est à propos d'une patiente, Rhoda Gradwyn. Elle est ici en ce moment.

– Je sais. Et elle reviendra dans quinze jours pour son opération, à moins qu'elle ne se soit prise d'aversion pour le manoir et ne préfère un lit à St Angela's.

– Vous ne pensez pas que ce serait plus commode ?

– Pour elle ou pour moi ?

– Je me demandais si vous souhaitiez vraiment encourager la présence de journalistes d'investigation au manoir. Si nous en accueillons une, d'autres suivront. Je n'imagine que trop bien ce que cette Gradwyn écrira. *Des créatures richissimes dépensent une fortune pour se faire refaire un visage plus à leur goût. De précieux talents de chirurgien qui pourraient être mieux employés.* Elle trouvera des critiques à faire, c'est son métier. Les patientes comptent sur votre discrétion et s'attendent à une confidentialité absolue. Après tout, n'est-ce pas la fonction même de cet endroit ?

– Pas exactement. Et je n'ai pas l'intention d'établir entre mes patientes de distinctions reposant sur autre chose que sur des impératifs médicaux. Franchement, je ne lèverai pas le petit doigt pour museler la presse populaire. Quand on songe aux manœuvres et à la fourberie des gouvernements, nous avons grand besoin d'une institution assez forte pour pousser des cris de temps en temps. J'avais cru que nous vivions dans un pays libre. Force m'est d'admettre que je me suis trompé. Mais au moins, nous avons une presse libre et je suis prêt à tolérer une certaine dose de trivialité, de vulgarisation, de sentimentalisme et même de déformation pour assurer la préservation de cette liberté. C'est Candace qui vous a entrepris, n'est-ce pas ? Vous n'auriez certainement pas eu cette idée tout seul. Si elle a des raisons personnelles d'en vouloir à Miss Gradwyn, rien ne l'oblige à avoir la moindre relation avec elle. Les patientes ne sont pas de son ressort. Elle n'a pas besoin de la voir ni maintenant, ni à son retour. Je ne choisis pas mes patientes pour faire plaisir à votre sœur. Et maintenant, si vous en avez fini, je suis sûr que nous avons du pain sur la planche l'un comme l'autre. C'est mon cas, en tout état de cause. »

Il se leva et se dirigea vers la porte. Sans ajouter un mot, Marcus passa devant lui, effleurant la manche de George, et sortit. Il avait l'impression d'être un domestique incompétent, renvoyé dans l'opprobre. C'était là le mentor qu'il avait vénéré, presque adulé, pendant des années. Il se rendait compte avec horreur que ce qu'il éprouvait à présent était proche de la haine. Une idée, presque un espoir, déloyale et honteuse lui traversa l'esprit. Peut-être l'aile ouest, toute la clinique, serait-elle condamnée à fermer s'il se produisait une catastrophe, un incendie, une infection, un scandale. Si sa source de patientes fortunées tarissait, comment Chandler-Powell pourrait-il poursuivre ses activités ? Il essaya de bannir de ses pensées les images les plus ignominieuses, mais elles étaient irrépressibles ; même, à son écœurement, la plus dramatique et la plus terrible de toutes, la mort d'une patiente.

11

Chandler-Powell attendit que les pas de Marcus se soient éloignés puis il sortit du manoir pour se rendre chez Candace Westhall. Il n'avait pas eu l'intention de passer son mercredi en discussions avec Marcus ou sa sœur, mais puisqu'une décision avait été prise, autant savoir ce que Candace comptait faire. Il serait fâcheux qu'elle veuille partir, elle aussi, mais sans doute, maintenant que son père était mort, souhaiterait-elle retrouver son poste universitaire au trimestre prochain. Même si telle n'était pas son intention, son travail au manoir, qui se limitait à remplacer Helena quand celle-ci était à Londres et à donner un coup de main au bureau, n'avait rien de gratifiant professionnellement. Il avait horreur de s'immiscer dans l'organisation domestique du manoir, mais si Candace avait l'intention de les quitter, plus vite il le saurait, mieux cela vaudrait.

Il remonta l'allée conduisant à Stone Cottage dans les échappées de soleil hivernal et, en approchant, vit qu'une voiture de sport boueuse était rangée devant Rose Cottage. Le cousin des Westhall, Robin Boyton, était arrivé. Il se rappela qu'Helena avait évoqué son séjour avec une absence évidente d'enthousiasme que partageaient, soupçonnait-il, les deux Westhall. Boyton avait tendance à prévenir au dernier moment quand il voulait réserver le cottage, mais comme celui-ci était inoccupé, Helena aurait difficilement pu le lui refuser.

Chaque fois que Chandler-Powell y venait, il ne pouvait s'empêcher de remarquer à quel point le jardin de Stone Cottage avait changé d'aspect depuis que Candace et son père étaient arrivés, environ deux ans et demi plus tôt. C'était une jardinière assidue. Sans doute cette activité lui avait-elle offert un prétexte légitime pour s'éloigner un moment du chevet de Peregrine Westhall. Il n'avait rendu visite au malade que deux fois avant sa mort mais il savait, comme le savait probablement tout le village, que c'était un homme égoïste, exigeant et ingrat. Il était mort à présent et Marcus s'apprêtait à quitter l'Angleterre. Affranchie de ce qui avait dû être une servitude, Candace avait certainement des projets d'avenir.

Elle ratissait la pelouse de derrière, vêtue de sa vieille veste de tweed, d'un pantalon de velours et de bottes qu'elle réservait au jardinage, une casquette de laine tirée sur ses oreilles et recouvrant ses épais cheveux bruns. Cette tenue accentuait sa ressemblance frappante avec son père, le nez dominateur, les yeux enfoncés sous des sourcils droits mais broussailleux, la longueur et la minceur des lèvres, un visage vigoureux et sans compromis qui, sa chevelure dissimulée, présentait un aspect androgyne. La répartition des gènes s'était faite curieusement dans la famille Westhall, car c'était chez Marcus, et non chez elle, que les traits de Peregrine s'étaient amollis en une douceur quasi féminine. L'apercevant, elle appuya le râteau contre un tronc et se dirigea vers lui. « Bonjour, George, dit-elle. Je crois savoir pourquoi vous venez me voir. J'allais justement prendre un café. Entrez, voulez-vous. »

Elle le fit passer par la porte latérale, celle qui servait le plus souvent et ouvrait sur l'ancien office. Avec ses murs et son sol de pierre, ce local ressemblait plus à une souillarde, un débarras commode pour entreposer le matériel usé, dominé par un vaisselier abritant une collection hétéroclite de tasses, des jeux de clés et un échantillonnage varié d'assiettes et de plats. Ils passèrent dans la petite cuisine adjacente. Elle était d'une propreté méticuleuse, mais Chandler-Powell songea qu'il était grand temps d'agrandir et de moderniser cette pièce ; il s'étonna que Candace, qui passait pour être une bonne cuisinière, ne s'en soit jamais plainte.

Elle brancha une cafetière électrique et sortit deux tasses du placard. Ils attendirent en silence que le café passe. Elle prit un pichet de lait dans le réfrigérateur et ils allèrent au salon. Assis en face d'elle devant une table carrée, il se dit une fois de plus que ce cottage avait grand besoin d'être rénové. Presque tout le mobilier, de fabrication récente, était à elle, certaines pièces de qualité, d'autres trop volumineuses pour l'espace. Trois murs étaient recouverts d'étagères de bois que Peregrine Westhall avait fait venir quand il avait quitté l'établissement de soins. C'était une partie de sa bibliothèque, dont il avait légué l'essentiel à son ancienne université. Les livres jugés dignes d'être conservés avaient été rassemblés, laissant les murs criblés de vides où les volumes mis au rebut tombaient les uns sur les autres, tristes symboles de rejet. Toute la pièce présentait un aspect provisoire, un air d'abandon. Seul le banc à haut dossier disposé perpendiculairement à la cheminée semblait receler une promesse de confort.

Il ne s'embarrassa pas de préambule : « Marcus vient de m'annoncer qu'il part pour l'Afrique dans trois mois. Je me demande quelle influence vous avez exercée sur ce choix, qui ne brille pas par son intelligence.

– Suggéreriez-vous que mon frère est incapable de prendre tout seul les décisions qui concernent sa vie ?

– Pas du tout. Quant à savoir s'il se sent libre de les réaliser, c'est une autre histoire. De toute évidence, vous l'avez influencé. Le contraire serait surprenant. Vous avez huit ans de plus que lui. Votre mère ayant été malade presque tout le temps quand il était enfant, il n'est pas étonnant qu'il vous écoute. N'est-ce pas plus ou moins vous qui l'avez élevé ?

– Vous semblez fort bien informé sur ma famille. Si je l'ai influencé, c'était pour l'encourager. Il est grand temps qu'il parte. Je conçois que cela ne vous arrange pas, George, et il en est désolé. Moi aussi. Mais vous trouverez quelqu'un d'autre. Cela fait un an que ce projet est dans l'air. Vous avez certainement pensé à un remplaçant. »

Elle avait raison. Un chirurgien à la retraite spécialisé dans le même domaine, extrêmement compétent sinon brillant, qui serait enchanté de l'assister trois jours par semaine. « Ce n'est pas ce qui me préoccupe, reprit-il. Quels sont les projets de Marcus ? A-t-il l'intention de rester définitivement en Afrique ? Cela ne paraît pas très réaliste. Travailler là-bas un an ou deux et revenir ? Que retrouvera-t-il à son retour ? Il faut qu'il réfléchisse sérieusement à ce qu'il veut faire de sa vie.

– Comme nous tous, répliqua Candace. Il y a pensé, rassurez-vous. Il est convaincu que c'est ainsi qu'il doit agir. Et maintenant que le testament de Père a été homologué, il a de l'argent. Il ne sera une charge pour personne en Afrique. Il ne partira pas les mains vides. Vous pouvez certainement comprendre la nécessité d'obéir à ce que votre instinct vous dicte, à ce que vous vous sentez destiné à faire. N'est-ce pas ainsi que vous avez mené votre vie ? Ne prenons-nous pas tous, à un moment ou à un autre, une décision que nous savons irrévocablement juste, n'y a-t-il pas des cas où nous savons que telle ou telle entreprise, tel ou tel changement est impératif ? Et quand bien même cela échouerait, s'y opposer représenterait un échec plus grave encore. Certains parleraient sans doute d'appel divin.

– Dans le cas de Marcus, j'y vois plutôt un prétexte à fuir.

– Mais il y a un temps pour cela aussi, pour l'évasion. Marcus a besoin de s'éloigner d'ici, de son travail, du manoir, de vous.

– De moi ? » La question avait été posée calmement, sans colère, comme si c'était une suggestion qui méritait réflexion. Son visage ne trahissait rien.

« De votre succès, de votre supériorité, de votre réputation, de votre charisme. Il faut qu'il puisse enfin être lui-même.

– Je n'ai jamais eu conscience de l'empêcher d'être lui-même, quel que soit le sens que vous donnez à cette expression.

– C'est vrai, vous n'en avez pas conscience. Voilà pourquoi il faut qu'il parte et pourquoi il faut que je l'y aide.

– Il va vous manquer.

– Oui, George, il me manquera. »

Soucieux de ne pas paraître d'une curiosité indiscrète, mais tenant à avoir une réponse, il demanda : « Resterez-vous ici quelque temps ? Le cas échéant, je sais qu'Helena sera heureuse d'avoir de l'aide. Il faut quelqu'un pour la remplacer quand elle est à Londres. Mais j'imagine que vous voudrez reprendre votre enseignement.

– Non, George, ce n'est pas possible. Ils ont décidé de fermer l'Institut de Lettres classiques. Pas assez d'étudiants. On m'a proposé un poste à temps partiel dans un des nouveaux instituts qu'ils sont en train de créer, Religion comparative ou Études britanniques. Je ne sais pas trop ce que c'est. N'étant compétente pour enseigner ni l'une ni les autres, je n'y retournerai pas. Je serais contente de rester ici au moins six mois après le départ de Marcus. J'aurai décidé ce que je ferai au plus tard dans neuf mois. Mais une fois Marcus parti, rien ne justifie que je continue à loger ici gratuitement. Si vous acceptez que je verse un loyer, je vous serais reconnaissante de pouvoir garder ce cottage jusqu'à ce que j'aie pris une décision.

– C'est tout à fait inutile. Je préfère ne pas établir de bail ici, mais si vous pouviez rester neuf mois environ, cela me paraît parfait. À condition que cela convienne à Helena.

– Je vais lui poser la question, bien sûr, dit-elle. Le cottage aurait besoin de quelques aménagements. C'était impossible quand Père était en vie, il avait horreur de l'agitation et du bruit, et l'intrusion d'ouvriers l'aurait mis hors de lui. Mais la cuisine est trop petite et vraiment déprimante. Si vous avez l'intention d'utiliser ce cottage après mon départ pour y loger du personnel ou des visiteurs, vous devrez certainement envisager des travaux. Le plus judicieux serait sans doute de transformer l'ancien office en cuisine et d'agrandir le salon. »

Chandler-Powell n'avait aucune envie de discuter de la transformation de la cuisine. « Eh bien, parlez-en à Helena, dit-il. Vous pourriez aussi demander à Lettie de faire établir un devis pour la peinture du cottage. Il en a grand besoin. Nous devrions effectivement pouvoir entreprendre quelques travaux de rénovation. »

Il avait fini son café et appris ce qu'il voulait savoir, mais sans lui laisser le temps de se lever, elle reprit : « Autre chose encore. Rhoda Gradwyn est ici et si j'ai bien compris, elle revient dans une quinzaine de jours pour son opération. Vous avez des lits privés à St Angela's. Londres serait beaucoup plus commode pour elle de toute façon. Si elle reste ici, elle va s'ennuyer, et c'est quand elles s'ennuient que les femmes comme elle sont les plus dangereuses. Or elle est dangereuse. »

Il ne s'était donc pas trompé. Candace était bien derrière cette hantise de la présence de Rhoda Gradwyn. Il demanda : « Dangereuse en quel sens ? Dangereuse pour qui ?

– Si je le savais, je serais plus tranquille. Vous savez sans doute quelle réputation elle a… enfin, si vous lisez autre chose que des revues de chirurgie. C'est une journaliste d'investigation, de la pire espèce. Elle flaire les ragots comme un cochon les truffes. Son métier est de dénicher sur les autres des informations qui seront pour eux source de détresse, de souffrance ou pire encore, et dont la révélation émoustillera les lecteurs. Elle livre des secrets contre de l'argent.

– Vous ne croyez pas que vous exagérez ? demanda-t-il. Et quand bien même ce serait vrai, cela ne me donne pas le droit de refuser de la soigner où elle le souhaite. Pourquoi cette inquiétude ? Je ne vois pas ce qu'elle pourrait trouver ici à se mettre sous la dent.

– En êtes-vous sûr ? Elle dénichera bien quelque chose.

– Et sous quel prétexte pourrais-je refuser sa venue ?

– Inutile de vous la mettre à dos, évidemment. Vous n'avez qu'à lui dire qu'il y a eu une double réservation et que vous venez d'apprendre que vous n'avez pas de chambre disponible. »

Il eut du mal à maîtriser son agacement. C'était une ingérence intolérable. De quel droit se permettait-elle d'intervenir dans les décisions concernant ses patientes ? Il demanda : « Candace, de quoi retourne-t-il au juste ? Je vous ai toujours prise pour une femme raisonnable. Or votre comportement me paraît friser la paranoïa. »

Elle passa à la cuisine et entreprit de laver les deux tasses et de vider la cafetière. Après un moment de silence, elle répondit : « Je m'en étonne parfois moi-même. Je reconnais que cela peut paraître tiré par les cheveux, irrationnel. D'ailleurs, cela ne me regarde pas, mais il me semble tout de même que les patientes qui viennent ici par souci de discrétion ne seraient pas enchantées de se trouver nez à nez avec une célèbre journaliste. Mais ne vous en faites pas. Je ne la verrai pas, pas plus maintenant qu'à son retour. Je n'ai pas l'intention de l'agresser avec un couteau de cuisine. Franchement, elle n'en vaut pas la peine. »

Elle le raccompagna à la porte. « Je vois que Robin Boyton est revenu, dit-il. Il me semble avoir entendu Helena dire qu'il avait réservé. Savez-vous pourquoi il est là ?

– À cause de la présence de Rhoda Gradwyn. C'est ce qu'il a dit. Il semblerait qu'ils soient amis et il pense qu'elle aura peut-être envie de compagnie.

– Pour un séjour d'une nuit ? A-t-il l'intention de réserver Rose Cottage quand elle reviendra ? Dans ce cas, il ne la verra pas, pas plus que cette fois d'ailleurs. Elle a fait clairement savoir qu'elle ne voulait être dérangée sous aucun prétexte, et je veillerai à ce qu'elle ne le soit pas. »

Refermant la grille du jardin derrière lui, il s'interrogeait encore. Candace devait avoir de bonnes raisons d'éprouver une antipathie aussi violente et aussi déraisonnable à première vue. Reportait-elle sur Gradwyn l'irascibilité due à la perspective de perdre son emploi et aux deux années de frustration qu'elle avait passées, prisonnière d'un malade acariâtre et sans amour ? Sans compter le départ de Marcus en Afrique. Sans doute approuvait-elle sa décision, mais elle ne pouvait s'en réjouir. Regagnant le manoir d'un pas résolu, il chassa de son esprit Candace Westhall et ses problèmes, pour se concentrer sur les siens. Il remplacerait Marcus et, si Flavia décidait de s'en aller, elle aussi, il se passerait d'elle. Elle commençait à perdre patience. Aussi occupé qu'il fût, il avait relevé des signes qui ne trompaient pas. Peut-être était-il temps de mettre fin à cette liaison. Avec l'approche des congés de Noël et une charge de travail un peu moins lourde, il fallait qu'il s'arme de courage et prenne l'initiative de rompre.

De retour au manoir, il décida de parler à Mogworthy, qui était certainement en train de travailler au jardin, profitant du beau temps toujours incertain en cette saison. Il y avait des bulbes à planter et il était temps qu'il manifeste un peu d'intérêt pour les projets printaniers d'Helena et de Mog. Il passa par la porte nord qui conduisait à la terrasse et au jardin de topiaires. Mogworthy n'était pas là, mais il aperçut deux silhouettes qui marchaient ensemble vers la brèche de la haie de hêtres, tout au fond, en direction de la roseraie. La plus petite était Sharon, et il reconnut à ses côtés Rhoda Gradwyn. Sharon lui faisait apparemment visiter le parc, une tâche dont se chargeaient généralement Helena ou Lettie, à la demande des visiteuses. Il resta un moment à observer ce couple singulier, tandis qu'elles s'éloignaient, bavardant avec animation comme deux amies intimes, Sharon levant les yeux vers sa compagne. Cette vision le troubla, sans qu'il sût vraiment pourquoi. Les pressentiments de Marcus et de Candace l'avaient agacé plus qu'inquiété, mais en cet instant, pour la première fois, il éprouva un pincement d'angoisse, l'impression qu'un élément incontrôlable et potentiellement dangereux s'était introduit dans son domaine. L'idée était trop irrationnelle, superstitieuse même, pour être sérieusement envisagée et il l'écarta. Mais il s'étonnait que Candace, une femme d'une intelligence supérieure et généralement si raisonnable, soit ainsi obnubilée par Rhoda Gradwyn. Savait-elle sur cette femme quelque chose qu'il ignorait, quelque chose qu'elle ne voulait pas révéler ?

Il renonça à chercher Mogworthy et, entrant dans le manoir, referma énergiquement la porte derrière lui.

12

Helena savait que Chandler-Powell était allé à Stone Cottage et ne fut pas étonnée quand, vingt minutes après son retour, Candace surgit dans son bureau.

Elle déclara sans préambule : « Il faut que je vous parle de quelque chose. De deux choses en fait. Rhoda Gradwyn. Je l'ai vue arriver hier… enfin, j'ai vu passer une BMW et j'imagine que c'était la sienne. À quelle heure part-elle ?

– Elle ne part pas, enfin pas aujourd'hui. Elle a réservé pour une nuit supplémentaire.

– Et vous avez accepté ?

– Je ne pouvais pas refuser. Il m'aurait fallu une raison et je n'en avais pas. La chambre était libre. J'ai appelé George pour le prévenir et ça n'a pas eu l'air de l'inquiéter.

– Évidemment. Elle va payer une journée de pension de plus, sans aucun souci supplémentaire pour George.

– Pas plus que pour nous », remarqua Helena.

Elle parlait sans animosité. À ses yeux, George Chandler-Powell se conduisait tout à fait raisonnablement. Mais elle trouverait le temps de lui parler de ces séjours d'une nuit. Était-il vraiment nécessaire de faire une visite préalable de l'établissement ? Elle n'avait pas envie de voir le manoir se transformer en Bed and Breakfast. À bien y réfléchir, peut-être valait-il mieux ne pas aborder le sujet. Il avait toujours tenu à ce que ses patientes aient la possibilité de se familiariser avec le cadre où se déroulerait leur opération et aurait du mal à tolérer la moindre ingérence dans son jugement clinique. Leurs relations n'avaient jamais été clairement définies, mais ils savaient, l'un comme l'autre, quelles étaient leurs attributions. Il n'intervenait pas dans l'organisation domestique du manoir ; elle ne s'occupait pas de la clinique.

Candace reprit la parole : « Elle va revenir ?

– Très probablement, dans un peu plus de deux semaines. » Il y eut un instant de silence, puis Helena demanda : « Pourquoi cette affaire vous tient-elle tellement à cœur ? C'est une patiente comme une autre. Elle a réservé pour une semaine de convalescence après l'intervention, mais je serais surprise qu'elle reste jusqu'au bout. Nous serons en décembre, elle voudra certainement rentrer en ville. De toute façon, je ne vois pas pourquoi elle serait plus gênante que les autres patientes. Au contraire.

– Tout dépend de ce que vous entendez par gênante. Je vous rappelle qu'elle est journaliste. Elle va passer son temps à chercher de la matière pour un nouvel article et elle en trouvera, ne fût-ce que de quoi écrire une diatribe sur la vanité et la sottise de certaines de nos patientes. Après tout, nous leur garantissons la discrétion autant que la sécurité. Je ne vois pas comment vous pouvez espérer la moindre discrétion en introduisant dans les lieux une journaliste d'investigation, surtout celle-là.

– Dans la mesure où à cette période de l'année, nous n'aurons qu'elle et Mrs Skeffington, elle ne risque guère de rencontrer plus d'un spécimen de vanité et de sottise. »

Il y a autre chose, pensa-t-elle. *Pourquoi la réputation de la clinique l'inquiète-t-elle, alors que son frère va partir ?* Elle lança : « Vous avez une raison personnelle de lui en vouloir, n'est-ce pas ? Forcément. »

Candace se détourna. Helena regretta l'impulsion subite qui l'avait incitée à poser cette question. Elles travaillaient bien ensemble, et se respectaient, professionnellement en tout cas. Ce n'était pas le moment de s'engager dans l'exploration de territoires privés qui étaient balisés, elle le savait, comme les siens, d'écriteaux en interdisant l'accès.

Il y eut un nouveau silence, et Helena reprit : « Vous disiez que vous vouliez me parler de deux choses.

– J'ai demandé à George si je pouvais rester encore six mois, peut-être un an. Je continuerai à vous aider pour la comptabilité et le travail de bureau, si vous pensez que je peux vous être utile. Évidemment, après le départ de Marcus, je verserai un loyer. Mais je ne veux pas rester si cela ne vous convient pas. Je tiens aussi à vous prévenir que je serai absente trois jours la semaine prochaine. Je vais à Toronto prendre des dispositions pour verser une pension à Grace Holmes, l'infirmière qui m'a aidée à soigner Père. »

Ainsi Marcus partait. Il était temps qu'il se décide. Son départ serait bien ennuyeux pour George, mais il lui trouverait certainement un remplaçant. « Nous aurions du mal à nous passer de vous, dit Helena. Je serais soulagée que vous puissiez rester, au moins provisoirement. Je sais que Lettie partagera mon point de vue. Vous dites donc adieu à l'Université ?

– C'est plutôt l'inverse. Il n'y a apparemment pas assez d'étudiants pour justifier le maintien d'un institut de lettres classiques. Je l'ai vu venir, je dois avouer. Ils ont fermé l'institut de physique l'année dernière pour agrandir celui d'expertise médico-légale. Maintenant ce sont les lettres classiques qui sont supprimées, et la théologie se transforme en religions comparées. Le jour où l'on estimera que les effectifs sont trop justes – et avec le nombre d'inscriptions que nous avons, cela arrivera forcément –, les religions comparées deviendront religion et sciences de la communication. Ou religion et expertise médicolégale. Le gouvernement, qui prétend vouloir que cinquante pour cent d'une classe d'âge fréquente l'Université et qui, en même temps, fait tout pour qu'il y ait quarante pour cent d'illettrés à la sortie du lycée, vit dans un monde imaginaire. Mais ne me laissez pas m'embarquer sur le sujet de l'enseignement supérieur. Je suis devenue atrocement barbante dès qu'il est question de ça. »

Donc, songea Helena, *elle a perdu son emploi, elle perd son frère et elle a pour toute perspective de passer dix mois coincée dans ce cottage sans savoir clairement ce qu'elle va faire ensuite.* Regardant le profil de Candace, elle éprouva un élan de pitié. L'émotion fut fugace, mais surprenante. Elle n'imaginait pas qu'elle-même puisse se laisser entraîner dans pareille situation. Le responsable de ce gâchis était ce tyran qui avait mis deux ans à mourir. Pourquoi Candace ne s'était-elle pas déchargée de ce fardeau ? Elle l'avait soigné avec le dévouement d'une fille victorienne, mais sans amour. Il était inutile d'être très perspicace pour s'en rendre compte. Elle-même s'était tenue à distance du cottage autant que possible, comme l'essentiel du personnel, mais tout le monde savait ce qui s'y passait, les gens parlaient, laissaient échapper des allusions, ils voyaient et entendaient. Il avait toujours méprisé sa fille, il l'avait empêchée de s'affirmer comme femme et comme universitaire. Pourquoi, avec toutes ses compétences, n'avait-elle pas postulé à un poste dans une université de prestige au lieu de se contenter d'un établissement médiocre ? Ce père despotique lui avait-il fait comprendre qu'elle ne méritait pas mieux ? Et il avait réclamé plus de soins qu'elle n'en pouvait raisonnablement lui donner, même avec l'aide de l'infirmière locale. Pourquoi ne l'avait-elle pas fait admettre dans un établissement médicalisé ? Il n'avait pas été heureux dans celui de Bournemouth où son propre père était soigné, mais il en existait d'autres et la famille ne manquait pas de moyens. On disait que Peregrine avait touché un héritage de près de huit millions de livres de son père, lequel ne l'avait précédé dans la tombe que de quelques semaines. Maintenant que le testament avait été homologué, Marcus et Candace étaient riches.

Cinq minutes plus tard, Candace était partie et Helena repensa à leur conversation. Il y avait une chose qu'elle n'avait pas dite à Candace. Cela avait sans doute peu d'importance, mais la nouvelle aurait pu aggraver sa mauvaise humeur. Sans doute Candace n'aurait-elle pas été enchantée d'apprendre que Robin Boyton avait également réservé Rose Cottage entre la veille de l'opération de Miss Gradwyn et la fin de sa semaine de sa convalescence.

13

À vingt heures le vendredi 14 décembre, l'opération de Rhoda Gradwyn s'étant déroulée à son entière satisfaction, George Chandler-Powell était seul dans son salon privé de l'aile est. C'était une solitude à laquelle il aspirait souvent à la fin d'une journée d'interventions, et bien qu'il n'ait eu qu'une seule patiente, l'opération avait été plus compliquée et plus longue que prévu. À dix-neuf heures, Kimberley lui avait servi un dîner léger et à vingt heures, tout vestige du repas avait été débarrassé et la petite table d'appoint repliée. Il avait deux heures de paix devant lui. Il avait vu sa patiente à son réveil et vérifié qu'elle allait bien. Il repasserait la voir à vingt-deux heures. Après l'opération, Marcus était parti pour Londres où il avait prévu de passer la nuit et, sachant Miss Gradwyn entre les mains expertes de Flavia qui n'hésiterait pas à l'appeler en cas de besoin, George Chandler-Powell était prêt à s'adonner à des plaisirs personnels. Une carafe de Château Pavie était posée sur une petite table devant le feu. Il poussa doucement les bûches pour ranimer les flammes, vérifia leur disposition et s'installa dans son fauteuil préféré. Dean avait mis le vin à décanter et Chandler-Powell estimait que d'ici à une demi-heure, il serait à la température idéale.

Certains des plus beaux tableaux, achetés en même temps que le manoir, étaient accrochés dans la grande salle et dans la bibliothèque, mais ses préférés se trouvaient ici. Ils comprenaient six aquarelles que lui avait léguées une patiente reconnaissante. Ce don était parfaitement inattendu et il lui avait fallu un certain temps pour se souvenir de son nom. Il lui savait gré d'avoir visiblement partagé son aversion pour les ruines exotiques et les paysages étrangers. Les six œuvres représentaient des scènes anglaises. Trois vues de cathédrales : une aquarelle d'Albert Goodwin de Canterbury, une de Gloucester par Peter de Wint, et celle de Lincoln par Girtin. Sur le mur d'en face, il avait accroché une pièce de Robert Hill représentant un paysage du Kent et deux marines, l'une de Copley Fielding, et l'autre de Turner, une étude pour son aquarelle de l'arrivée de la malle anglaise à Calais, qui était sa favorite.

Il laissa son regard se poser sur la bibliothèque Régence où étaient rangés les livres qu'il se promettait généralement de relire, certains qu'il avait beaucoup aimés dans son enfance, d'autres provenant de la bibliothèque de son grand-père mais, comme si souvent en fin de journée, il était trop fatigué pour rassembler l'énergie nécessaire à la satisfaction symbiotique de la littérature et se tourna vers la musique. Ce soir, un plaisir particulier l'attendait, un nouveau CD de *Sémélé* de Haendel, dirigé par Christian Curnyn avec sa mezzo-soprano préférée, Hilary Summers, une musique d'une sensualité glorieuse, aussi joyeuse qu'un opéra bouffe. Il était en train de glisser le CD dans le lecteur quand il entendit frapper. Il éprouva un agacement proche de la colère. Très peu de gens le dérangeaient dans son salon privé et ils étaient moins nombreux encore à frapper. Sans lui laisser le temps de répondre, le battant s'ouvrit et Flavia entra, claquant la porte derrière elle avant de s'appuyer contre le chambranle. Elle était encore en uniforme et les premières paroles de Chandler-Powell furent instinctives :

« Miss Gradwyn... elle va bien ?

– Mais oui, bien sûr. Autrement, je ne serais pas ici, tu t'en doutes. À dix-huit heures quinze, elle a dit qu'elle avait faim et a commandé à dîner – consommé, œufs brouillés et saumon fumé, avec une mousse au citron en dessert, si tu veux tout savoir. Elle est arrivée à en avaler la plus grande partie, et en a paru satisfaite. J'ai laissé l'infirmière, Frazer, s'occuper d'elle jusqu'à mon retour. Elle quittera ensuite son service et retournera à Wareham. Quoi qu'il en soit, ce n'est pas pour te parler de Miss Gradwyn que je suis venue. »

Miss Frazer faisait partie du personnel à temps partiel. « Si ce n'est pas urgent, tu ne crois pas que ça pourrait attendre demain ? demanda-t-il.

– Non, George, certainement pas. Ni demain, ni après-demain, ni le jour suivant. Et moins encore le jour où tu daigneras prendre le temps de m'écouter.

– Tu en as pour longtemps ?

– Plus longtemps que tu ne le supportes d'ordinaire. »

Il devinait ce qui l'attendait. Après tout, il faudrait bien régler tôt ou tard l'avenir de leur liaison et la soirée étant déjà gâchée, autant s'en débarrasser tout de suite. Les accès d'aigreur de Flavia étaient devenus plus fréquents ces derniers temps, mais c'était la première fois qu'elle lui faisait une scène au manoir. « Je vais prendre ma veste, dit-il. Allons faire un tour sous les tilleuls.

– Dans le noir ? En plus, il y a du vent. Nous pouvons très bien parler ici, tu ne crois pas ? »

Mais il cherchait déjà sa veste. Il revint en l'enfilant et tapota ses poches pour vérifier que ses clés s'y trouvaient. « J'aime mieux sortir, dit-il. Je suppose que cette conversation sera déplaisante et le cas échéant, je préfère qu'elle ait lieu ailleurs qu'ici. Tu ferais mieux de prendre un manteau. Je te rejoins à la porte. »

Il était inutile de préciser laquelle. Celle du rez-de-chaussée de l'aile ouest était la seule à ouvrir directement sur la terrasse et sur l'allée de tilleuls. Elle l'attendait, en manteau, une écharpe de laine nouée autour de sa tête. La porte était fermée à clé, mais le verrou n'était pas poussé, et il la referma à clé derrière eux. Ils marchèrent quelques instants, plongés dans un silence que Chandler-Powell n'avait pas l'intention de rompre. Toujours contrarié par sa soirée gâchée, il n'avait aucune envie de lui faciliter les choses. C'était elle qui avait demandé cette entrevue. Si elle avait quelque chose à lui dire, qu'elle le dise.

Ce ne fut que lorsqu'ils eurent atteint l'extrémité de l'allée des tilleuls et eurent fait demi-tour après quelques secondes d'indécision qu'elle s'arrêta et lui fit face. Il ne distinguait pas clairement ses traits, mais son corps était tendu et il y avait dans sa voix une dureté et une résolution qu'il ne connaissait pas.

« Nous ne pouvons pas continuer comme ça. Il faut prendre une décision. Je veux que tu m'épouses. »

Il était donc venu, le moment tant redouté. Mais la décision aurait dû venir de lui, pas d'elle. Il se demanda pourquoi il n'avait rien pressenti, puis se rendit compte que la requête, malgré son caractère brutalement explicite, n'était pas entièrement inattendue. Il avait préféré ignorer les allusions, les sautes d'humeur, les griefs inexprimés, allant presque jusqu'à la rancœur. Il dit calmement : « Je crains que ce ne soit pas possible, Flavia.

– Bien sûr que si. Tu es divorcé, je suis célibataire.

– Je veux dire par là que c'est quelque chose que je n'ai jamais envisagé. Notre relation n'a jamais reposé sur cette base, depuis le début.

– Et sur quelle base reposait-elle, selon toi ? Je parle du moment où nous sommes devenus amants… il y a huit ans, si tu as oublié. C'était sur quelle base ?

– L'attirance sexuelle, sans doute, le respect, l'affection. Ce sont des sentiments que j'ai éprouvés, je le sais. Mais je ne t'ai jamais dit que je t'aimais. Je n'ai jamais parlé mariage. Je n'ai pas l'intention de me remarier. Un échec me suffit.

– C'est vrai, tu as toujours été honnête… honnête ou prudent. Même la fidélité, tu n'as pas pu me l'accorder, n'est-ce pas ? Un homme séduisant, éminent chirurgien, divorcé, un bon parti. Crois-tu que je ne sache pas combien de fois tu as compté sur moi, sur mon caractère redoutable, si tu préfères, pour te débarrasser de ces petites aventurières cupides qui essayaient de te prendre dans leurs griffes ? Et je ne parle pas d'une liaison passagère. Pour moi, il ne s'est jamais agi de ça. Je parle de huit ans d'engagement. Dis-moi, quand nous n'étions pas ensemble, t'est-il arrivé de penser à moi ? M'as-tu jamais imaginée autrement qu'en blouse et en masque au bloc, anticipant chacun de tes besoins, sachant ce que tu aimes et ce que tu n'aimes pas, quelle musique tu souhaites entendre pendant que tu travailles, disponible quand tu le voulais, discrètement, en marge de ta vie ? Ce n'est pas tellement différent de ce qui se passe au lit, si ? Au moins, en salle d'op, tu ne pouvais pas me remplacer aussi facilement. »

Sa voix était calme mais il savait, non sans un soupçon de honte, que Flavia relèverait la note évidente d'hypocrisie. « Flavia, je suis désolé. Je comprends bien que j'ai manqué de délicatesse et que j'ai pu te blesser sans le vouloir. Je ne me doutais pas que tu voyais les choses comme ça.

– Je ne réclame pas ta pitié. Épargne-moi ça. Je ne réclame même pas ton amour. Tu n'en as pas à donner. Ce que je demande, c'est la justice. Le mariage. Le statut d'épouse, l'espoir d'avoir des enfants. J'ai trente-six ans. Je n'ai pas envie de travailler jusqu'à ma retraite. Et je ferai quoi ensuite ? J'utiliserai mon capital retraite pour acheter une maison à la campagne, en espérant que les villageois m'accepteront ? Ou un deux-pièces à Londres, alors que je ne pourrai rien trouver d'abordable dans un quartier convenable ? Je n'ai pas de frères et sœurs. J'ai négligé mes amis pour être avec toi, pour être disponible pour toi quand tu avais le temps.

– Je ne t'ai jamais demandé de me sacrifier ta vie. Enfin, s'il s'agit, comme tu le dis, d'un sacrifice. »

Elle poursuivit comme si elle n'avait pas entendu. « En huit ans, nous n'avons jamais pris de vacances ensemble, en Angleterre ou ailleurs. Combien de fois sommes-nous allés au spectacle, au cinéma, combien de fois avons-nous dîné ensemble au restaurant, sauf dans des endroits où tu étais sûr de ne pas rencontrer de connaissances ? Ce que je veux, c'est ça. Ces choses ordinaires, agréables dont profitent les autres gens. »

144

Il reprit, avec une certaine sincérité : « Je suis navré. C'est vrai, j'ai été égoïste et inconsidéré. J'espère qu'avec le temps, tu finiras par voir ces huit ans sous un jour un peu plus positif. Et puis, il n'est pas trop tard. Tu es très séduisante, et tu es encore jeune. Il faut être raisonnable et savoir reconnaître qu'une étape de la vie touche à son terme, qu'il faut passer à autre chose. »

Et à cet instant, malgré l'obscurité, il eut l'impression de voir distinctement son mépris. « Parce que tu as l'intention de me plaquer ?

— Ne présente pas les choses comme ça. De passer à autre chose. Ce n'est pas ce que tu voulais dire, n'est-ce pas là l'objet de toute cette discussion ?

— Tu ne m'épouseras pas ? Tu ne changeras pas d'avis ?

— Non, Flavia. Je ne changerai pas d'avis.

— C'est à cause du manoir, c'est ça ? dit-elle. Ce n'est pas une autre femme qu'il y a entre nous, c'est cette maison. Tu n'as jamais fait l'amour avec moi ici, tu sais. Tu ne veux pas de moi ici. Pas en permanence. Pas comme épouse.

— Flavia, c'est ridicule. Je ne cherche pas de châtelaine.

— Si tu vivais à Londres, dans l'appartement de Barbican, cette conversation n'aurait même pas lieu d'être. Nous pourrions y être heureux. Mais ici, au manoir, je ne suis pas à ma place, je le lis dans tes yeux. Tout ici est contre moi. Et ne t'imagine pas que les autres ne savent pas que nous sommes amants – Helena, Lettie, les Bostock, même Mog. Ils se demandent sûrement quand tu vas me plaquer. Et ce jour-là, je devrai supporter leur pitié humiliante. Je te le demande encore une fois : m'épouseras-tu ?

– Non, Flavia, je suis désolé, mais c'est non. Nous ne serions pas heureux et je ne veux pas courir le risque d'un deuxième échec. C'est fini, il faut que tu l'acceptes. »

Et soudain, à son horreur, elle se mit à pleurer. Elle se cramponna à sa veste et s'appuya contre lui. Il entendait les gros sanglots haletants, sentait les tremblements de son corps contre le sien, la laine douce de son écharpe qui lui effleurait la joue, il sentait son parfum familier, l'odeur de son souffle. La prenant par les épaules, il l'écarta de lui : « Flavia, ne pleure pas. C'est une libération. Je te libère. »

Elle recula, dans une pathétique tentative de dignité. Réprimant ses sanglots, elle dit : « Ça va paraître bizarre que je disparaisse subitement. En plus, il y a l'opération de Mrs Skeffington demain. Il faut aussi s'occuper de Miss Gradwyn. Je resterai donc jusqu'à ce que tu partes pour les congés de Noël, mais à ton retour, je ne serai plus là. Promets-moi une chose tout de même. Je ne t'ai jamais rien demandé. Tes cadeaux d'anniversaire et de Noël étaient choisis par ta secrétaire et expédiés d'une boutique, je l'ai toujours su. Viens chez moi ce soir, viens dans ma chambre. Ce sera la première et la dernière fois, je te le promets. Viens tard, vers onze heures. Ça ne peut pas se terminer comme ça. »

Il était maintenant impatient de se débarrasser d'elle. « Je viendrai. C'est entendu », dit-il.

Elle murmura un merci et, se retournant, se dirigea d'un pas rapide vers la maison. De temps en temps, elle trébuchait à demi, et il dut résister à l'envie de la rattraper, de trouver une dernière parole d'apaisement. Il n'y en avait pas. Il savait que déjà, son esprit cherchait une nouvelle infirmière de bloc pour la remplacer. Il savait aussi qu'il s'était laissé entraîner à faire une promesse désastreuse, mais qu'il devrait tenir.

Il attendit que sa silhouette s'évanouisse, puis se fonde dans l'obscurité. Et il continua d'attendre. Levant les yeux vers l'aile ouest, il distingua le faible halo de deux lumières, l'une dans la chambre de Mrs Skeffington, l'autre dans celle de Rhoda Gradwyn. Sa lampe de chevet devait être allumée. Elle ne dormait pas encore. Il se remémora cette nuit, deux semaines auparavant, où, assis sur les pierres, il avait aperçu son visage à la fenêtre. Il se demanda pourquoi cette patiente s'était ainsi emparée de son imagination. Peut-être était-ce à cause de sa réponse énigmatique, toujours inexpliquée, au moment où, dans son cabinet de Harley Street, il lui avait demandé pourquoi elle s'était décidée, après tant d'années, à se débarrasser de cette cicatrice. *Parce que je n'en ai plus besoin.*

14

Quatre heures plus tôt, Rhoda Gradwyn avait lentement repris conscience. Le premier objet qu'elle aperçut en ouvrant les yeux fut un petit cercle. Il était suspendu en l'air juste devant elle, comme une pleine lune. Son esprit, intrigué mais paralysé, cherchait à l'identifier. Cela ne pouvait pas être la lune, se dit-elle. Il était trop solide, trop immobile. Et puis les contours du cercle se firent plus distincts et elle reconnut une horloge murale à cadre de bois bordé d'une étroite monture intérieure de laiton. Bien que les aiguilles et les chiffres fussent devenus plus nets, elle n'arrivait toujours pas à lire l'heure ; décrétant que cela n'avait pas d'importance, elle y renonça. Elle était allongée sur un lit dans une chambre inconnue, et prit conscience de présences qui se déplaçaient comme des ombres pâles sur des pieds silencieux. Elle se souvint. Elle était venue se faire retirer sa cicatrice et on l'avait sans doute préparée pour l'opération. Elle se demanda quand elle aurait lieu.

Et puis elle sentit que la partie gauche de son visage n'était plus comme avant. Elle était endolorie, une lourdeur cuisante, comme si sa joue était couverte d'un épais pansement. Il lui masquait en partie le coin de la bouche et tirait sur l'angle de son œil gauche. Hésitante, elle leva la main, se demandant si elle aurait la force de bouger, et prudemment, se tâta le visage. Elle n'avait plus de joue gauche. Ses doigts inquisiteurs ne trouvèrent qu'une masse solide, un peu rêche au toucher et recouverte d'un croisillon d'une matière qui ressemblait à du sparadrap. Quelqu'un lui abaissa le bras doucement. Une voix familière et réconfortante parvint à ses oreilles : « Il vaudrait mieux ne pas toucher à votre pansement pendant un moment. » Elle comprit alors qu'elle était en salle de réveil et que les deux silhouettes qui prenaient forme à son chevet devaient être celles du docteur Chandler-Powell et de Miss Holland, l'infirmière.

Elle leva les yeux et essaya de contraindre ses lèvres entravées à former des mots. « Comment ça s'est passé ? Êtes-vous satisfait ? »

Ce n'était guère qu'un croassement, mais le docteur Chandler-Powell sembla comprendre. Elle entendit sa voix, calme, pleine d'autorité, rassurante : « Parfaitement. Je pense que dans quelque temps, vous serez satisfaite aussi. Mais pour le moment, il faut vous reposer. L'infirmière vous ramènera dans votre chambre un peu plus tard. »

Elle était couchée, immobile, tandis que les objets prenaient corps autour d'elle. Combien d'heures, se demanda-t-elle, l'opération avait-elle duré ? Une, deux, trois heures ? En tout état de cause, ce temps avait été englouti dans une apparence de mort. Cette expérience devait être aussi proche de la mort qu'il était donné à l'imagination humaine de se la représenter, une complète annihilation du temps. Elle réfléchit à la différence entre cette mort temporaire et le sommeil. Quand on se réveillait après avoir dormi, même d'un profond sommeil, on était toujours conscient qu'un certain laps de temps s'était écoulé. L'esprit s'accrochait à des lambeaux de rêves avant qu'ils ne s'évanouissent irrémédiablement. Elle essaya de mettre sa mémoire à l'épreuve en faisant la revue de ce qui s'était passé la veille. Elle était assise dans une voiture battue par la pluie, arrivait au manoir, entrait dans la grande salle pour la première fois, défaisait ses bagages dans sa chambre, parlait à Sharon. Mais non, cela datait certainement de sa première visite, plus de quinze jours auparavant. Le passé récent commençait à lui revenir. Les choses s'étaient déroulées différemment la veille, un trajet agréable et sans complications, le soleil hivernal émaillé d'averses aussi brèves que soudaines. Et cette fois, elle n'arrivait pas les mains vides. Elle avait apporté au manoir quelques informations patiemment compilées qu'elle pourrait, à son gré, exploiter ou remiser définitivement dans un tiroir. En cet instant de béatitude ensommeillée, elle se dit qu'elle les rangerait dans le même tiroir que son propre passé. On ne pouvait pas le revivre, on ne pouvait pas le changer. Il avait fait tout le mal qu'il pouvait, mais son pouvoir serait bientôt oblitéré.

Fermant les yeux et se laissant aller au sommeil, elle songea à la nuit paisible qui l'attendait et au matin qu'elle ne verrait pas.

15

Sept heures plus tard, dans sa chambre, Rhoda sortit de son sommeil, encore un peu hébétée. Elle resta allongée quelques secondes, immobile, dans cette brève confusion qui accompagne un réveil soudain. Elle prit conscience du confort du lit et du poids de sa tête sur les oreillers surélevés, de l'odeur qui régnait – différente de celle de sa chambre londonienne –, fraîche mais légèrement piquante, plus automnale qu'hivernale, un parfum de terre et d'herbe que lui apportait un vent capricieux. L'obscurité était totale. Avant d'accepter enfin le conseil de Miss Holland et de se préparer pour la nuit, elle lui avait demandé de tirer les rideaux et d'entre-bâiller la fenêtre treillissée ; même en hiver, elle aimait avoir de l'air pour dormir. Peut-être n'aurait-elle pas dû. Les yeux rivés sur la croisée, elle remarqua que la pièce était plus sombre que la nuit, à l'extérieur, où des constellations dessinaient des motifs dans le ciel faiblement lumineux. Les bourrasques de vent s'étaient renforcées et elle l'entendait siffler dans la cheminée. Elle sentait son souffle sur sa joie droite.

Peut-être devrait-elle se secouer, s'arracher à cette lassitude inhabituelle et se lever pour refermer la fenêtre. L'effort lui paraissait insurmontable. Elle avait refusé le sédatif qu'on lui proposait et s'étonnait, sans s'en inquiéter pourtant, d'éprouver cette lourdeur, cette envie de ne pas bouger, de rester enveloppée de chaleur et de confort, attendant le doux mugissement de la prochaine rafale, les yeux fixés sur l'étroit rectangle de lumière astrale. Elle ne ressentait aucune douleur et, levant la main gauche, effleura la compresse et le sparadrap qui la maintenait en place. Elle s'était habituée au poids et à la raideur du pansement et se surprenait à l'effleurer d'une caresse, comme s'il devenait une partie d'elle-même autant que la plaie imaginée qu'il recouvrait.

Et soudain, dans une accalmie du vent, elle perçut un bruit, si ténu que seul le silence de la chambre pouvait l'avoir rendu audible. Elle sentit plus qu'elle n'entendit une présence qui se déplaçait dans le salon. D'abord, dans sa demi-somnolence, elle n'éprouva aucune crainte, rien qu'une vague curiosité. Sans doute était-ce le petit matin. Il était peut-être déjà sept heures et on lui apportait son thé. Il y eut ensuite un autre bruit, un léger grincement, rien de plus, mais très net. Quelqu'un refermait la porte de la chambre à coucher. La curiosité s'effaça devant la première étreinte froide de l'appréhension. Personne ne parla. Personne n'alluma. Elle essaya de demander d'une voix cassée, étouffée par le pansement : « Qui êtes-vous ? Que faites-vous ? Qui est là ? » Il n'y eut pas de réponse. Elle sut alors avec certitude que ce n'était pas une visite amicale, qu'elle était en présence de quelqu'un ou de quelque chose dont les intentions étaient malveillantes.

Elle était allongée, raide dans son lit, quand la pâle silhouette, vêtue de blanc et masquée, s'approcha de son chevet. Des bras se déplacèrent au-dessus de sa tête comme dans un geste rituel, une parodie obscène de bénédiction. Avec effort, elle chercha à se redresser – le poids des draps semblait soudain la plaquer sur le lit – et tendit la main pour attraper la sonnette et l'olive de la lampe. Le cordon de la sonnette n'était pas là. Sa main trouva l'interrupteur et l'enfonça. L'obscurité resta entière. Quelqu'un avait dû accrocher le cordon hors de portée et retirer l'ampoule de la lampe. Elle ne cria pas. Toutes ces années passées à apprendre la maîtrise de soi, à refuser de trahir sa peur, de trouver un soulagement dans des hurlements, avaient inhibé sa faculté de crier. Elle savait que de toute façon, cela ne servirait à rien ; le pansement l'empêchait presque de parler. Elle se débattit pour sortir du lit, mais elle était incapable de bouger.

Dans le noir, elle distinguait vaguement une figure blanche, une tête couverte, un visage masqué. Une main passa sur le carreau de la fenêtre entrouverte – mais ce n'était pas une main humaine. Aucune goutte de sang n'avait jamais coulé dans ces veines sans squelette. La main, d'un blanc rosâtre si pâle qu'elle aurait pu être coupée du bras, se déplaçait lentement dans l'espace, vaquant à de mystérieuses activités. Sans un bruit, elle referma le loquet de la fenêtre, et d'un geste délicat et élégant, d'un mouvement parfaitement maîtrisé, tira lentement le rideau sur la fenêtre. Dans la chambre, les ténèbres devinrent plus denses, ce n'était plus seulement l'exclusion de la lumière, mais un épaississement occlusif de l'air qui rendait la respiration difficile. Elle se dit qu'il s'agissait sans doute d'une hallucination provoquée par son état de demi-conscience et pendant un moment béni, elle regarda fixement devant elle, toute terreur dissipée, attendant que la vision se dissipe dans les ténèbres environnantes. Et puis, il n'y eut plus d'espoir.

La silhouette était à son chevet, le regard posé sur elle. Elle ne discernait qu'une figure blanche informe. Les yeux rivés sur les siens étaient peut-être impitoyables, mais elle ne distinguait qu'une fente noire. Elle entendit des mots, prononcés tout bas, dont elle ne comprit pas le sens. Avec effort, elle souleva la tête de l'oreiller et essaya d'émettre une protestation. Immédiatement, le temps fut suspendu et dans un tourbillon de terreur, elle n'eut conscience que d'une odeur, la très faible odeur du lin amidonné. Surgissant de l'obscurité, un visage s'inclina vers elle. C'était le visage de son père. Pas tel qu'elle en conservait la mémoire depuis plus de trente ans, mais celui qu'elle avait brièvement connu dans sa petite enfance, jeune, heureux, se penchant sur son lit. Elle leva le bras pour toucher son pansement, mais sa main était trop lourde et retomba. Elle essaya de parler, de bouger. Elle voulait lui dire : « Regarde, je m'en suis débarrassée. » Ses membres semblaient prisonniers d'une cuirasse de fer, mais elle réussit, en tremblant, à dresser la main droite et à effleurer le pansement qui recouvrait sa cicatrice.

Elle sut que c'était la mort, et cette conscience s'accompagna d'une paix inattendue, d'un abandon. Et puis la main vigoureuse, sans peau, inhumaine, se referma sur sa gorge, l'obligeant à renverser sa tête contre l'oreiller. L'apparition jeta tout son poids en avant. Elle refusa de fermer les yeux devant la mort, mais elle ne lutta pas. L'obscurité de la chambre se referma sur elle et devint la noirceur ultime dans laquelle toute sensation s'effaça.

16

À sept heures douze, à la cuisine, Kimberley commença à s'agiter. Miss Gradwyn avait demandé qu'on lui monte son thé du matin à sept heures. C'était plus tôt que lors de son premier séjour au manoir, mais c'était l'heure à laquelle Miss Holland avait dit à Kim de se tenir prête. Elle avait donc préparé le plateau à sept heures moins le quart et posé la théière sur la cuisinière pour la tenir au chaud.

Or il était sept heures douze et la sonnette n'avait pas retenti. Kim savait que Dean avait besoin d'aide pour préparer les petits déjeuners, qui promettaient d'être plus compliqués que d'ordinaire. Le docteur Chandler-Powell avait demandé à être servi dans son appartement, ce qui n'était pas dans ses habitudes, tandis que Miss Cressett, qui en temps normal prenait rarement un vrai petit déjeuner et préparait ce dont elle avait envie dans sa cuisine personnelle, avait sonné pour annoncer qu'elle rejoindrait les autres à la salle à manger à sept heures trente. Elle s'était montrée singulièrement tatillonne à propos du bacon, qui devait être croustillant, et de la fraîcheur des œufs – comme si tous les œufs servis au manoir n'étaient pas extra-frais et de qualité fermière, ce que Miss Cressett savait aussi bien qu'elle. L'absence de Sharon, qui était chargée de mettre la table du petit déjeuner et d'allumer les plaques chauffantes, ajoutait encore à son exaspération, mais Kim hésitait à monter la réveiller, craignant que Miss Gradwyn ne sonne entre-temps.

Vérifiant une fois de plus l'alignement méticuleux de la tasse, de la soucoupe et du petit pot de lait sur le plateau, elle se tourna vers Dean, le visage plissé d'inquiétude. « Je devrais peut-être le monter. L'infirmière-chef a dit sept heures. Elle voulait peut-être dire que je ne devais pas attendre la sonnette, que Miss Gradwyn l'attendait à sept heures précises. Et puis il y a Mrs Skeffington. Elle risque de sonner à tout moment. »

Son visage, crispé comme celui d'un enfant tracassé, inspira comme toujours à Dean un mélange d'amour et de pitié teinté d'agacement. Il se dirigea vers le téléphone. « Miss Holland. Ici Dean. Miss Gradwyn n'a pas encore sonné pour son thé. Faut-il attendre ou voulez-vous que Kim le prépare et le monte tout de suite ? »

L'appel dura moins d'une minute. Reposant le combiné, Dean dit à Kim : « Tu peux le monter. Miss Holland te demande de passer chez elle avant. Elle l'apportera elle-même à Miss Gradwyn.

– Je suppose qu'elle voudra du Darjeeling comme la dernière fois, et les biscuits. Miss Holland n'a rien dit. »

Occupé à faire frire les œufs, Dean répondit laconiquement : « Si elle ne veut pas de biscuits, elle n'aura qu'à les laisser. »

L'eau ne mit pas longtemps à bouillir, et quelques minutes plus tard, le thé était prêt. Comme d'habitude, Dean l'accompagna jusqu'à l'ascenseur et, lui tenant la porte ouverte, appuya sur le bouton afin de lui laisser les mains libres pour porter le plateau. Sortant de l'ascenseur, Kim vit Flavia Holland sur le seuil de son salon. Elle s'attendait à ce qu'elle lui prenne le plateau des mains, mais l'infirmière-chef, après un rapide coup d'œil, ouvrit la porte de la suite de Miss Gradwyn, escomptant manifestement que Kim la suivrait. Après tout, se dit Kim, c'était assez naturel ; ce n'était pas à l'infirmière d'apporter leur thé du matin aux patientes. De plus, elle tenait sa lampe de poche, ce qui ne facilitait pas les choses.

Le salon était plongé dans l'obscurité. Miss Holland alluma et elles se dirigèrent vers la porte de la chambre, que l'infirmière ouvrit lentement et sans bruit. Il faisait tout aussi noir que dans le salon et l'on n'entendait rien, pas même le bruit ténu d'une respiration. Miss Gradwyn devait dormir profondément. Kim trouva ce silence inquiétant et eut l'impression de pénétrer dans une pièce vide. D'ordinaire, elle ne sentait pas le poids du plateau, mais il lui sembla cette fois s'alourdir de seconde en seconde. Elle resta sur le seuil. Si Miss Gradwyn faisait la grasse matinée, il faudrait qu'elle prépare une nouvelle théière plus tard. Inutile de laisser celle-ci infuser trop longtemps et refroidir.

Flavia Holland dit, d'une voix parfaitement sereine : « Si elle dort encore, ce n'est pas la peine de la réveiller. Je vais simplement vérifier qu'elle va bien. »

Elle se dirigea vers le lit et fit passer le halo pâle de sa lampe sur la silhouette allongée, avant d'en intensifier le faisceau lumineux. Puis elle l'éteignit et dans l'obscurité, Kim entendit sa voix aiguë et pressante, méconnaissable. « Reculez, Kim. N'entrez pas. Ne regardez pas ! Ne regardez pas ! »

Mais Kim avait regardé et pendant les secondes déconcertantes qui s'étaient écoulées avant que la torche électrique ne s'éteigne, elle avait vu l'image bizarre de la mort : des cheveux bruns étalés sur l'oreiller, les poings serrés relevés comme ceux d'un boxeur, un œil ouvert et le cou marbré, livide. Ce n'était pas la tête de Miss Gradwyn – ce n'était celle de personne, une tête rouge vif, une marionnette qui n'avait rien à voir avec la moindre créature vivante. Elle entendit le fracas de la porcelaine qui tombait sur le tapis et, titubant vers un fauteuil du salon, elle se pencha en avant et fut prise d'une violente nausée. L'odeur fétide monta à ses narines et sa dernière pensée avant de s'évanouir ne fit qu'ajouter à l'horreur : elle avait sali le fauteuil, qu'allait dire Miss Cressett ?

Quand elle revint à elle, elle était couchée dans la chambre qu'elle partageait avec Dean. Il était là, et elle distingua derrière lui le docteur Chandler-Powell et Miss Holland. Refermant les yeux, elle resta allongée un moment, sans bouger. Elle entendit la voix de Miss Holland et celle du docteur Chandler-Powell qui lui répondait.

« Vous ne vous êtes pas rendu compte qu'elle était enceinte, George ?

– J'aurais dû ? Je ne suis pas gynécologue. »

Ils savaient donc. Elle n'aurait pas besoin de le leur annoncer. Le bébé, c'était tout ce qui comptait pour elle. Elle entendit la voix de Dean. « Tu t'es évanouie et puis tu as dormi. Le docteur t'a portée jusqu'ici et t'a administré un sédatif. Il est presque midi. »

Le docteur Chandler-Powell s'avança et elle sentit sa main fraîche qui lui prenait le pouls.

« Comment vous sentez-vous, Kimberley ?

– Mieux, merci. Ça va aller. » Elle se redressa avec énergie et se tourna vers l'infirmière : « Le bébé n'a pas souffert ? »

– Ne vous en faites pas, répondit Miss Holland. Il se porte comme un charme. Vous pouvez déjeuner ici si vous voulez. Dean restera avec vous. Je me débrouillerai à la salle à manger avec Miss Cressett et Mrs Frensham.

– Non, non, protesta Kim. Ça va aller. Je vous assure. Il vaut mieux que je travaille. Je veux retourner à la cuisine. Je veux être avec Dean. »

Le docteur Chandler-Powell intervint : « C'est bien, Kimberley. Autant respecter nos habitudes, dans toute la mesure du possible. Mais rien ne presse. Allez-y doucement. L'inspecteur Whetstone est passé, mais si j'ai bien compris, il attend une unité spéciale de la Metropolitan Police. En attendant, j'ai demandé à tout le monde d'éviter de parler de ce qui s'est passé la nuit dernière. Vous comprenez, Kim ?

– Oui, docteur, je comprends. Miss Gradwyn a été assassinée, c'est ça ?

– Nous en saurons certainement plus long quand l'équipe de Londres sera là. Si tel est le cas, ils trouveront le coupable. Ne craignez rien, Kimberley. Vous êtes entourée d'amis, comme vous l'avez toujours été, Dean et vous. Nous veillerons sur vous. »

Kim marmonna quelques mots de remerciement. Ils s'en allèrent et, se glissant hors du lit, elle se blottit dans les bras réconfortants de Dean.

LIVRE DEUX

15 décembre
Londres, Dorset

1

À dix heures et demie, ce samedi matin, le commandant Adam Dalgliesh et Emma Lavenham avaient rendez-vous. Elle voulait le présenter à son père. Faire la connaissance d'un futur beau-père, surtout pour l'informer qu'on a l'intention d'épouser bientôt sa fille, n'est généralement pas une entreprise dans laquelle on se lance sans appréhension. Ayant le vague souvenir littéraire de rencontres de ce genre, Dalgliesh avait curieusement imaginé qu'en tant que prétendant, il était censé rencontrer le professeur Lavenham en tête à tête, mais il se laissa aisément convaincre par Emma de faire cette visite avec elle. « Autrement, mon chéri, il ne va pas cesser de te demander ce que j'en pense. Après tout, il ne t'a jamais vu et c'est à peine si j'ai mentionné ton nom. Si je ne suis pas là, je ne serai pas certaine qu'il ait vraiment compris. Il a une certaine tendance à se complaire dans le flou, et je ne sais jamais s'il le fait exprès ou pas.

– Il est souvent vague comme ça ?

– Avec moi, oui, mais son cerveau fonctionne parfaitement. Il aime taquiner, c'est plutôt ça. »

Dalgliesh se dit que le flou et les taquineries seraient le moindre de ses problèmes avec son futur beau-père. Il avait remarqué qu'en prenant de l'âge, les hommes remarquables tendaient à accentuer les excentricités de leur jeunesse et de leur maturité, comme si ces bizarreries volontaires étaient une défense contre l'épuisement des forces physiques et mentales, contre l'écrasement amorphe du moi dans ses dernières années. Il ne savait pas exactement ce qu'Emma et son père éprouvaient l'un pour l'autre, mais il y avait certainement de l'amour – ou au moins le souvenir de l'amour – et de l'affection. Emma lui avait raconté que sa petite sœur, une fillette espiègle, docile et plus jolie qu'elle, tuée par une voiture folle quand elle était enfant, avait été la préférée de son père, mais elle l'avait dit sans la moindre trace de critique ou de ressentiment. La rancœur n'était d'ailleurs pas un sentiment qu'il associait à Emma. Néanmoins, même si leurs relations n'étaient pas toujours faciles, elle préférerait évidemment que l'entrevue entre son père et son amant soit un succès. C'était à lui d'y veiller, à lui de faire en sorte que cette visite ne laisse pas d'embarras ou d'inquiétude durables dans le souvenir d'Emma.

Tout ce que Dalgliesh savait de l'enfance d'Emma lui avait été confié au fil de ces fragments décousus de conversation où chacun avait exploré d'un pas hésitant les lointaines contrées de leur passé respectif. À la retraite, le professeur Lavenham avait rejeté Oxford en faveur de Londres et habitait un spacieux appartement dans un des immeubles édouardiens de Marylebone portant, comme presque tous, l'appellation pompeuse de « Mansions ». L'immeuble n'était pas trop loin de la gare de Paddington, d'où partaient régulièrement des trains pour Oxford, permettant au professeur d'être un convive fréquent – trop fréquent parfois, pensait sa fille – à la table d'honneur de son collège. Un ancien domestique de l'université et sa femme, qui étaient venus s'installer à Camden Town pour rejoindre leur fille devenue veuve, venaient tous les jours faire le ménage indispensable et revenaient plus tard préparer le dîner du professeur. Il s'était marié à plus de quarante ans et bien que tout juste septuagénaire à présent, il était parfaitement capable de se débrouiller seul, au moins pour l'essentiel. Mais les Sawyer s'étaient convaincus, non sans une certaine connivence de sa part, qu'ils soignaient avec dévouement un vieux monsieur dépendant et distingué. Seul le dernier adjectif était pertinent. L'opinion de ses anciens collègues qui venaient le voir à Calverton Mansions était qu'Henry Lavenham s'en sortait vraiment très bien.

Comme convenu avec le professeur, Dalgliesh et Emma arrivèrent aux Mansions à dix heures et demie. L'immeuble de brique avait été repeint récemment, d'une couleur peu heureuse, dont la description la plus précise, songea Dalgliesh, serait sans doute filet de bœuf. L'ascenseur spacieux, avec miroir et lambris, les conduisit au troisième étage.

La porte de l'appartement 27 s'ouvrit si promptement que Dalgliesh soupçonna leur hôte d'avoir guetté leur voiture depuis sa fenêtre. L'homme devant lequel il se trouvait était presque aussi grand que lui ; il avait un visage séduisant à l'ossature puissante, surmonté d'une crinière gris acier indisciplinée. Il s'appuyait sur une canne, mais ses épaules n'étaient que légèrement voûtées ; les yeux sombres, seule ressemblance avec sa fille, avaient perdu de leur éclat, ce qui ne les empêchait pas de se poser sur Dalgliesh avec une acuité déconcertante. Il était en pantoufles et vêtu avec décontraction, mais sa tenue était impeccable. « Entrez, entrez », dit-il avec une impatience qui donnait à entendre qu'ils s'attardaient délibérément sur le seuil.

Ils pénétrèrent dans une vaste pièce percée d'un bow-window. C'était de toute évidence une bibliothèque. Tous les murs composaient une mosaïque de dos de livres et le dessus du bureau comme la quasi-totalité des autres surfaces étaient recouverts de journaux et de livres de poche ; il n'y avait aucune place ici pour d'autre activité que la lecture. Une chaise à dossier droit disposée devant le bureau avait été dégagée, les documents qui l'encombraient ayant été empilés dessous, ce qui lui prêtait, aux yeux de Dalgliesh, une nudité singulière vaguement menaçante.

Le professeur Lavenham recula son siège du bureau pour s'asseoir et fit signe à Dalgliesh de prendre la chaise libre. Les yeux foncés, sous des sourcils désormais gris mais dont la forme rappelait ceux d'Emma de façon troublante, dévisageaient Dalgliesh au-dessus de lunettes demi-lune. Emma s'approcha de la fenêtre. Dalgliesh la soupçonnait de se préparer à passer un moment tout à fait divertissant. Après tout, son père ne pouvait pas interdire ce mariage. Son approbation lui ferait plaisir, mais elle n'avait l'intention de se laisser influencer ni par un assentiment ni par un désaccord. Ils avaient pourtant bien fait de venir. Dalgliesh avait conscience, et en était un peu gêné, qu'il aurait dû le faire plus tôt.

« Commandant Dalgliesh... j'espère ne pas m'être trompé de grade.

– Non, non, c'est parfait.

– Il me semblait bien que c'était ce qu'Emma m'avait indiqué. J'ai deviné pour quel motif vous me rendez cette visite à un moment qui, pour un homme aussi occupé que vous, doit être assez incommode. Je vous avouerais que vous ne figurez pas sur ma liste de jeunes gens que je tendrais à considérer comme de bons partis. Mais je suis tout à fait prêt à y ajouter votre nom si vos réponses correspondent aux exigences d'un père affectionné. »

Ainsi, le dialogue de cet examen de passage serait emprunté à Oscar Wilde. Dalgliesh en fut reconnaissant au professeur qui aurait fort bien pu dénicher au fond de sa mémoire manifestement toujours alerte quelque passage abscons de théâtre ou de fiction, en latin si possible. En l'occurrence, il pensait pouvoir se défendre honorablement. Il garda le silence.

Le professeur Lavenham poursuivit. « La coutume veut, me semble-t-il, que je m'enquière de vos revenus afin d'établir s'ils sont suffisants pour que vous puissiez entretenir ma fille d'une façon conforme à ses habitudes. Emma subvient à ses besoins depuis qu'elle a passé sa thèse, exception faite de quelques subsides généreux et irréguliers de ma part, sans doute destinés à compenser de précédentes défaillances paternelles. Puis-je supposer que vous avez suffisamment d'argent pour vous faire vivre confortablement tous les deux ?

– J'ai mon salaire de commandant de la Metropolitan Police. En outre, ma tante m'a légué sa fortune, qui est considérable.

– En foncier ou en placements ?

– En placements.

– C'est une bonne chose. Entre les taxes qu'on exige de vous de votre vivant et celles qu'on vous extorque après votre mort, le foncier a cessé d'être un profit aussi bien qu'un plaisir. Il vous confère une position et vous empêche de l'entretenir. C'est tout ce qu'on peut dire de la terre. Vous avez une maison ?

– J'ai un appartement qui donne sur la Tamise à Queenhithe avec un bail de plus de cent ans. Je n'ai pas de maison, pas même du côté le moins chic de Belgrave Square.

– Dans ce cas, je vous conseille d'en acheter une. On ne peut guère demander à une fille dotée d'une nature simple et intègre comme Emma d'habiter un appartement de Queenhithe surplombant la Tamise, même avec un bail de plus de cent ans.

– J'adore cet appartement, papa », intervint Emma. La remarque fut ignorée.

Le professeur jugeait manifestement que l'effort requis pour poursuivre ses taquineries était hors de proportion avec le plaisir qu'elles lui donnaient. « Bien, voilà qui me paraît satisfaisant, soupira-t-il. Maintenant, je crois que la règle veut que je vous offre à boire. Personnellement, je n'aime pas le champagne et le vin blanc ne me réussit pas, mais il y a une bouteille de bourgogne sur la table de la cuisine. Comme il n'est que onze heures moins vingt et que ce n'est pas une heure tout à fait appropriée pour commencer à s'imbiber, je vous suggère de l'emporter chez vous. J'imagine que vous n'avez pas l'intention de vous attarder. À moins, dit-il d'un ton plein d'espoir, que vous ne souhaitiez un café. Mrs Sawyer m'a dit qu'elle avait tout préparé. »

Emma répondit fermement : « Le vin ira très bien, Papa.

– Dans ce cas, vous feriez bien de vous en occuper. »

Ils se rendirent ensemble à la cuisine. Refermer la porte derrière eux eût été discourtois, et ils réussirent tous les deux à réprimer une furieuse envie de rire. Le vin était un Clos de Bèze.

« Voilà une bouteille impressionnante, remarqua Dalgliesh.

– Ça veut dire qu'il t'apprécie. Je me demande s'il avait fourré une bouteille de vinasse dans le tiroir de son bureau pour parer à toute éventualité. Ça ne m'étonnerait pas de lui. »

Ils retournèrent à la bibliothèque, Dalgliesh portant la bouteille. « Merci monsieur, dit-il. Nous la garderons pour une grande occasion, en espérant que vous pourrez vous joindre à nous ce jour-là.

– Peut-être, peut-être. Je ne dîne pas souvent à l'extérieur, sauf au collège. Peut-être, quand il fera meilleur. Les Sawyer n'aiment pas que je sorte quand les nuits sont fraîches.

– Nous espérons que tu assisteras au mariage, papa, dit Emma. Ce sera au printemps, probablement en mai. Je te préviendrai dès que nous aurons arrêté une date.

– Je viendrai, bien sûr, si ma santé me le permet. Après tout, c'est mon devoir. J'ai cru comprendre en consultant le *Book of Common Prayer* – qui n'est pas à proprement parler mon livre de chevet – que je suis censé jouer un rôle non verbal et mal défini au cours de la procédure. Ce fut effectivement le cas de mon propre beau-père lors de notre mariage, qui s'est, lui aussi, déroulé dans la chapelle du collège. Il a entraîné ta pauvre mère vers l'autel au pas de charge, comme s'il craignait que je ne change d'avis s'il m'en laissait le temps. Si ma participation est effectivement requise, j'espère faire mieux, mais peut-être l'idée qu'une fille puisse faire l'objet d'une forme de transfert de propriété te répugnera-t-elle. Je suppose que vous êtes impatient de partir, commandant. Mrs Sawyer doit passer ce matin pour m'apporter des bricoles dont j'ai besoin. Elle sera navrée de vous avoir manqués. »

Dans l'entrée, Emma s'approcha de son père et l'embrassa sur les deux joues. Il se cramponna soudain à elle et Dalgliesh vit les jointures de ses doigts blanchir. Le vieil homme serrait si fort qu'on aurait pu croire qu'il avait besoin d'un appui. Durant les quelques secondes que dura cette étreinte, le portable de Dalgliesh sonna. Jamais, lors d'une quelconque convocation précédente, sa sonnerie, basse mais distincte, n'avait paru plus importune.

Libérant Emma, son père lança d'une voix irritée : « J'éprouve une aversion toute particulière pour les téléphones portables. Ne croyez-vous pas que vous auriez pu éteindre ce machin ?

– Pas celui-ci, monsieur, je regrette. Voulez-vous bien m'excuser ? »

Il se dirigea vers la cuisine. Le professeur cria : « Vous feriez mieux de fermer la porte. Comme vous l'avez sans doute constaté, j'ai encore l'ouïe fine. »

Geoffrey Harkness, préfet de police adjoint de la Metropolitan Police, avait appris à transmettre des informations sous une forme concise et en des termes destinés à éviter toute question et toute discussion. À six mois de la retraite, il comptait sur des stratagèmes minutieusement étudiés pour que sa vie professionnelle s'oriente paisiblement vers ses festivités finales sans perturbation majeure, sans motif d'embarras public et sans catastrophe. Dalgliesh savait que Harkness avait déjà retrouvé un poste confortable de conseiller à la sécurité d'une grande société internationale pour trois fois son salaire actuel. Bonne chance. Leurs relations

étaient empreintes de respect – un peu réticent parfois de la part de Harkness – mais on ne pouvait
certainement pas parler d'amitié. Sa voix avait un
ton qui lui était habituel : abrupt, pressant, mais
d'une impatience contrôlée.

« Une affaire pour l'Unité, Adam. Voici l'adresse :
Cheverell Manor, dans le Dorset, à une quinzaine de
kilomètres à l'ouest de Poole. Il s'agit d'un établissement médical, mi-clinique, mi-maison de repos,
dirigé par un chirurgien, George Chandler-Powell. Il
y opère de riches patientes. Chirurgie esthétique.
L'une d'elles vient de mourir, une certaine Rhoda
Gradwyn. Étranglée, semble-t-il. »

Dalgliesh posa la question qui s'imposait. Ce
n'était pas la première fois qu'il y était obligé et elle
n'était jamais bien reçue. « Pourquoi l'Unité ? La
police locale ne peut-elle pas s'occuper de l'affaire ?

– Elle pourrait, mais on nous a priés de vous la
confier. Ne me demandez pas pourquoi ; ça vient
du numéro 10, pas d'ici. Écoutez, Adam, vous
n'ignorez rien de la situation actuelle entre Dow-
ning Street et nous. Ce n'est pas le moment de compliquer les choses. L'Unité a été créée pour s'occuper
d'affaires sensibles, et le numéro 10 semble estimer
que celle-ci se range dans cette catégorie. Le directeur de la police locale, Raymond Whitestaff, je
crois que vous le connaissez, ne prend pas les
choses trop mal. Il vous fournira l'équipe scientifique et le photographe, si vous n'y voyez pas
d'inconvénient. Cela nous fera gagner du temps et
de l'argent. L'affaire ne justifie pas vraiment l'envoi
d'un hélicoptère, mais elle est urgente, cela va de
soi.

– Comme toujours. Et le médecin légiste ? J'aimerais bien avoir Kynaston.

– Il est déjà sur une affaire, mais Edith Glenister est disponible. Vous avez travaillé avec elle au moment du meurtre de Combe Island, vous vous en souvenez ?

– Je ne risque pas de l'oublier. La police locale pourra certainement nous fournir un bureau et un certain soutien logistique, non ?

– Elle dispose d'un cottage vacant à une centaine de mètres du manoir. C'était la maison de l'agent de police local, mais il n'a pas été remplacé quand il a pris sa retraite et pour le moment, la maison est vide, en attendant qu'elle soit vendue. Il y a un Bed and Breakfast au bord de la route, Miskin et Benton-Smith devraient pouvoir y loger. L'inspecteur Keith Whetstone de la police locale vous retrouvera sur place. Ils ne toucheront pas au corps avant votre arrivée et celle du docteur Glenister. Souhaitez-vous que je fasse quelque chose de plus de mon côté ?

– Non, répondit Dalgliesh. Je me mets immédiatement en rapport avec l'inspectrice principale Miskin et avec l'inspecteur Benton-Smith. Mais si quelqu'un pouvait prévenir ma secrétaire, cela me ferait gagner du temps. Je ne pourrai pas assister aux rendez-vous prévus pour lundi, et il vaudrait mieux annuler ceux de mardi. Je vous contacterai ensuite.

– Bien, approuva Harkness. Je m'en occupe. Bonne chance », et il raccrocha.

Dalgliesh regagna la bibliothèque. « Pas de mauvaises nouvelles, j'espère, dit le professeur Lavenham. Vos parents vont bien ?

– Ils sont morts tous les deux, monsieur. C'était un appel officiel. Je vais devoir vous quitter de toute urgence, je le regrette.

– Dans ce cas, je ne vous retiendrai pas. »

Ils furent reconduits à la porte avec une promptitude appuyée. Dalgliesh avait craint que le professeur ne lui fasse remarquer que si perdre un parent pouvait être considéré comme un malheur, perdre les deux ressemblait fort à de la négligence, mais de toute évidence, il y avait certaines réflexions que son futur beau-père lui-même préférait garder pour lui.

Ils regagnèrent rapidement la voiture. Dalgliesh savait qu'Emma, quels qu'aient été ses projets, comprendrait qu'il ne fasse pas de détour pour la déposer. Il fallait qu'il rejoigne le bureau sans perdre un instant. Il n'avait pas besoin non plus d'exprimer sa déception ; Emma n'en ignorait ni la profondeur ni l'inéluctabilité. Marchant à côté d'elle, il lui demanda quelles étaient ses intentions pour les deux prochains jours. Resterait-elle à Londres ou rentrerait-elle à Cambridge ?

« Clara et Annie m'ont dit que si nos projets tombaient à l'eau, elles seraient contentes que je passe le week-end chez elles. Je vais les appeler. »

Clara était la meilleure amie d'Emma, et Dalgliesh comprenait ce qu'elle appréciait chez elle : l'honnêteté, l'intelligence et un solide bon sens. Il avait rencontré Clara et ils s'entendaient bien à présent, mais les premiers temps de sa relation avec Emma n'avaient pas été faciles. Clara n'avait pas dissimulé qu'elle le trouvait trop vieux, trop pris par son travail et par sa poésie pour nouer un engagement sérieux avec une femme quelle qu'elle fût, et plus encore avec Emma ; il n'était pas assez bien pour son amie, voilà tout. Dalgliesh ne pouvait que lui donner raison sur ce dernier point, ce qui ne rendait pas plus agréable de l'entendre dans la bouche d'autrui, et plus particulièrement de Clara. Emma ne devait rien sacrifier à son amour pour lui.

Clara et Emma se connaissaient depuis le lycée, elles étaient entrées la même année dans le même collège de Cambridge et, bien qu'ayant ensuite emprunté des voies différentes, elles ne s'étaient jamais perdues de vue. C'était a priori une amitié étonnante, du genre que l'on explique communément par l'attirance des contraires. Emma, hétérosexuelle, d'une beauté troublante et déchirante qui pouvait être, Dalgliesh le savait, davantage un fardeau que la bénédiction enviée et sans mélange que l'on se plaît à imaginer ; Clara, petite au visage rond et enjoué, aux yeux brillants dissimulés derrière de grandes lunettes et à la démarche lourde de laboureur. L'attrait qu'elle exerçait indéniablement sur les hommes était, aux yeux de Dalgliesh, un exemple de plus des mystères de la séduction. Il lui était arrivé de se demander si le rejet que Clara lui avait initialement manifesté était dû à la jalousie ou au regret. L'une semblait aussi improbable que l'autre. Clara était de toute évidence très heureuse avec sa compagne, la frêle Annie au doux visage qui, soupçonnait Dalgliesh, était certainement plus solide qu'elle n'en avait l'air. C'était Annie qui avait fait de leur appartement de Putney un lieu où nul n'entrait – pour reprendre les mots de Jane Austen – sans éprouver l'attente optimiste du bonheur. Après avoir obtenu une licence de mathématiques avec mention très bien, Clara avait commencé à travailler à la City, où elle faisait une très belle carrière de gestionnaire de fonds. Ses collègues allaient et venaient, mais Clara conservait son poste. Emma avait annoncé à Dalgliesh qu'elle avait l'intention de démissionner dans trois ans ; Annie et elle utiliseraient alors le capital considérable qu'elle avait accumulé pour s'engager dans une vie toute différente. Entre-temps, elle dépensait une partie de ce qu'elle gagnait pour de bonnes causes, chères au cœur d'Annie.

Trois mois plus tôt, il avait assisté avec Emma à la cérémonie de signature du pacte civil conclu entre Clara et Annie, une fête paisible et plaisante qui n'avait réuni que les parents de Clara, le père veuf d'Annie et quelques amis intimes. Ils avaient ensuite déjeuné ensemble à l'appartement, un repas préparé par Annie. Après le plat principal, Clara et Dalgliesh avaient débarrassé les assiettes et s'étaient retrouvés à la cuisine pour chercher le pudding. Clara s'était alors tournée vers lui avec une résolution qui donnait à penser qu'elle avait attendu avec impatience l'occasion de lui parler.

« Il peut paraître curieux de nouer un lien officiel alors que vous autres, les hétéros, vous êtes des milliers à divorcer ou à vivre ensemble en préférant renoncer aux avantages du mariage. Nous sommes parfaitement heureuses comme ça, mais nous tenions à ce que chacune soit reconnue officiellement comme la plus proche parente de l'autre. Si Annie devait être hospitalisée, je tiens à être là. Il s'y ajoute une question de patrimoine. Si je meurs la première, je veux qu'Annie n'ait pas de droits de succession à payer. Je suppose qu'elle dépensera presque tout pour aider des canards boiteux, mais c'est son problème. Ce ne sera pas de l'argent gaspillé. Annie est très raisonnable. Tout le monde pense que notre couple tient parce que je suis forte et qu'Annie a besoin de moi. En fait, c'est le contraire, et vous êtes l'un des seuls à l'avoir senti immédiatement. Merci d'être avec nous aujourd'hui. »

Dalgliesh savait que ces derniers mots, prononcés d'un ton bourru, confirmaient qu'elle l'avait accepté, et que son amitié serait indéfectible. Il était soulagé de savoir que, quels que soient les visages inconnus, les problèmes et les défis qui l'attendaient au cours des prochains jours, il pourrait imaginer le week-end d'Emma avec l'assurance qu'elle passait de bons moments.

2

Aux yeux de l'inspectrice principale Kate Miskin, son appartement sur la rive nord de la Tamise, en aval de Wapping, témoignait de sa réussite sous la seule forme qui présentât, pour elle, une certaine assurance de pérennité, consolidée en acier, en briques et en bois. Lorsqu'elle avait pris possession de ce logement, elle avait su qu'il était trop cher pour elle et les premières années de remboursement de son emprunt lui avaient effectivement imposé de lourds sacrifices. Elle les avait consentis volontiers. Elle avait conservé tout l'enthousiasme des premiers jours, heureuse de traverser ces pièces baignées de lumière, de s'éveiller et de s'endormir sous la pulsation changeante mais toujours présente de la Tamise. Elle occupait l'appartement d'angle du dernier étage, avec deux balcons qui s'ouvraient largement sur le fleuve, en amont, et sur la berge opposée. Sauf quand le temps était vraiment exécrable, il lui arrivait de rester là, silencieuse, à contempler les humeurs mouvantes du fleuve, la puissance mystique du dieu brun de T. S. Eliot, l'agitation de la marée montante, l'étendue scintillante et bleu pâle sous la chaleur du ciel d'été, et, à la nuit tombée, la peau noire et visqueuse balafrée de lumière. Elle cherchait des yeux les navires familiers comme des amis rentrés au bercail : les vedettes de l'Autorité du Port de Londres et de la police fluviale, les dragueurs, les péniches surchargées, en été les bateaux de plaisance et les petits navires de croisière, et, plus grisants encore, les grands voiliers dont les jeunes équipages s'alignaient le long du bastingage tandis qu'ils remontaient le fleuve avec une lenteur majestueuse pour passer sous les grands bras tendus de Tower Bridge avant d'entrer dans le port de Londres.

On n'aurait pu imaginer appartement plus différent des pièces oppressantes du septième étage d'Ellison Fairweather Buildings où elle avait été élevée par sa grand-mère, de la puanteur, des ascenseurs vandalisés, des poubelles renversées, des hurlements, de la conscience éternelle du danger. Petite fille, elle s'était promenée, effrayée et constamment en alerte, dans une jungle urbaine. Son enfance tenait en quelques mots, ceux que sa grand-mère avait confiés à une voisine et qu'elle avait surpris quand elle avait sept ans. Elle ne les avait jamais oubliés. « S'il fallait que sa mère ait un enfant illégitime, elle aurait au moins pu se débrouiller pour rester en vie au lieu de me la laisser sur les bras. Elle n'a jamais su qui était le père ou si elle l'a su, elle n'en a rien dit. » Adolescente, elle avait fait tout son possible pour pardonner à sa grand-mère. Fatiguée, surmenée, celle-ci assumait sans aucune aide un fardeau auquel elle ne s'attendait pas et dont elle ne voulait pas. Kate en avait conservé définitivement la conscience que n'avoir jamais connu ses parents vous privait d'une partie essentielle de vous-même, vous condamnait à vivre avec un trou dans la psyché que rien ne pourrait jamais combler.

Mais elle avait son appartement, un travail qu'elle aimait et, six mois auparavant encore, il y avait eu Piers Tarrant. Ils avaient été très près de l'amour, un mot que ni l'un ni l'autre n'avait jamais prononcé, mais elle savait tout ce que Piers avait apporté à sa vie. Il avait quitté l'Unité spéciale d'enquête pour entrer à la branche antiterroriste de la Met et bien que ses missions actuelles fussent entourées de la plus grande discrétion, ils pouvaient revivre les jours d'autrefois, ces jours où ils avaient travaillé ensemble. Ils parlaient le même langage, il comprenait les ambiguïtés du métier comme aucun civil ne pourrait jamais le faire. Elle l'avait toujours trouvé sexuellement attirant mais, tant qu'ils avaient été collègues, elle avait évité une liaison qui ne pouvait qu'être désastreuse. AD ne supportait rien qui pût nuire à l'efficacité de l'Unité et l'un d'eux, sinon les deux, aurait obligatoirement été muté. Mais ces années de travail en commun, de danger partagé, de déceptions, d'épuisement et de succès, parfois même de rivalité pour obtenir l'approbation d'AD, les avaient tellement rapprochés que le jour où ils étaient devenus amants, elle y avait vu comme la confirmation naturelle et heureuse d'une complicité qui avait toujours existé.

Six mois plus tôt, pourtant, elle avait rompu, et il n'y avait pas à regretter cette décision. Elle ne pouvait pas supporter d'avoir un compagnon infidèle. Elle n'avait jamais imaginé que leur relation serait définitive ; rien dans son enfance ni dans sa jeunesse n'avait recelé pareille promesse. Elle n'en avait pas moins vu une trahison dans ce qui n'était pour lui qu'une broutille. Elle l'avait mis dehors et n'avait plus eu de nouvelles de lui depuis. Rétrospectivement, elle se disait qu'elle avait été bien naïve. Après tout, elle connaissait sa réputation. Elle avait mis fin à leur liaison le jour où, au dernier moment, elle avait décidé d'assister à la soirée d'adieu de Sean McBride. La fête menaçait de tourner à la beuverie habituelle et cela faisait longtemps qu'elle évitait ces pots de départ, mais elle avait travaillé avec Sean pendant une brève période, quand elle était simple inspectrice, et il avait été un bon patron, obligeant et dénué des préjugés bien trop courants à l'époque contre les femmes officiers de police. Elle avait donc choisi de faire une courte apparition pour lui souhaiter bonne continuation.

Se frayant un chemin au milieu de la foule, elle avait aperçu Piers au centre d'un groupe bruyant. La blonde qui s'entortillait autour de lui était si légèrement vêtue que les hommes ne savaient plus où poser les yeux, hésitant entre son entrejambe et ses seins. La nature de leurs relations était limpide ; ils avaient couché ensemble et ne demandaient qu'à le faire savoir. Il avait aperçu Kate par une brèche dans la mêlée. Leurs regards s'étaient croisés l'espace d'une seconde et, avant qu'il n'ait eu le temps d'écarter la foule pour la rejoindre, elle avait disparu.

Le lendemain matin, il était arrivé de bonne heure et elle lui avait annoncé formellement leur rupture. Elle avait oublié l'essentiel de ce qu'ils s'étaient dit, mais l'écho de fragments décousus résonnait encore dans son esprit comme un mantra.

« Voyons Kate, ça n'a aucune importance. Ça ne voulait rien dire. Cette fille ne veut rien dire.

– Je sais. C'est bien ce qui me révolte.

– Tu me demandes beaucoup, Kate.

– Je ne te demande rien du tout. Si c'est comme ça que tu as envie de vivre, libre à toi. Tout ce que je sais, c'est que je ne veux pas d'un amant qui couche avec d'autres femmes. Ça peut paraître vieux jeu dans un monde où une rencontre d'un soir n'est qu'une encoche de plus sur ta matraque, mais je suis comme ça et je ne changerai pas. Autrement dit, c'est fini entre nous. Heureusement que nous ne sommes amoureux ni l'un ni l'autre. Cela nous évitera l'embarras habituel des larmes et des récriminations.

– Je peux très bien ne jamais la revoir.

– Et la suivante ? Et celle d'après ? Tu ne comprends pas. Je ne te propose pas de coucher avec moi comme prix de bonne conduite. Je ne veux ni explications, ni excuses, ni promesses. C'est fini. »

Et elle avait tenu parole. Depuis six mois, il était entièrement sorti de sa vie. Elle songea qu'elle commençait à s'habituer à son absence, mais cela n'avait pas été facile. Plus que l'assouvissement mutuel qu'assuraient leurs étreintes, elle regrettait les rires, les verres dans leurs pubs préférés le long du fleuve, leur camaraderie détendue, les repas qu'ils préparaient ensemble chez elle ; tout cela lui avait apporté une confiance dans la vie pleine d'une légèreté qu'elle n'avait encore jamais connue.

Elle avait envie de lui parler de l'avenir. Elle n'avait personne d'autre à qui se confier. Sa prochaine affaire risquait fort d'être la dernière. De toute évidence, l'Unité spéciale d'enquête ne pourrait pas poursuivre ses activités sous sa forme actuelle. Le commandant Dalgliesh était arrivé jusqu'à présent à déjouer toutes les tentatives des autorités pour rationaliser cette équipe autonome, pour définir sa fonction dans un jargon contemporain abscons et pour intégrer l'Unité dans une structure bureaucratique plus orthodoxe. L'USE avait survécu grâce à ses indéniables réussites, à son coût relativement modeste – une vertu qui ne convenait pas à tous – et parce qu'elle était dirigée par l'un des plus éminents policiers du pays. Les rumeurs allaient bon train à la Met et contenaient généralement une once de vérité au milieu d'un fatras d'allégations mensongères. Elle avait entendu récemment les bruits les plus contradictoires : déplorant la politisation de la Met et nourrissant bien d'autres griefs encore, Dalgliesh avait décidé de quitter la police ; AD n'avait pas la moindre intention de démissionner et prendrait bientôt la direction d'un département spécial interforces chargé de la formation policière ; deux instituts universitaires de criminologie lui avaient fait des avances ; on lui proposait à la City un emploi dont les termes restaient flous pour quatre fois le salaire actuel du préfet de police.

Kate et Benton avaient opposé un silence absolu à toutes les questions, sans le moindre effort. Ils ne savaient rien, mais étaient certains que quand AD aurait pris une décision, ils seraient parmi les premiers informés. Le patron pour lequel elle travaillait depuis qu'elle avait été nommée inspectrice principale épouserait sa chère Emma dans quelques mois. Après toutes ces années de collaboration, ils ne feraient plus partie de la même équipe, elle et lui. Elle obtiendrait, comme prévu, son avancement au rang d'inspecteur divisionnaire, dans quelques semaines peut-être, et pouvait espérer poursuivre son ascension. Peut-être son avenir serait-il solitaire, mais après tout, elle avait son métier, le seul qu'elle eût jamais voulu exercer, celui qui lui avait donné tout ce qu'elle possédait à présent. Et elle était bien placée pour savoir qu'il existe des sorts plus cruels que la solitude.

Le téléphone sonna à onze heures moins dix. Elle ne devait pas être au bureau avant treize heures trente et était sur le point de sortir de chez elle pour accomplir les corvées routinières qui occupaient toujours plusieurs heures de sa demi-journée de liberté : quelques courses au supermarché, une montre réparée à aller chercher chez l'horloger, des vêtements à porter à la teinturerie. L'appel arriva sur son portable professionnel et elle savait avant de prendre la communication quelle voix elle entendrait. Elle écouta attentivement. C'était, elle n'en fut pas surprise, une affaire d'assassinat. On avait trouvé la victime, Rhoda Gradwyn, la journaliste d'investigation, morte dans son lit à sept heures trente, apparemment étranglée, après une intervention chirurgicale dans une clinique privée du Dorset. Il lui indiqua l'adresse : Cheverell Manor, Stoke Cheverell. Pas d'explication sur la raison pour laquelle l'Unité était chargée de l'enquête, mais apparemment, le numéro 10 n'y était pas étranger. Kate et Benton devaient s'y rendre en voiture, la sienne ou celle de Benton, et l'équipe essaierait d'arriver ensemble.

Elle répondit : « Oui, commandant. Je vais appeler Benton et je passerai chez lui. Je pense que nous prendrons plutôt son véhicule. Le mien a besoin d'une révision. J'ai ma mallette et je sais qu'il a la sienne.

– Bien. Il faut que j'appelle le Yard, Kate. Je vous retrouve à Shepherd's Bush, j'espère y être en même temps que vous. Je vous donnerai plus de détails à ce moment-là, si j'en ai. »

Elle mit fin à la conversation puis appela Benton. Moins de vingt minutes plus tard, elle avait enfilé le pantalon et la veste de tweed qu'elle réservait aux missions à la campagne. Son sac contenant les autres effets dont elle pouvait avoir besoin était toujours prêt. Rapidement, elle vérifia les fenêtres et l'électricité et, attrapant sa mallette, elle tourna les clés dans les deux serrures de sécurité et se mit en route.

3

L'inspecteur Francis Benton-Smith reçut l'appel de Kate alors qu'il faisait des courses au marché des producteurs de Notting Hill. Sa journée avait été méticuleusement organisée et il était de l'excellente humeur d'un homme qu'attend une journée de congé bien méritée promettant plus d'activités plaisantes que de repos. Il s'était engagé à préparer un déjeuner pour ses parents dans leur cuisine de South Kensington, ensuite il passerait l'après-midi au lit avec Beverley dans son propre appartement de Shepherd's Bush avant d'achever la journée, combinaison parfaite de devoir filial et d'agrément, en invitant la jeune femme à voir un nouveau film au Curzon. Il comptait bien aussi célébrer son récent rétablissement au rang de petit ami en titre de Beverley. L'expression désuète l'agaçait un peu, mais convenait mieux à ses yeux que celui d'amants, terme qui suggérait, à ses yeux, un degré d'engagement qui leur était étranger.

Beverley était comédienne – elle refusait le mot d'actrice – et faisait carrière à la télévision. Elle lui avait fait connaître d'emblée ses priorités. Elle aimait changer d'amants, mais manifestait à l'égard de l'immoralité une intolérance de prédicateur intégriste. Sa vie sexuelle était une succession d'aventures monogames strictement réglées dans le temps, dont l'espérance de vie, avait-elle eu la délicatesse d'annoncer à Benton, ne dépassait généralement pas six mois. Malgré la minceur de son joli petit corps ferme, elle aimait manger et il avait conscience de devoir une partie de son attrait aux repas qu'il lui offrait dans des restaurants soigneusement sélectionnés et généralement au-dessus de ses moyens ou, si elle préférait, qu'il lui mitonnait chez lui. Ce déjeuner auquel il l'avait conviée devait, entre autres vertus, lui rappeler ce qu'elle avait manqué après leur rupture.

Il n'avait rencontré les parents de Beverley qu'une fois, très brièvement, et s'était demandé comment un couple aussi conventionnel, bien en chair, correctement vêtu et au physique ordinaire, avait pu engendrer une fille aussi exotique. Il aimait la regarder, contempler l'ovale de son visage pâle, ses cheveux bruns coupés en frange au-dessus d'yeux légèrement bridés qui lui donnaient un charme vaguement oriental. Elle était issue d'un milieu aussi privilégié que le sien et, malgré tous ses efforts, n'avait jamais réussi à perdre toute trace de sa bonne éducation fondamentale. Ce qui ne l'avait pas empêchée de sacrifier les valeurs et les accessoires bourgeois méprisés sur l'autel de son art pour devenir, aussi bien dans son élocution que dans son aspect, Abbie, la fille rebelle d'un patron de bistrot dans une série télévisée qui se déroulait dans un village du Suffolk. Lorsqu'ils étaient sortis ensemble pour la première fois, ses perspectives professionnelles étaient prometteuses. Il était question alors d'une aventure avec l'organiste de l'église paroissiale, d'une grossesse, d'une intervention illégale et d'une sacrée pagaille au village. Mais certains téléspectateurs s'étaient plaints que cette idylle rurale menaçait de concurrencer *EastEnders* et la rumeur actuelle prétendait qu'Abbie allait s'acheter une conduite. On envisageait même la possibilité d'un mariage fidèle et d'une maternité vertueuse. Une catastrophe, selon Beverley. Son agent tâtait déjà le terrain pour essayer d'exploiter sa notoriété actuelle, tant qu'elle durait. Francis – seuls ses collègues de la Met l'appelaient Benton – était certain que ce déjeuner serait un succès. Ses parents adoraient découvrir des mondes mystérieux auxquels ils n'avaient pas accès et Beverley ne demanderait qu'à leur faire un compte rendu pittoresque du dernier rebondissement en date, dialogues compris probablement.

Sa propre apparence était, jugeait-il, aussi trompeuse que celle de Beverley. Son père était anglais, sa mère indienne, et il avait hérité d'elle sa beauté, sans l'attachement profond à son pays qui ne l'avait jamais quittée et que son père partageait. Ses parents s'étaient mariés quand sa mère avait dix-huit ans et son père douze de plus. Ils avaient été passionnément amoureux, ils l'étaient toujours et leurs séjours annuels en Inde étaient le moment marquant de leur année. Il les avait accompagnés pendant toute son enfance, mais n'avait jamais pu se défaire de l'impression d'être un étranger, mal à l'aise, incapable de trouver sa place dans un monde où son père, qui semblait plus heureux, plus gai en Inde qu'en Angleterre, s'adaptait sans difficulté au langage, aux vêtements, à la nourriture. Il avait également eu le sentiment, depuis sa plus tendre enfance, que l'amour de ses parents était trop dévorant pour inclure un tiers, fût-il leur seul enfant. Il se savait aimé, mais en compagnie de son père, proviseur à la retraite, il se faisait toujours l'effet d'un élève de terminale prometteur et apprécié plus que d'un fils. Leur bienveillance non interventionniste était déconcertante. Quand il avait seize ans et qu'un camarade de classe se plaignit de ses parents – leur règle absurde qui l'obligeait à rentrer avant minuit, leurs mises en garde contre la drogue, l'alcool, le SIDA, leur obstination à faire passer les devoirs avant le plaisir, leurs reproches pinailleurs sur sa coupe de cheveux, ses vêtements et l'ordre de sa chambre, laquelle, après tout, était son domaine privé –, ses griefs avaient curieusement poussé Francis à se demander si la tolérance de ses propres parents ne relevait pas d'un désintérêt proche de la négligence affective. Ils ne se conduisaient pas comme des parents étaient censés le faire.

La réaction de son père lorsqu'il lui avait annoncé son choix professionnel n'en était pas, il le soupçonnait, à sa première déclamation. « Lorsqu'on choisit un métier, il n'y a que deux choses importantes : il faut qu'il favorise le bonheur et le bien-être d'autrui tout en t'apportant de la satisfaction. Travailler dans la police remplit la première condition, j'espère qu'elle remplira la seconde. » Il avait failli répondre : « Merci, monsieur. » Mais il aimait ses parents et avait parfois conscience, sans trouble excessif, que la distance n'était pas intégralement de leur fait et qu'il les voyait trop rarement. Ce déjeuner devait réparer un peu cette carence.

Son portable professionnel sonna à dix heures cinquante-cinq alors qu'il complétait son assortiment de légumes bios. C'était la voix de Kate. « Une affaire pour nous. Si j'ai bien compris, il s'agit d'un assassinat dans une clinique privée de Stoke Cheverell, dans le Dorset. Un manoir.

– Ça nous changera un peu. Mais pourquoi l'Unité ? La police du Dorset ne peut pas s'en occuper ? »

La voix de Kate trahissait l'impatience. Ce n'était pas le moment de perdre du temps en bavardages. « Je n'en sais rien. Ils sont évasifs comme d'habitude, mais il semblerait que le numéro 10 y soit pour quelque chose. Je vous donnerai toutes les informations que j'ai en route. Ça serait bien qu'on prenne votre voiture. Le commandant Dalgliesh veut que nous arrivions tous au manoir en même temps. Il aura sa Jag. Je vous rejoins aussi vite que possible. Je laisserai ma voiture dans votre garage et il nous retrouvera là-bas. Vous avez votre mallette ? Prenez aussi votre appareil photo. Ça peut être utile. Où êtes-vous ?

– À Notting Hill. Avec un peu de chance, je peux être chez moi dans moins de dix minutes.

– Parfait. Vous feriez bien d'acheter aussi des sandwiches ou des wraps et quelque chose à boire. AD veut que nous ayons mangé. »

Quand Kate coupa la communication, Benton se dit que la situation n'avait rien de nouveau. Il n'avait que deux appels à passer, l'un à ses parents, l'autre à Beverley. Sa mère décrocha et sans perdre de temps exprima ses regrets et raccrocha. Le portable de Beverley était sur messagerie, ce qui n'était pas plus mal. Il l'informa que leurs plans étaient annulés et qu'il la rappellerait.

Il ne lui fallut que quelques minutes pour acheter de quoi déjeuner. Rejoignant Holland Park Avenue au pas de course, il aperçut un bus n° 94 qui ralentissait à l'arrêt. Piquant un sprint, il réussit à y monter avant que les portes ne se referment. Il avait déjà oublié ses projets de la journée et était impatient de se lancer dans une tâche bien plus prenante : soutenir sa réputation au sein de l'Unité. Il éprouva un très léger scrupule en songeant que son euphorie, l'impression que son avenir immédiat regorgeait d'excitations et de défis, dépendait d'un corps inconnu en train de se rigidifier dans un manoir du Dorset, que le chagrin, l'angoisse et la peur étaient intimement liés à son enthousiasme. Il s'avoua, non sans un petit pincement de remords, qu'il serait extrêmement déçu d'apprendre, à leur arrivée dans le Dorset, qu'il s'agissait finalement d'un meurtre tout à fait banal et que le coupable avait déjà été identifié et arrêté. Cela ne s'était encore jamais produit et il savait que c'était peu probable. On ne faisait pas appel à l'Unité pour un homicide ordinaire.

Trépignant devant les portes du bus, il attendit qu'elles s'ouvrent et courut d'une traite jusqu'à son immeuble. Appuyant énergiquement sur le bouton de l'ascenseur, il suivit des yeux, hors d'haleine, la cabine qui descendait. Ce fut à cet instant qu'il se rendit compte, sans y attacher la moindre importance, qu'il avait oublié dans le bus son sachet de légumes bios soigneusement sélectionnés.

4

Il était treize heures trente, et cela faisait six heures qu'on avait découvert le corps. Mais la matinée avait paru interminable à Dean et Kimberley Bostock, qui attendaient des instructions en cuisine. C'était leur univers, le lieu où ils étaient chez eux, maîtres à bord, où personne ne les harcelait, où ils se savaient appréciés sans que cela eût besoin d'être dit, confiants dans leurs compétences professionnelles et, surtout, ensemble. Mais ils erraient à présent entre la table et le fourneau comme des amateurs désorganisés dans un environnement étranger et intimidant. Tels des automates, ils avaient passé les cordons de leurs tabliers au-dessus de leur tête et coiffé leurs toques blanches, mais ils n'avaient pas fait grand-chose. À neuf heures et demie, à la demande de Miss Cressett, Dean avait apporté des croissants, de la confiture et de la marmelade à la bibliothèque, ainsi qu'une grosse cruche de café, mais lorsqu'il était revenu débarrasser un peu plus tard, il avait constaté que personne n'avait beaucoup mangé. Il n'y avait plus de café en revanche, et la demande semblait inépuisable. Miss Holland venait à intervalles réguliers en chercher une nouvelle thermos. Dean commençait à se sentir prisonnier dans sa propre cuisine.

La maison était enfermée dans un silence qui leur paraissait sinistre. Le vent lui-même était tombé, ses rafales expirantes évoquant des soupirs de désespoir. Kim avait honte de s'être évanouie. Le docteur Chandler-Powell avait été extrêmement gentil avec elle et lui avait recommandé de ne pas se remettre au travail avant d'être tout à fait remise, mais elle était soulagée d'avoir repris sa place à la cuisine, avec Dean. Le docteur Chandler-Powell avait le teint gris ; il avait l'air vieilli, changé. Il lui faisait penser à son père quand il était rentré à la maison après son opération et qu'on aurait dit qu'il avait perdu toute sa force et quelque chose de plus vital encore, qui en faisait son papa et personne d'autre. Tout le monde s'était montré gentil avec elle, mais elle sentait la prudence derrière la compassion, comme si chacun savait que toute parole pouvait être dangereuse. Si un assassinat avait été commis chez elle, dans son village, cela se serait passé tout autrement. Il y aurait eu des cris d'indignation et d'horreur, des bras réconfortants l'auraient enlacée, toute la rue se serait rassemblée dans la maison pour voir, entendre et se lamenter, un brouhaha de voix posant des questions, lançant des hypothèses. Au manoir, les gens n'étaient pas comme ça. Le docteur Chandler-Powell, le docteur Westhall et sa sœur et même Miss Cressett ne montraient pas leurs sentiments, pas en public en tout cas. Pourtant, ils en avaient, forcément ; tout le monde en avait. Kim savait bien qu'elle avait la larme un peu facile, mais sûrement, il leur arrivait également de pleurer, aussi incroyable que cela puisse paraître. Elle avait trouvé que Miss Holland avait les yeux rouges et gonflés. Peut-être avait-elle pleuré. Était-ce parce qu'elle avait perdu une patiente ? Tout de même, c'était une situation à laquelle une infirmière devait être habituée. Elle aurait bien aimé savoir ce qui se passait hors de la cuisine qui, malgré ses dimensions, était devenue étouffante.

Dean lui avait raconté que le docteur avait parlé à tous ceux qui étaient à la bibliothèque. Il leur avait annoncé que l'accès à l'aile des patientes et à l'ascenseur était interdit, mais avait ajouté que tout le monde devait vaquer à ses occupations aussi normalement que possible. La police voudrait tous les interroger, mais en attendant, ils devaient éviter de parler de la mort de Miss Gradwyn entre eux. Il avait bien insisté sur ce point. Kim savait qu'ils en discutaient certainement, pas en groupe mais deux par deux : les Westhall, qui avaient regagné Stone Cottage, Miss Cressett avec Mrs Frensham et certainement le docteur Chandler-Powell et l'infirmière. Mog resterait probablement silencieux – il en était capable s'il pouvait en tirer profit – et elle ne voyait pas qui irait discuter de Miss Gradwyn avec Sharon. Dean et elle ne lui diraient certainement pas un mot si elle les rejoignait à la cuisine. Mais ils avaient parlé tout bas, Dean et elle, comme si cela pouvait rendre leurs paroles inoffensives. Et Kim ne résista pas à remettre le sujet sur le tapis.

« Si la police me demande exactement ce qui s'est passé quand j'ai monté le thé de Mrs Skeffington, si elle veut avoir tous les détails, est-ce qu'il faut que je réponde ? »

Dean s'efforçait d'être patient. Elle l'entendait à sa voix : « Kim, nous en avons déjà parlé. Oui, tu dois tout dire aux policiers. S'ils posent une question directe, il faut répondre et dire la vérité. Autrement, nous risquons d'avoir des ennuis. Mais ce qui s'est passé n'a aucune importance. Tu n'as vu personne et tu n'as parlé à personne. Tout cela n'a rien à voir avec la mort de Miss Gradwyn. Tu risquerais de compliquer les choses inutilement. Si on ne te demande rien, ne dis rien.

– Tu es sûr, pour le verrou ?

– Oui. Mais si la police commence à me tanner avec ça, je vais probablement finir par ne plus être sûr de rien.

– Tu ne trouves pas que c'est drôlement calme ? demanda Kim. Je pensais que quelqu'un passerait nous voir. Tu crois que c'est bien que nous restions là, tous les deux, tout seuls ?

– On nous a dit de continuer notre travail. La cuisine est notre lieu de travail, expliqua Dean. Et tu es à ta place ici, avec moi. »

Il s'approcha silencieusement et la prit dans ses bras. Ils restèrent immobiles une minute, sans rien dire, et elle en fut rassérénée. Desserrant son étreinte, il lui dit : « De toute façon, il faut qu'on pense au déjeuner. Il est déjà une heure et demie. Pour le moment, ils n'ont avalé que quelques biscuits et du café. Ils auront forcément envie de quelque chose de chaud tôt ou tard. Ça m'étonnerait que la daube les tente. »

Le bœuf en daube avait été préparé la veille et était prêt à être réchauffé dans le four du bas de la cuisinière. Il y en avait suffisamment pour tous les occupants de la maison et pour Mog quand il rentrerait du jardin. Mais en cet instant, la riche odeur du plat suffirait à lui donner la nausée.

« Non, ils n'auront pas envie de quelque chose de lourd, reprit Dean. Je pourrais faire une soupe aux pois. Nous avons le bouillon du jambon à l'os et puis peut-être des sandwiches, des œufs, du fromage… » Sa voix se perdit.

« Mais Mog n'est sûrement pas allé chercher le pain, objecta Kim. Le docteur nous a demandé de ne pas bouger d'ici.

– Nous n'avons qu'à faire du pain irlandais, tout le monde aime ça.

– Et les policiers, est-ce qu'on va devoir les nourrir ? Tu disais que tu n'as servi que du café à l'inspecteur Whetstone, mais il y en a d'autres qui vont arriver de Londres. Ils auront fait une longue route.

– Je ne sais pas. Il faudra poser la question au docteur Chandler-Powell. »

C'est alors que Kim se souvint. Comment avait-elle pu oublier, songea-t-elle. « C'était aujourd'hui qu'on voulait lui annoncer, pour le bébé, dit-elle, après l'opération de Mrs Skeffington. Maintenant, ils le savent tous mais ça n'a pas l'air de les ennuyer. Miss Cressett a dit qu'il y a toute la place qu'il faut pour un bébé au manoir. »

Kim eut l'impression de déceler une petite note d'impatience, et même de satisfaction contenue, dans la voix de Dean : « Comment veux-tu décider si nous resterons ici avec le bébé, dit-il, alors que nous ne savons même pas si la clinique ne va pas fermer ? Qui voudra venir se faire opérer ici, maintenant ? Tu aurais envie, toi, de dormir dans cette chambre ? »

Se tournant vers lui, Kim vit ses traits se durcir momentanément et prendre une expression résolue. Ils entendirent la porte s'ouvrir et se retournèrent pour découvrir le docteur Chandler-Powell.

5

Chandler-Powell regarda sa montre et constata qu'il était treize heures quarante. Peut-être devrait-il aller parler aux Bostock qui étaient cloîtrés à la cuisine. Il voulait s'assurer que Kimberley était parfaitement remise et qu'ils avaient pensé au repas. Personne n'avait encore déjeuné. Les six heures qui s'étaient écoulées depuis la découverte du meurtre lui avaient fait l'effet d'une éternité, d'une étendue désolée de temps indéfini, entrecoupée de quelques événements qui se détachaient avec clarté : la mise sous scellés de la chambre du crime comme l'avait ordonné le commissaire Whetstone ; la recherche au fond de son bureau du rouleau de ruban adhésif le plus large possible ; la maladresse qui lui avait fait oublier de coller correctement l'extrémité, laquelle s'était détachée et enroulée sur elle-même, rendant le reste inutilisable ; l'intervention d'Helena qui lui avait pris le rouleau des mains pour faire ce travail à sa place puis lui avait conseillé d'apposer ses initiales sur le ruban pour s'assurer que personne n'y toucherait. Il ne s'était pas rendu compte que le jour se levait, que l'obscurité impénétrable cédait la place à une lumière croissante, que les rafales occasionnelles du vent faiblissant ressemblaient à des coups de feu sporadiques. Malgré les trous de mémoire et la confusion temporelle, il était certain d'avoir fait ce qu'on attendait de lui – calmer l'hystérie de Mrs Skeffington, examiner Kimberley Bostock et donner des instructions à son sujet, essayer de tranquilliser tout le monde pendant l'interminable attente qui avait précédé l'arrivée de la police locale.

Une odeur de café chaud envahissait la maison, de plus en plus pénétrante. Comment avait-il jamais pu la trouver réconfortante ? Il se demanda s'il lui arriverait un jour de la sentir à nouveau sans un pincement de cœur, sans un sentiment d'échec. Des physionomies familières étaient devenues celles d'étrangers, des visages sculptés comme ceux des patients torturés par une douleur soudaine, des faces funèbres empreintes d'une solennité qui paraissait tout aussi factice que l'expression convenue que prennent les gens qui assistent aux obsèques d'un défunt qu'ils connaissaient peu, qu'ils ne regrettent pas, mais à qui la mort a conféré un pouvoir terrifiant. Les traits bouffis de Flavia, ses paupières gonflées, ses yeux ternis par les larmes. Pourtant, il ne l'avait pas vue pleurer et les seuls mots qu'il se rappelait avoir entendus dans sa bouche l'avaient agacé par leur manque de pertinence.

« Tu as fait un travail du tonnerre. Elle ne le verra jamais, alors qu'elle avait attendu tellement longtemps. Tout ce temps et tout ce talent gaspillés, simplement gaspillés. »

Ils avaient tous les deux perdu une patiente, l'unique décès qu'ait déploré sa clinique du manoir. Les larmes de Flavia exprimaient-elles la frustration ou l'échec ? Il ne pouvait tout de même pas s'agir de chagrin.

Il fallait maintenant qu'il s'occupe des Bostock. Ils avaient besoin d'être rassurés, soutenus, il devait les aider à prendre des décisions sur des sujets qui lui paraissaient sans intérêt mais qui ne l'étaient pas pour eux. Il avait dit ce qu'il fallait à la réunion de huit heures et quart à la bibliothèque. Cette fois, au moins, il avait assumé ses responsabilités. Il avait cherché à être concis, et il l'avait été. Sa voix avait été calme, pleine d'autorité. Certainement, ils avaient déjà été informés de la tragédie qui les concernait tous. On avait trouvé Miss Rhoda Gradwyn décédée dans sa chambre à sept heures et demie, le matin même. Certains indices donnaient à penser qu'il ne s'agissait pas d'une mort naturelle. *Ma foi*, songea-t-il, *c'était une façon de présenter les choses.* La police avait été prévenue et l'inspecteur du poste local était en route. Il allait de soi que chacun aurait à cœur de coopérer avec les enquêteurs. En attendant, ils devaient rester calmes, éviter de colporter des rumeurs ou des hypothèses et poursuivre leur travail. Quel travail exactement, on pouvait se le demander. L'opération de Mrs Skeffington avait été annulée. On avait téléphoné à l'anesthésiste et au personnel du bloc ; Flavia et Helena avaient réglé ce point ensemble. Et après sa brève allocution, éludant les questions, il avait quitté la bibliothèque. Mais cette sortie, alors que tous les yeux étaient rivés sur lui, ne relevait-elle pas du geste théâtral, n'était-ce pas une manière de se dérober à ses responsabilités ? Il se rappelait être resté un moment dehors, devant la porte, étranger dans sa demeure, ne sachant où aller.

À présent, assis avec Dean et Kimberley à la table de la cuisine, il était censé s'intéresser à des histoires de soupe aux pois et de pain irlandais. Dès qu'il avait mis le pied dans cette pièce où il avait rarement eu à se rendre, il s'était senti déplacé et s'était fait l'effet d'un intrus. Qu'attendaient-ils de lui, comment les rassurer, les réconforter ? Les deux visages qu'il avait devant lui étaient ceux d'enfants effrayés, cherchant la réponse à une question qui n'avait rien à voir avec du pain ou de la soupe.

Contrôlant l'agacement que lui inspirait leur besoin évident d'instructions précises, il s'apprêtait à dire : « Faites pour le mieux », quand il entendit les pas puis la voix d'Helena, arrivée silencieusement derrière lui. « Une soupe aux pois ? Voilà une excellente idée, un plat chaud, nourrissant et revigorant. Puisque vous avez déjà le bouillon, ça devrait aller vite. Contentons-nous de quelque chose de simple, voulez-vous ? Évitons tout ce qui pourrait ressembler à une fête paroissiale. Servez le pain irlandais tiède avec beaucoup de beurre. Un plateau de fromage serait un bon complément aux viandes froides, il faut des protéines, mais n'en faites pas trop. Que ce soit appétissant, comme toujours. Personne n'aura faim, mais il faut qu'ils mangent. Vous pourriez aussi proposer cette excellente crème au citron que fait Kimberley, et sa délicieuse confiture d'abricots avec le pain. Après un choc, les gens apprécient souvent quelque chose de sucré. Et qu'il y ait toujours du café, beaucoup de café.

– Faudra-t-il que nous préparions les repas des policiers, Miss Cressett ? demanda Kimberley.

– Je ne pense pas. Nous le saurons en temps voulu. Comme vous le savez, ce n'est pas l'inspecteur Whetstone qui se charge de l'enquête. Ils nous envoient une unité spéciale de la Metropolitan Police. J'imagine qu'ils auront mangé en route. Vous êtes formidables, tous les deux, comme toujours. Notre vie à tous risque d'être un peu bouleversée ces prochains jours, mais vous vous en sortirez, j'en suis sûre. Si vous avez des questions à me poser, n'hésitez pas à venir me voir. »

Rassurés, les Bostock murmurèrent des remerciements. Chandler-Powell et Helena repartirent ensemble. Cherchant, vainement, à insuffler un peu de chaleur à sa voix, il lui dit : « Merci. J'aurais dû vous laisser vous occuper des Bostock. En plus, je n'ai pas la moindre idée de ce qu'est le pain irlandais !

– Il se prépare avec de la farine complète et sans levure. Vous en avez souvent mangé ici. Vous aimez bien ça.

– Au moins, le problème du prochain repas est réglé. J'ai l'impression d'avoir passé la matinée en futilités. Si seulement le commandant Dalgliesh et son unité arrivaient, que l'enquête puisse démarrer ! Nous avons un éminent médecin légiste qui se prélasse ici en attendant que Dalgliesh daigne montrer le bout de son nez. Pourquoi ne peut-elle pas se mettre au travail ? Quant à Whetstone, il a sûrement mieux à faire qu'à rester ici à faire le pied de grue.

– Mais pourquoi nous envoie-t-on la Met ? demanda Helena. La police du Dorset est tout à fait compétente. L'inspecteur Whetstone ne peut-il pas se charger de l'enquête ? J'en viens à me demander s'il n'y a pas quelque chose d'important que nous ignorons à propos de Rhoda Gradwyn, un secret quelconque.

– Il y a toujours eu un mystère autour de Rhoda Gradwyn. »

Ils étaient arrivés dans le hall d'entrée. On entendit des portières qui claquaient, un bruit de voix.

« Vous feriez bien d'aller ouvrir la porte. On dirait que l'unité de la Met est arrivée », remarqua Helena.

6

C'était une journée idéale pour une excursion en voiture à travers la campagne, et en temps normal, Dalgliesh aurait pris son temps pour explorer des chemins de traverse et faire quelques haltes afin d'admirer les troncs élancés des grands arbres dépouillés par l'hiver, leurs ramures qui se dressaient et les entrelacs sombres des plus hautes branches qui se dessinaient sur un ciel sans nuage. L'automne s'était prolongé, mais Dalgliesh conduisait à présent sous la boule blanche aveuglante d'un soleil d'hiver, frangée d'une traînée effilochée d'un bleu aussi vif que par un jour d'été. Sa lumière ne tarderait pas à faiblir, mais pour le moment, sous sa vive clarté, les champs, les collines basses et les bosquets présentaient des contours accusés, sans ombre.

Une fois passés les bouchons de Londres, leur moyenne fut plus que correcte et deux heures et demie plus tard, ils avaient atteint l'est du Dorset. S'engageant sur une aire de repos, les deux voitures s'arrêtèrent brièvement pour pique-niquer. Dalgliesh en profita pour consulter la carte. Un quart d'heure plus tard, ils arrivaient à un carrefour où ils prirent la direction de Stoke Cheverell puis, un kilomètre et demi environ après le village, un panneau leur indiqua Cheverell Manor. Ils s'arrêtèrent devant deux grilles en fer forgé et aperçurent une allée de hêtres qui s'étendait derrière elles. À l'intérieur du parc, un homme d'un certain âge, enveloppé d'un long pardessus et assis sur ce qui ressemblait à une chaise de cuisine, lisait le journal. Il le replia soigneusement, en prenant son temps, et s'avança pour leur ouvrir. Dalgliesh faillit sortir de voiture pour l'aider, mais les hautes grilles s'écartèrent aisément et il s'engagea dans l'allée, suivi de Kate et Benton. Le vieil homme referma derrière eux, puis s'approcha de sa portière.

« Miss Cressett n'aime pas que les voitures encombrent l'allée, dit-il. Il faut que vous fassiez le tour, en passant derrière l'aile est.

– C'est entendu, acquiesça Dalgliesh. Mais cela peut attendre. »

Les trois policiers sortirent leurs mallettes des véhicules. L'urgence du moment et la conscience qu'un certain nombre de personnes l'attendaient, plongées dans différents stades d'anxiété ou d'appréhension, n'empêchèrent pas Dalgliesh de prendre quelques instants pour regarder la maison. Il savait qu'elle était considérée comme l'un des plus charmants manoirs Tudor d'Angleterre. L'édifice se dressait devant lui dans la perfection de sa forme, sa synergie assurée de grâce et de force ; une demeure construite pour des certitudes, pour la naissance, la mort et les rites de passage, par des hommes qui savaient ce qu'ils croyaient et ce qu'ils faisaient. Une maison ancrée dans l'histoire, durable. Il n'y avait ni gazon, ni jardin, ni sculptures devant le manoir. Il se présentait sans ornement, sa dignité pouvant se passer de tout embellissement. Dalgliesh le voyait sous son meilleur jour. L'éclat blanc et matinal du soleil hivernal s'était adouci, patinant les troncs des hêtres et nimbant les pierres d'un éclat argenté, si bien qu'un instant, au milieu de l'immobilité, la bâtisse sembla frémir et devenir aussi chimérique qu'une vision. La lumière du jour déclinerait bientôt ; c'était le mois du solstice d'hiver. Le crépuscule ne tarderait pas et la nuit suivrait promptement. Son équipe et lui allaient devoir enquêter sur un acte de noirceur au cœur des ténèbres hivernales. Pour un être aussi épris de lumière que lui, c'était un handicap aussi psychologique que pratique.

Alors qu'il s'avançait avec ses collaborateurs, la porte du grand porche s'ouvrit et un homme sortit, se dirigeant vers eux. Il sembla hésiter un instant à les saluer, puis leur tendit la main :

« Inspecteur principal Keith Whetstone. Vous avez fait vite, commandant. Le chef m'a annoncé que vous auriez besoin de techniciens. Nous n'en avons que deux libres pour le moment, mais ils devraient être ici dans moins de cinquante minutes. Le photographe est en route. »

Personne n'aurait pu douter, songea Dalgliesh, que Whetstone était policier, ou éventuellement militaire. De constitution robuste, il se tenait très droit. Il avait des traits ordinaires mais agréables, le teint rougeaud, le regard assuré et vigilant sous une chevelure couleur vieille paille, coupée en brosse et bien dégagée au-dessus d'oreilles surdimensionnées. Il portait un costume de tweed sous un pardessus.

Les présentations faites, il demanda : « Savez-vous pourquoi on a chargé la Met de cette affaire, commandant ?

– Je n'en ai pas la moindre idée. Vous avez dû être surpris par l'appel du préfet de police adjoint.

– Je sais que le directeur a trouvé cela un peu bizarre, mais nous avons largement de quoi nous occuper. Vous avez certainement entendu parler de ces arrestations sur la côte. Il y a des types des douanes qui grouillent un peu partout. Le Yard nous a fait savoir que vous vous contenteriez d'un inspecteur. Je peux vous laisser Malcolm Warren. Ce n'est pas un bavard, mais il est intelligent et il sait être discret.

– Silencieux, sûr et circonspect, approuva Dalgliesh. En ce qui me concerne, je ne peux pas demander mieux. Où est-il actuellement ?

– Devant la chambre, il garde le corps. Les habitants des lieux, enfin les six membres les plus importants, je suppose, sont réunis dans la grande salle. Il y a le docteur George Chandler-Powell, propriétaire du manoir, son assistant, le docteur Marcus Westhall, la sœur de celui-ci, Miss Candace Westhall, Flavia Holland, l'infirmière-chef, Miss Helena Cressett, qui fait plus ou moins fonction d'intendante, de secrétaire et d'administratrice générale si j'ai bien compris, et Mrs Letitia Frensham qui s'occupe de la comptabilité.

– Quelle mémoire, bravo !

– Ce n'est pas bien difficile, commandant. Le docteur Chandler-Powell est un nouveau venu, mais par ici, presque tout le monde sait qui vit au manoir.

– Le professeur Glenister est-elle arrivée ?

– Oui, il y a une heure environ. Elle a pris un thé et s'est promenée dans le parc, elle a échangé quelques mots avec Mog, c'est le jardinier, pour lui reprocher d'avoir taillé la viorne trop court. En ce moment, elle est dans la salle, à moins qu'elle ne soit repartie faire un tour. Une dame qui apprécie le grand air, dirait-on. Enfin, ça doit la changer de l'odeur des cadavres.

– Quand êtes-vous arrivé ? demanda Dalgliesh.

– Vingt minutes après le coup de fil du docteur Chandler-Powell. Je m'apprêtais à me charger de l'enquête quand le directeur m'a appelé pour m'annoncer que le Yard prenait le relais.

– Vous avez déjà une idée, inspecteur principal ? »

La question de Dalgliesh lui était en partie dictée par la courtoisie. Le secteur n'était pas le sien. Le temps révélerait peut-être, ou peut-être pas, les raisons de l'intervention du Home Office, mais la bonne humeur apparente avec laquelle Whetstone semblait accepter l'intervention du ministère ne voulait pas dire qu'il l'appréciait.

« À première vue, j'aurais tendance à penser que le crime a été commis par quelqu'un de la maison, commandant. Le cas échéant, cela limite le nombre de suspects. Ce qui ne rend pas forcément l'enquête plus facile, comme l'expérience me l'a appris. En tout cas, s'ils sont sains d'esprit – ce qui est probablement le cas de la majorité d'entre eux, me semble-t-il. »

Ils étaient tout près du porche. La porte s'ouvrit comme si quelqu'un les avait observés afin de synchroniser son geste avec leur arrivée. L'identité de l'homme qui s'effaça pour les laisser passer ne faisait aucun doute. Il avait le visage grave et la pâleur tendue de celui qui vient de subir un choc, mais n'avait rien perdu de sa prestance. C'était sa maison, et il exerçait sur elle comme sur lui-même un contrôle sans faille. Sans tendre la main ni jeter un regard aux subordonnés de Dalgliesh, il annonça :

« George Chandler-Powell. Les autres sont dans la grande salle. »

Ils le suivirent à l'intérieur, jusqu'à une porte située à droite du vestibule carré. Chandler-Powell poussa le lourd battant de chêne. Dalgliesh se demanda s'il avait intentionnellement cherché à donner un caractère spectaculaire à cette première vision de la salle. Durant un instant extraordinaire, l'architecture, les couleurs, la forme et les bruits, le plafond d'une hauteur considérable, la grande tapisserie sur le mur de droite, le vase rempli de feuillages d'hiver sur une table de chêne à gauche de la porte, la rangée de portraits dans leurs cadres dorés, certains objets parfaitement visibles au premier regard, d'autres peut-être issus d'une mémoire ou d'une imagination d'enfant, semblèrent se fondre en une image prégnante qui se grava instantanément dans son esprit.

Les cinq personnes assises de part et d'autre de la cheminée, le visage tourné vers lui, faisaient l'effet d'un tableau vivant, astucieusement disposé pour prêter identité et humanité à la pièce. Pendant une minute, étrangement embarrassante parce que la formalité semblait incongrue, Dalgliesh et Chandler-Powell firent rapidement les présentations. Les précisions données par Chandler-Powell n'étaient guère indispensables. Le seul autre personnage masculin était forcément Marcus Westhall, la femme au teint pâle et à la physionomie singulière était Helena Cressett, la plus petite, aux cheveux bruns, la seule dont le visage portait peut-être des traces de larmes, ne pouvait être que Flavia Holland, l'infirmière-chef. Chandler-Powell avait apparemment oublié une grande femme, plus âgée, qui se tenait en marge du groupe. Elle s'avança paisiblement, ten-

dit la main à Dalgliesh et se présenta elle-même :
« Letitia Frensham. Je m'occupe de la comptabilité.

– Si j'ai bien compris, ajouta Chandler-Powell, vous connaissez déjà le professeur Glenister. »

Dalgliesh s'approcha du fauteuil où celle-ci était assise et lui serra la main. Elle était la seule à ne pas s'être levée et le service de porcelaine posé sur une table à côté d'elle révélait qu'on lui avait servi du thé. Elle portait les mêmes vêtements que ceux dont il gardait le souvenir lors de leur dernière rencontre, un pantalon enfoncé dans des bottes de cuir et une veste de tweed qui paraissait trop lourde pour sa silhouette fluette. Un chapeau à large bord, qu'elle portait invariablement avec une inclinaison canaille, était posé sur le bras du fauteuil. Découverte, sa tête, dont le cuir chevelu transparaissait sous les cheveux blancs coupés très court, semblait vulnérable comme celle d'un enfant. Ses traits étaient délicats et sa peau si pâle qu'on aurait pu, en d'autres circonstances, la croire gravement malade. Mais elle était étonnamment robuste et ses yeux, foncés au point d'être presque noirs, étaient ceux d'une femme beaucoup plus jeune. Dalgliesh aurait préféré, comme toujours, son collègue de longue date, le docteur Kynaston, mais il était tout de même content de retrouver quelqu'un qu'il appréciait et respectait, et avec qui il avait déjà travaillé. Le professeur Glenister était un des médecins légistes les plus estimés d'Europe, auteur de brillants manuels sur le sujet et redoutable experte auprès des tribunaux. Mais sa présence venait lui rappeler désagréablement l'intérêt que le numéro 10 portait à cette affaire. De toute évidence, on appelait l'éminent professeur Glenister à la rescousse quand le gouvernement était en jeu.

Se levant avec la souplesse d'une jeune femme, elle prit la parole : « Nous sommes de vieux collègues, le commandant Dalgliesh et moi. Bien, et si nous commencions ? Docteur Chandler-Powell, j'aimerais que vous nous accompagniez si le commandant n'y voit pas d'objection.

– Aucune », répondit Dalgliesh.

Il était sans doute le seul officier de police que le professeur Glenister invitait à approuver ses décisions. La situation était délicate : certains détails médicaux ne pouvaient être fournis que par Chandler-Powell, mais Dalgliesh et elle pourraient, au cours de l'examen du corps, vouloir se dire des choses qu'il n'était pas judicieux de révéler en présence du chirurgien. Celui-ci était forcément suspect. Le professeur Glenister le savait – comme le savait, indubitablement, Chandler-Powell lui-même.

Ils traversèrent le vestibule carré et gravirent l'escalier, dont les marches de bois sans tapis étaient extrêmement bruyantes. Elles conduisaient à un premier palier. La porte de droite était ouverte et Dalgliesh put jeter un coup d'œil dans une longue pièce basse dont le plafond présentait un motif complexe. Chandler-Powell expliqua : « La longue galerie. L'écrivain Sir Walter Raleigh, le favori d'Elizabeth Ire, y a dansé quand il est venu au manoir. À part le mobilier, rien n'a changé. »

Personne ne fit le moindre commentaire. Une deuxième volée de marches, plus courte, menait à une porte. Celle-ci s'ouvrait sur un couloir moquetté desservant des pièces qui donnaient vers l'ouest et vers l'est.

« Les suites des patientes se trouvent ici, poursuivit Chandler-Powell. Elles comportent un salon, une chambre à coucher et une douche. La longue galerie du premier étage a été meublée pour servir de salon collectif. Mais la plupart des patientes préfèrent rester dans leur chambre. Il leur arrive tout de même d'utiliser la bibliothèque du rez-de-chaussée. L'appartement de l'infirmière-chef, Flavia Holland, est le premier du côté ouest, en face de l'ascenseur. »

Il était inutile de préciser quelle chambre Rhoda Gradwyn avait occupée. Dès qu'il les aperçut, un policier en uniforme assis devant la porte bondit sur ses pieds avec élégance et salua.

Dalgliesh demanda : « Vous êtes l'inspecteur Warren, c'est bien cela ?

– Oui, commandant.

– Depuis combien de temps montez-vous la garde ?

– Depuis que je suis arrivé avec l'inspecteur principal Whetstone. Il était huit heures cinq. Le ruban adhésif était déjà en place. »

Chandler-Powell intervint : « C'est l'inspecteur principal Whetstone qui m'a demandé de mettre des scellés sur la porte. »

Dalgliesh arracha le ruban adhésif et pénétra dans le salon, Kate et Benton sur ses talons. Il régnait une forte odeur de vomi, qui contrastait curieusement avec l'aspect guindé de la pièce. La porte menant à la chambre à coucher se trouvait sur la gauche. Elle était fermée et Chandler-Powell la poussa doucement ; le battant fut arrêté par le plateau tombé, les tasses brisées et la théière, dont le couvercle gisait sur le côté. Plongée dans l'obscurité, la chambre n'était éclairée que par le jour qui venait du salon. Une éclaboussure de thé formait une tache sombre sur le tapis.

Chandler-Powell prit la parole : « J'ai tout laissé tel quel. Personne n'est entré depuis que l'infirmière et moi sommes sortis. Je suppose qu'on pourra faire un peu de ménage ici dès que le corps aura été retiré.

– Il faudra attendre que les techniciens de la police scientifique aient fini leur travail », précisa Dalgliesh.

La pièce n'était pas particulièrement exiguë, mais avec cinq personnes à l'intérieur, elle parut soudain bondée. Elle était un peu plus petite que le salon et meublée avec une élégance qui accentuait encore l'atrocité de ce qui gisait sur le lit. Suivis de Kate et Benton, ils s'approchèrent du corps. Dalgliesh actionna l'interrupteur situé près de la porte, puis en fit autant avec la lampe de chevet. Il constata que l'ampoule manquait et que le cordon auquel était attachée la sonnette à bouton rouge avait été enroulé trop loin du lit pour pouvoir être attrapé. Ils restèrent à côté du corps, silencieux, Chandler-Powell à quelque distance, conscient que sa présence n'était que tolérée.

Le lit était en face de la fenêtre. Celle-ci était fermée, et les rideaux avaient été tirés. Rhoda Gradwyn était allongée sur le dos, ses deux bras, aux poings serrés, levés bizarrement au-dessus de sa tête comme dans un geste théâtral de surprise, ses cheveux bruns répandus sur l'oreiller. La partie gauche de son visage était couverte d'un pansement chirurgical maintenu par du sparadrap, mais le peu de chair visible était d'un rouge cerise soutenu. L'œil droit, voilé par la mort, était grand ouvert, le gauche, en partie masqué par l'épaisse compresse, était mi-clos, donnant l'impression étrange et perturbante que le cadavre leur jetait un regard menaçant d'un œil qui n'était pas encore mort. Le drap recouvrait le corps jusqu'aux épaules comme si l'assassin avait pris soin d'exposer son œuvre, encadrée par les deux étroites bretelles de la chemise de nuit de lin blanc. La cause de la mort était évidente. Elle avait été étranglée par une main humaine.

Dalgliesh savait que des regards attentifs – le sien notamment – posés sur un cadavre étaient différents de ceux qui se posaient sur la chair vivante. Même pour un professionnel endurci, habitué au spectacle de la mort violente, tout vestige de pitié, de colère ou d'horreur ne disparaîtrait jamais. Les meilleurs médecins légistes et les policiers les plus expérimentés, dans la position où ils se trouvaient, n'oubliaient jamais le respect dû au mort, un respect nourri d'émotions partagées, aussi éphémères fussent-elles, de la reconnaissance tacite d'une humanité commune, d'une fin identique. Pourtant, toute humanité, toute personnalité s'effaçait avec le dernier soupir. La dépouille, déjà soumise à l'inexorable processus de la décomposition, avait été reléguée au rang d'objet d'exposition qu'il convenait de traiter avec professionnalisme, en écran de projection d'émotions qu'elle ne pouvait plus partager, qui n'avaient plus le pouvoir de la troubler. Désormais, la seule communication physique se faisait par le biais de mains gantées et indiscrètes, de sondes, de thermomètres, de scalpels, qui s'acharnaient sur un corps béant comme une carcasse d'animal. Ce n'était pas le cadavre le plus horrible qu'il ait vu au cours de sa carrière de policier, mais il lui semblait receler toute la compassion, la colère et l'impuissance accumulées depuis tant d'années. Il songea : *Peut-être ai-je eu mon content de crimes.*

À l'instar du salon qu'ils avaient traversé, la pièce dans laquelle gisait la dépouille était trop soigneusement meublée pour être vraiment confortable, et donnait l'image d'une perfection organisée qu'il trouvait peu accueillante, impersonnelle. Les objets qu'il avait aperçus en passant dans le salon pour se rendre au chevet de la morte s'inscrivaient dans sa mémoire : le secrétaire georgien, les deux fauteuils rembourrés devant une cheminée équipée d'un radiateur électrique, la bibliothèque d'acajou et un bureau disposés de façon à être mis en valeur. C'étaient pourtant des pièces où il ne se serait jamais senti chez lui. Elles lui rappelaient un hôtel de campagne où il était allé une fois – et une seule –, et où, subtilement, tout était fait pour que les clients qui payaient un prix fou se sentent socialement inférieurs, par leurs goûts, aux propriétaires. Aucune imperfection n'était tolérée. Il se demanda qui s'était chargé de l'aménagement des chambres. Probablement Miss Cressett. Le cas échéant, elle cherchait à faire comprendre aux patientes que cette partie du manoir n'était qu'une sorte d'hôtel de court séjour. Il s'agissait d'impressionner les visiteuses tout en les dissuadant de prendre possession des lieux, fût-ce temporairement. Rhoda Gradwyn n'avait peut-être pas eu cette impression, peut-être s'était-elle même sentie chez elle ici. Il est vrai que la pièce n'avait pas encore été souillée par la contamination nauséabonde du crime.

Se tournant vers Chandler-Powell, le professeur Glenister dit : « Vous l'aviez vue la veille au soir, bien sûr.

– Oui, évidemment.

– Et vous l'avez trouvée comme ça ce matin.

– Oui. Quand j'ai vu son cou, j'ai compris que je ne pouvais rien faire, qu'il ne s'agissait pas d'une mort naturelle. Pas besoin d'être médecin légiste pour établir la cause de la mort. Elle a été étranglée. Ce que vous avez sous les yeux est exactement ce que j'ai vu au moment où je me suis approché du lit pour la première fois.

– Vous étiez seul ? demanda Dalgliesh.

– À côté du lit, oui. Miss Holland, l'infirmière-chef, était dans le salon. Elle s'occupait de Kimberley Bostock, l'aide-cuisinière qui avait monté le thé du matin. Dès qu'elle a vu le corps, Miss Holland a appuyé plusieurs fois sur la sonnette du salon. J'ai compris qu'il se passait quelque chose de grave. Comme vous le voyez, la sonnette du lit a été déplacée pour qu'on ne puisse pas l'attraper. Miss Holland a eu l'intelligence de ne pas y toucher. Elle m'a assuré qu'au moment où elle a installé la patiente pour la nuit, la sonnette était posée sur la table de chevet comme d'habitude. Quand j'ai entendu sonner, j'ai cru que la patiente avait paniqué ou se sentait mal. Je me doutais bien que Miss Holland serait là, qu'elle aurait répondu à l'appel elle aussi. Nous avons fermé les deux portes et j'ai raccompagné Kimberley au rez-de-chaussée, dans son appartement. J'ai demandé à son mari de rester auprès d'elle et j'ai immédiatement prévenu la police locale. L'inspecteur principal Whetstone m'a donné instruction de placer la chambre sous scellés et il a pris les choses en main ici jusqu'à votre arrivée. J'avais déjà pris des dispositions pour interdire l'accès à ce couloir et à l'ascenseur. »

Le professeur Glenister s'était penchée au-dessus du corps sans le toucher. Elle se redressa : « L'assassin avait dû enfiler un gant parfaitement lisse. Les doigts et le pouce de la main droite ont provoqué des hématomes, mais les ongles n'ont pas laissé d'égratignures. J'en saurai plus quand je l'aurai sur la table. » Elle se tourna vers Chandler-Powell : « Je voudrais vous poser une question. Lui avez-vous prescrit des sédatifs pour la nuit dernière ?

– Je lui ai proposé du Témazépam, mais elle m'a dit qu'elle n'en avait pas besoin. Elle s'était bien remise de l'anesthésie, avait dîné légèrement et commençait à avoir sommeil. Elle pensait n'avoir aucune difficulté à s'endormir. Miss Holland a été la dernière personne à la voir – à part son assassin, évidemment. Elle avait réclamé un verre de lait chaud arrosé de cognac. Miss Holland a attendu qu'elle l'ait bu et a remporté le verre. Il a été lavé depuis, évidemment.

– Il me semble, reprit le professeur Glenister, qu'il ne serait pas inutile de transmettre au laboratoire la liste de tous les sédatifs que vous conservez dans votre pharmacie ainsi que de tous les médicaments auxquels une patiente peut avoir eu accès ou qu'elle a pu se voir administrer. Merci, docteur.

– J'aimerais m'entretenir avec vous, intervint Dalgliesh, dans une dizaine de minutes sans doute. Je voudrais me faire une idée de la disposition des lieux ainsi que des effectifs et de la fonction des membres du personnel. J'aimerais bien savoir aussi comment Miss Gradwyn est devenue votre patiente.

– Je serai dans le bureau, répondit Chandler-Powell. Il est situé près du porche d'entrée, en face de la grande salle. Je vais vous chercher un plan du manoir. »

Ils attendirent d'avoir entendu ses pas dans la pièce voisine et la porte du couloir qui se refermait.

Le professeur Glenister sortit alors ses gants chirurgicaux de sa sacoche de cuir et effleura le visage de Gradwyn, puis son cou et ses bras. Elle avait été une remarquable enseignante et Dalgliesh savait, pour avoir déjà travaillé avec elle, qu'elle manquait rarement une occasion de transmettre son savoir aux jeunes.

Elle se tourna vers Benton : « La rigidité cadavérique n'a certainement plus aucun secret pour vous, inspecteur.

– Non, docteur. Je sais qu'elle se manifeste d'abord au niveau des paupières environ trois heures après la mort, avant de s'étendre au visage et au cou, de là au thorax et finalement au tronc et aux membres inférieurs. La raideur est généralement complète en douze heures environ et commence à disparaître en sens inverse approximativement au bout de trente-six heures.

– Pensez-vous que la rigidité cadavérique permette d'estimer avec certitude l'heure de la mort ?

– Pas avec une entière certitude.

– Je dirais plutôt sans aucune certitude. D'autres facteurs peuvent intervenir, comme la température de la pièce, la condition musculaire du sujet, la cause de la mort ; il existe par ailleurs certaines conditions qui peuvent simuler la rigidité cadavérique mais qui n'ont rien à voir avec elle ; cela peut être le cas des corps exposés à une chaleur intense, ou la présence de spasmes cadavériques. Vous savez ce que c'est, inspecteur ?

– Oui, docteur. C'est un phénomène qui peut se manifester au moment de la mort. Les muscles de la main se crispent tellement que si le mort tenait un objet, on peut avoir beaucoup de mal à le lui retirer.

– L'estimation du moment précis de la mort est l'une des responsabilités majeures du médecin légiste, l'une des plus difficiles aussi. Un élément intéressant est le dosage du potassium au niveau du liquide oculaire. J'en saurai déjà un peu plus long quand j'aurai pris la température rectale et procédé à l'autopsie. En attendant, je peux proposer une estimation préliminaire fondée sur l'hypostase… vous savez ce que c'est, je suppose.

– Oui, docteur. Il s'agit de la lividité post-mortem.

– Que nous observons ici probablement à son point culminant. En me fondant sur cette observation et sur l'état actuel de la rigidité cadavérique, je poserai en estimation préliminaire qu'elle a dû mourir entre vingt-trois heures et minuit et demi, sans doute plus près de vingt-trois heures trente. Je suis soulagée, inspecteur, de constater que vous ne risquez pas de devenir un de ces enquêteurs qui attendent du médecin légiste qu'il livre une estimation exacte quelques minutes seulement après avoir vu le corps. »

Ces paroles signalaient la fin du cours. Ce fut à cet instant que le téléphone posé sur la table de chevet sonna. La sonnerie était stridente et inattendue, le carillon insistant faisant l'effet d'une intrusion macabre dans l'intimité de la morte. Pendant quelques secondes, personne ne réagit sauf le professeur Glenister qui se dirigea calmement vers sa sacoche de cuir comme si elle était complètement sourde.

Dalgliesh décrocha. C'était la voix de Whetstone : « Le photographe est arrivé et les deux techniciens sont en route, commandant. Si je pouvais passer le

relais à un membre de votre équipe, cela me per-
mettrait de partir.

– Merci, répondit Dalgliesh. Je descends. »

Il avait vu tout ce dont il avait besoin au chevet
de la morte et ne regrettait pas d'échapper à l'examen du cadavre par le professeur Glenister, à qui il
annonça : « Le photographe est là. Si cela vous
convient, je vous l'envoie.

– Il ne me faudra pas plus de dix minutes, répondit le professeur Glenister. Faites-le monter après,
oui. J'appellerai le fourgon mortuaire dès qu'il aura
fini. Les gens d'ici seront certainement contents de
se débarrasser du cadavre. Nous pourrons bavarder
encore un moment avant mon départ. »

Kate était restée silencieuse de bout en bout.
Alors qu'ils descendaient l'escalier, Dalgliesh se
tourna vers Benton : « Occupez-vous du photographe et de la police scientifique, Benton, vous
voulez bien ? Ils pourront se mettre au travail dès
qu'on aura enlevé le corps. Nous prendrons des
empreintes plus tard, mais je n'espère pas trouver
d'éléments très intéressants. N'importe quel membre
du personnel a certainement eu des raisons tout à
fait légitimes d'entrer dans cette chambre à un
moment ou à un autre. Kate, voulez-vous m'accompagner au bureau ? Chandler-Powell a probablement
les coordonnées du plus proche parent de Rhoda
Gradwyn, peut-être aussi celles de son notaire. Il
faudra que quelqu'un annonce sa mort à sa famille
et il vaut sans doute mieux que ce soit la police
locale qui s'en charge. Il faut aussi que nous nous
familiarisions avec cet endroit, que nous ayons le
plan des lieux, la liste du personnel qu'emploie
Chandler-Powell et les horaires de travail de chacun.

« Il semblerait que l'assassin se soit servi de gants chirurgicaux. La plupart des gens savent qu'on peut prélever des empreintes sur la face intérieure des gants de latex ; ceux-ci auront donc sans doute été détruits. Il faudra aussi que les techniciens inspectent l'ascenseur. Et maintenant, Kate, allons voir ce que le docteur Chandler-Powell a à nous dire. »

7

Chandler-Powell était assis au bureau, deux cartes étalées devant lui. L'une représentait l'emplacement de la maison par rapport au village, l'autre était un plan du manoir. Il se leva à leur arrivée et fit le tour du bureau. Ensemble, ils se penchèrent sur les plans.

« L'aile des patientes, que vous venez de voir, dit-il, se trouve ici, à l'ouest, avec la chambre et le salon de Miss Holland. Le corps central du bâtiment abrite le hall d'entrée, la grande salle, le bureau, la bibliothèque, la salle à manger et la cuisine, ainsi que l'appartement du cuisinier et de sa femme, Dean et Kimberley Bostock, qui surplombe le jardin de topiaires. L'employée de maison, Sharon Bateman, occupe une pièce à l'étage au-dessus. Mes appartements et le logement de Miss Cressett se trouvent dans l'aile est, ainsi que la chambre et le salon de Miss Frensham, en plus de deux chambres d'amis, actuellement inoccupées. J'ai dressé la liste du personnel non résident. En plus des personnes que vous avez déjà rencontrées, j'emploie un anesthésiste et du personnel infirmier supplémentaire pour le bloc opératoire. Certains arrivent en car de bonne heure les matins où j'opère, d'autres viennent en voiture. Personne ne passe la nuit ici. Une infirmière à temps partiel, Ruth Frazer, a secondé Miss Holland jusqu'à vingt et une heures trente, heure à laquelle elle a terminé son service.

– L'homme d'un certain âge qui nous a ouvert la grille, demanda Dalgliesh, travaille-t-il ici à plein temps ?

– Vous voulez parler de Tom Mogworthy. J'en ai hérité en achetant le manoir. Il est jardinier ici depuis trente ans. Il est issu d'une vieille famille du Dorset et se considère comme un spécialiste de l'histoire, des traditions et du folklore du comté. Plus il y a de sang, plus ça lui plaît. En réalité, son père est allé s'installer à l'est de Londres avant la naissance de Mog et il avait bien trente ans lorsqu'il a retrouvé ce qu'il considère comme ses racines. Par certains traits, il tient plus du cockney que du vrai rural. À ma connaissance, il n'a jamais manifesté la moindre tendance homicide et, si l'on fait abstraction des cavaliers sans tête, des sorcières jeteuses de sorts et des armées spectrales de royalistes en marche, il dit la vérité et on peut compter sur lui. Il vit au village avec sa sœur. Marcus Westhall et sa propre sœur occupent Stone Cottage, qui fait partie du domaine du manoir.

– Et Rhoda Gradwyn ? demanda Dalgliesh. Comment est-elle devenue votre patiente ?

– Je l'ai reçue pour la première fois à mon cabinet de Harley Street le 21 novembre. Elle ne m'a pas été adressée par son généraliste, comme c'est habituellement le cas, mais j'ai parlé à celui-ci. Elle est venue se faire retirer une vilaine cicatrice qu'elle avait à la joue gauche. Je l'ai vue une fois à l'hôpital St Angela's où elle est venue faire des examens, puis, brièvement, à son arrivée jeudi après-midi. Elle était déjà venue le 27 novembre pour un séjour préliminaire et était restée deux nuits, mais nous ne nous sommes pas rencontrés à cette occasion. Je ne l'avais jamais vue avant de la recevoir en consultation et j'ignore totalement pourquoi elle a choisi le manoir. Elle a dû se renseigner sur la réputation des différents spécialistes de chirurgie esthétique et, ayant le choix entre Londres ou le Dorset, elle aura préféré le manoir par souci de discrétion. J'ignore tout d'elle, hormis ses antécédents médicaux, bien sûr, et sa réputation de journaliste. Lors de notre première entrevue, elle m'a fait l'effet d'une femme très calme, très directe, sachant parfaitement ce qu'elle voulait. Il y a un détail qui m'a frappé. Je lui ai demandé pourquoi elle avait attendu aussi long-temps pour se faire opérer de cette cicatrice qui la défigurait et pourquoi elle s'y était décidée mainte-nant. Elle m'a fait cette réponse : "Parce que je n'en ai plus besoin." »

Il y eut un instant de silence, avant que Dalgliesh reprenne : « Il faut que je vous pose cette question. Avez-vous la moindre idée de l'identité de la per-sonne qui pourrait être responsable de la mort de Miss Gradwyn ? Si vous avez des soupçons ou une information à me transmettre, je vous serais recon-naissant de bien vouloir me le dire maintenant.

– Vous supposez que le coupable est quelqu'un de la maison, c'est ça ?

– Je ne suppose rien du tout. Mais Rhoda Grad-wyn était votre patiente et elle a été tuée sous votre toit.

– Pas par un membre de mon personnel. Je n'emploie pas de fous meurtriers.

– Je doute fort qu'il s'agisse de l'œuvre d'un fou, déclara Dalgliesh, et je ne prétends en aucun cas que le coupable appartient à votre personnel. » Il poursuivit : « Miss Gradwyn aurait-elle été physiquement capable de quitter sa chambre et de prendre l'ascenseur jusqu'au rez-de-chaussée pour déverrouiller la porte de l'aile ouest ?

– Ce serait parfaitement possible, après avoir complètement repris conscience. Mais dans la mesure où elle est restée sous surveillance tout le temps qu'elle a passé en salle de réveil et qu'après quatre heures et demie, heure à laquelle elle a été reconduite dans sa chambre, quelqu'un est passé la voir toutes les demi-heures, il aurait fallu qu'elle attende vingt-trois heures, la dernière ronde de l'infirmière. À ce moment-là, elle aurait certainement été physiquement capable de quitter sa suite, mais quelqu'un aurait évidemment pu la surprendre. De plus, il aurait fallu qu'elle ait un jeu de clés. Elle n'aurait pas pu prendre celui qui se trouve dans le petit placard du bureau sans déclencher l'alarme. Cette carte du manoir vous montre le fonctionnement du système. La porte d'entrée, la grande salle, la bibliothèque, la salle à manger et le bureau sont tous sous protection. En revanche, pour l'aile ouest, nous nous fions à des verrous et à des clés. C'est moi qui m'occupe de brancher l'alarme le soir et Miss Cressett s'en charge quand je ne suis pas là. Je verrouille la porte ouest à vingt-trois heures, à moins que quelqu'un ne soit encore dehors. Hier soir, je l'ai verrouillée à vingt-trois heures, comme d'habitude.

– A-t-on remis un jeu de clés de la porte ouest à Miss Gradwyn quand elle est venue pour son premier séjour ?

– Certainement. On en donne un à toutes les patientes. Miss Gradwyn a d'ailleurs emporté les siennes par inadvertance en partant. Ce sont des choses qui arrivent. Elle les a restituées en s'excusant deux jours plus tard.

– Et cette fois-ci ?

– Elle est arrivée jeudi, il faisait déjà nuit et elle n'avait pas envie de sortir dans le parc. Si les choses s'étaient passées normalement, on lui aurait remis les clés ce matin.

– Vous les vérifiez ?

– Oui, plus ou moins. Nous avons six suites affectées aux patientes et six jeux de clés numérotées, plus deux de réserve. Je ne peux pas me porter garant de chaque jeu. Les patientes, surtout celles qui restent un certain temps, sont libres d'aller et venir à leur guise. Je ne dirige pas un hôpital psychiatrique. La porte ouest est la seule qu'elles utilisent. Bien sûr, tous les membres de la maisonnée ont des clés de la porte d'entrée et de la porte ouest. Elles ont toutes été récupérées, ainsi que les clés destinées aux patientes. Elles sont rangées à leur place, dans le placard à clés. »

Il s'agissait d'un petit placard d'acajou encastré dans le mur, à côté de la cheminée. Dalgliesh vérifia que les six jeux de clés numérotés s'y trouvaient, avec les deux jeux de rechange.

Chandler-Powell ne posa pas de question sur les motifs qui auraient pu pousser Rhoda Gradwyn à donner rendez-vous à quelqu'un alors qu'elle relevait à peine d'opération et n'énuméra pas les nombreuses objections à toute théorie fondée sur cette hypothèse improbable. Au demeurant, Dalgliesh ne poursuivit pas sur ce thème. Mais c'était un point qu'il fallait soulever.

« D'après ce que le professeur Glenister a dit lorsque nous étions sur le lieu du crime, une observation qui rejoint d'ailleurs la mienne, reprit Chandler-

Powell, vous vous intéresserez certainement aux gants chirurgicaux que nous conservons ici. Ceux qui servent pour les opérations sont rangés dans le cabinet de fournitures chirurgicales, dans le bloc opératoire qui est toujours sous clé. Le personnel infirmier et domestique utilise aussi des gants de latex en cas de besoin, et cette réserve se trouve dans le placard de la femme de ménage, au rez-de-chaussée, à côté de la cuisine. Les gants sont achetés par boîtes et il y a toujours une boîte commencée, mais on ne vérifie jamais le nombre de gants, ni ceux du ménage, ni au bloc. Ce sont des articles jetables. On s'en sert puis on s'en débarrasse. »

Tout le monde au manoir, songea Kate, *savait donc qu'il y avait des gants dans le placard de la femme de ménage. Mais aucun étranger ne pouvait le savoir si on ne le lui avait pas dit*. Rien ne prouvait pour le moment que le coupable s'était servi de gants chirurgicaux, mais c'était un choix qui s'imposait à tous ceux qui connaissaient la maison.

Chandler-Powell commença à replier la carte et le plan du manoir. « J'ai ici le dossier personnel de Miss Gradwyn, dit-il. Il contient des informations dont vous pouvez avoir besoin et que j'ai déjà transmises à l'inspecteur principal Whetstone, notamment le nom et l'adresse de sa mère qu'elle a indiquée comme sa plus proche parente, ainsi que les coordonnées de son notaire. Il y a une autre patiente qui a passé la nuit ici. Peut-être son témoignage pourrait-il vous être utile. Il s'agit de Mrs Laura Skeffington. À sa demande, je l'avais inscrite aujourd'hui pour une intervention bénigne, juste avant de fermer la clinique pour les fêtes de fin d'année. Elle occupait la chambre voisine de celle de Miss Gradwyn et prétend avoir vu de la lumière dans le parc pendant la nuit. Elle est évidemment impatiente de s'en aller et serait certainement contente qu'un membre de votre équipe la voie en priorité. »

Dalgliesh faillit lui faire remarquer qu'il n'aurait pas été inutile de lui communiquer cette information plus tôt. « Où est Mrs Skeffington actuellement ? demanda-t-il.

– Dans la bibliothèque, avec Mrs Frensham. J'ai préféré ne pas la laisser seule. Elle est terrifiée et bouleversée, ce qui peut se comprendre. Elle ne pouvait pas rester dans sa chambre, cela va de soi. Et je me suis dit que vous préféreriez qu'il n'y ait personne à l'étage des patientes. J'ai donc interdit l'accès au couloir et à l'ascenseur dès que j'ai été informé du décès. Plus tard, sur les instructions téléphoniques de l'inspecteur principal Whetstone, j'ai posé des scellés sur la chambre. Mrs Frensham a aidé Mrs Skeffington à faire ses bagages. Elle a ses valises avec elle, elle est prête à partir. Le plus tôt sera le mieux pour elle... pour nous aussi. »

Il a donc pris soin de protéger la scène du crime aussi bien que possible, se dit Kate, *avant même d'avertir la police locale. Quel homme attentionné ! Ou bien tient-il à nous prouver qu'il ne demande qu'à coopérer ? Quoi qu'il en soit, il était raisonnable mais pas essentiel d'interdire l'accès à l'étage et à l'ascenseur. Les gens – les patientes et le personnel – s'en servent forcément tous les jours. Si le coupable est quelqu'un de la maison, d'éventuelles empreintes ne nous apprendront pas grand-chose.*

Le groupe passa dans la grande salle. « J'aimerais voir tout le monde ensemble, annonça Dalgliesh, enfin tous ceux qui ont eu des contacts avec Miss Gradwyn depuis son arrivée et qui se trouvaient dans la maison hier, à partir de seize heures trente, puisque c'est à cette heure-là qu'on l'a remontée dans sa chambre. Je veux également voir Mr Mogworthy. Nous interrogerons tout le monde individuellement demain à l'ancien cottage de la police. Je ferai tout mon possible pour perturber le moins possible les activités habituelles de tous, mais j'aurai du mal à éviter un minimum de gêne.

– Il vous faut une pièce suffisamment vaste, fit observer Chandler-Powell. Quand vous aurez vu Mrs Skeffington et qu'elle sera partie, la bibliothèque sera disponible, si elle vous convient. Vous pourrez également vous en servir, vous et vos collaborateurs, pour les interrogatoires individuels.

– Merci, dit Dalgliesh. Ce sera commode pour tout le monde, effectivement. Mais d'abord, il faut que je voie Mrs Skeffington. »

Ils sortaient du bureau quand Chandler-Powell ajouta : « Je vais faire appel à une société de surveillance privée pour éviter que nous soyons dérangés par les médias ou par une foule de badauds. Je suppose que vous n'y verrez pas d'objection.

– Aucune, tant qu'ils restent de l'autre côté de la grille et ne perturbent pas mon enquête. Je verrai bien ce qu'il en est à l'usage. »

Chandler-Powell ne répondit pas. Benton les rejoignit à la porte et ils se dirigèrent vers la bibliothèque pour rencontrer Mrs Skeffington.

8

En traversant la grande salle, Kate éprouva soudain, comme la fois précédente, une impression prégnante de lumière, d'espace et de couleur, les flammes bondissantes du feu de bois, le chandelier qui transfigurait l'obscurité de l'après-midi d'hiver, les teintes sourdes mais claires de la tapisserie, les cadres dorés, la richesse des robes peintes et, loin au-dessus de sa tête, les poutres sombres du haut plafond. Comme le reste du manoir, c'était un endroit qui semblait fait pour être visité, admiré, mais ne donnait pas envie d'y vivre. Elle ne pourrait jamais être heureuse dans une maison pareille, qui vous imposait les servitudes du passé, un fardeau de responsabilités porté au grand jour, et elle songea avec satisfaction à l'appartement baigné de lumière, sobrement meublé qui surplombait la Tamise. La porte qui menait à la bibliothèque, dissimulée dans les lambris sculptés, se trouvait sur le mur de droite, près de la cheminée. Kate ne l'aurait certainement pas remarquée, se dit-elle, si Chandler-Powell ne l'avait pas ouverte.

Contrastant avec la grande salle, la pièce dans laquelle ils pénétrèrent l'étonna par son confort et sa simplicité, un sanctuaire aux murs couverts de livres, replié sur son silence comme les étagères

remplies d'ouvrages à reliure de cuir alignés, tellement serrés sur le haut qu'on avait l'impression que
personne n'en avait jamais descendu aucun. Comme
toujours, elle jeta furtivement un bref regard à la
pièce. Elle n'avait jamais oublié la réprimande d'AD
à un inspecteur, à l'époque où elle avait été admise
dans l'Unité. « Nous sommes tolérés ici, mais nous
ne sommes pas les bienvenus. Cette maison reste la
leur. Ne passez pas leurs possessions en revue, Simon,
comme si vous en faisiez l'estimation pour un vide-
grenier. » Les étagères qui couraient sur tous les
murs à l'exception de celui qui était percé de trois
hautes fenêtres étaient d'un bois plus clair que les
lambris de la grande salle, leurs sculptures plus
simples et plus élégantes. Peut-être la bibliothèque
était-elle un ajout tardif. Les rayonnages étaient
surmontés de bustes de marbre, que leurs yeux
aveugles déshumanisaient en simples icônes. Sans
doute AD et Benton savaient-ils qui ils représentaient, probablement auraient-ils pu dater approximativement les sculptures des boiseries. Ils se
sentaient certainement chez eux ici. Elle chassa
cette pensée de son esprit. Tout de même, elle
devrait en avoir fini à présent avec ce vague complexe d'infériorité intellectuelle qu'elle trouvait aussi
improductif qu'importun. Elle se savait intelligente,
et aucun membre de l'Unité ne lui avait jamais
donné le sentiment de penser le contraire. Depuis
l'affaire de Combe Island, elle pensait avoir définitivement surmonté cette forme de paranoïa humiliante.

Mrs Skeffington était assise devant le feu, dans
un fauteuil à haut dossier. Elle ne se leva pas, mais
rectifia sa position, serrant élégamment ses jambes
fines l'une contre l'autre. Son visage était un ovale

pâle, la peau tendue sur des pommettes hautes, la bouche pleine luisante de rouge à lèvres écarlate. Kate songea que si elle devait cette perfection lisse à l'art du docteur Chandler-Powell, il avait fait du bon travail. Mais son cou, plus fripé et cerné par les plis de l'âge, ainsi que les mains aux veines violacées n'étaient pas ceux d'une femme de première jeunesse. Les cheveux, d'un noir brillant, s'écartaient du sommet du front pour retomber en vagues raides sur ses épaules. Ses mains affairées les tordaient et les repoussaient derrière ses oreilles. Mrs Frensham, qui avait pris place en face d'elle, se leva et resta debout, mains jointes, pendant que Chandler-Powell faisait les présentations. Kate observa avec un amusement cynique la réaction prévisible de Mrs Skeffington dont les yeux rivés sur Benton s'écarquillèrent dans une expression fugace mais intense, mêlant surprise, intérêt et supputation. Mais ce fut à Chandler-Powell qu'elle s'adressa, de la voix rancunière d'une enfant grincheuse.

« J'ai bien cru que vous n'arriveriez jamais. Cela fait des heures que j'attends.

– Mais on ne vous a pas laissée seule, me semble-t-il. J'ai veillé à ce que vous ayez de la compagnie.

– Autant être seule, vous savez. Une personne à la fois. L'infirmière, qui n'est pas restée longtemps, a refusé de parler de ce qui s'est passé. Je suppose qu'elle avait des consignes. Miss Cressett n'a pas été plus bavarde quand elle a pris le relais. Et maintenant, Mrs Frensham ne desserre pas les dents. On se croirait à la morgue, ou sous surveillance. La Rolls est arrivée. Je l'ai aperçue par la fenêtre. Robert, notre chauffeur, va être obligé de repartir et il n'est pas question que je reste ici. Je n'ai rien à voir avec toute cette histoire. Je veux rentrer chez moi. »

Puis, se ressaisissant avec une vivacité étonnante, elle se tourna vers Dalgliesh et lui tendit la main : « Je suis si heureuse que vous soyez là, commandant. Stuart m'a annoncé votre venue. Il m'a dit de ne pas m'inquiéter, qu'il ferait venir le meilleur. »

Il y eut un instant de silence. L'air momentanément déconcerté, Mrs Skeffington chercha George Chandler-Powell du regard. *Voilà pourquoi nous sommes ici*, songea Kate, *pourquoi le numéro 10 a réclamé l'intervention de l'Unité.* Sans tourner la tête, elle ne put s'empêcher de jeter un coup d'œil en direction de Dalgliesh. Personne ne savait mieux que son patron dissimuler sa colère, mais elle la décela dans le rougissement fugace du front, dans la froideur des yeux, dans le bref durcissement de ses traits en masque, la contraction presque impercep-tible de ses muscles. Elle se dit que c'était une expression qu'Emma n'avait jamais vue. Il restait des zones de la vie de Dalgliesh qu'elle partageait, elle, Kate, mais qui étaient fermées, et le resteraient toujours, à celle qu'il aimait. Emma connaissait le poète et l'amant, elle ne connaissait pas l'enquêteur, le policier. Son métier, qui était aussi celui de Kate, était un territoire interdit à quiconque n'avait pas prêté serment, n'avait pas été investi de leur dange-reuse autorité. C'était elle son compagnon d'armes, et non la femme qui avait conquis son cœur. Impos-sible de comprendre de l'extérieur le travail de la police. Elle avait appris à réprimer sa jalousie, à essayer de se réjouir du bonheur de son patron, mais ne pouvait s'empêcher de savourer de temps en temps cette petite consolation mesquine.

Mrs Frensham murmura des paroles de congé et sortit. Dalgliesh s'assit dans le fauteuil qu'elle venait de libérer. « J'espère que nous n'aurons pas à vous retenir trop longtemps, Mrs Skeffington, dit-il, mais j'ai quelques questions à vous poser. Pouvez-vous nous dire exactement ce qui vous est arrivé depuis que vous avez pris possession de votre chambre hier après-midi ?

– Vous voulez dire depuis le moment où je suis arrivée ici ? » Dalgliesh ne répondit pas. « C'est ridicule. Je suis désolée, mais je n'ai rien à vous dire. Il ne s'est rien passé, enfin rien qui sorte de l'ordinaire, en tout cas jusqu'à la nuit dernière et j'ai très bien pu me tromper. Je suis venue pour une opération qui devait avoir lieu demain – je veux dire aujourd'hui. Il se trouve que j'étais là, c'est tout. Je ne reviendrai probablement jamais. Quelle perte de temps effroyable. »

Sa voix se perdit. Dalgliesh reprit : « Si nous pouvions commencer par le moment de votre arrivée… Vous êtes venue en voiture de Londres ?

– Je me suis fait conduire. C'est Robert qui m'a amenée ici avec la Rolls. Je vous l'ai dit, il attend dehors pour me reconduire chez moi. Mon mari l'a renvoyé ici dès que je lui ai téléphoné.

– C'est-à-dire ?

– Dès qu'on m'a annoncé qu'une patiente était décédée. Il devait être à peu près huit heures. Il y a eu beaucoup d'allées et venues, des bruits de pas, des voix, alors j'ai passé la tête par la porte et le docteur Chandler-Powell est entré pour m'annoncer ce qui s'était passé.

– Saviez-vous que Rhoda Gradwyn occupait la chambre voisine ?

– Non. Je ne savais même pas qu'elle était là. Je ne l'ai pas croisée après mon arrivée, et personne ne m'a fait part de sa présence.

– La connaissiez-vous avant de venir ici ?

– Non, quelle idée ! Comment l'aurais-je connue ? C'est une journaliste, c'est bien cela ? Stuart dit toujours que ce sont des gens qu'il est préférable d'éviter. Vous leur confiez quelque chose et ils s'empressent de vous trahir. Nous n'appartenons pas au même monde, vous comprenez.

– Mais vous saviez que la chambre voisine était occupée.

– Je savais que Kimberley avait apporté à dîner. J'ai entendu le chariot. Bien sûr, on ne m'a rien servi depuis le déjeuner léger que j'avais pris chez moi. Je devais être à jeun à cause de l'anesthésie. Maintenant, évidemment, cela n'a plus d'importance.

– Pourrions-nous en revenir à votre arrivée ? reprit Dalgliesh. Quelle heure était-il ?

– À peu près dix-sept heures, sans doute. J'ai été accueillie par le docteur Westhall, Miss Holland et Miss Cressett dans l'entrée, j'ai pris le thé avec eux, mais je n'ai rien mangé. Il faisait déjà trop sombre pour que j'aille faire un tour dans le parc, et j'ai préféré passer la fin de la journée dans ma suite. Il fallait que je me lève de bonne heure pour mon rendez-vous avec l'anesthésiste. Le docteur Chandler-Powell et lui voulaient me voir avant l'intervention. Je suis donc montée dans ma chambre, j'ai regardé la télévision jusque vers vingt-deux heures, heure à laquelle j'ai décidé de me coucher.

– Que s'est-il passé pendant la nuit ?

– J'ai mis un certain temps à m'endormir et il devait être vingt-trois heures passées quand je me suis assoupie. Je me suis réveillée un peu plus tard pour aller aux toilettes.

– Quelle heure était-il ?

– J'ai regardé ma montre ; je me demandais combien de temps j'avais dormi. Il était minuit moins vingt. C'est à ce moment-là que j'ai entendu l'ascenseur. Il est juste en face de l'appartement de l'infirmière – vous avez dû le voir. Je n'ai entendu que les portes qui se fermaient doucement et puis une sorte de bourdonnement quand il est descendu. Avant de me recoucher, je suis allée écarter les rideaux. Je dors toujours la fenêtre ouverte et j'ai eu envie d'un peu d'air. C'est à ce moment-là que j'ai aperçu une lumière au milieu des pierres de Cheverell.

– Quel genre de lumière, Mrs Skeffington ?

– Une petite lumière qui se promenait au milieu des pierres. Peut-être une lampe de poche. Elle a trembloté avant de disparaître. Peut-être la personne qui se trouvait là l'a-t-elle éteinte, ou tournée vers le sol. Je ne l'ai pas revue. » Elle s'interrompit.

« Qu'avez-vous fait ensuite ? demanda Dalgliesh.

– J'ai eu peur, j'en conviens. Je me suis souvenue de la sorcière qui a été brûlée ici et de ce qu'on raconte sur les pierres, qui seraient hantées. Les étoiles dispensaient un peu de clarté, mais il faisait tout de même très sombre et j'avais l'impression qu'il y avait quelqu'un dehors. Il y avait quelqu'un, forcément, autrement, je n'aurais pas vu cette lumière. Je ne crois pas aux fantômes, cela va de soi, mais c'était sinistre. Horrible, vraiment. J'ai eu envie de compagnie, de parler à quelqu'un, alors j'ai pensé à la patiente de la chambre d'à côté. Mais quand j'ai ouvert la porte donnant sur le couloir, je me suis rendu compte que ce n'était pas très… comment dire, courtois, si vous voulez. Après tout, il était près de minuit. Elle dormait sans doute. Si je la réveillais, elle se plaindrait sûrement à l'infirmière-chef. Miss Holland peut être très désagréable quand on fait quelque chose qu'elle désapprouve.

– Vous saviez donc que c'était une femme qui occupait la chambre voisine ? » intervint Kate.

Mrs Skeffington la dévisagea, songea Kate, comme si elle était une petite bonne rétive. « Je vous rappelle que nous sommes dans une clinique de chirurgie esthétique. Je pouvais donc m'attendre à ce que ce soit une femme. De toute façon, je n'ai pas frappé à la porte. J'ai décidé d'appeler Kimberley pour qu'elle me monte du thé, et de lire ou d'écouter la radio jusqu'à ce que je me rendorme.

– Et quand vous avez regardé dans le couloir, demanda Dalgliesh, n'avez-vous rien vu, rien entendu ?

– Non, bien sûr. Je vous l'aurais dit. Le couloir était désert et parfaitement silencieux. Inquiétant pour tout dire. Il n'y avait que la lueur de la veilleuse près de l'ascenseur.

– À quel moment exact avez-vous ouvert votre porte pour regarder dehors ? Vous en souvenez-vous ?

– Il devait être minuit moins cinq. Je n'ai certainement pas passé plus de cinq minutes à la fenêtre. J'ai sonné et Kimberley m'a monté du thé.

– Lui avez-vous parlé de la lumière ?

– Oui. Je lui ai dit que cette lumière qui vacillait au milieu des pierres m'effrayait et m'empêchait de dormir. C'était à cause de cela que j'avais eu envie d'un thé. Et d'un peu de compagnie. Mais Kimberley n'est pas restée longtemps. Elle n'est probablement pas autorisée à bavarder avec les patientes. »

Chandler-Powell intervint subitement : « Vous n'avez pas pensé à réveiller Miss Holland ? Vous saviez que sa suite se trouve à côté de la vôtre. Si elle dort à l'étage des patientes, c'est précisément pour être disponible en cas de besoin.

– Elle m'aurait sans doute prise pour une folle. Et je ne me considérais pas comme une patiente, je n'avais pas encore été opérée. Je n'avais pas besoin de médicaments, de somnifères, ou de ce genre de choses. »

Il y eut un instant de silence. Comme si elle prenait pour la première fois conscience de l'importance de ses propos, Mrs Skeffington regarda Dalgliesh, puis Kate : « Bien sûr, j'ai pu me tromper à propos de cette lumière. Il était très tard, après tout, et mon imagination a pu me jouer des tours.

– Quand vous êtes sortie dans le couloir dans l'intention d'aller voir votre voisine, dit Kate, étiez-vous certaine d'avoir vu cette lumière ?

– Oui, forcément. Autrement, je ne serais pas sortie comme ça. Ce qui ne veut pas dire qu'elle ait vraiment existé. Je n'étais pas réveillée depuis longtemps et je suppose qu'à observer ces pierres et à penser à cette pauvre femme qu'on a brûlée vive, j'ai pu imaginer voir un fantôme.

– Et avant, insista Kate, quand vous avez entendu la porte de l'ascenseur se refermer et la cabine descendre, pensez-vous maintenant que c'était peut-être, là aussi, le fruit de votre imagination ?

– Je ne vois pas comment j'aurais pu imaginer entendre l'ascenseur. Quelqu'un s'en est servi, c'est évident. Mais cela n'a rien d'extraordinaire, si ? N'importe qui a pu le prendre pour monter à l'étage des patientes. Quelqu'un qui serait venu voir Rhoda Gradwyn, par exemple. »

Kate eut l'impression que le silence qui se fit durait plusieurs minutes. Dalgliesh demanda enfin :

« Avez-vous, à un moment quelconque de la nuit dernière, vu ou entendu quelque chose à côté, ou dans le couloir, près de votre chambre ?

– Non, rien, rien du tout. Je n'ai su que j'avais une voisine que parce que j'ai entendu le chariot de Kimberley. Tout le monde ici fait preuve d'une très grande discrétion. »

Chandler-Powell prit la parole : « Miss Cressett vous l'a certainement dit en vous conduisant à votre chambre.

– Elle a effectivement mentionné la présence d'une autre patiente, mais n'a pas précisé quelle chambre elle occupait, ni comment elle s'appelait. De toute façon, cela ne me paraît pas bien important. Et j'ai pu me tromper au sujet de la lumière. Pas de l'ascenseur qui descendait, ça, j'en suis sûre. C'est peut-être ce qui m'a réveillée. » Elle se tourna vers Dalgliesh. « Maintenant, je veux rentrer chez moi. Mon mari m'a promis que je ne serais pas importunée, que la meilleure équipe de la Met serait mise sur l'affaire et que je serais protégée. Je n'ai aucune envie de rester ici alors qu'un assassin se promène en liberté. Il aurait très bien pu s'en prendre à moi. D'ailleurs, c'était peut-être moi qu'il voulait tuer. Mon mari a des ennemis, après tout. Les hommes puissants en ont toujours. Et j'étais dans la chambre voisine, seule, sans défense. Imaginez qu'il se soit trompé de chambre et m'ait tuée par erreur ? Les patientes apprécient cette clinique parce qu'elles s'y croient en sécurité. Dieu sait que nous payons suffisamment cher. Et comment est-il entré ? Je vous ai dit tout ce que je savais, mais je ne pense pas que je pourrais en jurer devant un tribunal. De toute façon, je ne vois pas pourquoi j'aurais à le faire.

– Cela sera peut-être nécessaire, Mrs Skeffington, remarqua Dalgliesh. J'aurai certainement à vous reparler. Le cas échéant, je peux évidemment vous rencontrer à Londres, chez vous ou à New Scotland Yard. »

Cette perspective était manifestement importune mais, regardant alternativement Kate et Dalgliesh, Mrs Skeffington jugea préférable de s'abstenir de tout commentaire. Elle sourit au contraire à Dalgliesh et prit une voix de fillette enjôleuse. « Puis-je m'en aller maintenant, s'il vous plaît ? J'ai essayé de vous aider du mieux que je pouvais. Il était tard, j'étais seule et j'avais peur. J'ai l'impression maintenant que tout cela n'a été qu'un mauvais rêve. »

Mais Dalgliesh n'en avait pas encore fini avec son témoin. « Vous a-t-on remis des clés de la porte ouest à votre arrivée, Mrs Skeffinton ? demanda-t-il.

– Oui, c'est exact. C'est l'infirmière-chef qui me les a données. On me remet toujours deux clés. Cette fois, c'était le jeu numéro un. Je les ai rendues à Mrs Frensham quand elle m'a aidée à faire mes bagages. Robert est monté chercher les valises pour les porter à la voiture. Il n'a pas été autorisé à prendre l'ascenseur, ce qui l'a obligé à les traîner jusqu'au pied de l'escalier. Le docteur Chandler-Powell devrait tout de même engager un valet. Mog n'a pas vraiment sa place au manoir, à quelque titre que ce soit.

– Où aviez-vous posé les clés pendant la nuit ?

– À côté de mon lit, sans doute. Non, sur la table, devant la télévision. De toute façon, je les ai rendues à Mrs Frensham. Si elles sont perdues, je n'y suis pour rien.

– Non, elles ne sont pas perdues, la rassura Dalgliesh. Merci de votre collaboration, Mrs Skeffington. »

Enfin libérée, Mrs Skeffington devint fort aimable et dispensa au hasard vagues remerciements et sourires forcés à toute l'assistance. Chandler-Powell l'accompagna jusqu'à sa voiture. Sans aucun doute, songea Kate, il allait en profiter pour la rassurer ou essayer de l'amadouer, mais il ne pouvait guère espérer qu'elle tiendrait sa langue. Elle ne reviendrait pas, c'était certain, et les autres non plus. Les patientes pouvaient éprouver un petit frisson de terreur rétrospective à la pensée d'un bûcher du dix-septième siècle, mais elles ne choisiraient certainement pas une clinique où une patiente sans défense, qui se remettait tout juste d'une intervention, avait été sauvagement assassinée. Si George Chandler-Powell comptait sur les revenus de la clinique pour entretenir le manoir, il risquait de se retrouver en fâcheuse posture. Ce crime ferait plus d'une victime.

Ils attendirent d'avoir entendu s'éloigner le bruit du moteur de la Rolls-Royce. Chandler-Powell revint et Dalgliesh annonça : « Nous allons installer notre bureau dans l'ancien cottage de la police et mes agents logeront à Wisteria House. Je vous serais reconnaissant de bien vouloir rassembler les occupants de cette maison à la bibliothèque dans une demi-heure. Pendant ce temps, les techniciens de la police scientifique travailleront dans l'aile ouest. Merci de mettre la bibliothèque à ma disposition pendant l'heure qui vient. »

9

Lorsque Dalgliesh et Kate regagnèrent le lieu du crime, le corps de Rhoda Gradwyn avait été enlevé. Avec une aisance née d'une longue pratique, les deux employés de la morgue l'avaient enveloppé d'une housse mortuaire à fermeture à glissière et avaient poussé la civière à roulettes jusqu'à l'ascenseur. Benton était en bas pour assister au départ de l'ambulance, venue à la place d'un fourgon mortuaire pour emporter le cadavre. Il attendait l'arrivée de la police scientifique. Le photographe, un grand homme laconique à la démarche souple, avait terminé son travail et était déjà reparti. Avant de s'engager dans la longue tâche routinière de l'interrogatoire des suspects, Dalgliesh revint dans la chambre vide avec Kate.

Quand le jeune Dalgliesh avait, pour la première fois, été promu à la Police judiciaire, il lui avait semblé que l'air d'une pièce où un crime avait été commis se transformait toujours une fois le corps enlevé, de façon plus subtile que par la seule absence physique de la victime. L'air semblait plus respirable, les voix étaient plus sonores, on éprouvait une sorte de soulagement partagé, comme si un objet doté d'un mystérieux pouvoir de menace ou de contamination avait été privé de son emprise.

C'était une impression qui ne l'avait jamais complètement déserté. Le lit en désordre avec le creux de la tête qui se découpait toujours dans l'oreiller paraissait inoffensif et normal, comme si son occupante venait de se lever et devait revenir bientôt. C'était le plateau de vaisselle renversé juste de l'autre côté de la porte qui, pour Dalgliesh, prêtait à la pièce un symbolisme à la fois théâtral et déplaisant. La scène avait l'air d'avoir été arrangée pour la couverture d'un roman policier haut de gamme.

On n'avait touché à aucune affaire de Miss Gradwyn, et son porte-documents était à côté, toujours appuyé contre le secrétaire du salon. Une grosse valise métallique à roulettes se trouvait près de la commode. Dalgliesh déposa sa mallette – il s'agissait plutôt d'un attaché-case équipé de tout le matériel nécessaire – sur le tabouret à bagages pliant. Il l'ouvrit ; Kate et lui enfilèrent leurs gants d'enquêteurs.

Le sac à main de Miss Gradwyn, en cuir vert avec un fermoir argenté, présentant la forme d'une sacoche de médecin de campagne, était de toute évidence un modèle de créateur. Il contenait un jeu de clés, un petit carnet d'adresses, un agenda de poche et un portefeuille comportant d'un côté une série de cartes de crédit et de l'autre une partie porte-monnaie où se trouvaient quatre livres en pièces et soixante livres en billets de dix et vingt livres. S'y ajoutaient un mouchoir, un chéquier dans un étui de cuir, un peigne, un petit flacon de parfum et un stylo à bille en argent. Dans la poche destinée à cet effet, ils découvrirent son téléphone portable.

« On aurait pu s'attendre à ce qu'elle le pose sur la table de chevet, remarqua Kate. Apparemment, elle n'avait pas envie de recevoir d'appels. »

Le portable, de petites dimensions, était un modèle récent. Dalgliesh l'ouvrit pour vérifier les appels et les messages reçus. Les anciens textos avaient été effacés, mais il y en avait un nouveau, qui figurait sous le nom de « Robin ». Il disait : *Vient de se passer chose très importante. Dois te parler. Stp, accepte de me voir, stp, ne me ferme pas ta porte.*

« Il faut que nous identifiions ce correspondant, dit Dalgliesh, et que nous établissions si cette affaire urgente a pu le conduire au manoir. Mais cela peut attendre. Avant de passer aux interrogatoires, je voudrais jeter un coup d'œil aux autres chambres de l'étage des patientes. Le professeur Glenister a observé que le tueur portait des gants. Il ou elle a dû chercher à s'en débarrasser le plus vite possible. Si c'étaient des gants chirurgicaux, ils ont pu être découpés et jetés dans des toilettes. En tout cas, c'est un point qu'il peut être utile de vérifier. Inutile d'attendre la police scientifique. »

Ils eurent de la chance. Dans la salle de bains de la suite située tout au fond du couloir, ils découvrirent un infime fragment de latex, fragile comme un lambeau de peau humaine, collé contre le bord de la cuvette des toilettes. Dalgliesh le détacha précautionneusement avec des pinces et le rangea dans un sachet, qu'il scella. Kate et lui notèrent leurs initiales sur le sceau.

« Nous préviendrons les techniciens de cette découverte dès leur arrivée, dit Dalgliesh. Il faudra qu'ils se concentrent sur cette suite, et surtout sur le grand placard de la chambre à coucher. C'est la seule suite qui en ait un. Encore un indice qui va dans le sens d'un crime commis par un occupant de la maison. Maintenant, il faut absolument que j'appelle la mère de Miss Gradwyn.

– L'inspecteur principal Whetstone m'a dit qu'il avait demandé à une policière de passer chez elle, déclara Kate. Il l'a fait peu après son arrivée ici. Elle a donc été avertie. Préférez-vous que ce soit moi qui l'appelle, commandant ?

– Non merci, Kate. Il sera plus courtois que je lui parle personnellement. Puisqu'elle est déjà prévenue, rien ne presse. Nous allons commencer l'interrogatoire du groupe. Je vous retrouve à la bibliothèque, Benton et vous. »

10

Toute la maisonnée, rassemblée, attendait en compagnie de Kate et Benton quand Dalgliesh entra dans la bibliothèque avec George Chandler-Powell. Benton observa avec intérêt la disposition du groupe. Marcus Westhall s'était écarté de sa sœur, assise sur une chaise près de la fenêtre, pour prendre place à côté de l'infirmière-chef, Flavia Holland, par solidarité médicale peut-être. Helena Cressett occupait un des fauteuils proches de la cheminée mais, sentant probablement qu'une attitude parfaitement détendue n'était pas de mise, elle se tenait raide, les mains reposant mollement sur les accoudoirs. Mogworthy, cerbère incongru, avait enfilé un costume bleu luisant et une cravate rayée qui lui donnaient l'air d'un entrepreneur des pompes funèbres du temps passé ; le seul à être resté debout, il se tenait à côté de Miss Cressett, dos au feu. Il se tourna vers Dalgliesh lorsqu'il entra, lui décochant un regard que Benton jugea plus menaçant qu'agressif. Dean et Kimberley Bostock, assis droits comme des i, côte à côte, sur l'unique canapé, esquissèrent un léger mouvement, comme s'ils se demandaient s'ils devaient se lever puis, après un rapide coup d'œil à la ronde, s'enfoncèrent dans les coussins ; Kimberley glissa furtivement sa main dans celle de son mari.

Sharon Bateman, elle aussi, était assise seule, l'air compassé, à quelques pas de Candace Westhall. Ses mains étaient jointes sur ses genoux, ses jambes minces étaient serrées l'une contre l'autre et les yeux qui croisèrent brièvement ceux de Benton exprimaient plus de méfiance que de crainte. Elle portait une robe de coton à motif floral bleu, sous une veste en jean. La robe, plus appropriée pour une journée d'été que pour un glacial après-midi de décembre, était trop grande pour elle et Benton se demanda ce que cette allure d'orpheline victorienne, obstinée et exagérément disciplinée, avait de forcé. Assise près de la fenêtre, Mrs Frensham regardait dehors de temps en temps, comme pour se rappeler qu'il existait un monde d'une fraîcheur et d'une normalité réconfortantes, hors de cette atmosphère aigrie par la peur et la tension. Ils étaient tous pâles et, malgré la chaleur du chauffage central et la flambée qui crépitait dans l'âtre, ils avaient l'air crispés de froid.

Benton remarqua qu'ils avaient pris le temps de se changer pour assister à une réunion où il serait plus prudent de manifester du respect et du chagrin que de l'appréhension. Les chemisiers étaient parfaitement repassés, des pantalons à pli et du tweed avaient remplacé le velours campagnard ou le jean. Pull-overs et cardigans semblaient avoir été récemment dépliés. Helena Cressett était fort élégante dans un pantalon cigarette pied-de-poule sous un cachemire noir à col roulé. S'efforçant de ne pas la fixer des yeux, Benton songea : *Voilà un visage typiquement Plantagenêt,* et il s'étonna de la trouver belle.

Les trois chaises disposées devant le bureau dix-huitième en acajou étaient libres et manifestement destinées aux policiers. Ils y prirent place et Chandler-Powell s'installa en face, près de Miss Cressett. Tous les regards se tournèrent vers lui, bien que Benton fût conscient que leurs pensées se dirigeaient vers le grand homme brun assis à sa droite. C'était lui qui dominait la pièce. Mais ils étaient là avec le consentement de Chandler-Powell ; c'était sa maison, sa bibliothèque, et il le faisait subtilement savoir.

Il prit la parole, d'une voix calme et chargée d'autorité : « Le commandant Dalgliesh a demandé à disposer de cette pièce pour que ses collaborateurs et lui-même puissent nous voir et nous interroger ensemble. Je crois que vous avez tous rencontré le commandant Dalgliesh, l'inspectrice principale Miskin et l'inspecteur Benton-Smith. Je ne suis pas là pour vous faire un discours. Je voudrais simplement vous dire que ce qui s'est passé ici la nuit dernière nous a tous consternés. Il est à présent de notre devoir de coopérer pleinement avec l'enquête de police. Il va de soi que nous ne pouvons espérer qu'aucune information sur cette tragédie ne transpire à l'extérieur du manoir. Des spécialistes se chargeront de répondre à la presse et aux autres médias. Je vous demande à tous de ne pas parler à qui que ce soit en dehors de ces murs, dans l'immédiat en tout cas. Commandant Dalgliesh, puis-je vous laisser la parole ? »

Benton sortit son calepin. Au début de sa carrière, il avait mis au point une méthode de sténographie personnelle qui, tout en devant quelque chose à l'ingénieux système de Mr Pitman, était pour le moins hétérodoxe. Son patron avait une mémoire presque infaillible, mais c'était lui qui était chargé d'observer, d'écouter et de noter tout ce qui se disait et tout ce qu'il voyait. Il savait pourquoi AD avait décidé d'organiser ce premier interrogatoire de groupe. Il était capital d'avoir un aperçu précis de tout ce qui s'était passé au manoir depuis que Rhoda Gradwyn y avait mis les pieds dans l'après-midi du 13 décembre et il serait plus facile d'y parvenir si toutes les personnes concernées étaient présentes pour ajouter des commentaires ou apporter des corrections. La plupart des suspects étaient capables de mentir avec un certain aplomb quand on les interrogeait seuls – certains, même, faisaient preuve d'une remarquable maîtrise dans cet art. Benton se rappelait des cas où des amoureux transis, des parents en larmes, le cœur apparemment brisé, avaient appelé à l'aide pour résoudre un crime, alors même qu'ils savaient parfaitement où ils avaient dissimulé le corps. Mais il était plus difficile de s'entêter dans un mensonge devant témoins. Un suspect pouvait être très habile à contrôler l'expression de son visage, mais les réactions de ses auditeurs étaient souvent révélatrices.

« Si je vous ai convoqués tous ensemble, annonça Dalgliesh, c'est pour avoir une image collective de ce qui est arrivé exactement à Rhoda Gradwyn entre le moment de sa venue ici avant-hier et la découverte de son corps ce matin. Bien sûr, je m'entretiendrai individuellement avec chacun de vous dans un second temps, mais j'espère que nous pourrons progresser un peu au cours de la prochaine demi-heure. »

Il y eut un instant de silence, interrompu par Helena Cressett : « La première personne à avoir vu Miss Gradwyn a été Mogworthy. C'est lui qui lui a ouvert la grille. Le comité d'accueil, composé de

Miss Holland, du docteur Westhall et de moi-même, l'attendait dans la grande salle. »

Sa voix était calme, les mots clairs et précis. Pour Benton, le message ne faisait pas de doute. *S'il faut vraiment en passer par ces simagrées, fort bien, mais faisons vite.*

Mogworthy se tourna vers Dalgliesh. « C'est exact. Elle était à l'heure, enfin plus ou moins. Miss Helena m'avait dit de l'attendre entre le thé et le dîner, alors j'ai ouvert l'œil à partir de quatre heures. Elle est arrivée à sept heures moins le quart. Je lui ai ouvert la grille et elle a rangé sa voiture elle-même. Elle a aussi tenu à s'occuper elle-même de ses bagages… une seule valise, à roulettes. Une dame qui savait ce qu'elle voulait. J'ai attendu qu'elle ait fait le tour jusqu'à la façade du manoir, et j'ai vu la porte s'ouvrir sur Miss Helena qui l'attendait. Je me suis dit que je n'avais plus rien à faire là et je suis retourné chez moi.

– Vous n'êtes pas entré dans le manoir, demanda Dalgliesh, pour monter sa valise dans sa chambre, par exemple ?

– Non. Si elle avait pu la faire rouler depuis le parking, j'ai pensé qu'elle pouvait aussi la monter jusqu'à l'étage des patientes. Sinon, elle aurait bien trouvé quelqu'un pour l'aider. La dernière fois que je l'ai vue, elle passait la porte d'entrée.

– Avez-vous mis les pieds à l'intérieur du manoir après avoir vu Miss Gradwyn arriver ?

– Pourquoi je l'aurais fait ?

– Je ne sais pas, répondit Dalgliesh, je vous pose la question, c'est tout.

– Non, je n'y suis pas entré. Et puisqu'on parle de moi, soyons clair. Inutile de couper les cheveux en quatre. Je sais ce que vous voulez me demander et ce n'est pas la peine de vous donner ce mal. Je savais où elle dormait : à l'étage des patientes, forcément. Et oui, j'ai les clés de la porte du jardin. Mais je ne l'ai pas revue, morte ou vive, à partir du moment où elle a passé la porte d'entrée. Je ne l'ai pas tuée, et je ne sais pas qui l'a fait. Si je le savais, croyez-le ou non, je vous le dirais. Je n'aime pas les crimes.

– Voyons Mog, intervint Miss Cressett, personne ne vous soupçonne.

– Peut-être pas vous, Miss Helena, mais ça pourrait arriver à d'autres. Je sais comment marche le monde. Autant dire les choses telles qu'elles sont.

– Merci, Mr Mogworthy, dit Dalgliesh. Vous avez effectivement été très clair, et je vous en remercie. Y a-t-il autre chose qui vous aurait frappé et serait susceptible de nous intéresser, quelque chose que vous auriez vu ou entendu après votre départ ? Auriez-vous remarqué par exemple une présence près du manoir, un étranger peut-être, quelqu'un dont le comportement vous aurait paru suspect ? »

Mog répondit d'une voix forte : « Tout étranger qui rôde près du manoir après la tombée de la nuit est suspect à mes yeux. Je n'ai vu personne jeudi soir. Mais hier, en rentrant chez moi dans la soirée, j'ai remarqué une voiture arrêtée sur l'aire de stationnement, près des pierres. »

Surprenant le petit sourire de satisfaction narquoise promptement réprimé de Mog, Benton songea qu'il avait mis moins de naïveté qu'on ne pouvait le croire à choisir le moment de cette révélation. Et il en fut manifestement récompensé par la réaction de son public. Personne ne prononça un mot, mais dans le silence, Benton perçut un faible sifflement ressemblant à une inspiration. Personne

252

ne s'attendait à cette nouvelle et Mogworthy s'en doutait, de toute évidence. Benton observa leurs visages tandis qu'ils échangeaient des regards. Ce fut un instant de soulagement collectif, rapidement réprimé mais parfaitement manifeste.

Dalgliesh reprit la parole : « Vous rappelez-vous de détails à propos de cette voiture ? Sa marque, sa couleur ?

– Une berline. Foncée. Noire ou bleue. Les phares étaient éteints. Quelqu'un était assis à la place du conducteur, mais je ne sais pas s'il y avait un passager. Je n'en ai pas vu.

– Avez-vous noté le numéro d'immatriculation ?

– Non. Pourquoi je l'aurais fait ? Je passais, c'est tout, je rentrais à bicyclette du cottage de Mrs Ada Denton où j'étais allé manger un fish and chips, comme tous les vendredis. Quand je suis en vélo, je regarde la route, pas comme certains. Tout ce que je sais, c'est qu'il y avait une voiture.

– À quelle heure ?

– Avant minuit. Minuit moins cinq, minuit moins dix, par là. J'essaie toujours d'être rentré avant minuit.

– C'est un témoignage important, Mog, intervint Chandler-Powell. Pourquoi n'en avez-vous pas parlé plus tôt ?

– Et pourquoi je l'aurais fait ? Vous avez dit vous-même qu'il ne fallait pas causer à tort et à travers à propos de la mort de Miss Gradwyn, mais attendre l'arrivée de la police. Eh bien, le patron est là maintenant, alors je dis ce que j'ai vu. »

Sans que personne n'ait eu le temps de réagir, la porte s'ouvrit à la volée. Toutes les têtes se tournèrent. Un homme fit irruption, suivi de près par l'inspecteur Warren qui protestait bruyamment.

L'allure de l'intrus était aussi extraordinaire que son apparition avait été frappante. Benton vit un visage pâle, séduisant, un peu androgyne, des yeux bleus étincelants et des cheveux blonds collés au front comme les boucles de marbre d'un dieu sculpté. L'homme portait un long manteau noir qui descendait presque jusqu'au sol sur un jean clair, et un moment, Benton crut qu'il était en pyjama et en robe de chambre. S'il avait voulu faire une entrée sensationnelle, il n'aurait guère pu choisir instant plus propice, mais il était peu probable qu'il ait délibérément cherché à se donner en spectacle. Le nouveau venu maîtrisait mal son émotion et tremblait, de chagrin peut-être, mais aussi de peur et de colère. Son regard passa de visage en visage, dans une confusion manifeste, et avant qu'il n'ait pu ouvrir la bouche, Candace Westhall prit calmement la parole depuis son siège, près de la fenêtre.

« Notre cousin, Robin Boyton. Il loge dans le cottage des visiteurs. Robin, je te présente le commandant Dalgliesh de New Scotland Yard, et ses collaborateurs, l'inspectrice principale Miskin et l'inspecteur Benton-Smith. »

Robin l'ignora et tourna des yeux furieux vers Marcus. « Espèce de salaud ! Espèce de salaud inhumain et sans cœur ! Mon amie, mon excellente amie, est morte. Assassinée. Et tu n'as même pas eu la décence de me prévenir. Tu es là, à faire du plat aux flics, bien décidé à ne pas faire de vagues. Il ne faudrait surtout pas troubler le remarquable travail du docteur Chandler-Powell, c'est ça, hein ? Et elle ? Elle est là-haut, morte ! Tu aurais quand même pu me le dire. Quelqu'un aurait dû m'avertir. Il faut que je la voie. Je veux lui dire adieu. »

Il se mit soudain, à pleurer pour de bon, ses larmes ruisselant sans retenue. Dalgliesh ne dit rien mais, l'observant, Benton vit que les yeux sombres étaient attentifs.

Candace se leva comme pour aller consoler son cousin, mais elle se ravisa et se rassit. Ce fut son frère qui parla : « J'ai bien peur que ce ne soit pas possible, Robin. Le corps de Miss Gradwyn a été emmené à la morgue. Quoi que tu en penses, j'ai essayé de te prévenir. Je suis passé au cottage un peu avant neuf heures, mais je suppose que tu dormais encore. Les rideaux étaient tirés et la porte d'entrée était fermée à clé. Je crois me souvenir que tu nous avais dit un jour que tu connaissais Rhoda Gradwyn, mais je n'avais pas compris que vous étiez intimes à ce point.

– Mr Boyton, intervint Dalgliesh, pour le moment, je n'interroge que les personnes qui se trouvaient dans le manoir entre le moment de l'arrivée de Miss Gradwyn jeudi et la découverte de son corps à sept heures trente ce matin. Si c'est votre cas, restez, je vous en prie. Autrement, un de mes collaborateurs ou moi-même, nous vous verrons aussitôt que possible. »

Boyton avait maîtrisé sa colère. Encore haletante, sa voix avait pris un ton d'enfant irascible :

« Ce n'est pas le cas, évidemment. Il m'a été impossible d'entrer dans le manoir jusqu'à présent. Le policier qui est à la porte m'en a empêché.

– Il n'a fait qu'obéir à mes ordres, expliqua Dalgliesh.

– Et aux miens, avant l'arrivée du commandant, précisa Chandler-Powell. Miss Gradwyn avait exprimé le désir de ne pas être dérangée. Je suis désolé qu'on vous ait causé un tel chagrin, Mr Boyton,

mais j'ai eu tant à faire ici avec la police et le médecin légiste que j'ai complètement oublié que vous oc-
cupiez le cottage. Avez-vous déjeuné ? Dean et
Kimberley peuvent vous apporter quelque chose si
vous voulez.

– Bien sûr que non, je n'ai pas déjeuné. Depuis
quand vous souciez-vous de mes repas quand
j'occupe Rose Cottage ? De toute façon, je ne veux
pas de votre fichue nourriture ! Inutile de prendre
ce ton protecteur ! »

Il s'interrompit et tendant un bras tremblant,
pointa l'index vers Chandler-Powell, puis, se rendant peut-être compte que dans son accoutrement,
cette posture théâtrale le rendait ridicule, il laissa
retomber son bras et parcourut le groupe du regard
avec un désespoir muet.

« Mr Boyton, dit alors Dalgliesh, puisque vous
étiez un ami de Miss Gradwyn, ce que vous avez à
nous dire nous sera fort utile, mais ce n'est pas le
moment. »

Les mots, prononcés calmement, équivalaient à
un ordre. Boyton se détourna, les épaules basses.
Puis il fit volte-face et s'adressa directement à
Chandler-Powell : « Elle est venue ici pour se faire
opérer de cette cicatrice, pour commencer une vie
nouvelle. Elle vous a fait confiance, et vous, vous
l'avez tuée, espèce de salaud, espèce d'assassin ! »

Il se retira sans attendre de réponse. L'inspecteur
Warren, qui avait assisté à toute la scène d'un air
impénétrable, le suivit et referma la porte énergiquement. Il y eut cinq secondes de silence pendant
lesquelles Benton sentit que le climat avait changé.
Quelqu'un avait enfin prononcé ce mot retentis-
sant. L'incroyable, le monstrueux, l'effrayant avait
enfin été admis.

« Poursuivons, voulez-vous ? proposa Dalgliesh. Miss Cressett, vous avez accueilli Miss Gradwyn à la porte. Pouvons-nous reprendre à partir de là ? »

Pendant les vingt minutes qui suivirent, le récit des faits se poursuivit sans heurt et Benton se concentra sur ses hiéroglyphes. Helena Cressett avait reçu la nouvelle patiente et l'avait directement conduite dans sa chambre. Comme elle devait subir une anesthésie le lendemain matin, on ne lui avait pas servi à dîner et Miss Gradwyn avait exprimé le désir de rester seule. La patiente avait insisté pour porter sa valise elle-même jusqu'à sa chambre et déballait ses livres au moment où Miss Cressett était partie. Le vendredi, elle avait évidemment su que l'opération de Miss Gradwyn avait eu lieu et qu'on l'avait transférée dans l'après-midi de la salle de réveil à sa suite dans l'aile des patientes. C'était la procédure habituelle. N'ayant pas à s'occuper des soins, elle n'était pas allée voir Miss Gradwyn dans son appartement. Elle avait elle-même dîné dans la salle à manger en compagnie de Miss Holland, de Miss Westhall et de Mrs Frensham. Elle avait appris que Marcus Westhall dînait à Londres chez un spécialiste avec qui il espérait travailler en Afrique et qu'il y passait la nuit. Miss Westhall et elle avaient travaillé ensemble au bureau jusqu'à dix-neuf heures environ, heure à laquelle Dean avait servi l'apéritif à la bibliothèque. Dans la soirée, elle avait joué aux échecs avec Mrs Frensham et elles avaient bavardé dans son salon privé. Elle s'était couchée vers minuit et n'avait rien entendu pendant la nuit. Ce samedi matin, elle avait déjà pris sa douche et était habillée quand le docteur Chandler-Powell était venu la prévenir du décès de Rhoda Gradwyn.

Le témoignage de Miss Cressett fut corroboré d'un ton calme par Mrs Frensham qui affirma avoir laissé Miss Cressett dans son salon et avoir regagné son propre appartement dans l'aile est, vers vingt-trois heures trente. Elle n'avait rien vu ni rien entendu de la nuit. Elle ignorait tout de la mort de Miss Gradwyn avant de descendre à la salle à manger à huit heures moins le quart. Elle n'y avait trouvé personne. Le docteur Chandler-Powell était arrivé un peu plus tard et lui avait annoncé la triste nouvelle.

Candace Westhall confirma avoir travaillé avec Miss Cressett au bureau jusqu'au dîner. Après le repas, elle était retournée au bureau ranger des papiers, et était sortie du manoir peu après vingt-deux heures par la porte d'entrée. Le docteur Chandler-Powell descendait précisément l'escalier et ils s'étaient dit bonsoir avant qu'elle ne parte. Ce matin, il avait téléphoné du bureau pour lui dire qu'on avait trouvé Miss Gradwyn morte, et qu'il fallait que son frère et elle viennent immédiatement au manoir. Marcus Westhall était rentré de Londres tard dans la nuit. Elle avait entendu sa voiture arriver vers minuit et demi mais ne s'était pas levée, bien qu'il eût frappé à sa porte et qu'ils aient échangé quelques mots.

L'infirmière-chef Flavia Holland fit sa déposition succinctement et calmement. L'anesthésiste et le personnel médical et technique auxiliaire étaient arrivés de bonne heure le matin de l'opération. Miss Frazer, une des infirmières à temps partiel, avait descendu la patiente au bloc où elle avait été examinée par l'anesthésiste qui l'avait déjà vue à St Angela's, à Londres. Le docteur Chandler-Powell avait passé quelques instants avec elle pour l'accueillir et la ras-

surer. Il lui avait certainement décrit dans le détail
le déroulement de l'intervention quand Miss Gradwyn était venue le voir à son bureau de St Angela's.
Miss Gradwyn était restée parfaitement calme de
bout en bout, et n'avait manifesté aucun signe de
peur, ni même d'inquiétude particulière. L'anesthésiste et tout le personnel auxiliaire étaient partis dès
l'opération terminée. Ils étaient censés revenir ce
matin pour l'intervention de Mrs Skeffington.
Celle-ci était arrivée la veille, dans l'après-midi.
Après l'opération, Miss Gradwyn était restée en salle
de réveil sous la surveillance du docteur Chandler-
Powell et d'elle-même avant d'être remontée dans
sa chambre à seize heures trente. La patiente était
alors capable de marcher et avait dit ne pas souffrir.
Elle avait ensuite dormi jusqu'à dix-huit heures, et
avait pris un dîner léger. Miss Holland, qui occupait la première chambre sur la gauche, était passée
voir Miss Gradwyn toutes les demi-heures pour
vérifier que tout allait bien, jusqu'au moment où
elle était allée se coucher elle-même, à une heure
tardive, vers minuit sans doute. Sa tournée de
vingt-trois heures avait été la dernière, la patiente
était endormie. Elle n'avait rien entendu pendant la
nuit.

Le récit du docteur Chandler-Powell concordait
avec le sien. Il fit remarquer qu'à aucun moment, la
patiente n'avait manifesté la moindre peur, ni à
l'idée de l'opération ni d'autre chose. Elle avait
refusé expressément toute visite pendant sa semaine
de convalescence, raison pour laquelle on n'avait
pas laissé entrer Robin Boyton. L'opération s'était
déroulée de façon satisfaisante, mais avait été plus
longue et plus délicate que prévu. Il ne doutait
cependant pas de l'excellence du résultat. Miss

Gradwyn était une femme en bonne santé, qui avait parfaitement supporté l'anesthésie et l'intervention, et il ne se faisait aucun souci sur l'évolution post-opératoire. Il était allé la voir avec Flavia Holland vers vingt-deux heures et lui avait proposé un séda-tif qu'elle avait refusé, préférant un verre de lait chaud arrosé de cognac. Il revenait de cette visite quand il avait croisé Miss Westhall qui partait.

Sharon était restée assise pendant tout ce temps, immobile, avec une expression qu'on ne pouvait, songea Kate, décrire que comme boudeuse, mais quand on lui avait demandé où elle était allée et ce qu'elle avait fait la veille, elle s'était d'abord enga-gée dans une énumération fastidieuse, débitée d'un ton maussade, de tous les détails de ses occupa-tions, du matin et de l'après-midi. Lorsqu'on l'avait priée de se limiter à la période située après seize heures trente, elle avait dit avoir travaillé à la cui-sine et à la salle à manger, où elle avait aidé Dean et Kimberley Bostock. Elle avait dîné avec eux à vingt heures quarante-cinq puis avait regagné sa chambre pour regarder la télévision. Elle ne se rap-pelait pas quand elle s'était couchée, ni ce qu'elle avait vu à la télévision. Elle était très fatiguée et avait dormi comme une bûche toute la nuit. Elle ignorait tout de la mort de Miss Gradwyn jusqu'à ce que Miss Holland vienne la réveiller pour lui dire de venir prendre son service et donner un coup de main à la cuisine. Il devait être, pensait-elle, aux alentours de neuf heures. Elle aimait bien Miss Gradwyn, qui lui avait demandé de lui faire visiter le parc lors de son premier séjour. Lorsque Kate lui demanda de quoi elles avaient discuté, elle répondit qu'elle avait parlé à Miss Gradwyn de son enfance et de l'endroit où elle était allée à l'école, et aussi du travail qu'elle faisait, avant, dans une maison de retraite.

Il n'y eut aucune information surprenante avant le témoignage de Dean et Kimberley Bostock. Cette dernière déclara qu'il arrivait à l'infirmière-chef de lui demander de monter un repas aux patientes, mais elle n'était pas passée chez Miss Gradwyn, car celle-ci devait être à jeun. Ni son mari ni elle n'avaient assisté à l'arrivée de la patiente et ils avaient été très occupés ce soir-là. Ils devaient en effet préparer les repas du personnel auxiliaire du bloc opératoire qui arriverait le lendemain et déjeunait toujours sur place avant de repartir. Elle avait été réveillée par le téléphone vendredi soir juste avant minuit par Mrs Skeffington, qui avait réclamé du thé. Son mari l'avait aidée à porter le plateau. Il n'entrait jamais dans les chambres des patientes et l'avait attendue à la porte. Mrs Skeffington lui avait paru inquiète. Elle prétendait avoir vu une lumière se promener au milieu des pierres, mais Kimberley pensait que c'était le fruit de son imagination. Elle avait proposé à Mrs Skeffington d'appeler l'infirmière-chef, mais elle avait décliné l'offre, craignant que Miss Holland n'apprécie pas qu'on la réveille pour rien.

À cet instant, Miss Holland intervint : « Vous avez pour instructions, Kimberley, de m'appeler si les patientes demandent quoi que ce soit la nuit. Pourquoi ne l'avez-vous pas fait ? »

Benton leva la tête de son carnet de notes, sur le qui-vive. La question était manifestement malvenue. La jeune femme s'empourpra. Elle regarda son mari qui lui serra la main plus fort. Elle répondit : « Je suis désolée, Miss, je pensais qu'elle ne serait véritablement une patiente que le lendemain, c'est pour ça que je ne vous ai pas réveillée. Et puis je lui ai demandé si elle souhaitait vous voir, vous ou bien le docteur.

– Mrs Skeffington était une patiente dès l'instant où elle est arrivée au manoir, Kimberley. Vous savez parfaitement comment me joindre. Vous auriez dû le faire. »

Dalgliesh reprit la parole : « Mrs Skeffington vous a-t-elle dit qu'elle avait entendu l'ascenseur dans la nuit ?

– Non. Elle n'a parlé que des lumières.

– Avez-vous vu ou entendu quoi que ce soit d'insolite pendant que vous étiez à cet étage ? »

Les Bostock échangèrent un regard et secouèrent la tête énergiquement. « Nous ne sommes restés que quelques instants, expliqua Dean. Tout était calme. La veilleuse était allumée dans le couloir, comme toujours.

– Et l'ascenseur ? Avez-vous remarqué l'ascenseur ?

– Oui, commandant. Il était au rez-de-chaussée. Nous l'avons pris pour monter le thé. Nous aurions pu passer par l'escalier, mais ça va plus vite par l'ascenseur.

– Avez-vous autre chose à me dire à propos de cette nuit ? »

Un silence pesant tomba. Une fois de plus, ils échangèrent un regard. Dean sembla prendre son courage à deux mains. Il acquiesça : « Oui, commandant, une seule. Quand nous sommes redescendus au rez-de-chaussée, j'ai remarqué que le verrou de la porte du jardin n'était pas poussé. Nous passons devant pour rejoindre notre appartement. C'est une lourde porte de chêne sur la droite, qui donne sur l'allée de tilleuls et sur les pierres de Cheverell.

– Vous en êtes sûr ? demanda Dalgliesh.

– Oui, commandant, tout à fait sûr.

– Avez-vous attiré l'attention de votre femme sur cette porte ?

– Non, commandant. Je ne lui en ai parlé que le lendemain matin, quand nous étions seuls à la cuisine.

– Est-ce que l'un de vous est retourné vérifier ou bien y êtes-vous allés ensemble ?

– Non, commandant.

– Et c'est à votre retour que vous l'avez remarqué, pas quand vous avez aidé votre femme à monter le thé ?

– À notre retour seulement. »

Flavia Holland intervint : « Je ne vois vraiment pas pourquoi vous avez aidé Kimberley à porter ce thé. Le plateau n'est quand même pas bien lourd. Ne pouvait-elle pas se débrouiller toute seule ? Elle le fait bien, d'habitude. Si encore il n'y avait pas d'ascenseur, je comprendrais. En plus, la veilleuse reste toujours allumée dans l'aile ouest.

– Bien sûr, elle aurait pu le faire, répliqua Dean énergiquement. Mais je n'aime pas qu'elle se promène toute seule dans la maison tard la nuit.

– Que craignez-vous ?

– Rien, répondit Dean, la mine déconfite. Je n'aime pas ça, c'est tout. »

Dalgliesh demanda calmement : « Saviez-vous qu'en temps normal, le docteur Chandler-Powell verrouille cette porte à onze heures précises ?

– Oui, commandant. Tout le monde le sait. Mais il arrive qu'il le fasse un peu plus tard s'il se promène dans le parc. J'ai eu peur qu'il soit enfermé à l'extérieur si je poussais le verrou, et qu'il ne puisse plus rentrer. »

L'infirmière-chef s'immisça encore dans la conversation : « Se promener dans le parc après minuit, en plein mois de décembre ? Vous parlez sérieusement, Dean ? »

Sans la regarder, il s'adressa à Dalgliesh, sur la défensive : « Ce n'est pas à moi de la verrouiller, commandant. Et elle était fermée à clé. Personne ne pouvait entrer sans clé. »

Dalgliesh se tourna alors vers Chandler-Powell : « Êtes-vous sûr d'avoir poussé le verrou à onze heures ?

– Je l'ai poussé comme d'habitude à onze heures et j'ai trouvé la porte verrouillée ce matin, à six heures et demie.

– L'un de vous a-t-il ôté le verrou pour une raison quelconque ? Je souhaiterais éclaircir ce point immédiatement. »

Personne ne réagit. Le silence se prolongea. Finalement, Dalgliesh demanda : « Quelqu'un d'autre a-t-il remarqué si la porte était verrouillée ou déverrouillée après onze heures ? »

Le silence retomba, avant d'être rompu par un faible brouhaha de réponses négatives. Benton nota qu'ils évitaient de se regarder.

« Dans ce cas, ce sera tout pour le moment, annonça Dalgliesh. Merci de votre coopération. J'aimerais vous rencontrer tous séparément, soit ici, soit dans mon bureau, à l'ancien cottage de la police. »

Dalgliesh se leva et ses collaborateurs en firent autant en silence et à tour de rôle, sans échanger une parole. Ils traversaient le hall quand Chandler-Powell les rattrapa. Il s'adressa à Dalgliesh :

« J'aimerais vous dire un mot si vous avez le temps. »

Dalgliesh et Kate le suivirent dans le bureau et la porte se referma. Cette exclusion, subtilement mais tacitement communiquée, n'inspira aucune rancœur à Benton. Il savait qu'il y avait dans une enquête des moments où deux policiers pouvaient recevoir une confidence qu'une présence supplémentaire risquait d'entraver.

Chandler-Powell ne perdit pas de temps. Ils étaient encore debout tous les trois quand il prit la parole : « Il faut que je vous dise quelque chose. L'embarras de Kimberley quand on lui a demandé pourquoi elle n'avait pas réveillé Flavia Holland ne vous aura certainement pas échappé. À mon avis, elle a dû essayer. La porte de l'appartement de Flavia n'était pas fermée à clé et pour peu que Dean ou elle l'aient entrouverte, ils auront entendu des voix, la mienne et celle de Flavia. Je me trouvais avec elle à minuit. Les Bostock auront certainement été gênés de vous le dire, surtout en public.

– Ne pensez-vous pas que vous auriez entendu la porte s'ouvrir ? » s'étonna Kate.

Il la regarda calmement : « Pas forcément. Nous étions en pleine conversation.

– Je vérifierai ce point avec les Bostock plus tard. Êtes-vous restés longtemps ensemble ?

– Après avoir branché les alarmes et verrouillé la porte donnant sur le jardin, j'ai rejoint Flavia dans son salon. J'y suis resté jusque vers une heure du matin. Nous avions à discuter d'un certain nombre de points, professionnels pour certains, personnels pour d'autres. Aucun n'a quoi que ce soit à voir avec la mort de Rhoda Gradwyn. Pendant ce temps, ni elle ni moi n'avons rien vu ni entendu d'insolite.

– Vous n'avez pas entendu l'ascenseur ?

– Non. Mais cela n'a rien d'étonnant. Comme vous l'avez vu, il se trouve en face de l'appartement de l'infirmière-chef, mais il est moderne et relativement silencieux. Miss Holland confirmera évidemment mon récit et je suis certain que Kimberley, interrogée par quelqu'un qui a l'habitude de faire parler les gens vulnérables, reconnaîtra qu'elle nous a entendus dès qu'elle saura que je vous en ai informé. Ne m'accordez pas trop de crédit pour vous avoir appris quelque chose qui, je l'espère, restera confidentiel. Il faudrait que je sois particulièrement naïf pour ne pas constater que, si Rhoda Gradwyn est morte vers minuit, Flavia et moi-même nous fournissons ainsi un alibi réciproque. Autant être franc. Je ne réclame pas un traitement différent de celui des autres suspects. Mais les médecins n'assassinent pas couramment leurs patients et si j'avais vraiment voulu ruiner ma clinique et me perdre de réputation, je l'aurais fait avant l'opération, et non après. L'idée d'avoir travaillé pour rien me fait horreur. »

Observant le visage de Chandler-Powell soudain envahi d'une colère et d'un dégoût qui le transformaient, Dalgliesh se plut à croire que ces dernières paroles, au moins, reflétaient la vérité.

11

Dalgliesh se rendit seul dans le parc pour appeler la mère de Rhoda Gradwyn. C'était une mission qu'il redoutait et trouvait encore plus pénible que de témoigner de la compassion de visu, comme l'avait déjà fait une policière locale. Aucun policier ne se chargeait volontiers de cette tâche, et il l'avait accomplie plus souvent qu'à son tour, hésitant avant de lever la main pour frapper ou sonner à une porte qui, invariablement, s'ouvrait sur-le-champ sur un regard intrigué, implorant, plein d'espoir ou d'angoisse, alors qu'il était porteur de nouvelles qui allaient faire basculer une vie.

Certains de ses collègues, il le savait, auraient laissé à Kate le soin de passer cet appel. Transmettre des condoléances téléphoniques à une personne en deuil lui avait toujours paru discourtois, mais il estimait que les proches devaient savoir qui était le responsable d'une enquête pour homicide et devaient être informés de ses progrès autant que son déroulement le permettait.

Une voix masculine lui répondit. Elle semblait à la fois perplexe et craintive, comme si le téléphone était un appareil de haute technologie dont on ne pouvait rien attendre de bon. Sans se présenter, l'homme répondit avec un soulagement manifeste :

« La police, dites-vous ? Ne quittez pas, je vous prie. Je vais chercher ma femme. »

Dalgliesh se présenta une seconde fois et exprima ses condoléances avec le plus de douceur possible, sachant qu'on avait déjà communiqué à son interlocutrice une information dont aucune délicatesse ne pouvait atténuer la brutalité. Un silence l'accueillit tout d'abord. Puis, d'une voix aussi insensible que s'il lui avait transmis une invitation importune à un thé, elle répondit : « C'est très aimable à vous de téléphoner, mais nous sommes au courant. La jeune femme de la police locale est venue nous prévenir. Il paraît que quelqu'un de la police du Dorset l'avait appelée. Elle est restée jusqu'à dix heures. Elle a été très gentille. Nous avons pris une tasse de thé ensemble, mais elle ne m'a pas dit grand-chose. Uniquement qu'on a trouvé Rhoda morte et qu'il ne s'agit pas d'une mort naturelle. Je n'arrive toujours pas à y croire. Tout de même, qui pourrait vouloir du mal à Rhoda ? J'ai demandé ce qui s'était passé et si la police avait identifié le coupable, mais elle m'a répondu qu'elle ne pouvait pas répondre à ce genre de questions, parce qu'une autre unité était chargée de l'enquête et que vous prendriez contact avec moi. Elle était seulement venue nous prévenir. C'était quand même gentil de sa part. »

Dalgliesh demanda : « À votre connaissance, votre fille avait-elle des ennemis, Mrs Brown ? Quelqu'un aurait-il pu lui vouloir du mal ? »

Cette fois, l'amertume était parfaitement audible. « Elle en avait forcément, sinon on ne l'aurait pas assassinée. Elle était hospitalisée dans une clinique privée. Rhoda ne se refuse rien. Pourquoi est-ce qu'ils n'ont pas veillé sur elle ? Ils doivent être bien négligents dans cette clinique pour que leurs patientes puissent se faire assassiner comme ça. Elle avait un si brillant avenir devant elle. Rhoda avait très bien réussi. Elle a toujours été intelligente, exactement comme son père.

– Vous avait-elle dit qu'elle allait se faire retirer sa cicatrice à la clinique de Cheverell Manor ?

– Elle m'avait annoncé qu'elle avait l'intention de le faire, mais elle ne m'avait pas dit où ni quand. Elle était très discrète, Rhoda. Elle était déjà comme ça toute petite, à garder ses secrets, à ne rien dire de ce qu'elle pensait. Nous ne nous voyions plus beaucoup depuis qu'elle est partie de la maison, mais elle est venue à mon mariage en juin. C'est à ce moment-là qu'elle m'a parlé de cette histoire de cicatrice. Elle aurait évidemment dû s'en occuper depuis des années. Ça faisait plus de trente ans qu'elle l'avait. Elle avait treize ans quand elle s'est cognée à la porte de la cuisine.

– Vous ne pouvez donc pas nous dire grand-chose sur ses amis, sur sa vie privée ?

– Je vous l'ai dit. Elle était très discrète. Je ne sais rien de ses amis ni de sa vie privée. Je ne sais pas non plus ce qu'il faut faire pour l'enterrement, l'organiser à Londres ou ici. Je ne sais pas s'il y a des choses que je dois faire. Généralement, il y a des formulaires à remplir. Il faut prévenir des gens. Je ne veux pas ennuyer mon mari avec ça. Cette affaire le bouleverse. Il a beaucoup apprécié Rhoda quand ils se sont vus.

– Il y aura une autopsie, évidemment, précisa Dalgliesh. Ensuite, le coroner pourra délivrer le permis d'inhumer. Avez-vous des amis qui puissent vous aider et vous conseiller ?

– Oui, j'ai des amis à la paroisse. Je vais parler à notre pasteur, il m'aidera sûrement. Nous pourrions peut-être faire la messe ici évidemment, sauf qu'elle était très connue à Londres. Et elle n'allait pas à l'église, alors peut-être qu'elle n'aurait pas voulu de messe. J'espère qu'on ne va pas me demander d'aller à cette clinique, je ne sais même pas où elle est.

– C'est dans le Dorset, Mrs Brown. À Stoke Cheverell.

– Je ne peux vraiment pas laisser Mr Brown pour venir dans le Dorset.

– Cela n'a absolument rien de nécessaire, à moins que vous ne teniez à assister à l'enquête. Pourquoi ne pas discuter avec votre notaire ? Celui de votre fille va certainement se mettre en relation avec vous. Nous avons ses coordonnées. Je suis sûr qu'il pourra vous aider. Je vais devoir jeter un coup d'œil à ses affaires ici à la clinique, et dans son appartement londonien, je le regrette. Il n'est pas impossible non plus que je doive emporter quelques objets à des fins d'analyse, mais nous en prendrons le plus grand soin et ils vous seront restitués ensuite. M'autorisez-vous à procéder ainsi ?

– Prenez tout ce que vous voudrez. Je ne suis jamais allée chez elle, à Londres. J'imagine qu'il va bien falloir que je le fasse tôt ou tard. Il y a peut-être des choses de valeur. Et puis les livres. Elle a toujours eu tellement de livres. Toute cette lecture. Toujours la tête fourrée dans un bouquin. À quoi ça va servir tout ça ? Ils ne me la rendront pas. A-t-elle été opérée ?

– Oui, hier, il paraît que l'opération s'est très bien passée.

270

– Tout cet argent dépensé pour rien. Pauvre Rhoda ! Elle n'a pas eu beaucoup de chance, malgré tous ses succès. »

Sa voix s'altéra et Dalgliesh eut l'impression qu'elle retenait ses larmes. « Je vais raccrocher maintenant, conclut-elle. Merci d'avoir appelé. Je crois que ça suffit pour le moment. Quel choc ! Rhoda assassinée. C'est le genre de choses qu'on lit dans le journal ou qu'on voit à la télé. On n'imagine pas que ça puisse arriver à quelqu'un qu'on connaît. Et elle avait tant à attendre de la vie une fois cette cicatrice enlevée. Ce n'est pas juste. »

« *Quelqu'un qu'on connaît* », se dit Dalgliesh, *pas* « *quelqu'un qu'on aime* ». Il l'entendit pleurer et la communication fut coupée.

Il attendit un instant, les yeux rivés sur son portable, avant d'appeler le notaire de Miss Gradwyn. Le chagrin, cette émotion universelle, ne provoquait pas de réaction universelle et se manifestait par les biais les plus divers, bizarres pour certains. Songeant à la mort de sa mère, il se rappela qu'à l'époque, voulant faire bonne figure devant son père affligé, il avait réussi à contenir ses larmes, même à l'enterrement. Mais le chagrin l'avait rattrapé au fil des ans, des souvenirs de scènes fugaces, de bribes de conversation, un regard, ses gants de jardinage apparemment indestructibles et, plus vivante que tous les petits regrets durables qui le taraudaient encore, sa propre image, alors qu'il se penchait par la fenêtre du train qui roulait lentement pour le reconduire à l'école et qu'il distinguait sa silhouette vêtue du même manteau année après année, s'abstenant de se retourner pour lui faire signe parce qu'il lui avait demandé de ne pas le faire.

Il se secoua pour reprendre pied dans le présent et composa le numéro du notaire. Un message enregistré lui annonça que l'étude était fermée jusqu'à lundi dix heures, mais que les affaires urgentes pouvaient être traitées par le notaire de garde joignable à tel numéro. Une voix impersonnelle et claire répondit immédiatement, et lorsque Dalgliesh se fut présenté et eut expliqué qu'il souhaitait parler de toute urgence à maître Newton Macklefield, son numéro privé lui fut communiqué. Dalgliesh n'avait donné aucune précision, mais son ton avait dû être convaincant.

Newton Macklefield avait quitté Londres avec sa famille, chose bien naturelle un samedi, pour se rendre dans sa maison de campagne du Sussex. Leur conversation fut pragmatique, ponctuée de voix d'enfants et d'aboiements de chiens. Après avoir exprimé son émotion ainsi que des regrets personnels qui semblaient plus formels que sincères, Macklefield ajouta : « Il va de soi que je ferai tout mon possible pour vous seconder dans votre enquête. Vous disiez que vous comptiez passer à Sanctuary Court demain matin ? Vous avez la clé ? Évidemment, elle devait en avoir une sur elle. Je pourrais vous rejoindre sur place à dix heures trente si cela vous convient. Je téléphonerai à l'étude et je vous apporterai son testament. Mais vous en trouverez sans doute un exemplaire chez elle. Je crains de ne pas pouvoir faire grand-chose d'autre pour vous être utile. Comme vous le savez, commandant, un notaire peut entretenir des relations étroites avec un client, surtout s'il a été, de longue date, le notaire de famille et a fini par être considéré comme un confident et comme un ami. Ce n'était pas le cas en l'occurrence. Ma relation avec Miss Gradwyn était empreinte de respect et de confiance mutuels et, de ma part en tout cas, de sympathie. Mais elle était strictement professionnelle. Je connaissais la cliente, je ne connaissais pas la femme. Je suppose que vous avez prévenu sa famille ?

– Oui, acquiesça Dalgliesh. Elle n'a que sa mère. Celle-ci m'a dit que sa fille était quelqu'un de très discret. Je lui ai expliqué qu'il fallait que je puisse entrer chez sa fille et elle n'a soulevé aucune objection. Elle m'a autorisé à emporter ce qui pourrait nous être utile.

– Je n'y vois rien à redire non plus, en qualité de notaire. Bien, je vous retrouverai donc chez elle à dix heures trente. Quelle affaire ! Merci, commandant, de m'avoir prévenu. »

Refermant son portable, Dalgliesh songea que le meurtre, le crime par excellence, pour lequel il n'existe aucune réparation, impose ses propres obligations, en même temps que ses usages. Il se demanda si Macklefield aurait interrompu son week-end à la campagne pour une mort moins spectaculaire. Jeune policier, il n'avait pas été insensible, lui non plus, bien qu'involontairement et fugacement, au pouvoir d'attraction, mêlé d'épouvante et de répulsion, qu'exerce l'assassinat. Il avait vu des gens, des spectateurs innocents, exonérés du poids du chagrin ou du soupçon, se laisser captiver par un homicide, être attirés inexorablement vers le lieu où le crime avait été commis, dévorés par une fascination incrédule. La foule et les médias qui étaient à son service ne s'étaient pas encore massés devant les grilles en fer forgé du manoir. Mais ils viendraient, et il doutait que les agents de sécurité engagés par Chandler-Powell les gênent beaucoup.

12

Le reste de l'après-midi fut consacré aux entretiens individuels, dont la plupart eurent lieu dans la bibliothèque. Helena Cressett fut la dernière de la maisonnée à être reçue, et Dalgliesh avait confié la tâche à Kate et Benton. Sentant que Miss Cressett s'attendait à être interrogée par lui, il voulait lui faire comprendre qu'il dirigeait une équipe et que ses deux collaborateurs étaient tout à fait compétents. Chose surprenante, elle proposa à Kate et Benton de la rejoindre dans son appartement privé, dans l'aile est. La pièce dans laquelle elle les introduisit était manifestement son salon, mais son élégance et son opulence ne correspondaient guère à celles d'un logement habituel d'intendante-administratrice. Le mobilier et la disposition des tableaux révélaient un goût d'une indéniable originalité, et bien que la pièce ne fût pas à proprement parler encombrée, on avait l'impression que tous ces objets précieux avaient été rassemblés pour la satisfaction de leur propriétaire, et non pour s'intégrer à un plan de décoration cohérent. On aurait dit, songea Benton, qu'Helena Cressett avait colonisé une partie du manoir pour en faire son domaine privé. On n'y retrouvait rien de la sévère solidité du mobilier Tudor. À part le canapé, recouvert de lin crème passepoilé de rouge, situé perpendiculairement à la cheminée, l'essentiel du mobilier était georgien.

Presque tous les tableaux qui ornaient les murs lambrissés étaient des portraits de famille et Miss Cressett présentait avec eux une ressemblance troublante. Aucun ne semblait de qualité remarquable – les plus belles toiles avaient peut-être été vendues séparément –, mais ils se caractérisaient tous par une individualité marquée et avaient été réalisés avec compétence, et même plus que cela pour certains. Ici, un évêque victorien en manches de batiste regardait le peintre avec une hauteur ecclésiastique démentie par un soupçon d'embarras, comme si le livre sur lequel il avait posé la paume était *De l'origine des espèces*. À côté de lui, un cavalier du dix-septième siècle, la main sur le pommeau de son épée, posait avec une arrogance sans vergogne, tandis qu'au-dessus du manteau de la cheminée, une famille des débuts de l'époque victorienne était réunie devant la maison, la mère aux longues anglaises entourée de ses plus jeunes enfants, l'aîné monté sur un poney, le père à leurs côtés. Et toujours, ces hauts sourcils arqués au-dessus des yeux, ces pommettes dominatrices, la courbe pleine de la lèvre supérieure.

« Vous voici au milieu de vos ancêtres, Miss Cressett, observa Benton. La ressemblance est frappante. »

Ni Dalgliesh ni Kate n'auraient dit une chose pareille ; il était maladroit et, dans certains cas, fort peu judicieux de commencer un interrogatoire par un commentaire personnel et, malgré le silence de Kate, son étonnement n'échappa pas à Benton. Mais il justifia promptement à ses propres yeux une remarque qui avait été spontanée en songeant qu'elle ne serait probablement pas inutile. Ils devaient connaître la femme à qui ils avaient affaire et situer plus précisément son statut au manoir, savoir dans quelle mesure elle dirigeait la maison et quelle influence elle exerçait sur Chandler-Powell et les autres occupants. Sa réaction à ce qu'elle pouvait tenir pour une impertinence bénigne pouvait être révélatrice.

Le regardant bien en face, elle déclama froidement : « *Le trait hérité de tant d'années qui peut* / *par l'inflexion, la voix et l'œil* / *faire fi de la durée* / *impartie à l'être humain – c'est moi ; / L'éternel dans l'Homme / Qui ne fait nul cas de l'inéluctabilité du trépas.* Il n'est pas besoin d'être un policier professionnel pour le remarquer. Aimez-vous Thomas Hardy, inspecteur ?

– J'apprécie le poète plus que le romancier.

– Je vous approuve sur ce point. Sa détermination à faire souffrir ses personnages alors qu'un minimum de bon sens de sa part et de la leur suffirait à l'éviter m'accable. Tess est l'une des jeunes femmes les plus exaspérantes de toute la littérature victorienne. Ne voulez-vous pas vous asseoir ? »

La maîtresse de maison ressurgissait, se rappelant son devoir mais incapable ou peu désireuse de réprimer une nuance de réticence condescendante. Elle leur désigna le canapé et prit place en face d'eux. Kate et Benton s'assirent.

Kate engagea la conversation sans préliminaires : « Le docteur Chandler-Powell vous a présentée comme l'administratrice du manoir. Quelles sont exactement vos attributions ?

– Mes attributions ? C'est un peu difficile à définir. Je suis directrice, administratrice, intendante, secrétaire, et comptable à temps partiel. Je suppose que le terme de directrice générale couvrirait toutes ces fonctions. Mais le docteur Chandler-Powell me présente généralement aux patientes comme administratrice.

– Depuis combien de temps êtes-vous ici ?

– Cela fera six ans le mois prochain.

– Ça n'a pas dû être facile pour vous, remarqua Kate.

– Que voulez-vous dire par là, inspectrice ? »

Le ton de Miss Cressett n'exprimait qu'un intérêt détaché, mais le frémissement de ressentiment, aussitôt réprimé, n'échappa pas à Benton. Il avait déjà observé cette réaction chez des suspects exerçant une certaine autorité, plus habitués à poser des questions qu'à y répondre, préférant ne pas se mettre le responsable de l'interrogatoire à dos et laissant échapper leur mauvaise humeur à l'égard d'un subordonné. Il en fallait davantage pour désarçonner Kate.

Elle répondit : « Revenir dans une aussi belle demeure dont votre famille a été propriétaire pendant des générations, alors que quelqu'un d'autre occupe les lieux. Tout le monde ne serait pas capable de le supporter.

– Personne n'y est obligé. Toutefois, cela mérite peut-être quelques mots d'explication. Ma famille a effectivement été propriétaire du manoir et y a vécu pendant plus de quatre siècles, mais tout a une fin. Le docteur Chandler-Powell adore cette maison et elle est certainement en de meilleures mains qu'entre celles d'autres personnes qui l'ont visitée et qui auraient voulu l'acquérir. Je n'ai pas assassiné une de ses patientes pour l'obliger à fermer la clinique et me venger de lui parce qu'il a acheté la demeure de ma famille ou l'a obtenue à bon compte. Pardonnez ma franchise, mais n'est-ce pas la question que vous vous posez ? »

Il n'est jamais judicieux de réfuter une accusation qui n'a pas encore été portée, surtout de façon aussi brutale, et Helena Cressett se rendit manifestement compte de son erreur dès que les mots eurent franchi ses lèvres. Son animosité n'en était pas moins palpable. Contre qui ou contre quoi elle était dirigée, Benton se le demandait : la présence policière, la profanation de l'aile ouest commise par Chandler-Powell, ou la venue de Rhoda Gradwyn, responsable de l'irruption aussi importune que gênante de la vulgarité d'une enquête policière dans son manoir ancestral ?

« Comment avez-vous obtenu cet emploi ? demanda Kate.

– J'ai postulé. N'est-ce pas la démarche habituelle ? Le docteur Chandler-Powell a passé une petite annonce, et j'ai eu envie de revenir au manoir pour voir ce qui avait changé, en dehors de la construction de la clinique. De formation, je suis historienne de l'art, mais c'était une profession peu compatible avec ma présence ici. Je n'avais pas l'intention de rester longtemps, mais j'ai trouvé le travail intéressant et pour le moment, je ne suis pas pressée de partir. Je suppose que c'est ce que vous vouliez savoir. Mais en quoi mon parcours personnel a-t-il quelque chose à voir avec la mort de Rhoda Gradwyn ?

– Il nous est impossible de trier les informations pertinentes de celles qui ne le sont pas sans poser certaines questions qui peuvent paraître indiscrètes. C'est une situation que nous connaissons bien. Tout ce que nous pouvons espérer, c'est de la coopération et de la compréhension. Une enquête pour homicide n'a rien d'un divertissement mondain.

– Dans ce cas, ne la traitons pas comme telle, inspectrice. »

Son visage pâle aux traits caractéristiques s'empourpra fugitivement, comme sous l'effet d'une éruption bénigne. Ce manque passager de sang-froid la rendit plus humaine et, chose surprenante, plus séduisante. Elle contrôlait ses émotions, mais celles-ci étaient bien présentes. Ce n'était pas, songea Benton, une femme sans passions, mais une femme qui avait appris qu'il était plus sage de les maîtriser.

« Avez-vous eu des contacts avec Miss Gradwyn lors de sa première visite et par la suite ? demanda-t-il.

– Très peu. J'ai fait partie du comité d'accueil et je lui ai montré sa chambre, c'est tout. Nous ne nous sommes presque pas parlé. Mon travail n'est pas directement lié aux patientes. Tout ce qui concerne leurs soins et leur confort est du ressort des deux chirurgiens et de Miss Holland.

– Mais c'est vous qui recrutez et administrez le personnel non médical ?

– Quand il y a un emploi à pourvoir, c'est moi qui m'en occupe. J'ai l'habitude de tenir cette maison. Et en effet, le personnel relève de mon autorité, bien que le terme soit un peu fort pour le rôle que j'exerce. En revanche, lorsque, comme cela arrive occasionnellement, les membres du personnel ont affaire aux patientes, la responsabilité en incombe à Miss Holland. Il y a forcément un certain chevauchement d'attributions, puisque, par exemple, je suis responsable du personnel de cuisine et l'infirmière-chef de la composition des repas servis aux patientes. Mais dans l'ensemble, les choses fonctionnent très bien.

– Est-ce vous qui avez embauché Sharon Bateman ?

– J'ai fait passer une annonce dans plusieurs journaux et elle s'est présentée. À l'époque, elle travaillait dans une résidence pour personnes âgées et avait d'excellentes références. Ce n'est pas moi qui lui ai fait passer son entretien d'embauche car j'étais à Londres à ce moment-là. C'est donc Mrs Frensham, Miss Westhall et Miss Holland qui l'ont vue et l'ont engagée. Je ne crois pas que qui que ce soit ait eu à le regretter.

– Connaissiez-vous ou aviez-vous déjà rencontré Rhoda Gradwyn avant son arrivée ici ?

– Non, mais j'avais entendu parler d'elle, bien sûr, comme probablement tous ceux à qui il arrive de lire des journaux sérieux. Je savais que c'était une journaliste connue et influente. Je n'avais aucune raison d'éprouver de la sympathie pour elle, mais l'hostilité personnelle qu'elle pouvait m'inspirer et qui, en réalité, n'allait pas au-delà d'un certain malaise provoqué par son nom n'était pas suffisante pour me faire souhaiter sa mort. Mon père était le dernier descendant mâle des Cressett et il a perdu presque toute la fortune familiale dans la catastrophe de la Lloyds. Il a été obligé de vendre le manoir et le docteur Chandler-Powell l'a acheté. Peu avant cette vente, Rhoda Gradwyn a signé un petit article dans une revue financière dans lequel elle critiquait les membres de la Lloyds, et citait notamment mon père. Elle laissait entendre que ceux qui avaient joué de malchance n'avaient obtenu que ce qu'ils méritaient. Elle donnait dans son article une brève description du manoir et résumait son histoire – elle avait dû s'inspirer d'un guide touristique parce qu'à notre connaissance, elle n'avait jamais mis les pieds ici. Certains amis de mon père se sont persuadés que cet article l'avait tué. Je n'y ai jamais cru, et eux non plus, sans doute. C'était une réaction outrancière à des commentaires qui, pour être malveillants, n'étaient pas franchement diffamatoires. Mon père souffrait de problèmes cardiaques depuis longtemps et il savait que sa vie ne tenait qu'à un fil. Peut-être la vente du manoir a-t-elle précipité sa fin, mais je doute fort que quoi que ce soit que Rhoda Gradwyn ait pu écrire ou dire l'ait troublé. Après tout, qui était-elle ? Une ambitieuse qui faisait commerce de la souffrance d'autrui. De toute évidence, elle inspirait suffisamment de haine à quelqu'un pour qu'il lui mette les mains autour du cou, mais aucun de ceux qui ont dormi ici la nuit dernière n'est l'auteur de ce geste. Maintenant, si cela ne vous fait rien, je serais heureuse que vous me laissiez seule. Je serai à votre disposition demain, bien sûr, mais j'ai eu suffisamment d'émotions pour aujourd'hui. »

C'était une requête qu'ils ne pouvaient pas ignorer. L'interrogatoire avait duré moins d'une demi-heure. En entendant la porte se refermer derrière eux, Benton se dit, non sans regret, que leur préférence pour la poésie de Thomas Hardy par rapport à ses romans était sans doute, et définitivement, la seule chose qui les rassemblait.

13

Peut-être parce que l'interrogatoire collectif dans la bibliothèque était un souvenir tout récent et peu plaisant, les suspects, comme par un accord tacite, s'abstinrent d'évoquer ouvertement le meurtre, mais Lettie savait qu'ils en discutaient entre eux : elle-même et Helena, les Bostock à la cuisine qu'ils avaient toujours considérée comme leur foyer et qui, à leurs yeux, était devenue un refuge et, sans doute, les Westhall à Stone Cottage. Seules Flavia et Sharon semblaient se tenir à distance et garder le silence, Flavia vaquant à Dieu sait quelles tâches au bloc opératoire, tandis que Sharon était apparemment en pleine régression, endossant le rôle de l'adolescente monosyllabique et maussade. Mog passait de l'un à l'autre, distribuant des bribes de ragots et d'hypothèses comme des aumônes dans des mains tendues. Sans qu'ils se soient réunis officiellement pour élaborer une stratégie, Lettie avait l'impression qu'une théorie commune se dessinait, que seuls les plus sceptiques ne jugeaient pas convaincante, et ils préféraient se tenir cois.

L'assassinat avait de toute évidence été commis par quelqu'un d'étranger au manoir et c'était Rhoda Gradwyn elle-même qui avait introduit son assassin dans la place, au jour et à l'heure qu'elle avait probablement fixés avant son départ de Londres. Voilà pourquoi elle tenait tant à éviter les visites. Après tout, c'était une journaliste d'investigation connue. Elle avait très bien pu se faire des ennemis. La voiture que Mog avait aperçue était sûrement celle de son assassin et la lumière que Mrs Skeffington avait remarquée près des pierres était celle de la torche électrique qu'il agitait. Il était plus difficile d'expliquer la porte verrouillée le lendemain matin, mais l'assassin pouvait avoir poussé le verrou lui-même après son crime et s'être caché dans le manoir en attendant que la porte soit déverrouillée le lendemain matin par Chandler-Powell. Après tout, la fouille du manoir avait été très superficielle avant l'arrivée de la police. Quelqu'un était-il allé voir dans les quatre suites vides de l'aile ouest ? Et les placards suffisamment vastes pour contenir un homme ne manquaient pas. Un intrus aurait fort bien pu passer inaperçu, sortir discrètement par la porte ouest et emprunter l'allée des tilleuls pour prendre la clé des champs, pendant que tous les membres de la maisonnée étaient enfermés dans la bibliothèque, qui donnait au nord, où le commandant Dalgliesh les interrogeait. Si le policier avait été moins obnubilé par les occupants de la maison, le tueur serait peut-être déjà sous les verrous.

Lettie ne se rappelait pas qui avait, le premier, prononcé le nom de Robin Boyton comme celui d'un autre suspect possible. Mais une fois lancée, l'idée s'était diffusée comme par osmose. N'était-il pas venu à Stoke Cheverell pour rendre visite à Rhoda Gradwyn, n'avait-il pas désespérément, et vainement, cherché à la voir ? Le crime n'était sans doute pas prémédité. Miss Gradwyn était tout à fait capable de marcher après l'opération. Elle l'avait laissé entrer, ils s'étaient disputés et il avait perdu son sang-froid. Il est vrai que la voiture garée près des pierres n'était pas la sienne, mais elle n'avait peut-être rien à voir avec cette affaire. La police recher-cherait son propriétaire. Personne n'allait jusqu'à dire ce que tous pensaient : si elle ne le retrouvait pas, ce serait tant mieux. Même si l'automobiliste s'avérait être un voyageur fatigué qui s'était prudemment arrêté pour faire un petit somme, la théorie de l'intrus extérieur tenait bon.

À l'heure du dîner, Lettie sentit que les spécula-tions commençaient à s'épuiser. La journée avait été longue et éprouvante, et tous aspiraient à un moment de paix. Visiblement, ils avaient aussi envie de solitude. Chandler-Powell et Flavia annoncèrent à Dean qu'ils souhaitaient dîner dans leurs appar-tements. Les Westhall partirent pour Stone Cottage et Helena invita Lettie à partager une omelette aux fines herbes et une salade qu'elle préparerait dans sa petite cuisine privée. Après le repas, elles firent la vaisselle ensemble, puis s'installèrent devant un feu de bois pour écouter un concert que diffusait Radio Classique à la lumière tamisée d'une unique lampe. Ni l'une ni l'autre n'évoqua la mort de Rhoda Gradwyn.

Vers onze heures, le feu était en train de s'éteindre. Une fragile flamme bleue léchait la der-nière bûche qui se désagrégeait en cendres grises. Helena tourna le bouton de la radio et elles restè-rent assises en silence. Puis elle prit la parole : « Let-tie, pourquoi as-tu quitté le manoir, quand j'avais treize ans ? Était-ce à cause de papa ? J'ai toujours pensé que c'était le cas et que vous étiez amants. »

Lettie répondit avec calme : « Tu as toujours été trop mûre pour ton âge. Nous commencions à nous attacher excessivement l'un à l'autre, à être trop fusionnels. Il valait mieux que je m'éloigne. Et tu avais besoin de fréquenter d'autres filles de ton âge, d'avoir une éducation plus approfondie.

– Peut-être. Cette affreuse école. Étiez-vous amants, papa et toi ? Est-ce que vous couchiez ensemble ? C'est une vilaine expression, mais les autres seraient encore plus crues.

– Une seule fois. Voilà pourquoi j'ai su qu'il fallait mettre fin à cette relation.

– À cause de maman ?

– À cause de nous tous.

– Autrement dit, ça a été *Brève Rencontre* sans gare ?

– Si tu veux.

– Pauvre maman ! Toutes ces années de médecins et d'infirmières. Au bout d'un moment, on aurait dit que ses problèmes pulmonaires n'étaient plus une maladie, mais une partie d'elle-même. Elle ne m'a pas vraiment manqué quand elle est morte. Elle n'avait jamais été vraiment là. Je me rappelle qu'on m'a fait revenir de l'école. Je suis arrivée trop tard. J'ai été plutôt soulagée de n'avoir pas été là à temps. Mais cette chambre vide, c'était horrible. Je déteste encore cette chambre.

– À mon tour de te poser une question, Helena : pourquoi as-tu épousé Guy Haverland ?

– Parce qu'il était drôle, intelligent, charmant et très riche. Mais j'ai tout de suite su que ça ne durerait pas. C'est pour ça que nous nous sommes mariés à Londres, à la mairie. Les promesses semblaient moins solennelles qu'à l'église. Guy était incapable de résister à une jolie femme et il n'y avait aucune raison que ça change. Nous avons tout de même passé trois années merveilleuses ensemble et

il m'a appris énormément de choses. Je ne regrette-
rai jamais cette période de ma vie. »

Lettie se leva. « Il est temps d'aller se coucher,
dit-elle. Merci pour le dîner et bonsoir, mon petit. »
Elle partit.

Helena s'approcha de la fenêtre et écarta les
rideaux. L'aile ouest était plongée dans les ténèbres,
forme oblongue éclairée par la lune. Était-ce, se
demanda-t-elle, cette mort violente qui l'avait incitée à se confier, à poser des questions restées en suspens depuis tant d'années ? Elle s'interrogea sur
Lettie et sur son mariage. Il était resté sans enfants
et elle se doutait bien que cela avait été une souffrance. Ce pasteur qu'elle avait épousé était-il de
ceux qui tenaient encore la sexualité pour une chose
indécente et considéraient leurs épouses et toutes les
femmes vertueuses comme des Madones ? Les révélations de ce soir n'étaient-elles qu'un succédané de
la question qu'elles avaient à l'esprit l'une comme
l'autre et qu'aucune n'avait osé poser ?

14

Avant dix-neuf heures trente, Dalgliesh n'avait guère eu le temps d'inspecter son logis temporaire ni de s'y installer. La police locale avait été serviable et efficace, la ligne téléphonique avait été vérifiée, un ordinateur mis en place et un grand panneau de liège fixé au mur pour les documents que Dalgliesh pourrait avoir à y punaiser. On avait également pensé à son confort, et bien que le cottage de pierre dégageât la légère odeur de moisi d'une maison restée inoccupée pendant plusieurs mois, un feu de bois avait été préparé et flambait dans l'âtre. Le lit avait été fait, et un radiateur électrique branché à l'étage. Il constata que, sans être moderne, la douche fournissait de l'eau très chaude et que le réfrigérateur avait été rempli de provisions suffisantes pour trois jours au moins, dont une cocotte de ragoût d'agneau manifestement fait maison. Il y avait aussi des canettes de bière et quatre bouteilles, deux de vin rouge, deux de blanc, parfaitement buvables.

À vingt et une heures, il s'était douché et changé, il avait réchauffé et mangé le ragoût d'agneau. Une note trouvée sous la cocotte expliquait qu'il avait été préparé par Mrs Warren, une information qui confirma Dalgliesh dans l'idée que l'affectation temporaire de son mari à l'Unité était une aubaine. Il déboucha une bouteille de vin rouge et la posa avec trois verres sur une table basse, devant le feu. Après avoir tiré les rideaux ornés de motifs gais pour tenir la nuit à distance, il se trouva, comme cela lui arrivait parfois lorsqu'il travaillait sur une affaire, confortablement installé pour quelques instants de solitude. Depuis l'enfance, il avait besoin de passer au moins une partie de la journée complètement seul. C'était pour lui une nécessité aussi vitale que la nourriture et la lumière. Après ce bref répit, il sortit son petit calepin et entreprit de relire les interrogatoires de la journée. Depuis le temps où il était simple inspecteur de police, il consignait dans un carnet personnel les paroles et expressions marquantes qui avaient le pouvoir de lui rappeler sur-le-champ une personne, un aveu imprudent, une bribe de dialogue, un échange de regards. Grâce à ce support, sa mémoire était presque infaillible. Dès qu'il aurait achevé cette récapitulation privée, il appellerait Kate et la prierait de le rejoindre avec Benton. Ils discuteraient alors des progrès accomplis dans la journée et il définirait le programme du lendemain.

Les interrogatoires n'avaient pas apporté grand-chose de nouveau aux témoignages précédents. Bien que le docteur Chandler-Powell ait cherché à la rassurer en lui disant qu'elle avait bien agi, Kimberley était visiblement embarrassée et essayait de se persuader qu'après tout, elle avait pu se tromper. Seule dans la bibliothèque avec Dalgliesh et Kate, elle n'avait cessé de jeter des regards furtifs en direction de la porte, comme si elle espérait voir entrer son mari ou redoutait l'arrivée du docteur Chandler-Powell. Dalgliesh et Kate avaient fait preuve d'une grande patience avec elle. Quand ils lui avaient demandé si elle avait été certaine, sur le moment, d'entendre les voix du chirurgien et de l'infirmière-chef, son visage s'était crispé dans une parodie de réflexion angoissée.

« J'ai pensé que c'était le docteur Chandler-Powell et Miss Holland, forcément, n'est-ce pas ? Je ne pouvais pas imaginer que ce soit quelqu'un d'autre. On aurait bien dit que c'était eux, sinon je n'aurais pas pensé que c'était eux, vous ne croyez pas ? Mais je ne me rappelle pas ce qu'ils disaient. J'ai eu l'impression qu'ils se disputaient. J'ai à peine entrouvert la porte du salon et ils n'y étaient pas, alors peut-être qu'ils étaient dans la chambre. Mais évidemment, ils auraient pu être dans le salon sans que je les voie. Et j'ai entendu qu'ils parlaient fort, mais peut-être qu'ils bavardaient, c'est tout. Il était très tard… »

Sa voix s'était brisée. Comme Mrs Skeffington, si elle devait témoigner en justice, Kimberley serait un vrai cadeau pour la défense. Quand ils lui demandèrent ce qui s'était passé ensuite, Kimberley affirma qu'elle avait rejoint Dean qui l'attendait devant le salon de Mrs Skeffington et qu'elle le lui avait dit.

« Dit quoi ?

– Que j'avais l'impression d'avoir entendu Miss Holland se disputer avec le docteur Chandler-Powell.

– Et c'est pour ça que vous n'avez pas prévenu l'infirmière-chef que vous aviez monté du thé à Mrs Skeffington ?

– Ça s'est passé comme je vous l'ai dit dans la bibliothèque, commandant. Nous avons pensé tous les deux que Miss Holland ne serait pas contente qu'on la dérange et qu'après tout, cela n'avait pas beaucoup d'importance puisque Mrs Skeffington n'avait pas été opérée. De toute façon, Mrs Skeffington allait bien. Elle n'avait pas demandé l'infirmière et si elle voulait la voir, elle n'avait qu'à sonner. »

Le témoignage de Kimberley avait été confirmé par Dean. Il avait l'air encore plus bouleversé que sa femme. Il n'avait pas remarqué si la porte donnant sur l'allée de tilleuls était verrouillée ou non quand ils avaient monté le plateau, Kimberley et lui, mais il mettait sa main à couper qu'elle était déverrouillée à leur retour. Il l'avait remarqué en passant devant. Il répéta qu'il n'avait pas poussé le verrou parce qu'il était possible que quelqu'un soit sorti faire une promenade tardive et que de toute façon, ce n'était pas à lui de le faire. Ils avaient été les premiers levés, Kimberley et lui, et avaient pris leur thé ensemble à la cuisine à six heures du matin. Il était allé vérifier la porte ensuite et avait constaté qu'elle était verrouillée. Cela ne l'avait pas surpris ; le docteur Chandler-Powell la déverrouillait rarement avant neuf heures du matin pendant les mois d'hiver. Il n'avait pas parlé à Kimberley de cette histoire de verrou sur le moment, pour ne pas l'inquiéter. Lui-même ne s'en faisait pas, puisqu'il y avait les deux serrures de sécurité. Il était incapable d'expliquer pourquoi il n'était pas retourné plus tard vérifier le verrou, se contentant de répéter que la sécurité n'était pas de son ressort.

Chandler-Powell était resté aussi calme qu'à l'arrivée de l'Unité. Dalgliesh admirait le stoïcisme avec lequel il ne pouvait qu'envisager la disparition de sa clinique, et peut-être d'une grande partie de sa clientèle privée. À la fin de l'interrogatoire qui s'était tenu dans son bureau, Kate fit remarquer : « Personne ici, à l'exception de Mr Boyton, ne prétend avoir connu Miss Gradwyn avant son arrivée au manoir. Mais en un sens, elle n'est pas la seule victime de ce crime. Sa mort affectera inévitablement le fonctionnement de votre établissement. Voyez-vous quelqu'un qui aurait intérêt à vous nuire ? »

Chandler-Powell avait répondu : « Tout ce que je peux vous dire, c'est que j'ai une entière confiance en tous ceux qui travaillent ici. Et je trouve franchement tiré par les cheveux d'imaginer qu'on ait pu assassiner Rhoda Gradwyn pour me nuire. C'est une curieuse idée. »

Dalgliesh avait résisté à l'envie de répliquer que la mort de Miss Gradwyn n'était pas moins curieuse. Chandler-Powell confirma qu'il s'était bien trouvé avec Miss Holland dans l'appartement de celle-ci entre vingt-trois heures passées et une heure du matin. Aucun d'eux n'avait vu ni entendu quoi que ce soit d'insolite. Il avait à débattre d'un certain nombre de questions médicales avec Miss Holland, mais elles étaient confidentielles et n'avaient rien à voir avec Miss Gradwyn. Son témoignage avait été corroboré par l'infirmière-chef et de toute évidence, ni l'un ni l'autre n'avait l'intention d'en dire davantage pour le moment. Le secret médical était une excuse commode, mais valable, pour se réfugier dans le silence.

Il s'était rendu avec Kate à Stone Cottage pour interroger les Westhall. Ils ne se ressemblaient pas beaucoup pour des frère et sœur ; leurs différences étaient encore accentuées par la beauté juvénile, bien que conventionnelle, de Marcus Westhall et par sa fragilité, qui contrastait avec la charpente solide et vigoureuse, les traits dominateurs et le visage ridé de sa sœur. Marcus Westhall n'avait pas dit grand-chose, sinon pour confirmer qu'il avait dîné à Chelsea, chez un collègue chirurgien, Matthew Greenfield, dont il devait rejoindre l'équipe pour passer un an en Afrique. Il avait été invité à rester pour la nuit et se proposait de faire ses courses de Noël le lendemain à Londres, mais sa voiture lui avait donné quelques inquiétudes et il avait jugé plus prudent de reprendre la route dès vingt heures quinze, immédiatement après un dîner qu'ils avaient pris de bonne heure, pour pouvoir la confier à son garagiste local le lendemain matin. Il ne l'avait pas encore fait parce que l'assassinat avait chassé toute autre préoccupation de son esprit. La circulation était fluide, mais il avait roulé lentement et n'était arrivé que vers minuit et demi. Il n'avait vu personne sur la route et tout était éteint au manoir. Stone Cottage était également plongé dans l'obscurité et il avait cru sa sœur endormie, mais quand il avait rangé sa voiture, une lampe s'était allumée dans sa chambre ; il avait donc frappé à sa porte, l'avait entrouverte et lui avait dit bonsoir avant d'aller se coucher. Sa sœur lui avait paru parfaitement normale bien qu'un peu endormie et lui avait proposé de discuter de son dîner et de ses projets africains le lendemain. L'alibi serait difficile à réfuter à moins que Robin Boyton n'ait entendu la voiture arriver et n'indique une heure différente quand il serait interrogé. On pourrait inspecter le véhicule, mais même s'il fonctionnait correctement, rien n'empêcherait Westhall de prétendre qu'il avait entendu des bruits inquiétants et avait préféré ne pas risquer d'être coincé à Londres.

Candace Westhall déclara avoir effectivement été réveillée par la voiture qui rentrait et avoir échangé quelques mots avec son frère ; mais elle était incapable de préciser l'heure de son retour, car elle n'avait pas regardé le réveil posé sur sa table de chevet. Elle s'était rendormie immédiatement. Dalgliesh n'eut aucun mal à se remémorer ce qu'elle avait dit à la fin de l'interrogatoire. Il avait toujours eu une excellente mémoire auditive et un simple regard à ses notes suffit à faire ressurgir des paroles précises.

« Je suis probablement la seule de la maison à avoir exprimé de l'hostilité à l'égard de Rhoda Gradwyn. J'ai fait clairement savoir au docteur Chandler-Powell qu'il me paraissait peu souhaitable de recevoir au manoir une journaliste de sa réputation. Les patientes qui viennent ici recherchent non seulement l'intimité, mais une discrétion absolue. Or les femmes comme Gradwyn sont constamment à l'affût de sujets d'articles, scandaleux si possible, et je suis sûre que nous aurions eu à en pâtir. Elle pouvait fort bien se répandre en diatribes contre la médecine privée ou critiquer un brillant chirurgien qui galvaude son talent pour réaliser des interventions d'intérêt purement esthétique. Les femmes comme elles savent tirer parti de toutes les expériences. Elle espérait sans doute se rembourser ainsi des frais d'opération. Et je ne pense pas que l'incohérence d'une telle attitude, dans la mesure où elle était elle-même hospitalisée ici, l'ait arrêtée. Le contenu de notre presse populaire a tendance à m'écœurer et j'ai probablement transféré cette répulsion sur Gradwyn. Toujours est-il que je ne l'ai pas tuée, et j'ignore qui l'a fait. Je n'aurais certainement pas exprimé aussi franchement mon aversion pour tout ce qu'elle représentait si j'avais eu l'intention de l'assassiner. Sa mort ne me chagrine pas ; prétendre le contraire serait ridicule. Après tout, c'était une étrangère. Mais j'en veux beaucoup à son assassin pour le tort qu'il va causer au travail qui s'accomplit ici. Je suppose que la mort de Gradwyn justifie ma méfiance. Le jour où elle est arrivée ici pour se faire opérer a été un jour funeste pour tous les occupants du manoir. »

Mogworthy, dont le ton et le comportement n'avaient cessé de frôler ce qu'on pourrait raisonnablement qualifier de mutisme insolent, confirma avoir aperçu une voiture de couleur foncée garée près des pierres ; mais il n'avait rien vu d'autre concernant le véhicule ou ses occupants. Néanmoins, lorsqu'elle avait reçu la visite de Benton et de l'inspecteur Warren, Mrs Ada Denton, une femme d'une jeunesse inattendue, aux rondeurs avenantes, avait confirmé que Mr Mogworthy était venu manger du haddock et des frites chez elle comme presque tous les vendredis soir et qu'il était reparti à bicyclette pour rentrer chez lui un peu après onze heures et demie. Elle estimait que le monde allait bien mal si une femme respectable ne pouvait pas partager un fish and chips avec son ami, un gentleman, sans que la police vienne l'importuner, un commentaire plus destiné, selon l'inspecteur Warren, à l'usage ultérieur de Mogworthy qu'à exprimer un mécontentement sincère. Le sourire qu'elle adressa à Benton lorsqu'ils prirent congé révélait clairement qu'il était exclu de cette critique.

Il était temps de convoquer Kate et Benton. Dalgliesh disposa de nouvelles bûches dans la cheminée et tendit la main vers son portable.

15

À vingt et une heures trente, Kate et Benton se trouvaient à Wisteria House. Ils avaient pris une douche, s'étaient changés et avaient savouré le dîner que leur avait servi Mrs Shepherd dans la salle à manger. Ils aimaient l'un comme l'autre quitter leur tenue de travail avant de rejoindre Dalgliesh en fin de journée, pour qu'il leur livre son résumé de l'enquête et définisse le programme des vingt-quatre heures à venir. C'était une routine familière qu'ils attendaient impatiemment, avec plus de confiance en soi toutefois de la part de Kate que de Benton. Ce dernier savait qu'AD était satisfait de lui – s'il en était allé autrement, il n'aurait déjà plus fait partie de l'équipe –, mais admettait qu'il lui arrivait de faire preuve d'un enthousiasme excessif en exprimant des opinions qui n'auraient pas résisté à une réflexion plus approfondie. Ses efforts pour réfréner cette tendance entravaient sa spontanéité, si bien que le rapport du soir, toujours une partie exaltante et importante de l'enquête, s'accompagnait immanquablement d'une légère inquiétude.

Depuis leur arrivée à Wisteria House, Kate et lui n'avaient pas beaucoup vu leurs hôtes. Ils n'avaient eu que le temps de se présenter rapidement avant de déposer leurs bagages dans l'entrée et de retourner au manoir. Une carte de visite blanche, portant l'adresse et les noms de Claude et Caroline Shepherd, leur avait été remise. Les initiales RSF signifiaient, leur expliqua Mrs Shepherd, que le repas du soir était facultatif mais qu'ils pouvaient parfaitement dîner là s'ils le souhaitaient. Cette mise au point avait déclenché dans l'esprit de Benton un enchaînement fascinant d'initiales plus ésotériques les unes que les autres : BCF – Bains Chauds Facultatifs ou Beurre et Confiture Facultatifs, BBF – Bouillottes Brûlantes Facultatives. Kate n'avait consacré qu'une minute à rappeler la consigne déjà transmise par l'inspecteur principal Whetstone sur la discrétion qui devait entourer leur arrivée. Elle l'avait fait avec tact. Un regard aux visages intelligents et sérieux des Shepherd avait suffi à Kate et Benton pour comprendre qu'il serait inutile, voire désobligeant, de leur rappeler une promesse qu'ils avaient déjà donnée.

Mr Shepherd l'avait rassurée : « Nous ne risquons pas de bavarder, inspectrice. Les gens du village sont polis et ne sont absolument pas hostiles, mais ils se méfient toujours des nouveaux venus. Cela ne fait que neuf ans que nous sommes ici, et à leurs yeux, c'est comme si nous venions d'arriver. Nous ne les voyons pas beaucoup. Nous ne fréquentons ni le pub ni l'église. » Cette dernière déclaration trahissait tout le contentement de celui qui a résisté à la tentation de céder à une dangereuse habitude.

Les Shepherd étaient, songea Kate, de curieux propriétaires de Bed and Breakfast. L'expérience qu'elle avait de ces lieux de halte fort utiles lui avait fait repérer un certain nombre de points communs à ceux qui les tenaient. Elle les avait trouvés aimables, parfois sociables, enchantés de voir de nouvelles têtes, fiers de leur maison, prêts à fournir de précieuses informations sur la région et sur ses agréments, et – malgré toutes les récentes mises en garde contre le cholestérol – dispensateurs impénitents de petits déjeuners anglais complets de premier ordre. Leurs hôtes étaient indéniablement plus âgés que la plupart de ceux qui s'attelaient à la lourde tâche de pourvoir aux besoins d'une succession de visiteurs. Ils étaient grands, l'un comme l'autre, Mrs Shepherd plus encore que son mari, et avaient peut-être l'air plus vieux qu'ils ne l'étaient. Leurs yeux doux mais las étaient vifs, leur poignée de main ferme, et leurs mouvements ne trahissaient rien de la raideur du grand âge. Mr Shepherd, avec son épaisse chevelure blanche coupée en frange au-dessus de lunettes à monture métallique, ressemblait à une version bienveillante de l'autoportrait de Stanley Spencer. Les cheveux de son épouse, moins épais et désormais gris acier, étaient tordus en une longue natte mince et retenus par deux peignes au sommet de la tête. Le ton de leur voix était étonnamment similaire, avec ces inflexions involontaires qui révélaient clairement leur appartenance à la haute société et qui peuvent être tellement exaspérantes pour ceux qui ne les possèdent pas. Cette élocution, songea Kate, aurait suffi à les écarter de toute possibilité d'emploi à la BBC et même de carrière politique, en admettant, chose peu probable, que l'une ou l'autre de ces options les eût attirés.

La chambre de Kate contenait tout ce qui était nécessaire à une nuit confortable, sans rien de superflu. Elle devina que celle de Benton, à côté de la sienne, était probablement identique. Deux lits jumeaux étaient recouverts de courtepointes blanches immaculées, les lampes de chevet étaient modernes afin de faciliter la lecture et il y avait une commode à deux tiroirs et une petite penderie équipée de cintres de bois. La salle de bains ne possédait pas de baignoire mais une douche, en parfait état de fonctionnement comme elle put s'en assurer en tournant les robinets. Le savon n'était pas parfumé, ce qui ne l'empêchait pas d'être luxueux, et en ouvrant le placard, elle vit qu'il contenait les articles indispensables que certains visiteurs auraient pu oublier chez eux : une brosse à dents sous cellophane, du dentifrice, du shampooing et du gel douche. Kate, qui se levait tôt, regretta l'absence de bouilloire et de l'équipement nécessaire pour préparer du thé, mais un panonceau posé sur la commode l'informa que du thé pouvait lui être apporté sur simple demande entre six et neuf heures ; les journaux, en revanche, ne seraient pas disponibles avant huit heures trente.

Elle retira son chemisier pour en mettre un autre, fraîchement repassé, enfila un pull en cachemire et, attrapant sa veste, rejoignit Benton dans l'entrée.

Une obscurité impénétrable et déconcertante les attendait dehors. La lampe de poche de Benton, dont le faisceau était puissant comme celui d'un phare miniature, transformait les pavés et le sentier en autant de périls troublants, et déformait les buissons et les arbres. Lorsque les yeux de Kate s'habituèrent aux ténèbres, une à une, les étoiles se dessinèrent contre les nuages noirs et blancs figés, à travers lesquels une demi-lune disparaissait et réapparaissait gracieusement, décolorant la route étroite et rendant la nuit mystérieusement iridescente. Ils marchaient en silence, leurs pas aussi sonores sur le goudron que s'ils avaient porté des chaussures cloutées, envahisseurs résolus et menaçants, créatures étrangères troublant la paix nocturne. Sauf, songea Kate, que la paix ne régnait pas. Malgré le calme, elle entendait des frôlements furtifs dans les herbes et, de temps en temps, un cri lointain, presque humain. L'inexorable ballet de ceux qui tuent et sont tués se dansait à l'abri des ténèbres. Rhoda Gradwyn n'était pas la seule créature vivante à avoir trouvé la mort en cette nuit de vendredi.

Une cinquantaine de mètres plus loin, ils passèrent devant le cottage des Westhall ; une lumière brillait à une fenêtre de l'étage, deux à celles du rez-de-chaussée. Quelques mètres plus loin sur la gauche, ils repérèrent le parking, la remise sombre et, au-delà, ils distinguèrent très vaguement le cercle des pierres de Cheverell, des formes presque imaginées avant que les nuages ne s'écartent et qu'elles se dressent, pâles et chimériques, blanchies par la lune, semblant flotter au-dessus des champs noirs et inhospitaliers.

Ils étaient arrivés à l'ancien cottage de la police ; deux fenêtres du rez-de-chaussée étaient éclairées. Tandis qu'ils approchaient, Dalgliesh ouvrit la porte, et il leur parut un instant presque étranger en pantalon, chemise à carreaux à col ouvert et pull-over. Un feu de bois brûlait, parfumant l'atmosphère où régnait encore un léger arôme appétissant. Dalgliesh avait rapproché de la cheminée trois confortables fauteuils bas, séparés par une table basse de chêne. Dessus, une bouteille de vin rouge ouverte, trois verres et un plan du manoir. Kate en fut toute ragaillardie. Cette routine de fin de journée lui donnait l'impression de rentrer chez elle. Quand le temps serait venu d'accepter l'avancement qui s'accompagnerait inévitablement d'une nouvelle affectation, elle regretterait ces moments-là. Il y était question de mort et de meurtre, parfois sous leur visage le plus atroce, mais dans son souvenir, ces séances de fin de journée recelaient la chaleur et la sécurité, le sentiment d'être appréciée qui lui avaient tant manqué dans son enfance. Devant la fenêtre, un bureau servait de support à l'ordinateur portable de Dalgliesh, à un téléphone et à une épaisse pile de papiers, tandis qu'un porte-documents bourré était appuyé contre le pied de la table. Il avait apporté un supplément de travail. Elle se dit : *Il a l'air fatigué. Comme si ça ne suffisait pas. Ça fait des semaines qu'il est surmené,* et éprouva une émotion soudaine qu'elle ne pourrait, elle le savait, jamais exprimer.

Ils prirent place autour de la table. Se tournant vers Kate, Dalgliesh demanda : « Vous êtes bien installés au Bed and Breafast ? Vous avez dîné ?

– Tout est parfait, merci, commandant. Mrs Shepherd nous a gâtés. Une soupe maison, une tourte de poisson et… qu'est-ce que c'était que ce dessert, Benton ? Vous vous y connaissez mieux que moi.

– Une Reine des puddings.

– L'inspecteur principal Whetstone s'est entendu avec les Shepherd pour qu'ils ne reçoivent personne d'autre pendant votre séjour, dit Dalgliesh. Il faudra les dédommager du manque à gagner, mais j'imagine que cela a été prévu. La police locale s'est montrée remarquablement coopérative. La situation n'était pourtant pas facile. »

Benton intervint : « Cela ne devrait pas gêner beaucoup les Shepherd. Mrs Shepherd m'a dit qu'ils n'avaient pas de réservations et n'en attendaient pas. De toute façon, ils n'ont que nos deux chambres. Ils ont du monde au printemps et en été,

302

surtout des habitués. De plus, ils sont difficiles. S'ils voient arriver des gens dont l'allure ne leur plaît pas, ils affichent immédiatement un panneau *Complet* à la fenêtre.

– Et quels sont les gens dont ils n'aiment pas l'allure ? demanda Kate.

– Ceux qui ont de grosses voitures de luxe, ceux qui demandent à voir les chambres avant de réserver. Ils ne refusent jamais les femmes seules ou les gens sans voiture qui cherchent désespérément un point de chute en fin de journée. Leur petit-fils vient passer le week-end chez eux, mais il loge dans une annexe, au fond du jardin. L'inspecteur principal Whetstone est au courant de sa visite. Le garçon ne dira rien. Ils aiment beaucoup leur petit-fils, mais se passeraient volontiers de sa moto.

– Comment savez-vous tout cela ? s'étonna Kate.

– Mrs Shepherd me l'a dit en me montrant ma chambre. »

Kate ne fit aucun commentaire sur l'incroyable aptitude de Benton à obtenir des informations sans avoir à les demander. Manifestement, Mrs Shepherd était aussi sensible au charme d'un jeune homme séduisant et respectueux que la plupart des représentantes de son sexe.

Dalgliesh servit le vin avant d'étaler le plan du manoir sur la table. « Revoyons ensemble la disposition de la maison pour que tout soit bien clair, proposa-t-il. Comme vous le voyez, elle est en forme de H, elle est orientée au sud et possède deux ailes, l'une à l'ouest, l'autre à l'est. Le vestibule, la grande salle, la salle à manger, la bibliothèque et le bureau sont situés dans le corps principal du bâtiment, tout comme la cuisine. Les Bostock occupent deux pièces au-dessus de celle-ci, et la chambre de Sharon Bateman est à côté de leur appartement. L'aile ouest a été aménagée en clinique. Le rez-de-chaussée comprend le bloc opératoire, qui regroupe la salle d'opération avec une salle d'anesthésie à côté, la salle de réveil, le poste des infirmières, une réserve, des douches et un vestiaire tout au fond. L'ascenseur, assez vaste pour contenir une civière, rejoint le deuxième étage où se trouve l'appartement de Miss Holland, l'infirmière-chef, avec salon, chambre et salle de bains, à côté des suites des patientes, la première étant occupée par Mrs Skeffington. De ce côté du couloir viennent ensuite celle de Rhoda Gradwyn et la suite libre du fond. Les fenêtres de ces suites donnent sur l'allée de tilleuls qui mène aux pierres de Cheverell, tandis que celles des trois suites orientées à l'est surplombent le jardin de topiaires. Dans l'aile est, le docteur Chandler-Powell est logé au premier étage, Miss Cressett et Mrs Frensham résident au rez-de-chaussée, les chambres du deuxième étage servant occasionnellement à héberger du personnel médical et infirmier auxiliaire lorsqu'il doit passer la nuit sur place. »

Il s'interrompit et regarda Kate qui prit le relais.

« Nous sommes en présence, et c'est bien le problème, d'un groupe de sept personnes logées dans le manoir, qui ont toutes eu la possibilité de tuer Miss Gradwyn. Tout le monde savait où elle dormait, tout le monde savait que la dernière suite de son couloir était inoccupée et offrait une cachette possible. Tout le monde savait aussi où se rangent les gants de latex et tous pouvaient avoir obtenu des clés de la porte ouest. Bien que les Westhall ne logent pas sur place, ils savaient, eux aussi, où se trouvait la chambre de Gradwyn et avaient les clés de la porte d'entrée et de la porte donnant sur l'allée de tilleuls. Si Marcus Westhall n'est pas rentré à Stone Cottage avant minuit et demi, il est probablement hors de cause, mais il n'a pas fourni de témoin. Il peut très bien être rentré plus tôt. La raison qu'il invoque pour justifier son retour prématuré n'est d'ailleurs pas très convaincante. S'il craignait une panne, n'aurait-il pas été plus raisonnable de rester à Londres et de faire réparer sa voiture sur place au lieu de risquer de rester en rade sur l'autoroute ? Il y a aussi Robin Boyton. Il ne savait sans doute pas où dormait Miss Gradwyn et n'avait probablement pas de clé de la maison, mais c'est le seul qui connaissait personnellement la victime et il admet n'avoir réservé Rose Cottage qu'en raison de la présence de Miss Gradwyn. Le docteur Chandler-Powell est sûr d'avoir verrouillé la porte donnant sur l'allée de tilleuls à onze heures précises. Si le crime a été commis par quelqu'un d'extérieur, par un étranger au manoir, il aura fallu qu'un membre de la maisonnée le fasse entrer, lui indique où se trouvait sa victime, lui fournisse des gants, le refasse sortir ensuite et verrouille la porte derrière lui. Il y a une forte probabilité pour que le coupable appartienne à la maison, ce qui donne une importance toute particulière au mobile.

– En règle générale, il n'est pas judicieux de se concentrer trop tôt ou trop exclusivement sur le mobile, fit remarquer Dalgliesh. Les gens tuent pour les raisons les plus diverses, et l'assassin lui-même en ignore parfois certaines. D'autre part, il ne faut pas oublier que Rhoda Gradwyn n'a peut-être pas été la seule victime. Ce crime était-il dirigé, par exemple, contre Chandler-Powell ? L'assassin voulait-il se débarrasser de la clinique, ou avait-il un double mobile, se débarrasser de Gradwyn et ruiner Chandler-Powell ? On a peine à imaginer moyen de dissuasion plus efficace que l'assassinat brutal et inexpliqué d'une patiente. Chandler-Powell trouve ce mobile farfelu, mais il faut le garder à l'esprit.

– En tout cas, Mrs Skeffington ne reviendra pas, approuva Benton. Peut-être n'est-il pas judicieux de se concentrer exagérément et prématurément sur le mobile, mais j'imagine mal Chandler-Powell ou Miss Holland tuer une patiente. Le docteur avait apparemment fait du bon travail sur cette cicatrice. C'est son métier. Un homme doté de raison détruirait-il son propre travail ? Je ne vois pas très bien non plus les Bostock en assassins. Ils semblent avoir trouvé ici une place en or. Dean Bostock serait-il prêt à lâcher un aussi bon emploi ? Il nous reste donc Candace Westhall, Mogworthy, Miss Cressett, Mrs Frensham, Sharon Bateman et Robin Boyton. À notre connaissance, aucun n'avait de raison d'assassiner Gradwyn. »

Benton s'interrompit et regarda autour de lui, un peu embarrassé, se dit Kate, à l'idée d'avoir poursuivi sur une voie sur laquelle Dalgliesh n'avait peut-être pas voulu s'engager.

Sans commenter ce qui venait d'être dit, Dalgliesh déclara : « Bien, passons en revue ce que nous avons appris jusqu'à présent. Nous laisserons le mobile de côté pour le moment. Benton, voulez-vous commencer ? »

Kate savait que son patron demandait toujours au plus jeune membre de l'équipe d'ouvrir le débat. Le silence de Benton pendant le trajet donnait à penser qu'il avait déjà réfléchi à la façon de procéder. Dalgliesh n'avait pas précisé si Benton devait présenter un compte rendu des faits, un commentaire, ou les deux, mais s'il ne le faisait pas, ce serait inévitablement à Kate de s'en charger, et elle supposait que cette alternance, souvent animée, était prévue par Dalgliesh.

Benton avala une gorgée de vin. Il avait préparé ce qu'il dirait en se dirigeant vers l'ancien cottage de la police. Il fut succinct. Il rappela les liens de Rhoda Gradwyn avec Chandler-Powell et la clinique de Cheverell Manor, depuis le rendez-vous qu'elle avait pris à son cabinet de Harley Street le 21 novembre jusqu'au moment de sa mort. On lui avait donné le choix entre un lit privé à St Angela's à Londres, et une hospitalisation à Cheverell Manor. Elle avait préféré le manoir, dans un premier temps en tout cas, et était venue y faire un séjour préliminaire le 27 novembre. À cette occasion, le membre du personnel qui l'avait vue le plus longuement était Sharon Bates, qui lui avait fait visiter le parc. C'était un peu surprenant dans la mesure où le plus souvent, les patientes côtoyaient plutôt des responsables de l'administration ou les deux chirurgiens et l'infirmière-chef.

« Le jeudi 13 décembre, elle est montée dans sa chambre juste après avoir été accueillie à son arrivée par le docteur Chandler-Powell, Miss Holland et Mrs Frensham. Tous l'ont trouvée parfaitement calme, sans inquiétude particulière et assez peu expansive. L'une des infirmières vacataires, Miss Frazer, l'a fait descendre au bloc le lendemain matin, où elle a été examinée par l'anesthésiste avant d'être opérée. Selon le docteur Chandler-Powell, l'intervention a été compliquée mais réussie. Elle est restée en salle de réveil jusqu'à seize heures trente, heure à laquelle on l'a reconduite dans sa suite,

307

dans l'aile des patientes. Elle a pris un dîner léger et Miss Holland est passée plusieurs fois vérifier que tout allait bien. Miss Holland est venue avec le docteur Chandler-Powell à vingt-deux heures. Miss Gradwyn leur a dit qu'elle voulait dormir. Elle a refusé un sédatif. Miss Holland a affirmé être passée pour la dernière fois à vingt-trois heures. Miss Gradwyn dormait. Elle a été tuée par strangulation manuelle et, d'après l'estimation du professeur Glenister, entre vingt-deux heures et minuit et demi. »

Dalgliesh et Kate l'écoutèrent en silence. Benton craignit un moment de consacrer trop de temps à des informations évidentes. Il jeta un coup d'œil à Kate mais, ne décelant aucune réaction, il poursuivit : « On nous a communiqué plusieurs autres événements intéressants survenus durant la nuit. La seule autre patiente présente, Mrs Skeffington s'est réveillée et est allée aux toilettes. Peut-être a-t-elle été réveillée par le bruit de l'ascenseur qu'elle a entendu, dit-elle, à minuit moins vingt. Elle affirme avoir vu par la fenêtre de sa chambre une lumière clignoter au milieu des pierres de Cheverell. Il n'était pas tout à fait minuit. Elle a eu peur et a appelé l'aide-cuisinière, Kimberley Bostock, pour lui demander du thé. Sans doute voulait-elle un peu de compagnie, ne fût-ce que quelques instants, mais elle n'a pas voulu réveiller Miss Holland, dont l'appartement est juste à côté.

– C'est ce qu'elle a dit à Kimberley et Dean quand ils lui ont monté son thé, non ? demanda Kate.

– Effectivement, elle a donné l'impression de préférer Kimberley Bostock à Miss Holland, confirma Benton. Cela ne me surprend pas, commandant. Mrs Bostock s'est demandé si Mrs Skeffington pouvait prendre du thé alors qu'elle se faisait opérer le lendemain matin. Elle savait qu'il fallait poser la question à Miss Holland. Laissant Dean devant la chambre de Mrs Skeffington, elle a frappé à la porte de l'infirmière et a jeté un coup d'œil à l'intérieur.

– Elle dit avoir surpris une dispute, reprit Kate. Chandler-Powell parle de discussion. Quoi qu'il en soit, Chandler-Powell estime visiblement que l'aveu de sa présence dans la chambre de Miss Holland leur offre un alibi à tous les deux. Tout dépend évidemment de l'heure réelle du décès. Il prétend ne pas savoir exactement à quelle heure il est allé chez Miss Holland, et elle est, elle aussi, curieusement évasive. Cette incertitude leur évite de commettre l'erreur de se donner un alibi pour l'heure exacte de la mort, ce qui est toujours suspect, ou de ne pas avoir d'alibi du tout. Il n'est pas exclu qu'au moment où ils étaient ensemble, l'un d'eux ou les deux aient déjà tué Rhoda Gradwyn.

– Ne pouvons-nous pas être un peu plus précis sur l'heure de la mort ? demanda Benton. Mrs Skeffington affirme avoir entendu l'ascenseur descendre quand elle s'est réveillée, avant d'avoir commandé du thé. Elle pense qu'il devait être minuit moins vingt. L'ascenseur est en face de l'appartement de Miss Holland. Il est moderne et relativement silencieux, mais nous avons procédé à une vérification : en l'absence d'autre bruit, on peut parfaitement l'entendre fonctionner.

– Mais il y avait du bruit. Apparemment, il y a eu des rafales de vent assez violentes la nuit dernière. De plus, si Mrs Skeffington l'a entendu, pourquoi Miss Holland n'en a-t-elle pas fait autant ? Il n'est pas impossible, bien sûr, que Chandler-Powell ait été avec elle dans sa chambre à coucher, et qu'ils aient été trop occupés à se disputer pour l'entendre. Ou à coucher ensemble, ce qui n'exclut pas une dispute. Quoi qu'il en soit, il ne faut pas espérer de Kimberley un témoignage d'une fermeté inébranlable. »

Benton poursuivit sans commentaire. « S'ils étaient au salon, l'un d'eux aurait certainement entendu Kimberley frapper à la porte, ou l'aurait aperçue quand elle l'a entrouverte. Personne ne reconnaît avoir utilisé l'ascenseur à quelque moment que ce soit, cette nuit-là, à part les Bostock quand ils ont monté le thé. Si le témoignage de Mrs Skeffington est exact, il paraît raisonnable de situer l'heure de la mort vers vingt-trois heures trente. »

Jetant un coup d'œil à Dalgliesh, Benton s'interrompit et Kate enchaîna : « Quel dommage qu'elle ne soit pas plus précise sur l'heure à laquelle elle a entendu l'ascenseur et vu cette fameuse lumière ! S'il y a un écart significatif entre ces deux moments – un temps plus long, par exemple, qu'il ne faut pour aller de l'ascenseur aux pierres –, il faudra en conclure à la présence de deux personnes. L'assassin n'a pas pu descendre par l'ascenseur et agiter sa torche électrique au milieu des pierres en même temps. Deux personnes, peut-être deux initiatives différentes. S'il y a eu complicité, les deux suspects qui s'imposent sont les Westhall. L'autre témoignage important est celui de Dean Bostock à propos de la porte déverrouillée, celle qui conduit à l'allée de tilleuls. Elle est munie de deux serrures de sécurité, mais Chandler-Powell est catégorique : il pousse le verrou tous les soirs à vingt-trois heures, sauf s'il sait que quelqu'un de la maison est encore dehors. Il est absolument certain de l'avoir poussé comme d'habitude et de l'avoir trouvé fermé le lendemain matin. Il s'est levé à six heures et demie, et la première chose qu'il a faite a été de débrancher le système d'alarme et de vérifier la porte ouest. »

Benton intervint : « Dean Bostock a vérifié le verrou, lui aussi, quand il s'est levé à six heures. Pensez-vous qu'on ait une chance de relever des empreintes dessus ?

– Ça m'étonnerait, dit Kate. Chandler-Powell a déverrouillé la porte quand Marcus Westhall et lui sont sortis pour aller inspecter le parc et le cercle de pierres. Et puis, rappelez-vous ce fragment de gant. L'assassin n'est pas du genre à laisser des empreintes.

– Si nous partons de l'idée, reprit Dalgliesh, que ni Chandler-Powell ni Bostock n'ont menti, et je ne crois pas que Bostock l'ait fait, il faut que quelqu'un de la maison ait déverrouillé la porte après vingt-trois heures, que ce soit pour sortir du manoir, ou pour introduire quelqu'un. Ou les deux, évidemment. Cela nous conduit au témoignage de Mogworthy qui prétend avoir aperçu une voiture garée près des pierres peu avant minuit. Miss Gradwyn a été tuée soit par quelqu'un qui se trouvait déjà à l'intérieur du manoir cette nuit-là, soit par quelqu'un venu de l'extérieur. Et même en admettant que cette personne ait eu les deux clés de sécurité, il ou elle n'a pas pu entrer sans que la porte ait été déverrouillée. Mais nous ne pouvons pas continuer éternellement à parler d'il ou elle. Il faut donner un nom à l'assassin. »

L'équipe baptisait toujours l'assassin, car Dalgliesh détestait les sobriquets ordinaires. Le plus souvent, c'était Benton qui s'en chargeait. « En général, nous lui attribuons le sexe masculin, commandant, alors pourquoi pas une femme pour changer ? suggéra-t-il. Ou un nom androgyne, qui puisse convenir aux deux sexes ? L'assassin a agi de nuit. Que pensez-vous de Noctis… de nuit, ou de la nuit ?

– Ça me paraît bien, approuva Dalgliesh. Va pour Noctis.

– Revenons au problème du mobile, reprit Kate. Nous savons que Candace Westhall a essayé de convaincre Chandler-Powell de ne pas faire venir Rhoda Gradwyn au manoir. Si elle avait des envies de meurtre, pourquoi avoir tenté de dissuader Chandler-Powell de l'opérer ici ? À moins qu'il ne se soit agi d'un double bluff, bien sûr. Et si le crime n'avait pas été prémédité ? Est-il envisageable que Noctis n'ait pas eu l'intention de tuer en entrant dans cette chambre ?

– L'utilisation de gants et leur destruction ultérieure réfutent cette hypothèse, remarqua Dalgliesh.

– Mais si le crime était prémédité, pourquoi avoir choisi ce moment-là ? observa Benton. Il n'y avait qu'une autre patiente et tout le personnel non résident était absent. Cela réduisait d'autant le cercle des suspects. »

Kate s'impatienta. « Il n'y avait pas d'autre moment possible. Gradwyn n'avait aucune raison de revenir au manoir par la suite. Elle a été tuée parce qu'elle s'y trouvait, dans une situation de relative impuissance qui plus est. Ce qu'il faut savoir, c'est si l'assassin a profité de cette conjoncture favorable ou s'il est intervenu pour que Gradwyn choisisse, non seulement ce chirurgien-là, mais le manoir plutôt que le service londonien de Chandler-Powell, qui aurait été plus pratique pour elle, à première vue. Elle habitait Londres. Sa vie se déroulait à Londres. Pourquoi venir ici ? Ce qui nous conduit à nous demander pourquoi son prétendu ami, Robin Boyton, a réservé Rose Cottage au même moment. Nous ne l'avons pas encore interrogé, mais nous aurons un certain nombre de questions à lui poser. Quelle était la nature exacte de leurs relations ? Il y a aussi le message pressant qu'il a laissé sur le portable de Gradwyn. De toute évidence, il tenait absolument à la voir. Il a paru sincèrement bouleversé par sa mort, mais quelle est la part de comédie dans tout ça ? C'est un cousin des Westhall et si j'ai bien compris, il vient assez régulièrement. Il aurait parfaitement pu mettre la main sur les clés et en faire un double lors d'un précédent séjour. Ou alors Rhoda Gradwyn les lui aura données. Elle aurait pu emporter délibérément les clés chez elle la première fois qu'elle est venue au manoir, dans l'intention d'en faire un double. Par ailleurs, rien ne nous dit qu'il ne s'est pas introduit dans le manoir plus tôt, ce jour-là, et qu'il ne s'est pas caché dans l'appartement situé au bout du couloir des patientes. Nous savons par le fragment de latex que Noctis y est venu. Il aurait pu s'y dissimuler aussi bien avant le crime qu'après. Il y avait très peu de risques que quelqu'un y jette un coup d'œil.

– Quelle que soit l'identité de son assassin, observa Benton, je me demande si on va beaucoup regretter Rhoda Gradwyn, ici ou ailleurs. Apparemment, elle a causé un certain nombre de dégâts au cours de sa vie. L'archétype du journaliste d'investigation – faire du sensationnel et encaisser l'argent sans se soucier du mal qu'on peut faire.

– Nous sommes ici pour découvrir qui l'a tuée, pas pour porter des jugements moraux, objecta Dalgliesh. Ne vous engagez pas sur cette voie, inspecteur.

– Mais n'en portons-nous pas toujours, commandant, même si nous ne les formulons pas tout haut ? se justifia Benton. Ne faut-il pas en savoir aussi long que possible sur la victime, en bien ou en mal ? Les gens meurent à cause de ce qu'ils sont. Cela ne fait-il pas partie des indices ? Mes sentiments ne seraient pas les mêmes s'il s'agissait de la mort d'un enfant, si la victime était jeune, innocente.

– Innocente ? demanda Dalgliesh. Vous vous permettez d'établir une distinction entre les victimes qui méritent la mort et les autres ? Vous n'avez pas encore participé à une enquête sur la mort d'un enfant, si ?

– Non, commandant. » *Vous le saviez parfaitement, alors à quoi bon poser la question ?* songea Benton.

« Le jour où cela vous arrivera, si cela vous arrive, la douleur dont vous serez témoin vous conduira à vous poser d'autres questions, affectives et théologiques, en plus de celle à laquelle vous serez appelé à répondre : qui a fait cela ? L'indignation morale est normale. Sans elle, nous ne serions pas vraiment humains. Mais pour un policier qui se trouve devant le corps mort d'un enfant, d'un jeune, d'un innocent, la volonté de procéder à une arrestation peut se transformer en croisade personnelle, et c'est dangereux. Cela peut fausser le jugement. Nous avons les mêmes obligations envers chaque victime. »

Je sais bien, faillit répondre Benton. *J'essaierai d'y satisfaire.* Les mots étaient encore dans sa bouche qu'ils lui paraissaient déjà prétentieux, la réaction d'un écolier coupable à une remontrance. Il se tut.

Kate rompit le silence. « À ce stade de l'enquête, que savons-nous vraiment ? Sur la victime, les suspects, l'assassin ? Je ne peux pas m'empêcher de me demander pourquoi Rhoda Gradwyn est venue ici.

– Pour se faire enlever cette cicatrice, dit Benton.

– Une cicatrice qu'elle avait depuis trente-quatre ans, rappela Dalgliesh. Pourquoi maintenant ? Pourquoi ici ? Pourquoi l'a-t-elle gardée si longtemps ? Si nous le savions, peut-être serions-nous plus près de connaître cette femme. Et vous avez parfaitement raison, Benton, elle est morte à cause de ce qu'elle était. »

Benton, et non inspecteur – c'était mieux que rien. *Si seulement je savais qui vous êtes, vous*, songea-t-il. Mais cela faisait partie de la fascination qu'exerçait son métier. Il travaillait pour un patron qui était et resterait une énigme à ses yeux.

Kate intervint : « Le comportement de Miss Holland ce matin ne vous a-t-il pas paru un peu curieux ? Quand Kim l'a prévenue que Miss Gradwyn n'avait pas encore appelé, n'aurait-il pas été normal que l'infirmière aille immédiatement vérifier comment allait sa patiente au lieu de dire à Kim de lui monter son thé ? Peut-être préférait-elle avoir un témoin avec elle au moment où elle découvrirait le corps. Savait-elle déjà que Miss Gradwyn était morte ?

– Chandler-Powell prétend avoir quitté la chambre de Miss Holland à une heure du matin, reprit Benton. N'aurait-il pas été assez naturel qu'elle aille jeter un coup d'œil dans la chambre de sa patiente à ce moment-là ? Peut-être l'a-t-elle fait. Peut-être savait-elle que Gradwyn était morte quand elle a demandé à Kimberley de monter le thé. Il est toujours préférable d'avoir un témoin quand on trouve un cadavre. Cela ne fait pas obligatoirement d'elle l'assassin. Comme je l'ai dit tout à l'heure, je ne vois pas Chandler-Powell ni Miss Holland étrangler une patiente, surtout juste après l'avoir opérée. »

Kate fit mine de répliquer, mais elle ne dit rien. Il était tard et Dalgliesh savait qu'ils étaient tous fatigués. Il était temps de définir le programme du lendemain. Il se rendrait à Londres avec Kate pour essayer de trouver des indices chez Rhoda Gradwyn, dans son appartement de la City. Benton et l'inspecteur Warren resteraient au manoir. Dalgliesh avait retardé l'entrevue avec Robin Boyton dans l'espoir qu'un délai de vingt-quatre heures lui aurait permis de se calmer et qu'il serait disposé à coopérer. Les tâches prioritaires de Benton et de l'inspecteur Warren seraient d'interroger Boyton, de retrouver si possible la trace de la voiture garée près du cercle de pierres, de se concerter avec les techniciens de la police scientifique qui devaient avoir terminé leur travail vers midi et de maintenir une présence policière au manoir tout en veillant à ce que les agents de sécurité engagés par le docteur Chandler-Powell ne soient pas trop envahissants. Le rapport d'autopsie du professeur Glenister était attendu avant midi, et Benton appellerait Dalgliesh dès qu'il l'aurait reçu. En plus de toutes ces missions, Benton serait libre de décider s'il fallait reprendre l'interrogatoire de tel ou tel suspect.

Il était près de minuit quand Benton porta les trois verres vides à la cuisine pour les laver et se mit en route avec Kate à travers l'obscurité odorante et lavée par la pluie pour regagner Wisteria House.

LIVRE TROIS

16-18 décembre
Londres, Dorset, Midlands, Dorset

1

Dalgliesh et Kate quittèrent Stoke Cheverell avant six heures, un départ matinal destiné en partie à leur permettre d'éviter les embouteillages. Dalgliesh voulait aussi profiter de ce passage à Londres pour remettre au Yard des documents sur lesquels il avait travaillé, chercher un projet de rapport confidentiel qu'il devait commenter et déposer une note sur le bureau de sa secrétaire. Ces tâches accomplies, Kate et lui s'engagèrent en silence dans les rues presque désertes.

Comme beaucoup d'autres gens, Dalgliesh trouvait un charme particulier aux petites heures du dimanche matin dans la City. Pendant les cinq premiers jours de la semaine, l'air est si vibrant d'énergie qu'on pourrait croire que les immenses richesses de cette place financière sont extraites laborieusement, à la force du poignet, de quelque salle des machines souterraine. Le vendredi après-midi, les rouages s'arrêtent peu à peu, et l'exode massif des travailleurs de la City traversant par milliers les ponts de la Tamise pour regagner leurs gares ressemble moins à un acte de volonté qu'à la soumission à une contrainte séculaire. Lorsque arrive le dimanche matin, loin de s'enfoncer dans un sommeil plus profond, la City semble en proie à une expectative muette, attendant la visite d'une armée spectrale, convoquée par les cloches pour adorer des dieux anciens dans leurs sanctuaires soigneusement préservés et descendre paisiblement des rues inscrites dans leur mémoire. Le fleuve lui-même semble couler plus lentement.

Ils trouvèrent une place de stationnement à quelques centaines de mètres d'Absolution Alley et Dalgliesh consulta une dernière fois le plan. Il sortit sa mallette de la voiture et ils se dirigèrent vers l'est. Il aurait été facile de manquer l'entrée pavée qui s'ouvrait sous une arche de pierre, dont l'ornementation semblait trop chargée pour un passage aussi étroit. La cour éclairée par deux appliques qui n'illuminaient guère qu'une mélancolie à la Dickens était exiguë. Au centre, un piédestal portait une statue effritée par le temps, qui avait peut-être eu une signification religieuse antique, mais n'était plus guère qu'une masse de pierre informe. Le numéro huit se trouvait du côté est, la porte peinte d'un vert si sombre qu'elle paraissait presque noire et munie d'un heurtoir de fer en forme de chouette. À côté du numéro huit, une boutique de vieilles gravures avait laissé dehors un étal de bois vide. Un second bâtiment abritait de toute évidence une agence de travail intérimaire haut de gamme, mais ne donnait aucune indication sur le genre de salariés qu'elle espérait recruter. Sur d'autres portes, de petites plaques soigneusement astiquées affichaient des noms inconnus. Le silence était total.

La porte était équipée de deux serrures, mais Dalgliesh n'eut pas de mal à trouver les bonnes clés sur le trousseau de Miss Gradwyn et le battant s'ouvrit aisément. Tendant la main, il trouva l'interrupteur. Ils pénétrèrent dans une petite pièce lambrissée de chêne, dont le plafond stuqué et orné indiquait la date : 1684. Au fond, une fenêtre à meneaux donnait sur un patio pavé juste assez grand pour accueillir un arbre à demi dépouillé dans un immense pot de céramique. Sur la droite, il y avait une rangée de portemanteaux surmontant une étagère à chaussures et, à gauche, une table de chêne rectangulaire. Quatre enveloppes étaient posées dessus, de toute évidence des factures ou des prospectus, qui, songea Dalgliesh, avaient dû arriver avant le départ de Miss Gradwyn pour le manoir et dont elle avait jugé qu'elles pouvaient attendre son retour. Le seul tableau était une petite peinture à l'huile représentant un homme du dix-septième siècle au long visage sensible, suspendu au-dessus de la cheminée de pierre et qu'à première vue, Dalgliesh identifia comme une copie du célèbre portrait de John Donne. Il alluma la lampe qui éclairait la toile et l'étudia un moment en silence. Isolé dans une pièce qui servait de lieu de passage, ce portrait faisait l'effet d'une icône, celle peut-être du génie des lieux. En éteignant, Dalgliesh se demanda si c'était ainsi que Rhoda Gradwyn l'avait considéré.

Un escalier de bois ciré conduisait au premier étage. Sur l'avant, il y avait une cuisine, avec une petite salle à manger sur l'arrière. La cuisine était extraordinairement bien équipée et astucieusement agencée, l'espace d'une femme qui savait cuisiner, bien qu'elle ne révélât, pas plus que la salle à manger, le moindre signe d'utilisation récente. Ils montèrent au deuxième étage, qui comprenait une chambre d'amis avec deux lits jumeaux, les courte-pointes identiques soigneusement tirées, et, donnant sur la cour, une douche et des toilettes. Là encore, aucune des deux pièces ne trahissait la moindre occupation. L'étage suivant en constituait presque la réplique, mais ici, la chambre à coucher, qui ne contenait qu'un lit d'une personne, était de toute évidence celle de Miss Gradwyn. Sur une table de chevet, une lampe d'architecte moderne, une pendulette dont le tic-tac paraissait artificiellement bruyant dans le silence, et trois livres : la biographie de Pepys de Clare Tomalin, un volume de poésie de Charles Causley et un recueil de nouvelles modernes. Il n'y avait sur la tablette de la salle de bains que très peu de pots et de tubes, et Kate, dont la main s'était tendue par curiosité féminine, retint son geste. Ni Dalgliesh ni elle ne pénétraient jamais dans l'intimité d'une victime sans avoir conscience que leur présence, bien qu'indispensable, était une intrusion. Kate, il le savait, avait toujours établi une distinction très claire entre les objets qu'ils devaient examiner et emporter et la curiosité naturelle qu'inspirait une existence qui avait définitivement échappé à tout pouvoir humain de provoquer blessure ou embarras. Elle se contenta de ce commentaire : « On dirait qu'elle n'essayait pas de camoufler sa cicatrice. »

Finalement, ils arrivèrent au dernier étage et pénétrèrent dans une pièce qui couvrait toute la longueur de la maison. Les fenêtres qui donnaient à la fois à l'est et à l'ouest offraient une vaste vue sur la City. Ce ne fut qu'à cet instant que Dalgliesh commença à se sentir mentalement proche de la maîtresse des lieux. Elle avait vécu dans cette pièce, y avait travaillé, s'était reposée, avait regardé la télévision, écouté de la musique, n'ayant besoin de personne ni de rien qui ne se trouvât pas entre ces quatre murs, dont l'un était entièrement recouvert d'une bibliothèque élégamment sculptée, à étagères réglables. Il constata qu'elle avait, comme lui, veillé à ce que la hauteur des livres corresponde le plus précisément possible à celle des étagères. Le bureau d'acajou, situé à gauche de la bibliothèque, avait l'air édouardien. Il était pratique plus que décoratif, avec des tiroirs de chaque côté, ceux de droite fermés à clé. Au-dessus, une étagère supportait un casier de boîtes à archives. De l'autre côté de la pièce, il remarqua un canapé confortable avec des coussins, un fauteuil rembourré en face de la télévision prolongé par un petit repose-pieds et, à droite de la cheminée victorienne, un fauteuil à haut dossier. La chaîne stéréo était moderne, mais discrète. À gauche de la fenêtre se trouvait un petit réfrigérateur avec, au-dessus, un plateau sur lequel étaient posés une cafetière électrique, un moulin à café et une seule tasse. Grâce au robinet de la salle de bains située juste au-dessous, elle pouvait se préparer ici des boissons chaudes sans avoir à redescendre trois étages pour rejoindre la cuisine. Ce n'était pas une maison fonctionnelle, mais il aurait pu, lui aussi, s'y sentir chez lui. Kate et lui se déplaçaient dans la pièce sans dire un mot. Il vit que la fenêtre est donnait accès à un petit balcon en fer forgé avec des marches de fer conduisant au toit. Il ouvrit la croisée sur la fraîcheur matinale et grimpa. Kate ne le suivit pas.

D'ici, il aurait pu se rendre à pied à son propre appartement dominant la Tamise à Queenhithe, et il tourna les yeux vers le fleuve. Même s'il avait eu le temps ou avait été obligé de s'y rendre, il n'y aurait pas trouvé Emma, il le savait. Bien qu'elle eût la clé, elle ne venait jamais chez lui lors de ses passages à Londres sans qu'il y soit. Cela faisait partie, il en avait conscience, de la distance tacite et scrupuleuse qu'elle maintenait avec son métier, une volonté presque obsessionnelle de ne pas s'immiscer dans son intimité, une intimité qu'elle respectait parce qu'elle en comprenait et en partageait le besoin. Un amant n'était pas une acquisition ni un trophée. Une partie de la personnalité d'autrui demeurait toujours inviolée. Au début de leur amour, elle s'endormait le soir entre ses bras et au petit jour, il bougeait, tendant la main vers elle, mais il savait qu'elle n'était plus là. C'était dans la chambre d'amis qu'il lui apportait son thé matinal. Cela arrivait moins fréquemment à présent. Au début, cet éloignement l'avait préoccupé. N'osant pas l'interroger, en partie parce qu'il craignait de connaître la réponse, il était arrivé à ses propres conclusions. Puisqu'il ne parlait pas, ou refusait de parler, de la réalité de son métier, elle tenait à séparer l'amant du policier. Ils pouvaient parler de son travail à elle, à Cambridge, et cela leur arrivait souvent, s'engageant fréquemment, et avec bonheur, dans des discussions animées parce qu'ils partageaient la même passion pour la littérature. Son métier à lui ne leur offrait aucun terrain commun. Elle n'était ni sotte ni exagérément sensible, elle n'ignorait rien de l'importance de son activité professionnelle, mais il savait que celle-ci les séparait comme une jungle inexplorée, dangereusement minée.

Il avait passé moins d'une minute sur le toit. Depuis ce sommet privatif, Rhoda Gradwyn avait certainement regardé l'aube effleurer les flèches et les tours de la City et les souligner d'une touche de lumière. Il redescendit pour rejoindre Kate.

« Nous pourrions peut-être commencer à éplucher les dossiers », proposa-t-il.

Ils s'assirent côte à côte devant le bureau. Toutes les boîtes étaient soigneusement étiquetées. Celle qui portait le nom de Sanctuary Court contenait une copie de sa volumineuse correspondance avec son notaire à propos de son bail – qui avait encore soixante-sept ans à courir, nota-t-il –, des renseignements et des devis relatifs aux travaux de réfection et d'entretien. Son agent immobilier et son notaire avaient chacun un dossier à leur nom. Dans un autre, étiqueté Finances, se trouvaient ses relevés de compte et les rapports réguliers de sa banque privée sur la situation de ses investissements. En les feuilletant, Dalgliesh fut surpris par l'importance du capital qu'elle avait accumulé : près de deux millions de livres, avec un portefeuille raisonnablement équilibré entre actions et obligations.

Kate prit la parole : « Il aurait été plus normal de conserver ces relevés dans un des tiroirs fermés à clé. Manifestement, l'idée qu'un intrus puisse connaître sa situation financière ne la préoccupait guère, sans doute parce qu'elle pensait sa maison à l'abri des effractions. Ou peut-être cela lui était-il égal. Elle ne vivait pas comme quelqu'un de riche.

– Nous saurons sans doute qui va profiter de cette fortune quand Newton Macklefield nous aura apporté son testament. »

Ils consacrèrent leur attention aux dossiers contenant des copies de tous ses articles de presse. Dans chaque boîte, munie d'une étiquette indiquant l'année, les articles étaient classés par ordre chronologique, certains protégés par des chemises en plastique. Ils prirent un dossier chacun et se mirent au travail.

« Relevez tout ce qu'elle a pu écrire qui se rapporte, de près ou de loin, à Cheverell Manor ou à ses occupants », lui demanda Dalgliesh.

Pendant près d'une heure, ils travaillèrent en silence, puis Kate fit glisser une liasse de documents sur le bureau. « Voilà qui me paraît intéressant, commandant, remarqua-t-elle. C'est un long article de la *Paternoster Review* consacré au plagiat. Il a été publié dans le numéro du printemps 2002. On dirait qu'il a fait du bruit. Elle y a joint plusieurs coupures de presse, dont un rapport d'enquête et un autre sur un enterrement. Il y a une photo. » Elle la lui fit passer. « Une des personnes qui se trouvent près de la tombe ressemble beaucoup à Miss Westhall. »

Dalgliesh sortit une loupe de sa mallette et examina le cliché. La femme était tête nue et se tenait un peu à l'écart du groupe. On ne voyait que sa tête, et son visage était en partie caché, mais il ne fallut à Dalgliesh qu'une minute d'observation méticuleuse pour l'identifier. Il tendit la loupe à Kate : « Oui, c'est bien Candace Westhall », confirma-t-il.

Il se plongea dans l'article. Il lisait vite et comprit rapidement de quoi il retournait. Le texte était intelligent, bien écrit et sérieusement documenté ; il le lut avec un véritable intérêt et un respect croissant. L'article abordait les problèmes de plagiat sans passion et, lui sembla-t-il, avec équité, évoquant certains cas lointains, d'autres plus récents, quelques-uns célèbres, beaucoup dont il ignorait tout. Rhoda Gradwyn s'intéressait aux gens qui empruntent à autrui, inconsciemment semble-t-il, des expressions et des idées, ainsi qu'aux étranges coïncidences que l'on rencontre parfois en littérature lorsqu'une idée-force s'impose simultanément à deux esprits comme si son heure était venue ; elle examinait les voies subtiles par lesquelles les plus grands écrivains avaient influencé les générations suivantes, comme Bach et Beethoven l'avaient fait en musique et les grands peintres du monde pour leurs successeurs. Mais le principal cas d'actualité qu'elle avait traité était une affaire de plagiat flagrant, que Gradwyn prétendait avoir découverte par hasard. L'histoire était fascinante parce que, à première vue, l'escroquerie commise par une jeune romancière de talent et d'une originalité incontestable avait été parfaitement inutile. Annabel Skelton, qui était encore étudiante, avait publié un premier roman, largement acclamé et sélectionné pour un grand prix littéraire britannique, dans lequel certaines expressions, quelques dialogues et plusieurs descriptions frappantes avaient été empruntés mot pour mot à un roman publié en 1927 par une femme écrivain oubliée depuis longtemps, dont Dalgliesh n'avait jamais entendu parler. L'imposture était irréfutable ; la qualité de la prose de Gradwyn et l'honnêteté de son article donnaient encore plus de poids à cette dénonciation. La presse à sensation étant à court de sujets à cette époque, les journalistes avaient exploité pleinement le scandale. On avait réclamé à cor et à cri le retrait du roman d'Annabel Skelton de la sélection. Les conséquences avaient été dramatiques : la jeune fille s'était suicidée trois jours après la publication de l'article. Si Candace Westhall avait été une intime de la morte – amante, amie, professeur, admiratrice –, il y avait là un motif qui pouvait être assez puissant pour inciter certains êtres à tuer.

À cet instant précis, le portable de Dalgliesh sonna. Benton était en ligne et Dalgliesh mit le haut-parleur pour que Kate puisse entendre ce qu'il avait à dire. Cherchant manifestement à réprimer son excitation, Benton annonça : « Nous avons repéré la voiture, commandant. C'est une Ford Focus, W 341 UDG.

– Vous avez fait vite, inspecteur. Félicitations.

– Je n'y suis pour rien, commandant. Nous avons eu de la chance. Le petit-fils des Shepherd est arrivé pour le week-end tard dans la nuit de vendredi. Il s'était absenté hier pour aller voir une amie, et nous n'avons donc pu l'interroger que ce matin. Il était à moto et a suivi une voiture pendant un bon moment. Il l'a vue se garer près des pierres. Vendredi, vers vingt-trois heures trente-cinq. Il n'y avait pas de passager et le conducteur a éteint ses phares dès qu'il s'est arrêté. Je lui ai demandé pourquoi il avait noté le numéro d'immatriculation et il m'a répondu que c'est parce que 341 est un nombre brillant.

– Tant mieux s'il a retenu son attention. Mais que veut-il dire par "nombre brillant" ? Brillant dans quel sens ? Vous a-t-il donné une explication ?

– Si j'ai bien compris, c'est un terme mathématique : 341 est qualifié de "nombre brillant" parce qu'il possède deux facteurs premiers, 11 et 31. Si on les multiplie, on obtient 341. De tels nombres, obtenus en multipliant deux nombres premiers de longueur égale, sont appelés "nombres brillants". Apparemment, 341 est également la somme des carrés des diviseurs de 16, mais je crois que ce qui a attiré son attention, ce sont les deux facteurs premiers. Quant à UDG, il l'a retenu facilement, parce qu'il a pensé à Ultime Diviseur Général. Allez savoir pourquoi, commandant.

– Toutes ces histoires de maths sont du chinois pour moi, reconnut Dalgliesh. Espérons tout de même qu'il a raison. Nous trouverons bien quelqu'un qui pourra nous le confirmer.

– Je pense que c'est inutile. Il vient d'obtenir sa licence de mathématiques à Oxford avec mention très bien. Il dit que chaque fois qu'il est coincé derrière un véhicule, il joue mentalement avec le numéro d'immatriculation.

– Et le propriétaire de la voiture ?

– Un peu surprenant à première vue. C'est un pasteur. Le révérend Michael Curtis. Il habite à Droughton Cross. Presbytère de l'église St John, 2 Balaclava Gardens. C'est dans la banlieue de Droughton. »

Cette ville industrielle des Midlands était à un peu plus de deux heures de Londres par l'autoroute. Dalgliesh répondit : « Merci, inspecteur. Nous y passerons dès que nous aurons terminé ici. Le conducteur n'a peut-être rien à voir avec le crime, mais il faut que nous sachions pourquoi il s'est garé près des pierres et s'il a vu quelque chose. Est-ce tout, inspecteur ?

– La police scientifique a trouvé quelque chose, commandant, avant de repartir. Cela me paraît plus curieux que significatif. Un paquet de huit vieilles cartes postales, des vues de l'étranger, toutes datées de 1993. Elles ont été coupées en deux, il manque la partie droite, ce qui nous empêche d'identifier le destinataire, mais elles semblent avoir été adressées à un enfant. Elles étaient soigneusement enveloppées dans du papier d'aluminium à l'intérieur d'un sachet en plastique et enterrées près d'une des pierres de Cheverell. Le technicien qui a fait cette découverte a la vue particulièrement perçante. Il a remarqué que l'herbe avait été bougée, mais pas récemment. Quant à savoir quel lien ces cartes postales peuvent avoir avec la mort de Miss Gradwyn, c'est une autre histoire. Nous savons que quelqu'un est venu près des pierres avec une lampe torche cette nuit-là, mais s'il cherchait les cartes postales, il ne les a pas trouvées.

– Avez-vous interrogé quelqu'un à ce sujet ?

– Oui, commandant. Je me suis dit que Sharon Bateman pouvait en être la destinataire, je lui ai demandé de passer à l'ancien cottage de la police. Elle a reconnu qu'elles lui appartenaient et a prétendu que c'était son père qui les lui avait écrites quand il est parti de chez elles. C'est une fille bizarre, commandant. Quand j'ai sorti les cartes postales, elle est devenue si pâle que nous avons bien cru qu'elle allait s'évanouir, l'inspecteur Warren et moi. Je l'ai fait s'asseoir, mais je crois qu'en réalité, elle était en colère. J'ai bien vu qu'elle était à deux doigts de tendre la main pour prendre les cartes posées sur la table, mais elle a réussi à se maîtriser. Ensuite, elle a été parfaitement calme. Elle nous a dit que c'était ce qu'elle possédait de plus précieux, et qu'elle les avait enterrées près de la pierre à son arrivée au manoir parce que c'était un endroit tout à fait spécial et qu'elles y seraient en sécurité. Elle m'a inquiété pendant un moment, alors je lui ai dit que je devais vous les montrer mais que nous en prendrions le plus grand soin et que je ne voyais pas pourquoi elles ne lui seraient pas restituées ensuite. Je ne sais pas si j'ai bien fait, commandant. Il aurait peut-être mieux valu attendre votre retour et laisser l'inspectrice principale Miskin lui parler.

– Peut-être, approuva Dalgliesh, mais si j'étais vous, je ne m'en ferais pas puisqu'elle vous a paru plus tranquille. Ayez-la à l'œil. Nous en reparlerons ce soir. Avez-vous reçu le rapport d'autopsie du professeur Glenister ?

– Pas encore, commandant. Elle a appelé pour annoncer que nous devrions l'avoir dans la soirée, sauf s'il lui faut un rapport toxicologique.

– Il ne contiendra sans doute rien de surprenant. Est-ce tout, inspecteur ?

– Oui, commandant. Je crois que je n'ai rien d'autre à vous dire. Je vois Robin Boyton dans une demi-heure.

– Parfait. Si possible, essayez de savoir s'il nourrissait quelque espoir à propos du testament de Miss Gradwyn. Vous avez une journée chargée et vous avez fait un excellent travail. Nous avons trouvé une piste intéressante ici, mais nous en parlerons plus tard. Je vous appellerai de Droughton Cross. »

La conversation s'acheva. « Pauvre fille, commenta Kate. Si elle dit vrai, je comprends qu'elle tienne autant à ces cartes postales. Mais pourquoi avoir découpé l'adresse et avoir pris la peine de les cacher ? Elles ne peuvent avoir de valeur pour personne d'autre et si c'est elle qui est venue traîner au milieu des pierres vendredi soir pour vérifier si elles étaient toujours là ou pour les récupérer, pour quelle raison en a-t-elle éprouvé le besoin, et pourquoi de nuit ? Benton dit que l'emballage était intact. À première vue, commandant, ces cartes n'ont rien à voir avec le crime. »

Les événements s'enchaînaient rapidement. Avant que Dalgliesh n'ait pu lui répondre, la sonnette retentit. « C'est sans doute maître Macklefield », dit Kate, qui descendit lui ouvrir.

Il y eut un bruit de pas dans l'escalier de bois, mais Dalgliesh n'entendit pas parler. Newton Macklefield entra le premier et tendit la main sans sourire. La pièce ne lui inspira manifestement aucune curiosité. « J'espère que je n'arrive pas trop tôt, dit-il. Il n'y a pas grand-monde dans les rues le dimanche matin. »

Il était plus jeune que sa voix au téléphone ne le laissait à penser. Il ne devait pas avoir beaucoup plus de quarante ans et sa beauté était conventionnelle – grand, blond, le teint clair. Tout dans son attitude respirait la réussite londonienne, une assurance qui contrastait si vivement avec son pantalon de velours, sa chemise écossaise à col ouvert et sa veste de tweed usée, que sa tenue, appropriée pour un week-end à la campagne, avait l'air artificiel et faisait l'effet d'un déguisement. Ses traits étaient réguliers, la bouche bien dessinée et ferme, les yeux las, un visage, se dit Dalgliesh, auquel la discipline avait appris à ne révéler que les émotions opportunes. En cet instant précis, il s'agissait de regret et de bouleversement, exprimés avec gravité mais sans attendrissement et, aux oreilles de Dalgliesh, non sans un soupçon de mécontentement. Une éminente étude de notaires de la City ne s'attendait pas à perdre une cliente de façon aussi tapageuse.

Il refusa sans la regarder la chaise que Kate avait écartée du bureau, mais y posa son attaché-case. Tout en l'ouvrant, il prit la parole : « J'ai apporté une copie du testament. Je doute que ses dispositions contiennent quoi que ce soit qui puisse vous aider dans votre enquête, mais il est normal que vous l'ayez à votre disposition.

– Je suppose que ma collègue s'est présentée, dit Dalgliesh. L'inspectrice principale Kate Miskin.

– Oui. Nous avons fait connaissance en bas. »

Kate se vit gratifier d'une poignée de main si brève que c'est à peine si leurs doigts se touchèrent. Personne ne s'assit.

« Le décès de Miss Gradwyn, reprit Macklefield, attristera et frappera d'horreur tous mes associés. Comme je vous l'ai expliqué au téléphone, je la connaissais en tant que cliente, et non comme amie, mais elle était très respectée et sera profondément regrettée. Sa banque et mon étude sont collectivement exécuteurs testamentaires ; nous nous chargerons donc des dispositions funéraires.

– Je pense que cela soulagera sa mère, Mrs Brown. Je lui ai déjà parlé, approuva Dalgliesh. Si j'ai bien compris, elle préférerait être mêlée le moins possible aux conséquences de la mort de sa fille, enquête comprise. Apparemment, elles n'étaient pas très proches et il y a peut-être des histoires de famille dont elle n'a pas envie de parler ou auxquelles elle n'a même pas envie de penser.

– Sa fille était pourtant plutôt douée pour révéler les secrets des autres, fit remarquer Macklefield. Mais vous préférez certainement que la famille se tienne à distance plutôt que d'avoir sur les bras une mère éplorée et avide de publicité, prête à tirer tout ce qu'elle peut de cette tragédie et exigeant de suivre pas à pas les progrès de l'enquête. J'aurai sans doute plus de problèmes que vous avec elle. Mais peu importe. Quelles qu'aient été ses relations avec sa fille, c'est à elle que reviendra l'argent. Le montant l'étonnera sans doute. Vous devez avoir consulté ses relevés de compte et l'état de son portefeuille.

– Donc l'intégralité va à sa mère ? demanda Dalgliesh.

– Tout, sauf vingt mille livres, léguées à Robin Boyton, dont j'ignore totalement quelles étaient ses relations avec la défunte. Je me souviens très bien du jour où Miss Gradwyn est venue discuter de son testament avec moi. Elle a manifesté un singulier manque d'intérêt pour ce que deviendrait sa fortune. Les gens évoquent d'ordinaire une ou deux œuvres de charité, leur ancienne université ou l'école qu'ils ont fréquentée. Rien de tout cela. On aurait dit qu'elle souhaitait que sa vie privée reste anonyme lorsqu'elle ne serait plus là. J'appellerai Mrs Brown lundi et je prendrai rendez-vous avec elle. Il va de soi que si vous avez besoin de nous, nous sommes à votre disposition. Je suppose que vous nous tiendrez informés, mais pour le moment, je ne vois rien d'autre à vous dire. L'enquête a-t-elle déjà un peu progressé ?

– Autant que faire se peut au cours de l'unique journée qui s'est écoulée depuis le décès de Miss Gradwyn. Je connaîtrai mardi la date de l'enquête du coroner. Il y a de fortes chances pour que, dans les circonstances présentes, elle soit ajournée.

– Nous enverrons peut-être quelqu'un. Pure formalité, mais autant être sur place s'il doit y avoir de la publicité, ce qui sera inévitablement le cas dès que la nouvelle aura été communiquée. »

Prenant le testament, Dalgliesh le remercia. Macklefield n'avait visiblement pas l'intention de s'attarder. Il referma son attaché-case. « Pardonnez-moi, dit-il, mais si vous n'avez plus besoin de moi, je vais prendre congé. J'ai promis à mon épouse d'être rentré pour le déjeuner. Mon fils a invité quelques camarades de classe pour le week-end. Une maison pleine de lycéens d'Eton auxquels il faut ajouter quatre chiens peut constituer un mélange difficilement contrôlable, sinon explosif. »

Il serra la main à Dalgliesh, et Kate le raccompagna au rez-de-chaussée. À son retour, elle lança : « Il n'aurait certainement pas mentionné l'école de son fils s'il s'était agi du lycée technique de Bogside », et regretta sur-le-champ cette sortie. Dalgliesh avait réagi à la remarque de Macklefield par un sourire ironique et vaguement méprisant, mais cette manifestation fugace d'un trait de caractère peu sympathique ne l'avait pas agacé. Elle aurait amusé Benton, aussi, sans l'irriter.

Brandissant le trousseau de clés, Dalgliesh proposa : « Et maintenant, attaquons-nous aux tiroirs. Mais d'abord, il me faut un café. Nous aurions peut-être dû en offrir un à Macklefield, mais je n'avais pas très envie de prolonger cette entrevue. Mrs Brown nous a autorisés à prendre ce que nous voulions dans la maison, et je ne pense pas qu'elle nous refuserait un peu de café et de lait. Enfin, s'il y a du lait au réfrigérateur. »

Il n'y en avait pas. « Ce n'est pas étonnant, commandant, fit observer Kate. Le frigo est vide. Un pack de lait, même fermé, aurait été périmé à son retour. »

Elle descendit la cafetière électrique d'un étage pour la remplir d'eau. Revenant avec un verre à dents qu'elle rinça pour remplacer la seconde tasse absente, elle éprouva un instant de gêne, comme si ce petit geste, qui ne pouvait guère passer pour une violation de l'intimité de Miss Gradwyn, n'en était pas moins inconvenant. Rhoda Gradwyn avait été exigeante en matière de café et il y avait une boîte de grains sur le plateau, à côté du moulin à café. Éprouvant toujours un sentiment irrationnel de culpabilité à l'idée de se servir des affaires de la morte, Kate mit le moulin en marche. Le vacarme la fit sursauter et lui sembla interminable. Un peu plus tard, quand l'eau eut fini de passer dans la cafetière, elle remplit la tasse et le verre et les porta jusqu'au bureau.

En attendant que le café refroidisse, Dalgliesh remarqua : « S'il y a quelque chose d'autre d'intéressant, c'est sans doute ici que nous le trouverons », et il ouvrit le tiroir.

Il contenait en tout et pour tout un classeur en kraft beige, bourré de papiers. Oubliant un instant leur café, ils écartèrent leurs tasses et Kate approcha une chaise de celle de Dalgliesh. Il s'agissait presque exclusivement de coupures de presse, avec, en tête de liasse, un article d'un journal du dimanche de février 1995. Le titre était brutal : « TUÉE PARCE QU'ELLE ÉTAIT TROP JOLIE ». Dessous, le portrait d'une fillette occupait une demi-page. On aurait dit une photo de classe. Ses cheveux blonds, soigneusement brossés, étaient retenus sur le côté par un ruban, et le chemisier de coton blanc, d'une propreté immaculée, était ouvert à l'encolure et porté avec une tunique bleu foncé. L'enfant était effectivement jolie. Malgré une pose sans affectation et un éclairage ordinaire, ce portrait austère communiquait un peu de la confiance candide, de la joie de vivre et de la vulnérabilité de l'enfance. Sous les yeux de Kate, l'image sembla se désintégrer en poussière et se brouiller avant de reprendre sa netteté.

Dans l'article qui accompagnait la photo, le journaliste, évitant les hyperboles aussi bien que l'indignation, s'était contenté de laisser les faits parler d'eux-mêmes. *Aujourd'hui, Shirley Beale, douze ans et huit mois, répondait du meurtre de sa sœur Lucy, neuf ans. L'accusée a plaidé coupable. Elle a reconnu avoir étranglé Lucy avec sa cravate d'uniforme scolaire, avant de lui défoncer le crâne, rendant ainsi méconnaissable le visage qu'elle haïssait. Tout ce qu'elle a pu dire pour expliquer son geste, au moment de son arrestation et depuis, est que Lucy était trop jolie. Shirley Beale sera détenue dans une unité pénitentiaire pour enfants jusqu'à ce qu'elle puisse être transférée, à dix-sept ans, dans un établissement pour jeunes délinquants. Silford Green, une banlieue tranquille de l'est de Londres, est devenu un lieu d'horreur. Article complet en page cinq. En page 12, un article de Sophie Langton : « Pourquoi les enfants tuent-ils ? »*

Dalgliesh reposa la coupure de presse. Le document suivant était une autre photographie, agrafée à une feuille de papier ordinaire. Le même uniforme, le même chemiser blanc, mais cette fois avec une cravate scolaire, le visage tourné vers l'objectif avec une expression que Kate connaissait bien par ses propres photos de classe, contrariée, un peu inquiète, prenant part, à contrecœur mais résignée, à un rite annuel de passage. C'était un visage curieusement adulte, un visage qu'ils connaissaient.

Dalgliesh reprit sa loupe, observa le portrait, et tendit la loupe à Kate. Les traits distinctifs étaient bien là, le front haut, les yeux légèrement exorbités, la petite bouche précise à la lèvre supérieure gonflée, un visage insignifiant mais qu'il était désormais impossible de trouver innocent ou enfantin. Les yeux qui fixaient le photographe étaient aussi inexpressifs que les points qui constituaient l'image photographique, sa lèvre inférieure paraissant plus pleine à présent, à l'âge adulte, mais évoquant la même obstination irascible. Tout en la regardant, Kate lui superposa en esprit une image bien différente : un visage d'enfant fracassé, des cheveux blonds souillés de sang coagulé. L'affaire n'avait pas été confiée à la Met et la procédure du plaider coupable avait évité le procès, mais cette affaire éveillait en elle de vieux souvenirs. Il en allait certainement de même, pensa-t-elle, pour Dalgliesh.

« Sharon Bateman, murmura celui-ci. Je me demande comment Gradwyn a déniché ça. Je m'étonne qu'ils aient pu le publier. Il a fallu que les restrictions soient levées. »

Les découvertes de Rhoda ne s'arrêtaient pas là. Elle avait manifestement commencé ses recherches juste après son premier séjour au manoir et avait fait un travail en profondeur. D'autres coupures de presse suivaient la première. D'anciens voisins avaient été bavards, ne demandant qu'à exprimer leur horreur et à révéler tout ce qu'ils savaient sur la famille. Il y avait des photos de la petite maison mitoyenne où les enfants vivaient avec leur mère et leur grand-mère. Au moment du crime, les parents étaient divorcés, le père étant parti deux ans plus tôt. Selon les habitants de la rue, la vie du couple n'avait pas été de tout repos, mais personne n'avait fait état de problèmes avec les enfants, pas de visite de la police ou de travailleurs sociaux, rien de ce genre. Lucy était la plus jolie des deux, cela ne faisait aucun doute, mais les petites avaient l'air de bien s'entendre. Shirley était silencieuse, un peu renfrognée, ce n'était pas une enfant très agréable. Les souvenirs du voisinage, probablement influencés par le drame, donnaient à penser que la fillette avait toujours été un peu étrange. Il était question de scènes de ménage, de cris et de coups occasionnels avant la séparation des parents, mais les petites n'étaient pas livrées à elles-mêmes, loin de là. La grand-mère s'en occupait beaucoup. Depuis le départ du père, on avait assisté à un défilé de pensionnaires – dont certains étaient manifestement les amants de la mère, bien que cette information ait été délivrée avec tact. On avait également vu un ou deux étudiants à la recherche d'un logement bon marché, mais aucun n'était resté très longtemps.

Rhoda Gradwyn avait même réussi à mettre la main sur le rapport d'autopsie. La mort était due à la strangulation, et les blessures au visage – yeux crevés et nez fracturé – avaient été infligées après le décès. Gradwyn avait également retrouvé et interrogé un des policiers chargés de l'affaire. Il n'y avait pas l'ombre d'un mystère. La victime était morte vers trois heures et demie un samedi après-midi, alors que la grand-mère, alors âgée de soixante-neuf ans, était allée jouer au bingo dans le quartier. Il n'était pas inhabituel que les petites restent seules. La grand-mère avait découvert le crime à son retour, à six heures. Le corps de Lucy gisait sur le sol de la cuisine, la pièce où la famille passait le plus de temps, et Shirley dormait dans son lit, à l'étage. Elle n'avait même pas pris la peine de laver le sang de sa sœur qu'elle avait sur les mains et sur les bras, et on avait trouvé ses empreintes sur un vieux fer à repasser qui servait de butoir de porte. Elle avait admis avoir tué sa sœur sans plus d'émotion que si elle avait avoué l'avoir laissée seule un instant.

Kate et Dalgliesh restèrent un moment assis, sans rien dire. Kate savait que leurs pensées suivaient le même cours. Cette découverte leur compliquait les choses. Elle pèserait à la fois sur le regard qu'ils poseraient sur Sharon en tant que suspecte – comment aurait-il pu en être autrement ? – et sur la conduite de l'enquête, qui aurait bien du mal, elle en était consciente, à éviter les pièges de procédure. Les deux victimes avaient été étranglées ; il pouvait s'agir d'une simple coïncidence, cela n'en était pas moins un fait. Sharon Bateman – ils continueraient à lui donner ce nom – n'aurait pas réintégré la société si les autorités n'avaient pas considéré qu'elle ne constituait plus une menace. Ne fallait-il pas, dans ces circonstances, la tenir pour un suspect comme un autre, qui pouvait être coupable aussi bien qu'innocent ? Et qui d'autre savait qui était véritablement Sharon ? Chandler-Powell en avait-il été informé ? Sharon avait-elle fait des confidences à un des occupants du manoir et, le cas échéant, à qui ? Rhoda Gradwyn avait-elle soupçonné d'emblée l'identité de Sharon et était-ce la raison pour laquelle elle avait prolongé son séjour de vingt-quatre heures ? Avait-elle menacé de faire des révélations et Sharon, ou toute autre personne bien informée, était-elle intervenue pour l'en empêcher ? D'autre part, s'ils procédaient à l'arrestation d'un autre suspect, la présence d'une meurtrière condamnée au manoir n'influencerait-elle pas le ministère public dans sa décision d'intenter ou non un procès ? Toutes ces pensées se bousculaient dans sa tête, mais elle ne les formula pas. Avec Dalgliesh, elle prenait toujours garde à ne pas énoncer d'évidences.

Ce fut Dalgliesh qui prit la parole : « La séparation des fonctions au Home Office s'est faite cette année, mais je crois avoir une idée assez claire des nouvelles procédures. Depuis mai, le Service National de la Délinquance a été confié au nouveau ministère de la Justice et les contrôleurs judiciaires chargés de la surveillance des jeunes ont pris le nom de référents des délinquants. Sharon en a certainement un. Il faut que je vérifie si j'ai bien compris, mais il me semble qu'un délinquant doit passer au moins quatre ans dans la société sans s'attirer d'ennuis avant que le contrôle ne soit levé, mais la condamnation n'en reste pas moins applicable à vie, si bien qu'un condamné à perpétuité peut être rappelé à tout moment.

– Sharon est certainement tenue d'informer son contrôleur judiciaire si elle est mêlée à une affaire d'assassinat, même si elle est innocente, non ?

– Elle aurait dû le faire, c'est certain, mais dans le cas contraire, le Service National de la Délinquance en sera informé demain, dès que la nouvelle sera annoncée. Sharon aurait également dû leur faire savoir qu'elle avait changé d'emploi. Qu'elle ait été ou non en relation avec son contrôleur, il est certainement de ma responsabilité d'en informer le service du contrôle judiciaire, qui adressera à son tour un rapport au ministère de la Justice. C'est au contrôle judiciaire et non à la police de traiter l'information et de prendre toutes décisions utiles.

– Autrement dit, nous ne disons et ne faisons rien en attendant que le contrôleur de Sharon s'en charge ? demanda Kate. Mais ne faut-il pas procéder à un nouvel interrogatoire ? Cette découverte modifie son statut dans l'enquête.

– Il va de soi que son contrôleur judiciaire devra assister à l'interrogatoire de Sharon, et j'aimerais que cela puisse se faire dès demain. Le dimanche n'est sans doute pas le meilleur jour pour organiser cela, mais je devrais pouvoir mettre la main sur ce contrôleur judiciaire par l'intermédiaire du fonctionnaire d'astreinte au ministère de la Justice. Je vais appeler Benton. Il faut surveiller Sharon, mais avec la plus grande discrétion. Pendant que j'organise ça, pouvez-vous continuer à parcourir ces dossiers ? Je téléphonerai de la salle à manger, en bas. Je risque d'en avoir pour un moment. »

Kate se replongea dans les documents. Elle avait conscience que Dalgliesh l'avait laissée seule pour éviter de la déranger, sachant qu'elle aurait du mal à trier correctement les fichiers restants sans être gênée par sa conversation.

Une demi-heure plus tard, elle entendit Dalgliesh remonter l'escalier. Entrant dans la pièce, il dit : « Ça a été plus rapide que je ne le craignais. Il a bien fallu surmonter les obstacles habituels, mais j'ai fini par avoir le contrôleur judiciaire. Une certaine Mrs Madeleine Rayner. Heureusement, elle habite Londres et je l'ai attrapée au moment où elle partait pour un déjeuner de famille. Elle viendra à Wareham demain par un train du matin. J'enverrai Benton la chercher. Il la conduira directement à l'ancien cottage de la police. J'aimerais que sa visite passe inaperçue, autant que possible. Elle paraît convaincue que Sharon n'a pas besoin de surveillance particulière et qu'elle n'est pas dangereuse, mais plus tôt la petite quittera le manoir, mieux cela vaudra.

– Envisagez-vous de regagner le Dorset maintenant, commandant ? demanda Kate.

– Non. Nous ne pouvons rien faire avec Sharon avant l'arrivée de Mrs Rayner demain. Nous allons pousser jusqu'à Droughton et régler cette histoire de voiture. Nous emporterons la copie du testament, le dossier sur Sharon et l'article sur le plagiat, mais je crois que c'est tout, à moins que vous n'ayez trouvé autre chose d'intéressant.

– Rien de nouveau pour nous, commandant. Il y a un article consacré aux pertes considérables subies par les membres de la Lloyds au début des années 1990. Miss Cressett nous a dit que Sir Nicholas en faisait partie et qu'il avait été obligé de vendre Cheverell Manor à ce moment-là. Les plus beaux tableaux ont apparemment été vendus à part. Il y a une photo du manoir et une de Sir Nicholas. L'article n'est pas particulièrement tendre pour les membres de la Lloyds, mais j'ai du mal à y voir un mobile d'assassinat. Nous savons qu'Helena Cressett n'était pas ravie que Miss Gradwyn s'installe sous son toit. Dois-je mettre cet article avec les autres ?

– Oui. Je crois qu'il faut emporter tout ce qui a trait au manoir, de près ou de loin. Mais je suis d'accord avec vous. L'article sur les membres de la Lloyds aurait pu inspirer un accueil glacial au moment de l'arrivée de Miss Gradwyn, mais rien de plus grave probablement. J'ai parcouru le classeur qui contient sa correspondance avec son agent. Il semblerait qu'elle ait envisagé de réduire son activité de journaliste pour écrire une biographie. Il serait peut-être utile de rencontrer son agent, mais cela peut attendre. Quoi qu'il en soit, Kate, ajoutez toutes les lettres qui vous paraissent intéressantes ; nous dresserons la liste de ce que nous avons pris pour la remettre à Macklefield, mais nous pourrons le faire plus tard. »

Il sortit de sa mallette un grand sachet de pièces à conviction et rassembla les papiers pendant que Kate se rendait à la cuisine pour laver la tasse et le verre à dents, vérifiant rapidement qu'elle avait bien tout rangé. Rejoignant Dalgliesh, elle sentit que la maison avait plu à son patron, qu'il avait eu envie de remonter sur le toit, qu'il pourrait, lui aussi, vivre et travailler avec bonheur dans cette solitude spartiate. Mais ce fut avec soulagement qu'elle se retrouva dans Absolution Alley et qu'en silence, elle le regarda tirer la porte et la fermer à double tour.

2

Jugeant peu probable que Robin Boyton fût matinal, Benton attendit qu'il soit dix heures pour prendre le chemin de Rose Cottage avec l'inspecteur Warren. Comme le cottage voisin occupé par les Westhall, c'était une construction de pierre au toit d'ardoise. Il y avait un garage pour une voiture sur la gauche et devant, un petit jardin, essentiellement planté de buissons bas, coupé par un étroit ruban de pavage irrégulier. Le porche était couvert de branches enchevêtrées ; quelques boutons desséchés et une unique fleur épanouie justifiaient le nom du pavillon. L'inspecteur Warren appuya sur la sonnette rutilante située à droite de la porte, mais une bonne minute s'écoula avant que Benton ne perçoive un bruit de pas suivi du grincement de verrous qu'on tirait et du cliquetis du loquet qui se soulevait. La porte s'ouvrit toute grande et Robin Boyton se dressa devant eux, immobile, semblant leur barrer délibérément le passage. Il y eut un instant de silence gêné puis il s'effaça en disant : « Entrez. Je suis à la cuisine. »

Ils pénétrèrent dans un petit vestibule carré, avec pour tout mobilier un banc de chêne à côté d'un escalier de bois nu. La porte donnant sur la gauche était ouverte, laissant entrevoir des fauteuils, un canapé, une table ronde cirée et ce qui ressemblait à une série d'aquarelles sur le mur du fond ; il s'agissait manifestement du salon. Suivant Boyton, ils franchirent la porte de droite, ouverte elle aussi. La pièce qui s'étendait sur toute la longueur du cottage était baignée de lumière. L'extrémité donnant sur le jardin était réservée à la cuisine avec un évier à deux bacs, une cuisinière en fonte verte, un plan de travail en îlot, et un coin salle à manger équipé d'une table de chêne rectangulaire entourée de six chaises. Contre le mur situé en face de la porte se dressait un grand vaisselier dont les étagères abritaient un assortiment disparate de cruches, de tasses et d'assiettes, alors que l'espace situé sous la fenêtre antérieure avait été meublé d'une table basse et de quatre chaises, toutes anciennes et dépareillées.

Prenant les choses en main, Benton fit les présentations et se dirigea vers la table. « Voulez-vous que nous nous mettions ici ? » demanda-t-il et il s'assit, dos au jardin. « Vous pourriez peut-être vous installer en face de moi », suggéra-t-il, ne laissant à Boyton d'autre solution que de prendre la chaise d'en face ; la lumière de la fenêtre lui tombait directement sur le visage.

Il était encore sous le choc d'une vive émotion, chagrin, peur, ou peut-être un mélange des deux, et avait l'air de ne pas avoir fermé l'œil de la nuit. Il avait le teint terne, le front emperlé de sueur et ses yeux bleus étaient voilés et cernés. Mais il venait de se raser et Benton décela une combinaison d'odeurs – savon, lotion après-rasage et, quand Boyton prit la parole, un soupçon d'alcool dans son haleine. Il n'était pas arrivé au cottage depuis longtemps, mais cela lui avait suffi pour donner à la pièce une apparence de désordre et de saleté. L'égouttoir était encombré d'une pile d'assiettes incrustées de débris alimentaires et de verres salis et l'évier contenait deux casseroles, tandis que son long manteau noir accroché au dossier d'une chaise, une paire de tennis boueuses près de la porte-fenêtre et des journaux ouverts dispersés sur la table basse parachevaient l'impression de fouillis, de pièce occupée temporairement, mais sans plaisir.

En observant Boyton, Benton songea que son visage était de ceux que l'on n'oublie pas ; les puissantes vagues de cheveux blonds tombant sans artifice sur le front, les yeux remarquables, la courbe forte et parfaite des lèvres. Mais ce n'était pas une beauté capable de résister à la fatigue, à la maladie ou à la peur. Les premiers signes de déclin apparaissaient déjà dans un certain épuisement de la vitalité, les poches sous les yeux, le relâchement des muscles autour de la bouche. Peut-être s'était-il préparé à cette épreuve ; en tout cas, quand il parla, ce fut sans bredouiller.

Il se retourna en faisant un geste vers la cuisinière et demanda : « Café ? Thé ? Je n'ai pas encore pris mon petit déjeuner. Je ne sais même plus quand j'ai mangé pour la dernière fois, mais je ne voudrais pas faire perdre son temps à la police. Ou bien une tasse de café pourrait-elle être interprétée comme une tentative de corruption ?

– Voulez-vous dire que vous n'êtes pas en état d'être interrogé ? demanda Benton.

– Je suis en aussi bon état que possible, vu les circonstances. Je suppose qu'il faut plus qu'un assassinat pour vous démonter, brigadier… c'est bien brigadier, n'est-ce pas ?

– Inspecteur chef Benton-Smith et inspecteur Warren.

– Les gens comme moi ont tendance à trouver les assassinats extrêmement pénibles, surtout quand la victime est une amie, mais évidemment, vous faites votre travail, une justification qui, de nos jours, excuse presque tout. Vous voudrez sans doute prendre mes coordonnées, mon nom complet et mon adresse, si les Westhall ne vous les ont pas encore donnés. J'avais un appartement, mais j'ai dû y renoncer – quelques légers différends avec mon propriétaire à propos du loyer –, alors je loge chez mon associé, dans sa maison de Maida Vale. »

Il donna son adresse et regarda l'inspecteur Warren la noter, sa grosse main se déplaçant résolument sur son carnet.

« Et quelle est votre profession, Mr Boyton ? demanda Benton.

– Vous pouvez écrire comédien. J'ai ma carte du syndicat des acteurs et de temps en temps, quand l'occasion se présente, je joue. Je suis aussi ce que vous pourriez appeler concepteur d'entreprises. J'ai des idées. Certaines marchent, d'autres non. Quand je ne joue pas et que je n'ai pas d'idées brillantes, je me fais aider par mes amis. Et quand cela ne suffit pas, je m'adresse à un gouvernement bienveillant qui me verse ce qu'on appelle ridiculement une allocation de recherche d'emploi.

– Et que faites-vous ici ?

– Que voulez-vous dire ? J'ai loué ce cottage. Je l'ai payé. Je suis en vacances. Voilà ce que je fais ici.

– Pourquoi à cette période de l'année ? Décembre n'est certainement pas le mois le plus agréable pour prendre des vacances. »

Les yeux bleus se posèrent sur Benton. « Je pourrais vous demander, moi aussi, ce que vous faites ici. Il me semble avoir l'air plus chez moi que ce n'est votre cas, brigadier. Cette voix si britannique, ce visage tellement… ma foi… tellement indien. Quel atout en matière d'embauche ! Tout de même, ça ne doit pas être du gâteau, dans le métier que vous avez choisi… pour vos collègues, j'entends. Un mot irrespectueux ou désobligeant à propos de votre couleur, et ils se font virer ou condamner pour discrimination raciale. Vous ne correspondez pas exactement aux stéréotypes policiers, si ? Vous ne faites pas partie du club. Ça ne doit pas être facile à vivre tous les jours. »

Malcolm Warren leva la tête et esquissa un hochement de tête presque imperceptible comme pour déplorer ce nouvel exemple de la propension des gens qui sont au fond du trou à continuer de creuser, puis il se replongea dans son carnet, sa main se déplaçant lentement sur la page.

« Pourriez-vous répondre à ma question, je vous prie ? reprit Benton calmement. Je vais la formuler autrement si vous préférez. Pourquoi êtes-vous ici à cette date précise ?

– Parce que Miss Gradwyn m'a demandé de venir. Elle s'était décidée à subir une intervention qui devait lui changer la vie, et elle avait envie d'avoir un ami sur place pendant sa semaine de convalescence. Je viens assez régulièrement, comme mes cousins vous l'ont certainement expliqué. Et si Rhoda est venue ici, c'est sans doute parce que je lui ai recommandé le manoir et que le chirurgien assistant, Marcus, est mon cousin. Quoi qu'il en soit, elle m'a dit qu'elle avait besoin de moi, et je suis venu. Cela répond-il à votre question ?

– Pas entièrement, Mr Boyton. Si votre présence lui tenait à cœur, pourquoi a-t-elle précisé au docteur Chandler-Powell qu'elle ne voulait pas de visites ? C'est du moins ce qu'il prétend. L'accusez-vous de mensonge ?

– Ne me faites pas dire ce que je n'ai pas dit, brigadier. Elle a peut-être changé d'avis, mais je n'y crois guère. Peut-être n'avait-elle pas envie de me voir avant qu'on lui ait retiré ses bandages et que la cicatrisation soit en bonne voie. Ou bien le grand George aura jugé qu'il n'était pas médicalement raisonnable qu'elle reçoive des visites et il les lui aura interdites. Comment pourrais-je savoir ce qui s'est passé ? Tout ce que je sais, c'est qu'elle m'a demandé de venir et que j'avais l'intention de rester jusqu'à son départ.

– Mais vous lui avez adressé un message, si je ne me trompe. Nous l'avons trouvé sur son portable. *Vient de se passer chose très importante. Dois te parler. Stp, accepte de me voir, stp, ne me ferme pas ta porte.* Qu'était cette chose si importante ? »

Il n'y eut pas de réponse. Boyton enfouit son visage entre ses mains. Le geste pouvait être, songea Benton, une tentative pour dissimuler une émotion incontrôlable, mais c'était aussi un moyen fort commode de gagner du temps pour rassembler ses idées. Après quelques instants de silence, Benton insista : « Et l'avez-vous effectivement rencontrée pour discuter de cette affaire si importante à un moment ou à un autre, après son arrivée ? »

Boyton répondit à travers ses mains. « Comment l'aurais-je pu ? Vous savez bien que non. Ils ne m'ont pas laissé entrer au manoir ni avant ni après l'intervention. Et samedi matin, elle était morte.

– Permettez-moi de vous reposer la question, Mr Boyton. Pouvez-vous me dire ce qu'était cette affaire de première importance ? »

Cette fois, Boyton leva les yeux vers Benton, et répondit d'une voix parfaitement contrôlée. « Ce n'était pas vraiment important. J'essayais de le lui faire croire. C'était une histoire d'argent. Mon associé et moi avons besoin d'une autre maison pour notre société, et il y en a une qui est actuellement en vente et qui nous conviendrait parfaitement. Ç'aurait été un excellent placement pour Rhoda et j'espérais qu'elle accepterait de nous aider. Débarrassée de cette vilaine cicatrice et avec cette nouvelle vie qui s'ouvrait devant elle, elle aurait pu s'y intéresser.

– Votre associé pourra certainement confirmer vos propos ?

– Au sujet de la maison ? Oui, bien sûr, mais je ne vois pas pourquoi vous iriez le voir. Je ne lui ai pas dit que j'allais m'adresser à Rhoda. Toute cette affaire ne vous regarde pas.

– Je vous rappelle que nous enquêtons sur un assassinat, Mr Boyton, fit remarquer Benton. Tout nous regarde, et puisque Miss Gradwyn vous était chère, vous avez certainement envie que nous retrouvions son assassin. Vous feriez donc mieux de répondre à nos questions honnêtement et sans rien nous cacher. J'imagine que vous avez hâte de rentrer à Londres pour reprendre vos activités ?

– Absolument pas. J'ai réservé pour une semaine et je resterai une semaine. C'est ce que j'avais prévu de faire, et je le dois à Rhoda. Je veux comprendre ce qui se passe ici. »

La réponse étonna Benton. La plupart des suspects, exception faite de ceux que la proximité d'une mort violente émoustille, sont pressés de mettre autant de distance que possible entre le crime et eux. Il était commode de disposer de Boyton sur place, au cottage, mais il avait pensé que son suspect protesterait et s'empresserait de faire valoir que rien ne les autorisait à l'empêcher de regagner Londres au plus vite.

Il demanda : « Depuis combien de temps connaissiez-vous Rhoda Gradwyn et comment vous étiez-vous rencontrés ?

– Nous avons fait connaissance il y a six ans, après une représentation assez médiocre d'une pièce de théâtre, une production expérimentale de *En attendant Godot*. Je sortais de l'école d'art dramatique. Nous nous sommes rencontrés au pot organisé après le spectacle. Une soirée atroce, mais une sacrée veine pour moi. Nous avons bavardé. Je lui ai proposé que nous dînions ensemble la semaine suivante et à ma grande surprise, elle a accepté. Par la suite, nous nous sommes vus de temps en temps, pas très souvent, mais toujours avec plaisir, en ce qui me concerne du moins. Je vous l'ai dit, c'était mon amie, une amie très chère, une de celles qui m'ont aidé quand je ne trouvais pas de rôle et que je manquais d'idées lucratives. Pas fréquemment, et jamais des sommes importantes. C'était toujours elle qui payait le restaurant quand nous nous donnions rendez-vous. Je ne vois pas pourquoi j'essaie de vous expliquer ça. Ça ne vous regarde pas. Je l'aimais. Je ne veux pas dire que j'étais amoureux d'elle, non, je l'aimais. J'avais besoin de la voir. J'aimais savoir qu'elle faisait partie de ma vie. Ses sentiments pour moi n'avaient certainement rien de passionnel, mais en général, quand je lui proposais un rendez-vous, elle acceptait. Je pouvais lui parler.

Il n'y avait rien de maternel dans tout cela, rien de sexuel non plus, mais c'était de l'amour. Et maintenant, un de ces salopards du manoir l'a tuée et je ne partirai pas d'ici avant de savoir qui a fait ça. Je ne veux plus répondre à vos questions à son sujet. Les sentiments qui nous liaient étaient ce qu'ils étaient. Ils n'ont rien à voir avec la raison pour laquelle elle est morte, ni avec la façon dont elle est morte. Et même si je pouvais vous l'expliquer, vous ne comprendriez pas. Ça vous ferait rire. » Il s'était mis à pleurer, ne cherchant plus à endiguer le flot de larmes.

« L'amour n'a rien de risible », répliqua Benton, tout en pensant *Bon sang, on dirait une chanson à la noix. L'amour n'a rien de risible. Oh, ma chérie, l'amour n'a rien de risible, il est imprévisible.* Il entendait déjà une mélodie joyeusement banale s'insinuer dans son esprit. Parfait pour l'Eurovision. Posant les yeux sur le visage décomposé de Boyton, il songea : *Son émotion est sincère, mais quelle est-elle, au juste ?*

Il demanda, avec plus de douceur : « Pouvez-vous nous résumer ce que vous avez fait depuis que vous êtes arrivé à Stoke Cheverell ? D'ailleurs, quand êtes-vous arrivé exactement ? »

Boyton réussit à se maîtriser, plus rapidement que Benton ne l'aurait cru. Observant ses traits, il se demanda si ce changement rapide était un numéro d'acteur, destiné à livrer un aperçu de tous les états affectifs qu'il était capable d'interpréter. « Jeudi soir, vers dix heures. Je suis descendu de Londres.

– Miss Gradwyn ne vous a donc pas demandé de la conduire ici ?

– Non. D'ailleurs, je ne m'attendais pas à ce qu'elle le fasse. Elle aime conduire, pas se faire conduire. De toute façon, il fallait qu'elle soit ici de bonne heure pour je ne sais quels examens, et je ne pouvais pas m'absenter avant la soirée. J'ai apporté de quoi me préparer un petit déjeuner vendredi. Je pensais faire des courses sur place un peu plus tard et acheter ce qu'il me fallait. J'ai téléphoné au manoir pour annoncer mon arrivée et prendre des nouvelles de Rhoda. On m'a dit qu'elle dormait. J'ai demandé quand je pourrais la voir et Miss Holland m'a répondu qu'elle avait formellement refusé toutes les visites. Alors j'ai laissé tomber. J'ai envisagé un moment de faire un saut chez mes cousins – ils sont juste à côté, dans Stone Cottage, et il y avait de la lumière – mais je n'étais pas très sûr qu'ils me fassent bon accueil, surtout après dix heures du soir. J'ai regardé la télé pendant une heure puis je suis allé me coucher. Le vendredi, j'ai dormi tard, alors ce n'est pas la peine de me demander ce qui s'est passé avant onze heures. À ce moment-là, j'ai retéléphoné au manoir, on m'a dit que l'opération s'était bien passée et que Rhoda se reposait. On m'a répété qu'elle ne voulait pas de visites. Je suis allé déjeuner vers deux heures au pub du village puis je suis allé faire un tour, et j'ai fait quelques courses. Ensuite je suis rentré et je n'ai pas bougé de la soirée. Samedi, j'ai découvert que Rhoda avait été assassinée quand j'ai vu les voitures de police arriver et que j'ai voulu entrer au manoir. J'ai fini par détourner l'attention du flic posté à l'entrée et c'est comme ça que j'ai fait irruption au milieu de la charmante petite réunion que votre patron avait organisée. Mais tout cela, vous le savez déjà.

354

– Êtes-vous, à un moment ou à un autre, entré dans le manoir avant de forcer le passage samedi après-midi ? demanda Benton.

– Non. Je pensais avoir été clair sur ce point.

– Qu'avez-vous fait exactement entre vendredi après-midi à seize heures trente et samedi après-midi, au moment où vous avez été informé du crime ? Je voudrais surtout savoir si vous êtes sorti à un moment ou à un autre dans la nuit de vendredi. C'est très important. Vous auriez pu voir quelque chose ou quelqu'un.

– Je vous l'ai dit, je ne suis pas sorti et comme je ne suis pas sorti, je n'ai rien vu, et je n'ai vu personne. J'étais au lit à onze heures.

– Pas de voitures ? Personne qui soit arrivé tard dans la nuit ou de bonne heure samedi matin ?

– Arrivé où ? Je vous l'ai dit. J'étais au lit à onze heures. J'avais bu si vous voulez tout savoir. Je crois que si un char d'assaut avait enfoncé la porte d'entrée, je l'aurais peut-être entendu, mais je ne pense pas que je serais arrivé à me traîner jusqu'en bas.

– Reste vendredi après-midi, après votre déjeuner au Cressett Arms. Vous êtes-vous rendu au cottage proche de l'intersection avec la grand-route, celui qui est un peu à l'écart de la route, avec un jardin tout en longueur sur l'avant ? Il s'appelle bien Rosemary Cottage ?

– Effectivement, j'y suis allé. Il n'y avait personne. Le cottage était vide, il y avait un panneau "À vendre" sur la grille. J'espérais que les nouveaux propriétaires auraient l'adresse de quelqu'un que je connaissais et qui y a habité. C'était une petite affaire privée, sans importance. Je voulais lui envoyer une carte de vœux pour Noël – c'est aussi bête que ça. Rien à voir avec le meurtre. Mog est passé à bicyclette, sans doute pour aller voir sa bonne amie. Je suppose que c'est à lui que vous devez ce potin. Il y a des gens dans ce patelin qui sont incapables de la boucler. Je vous le dis, cela n'avait rien à voir avec Rhoda.

– Personne ne prétend le contraire, Mr Boyton. Mais nous vous avons demandé de nous exposer ce que vous avez fait depuis votre arrivée ici. Pourquoi omettre ce détail ?

– Parce que je l'avais oublié. Cela n'avait aucune importance. Écoutez, je suis allé déjeuner au pub. Je n'ai vu personne et il ne s'est rien passé. Comment voulez-vous que je me rappelle tous les détails ? Je suis bouleversé, j'ai la tête à l'envers. Si vous continuez à me harceler, je vais être obligé de réclamer l'assistance d'un avocat.

– Rien ne vous empêche de le faire si vous le jugez nécessaire. Et si vous avez vraiment l'impression d'être harcelé, je ne doute pas que vous déposerez une plainte en bonne et due forme. Il n'est pas exclu que nous ayons à reprendre cet interrogatoire. En attendant, j'ai une seule suggestion à vous faire : si un autre fait, aussi insignifiant soit-il, vous revient à l'esprit, informez-nous-en aussi rapidement que possible. »

Ils se levèrent. Ce fut à cet instant que Benton se rappela qu'il ne l'avait pas interrogé sur le testament de Miss Gradwyn. Oublier cette instruction d'AD aurait été une grave erreur. Furieux contre lui-même, il reprit la parole presque sans réfléchir.

« Vous disiez être un bon ami de Miss Gradwyn. Vous aurait-elle fait un jour des confidences sur son testament, aurait-elle laissé entendre que vous pourriez faire partie des bénéficiaires ? Lors de votre dernière rencontre, peut-être. Quand était-ce d'ailleurs ?

– Le 21 novembre, à l'Ivy. Non, elle ne m'a jamais parlé de son testament. Pourquoi l'aurait-elle fait ? Les testaments, c'est un truc de mort. Elle ne s'attendait pas à mourir. Cette intervention ne mettait pas sa vie en danger. Pourquoi parler de son testament ? Vous l'avez vu ? »

Cette fois, parfaitement perceptible sous son ton indigné, sa voix trahissait une curiosité un peu honteuse et une lueur d'espoir.

Benton répondit négligemment : « Non, nous ne l'avons pas vu. C'était juste une idée. »

Boyton ne les raccompagna pas et ils le laissèrent assis à la table, la tête entre les mains. Refermant derrière eux la grille du jardin, ils reprirent le chemin de l'ancien cottage de la police.

« Eh bien, qu'avez-vous pensé de lui ? demanda Benton.

– Pas grand-chose. Il n'est pas très futé, si ? Et teigneux avec ça. Mais je ne le vois pas en assassin. S'il avait voulu tuer Miss Gradwyn, pourquoi l'aurait-il suivie jusqu'ici ? Il aurait eu plus d'occasions de le faire à Londres. Et je ne vois pas comment il aurait pu agir sans complice.

– Gradwyn aurait pu le laisser entrer pour lui accorder l'entrevue confidentielle qu'il réclamait. Mais le jour même de son opération ? Ce serait curieux, évidemment. De toute évidence, il a peur, mais en même temps, il est excité. Et pourquoi reste-t-il ? J'ai le sentiment qu'il nous a menti à propos de l'affaire importante dont il voulait entretenir Rhoda Gradwyn. On a du mal à l'imaginer en assassin, mais on peut en dire autant de tous les autres. Je crois aussi qu'il a menti à propos du testament. »

Ils marchèrent en silence. Benton se demanda s'il en avait trop dit. La situation, se dit-il, ne devait pas être très confortable pour l'inspecteur Warren, qui participait au travail de l'équipe tout en appartenant à une autre unité. Seuls les membres de l'unité spéciale prenaient part aux discussions du soir, mais l'inspecteur Warren serait probablement plus soulagé que fâché d'en être exclu. Il avait expliqué à Benton qu'à sept heures, sauf si l'on avait expressément besoin de lui, il rentrait à Wareham rejoindre sa femme et leurs quatre enfants. Dans l'ensemble, il était utile. Benton l'appréciait et était à l'aise avec ce mètre quatre-vingt-cinq de muscles qui marchait à ses côtés. Et il avait tout intérêt à éviter de perturber la vie conjugale de Warren : sa femme était native de Cornouailles et le matin même, l'inspecteur était arrivé avec six petits pâtés cornouaillais d'un parfum et d'une saveur incomparables.

3

Dalgliesh parla peu pendant qu'ils se dirigeaient vers le nord. Cela n'avait rien d'inhabituel et Kate ne prenait pas ombrage de ce mutisme ; voyager avec Dalgliesh dans un silence complice avait toujours été un plaisir rare et intime. Aux abords de Droughton, elle s'efforça de lui donner des instructions précises bien avant les intersections, tout en réfléchissant à l'entretien qui les attendait. Dalgliesh n'avait pas prévenu le révérend Curtis de leur visite. Ce n'était guère nécessaire car le dimanche, les ecclésiastiques se trouvaient généralement sinon au presbytère ou à l'église, du moins dans leur paroisse. Et une visite surprise n'était pas forcément sans avantages.

Ils devaient se rendre au 2 Balaclava Gardens, la cinquième intersection sur Marland Way, une large artère qui rejoignait le centre-ville. Ici, pas de calme dominical. La circulation était dense, des voitures, des camionnettes de livraison et une kyrielle de bus formant des pelotons compacts sur la route luisante. Leur grondement composait un accompagnement discordant et immuable aux hurlements réitérés de *Rudolph the Red Nosed Reindeer*, hommage tonitruant au renne du Père Noël qui s'interposait au milieu des premières strophes de cantiques traditionnels. Sans doute le centre-ville célébrait-il dignement la fête hivernale à grand renfort de décorations municipales, mais le long de cette route moins privilégiée, les efforts individuels et disparates des commerçants et des bistrotiers locaux, les lampions imbibés de pluie et les drapeaux fanés, les ampoules qui se balançaient en clignotant, passant du rouge au vert au jaune, et les quelques sapins piteusement décorés évoquaient moins des festivités qu'une résistance farouche contre le désespoir. Les visages des passants qui faisaient leurs courses, entraperçus par les vitres de la voiture ternies par l'averse, avaient l'aspect chimérique et évanescent de spectres en train de se désagréger.

Scrutant le paysage brouillé par la pluie qui n'avait cessé de tomber pendant tout le trajet, ils auraient pu parcourir n'importe quelle rue de banlieue défavorisée, moins marquée par la monotonie que par un mélange informe de vieux et de neuf, d'abandon et de rénovation. Les rangées de petites boutiques étaient interrompues par des tours d'habitation implantées très en retrait, derrière des balustrades, et une brève succession de maisons attenantes, bien entretenues et datant visiblement du dix-huitième, contrastait de façon inattendue et incongrue avec les cafés qui vendaient des plats à emporter, les bureaux de pari et les enseignes tapageuses. Les passants, tête enfoncée dans les épaules pour éviter la pluie battante, semblaient se déplacer sans but apparent, ou s'abritaient sous les stores des magasins, observant la circulation. Seules les mères encombrées de poussettes aux capotes recouvertes de plastique manifestaient une résolution énergique et désespérée.

Kate combattit la dépression teintée de culpabilité qui ne manquait jamais de l'accabler à la vue des tours d'habitation. C'était dans un de ces blocs crasseux et rectangulaires, témoignages de l'ambition des autorités locales et du désespoir humain, qu'elle était née et qu'elle avait grandi. Depuis son enfance, elle n'avait eu qu'une envie, s'évader, fuir l'odeur âcre d'urine qui régnait dans les escaliers, l'ascenseur régulièrement en panne, les graffitis, le vandalisme, les voix rauques. Et elle s'était enfuie. Elle se dit que l'on vivait sans doute mieux maintenant qu'autrefois dans ces immeubles, même dans les cités, mais elle ne passait jamais devant ce genre de bâtiments sans avoir l'impression qu'à travers sa libération personnelle, elle avait moins rejeté que trahi un univers qui ferait toujours partie intégrante d'elle-même.

Il était impossible de manquer l'église St John. Elle se dressait à gauche de la rue, immense édifice victorien crasseux dont le clocher dominait l'intersection avec Balaclava Gardens. Kate se demanda comment une paroisse locale pouvait raisonnablement entretenir pareille aberration architecturale. De toute évidence, cela ne se faisait pas sans mal. Une grande affiche installée devant le porche et ornée d'un thermomètre peint annonçait qu'il restait à trouver trois cent cinquante mille livres, au-dessus de cette exhortation *Aidez-nous à sauver notre clocher*. Une flèche pointée sur le chiffre de cent vingt-trois mille semblait n'avoir pas bougé depuis un certain temps.

Dalgliesh se gara devant l'église et sortit rapidement pour examiner le panneau. Reprenant sa place, il annonça : « Messe basse à sept heures, grand-messe à dix heures trente, office du soir et vêpres à six heures, confessions de cinq à sept les lundis, mercredis et samedis. Avec un peu de chance, nous le trouverons chez lui. »

Kate préférait ne pas avoir à mener cet interrogatoire avec Benton. De longues années d'expérience en présence d'une grande variété de suspects lui avaient enseigné les techniques établies et lui avaient appris à les modifier au besoin, en fonction des personnalités qu'elle avait en face d'elle. Elle savait quand il convenait de faire preuve de douceur et de sensibilité, et quand ces qualités seraient prises pour de la faiblesse. Elle avait appris à ne jamais élever la voix et à ne pas détourner le regard. Mais l'interrogatoire de ce suspect-là, si le pasteur devait se révéler comme tel, ne serait pas une tâche facile pour elle. Il était certainement délicat de soupçonner un ecclésiastique d'homicide, mais sa halte en ce lieu reculé et solitaire à une heure aussi tardive de la nuit pouvait être due à un motif embarrassant, bien que moins horrible. De plus, quel titre était-on censé lui donner ? Était-ce un pasteur, un prêtre, un curé ? Devait-elle l'appeler père ? Elle avait entendu toutes ces formules utilisées à différents moments, mais les subtilités, et même la doctrine fondamentale, de la religion nationale lui échappaient. La réunion matinale dans son collège de banlieue avait été délibérément multiconfessionnelle, avec une allusion occasionnelle au christianisme. Elle avait appris sans même s'en rendre compte le peu qu'elle savait de l'Église établie de son pays à travers l'architecture et la littérature, et grâce aux tableaux des musées. Elle se savait intelligente, ouverte sur la vie et sur les autres, mais le métier qu'elle exerçait avec passion avait largement suffi à satisfaire sa curiosité intellectuelle. Son credo personnel d'honnêteté, de bonté, de courage et de vérité dans les relations humaines était dépourvu de tout fondement mystique et s'en passait fort bien. La grand-mère qui l'avait élevée bon gré mal gré ne lui avait donné en matière religieuse qu'un seul conseil, qui ne lui avait pas été d'une grande utilité.

Elle lui avait demandé un jour : « Grand-mère, est-ce que tu crois en Dieu ?

– Quelle question idiote ! Tu ne vas pas commencer à te soucier de Dieu à ton âge. Il n'y a qu'une chose à retenir à ce sujet. Quand tu seras mourante, fais venir un prêtre. Il veillera à ce que tout se passe bien.

– Et si je ne sais pas que je vais mourir ?

– En général, on le sait. Tu as bien le temps de te farcir la tête avec des bondieuseries. »

Pour le moment, elle n'avait effectivement aucun besoin de s'en farcir la tête. AD était fils de pasteur et ce n'était pas le premier membre du clergé qu'il interrogeait. Qui pouvait, mieux que lui, s'occuper du révérend Michael Curtis ?

Ils s'engagèrent dans Balaclava Gardens. S'il y avait eu des jardins un jour, comme le nom de la rue pouvait le donner à penser, il n'en restait que quelques arbres. Un certain nombre des maisons victoriennes attenantes étaient toujours debout, mais le numéro deux, et les quatre ou cinq bâtisses suivantes, étaient des habitations modernes cubiques en brique rouge. Le numéro deux était la plus grande et était flanqué d'un garage sur la gauche, avec une petite pelouse entourant un massif. La porte du garage était ouverte sur une Ford Focus bleu foncé immatriculée W 341 UDG.

Kate sonna et entendit une voix de femme qui appelait et le cri aigu d'un enfant. Après quelques instants, des clés tournèrent dans la serrure et la porte s'entrebâilla. Ils virent une jeune femme, jolie et très blonde. Elle était en pantalon sous une blouse et portait un enfant sur sa hanche gauche, tandis que deux petits, des jumeaux de toute évidence, la tiraient des deux côtés par son pantalon. C'étaient des portraits miniatures de leur mère, avec le même visage rond, les mêmes cheveux de blé coupés en frange, et de grands yeux qui se posaient sur les nouveaux venus en les soumettant à un jugement impassible.

Dalgliesh sortit sa carte. « Mrs Curtis ? Je suis le commandant Dalgliesh de la Metropolitan Police. Je vous présente l'inspectrice principale Miskin. Nous aimerions voir votre mari. »

Elle eut l'air étonnée. « La Metropolitan Police ? Tiens, c'est nouveau. Il arrive que la police locale passe nous voir de temps en temps. Certains jeunes de la cité ne sont pas toujours faciles. Ce sont de chic types... les policiers d'ici, je veux dire. Entrez. Pardon de vous avoir fait attendre, c'est à cause de ces doubles serrures de sécurité. C'est épouvantable, je sais bien, mais Michael s'est fait agresser deux fois l'année dernière. C'est pour cela que nous avons dû retirer le panneau indiquant le presbytère. » Elle appela d'une voix dénuée de toute inquiétude : « Michael, mon chéri ! Il y a quelqu'un de la Met qui veut te voir. »

Le révérend Michael Curtis portait une soutane avec ce qui ressemblait à une vieille écharpe universitaire enroulée autour du cou. Mrs Curtis referma la porte d'entrée derrière eux, à la grande satisfaction de Kate qui trouva qu'il faisait froid dans la maison. Le pasteur s'avança et échangea avec eux une poignée de main distraite. Il était plus âgé que sa femme, peut-être moins qu'il n'y paraissait, sa silhouette mince un peu voûtée contrastant avec la beauté généreuse de la jeune mère. Ses cheveux bruns, coupés en frange comme ceux d'un moine, commençaient à grisonner, mais les yeux pleins de bonté étaient vigilants et perspicaces et il serra la main de Kate avec assurance. Jetant à sa femme et à ses enfants un regard d'amour perplexe, il désigna une porte derrière lui.

« Allons dans mon bureau, voulez-vous ? »

La pièce était plus vaste que Kate ne l'aurait pensé et ses portes-fenêtres donnaient sur un petit jardin. De toute évidence, on avait renoncé à désherber les massifs et à tondre le gazon. Cet espace avait été abandonné aux enfants, comme le montraient une cage à poules, un bac à sable et une balançoire. Des jouets étaient éparpillés dans l'herbe. La pièce sentait les livres avec, pensa-t-elle, un soupçon d'encens. Elle remarqua un bureau encombré, une table chargée de piles de livres et de revues adossée contre le mur, un appareil de chauffage à gaz moderne, dont une seule rampe était allumée, et, à droite du bureau, un crucifix avec un prie-Dieu devant. Deux fauteuils un peu défoncés étaient disposés devant la cheminée.

« Ces deux sièges devraient être à peu près confortables », dit Mr Curtis.

Il fit pivoter la chaise du bureau pour leur faire face, les mains sur les genoux. Il avait l'air un peu intrigué, mais son attitude ne trahissait aucune inquiétude.

Dalgliesh prit la parole : « Nous aurions quelques questions à vous poser à propos de votre voiture.

– Ma vieille Ford ? J'imagine mal qu'on ait pu me la voler et s'en servir pour commettre un délit. Elle roule bien pour son âge, mais elle n'est pas très rapide. Je ne peux pas croire que quelqu'un l'ait empruntée dans de mauvaises intentions. Comme vous l'avez sans doute vu, elle est au garage. Tout est en ordre.

– Elle a été aperçue en stationnement, dans la nuit de vendredi dernier, à proximité du lieu d'un crime, expliqua Dalgliesh. La personne qui la conduisait a peut-être vu quelque chose qui pourrait être utile à notre enquête. Une autre voiture arrêtée, par exemple, ou quelqu'un qui présentait un comportement suspect. Vous trouviez-vous dans le Dorset dans la soirée de vendredi, mon père ?

– Dans le Dorset ? Non. J'étais ici. J'avais une réunion du conseil de paroisse à cinq heures. En fait, ce n'est pas moi qui conduisais ma voiture ce soir-là. Je l'avais prêtée à un ami. Il avait mis la sienne en révision, elle devait passer au contrôle technique. Je pense qu'il y avait un certain nombre de réparations à faire. Il avait un rendez-vous urgent qu'il ne voulait pas manquer, alors il m'a demandé s'il pouvait m'emprunter la mienne. Je lui ai dit que je pourrais toujours prendre la bicyclette de ma femme si je devais sortir. Je suis sûr qu'il ne demandera qu'à vous accorder toute l'assistance que vous voudrez.

– Quand vous a-t-il restitué votre véhicule ?

– Probablement hier matin de très bonne heure, avant que nous soyons levés. Je me rappelle qu'elle était là quand je suis sorti pour la messe de sept heures. Il avait laissé un mot de remerciement sur le pare-brise et avait fait le plein. Ça ne m'a pas étonné ; il a toujours été très attentionné. Le Dorset, disiez-vous ? Ça fait une sacrée trotte. J'imagine que s'il avait vu quelque chose de suspect ou s'il avait été témoin d'un incident, il m'aurait téléphoné pour me le dire. En fait, nous ne nous sommes pas parlé depuis son retour.

– Tous ceux qui se sont approchés du lieu du crime ont pu relever des éléments intéressants sans en comprendre la signification, sans les juger suspects ou insolites sur le coup. Serait-il possible d'avoir son nom et son adresse ? S'il habite dans le coin, nous gagnerions beaucoup de temps si nous pouvions le voir sans tarder.

– C'est le directeur de notre collège local, Droughton Cross School. Il s'appelle Stephen Collinsby. Vous devriez le trouver à l'école à cette heure-ci. Il y va généralement le dimanche après-midi pour préparer tranquillement la semaine. Je vais vous noter l'adresse. C'est tout près. Vous pouvez y aller à pied si vous préférez laisser votre voiture ici. »

Il se retourna, ouvrit le tiroir de gauche et après avoir fouillé un instant, trouva une feuille de papier blanc et se mit à écrire. La pliant proprement et la tendant à Dagliesh, il ajouta : « Collinsby est notre héros local. En fait, c'est presque un héros national maintenant. Vous avez peut-être lu quelque chose sur lui dans le journal ou vu l'émission de télévision sur l'enseignement à laquelle il a participé ? C'est un type brillant. Il a fait un travail du tonnerre au collège de Droughton en appliquant des principes que la plupart des gens approuveraient sans doute, mais que ses collègues n'ont pas l'air d'arriver à mettre en œuvre. Il estime que chaque enfant possède un talent, un don ou une compétence intellectuelle capables d'améliorer toute son existence et que c'est à l'école de les découvrir et de les cultiver.

Cela ne se fait pas tout seul, évidemment, et il a mis toute la communauté sur le coup, les parents notamment. Je suis membre du conseil d'établissement, et je fais ce que je peux. Je donne des cours de latin à deux garçons et deux filles une fois tous les quinze jours, avec l'aide de la femme de l'organiste qui comble mes lacunes. Le latin n'est pas au programme. Ces enfants viennent parce qu'ils ont envie de l'apprendre. C'est tellement gratifiant d'enseigner dans ces conditions ! Un de nos bedeaux s'occupe du club d'échecs avec sa femme. Il y a parmi les membres de ce club des garçons extraordinairement doués pour les échecs et absolument passionnés, alors qu'on pensait qu'ils n'étaient bons à rien. Et je vous assure que quand on est champion scolaire avec de bonnes chances de défendre le comté en compétition, on n'a plus besoin de se faire respecter en se trimballant avec un couteau. Pardonnez-moi, je suis intarissable, mais depuis que je connais Stephen et que je suis membre du conseil d'établissement, l'éducation est une de mes marottes. C'est tellement réconfortant de voir des initiatives aussi formidables se mettre en place malgré toutes les difficultés. Si vous avez le temps de discuter école avec Stephen, je suis sûr que ses idées vous passionneront. »

Ils se levèrent en même temps. « Oh, fit-il, quelle négligence de ma part ! Vous ne voulez pas du thé, ou du café ? » Il regarda vaguement autour de lui comme s'il s'attendait à ce que les boissons apparaissent par enchantement. « Ma femme pourrait… » Il se dirigea vers la porte, prêt à appeler.

« Merci, mon père, intervint Dalgliesh, mais il faut que nous y allions. Nous ferions mieux de prendre notre voiture. Il n'est pas impossible que nous ayons à repartir rapidement. Merci de nous avoir reçus, et merci pour votre aide. »

Dans la voiture, les ceintures de sécurité bouclées, Dalgliesh déplia le papier et le tendit à Kate. Le père Curtis avait soigneusement dessiné un plan avec des flèches indiquant l'école. Elle savait pourquoi Dalgliesh avait préféré ne pas y aller à pied. Quelles que soient les révélations que livrerait l'entretien à venir, mieux valait éviter d'avoir à revenir et à affronter les questions du père Curtis.

Après quelques instants de silence, sentant l'humeur de Dalgliesh et sachant qu'il comprendrait, elle demanda : « Selon vous, commandant, ça risque de mal se passer ? » Elle pensait à Stephen Collinsby, et non à eux.

« Oui, Kate, c'est bien possible. »

4

Ils avaient retrouvé le bruit et les encombrements de Marland Way. Le trajet n'était pas simple et Kate n'ouvrit la bouche que pour donner des indications à Dalgliesh. Elle attendit qu'il ait tourné à droite au second feu rouge pour s'engager dans une rue plus calme et demanda : « Commandant, pensez-vous que le père Curtis l'aura appelé pour le prévenir de notre arrivée ?

– Oui. C'est un homme intelligent. Après notre départ, il aura certainement fait quelques rapprochements, l'intervention de la Met, notre rang, pourquoi un commandant et une inspectrice principale s'il s'agit d'une enquête de routine, le retour de sa voiture de très bonne heure et le silence de son ami.

– Mais il ne peut encore rien savoir de l'assassinat.

– Il comprendra en lisant les journaux de demain ou en écoutant les informations. Ça m'étonnerait qu'il soupçonne Collinsby, mais il sait que son ami risque d'avoir des ennuis. Voilà pourquoi il tenait absolument à ce que nous n'ignorions rien du travail fantastique qu'il a accompli au collège. Un témoignage impressionnant, je dois dire. »

Kate hésita à poser la question suivante. Elle savait que Dalgliesh la respectait et l'appréciait même sans doute. Au fil des ans, elle avait appris à maîtriser ses émotions ; pourtant, bien que le noyau de ce qu'elle avait toujours su être un amour sans espoir demeurât vivant et fût destiné à le rester toujours, cela ne lui permettait pas de lire dans son esprit. Il y avait des questions qu'il valait mieux ne pas poser. Celle-ci en faisait-elle partie ?

Après un moment de silence durant lequel elle garda les yeux rivés sur les instructions du père Curtis, elle reprit : « Vous saviez qu'il allait avertir son ami, mais vous ne lui avez pas demandé de ne pas le faire.

– Il aura livré une pénible lutte spirituelle pendant cinq minutes. Il était inutile que je lui complique encore les choses. Notre homme ne va pas s'enfuir. »

Encore une intersection. Le père Curtis avait fait preuve d'optimisme en affirmant que l'école était « tout près ». Ou bien étaient-ce tous ces croisements, la réserve de son compagnon et l'appréhension que lui inspirait l'entretien à venir qui lui faisaient paraître le voyage aussi long ?

Un panneau d'affichage. Quelqu'un avait peint en traînées de peinture noire : *Le Diable est sur internet*. Dessous, d'une écriture plus précise : *Il n'y a ni Diable ni Dieu*. Puis sur le panneau suivant, à la peinture rouge cette fois : *Dieu Vit. Cf. le livre de Job*. Ce qui conduisait au bouquet final : *Bande d'enculés*.

Dalgliesh commenta : « Conclusion banale d'un débat théologique, mais il est rare qu'on la formule aussi grossièrement. Je pense que voici l'école. »

Derrière une grande cour de récréation asphaltée entourée de hautes grilles se dressait un bâtiment victorien de briques revêtues de pierre. Elle constata avec étonnement que le portail n'était pas fermé à clé. Une version plus petite et plus ornée du bâtiment principal, manifestement due au même architecte, lui était reliée par une galerie qui paraissait plus récente. Ici, on avait tenté de compenser les dimensions par l'ornementation. Des rangées de fenêtres et quatre marches de pierre sculptée conduisaient à une porte impressionnante qui s'ouvrit si rapidement à leur coup de sonnette que Kate soupçonna que le directeur les attendait. Elle vit un homme à lunettes d'âge moyen, presque aussi grand que Dalgliesh, vêtu d'un vieux pantalon et d'un pull avec des pièces de cuir aux coudes.

« Si vous voulez bien m'excuser un instant, dit-il, je vais refermer le portail à clé. J'avais laissé ouvert pour vous car il n'y a pas de sonnette. » Il les rejoignit immédiatement.

Il laissa Dalgliesh lui tendre sa carte et lui présenter Kate puis dit d'un ton sec : « Je vous attendais. Nous serons mieux dans mon bureau pour parler. »

Tandis qu'ils le suivaient dans le hall chichement meublé puis le long du couloir au sol de mosaïque, Kate se crut revenue dans son collège ; c'était les mêmes effluves légers, presque illusoires, de papier, de corps humains, de peinture et de produits ménagers. Aucune odeur de craie. Les professeurs en utilisaient-ils encore ? Les tableaux noirs avaient été largement remplacés par des ordinateurs, même dans les écoles primaires. Mais en regardant par les quelques portes ouvertes, elle ne vit pas de salles de classe. Peut-être le bâtiment réservé au chef d'établissement abritait-il essentiellement son bureau, des salles de réunion et des locaux administratifs. De toute évidence, il n'habitait pas sur place.

Il s'effaça pour les laisser entrer dans une pièce située au fond du couloir. Elle semblait servir tout à la fois de salle de réunion, de bureau et de salon. Une table rectangulaire entourée de six chaises était disposée devant la fenêtre, sur le mur de gauche, des étagères s'élevaient presque jusqu'au plafond, et il y avait, sur la droite, le bureau du directeur, avec son fauteuil personnel. Un mur était couvert de photographies scolaires : le club d'échecs, une rangée de visages souriants posant derrière l'échiquier, le responsable brandissant le petit trophée argenté ; les équipes de football et de natation ; l'orchestre ; les acteurs de la pantomime de Noël et une scène de ce qui ressemblait à *Macbeth* – n'était-ce pas toujours *Macbeth* : court, sanglant comme il se doit, pas trop difficile à apprendre ? Une porte ouverte donnait sur ce qui était manifestement une petite cuisine, d'où s'échappait une odeur de café.

Collinsby écarta deux chaises de la table et dit : « Je suppose que c'est une visite officielle. Voulez-vous que nous nous installions ici ? »

Lui-même prit place en bout de table, Dalgliesh à sa droite, Kate à sa gauche. Elle put alors le regarder rapidement, mais de plus près. Elle vit un visage sympathique, sensible, à la mâchoire ferme, le genre de ceux que les publicitaires choisissent pour inspirer confiance et convaincre les téléspectateurs de la supériorité d'une banque sur ses concurrentes ou les persuader que telle voiture hors de prix fera l'envie de leurs voisins. Il semblait moins âgé que Kate ne l'aurait pensé, peut-être en raison de la tenue de week-end décontractée qu'il portait, et ses traits auraient pu exprimer un peu de l'insouciance assurée de la jeunesse s'il n'avait eu l'air aussi fatigué. Les yeux gris, qui croisèrent brièvement les siens avant de se tourner vers Dalgliesh, étaient ternis par l'épuisement. Mais quand il parla, sa voix était étonnamment juvénile.

« Nous enquêtons sur la mort suspecte d'une femme à Cheverell Manor, dans le Dorset, dit Dalgliesh. Une Ford Focus immatriculée W 341 UDG garée près du manoir a été vue entre vingt-trois heures trente-cinq et vingt-trois heures cinquante-cinq la nuit de sa mort. Cela s'est passé vendredi dernier, le 14 décembre. On nous a dit que vous aviez emprunté cette voiture ce jour-là. Est-ce vous qui la conduisiez, et vous trouviez-vous sur les lieux ?

– Oui, j'étais là.

– Dans quelles circonstances, Mr Collinsby ? »

À cet instant, Collinsby se leva. S'adressant à Dalgliesh, il déclara : « Je veux faire une déposition. Pas une déposition officielle pour le moment, quoique je me rende bien compte que cela sera nécessaire. Je veux vous expliquer pourquoi j'étais sur les lieux, et je tiens à le faire maintenant, comme les événements me viennent à l'esprit, sans me soucier de ce qu'on pourra en penser ou de l'effet qu'ils pourront produire. Je sais que vous avez des questions à me poser, et j'essaierai d'y répondre mais dans un premier temps, je préférerais vous confier simplement la vérité, sans être interrompu. J'allais dire vous la confier avec mes propres mots, mais de quels autres mots disposerais-je ?

– Pourquoi pas ? C'est peut-être un bon point de départ, approuva Dalgliesh.

– Je vais m'efforcer de ne pas être trop long. L'histoire est devenue compliquée, mais dans le fond, elle est très simple. Je ne vais pas entrer dans les détails de mon enfance, de mes parents, de mon éducation. Je me contenterai de vous dire que j'ai su dès mon plus jeune âge que je voulais enseigner. J'ai obtenu une bourse pour le lycée puis une autre, substantielle, du comté pour entrer à Oxford. J'ai fait des études d'histoire. Après ma licence, j'ai été admis à l'université de Londres pour suivre un cours de formation des maîtres débouchant sur un diplôme de pédagogie. Cela m'a pris un an. Mon diplôme en poche, j'ai décidé de prendre une année de congé avant de postuler à un poste. J'avais l'impression d'avoir respiré trop longtemps l'air de l'université, j'avais envie de voyager, de connaître le monde, de rencontrer des gens venus d'autres horizons avant de commencer à enseigner. Mais pardon, je mets la charrue avant les bœufs. Revenons au moment où je suis entré à l'université de Londres.

« Mes parents avaient toujours été pauvres ; ils n'étaient pas dans la misère, mais le moindre sou comptait. Il fallait donc que je me débrouille avec ma bourse et l'argent que je gagnais en travaillant pendant les vacances. Alors, quand je suis allé à Londres, j'ai dû commencer par trouver un logement bon marché. Le centre-ville était évidemment trop cher et il a fallu que je cherche plus loin. Un ami qui avait été admis l'année précédente logeait à Gidea Park, un faubourg d'Essex, et il m'a conseillé d'essayer dans son quartier. C'est en lui rendant visite que j'ai vu une petite annonce à la vitrine d'un bureau de tabac. On proposait une chambre d'étudiant à Silford Green, à deux stations de métro seulement plus bas sur la ligne d'East London. Il y avait un numéro de téléphone, alors j'ai appelé et je suis allé voir. C'était une rangée de maisons mitoyennes, dont l'une était occupée par un docker, Stanley Beale, sa femme et leurs deux filles, Shirley, qui avait onze ans, et sa petite sœur Lucy, qui en avait huit. La grand-mère maternelle vivait avec eux. Ils n'avaient pas vraiment la place de prendre un pensionnaire. La grand-mère partageait la plus grande des chambres avec les deux filles, tandis que Mr et Mrs Beale occupaient la deuxième chambre, sur l'arrière. Ils louaient la troisième, la plus petite, qui donnait sur l'arrière, elle aussi. Mais c'était bon marché, proche de la station de métro, le trajet était facile et rapide, et j'étais aux abois. La première semaine a confirmé mes pires craintes. Le mari et la femme passaient leur temps à hurler, la grand-mère, une vieille femme revêche et désagréable, n'appréciait manifestement pas de servir de nounou et chaque fois que je la croisais, elle se répandait en récriminations à propos de sa retraite, du conseil municipal, des absences fréquentes de sa fille, de l'insistance mesquine de son gendre qui prétendait l'obliger à payer son écot. Comme je passais presque toutes mes journées à Londres et que je travaillais tard à la bibliothèque universitaire, j'évitais le plus gros des querelles familiales. Moins d'une semaine après mon arrivée, à la suite d'une scène de ménage d'une violence à faire trembler la maison, Beale a pris ses cliques et ses claques. Je l'aurais volontiers imité, mais si je ne suis pas parti, c'est parce que j'étais retenu par la plus petite des deux filles, Lucy. »

Il s'interrompit. Le silence se prolongea et personne ne l'interrompit. Il leva la tête vers Dalgliesh, et Kate eut peine à supporter la souffrance qu'elle lut sur son visage.

« Comment vous la décrire ? Comment vous faire comprendre ? murmura-t-il. C'était une enfant adorable. Belle, mais plus que cela. Elle avait de la grâce, de la douceur, une intelligence subtile. J'ai commencé à rentrer plus tôt pour travailler dans ma chambre. Lucy me rejoignait avant d'aller se coucher. Elle frappait à ma porte et venait s'asseoir paisiblement pour lire, pendant que je travaillais. Je rapportais des livres à la maison, et quand j'arrêtais d'écrire pour préparer un café pour moi et un lait chaud pour elle, nous bavardions. J'essayais de répondre à ses questions. Nous parlions du livre qu'elle lisait. Je la vois encore. On aurait dit que sa mère avait trouvé ses vêtements dans une vente de charité, de longues robes d'été en plein hiver sous un cardigan informe, des socquettes et des sandales. Si elle avait froid, elle n'en disait jamais rien. Certains week-ends, je demandais à sa mère la permission de l'emmener à Londres, visiter un musée ou une galerie. Elle était toujours d'accord ; elle était bien contente de ne pas l'avoir dans les jambes, surtout quand elle faisait venir des hommes chez elle. Je savais ce qui se passait, bien sûr, mais cela ne me regardait pas. Je ne serais jamais resté s'il n'y avait pas eu Lucy. Je l'aimais. »

Après un nouveau silence, il reprit : « Je sais ce que vous allez me demander. S'agissait-il d'une attirance sexuelle ? Tout ce que je peux vous dire, c'est que cette simple idée aurait été sacrilège à mes yeux. Je ne l'ai jamais touchée. Mais de l'amour, oui, c'était de l'amour. N'est-il pas toujours physique dans une certaine mesure ? Pas sexuel, mais physique ? Le plaisir qu'on éprouve à contempler la beauté et la grâce de l'objet aimé ? Vous savez, je suis directeur d'école. Je connais par cœur toutes les questions qu'on va me poser. "Avez-vous eu des gestes déplacés ?" Comment répondre à cela, à une époque où le simple fait de poser le bras autour de l'épaule d'un enfant qui pleure est considéré comme indécent ? Non, il n'y a jamais rien eu d'indécent, mais qui me croira ? »

Le silence retomba et se prolongea. Au bout d'une minute, Dalgliesh demanda : « Est-ce qu'à cette époque, Shirley Beale, qui se fait appeler aujourd'hui Sharon Bateman, vivait dans cette maison ?

– Oui. C'était la sœur aînée, une enfant difficile, maussade, renfermée. On avait peine à croire que les deux petites étaient sœurs. Elle avait l'habitude déconcertante d'observer les gens fixement, sans rien dire, de les dévisager, c'est tout, d'un regard accusateur, celui d'un adulte plus que d'un enfant. Évidemment, j'aurais dû comprendre à quel point elle était malheureuse... en réalité, je m'en suis parfaitement rendu compte, mais j'avais l'impression de ne rien pouvoir faire pour elle. J'ai bien suggéré un jour à Lucy, alors que j'avais prévu de l'emmener à Londres visiter Westminster Abbey, que Shirley pourrait avoir envie de nous accompagner. Lucy a dit : "Oui, proposez-le-lui", ce que j'ai fait. Je ne sais plus exactement ce qu'elle m'a répondu. Qu'elle n'avait pas envie d'aller se barber à Londres dans cette abbaye barbante avec quelqu'un d'aussi barbant que moi, ce genre de chose. Ce que je sais, c'est que j'ai été soulagé d'avoir pris sur moi de l'inviter et qu'elle ait refusé. Après cela, je n'avais plus à m'en faire. Bien sûr, j'aurais dû comprendre ce qu'elle éprouvait – un sentiment d'abandon, de rejet – mais j'avais vingt-deux ans, et je n'étais pas assez sensible pour percevoir sa douleur ou pour y faire face. »

Cette fois, ce fut Kate qui s'interposa. « Était-ce à vous d'y faire face ? Vous n'étiez pas son père. Si sa situation familiale était difficile, c'était à ses parents de régler leurs problèmes. »

Il se tourna vers elle, comme apaisé. « C'est ce que je me dis aujourd'hui. Je ne suis pas tout à fait sûr d'y croire. Ce n'était pas une maison agréable, ni pour moi, ni pour aucun d'eux. Sans Lucy, j'aurais cherché une autre chambre. Je suis resté à cause d'elle jusqu'à la fin de l'année. Après avoir obtenu mon diplôme d'enseignant, j'ai décidé de partir en voyage comme j'avais prévu de le faire. Je n'avais jamais mis les pieds à l'étranger, à part un voyage scolaire à Paris, et j'ai commencé mon périple par les endroits les plus évidents : Rome, Madrid, Vienne, Sienne, Vérone. J'ai continué ensuite avec l'Inde et le Sri Lanka. Au début, j'ai envoyé des cartes postales à Lucy, parfois deux par semaine.

– Elle ne les a sans doute jamais reçues, intervint Dalgliesh. Tout donne à penser qu'elles ont été interceptées par Shirley. On les a trouvées découpées en deux et enterrées près d'une des pierres de Cheverell. »

Il n'expliqua pas ce qu'étaient les pierres. Était-ce bien nécessaire, après tout ? se demanda Kate.

« Au bout d'un moment, j'ai cessé d'en envoyer. Je me suis dit que Lucy avait dû m'oublier ou qu'elle avait beaucoup de travail à l'école ; que j'avais sans doute beaucoup compté pour elle sur le moment, mais que c'était forcément une influence éphémère. Le plus affreux, c'est qu'en un sens, j'en étais soulagé. Il fallait que je pense à ma carrière et

Lucy aurait pu être une charge en même temps qu'une joie. Et puis, je recherchais un amour adulte, ce qui est bien naturel, non ? J'ai appris sa mort quand j'étais au Sri Lanka. J'en ai été physiquement malade pendant un moment, le choc et l'horreur et, bien sûr, j'ai pleuré l'enfant que j'avais aimée. Mais plus tard, quand il m'est arrivé de repenser à cette année avec Lucy, c'était comme un rêve, et ma peine n'était qu'un vague chagrin à l'idée de tous les enfants maltraités et assassinés, de l'innocence fracassée. Peut-être parce que j'étais moi-même devenu père entre-temps. Je n'ai pas envoyé de condoléances à la mère ni à la grand-mère. Je n'ai jamais dit à personne que j'avais connu cette famille. Je ne me sentais absolument pas responsable de la mort de Lucy. Je ne l'étais pas. J'ai bien éprouvé un peu de honte et de regret, je me disais que j'aurais dû garder le contact, mais cela non plus n'a pas duré. Même à mon retour en Angleterre, la police n'a pas cherché à me joindre pour m'interroger. À quoi bon ? Shirley avait avoué et les preuves étaient accablantes. La seule explication qu'on ait eue est celle qu'elle a donnée : elle avait tué Lucy parce que sa sœur était trop jolie. »

Il y eut un instant de silence, puis Dalgliesh reprit la parole : « À quel moment Shirley Beale a-t-elle repris contact avec vous ?

– J'ai reçu une lettre d'elle le 30 novembre dernier. Apparemment, elle avait vu une émission de télévision sur l'enseignement secondaire à laquelle j'avais participé. Elle m'a reconnu et a noté le nom de l'école où je travaillais... où je travaille toujours. Dans sa lettre, elle disait simplement qu'elle se souvenait de moi, qu'elle m'aimait toujours et qu'il fallait qu'elle me voie. Elle ajoutait qu'elle travaillait à Cheverell Manor et m'expliquait comment s'y rendre. Elle me proposait un rendez-vous. J'étais atterré. Je ne comprenais pas ce qu'elle voulait dire en prétendant qu'elle m'aimait toujours. Elle ne m'avait jamais aimé, ne m'avait jamais manifesté le moindre signe d'affection, ni réciproquement. J'ai été faible et imprudent. J'ai brûlé sa lettre et essayé d'oublier que je l'avais reçue. C'était idiot, je sais. Dix jours plus tard, elle m'a réécrit. Cette fois, elle se montrait menaçante. Elle répétait qu'elle voulait me voir et disait que si je ne venais pas, elle avait trouvé quelqu'un qui ferait savoir à tout le monde que je l'avais repoussée. Je me demande encore comment j'aurais dû réagir. J'aurais sans doute dû en parler à ma femme, ou même prévenir la police. Mais comment les convaincre que je disais la vérité sur mes relations avec Lucy ou avec Shirley ? J'ai pensé que la meilleure solution, dans un premier temps en tout cas, était de la voir et d'essayer de la raisonner, de la faire renoncer à ses fantasmes. Elle m'avait demandé de la retrouver dans un parking, au bord de la route, près des pierres de Cheverell, à minuit. Elle m'a même envoyé un petit plan, soigneusement dessiné. La lettre s'achevait ainsi : "C'est tellement merveilleux de vous avoir retrouvé. Il ne faudra plus jamais nous quitter." »

Dalgliesh demanda : « Vous avez cette lettre ?

– Non. Une fois encore, j'ai agi sottement. Je l'ai emportée avec moi et quand je suis arrivé à cette place de parking, je l'ai brûlée avec l'allume-cigares. Je suppose que j'ai refusé d'admettre la réalité dès l'instant où j'ai reçu son premier message.

– Et vous avez vu Shirley ?

– Oui. Près des pierres, comme convenu. Je ne l'ai pas touchée, je ne lui ai même pas serré la main, d'ailleurs elle ne semblait pas attendre cela de moi. Elle me dégoûtait. Je lui ai proposé de regagner la voiture où nous serions plus à l'aise, et nous nous sommes assis l'un à côté de l'autre. Elle m'a dit que même à l'époque où je m'étais entiché de Lucy, c'est le terme qu'elle a employé, elle était amoureuse de moi. Elle avait tué Lucy par jalousie, mais maintenant, elle avait purgé sa peine. Elle était donc libre de m'aimer. Elle voulait m'épouser et avoir des enfants de moi. Elle parlait très calmement, presque sans émotion, mais avec une force de volonté terrifiante. Elle regardait fixement devant elle et je ne crois pas qu'elle ait tourné les yeux vers moi un seul instant. Je lui ai expliqué aussi gentiment que je le pouvais que j'étais marié, que j'avais un enfant, et qu'il ne pourrait jamais rien y avoir entre nous. Je ne lui ai même pas offert mon amitié. Comment l'aurais-je pu ? Je n'avais qu'une envie, ne plus jamais la revoir. C'était tellement étrange, atroce, vraiment. Quand je lui ai annoncé que j'étais marié, elle a répondu que cela ne nous empêchait pas forcément de vivre ensemble. Je pouvais très bien divorcer. Nous aurions des enfants tous les deux et elle s'occuperait du fils que j'avais déjà. »

Il avait baissé les yeux en parlant, les mains jointes sur la table. Il leva alors le visage vers Dalgliesh. Son regard n'exprimait qu'horreur et désespoir.

« S'occuper de mon fils ! La seule idée de sa présence chez moi, près de ma famille, était une abomination. Je suppose qu'une fois de plus, j'ai manqué d'imagination. J'aurais dû sentir sa détresse, mais je n'éprouvais que de la répulsion, l'envie de m'éloigner d'elle, de gagner du temps. Je lui ai menti. Je lui ai dit qu'il fallait que je parle à ma femme, mais qu'il ne fallait pas qu'elle espère quoi que ce soit. Sur ce point au moins, j'ai été clair. Et puis elle m'a dit au revoir, sans me toucher cette fois encore, et elle s'est éloignée. Je l'ai regardée disparaître dans l'obscurité, derrière un petit faisceau lumineux.

– Êtes-vous entré dans le manoir, à un moment ou à un autre ? demanda alors Dalgliesh.

– Non.

– Vous a-t-elle demandé de le faire ?

– Non.

– Pendant que vous étiez garé, avez-vous vu ou entendu quelqu'un d'autre ?

– Non, personne. Je n'ai vu personne.

– Cette nuit-là, une patiente de la clinique a été assassinée. Y a-t-il eu dans les propos de Shirley Beale quelque chose qui pourrait faire croire à une responsabilité de sa part ?

– Absolument rien, non.

– Cette patiente s'appelait Rhoda Gradwyn. Shirley Beale a-t-elle prononcé ce nom en sa présence, vous a-t-elle parlé d'elle, vous a-t-elle dit quelque chose à propos du manoir ?

– Rien, si ce n'est qu'elle y travaillait.

– C'était la première fois que vous entendiez parler du manoir ?

– Oui. Les informations n'ont pas mentionné cette affaire, sans doute. En tout cas, il n'y avait rien dans les journaux du dimanche. Ça ne m'aurait pas échappé.

– Rien pour le moment en effet, mais il en sera probablement question demain matin. Avez-vous parlé de Shirley Beale à votre femme ?

– Non, pas encore. Je me suis réfugié dans le déni, sans doute, espérant, sans y croire vraiment, ne plus jamais entendre parler de Shirley, l'avoir convaincue que nous n'avions aucun avenir ensemble. Toute cette histoire était invraisemblable, irréelle, un cauchemar. Comme vous le savez, j'ai emprunté la voiture de Michael Curtis pour me rendre là-bas, et j'avais décidé que si Shirley revenait à la charge, je me confierais à lui. J'avais terriblement besoin d'en parler à quelqu'un et je savais qu'il se montrerait raisonnable, gentil et sensé, et qu'il me donnerait de précieux conseils. Ensuite, je pourrais tout raconter à ma femme. Je me rends parfaitement compte que la moindre révélation de Shirley pourrait détruire ma carrière.

– Certainement pas, intervint Kate, si la vérité est reconnue. Vous avez manifesté de la bonté et de l'affection pour une enfant qui était de toute évidence solitaire et négligée. Vous n'aviez que vingt-deux ans à l'époque. Comment auriez-vous pu savoir que votre amitié pour Lucy provoquerait sa mort ? Vous n'en êtes pas responsable, pas plus que qui que ce soit, à l'exception de Shirley Beale. Elle était solitaire et négligée, elle aussi, mais vous n'étiez pour rien dans son malheur.

– Mais si. Indirectement et sans le vouloir. Si Lucy ne m'avait pas rencontré, elle serait encore en vie. »

Le ton de Kate se fit pressant, insistant. « Vous croyez ? N'y aurait-il pas eu un autre motif de jalousie ? Surtout au moment de l'adolescence, quand Lucy aurait eu des amoureux, attiré l'attention, inspiré de l'amour ? Comment pouvez-vous savoir ce qui se serait passé ? Vous ne pouvez pas vous tenir pour moralement responsable des conséquences à long terme de toutes vos actions. »

Elle s'interrompit, le visage empourpré et se tourna vers Dalgliesh. Il savait ce qu'elle pensait.

Elle avait laissé parler sa pitié et son indignation et, en trahissant ces émotions, elle n'avait pas agi de façon professionnelle. Dans une affaire de meurtre, aucun suspect ne devait pouvoir penser que les enquêteurs étaient de son côté.

Cette fois, Dalgliesh s'adressa directement à Collinsby. « Je voudrais que vous fassiez une déposition écrite exposant les faits tels que vous venez de les relater. Nous aurons certainement à vous reparler quand nous aurons interrogé Sharon Bateman. Pour le moment, elle ne nous a rien dit, pas même sa véritable identité. Et si cela fait moins de quatre ans qu'elle a été libérée, elle est encore sous contrôle judiciaire. Je vous prierais d'indiquer votre adresse personnelle sur votre déposition, il faut que nous puissions vous joindre chez vous. » Attrapant sa serviette, il en sortit un formulaire officiel qu'il lui tendit.

Collinsby dit : « Je vais m'installer au bureau, la lumière est meilleure », et il s'assit en leur tournant le dos. Puis il se retourna : « Je suis désolé, je ne vous ai pas proposé de thé ni de café. Si l'inspectrice principale Miskin veut bien s'en charger, il y a tout ce qu'il faut à côté. J'en ai pour un moment.

– Je vais m'en occuper », répondit Dalgliesh, et il passa dans la pièce voisine dont il laissa la porte ouverte. On entendit un cliquetis de porcelaine, le bruit d'une bouilloire qu'on remplissait. Kate attendit quelques instants, puis le rejoignit, pour sortir du lait d'un petit réfrigérateur. Dalgliesh apporta le plateau avec trois tasses et trois soucoupes, et en disposa une, avec le sucrier et le pichet de lait, à côté de Collinsby qui continua à écrire puis, sans les regarder, tendit la main et rapprocha la tasse de lui. Il ne prit ni lait ni sucre et Kate les posa sur la table où Dalgliesh et elle restèrent assis en silence. Elle était épuisée, mais résista à la tentation de se laisser aller contre le dossier de son siège.

Une demi-heure plus tard, Collinsby se retourna et tendit les feuillets à Dalgliesh. « Voilà, j'ai fini, dit-il. J'ai essayé de m'en tenir aux faits. Je n'ai pas cherché à me justifier, d'ailleurs ce serait impossible. Dois-je signer devant vous ? »

Dalgliesh s'approcha de lui et le document fut signé. Kate et lui prirent leurs manteaux et s'apprêtèrent à partir. Comme s'ils étaient des parents venus discuter des progrès de leurs enfants, Collinsby déclara d'un ton solennel : « Merci d'être venus à l'école. Je vais vous raccompagner à la porte. Si vous voulez me reparler, n'hésitez pas à m'appeler. »

Il ouvrit la porte d'entrée et se dirigea vers la grille. La dernière chose qu'ils virent de lui fut son visage pâle et tendu qui, derrière les barreaux, ressemblait à celui d'un détenu. Puis il ferma le portail, se retourna et, marchant d'un pas ferme jusqu'à la porte de l'école, entra sans se retourner.

Dans la voiture, Dalgliesh alluma la veilleuse et sortit la carte. « Je crois que le mieux, dit-il, est de prendre la M1 vers le sud, puis la M25 et la M3. Vous devez avoir faim. Il faut que nous trouvions de quoi manger, mais le coin ne me paraît pas très propice. »

Kate n'avait qu'une envie, quitter l'école, sortir de la ville, laisser derrière elle le souvenir de l'heure qui venait de s'écouler. « Ne pourrions-nous pas nous arrêter quelque part sur l'autoroute ? suggéra-t-elle. Pas forcément pour prendre un vrai repas, mais nous trouverons sûrement des sandwiches. »

La pluie avait cessé, il ne restait que quelques gouttes pesantes qui tombaient, visqueuses comme de l'huile, sur le capot. Quand ils eurent enfin rejoint l'autoroute, Kate dit : « Je suis désolée d'avoir parlé de cette façon-là à Mr Collinsby. Je sais qu'il n'est pas professionnel de témoigner de la sympathie à un suspect. » Elle voulut poursuivre, mais sa voix s'étrangla et elle se contenta de répéter : « Je suis désolée, commandant. »

Dalgliesh répondit sans la regarder : « C'est la compassion qui vous a fait parler. S'il peut être dangereux d'éprouver trop de compassion dans une enquête pour meurtre, cela reste moins dangereux que de perdre la faculté d'en éprouver. Cela n'a aucune importance. »

Mais les larmes montèrent, irrépressibles, et il la laissa pleurer paisiblement, gardant les yeux sur la route. L'autoroute se déroulait devant eux dans une fantasmagorie de lumière, le cortège des feux de croisement sur leur droite, le dessin mouvant de la circulation qui se dirigeait vers le sud, les formes immenses des camions masquant les haies et les arbres noirs, le grondement et le grincement d'un monde de voyageurs qu'ils ne connaîtraient jamais, cédant à la même compulsion extraordinaire. Quand il aperçut un panneau indiquant « Station-service », Dalgliesh s'engagea dans la voie de gauche puis rejoignit la bretelle d'accès. Il trouva une place en bordure du parking et arrêta le moteur.

Ils entrèrent dans un bâtiment resplendissant de lumière et de couleur. Tous les cafés, toutes les boutiques arboraient des décorations de Noël et dans un coin, une petite chorale d'amateurs chantait des cantiques et faisait la quête au milieu de l'indifférence générale. Ils se dirigèrent vers les toilettes puis achetèrent des sandwiches et deux grands gobelets de café qu'ils rapportèrent à la voiture. Pendant qu'ils mangeaient, Dalgliesh appela Benton pour le mettre au courant. Moins de vingt minutes plus tard, ils étaient repartis.

Voyant les traits de Kate crispés par la volonté stoïque de ne pas trahir sa fatigue, il dit : « La journée a été longue et elle n'est pas finie. Pourquoi ne pas incliner votre dossier et essayer de dormir un peu ?

– Ça va aller, commandant.

– Il est inutile que nous restions éveillés tous les deux. Il y a un plaid sur la banquette arrière, si vous arrivez à l'attraper. Je vous réveillerai en temps voulu. »

Il résistait à la fatigue de la conduite en maintenant le chauffage très bas. Si elle s'endormait, elle aurait besoin de la couverture. Elle recula son siège et s'installa, le plaid remonté jusqu'au cou, la tête tournée vers lui. Elle s'endormit presque immédiatement. Son sommeil était si paisible qu'il l'entendait à peine inspirer ; de temps en temps, elle émettait un petit grognement satisfait d'enfant assoupi et se pelotonnait plus profondément sous sa couverture. Regardant son visage, toute inquiétude apaisée par la bénédiction du petit semblant de mort que nous accorde la vie, il songea que c'était un bon visage – pas beau, certainement pas joli au sens conventionnel du terme, mais un bon visage, honnête, ouvert, agréable à regarder, un visage qui durerait. Pendant des années, quand elle était sur une affaire, elle avait rassemblé ses cheveux châtains en une unique grosse tresse ; elle les avait fait couper depuis et ils retombaient souplement sur ses joues. Il savait qu'elle aurait eu besoin de plus qu'il ne pouvait lui donner, mais il savait aussi qu'elle appréciait ce qu'il lui offrait – amitié, confiance, respect et affection. Elle méritait bien davantage, pourtant. Six mois plus tôt, il avait cru qu'elle l'avait trouvé. Il n'en était plus aussi sûr.

Bientôt, il le savait, l'Unité Spéciale d'Enquête serait dissoute ou incorporée dans un autre département. Il aurait des décisions à prendre pour son avenir personnel. Kate obtiendrait son avancement trop longtemps différé au rang d'inspectrice divisionnaire. Mais que deviendrait-elle ? Il avait senti récemment qu'elle était lasse de faire route seule. À la station-service suivante, il s'arrêta et coupa le moteur. Elle ne bougea pas. Il remonta la couverture sur son corps endormi et s'installa pour prendre quelques instants de repos. Dix minutes plus tard, il s'engageait à nouveau dans le flot de la circulation et poursuivit son voyage vers le sud-ouest à travers la nuit.

5

Malgré l'épuisement et les émotions de la veille, Kate s'éveilla de bonne heure, revigorée. Après leur retour tardif de Droughton, la réunion habituelle de l'équipe avait été dense mais brève, un simple échange d'informations sans débat approfondi sur leurs conséquences. Les résultats de l'autopsie du cadavre de Rhoda Gradwyn étaient arrivés en fin d'après-midi. Les rapports du professeur Glenister étaient toujours très complets, mais celui-ci était sans complication ni surprise. Miss Gradwyn était une femme en bonne santé, avec tout ce que cela pouvait comprendre d'espoir et de perspectives d'épanouissement. C'étaient ses deux décisions fatales – se faire retirer sa cicatrice et faire pratiquer l'intervention à Cheverell Manor – qui étaient à l'origine de ces sept mots tranchants et sinistres : *Décès par asphyxie causée par strangulation manuelle*. En lisant le rapport avec Dalgliesh et Benton, Kate éprouva un mouvement familier et impuissant de colère et de pitié face à la gratuité destructrice du meurtre.

Elle s'habilla rapidement et se rendit compte qu'elle avait faim en découvrant les œufs au bacon, les saucisses et les tomates que Mrs Shepherd leur servit, à Benton et elle, pour le petit déjeuner.

Dalgliesh avait décidé que ce serait finalement elle qui irait chercher Mrs Rayner à Wareham. La contrôleuse judiciaire avait téléphoné la veille, tard dans la soirée, pour annoncer qu'elle prendrait le train de huit heures cinq à la gare de Waterloo et espérait être à Wareham à dix heures trente.

Le train était à l'heure et Kate n'eut aucun mal à reconnaître Mrs Rayner dans le petit groupe de passagers qui en descendirent. Elle regarda Kate droit dans les yeux et lui serra la main en la montant et en l'abaissant à plusieurs reprises, comme si ce contact charnel de pure forme marquait la conclusion d'un contrat. Elle était plus petite que Kate, corpulente, avec un visage carré au teint clair auquel la fermeté de la bouche et du menton prêtait de la force. Ses cheveux châtain foncé, dont quelques mèches grisonnaient, étaient bien coupés, travail – cela n'échappa pas à Kate – d'un coiffeur de luxe. Elle avait remplacé le symbole habituel de l'administration, le porte-documents, par un grand sac de toile fermé par un cordon et muni de lanières, qu'elle portait en bandoulière. Aux yeux de Kate, tout en elle respirait une autorité exercée avec calme et assurance. Elle lui rappelait un de ses professeurs de lycée, Mrs Butler, qui avait persuadé ses élèves de seconde de se comporter en êtres relativement civilisés simplement parce qu'elle estimait qu'en sa présence, ils n'avaient pas le choix.

Kate lui posa les questions habituelles sur son voyage. « J'avais une place côté fenêtre, sans enfants dans les parages ni bavards impénitents vissés à leur portable. Le sandwich au bacon du wagon restaurant était frais, et le décor plaisant. Autrement dit, oui, j'ai fait bon voyage. »

Elles ne parlèrent pas de Shirley – Sharon désormais – pendant le trajet, mais Mrs Rayner lui posa quelques questions sur le manoir et sur les gens qui y travaillaient, peut-être pour se faire une idée de la situation. Kate se douta qu'elle réservait les informations essentielles à Dalgliesh ; il était inutile de répéter plusieurs fois la même chose, ce qui risquait même de provoquer des malentendus.

Accueillie par Dalgliesh à l'ancien cottage de la police, Mrs Rayner refusa le café qu'on lui offrait et demanda du thé, que Kate prépara. Benton était arrivé et ils s'assirent tous les quatre autour de la table basse, devant la cheminée. Dalgliesh, qui avait sous les yeux le dossier établi par Rhoda Gradwyn, expliqua brièvement comment l'équipe avait découvert la véritable identité de Sharon. Il tendit la chemise à Mrs Rayner, qui observa le portrait de Lucy sans faire de commentaire. Après quelques instants, elle referma le dossier et le rendit à Dalgliesh.

« Il serait intéressant de savoir, dit-elle, comment Rhoda Gradwyn a pu se procurer certains de ces documents, mais puisqu'elle est morte, il ne paraît pas utile d'engager une enquête. Quoi qu'il en soit, ce n'est pas de mon ressort. Je peux vous assurer qu'aucun détail permettant d'identifier Sharon n'a jamais été publié ; tant qu'elle était mineure, il y avait une interdiction légale.

– Vous a-t-elle avertie de son changement d'emploi et d'adresse ? demanda Dalgliesh.

– Non. Elle aurait dû le faire, évidemment, mais j'aurais dû moi aussi me mettre en relation plus tôt avec la maison de retraite. Cela fait dix mois que je ne l'ai pas vue, et à l'époque, elle s'y trouvait encore. Sans doute avait-elle déjà décidé de partir. Elle se justifiera probablement en expliquant qu'elle n'avait pas envie de me prévenir et ne voyait pas pourquoi elle aurait dû le faire. Ma justification, moins valable, sera l'excuse habituelle : trop de travail, et les problèmes de réorganisation dus à la nouvelle répartition des responsabilités du Home Office. Comme on dit, Sharon est passée à travers les mailles du filet. »

À travers les mailles du filet, ce serait un titre parfait pour un roman contemporain, songea Dalgliesh. « Elle ne vous inspirait pas d'inquiétudes particulières ? demanda-t-il.

– Non, en tout cas, je ne la considérais pas comme un danger public. Elle n'aurait pas été libérée si le bureau d'application des peines n'avait pas estimé qu'elle ne représentait de risque ni pour elle ni pour autrui. Elle n'a causé aucun ennui, pas plus pendant son séjour à Moorfield House que depuis sa libération. Mon seul sujet d'inquiétude la concernant était, et est toujours, de lui trouver un emploi satisfaisant et qui lui convienne, qui lui permette de construire sa vie. Elle a résisté opiniâtrement à toute proposition de formation. Cet emploi dans une maison de retraite n'était pas une solution à long terme. Elle devrait vivre avec des gens de son âge. Mais je ne suis pas ici pour parler de l'avenir de Sharon. Je conçois parfaitement que sa présence complique votre enquête. Où qu'elle aille, nous veillerons à ce qu'elle soit disponible si vous souhaitez l'interroger. S'est-elle montrée coopérative jusqu'à présent ?

– Elle n'a pas fait de difficulté, répondit Dalgliesh. Pour le moment, nous n'avons pas de suspect numéro un.

– Il va de soi qu'elle ne peut pas rester ici. Je vais prendre des dispositions pour lui trouver une place en foyer en attendant une solution plus définitive. J'espère pouvoir envoyer quelqu'un la chercher d'ici à trois jours. Je vous en tiendrai informés, bien sûr. »

Kate intervint : « A-t-elle exprimé des remords pour ce qu'elle avait fait ?

– Non, et cela a été un problème, je vous l'avoue. Elle se contente de répéter que sur le moment, elle n'a rien regretté, et que ce n'est pas parce qu'elle s'est fait prendre qu'elle devrait regretter ensuite.

– Au moins, elle est franche, remarqua Dalgliesh. Nous pourrions peut-être la voir maintenant, qu'en pensez-vous ? Kate, pouvez-vous la chercher et nous l'amener ? »

Quand Kate revint enfin avec Sharon, un bon quart d'heure plus tard, la raison de ce délai apparut avec évidence. Sharon avait fait des efforts vestimentaires. Une jupe et un pull avaient remplacé sa blouse de travail, ses cheveux, soigneusement brossés, étaient brillants et elle s'était mis du rouge à lèvres. Une immense boucle dorée pendait à chacune de ses oreilles. Elle entra d'un pas agressif mais un peu méfiant et s'installa en face de Dalgliesh. Mrs Rayner s'assit à côté d'elle, montrant ainsi, songea Kate, vers qui se portaient son intérêt et sa loyauté professionnels. Elle-même prit place à côté de Dalgliesh tandis que Benton, carnet ouvert, se postait près de la porte.

En entrant dans la pièce, Sharon n'avait manifesté aucune surprise à la vue de Mrs Rayner. Se tournant vers elle, elle dit alors, sans animosité apparente : « Je pensais bien que vous viendriez tôt ou tard.

– Je serais venue plus tôt, Sharon, si vous m'aviez prévenue de votre changement d'emploi et de la mort de Miss Gradwyn, ce que vous auriez dû faire, cela va de soi.

– Je l'aurais bien fait, mais c'était impossible avec les flics dans toute la maison et tout le monde qui m'observait. Si on m'avait vue téléphoner, on m'aurait posé des questions, c'est sûr. En plus, elle n'a été tuée que vendredi soir.

– Bien, quoi qu'il en soit, je suis ici maintenant, et il y a un certain nombre de points dont il faut que nous parlions toutes les deux. Mais avant cela, le commandant Dalgliesh a quelques explications à vous demander et je veux que vous vous engagiez à lui répondre honnêtement, sans rien lui cacher. C'est très important, Sharon.

– Vous avez le droit, Miss Bateman, précisa Dalgliesh, de réclamer la présence d'un avocat si vous le jugez nécessaire. »

Elle se tourna vers lui. « Un avocat ? Pour quoi faire ? Je n'ai rien fait de mal. De toute façon, Mrs Rayner est ici. Ça évitera les embrouilles. D'ailleurs, je vous ai dit tout ce que je savais samedi à la bibliothèque.

– Non, pas tout, objecta Dalgliesh. Vous avez prétendu ne pas avoir quitté le manoir vendredi soir. Or nous savons que vous êtes sortie. Vous êtes allée retrouver quelqu'un vers minuit, et nous savons qui. Nous avons parlé à Mr Collinsby. »

La transformation fut immédiate. Sharon se leva d'un bond, puis se rassit et s'agrippa au bord de la table. Son visage s'empourpra et ses yeux, d'une douceur trompeuse, s'élargirent et donnèrent à Kate l'impression de s'assombrir en flaques de colère.

« Vous n'allez quand même pas mettre ça sur le dos de Stephen ! Il n'a jamais tué cette femme. Il n'est pas capable de tuer qui que ce soit. Il est bon, il est gentil… je l'aime ! Nous allons nous marier. »

Mrs Rayner intervint d'une voix calme : « Ce n'est pas possible Sharon, et vous le savez. Mr Collinsby est déjà marié, il a même un enfant. Il me semble qu'en lui demandant de revenir dans votre vie, vous avez cédé à un fantasme, à un rêve. Il est temps de reprendre pied dans la réalité. »

Sharon regarda Dalgliesh, qui lui demanda : « Comment avez-vous retrouvé la trace de Mr Collinsby ?

– Je l'ai vu à la télé. Je la regardais dans ma chambre après le dîner. Je l'ai allumée et je l'ai vu. C'est pour ça que j'ai continué à regarder. C'était une émission barbante sur les collèges, mais j'ai vu Stephen et j'ai entendu sa voix. Il n'avait pas changé, il était plus vieux, c'est tout. L'émission racontait comment il avait transformé cette école, alors j'ai noté le nom et j'ai écrit là-bas. Comme il n'a pas répondu à ma première lettre, je lui en ai envoyé une autre en lui disant qu'il avait intérêt à venir me voir. Que c'était important.

– Lui avez-vous adressé des menaces ? demanda Dalgliesh. Lui avez-vous écrit que s'il ne venait pas, vous raconteriez à quelqu'un qu'il avait logé chez vous et qu'il vous avait connues toutes les deux, votre sœur et vous ? Vous avait-il fait du mal, à l'une ou à l'autre ?

– Il n'a fait aucun mal à Lucy. Ce n'est pas un pédophile, si c'est à ça que vous pensez. Il l'aimait. Ils étaient tout le temps fourrés ensemble à lire dans sa chambre ou à faire des sorties sympas. Elle aimait bien être avec lui, mais elle se fichait pas mal de lui. Ce qu'elle aimait, c'était les sorties. Et si elle montait dans sa chambre, c'est parce que c'était quand même plus sympa que de rester à la cuisine avec grand-mère et moi. Grand-mère nous grondait tout le temps. Lucy disait qu'elle se barbait avec Stephen mais moi, je ne me fichais pas de lui. Je l'aimais. Je l'ai toujours aimé. Je ne pensais pas le revoir un jour, mais maintenant, il est revenu dans ma vie. Je veux vivre avec lui. Je sais que je peux le rendre heureux. »

Kate se demanda si Dalgliesh ou Mrs Rayner évoqueraient l'assassinat de Lucy. Ils n'en firent rien. Dalgliesh reprit : « Alors vous avez demandé à Mr Collinsby de vous retrouver au parking, près des pierres. Je veux que vous me racontiez exactement ce qui s'est passé, et quelle a été son attitude avec vous.

– Je croyais que vous l'aviez vu. Il vous a sûrement dit ce qui s'est passé. Je ne vois pas pourquoi je devrais vous répéter tout ça. De toute façon, il ne s'est rien passé du tout. Il m'a dit qu'il était marié, mais qu'il allait parler à sa femme et demander le divorce. Puis je suis rentrée dans la maison et il est reparti.

– C'est tout ? demanda Dalgliesh.

– On n'allait quand même pas passer la nuit dans la voiture, qu'est-ce que vous croyez ? Je suis restée assise à côté de lui un petit moment, mais on ne s'est pas embrassés ni rien de ce genre. On n'a pas besoin de s'embrasser quand on est vraiment amoureux. Je savais qu'il disait la vérité. Je savais qu'il m'aimait. Alors au bout d'un moment, je suis sortie et je suis rentrée à la maison.

– Il vous a raccompagnée ?

– Non. Pour quoi faire ? Je connaissais le chemin. De toute façon, il avait envie de s'en aller, je l'ai bien vu.

– Vous a-t-il parlé de Rhoda Gradwyn à un moment ou à un autre ?

– Bien sûr que non. Pourquoi est-ce qu'il en aurait parlé ? Il ne la connaissait même pas.

– Lui avez-vous donné les clés du manoir ? »

Elle se remit soudain en colère : « Non, non et non ! Il ne m'a jamais demandé les clés. Qu'est-ce qu'il en aurait fait ? Il ne s'est même pas approché du manoir. Vous essayez de lui mettre cet assassinat sur le dos parce que vous protégez tous les autres… le docteur Chandler-Powell, Miss Holland, Miss Cressett… tout le monde. Vous voulez tout nous mettre sur le dos, à Stephen et moi. »

Dalgliesh dit calmement : « Nous ne sommes pas ici pour accuser un innocent. Notre travail consiste à découvrir le coupable. Les innocents n'ont rien à craindre. Mais Mr Collinsby pourrait avoir des ennuis si cette histoire venait à s'ébruiter. Vous comprenez certainement ce que je veux dire. Le monde dans lequel nous vivons n'est pas bienveillant et on pourrait très bien interpréter de travers l'amitié qui le liait à votre sœur.

– Et alors, elle est morte, non ? Qu'est-ce qu'on peut prouver maintenant ? »

Mrs Rayner rompit son silence : « On ne peut rien prouver, Sharon, mais les ragots et les rumeurs ne se nourrissent pas de vérité. Je crois que quand Mr Dalgliesh aura fini de vous interroger, il serait bon que nous prenions un petit moment toutes les deux pour discuter de votre avenir à la suite de cette terrible épreuve. Vous vous êtes très bien débrouillée jusqu'à présent, Sharon, mais il me semble qu'il est peut-être temps d'aller un peu plus loin. » Elle se tourna vers Dalgliesh : « Pourriez-vous mettre une pièce à ma disposition ici, si vous avez fini ?

– Bien sûr. Juste en face, de l'autre côté du vestibule. »

Sharon intervint : « D'accord. De toute façon, j'en ai marre des flics. Marre de leurs questions, marre de leurs têtes de cons. Marre de cet endroit pourri. Je voudrais bien partir tout de suite. Je pourrais partir avec vous, maintenant. »

Mrs Rayner s'était déjà levée : « Cela ne me paraît pas possible immédiatement, Sharon, mais nous allons y réfléchir. » Elle s'adressa ensuite à Dalgliesh : « Merci pour la pièce. Nous n'en aurons sans doute pas pour longtemps. »

Elle disait vrai, mais les quarante-cinq minutes qui s'écoulèrent avant qu'elles ne ressortent parurent interminables à Kate. Sharon, qui ne manifestait plus la moindre agressivité, prit congé de Mrs Rayner et retourna plutôt docilement au manoir avec Benton. Au moment où l'agent de sécurité ouvrait les grilles, Benton dit à Sharon : « J'ai trouvé Mrs Rayner très sympathique.

– Ouais, ça va. Je l'aurais prévenue plus tôt si vous n'aviez pas tous été là à me regarder comme un chat qui guette une souris. Elle va vite me trouver une place et comme ça je pourrai partir d'ici. En attendant, lâchez un peu Stephen. J'aurais mieux fait de ne pas le faire venir ici. »

Dans la pièce qui servait aux interrogatoires, Mrs Rayner enfila sa veste et prit son sac. « Quel dommage que ce drame soit arrivé ! Elle s'en sortait très bien dans cet établissement gériatrique, mais elle a eu raison de vouloir travailler avec des personnes plus jeunes. Les vieux patients l'aimaient beaucoup.

Ils la gâtaient un peu, sans doute. Il est plus que temps qu'elle bénéficie d'une vraie formation et trouve un emploi qui lui offre un minimum d'avenir. Je vais me mettre en quête d'un endroit qui pourrait l'héberger pendant quelques semaines en attendant que nous prenions une décision pour la suite. Il faudra peut-être mettre un suivi psychiatrique en place. De toute évidence, elle est en plein déni à propos de Stephen Collinsby. Mais si vous me demandiez si elle a tué Rhoda Gradwyn – ce que vous n'avez pas fait, il est vrai –, je vous répondrais que c'est très peu probable. J'irais volontiers jusqu'à dire impossible, mais c'est un adjectif qu'on ne peut employer à propos de personne.

– Sa présence ici et ses antécédents nous compliquent un peu les choses, observa Dalgliesh.

– Je m'en doute. Il vous sera difficile de justifier l'arrestation de quelqu'un d'autre, sauf si vous obtenez des aveux. Mais comme la plupart des assassins, elle n'est probablement passée à l'acte qu'une fois.

– Elle est tout de même arrivée à faire beaucoup de mal dans sa courte vie, remarqua Kate. Quel gâchis ! Une petite fille assassinée, l'emploi et l'avenir d'un brave homme compromis. Il est difficile de la regarder sans voir l'image d'un visage meurtri se superposer au sien.

– Les colères d'enfants peuvent être terribles, observa Mrs Rayner. Si un petit de quatre ans déchaîné avait une arme à feu et la force de s'en servir, combien de familles seraient encore intactes ?

– Lucy était apparemment une petite fille adorable et charmante, insista Dalgliesh.

– Pour les autres, sans doute. Peut-être pas pour Sharon. »

Quelques minutes plus tard, elle était prête à partir et Kate la reconduisit à la gare de Wareham. En route, elles n'échangèrent que quelques mots sur le Dorset et la campagne environnante. Mrs Rayner ne prononça pas le nom de Sharon, Kate non plus. Celle-ci jugea courtois et raisonnable d'attendre l'arrivée du train et de s'assurer que Mrs Rayner était confortablement installée. Ce ne fut que lorsque le convoi approcha du quai que celle-ci parla :

« Ne vous en faites pas pour Stephen Collinsby. Nous allons nous occuper de Sharon et mettre en place le suivi dont elle a besoin. Cette histoire n'aura pas de conséquences fâcheuses pour lui. »

6

Candace Westhall fit son entrée dans l'ancien cottage de la police en veste et en écharpe, portant encore ses gants de jardin. Elle s'assit, puis retira ses gants et les posa, épais et couverts d'une croûte de boue, sur la table qui la séparait de Dalgliesh, comme un défi allégorique. Le message, bien que brutal, était clair. On l'avait dérangée une fois de plus en plein travail pour lui poser des questions inutiles.

Son hostilité était palpable et il la savait partagée, bien que moins ouvertement, par la plupart des suspects. Il l'avait prévue, et la comprenait assez bien. Dans un premier temps, on les attendait avec impatience, son équipe et lui, et on les accueillait avec soulagement. Ils allaient agir, élucider le crime, faire disparaître l'horreur qui était également source de gêne, les innocents seraient mis hors de cause, le coupable – probablement un étranger dont le sort n'inspirerait aucun chagrin – serait arrêté et ne menacerait plus personne. La loi, la raison et l'ordre remplaceraient le désordre contagieux du meurtre. Or il n'y avait pas eu d'arrestation, et rien n'indiquait qu'il dût y en avoir une bientôt. L'enquête venait de commencer, mais pour le petit groupe d'habitants du manoir, la présence policière et les interrogatoires semblaient s'éterniser. Il comprenait leur ressentiment croissant parce qu'il l'avait éprouvé, lui aussi, un jour, quand il avait découvert le corps assassiné d'une jeune femme sur une plage du Suffolk. Le crime n'avait pas été commis dans son secteur, et l'affaire avait été confiée à un autre enquêteur. On ne l'avait évidemment pas considéré comme un suspect sérieux, mais les questions de la police avaient été approfondies, répétitives et, lui semblait-il, inutilement indiscrètes. Un interrogatoire ressemblait de façon dérangeante à un viol mental.

Il prit la parole : « En 2002, Rhoda Gradwyn a écrit pour la *Paternoster Review* un article sur le plagiat dans lequel elle s'en prenait à un jeune écrivain, Annabel Skelton, qui s'est suicidée par la suite. Quelles relations entreteniez-vous avec Annabel Skelton ? »

Les yeux de Candace Westhall se posèrent sur lui, glacés d'antipathie et, lui sembla-t-il, de mépris. Il y eut un bref silence dans lequel l'animosité qui émanait d'elle sembla crépiter comme un courant électrique. Sans détourner le regard, elle répondit : « Annabel Skelton était mon amie. Si je vous disais que je l'aimais, vous vous méprendriez sur une relation que j'aurais bien peine, je le crains, à vous faire comprendre. Aujourd'hui, toutes les amitiés semblent se résumer à des questions de sexualité. Elle était mon étudiante, mais son vrai talent la portait vers l'écriture, pas vers les lettres classiques. Je l'ai encouragée à écrire son premier roman et à le soumettre à des éditeurs.

– Saviez-vous alors que certains passages étaient plagiés ?

– Me demandez-vous, commandant, si elle me l'avait dit ?

– Non, Miss Westhall, je vous demande si vous le saviez.

– Je ne le savais pas avant d'avoir lu l'article de Gradwyn.

– Cela a dû vous surprendre et vous consterner, intervint Kate.

– En effet, inspectrice, les deux.

– Avez-vous réagi, demanda Dalgliesh, en allant voir Rhoda Gradwyn par exemple, en lui adressant une lettre de protestation ou en écrivant à la *Paternoster Review* ?

– J'ai rencontré Gradwyn. Nous nous sommes vues quelques instants dans le bureau de son agent à sa demande. C'était une erreur : elle n'a évidemment manifesté aucun remords. Je préfère ne pas évoquer les détails de cette entrevue. Je ne savais pas à ce moment-là qu'Annabel était déjà morte. Elle s'est pendue trois jours après la publication de l'article.

– Vous n'avez donc pas eu l'occasion de la voir, de lui demander d'explication ? Je suis désolé de vous obliger à remuer des souvenirs douloureux.

– Moins désolé que vous ne le dites, commandant, je n'en doute pas. Soyons honnêtes, voulez-vous. Comme Rhoda Gradwyn, vous ne faites que votre répugnant métier. J'ai essayé de joindre Annabel, mais elle n'a pas voulu me voir, sa porte était fermée, son téléphone débranché. J'ai perdu du temps avec Gradwyn, alors que j'aurais peut-être réussi à parler à Annabel. Le lendemain de sa mort, j'ai reçu une carte postale, où ne figuraient que ces quelques mots, sans signature : *Je suis désolée. Pardonnez-moi, je vous en prie. Je vous aime.* »

Après un instant de silence, elle reprit : « Cette affaire de plagiat ne concernait qu'une partie insignifiante d'un roman extraordinairement prometteur. Mais Annabel a certainement compris qu'elle n'en écrirait jamais d'autre, et pour elle, c'était la mort. Ajoutez-y l'humiliation. C'était également plus qu'elle n'en pouvait supporter.

– Avez-vous considéré que Rhoda Gradwyn était responsable de son suicide ?

– Elle en était responsable. Elle a assassiné mon amie. Ce n'était pas intentionnel, et il n'y avait donc pas lieu d'engager la moindre procédure judiciaire. Mais n'allez pas croire que je me sois vengée cinq ans plus tard. Si la haine ne meurt pas, elle perd tout de même un peu de sa force. C'est comme une infection du sang, qui ne guérit jamais, qui risque à tout moment de se réveiller, mais dont la fièvre devient moins invalidante, la douleur moins aiguë au fil des ans. Il ne me reste que des regrets et une tristesse persistante. Je n'ai pas tué Rhoda Gradwyn, mais sa mort ne m'inspire pas le moindre chagrin. Cela répond-il à la question que vous alliez poser, commandant ?

– Vous venez de dire, Miss Westhall, que vous n'avez pas tué Rhoda Gradwyn. Connaissez-vous le coupable ?

– Non. Et si je le connaissais, commandant, je crois que je ne vous le dirais pas. »

Elle se leva et s'apprêta à partir. Ni Dalgliesh ni Kate ne firent un geste pour la retenir.

7

Au cours des trois jours qui suivirent l'assassinat de Rhoda Gradwyn, Lettie fut frappée par la brièveté du temps accordé à la mort pour interférer avec la vie. Les défunts, quelle que soit la façon dont ils sont morts, sont évacués avec une décente promptitude vers leur destination, le tiroir d'une morgue, la salle d'embaumement d'une entreprise de pompes funèbres, la table du médecin légiste. Il arrive que le médecin ne vienne pas quand on l'appelle – l'entrepreneur des pompes funèbres, lui, vient toujours. Des repas, aussi légers ou peu conventionnels soient-ils, sont préparés et consommés, le courrier arrive, le téléphone sonne, il faut payer les factures, remplir des formulaires. Ceux qui pleurent, comme elle-même l'avait fait en son temps, se déplacent tels des automates dans un monde fantomatique où plus rien n'est réel ni familier, ou ne semble pouvoir le redevenir un jour. Mais comme les autres, ils continuent eux aussi à parler, à essayer de dormir, à porter à leurs lèvres des aliments insipides, à jouer machinalement le rôle qui leur est attribué dans une pièce où tous les autres personnages semblent savoir exactement ce qu'ils ont à faire.

Au manoir, personne ne fit semblant de pleurer Rhoda Gradwyn. Le mystère et la peur rendirent plus terrible encore le choc provoqué par sa mort, mais le train-train du manoir se poursuivait. Dean continuait à préparer ses excellents repas, bien que la relative simplicité des menus suggérât qu'il rendait un hommage, peut-être inconscient, à la mort. Kim continuait à les servir, mais l'appétit et le plaisir non dissimulé auraient fait l'effet d'une insensibilité grossière, ce qui entravait les velléités de conversation. Seules les allées et venues de la police, la présence des véhicules de la société de surveillance et la caravane rangée devant l'entrée principale et dans laquelle les agents prenaient leurs repas et dormaient, rappelaient à chaque instant que la situation n'avait rien de normal. On avait observé un sursaut d'intérêt et d'espoir un peu honteux quand Sharon avait été appelée par l'inspectrice principale Miskin et conduite à l'ancien cottage de la police pour être interrogée. À son retour, elle avait annoncé en quelques mots que le commandant Dalgliesh allait se débrouiller pour qu'elle puisse quitter le manoir et qu'une amie viendrait la chercher dans trois jours. En attendant, elle n'avait plus l'intention de travailler. En ce qui la concernait, son boulot était fini et ils savaient où ils pouvaient se le mettre. Elle en avait marre, elle était crevée et était bien contente de se tirer de ce manoir à la con. En attendant, elle montait dans sa chambre. On n'avait jamais entendu Sharon prononcer la moindre grossièreté et ils avaient été aussi choqués de l'entendre s'exprimer ainsi que si ces propos étaient sortis de la bouche de Lettie elle-même.

Le commandant Dalgliesh s'était ensuite enfermé avec George Chandler-Powell pendant une demi-heure, et après son départ, George les avait convoqués dans la bibliothèque. Ils s'étaient réunis en silence, se préparant à une annonce importante. Sharon n'avait pas été arrêtée, c'était un fait, mais il pouvait y avoir eu des rebondissements ; des informations, fussent-elles déplaisantes, seraient encore préférables à cette incertitude pesante. La vie était comme en suspens pour tous, et il leur arrivait d'en convenir. Les décisions les plus simples – comment s'habiller le matin, quels ordres donner à Dean et Kimberley – exigeaient un effort de volonté. Chandler-Powell ne les fit pas attendre, mais Lettie le trouva plus mal à l'aise que d'ordinaire. En entrant dans la bibliothèque, il eut l'air de se demander s'il devait rester debout ou s'asseoir, mais après un instant d'hésitation, il se posta près de la cheminée. Il savait forcément qu'il était suspect, comme ils l'étaient tous, mais en cet instant précis, alors que tous les regards se tournaient vers lui avec impatience, il se posait plutôt en représentant de Dalgliesh, un rôle qu'il n'avait pas envie de jouer et qui ne lui plaisait pas.

« Je suis désolé de vous interrompre dans vos occupations, commença-t-il, mais le commandant Dalgliesh m'a demandé de vous parler et il m'a paru raisonnable de vous réunir pour vous transmettre ce qu'il a à vous dire. Comme vous le savez, Sharon va nous quitter dans quelques jours. Un incident de son passé place son parcours et sa responsabilité entre les mains des services du contrôle judiciaire, et il a été jugé préférable qu'elle quitte le manoir. Si j'ai bien compris, Sharon accepte ces dispositions. C'est tout ce qu'on m'a dit et c'est tout ce qu'il y a à savoir. Je vous demanderai de ne pas aborder ce sujet entre vous, et de ne parler à Sharon ni de son passé ni de son avenir. Ce sont des questions qui ne nous regardent pas.

– Cela veut-il dire, demanda Marcus, que Sharon n'est plus considérée comme une suspecte, en admettant qu'elle l'ait jamais été ?

– Je suppose. »

Le visage de Flavia Holland s'était empourpré, sa voix tremblait : « Pourrions-nous savoir exactement quel est son statut actuel ? Elle nous a annoncé qu'elle n'avait plus l'intention de travailler. J'imagine que dans la mesure où tout le manoir est visiblement considéré comme lieu du crime, nous ne pouvons pas faire appel à des femmes de ménage du village. En l'absence de patientes, la charge de travail est moindre sans doute, mais il faut bien que quelqu'un le fasse.

– Nous pourrions donner un coup de main, Kim et moi, proposa Dean. Mais qu'en est-il de ses repas ? D'habitude, elle les prend avec nous à la cuisine. Que va-t-il se passer si elle reste dans sa chambre ? Kim est-elle censée lui monter un plateau et la servir ? » Son ton laissait clairement entendre qu'une telle hypothèse lui semblait inenvisageable.

Helena jeta un coup d'œil à Chandler-Powell. De toute évidence, sa patience était presque à bout. « Bien sûr que non, intervint-elle. Sharon connaît les heures de repas. Si elle a faim, elle descendra. Cela ne va durer qu'un jour ou deux. S'il y a le moindre problème, prévenez-moi, j'irai parler au commandant Dalgliesh. Pour le moment, continuons à vivre aussi normalement que possible. »

Candace prit la parole pour la première fois : « Dans la mesure où je lui ai fait passer son entretien d'embauche, j'estimerais normal d'assumer une part de responsabilité à l'égard de Sharon. Il serait peut-être plus commode qu'elle vienne s'installer à Stone Cottage avec Marcus et moi, si le commandant Dalgliesh n'y voit pas d'inconvénient. Nous avons toute la place qu'il faut. Elle pourrait m'aider à trier les livres de Père. Il n'est certainement pas bon qu'elle reste sans rien faire. Et il est temps qu'on cherche à la distraire de sa fixation sur Mary Keyte. L'été dernier, elle s'est mise à déposer des fleurs des champs sur la pierre centrale. C'est morbide et malsain. Je vais monter dans sa chambre voir si elle s'est calmée.

– C'est une bonne idée, merci, dit Chandler-Powell. En tant qu'enseignante, vous êtes sûrement mieux à même que nous de faire face à des jeunes filles rétives. Le commandant Dalgliesh m'a assuré que Sharon n'a pas besoin d'être surveillée. Le cas échéant, c'est à la police ou au contrôle judiciaire de s'en occuper, pas à nous. J'ai renoncé à mon voyage aux États-Unis. Je dois être de retour à Londres jeudi et j'ai besoin de Marcus. Je suis navré si cela ressemble à une désertion, mais il faut que je rattrape le retard que j'ai pris cette semaine avec mes patients de l'hôpital public. Un certain nombre d'opérations devraient déjà avoir eu lieu. J'ai dû les annuler, évidemment. L'équipe de sécurité sera là et je ferai en sorte que deux agents passent la nuit à l'intérieur du manoir.

– Et la police ? demanda Marcus. Dalgliesh vous a-t-il dit quand ils ont l'intention de partir ?

– Non, et je n'ai pas eu l'audace de lui poser la question. Cela ne fait que trois jours qu'ils sont là, alors, à moins qu'ils ne procèdent à une arrestation, je pense que nous aurons encore à supporter leur présence pendant un certain temps.

– Vous voulez dire que *nous* aurons à la supporter, répliqua Flavia. Vous serez bien tranquille à Londres, vous. La police vous autorise-t-elle à partir ? »

Chandler-Powell lui jeta un regard glacial. « En vertu de quel pouvoir légal pensez-vous que le commandant Dalgliesh puisse me retenir ? »

Il se retira, laissant au petit groupe l'impression que d'une manière ou d'une autre, ils s'étaient tous conduits sottement. Ils se dévisagèrent dans un silence gêné, finalement rompu par Candace : « Bien, je vais aller parler à Sharon. Helena, peut-être pourriez-vous dire un mot à George en tête à tête. Je sais que je loge au cottage et que cela ne peut pas me gêner autant que vous, mais je travaille ici et franchement, je préférerais que les agents de sécurité ne dorment pas au manoir. C'est déjà assez désagréable de voir leur caravane devant la grille et d'avoir tous ces types qui se promènent autour du parc sans qu'ils envahissent la maison. »

Elle sortit à son tour. Mog, qui s'était installé dans un des fauteuils les plus imposants, avait passé son temps les yeux rivés sur Chandler-Powell, sans dire un mot. Il se leva et quitta la pièce. Le reste du groupe attendit le retour de Candace, mais au bout d'une demi-heure pendant laquelle l'injonction de Chandler-Powell de ne pas parler de Sharon inhiba toute velléité de conversation, ils se dispersèrent et Helena referma énergiquement la porte de la bibliothèque derrière eux.

8

Les trois jours de la semaine où George Chandler-Powell était à Londres donnaient à Candace et Lettie le temps de faire les comptes, de régler les éventuels problèmes financiers du personnel intérimaire et de payer les factures du supplément de nourriture nécessaire au personnel infirmier non résident, aux techniciens et à l'anesthésiste. Le changement d'atmosphère entre le début et la fin de la semaine était aussi spectaculaire que bienvenu pour les deux femmes. Malgré le calme superficiel des jours d'intervention, la simple présence de George Chandler-Powell et de son équipe semblait saturer tout le manoir. Le samedi et le dimanche, en revanche, étaient des périodes de quiétude quasi idéales. Le célèbre chirurgien surchargé de travail qu'était Chandler-Powell se transformait en gentilhomme campagnard, enchanté de s'abandonner à une routine domestique qu'il ne critiquait jamais et ne cherchait jamais à influencer, semblant respirer dans la solitude un air revigorant.

Mais en ce mardi matin, le quatrième jour après le meurtre, il était toujours au manoir ; son programme d'opérations londoniennes avait été repoussé, et il était visiblement déchiré entre ses responsabilités à l'égard de ses patients de St Angela's et la nécessité d'apporter son soutien aux autres occupants du manoir. Jeudi, Marcus et lui devraient partir. Ils avaient prévu de revenir dès le dimanche matin, mais les réactions à cette absence, temporaire pourtant, étaient mitigées. Chacun fermait déjà sa porte à clé avant de se coucher, bien que Candace et Helena soient arrivées à dissuader Chandler-Powell de demander à la police ou à la société de surveillance d'organiser des patrouilles de nuit. La plupart des résidents s'étaient convaincus qu'un intrus, probablement le propriétaire de la mystérieuse voiture, avait assassiné Miss Gradwyn et on ne voyait pas pourquoi il aurait l'intention de faire une seconde victime. Mais peut-être détenait-il toujours les clés de la porte ouest – une hypothèse inquiétante. Sans pouvoir leur assurer une sécurité absolue, le docteur Chandler-Powell n'en était pas moins le propriétaire des lieux, leur intermédiaire avec la police, une présence et une autorité rassurantes. Il est vrai que tout ce temps perdu semblait le contrarier et qu'il était impatient de se remettre au travail. Le manoir serait encore plus paisible sans le bruit de ses pas agités et ses accès occasionnels de mauvaise humeur. Les médias avaient évidemment annoncé la mort de Miss Gradwyn, mais au grand soulagement de tous, les comptes rendus avaient été étonnamment brefs et imprécis, grâce notamment à la concurrence d'un scandale politique et du divorce particulièrement acrimonieux d'une vedette de la chanson. Lettie se demanda si quelqu'un avait fait pression sur les médias. Toutefois, cette retenue ne pouvait qu'être éphémère et si l'on procédait à une arrestation, la digue se romprait et les eaux souillées se répandraient sur eux.

Désormais, en l'absence du personnel à temps partiel et l'aile des patientes ayant été mise sous scellés, alors que le téléphone était fréquemment sur répondeur et que la présence policière leur rappelait à chaque instant la dépouille, emportée désormais, mais qui restait, dans leur imagination, enfermée dans le silence et la mort derrière cette porte close, Lettie trouvait un grand réconfort dans le travail qui ne manquait jamais. Sans doute, pensait-elle, Candace partageait-elle ce sentiment. Ce mardi matin, elles étaient toutes les deux devant leurs bureaux respectifs peu après neuf heures. Lettie triait des factures d'épicerie et de boucherie, Candace était assise à l'ordinateur. Le téléphone se trouvait sur la table, devant elle. Il sonna.

« Ne répondez pas », dit Candace.

Trop tard. Lettie avait déjà soulevé le combiné. Elle le lui tendit. « C'est un homme. Je n'ai pas compris son nom, mais il a l'air très agité. Il veut vous parler. »

Candace prit le combiné et resta silencieuse quelques instants avant de dire : « Nous sommes occupées au bureau et franchement, nous n'avons pas le temps de courir après Robin Boyton. Je sais qu'il est notre cousin, mais cela ne fait pas de nous ses gardiens. Depuis combien de temps cherchez-vous à le joindre… ? Bien, quelqu'un va passer au cottage des visiteurs et si nous avons des nouvelles, nous lui dirons de vous appeler… C'est entendu, dans le cas contraire, je vous préviendrai. Pouvez-vous me donner votre numéro ? »

Elle tendit la main pour prendre une feuille de papier, nota le numéro, reposa le combiné et se tourna vers Lettie. « C'était l'associé de Robin, Jeremy Coxon. Il semblerait qu'un de ses formateurs l'ait laissé tomber et qu'il ait besoin de Robin de toute urgence. Il a essayé de l'appeler hier, tard dans la soirée mais Robin n'a pas répondu. Il lui a laissé un message et a encore essayé plusieurs fois ce matin. Le portable de Robin sonne, mais il ne répond pas.

– Robin est peut-être venu ici pour échapper aux coups de fil importuns et aux contraintes de leur métier. Mais dans ce cas, il n'avait qu'à éteindre son portable. Il vaudrait peut-être mieux aller jeter un coup d'œil chez lui.

– Quand je suis partie de chez moi ce matin, sa voiture était là et les rideaux étaient fermés. Je suppose qu'il dort encore et qu'il a posé son portable à un endroit où il ne peut pas l'entendre. Nous n'avons qu'à demander à Dean d'y passer s'il n'a rien de mieux à faire. Il sera plus rapide que Mog. »

Lettie se leva. « Je m'en charge. Ça me fera du bien de respirer un peu.

– Dans ce cas, prenez la clé de secours. S'il a la gueule de bois, il risque de ne pas entendre la sonnette. Quelle plaie qu'il soit encore là ! Dalgliesh n'a aucune raison de le retenir et il ne devrait être que trop heureux de rentrer à Londres au plus vite, ne serait-ce que pour colporter des ragots. »

Lettie empilait des papiers. « Décidément, vous ne l'aimez pas beaucoup. Il n'a pourtant pas l'air bien méchant, mais Helena elle-même soupire à fendre l'âme quand il réserve le cottage.

– C'est un parasite qui joue les victimes. Non sans raison, je vous l'accorde. Sa mère s'est fait engrosser par un coureur de dot qu'elle a épousé ensuite. Grand-père Theodore n'a pas apprécié et il l'a déshéritée, plus, je pense, pour la punir de sa stupidité et de sa naïveté que de sa grossesse. Robin aime bien venir de temps en temps nous rappeler ce

416

qu'il considère comme une discrimination injuste. Franchement, son insistance nous pèse. Nous lui donnons un peu d'argent de temps en temps. Il l'accepte, mais j'imagine qu'il en est humilié. En fait, c'est humiliant pour tout le monde. »

La franchise de cette mise au point étonna Lettie. Elle ressemblait bien peu à la réserve habituelle de la Candace qu'elle connaissait – ou, se dit-elle, qu'elle croyait connaître.

Elle prit sa veste sur le dossier de sa chaise. Au moment de partir, elle demanda : « Est-ce qu'il ne serait pas moins pénible pour vous de prélever à son profit une somme raisonnable de la succession de votre père pour mettre fin à ses sollicitations ? Si vous estimez, bien sûr, que ses griefs sont justifiés.

– J'y ai pensé. Le problème avec Robin, c'est qu'il en voudra toujours plus. Je serais surprise que nous nous entendions sur le montant de ce que vous appelez une somme raisonnable. »

Lettie sortit, refermant la porte derrière elle, et Candace reporta son attention sur l'ordinateur. Elle ouvrit le fichier des comptes de novembre. L'aile ouest était excédentaire, comme d'habitude, mais tout juste. Le prix exigé des patientes couvrait l'entretien général de la maison et du parc, ainsi que les frais chirurgicaux et médicaux, mais les revenus étaient irréguliers et les dépenses en hausse. Quant aux chiffres du mois à venir, ils seraient forcément catastrophiques. Chandler-Powell n'avait rien dit, mais son visage, crispé d'angoisse et tendu par une résolution désespérée, était éloquent. Combien de candidates à une opération auraient envie d'occuper une chambre de l'aile ouest, l'esprit rempli d'images de mort et, pire, d'assassinat d'une patiente ? Loin d'être une mine d'or, la clinique constituait désormais une charge financière. Elle lui accordait moins d'un mois.

Lettie revint un quart d'heure plus tard. « Il n'est pas là. Il n'est ni dans le cottage ni au jardin. J'ai trouvé son portable sur la table de la cuisine avec les restes de ce qui pourrait être un déjeuner ou un dîner, une assiette souillée de sauce tomate figée et de quelques spaghettis, ainsi qu'un paquet vide, qui a contenu deux éclairs au chocolat. Le portable a sonné au moment où j'ouvrais la porte. C'était de nouveau Jeremy Coxon. Je lui ai dit que nous le cherchions. Je n'ai pas l'impression qu'il ait dormi dans son lit et, comme vous le disiez, sa voiture est toujours là. Il ne peut pas être allé bien loin. Il ne me paraît pas du genre à faire de grandes promenades.

— En effet. Il va sans doute falloir organiser une fouille générale, mais par où commencer ? Il peut être n'importe où. Même en train de faire la grasse matinée dans le lit de quelqu'un d'autre. Dans ce cas, il risque de ne pas beaucoup apprécier une intrusion. Nous pourrions lui accorder encore une heure.

— Est-ce raisonnable ? demanda Lettie. Cela fait quand même un certain temps qu'il a disparu. »

Candace réfléchit. « Il est adulte, il a le droit d'aller où il veut, avec qui il veut. Pourtant, c'est bizarre, j'en conviens. Jeremy Coxon n'avait pas seulement l'air agacé, mais inquiet. Nous pourrions commencer par vérifier qu'il n'est pas ici, manoir, ou dans le parc. Il n'est pas impossible qu'il soit malade ou qu'il ait eu un accident, bien que cela paraisse peu probable. Je ferais peut-être bien aussi d'aller jeter un coup d'œil à Stone Cottage. Je ne ferme pas toujours la porte latérale à clé, et il pourrait s'être glissé à l'intérieur après mon départ pour chercher quelque chose. Vous avez raison. S'il n'est ni ici ni dans les cottages, nous devrons prévenir la police. S'il faut entreprendre une fouille en bonne et due forme, elle sera sûrement confiée à la police locale. Voyez si vous arrivez à mettre la main sur l'inspecteur Benton-Smith ou sur Warren. Je vais emmener Sharon. J'ai l'impression qu'elle passe son temps à traîner et qu'elle ne fait pas grand-chose. »

Encore debout, Lettie réfléchit un instant avant de remarquer : « Il vaudrait peut-être mieux ne pas mêler Sharon à cette histoire. Elle est d'humeur un peu étrange depuis que le commandant Dalgliesh l'a fait appeler hier, tantôt renfrognée et renfermée, tantôt très contente d'elle, presque triomphante même. Et si Robin a vraiment disparu, autant la tenir à l'écart. Si vous voulez élargir les recherches, je vous accompagnerai. Mais sincèrement, s'il n'est ni ici ni dans aucun des cottages, je ne vois pas bien où chercher. Il vaut mieux laisser la police s'en charger. »

Candace prit sa veste à la patère fixée sur la porte. « Vous avez sans doute raison à propos de Sharon. Elle n'a pas voulu quitter le manoir pour venir à Stone Cottage et, pour tout vous dire, j'en ai été soulagée. Ce n'était pas une très bonne idée. Mais elle a accepté de m'aider à trier la bibliothèque de Père quelques heures par jour ; elle était sans doute heureuse d'avoir un prétexte pour quitter la cuisine. Les Bostock et elle ne se sont jamais très bien entendus. Elle a l'air de prendre plaisir à ranger les livres. Je lui en ai prêté un ou deux et ils ont paru l'intéresser. »

Cette fois encore, Lettie fut étonnée. Prêter des livres à Sharon était un geste auquel elle ne se serait pas attendue de la part de Candace, dont l'attitude à l'égard de la jeune fille avait toujours été plus proche de la tolérance réticente que de l'intérêt bienveillant. Après tout, Candace était professeur. Peut-être était-ce une résurgence de sa vocation pédagogique. Et sans doute y avait-il chez tout amoureux de la lecture une impulsion naturelle à prêter des livres à une jeune personne qui en manifestait le goût. Elle en aurait fait autant. Marchant à côté de Candace, elle éprouva un léger élan de pitié. Elles travaillaient ensemble en bonne intelligence, comme elles le faisaient l'une et l'autre avec Helena, mais n'avaient jamais été proches. Elles étaient des collègues bien plus que des amies. Pourtant, Candace était utile au manoir. Les trois jours qu'elle avait passés à Toronto deux semaines plus tôt l'avaient prouvé. Peut-être était-ce parce que Candace et Marcus occupaient Stone Cottage qu'ils semblaient parfois éloignés affectivement aussi bien que physiquement de la vie du manoir. Elle ne pouvait qu'imaginer ce que les deux dernières années avaient été pour une femme intelligente, qui avait accepté de compromettre son emploi – aujourd'hui définitivement supprimé à en croire la rumeur – pour consacrer ses jours et ses nuits à soigner un malade dominateur et grincheux, tandis que son frère n'avait qu'une idée en tête, s'en aller. Le départ de Marcus ne devrait plus poser de problème maintenant. La clinique pourrait difficilement poursuivre ses activités après l'assassinat de Miss Gradwyn. Seules des patientes nourrissant une fascination pathologiquement morbide pour la mort et l'horreur accepteraient encore de se faire opérer au manoir.

C'était un matin terne et sans soleil. Il avait beaucoup plu pendant la nuit et d'âcres miasmes de feuilles en putréfaction et d'herbe détrempée s'élevaient de la terre mouillée. L'automne avait été précoce, cette année, mais déjà, sa douce splendeur s'était évanouie sous le souffle glacial et presque inodore de la fin de l'année. Elles traversèrent la brume humide et froide qui vint se coller sur le visage de Lettie, lui inspirant un premier frisson de malaise. Tout à l'heure, elle était entrée dans Rose Cottage sans appréhension, s'attendant plus ou moins à découvrir que Robin Boyton venait de rentrer ou à trouver un indice de son départ. Cette fois, alors qu'elles passaient entre les rosiers dépouillés par l'hiver pour s'approcher de la porte d'entrée, elle eut l'impression d'être inexorablement entraînée vers quelque chose qui ne la concernait pas, à quoi elle n'avait pas envie d'être mêlée et qui ne présageait rien de bon. La porte d'entrée était déverrouillée, telle qu'elle l'avait trouvée, mais en entrant dans la cuisine, il lui sembla qu'il y régnait une odeur plus rance que celle de la vaisselle sale.

Candace s'approcha de la table et considéra les vestiges du repas avec une moue de dégoût. « Cela ressemble davantage au déjeuner ou au dîner d'hier, c'est un fait, qu'à un petit déjeuner. Mais avec Robin, on peut s'attendre à tout. Vous avez vérifié à l'étage, disiez-vous ?

– Oui. Le lit n'était pas impeccablement fait, les draps étaient simplement tirés, mais je n'ai pas l'impression qu'il y ait dormi la nuit dernière.

– Il faut fouiller tout le cottage, reprit Candace, puis le jardin et à côté. En attendant, je vais ranger un peu. Ça pue. »

Elle ramassa l'assiette souillée et se dirigea vers l'évier. La voix de Lettie s'éleva, brutale comme un ordre : « Non, Candace, non ! », figeant Candace sur place. « Excusez-moi d'avoir crié, reprit-elle d'une voix plus calme, mais il est certainement préférable de ne toucher à rien, vous ne croyez pas ? Si Robin a eu un accident, s'il lui est arrivé quelque chose, les questions de chronologie peuvent être importantes. »

Candace revint vers la table et reposa l'assiette. « Vous avez raison, sans doute, mais la seule chose que cela nous apprenne, c'est qu'il a pris un repas, le déjeuner ou le dîner sans doute, avant de partir. »

Elles montèrent à l'étage. Il n'y avait que deux chambres, relativement spacieuses l'une comme l'autre, chacune flanquée d'une salle de bains et d'une douche. La plus petite, qui donnait sur l'arrière, était manifestement inutilisée. Le lit fait, des draps propres recouverts d'une courtepointe en patchwork.

Candace ouvrit la porte du placard, puis la referma en disant, comme pour se justifier : « Je me demande pourquoi j'ai pensé qu'il pouvait être là-dedans, mais à partir du moment où nous fouillons, autant le faire à fond. »

Elles passèrent à la chambre de devant. Meublée simplement et confortablement, elle donnait l'impression d'avoir été mise à sac. Un peignoir de bain en éponge gisait sur le lit à côté d'un tee-shirt roulé en boule et d'une édition de poche d'un livre de Terry Prachett. Deux paires de chaussures avaient été jetées dans un coin et la chaise basse rembourrée était recouverte d'un tas de pulls de laine et de pantalons. Au moins, Boyton était venu équipé pour les frimas de décembre. La penderie était ouverte, laissant apparaître trois chemises, une veste de daim et un costume sombre. Avait-il prévu de le porter, se demanda Lettie, le jour où il serait enfin autorisé à rendre visite à Rhoda Gradwyn ?

« C'est un peu inquiétant à première vue. On pourrait croire à une bagarre ou à un départ précipité, mais vu l'état de la cuisine, la seule supposition raisonnable est sans doute que Robin est extraordinairement désordonné. Je le savais déjà. En tout cas, il n'est pas ici.

– En effet », approuva Lettie et elle se dirigea vers la porte. En un sens pourtant, pensa-t-elle, il y était. Pendant la demi-minute qu'elles avaient passée, Candace et elle, à inspecter la chambre à coucher, ses pressentiments s'étaient intensifiés en une émotion qui tenait désormais tout à la fois de la crainte et de la pitié. Robin Boyton était absent mais paradoxalement, il semblait plus présent qu'il ne l'avait été trois jours plus tôt, quand il avait fait irruption dans la bibliothèque. Il était ici, dans ce désordre de vêtements de jeune homme, dans les chaussures, dont une paire avait des talons usés, dans le livre négligemment jeté, dans le tee-shirt chiffonné.

Elles quittèrent la maison, Candace marchant devant à grands pas. Lettie, généralement aussi énergique que sa compagne, avait l'impression de traîner derrière elle comme un fardeau encombrant. Elles fouillèrent les jardins des deux cottages et les cabanes de bois situées au fond de chacun. Celle de Rose Cottage contenait une collection hétéroclite de matériel de jardinage, d'outils sales, rouillés pour certains, de pots de fleurs et de rouleaux de raphia jetés sur une étagère sans la moindre tentative d'organisation. La porte était à moitié bloquée par une vieille tondeuse et un filet de petit bois. Candace la referma sans commentaire. Au contraire, l'abri de Stone Cottage impressionnait par l'ordre logique qui y régnait. Pelles, fourches et tuyaux d'arrosage, au métal étincelant, étaient disposés contre un mur, tandis que les étagères abritaient des pots rangés par taille ; la tondeuse était si propre qu'on aurait dit qu'elle n'avait jamais servi. Il y avait un fauteuil d'osier confortable recouvert d'un coussin à carreaux, qui semblait servir fréquemment. Le contraste entre les deux cabanes se retrouvait dans les jardins. Mog était chargé de celui de Rose Cottage, mais il s'intéressait surtout au parc du manoir et plus particulièrement au jardin de topiaires dont il était jalousement fier et qu'il entretenait avec un soin obsessionnel. À Rose Cottage, il faisait le strict minimum, juste de quoi s'éviter les reproches. Le jardin de Stone Cottage révélait au contraire l'attention régulière d'une main experte. Les feuilles mortes avaient été balayées et évacuées dans la caisse de bois contenant le tas de compost, les buissons étaient taillés, la terre retournée et les plantes fragiles protégées du gel par un voile d'hivernage. Se rappelant le fauteuil en osier et son coussin dentelé, Lettie fut envahie d'une bouffée de pitié et d'agacement. Cette cabane hermétique, où il faisait chaud même en hiver, était donc un refuge en même temps qu'un abri de jardin purement utilitaire. Candace pouvait espérer y dérober de temps en temps une demi-heure de paix loin de l'odeur aseptisée de la chambre du malade, s'évader au jardin pour de courtes périodes de liberté, trop brèves pour lui permettre de se consacrer à son autre passion connue, la natation, qu'elle pratiquait depuis ses criques ou ses plages préférées.

Sans un mot, Candace referma la porte sur l'odeur de bois chaud et de terre, et elles se dirigèrent vers Stone Cottage. Il n'était pas encore midi, mais la journée était décidément lugubre et sombre, et Candace alluma une lampe. Lettie était venue plusieurs fois dans la maison depuis la mort du professeur Westhall. Il s'était toujours agi de visites de travail, accomplies sans plaisir. Elle n'était pas superstitieuse. Sa foi, qu'elle savait non conformiste et peu dogmatique, ne laissait pas place aux âmes désincarnées revenant hanter les pièces où elles avaient des comptes à régler ou bien avaient poussé leur dernier soupir. Mais elle était sensible aux atmosphères et Stone Cottage lui inspirait toujours un malaise, un certain découragement, comme si l'air était contaminé par l'accumulation de malheur.

Elles se trouvaient dans la pièce pavée qu'on appelait l'ancien office. Il semblait avoir pour toute fonction de servir de débarras à des meubles au rebut, parmi lesquels une petite table de bois et deux chaises, un congélateur apparemment hors d'usage et un vieux vaisselier abritant des tasses et des cruches dépareillées. Elles traversèrent une petite cuisine pour rejoindre le salon, qui servait également de salle à manger. L'âtre était vide et le tic-tac d'une pendule, posée sur le manteau de cheminée dont elle était le seul ornement, transformait le présent en passé avec une insistance exaspérante. La pièce était dénuée de tout confort, à l'exception d'un banc à haut dossier sur lequel s'entassaient des coussins, à droite de la cheminée. Un mur était couvert d'étagères jusqu'au plafond, mais la plupart des rayonnages étaient vides et les volumes restants retombaient les uns sur les autres en désordre. Une bonne dizaine de cartons remplis de livres étaient rangés contre le mur opposé, où des rectangles de papier peint, qui avaient conservé leur couleur d'origine, révélaient l'emplacement de tableaux qui y avaient été accrochés. Malgré sa propreté irréprochable, le cottage sembla à Lettie d'une inhospitalité et d'une tristesse presque délibérées, comme si, après la mort de leur père, Candace et Marcus avaient tenu à souligner que Stone Cottage ne serait jamais leur foyer.

À l'étage, Lettie toujours sur les talons, Candace traversa les trois chambres à grands pas décidés, ouvrant systématiquement placards et penderies, avant d'en refermer brutalement la porte comme si cette fouille n'était qu'une corvée routinière assommante. Il régnait un parfum fugace mais âcre de naphtaline, une odeur campagnarde de vieux tweed et, dans la penderie de Candace, Lettie aperçut l'écarlate d'une toge de doctorat. Peregrine Westhall avait occupé la chambre située sur l'avant. Elle avait été intégralement débarrassée à l'exception du lit étroit, à droite de la fenêtre. Celui-ci n'était plus recouvert que d'un drap immaculé, étroitement tiré sur le matelas, reconnaissance domestique et universelle de l'irrévocabilité de la mort. Aucune des deux femmes ne prononça un mot. La fouille était presque terminée. Elles descendirent, leurs pas résonnant de façon étrangement bruyante dans l'escalier de bois.

Il n'y avait pas de placard au salon et elles repassèrent dans l'ancien office. Semblant soudain prendre conscience de ce que Lettie avait éprouvé de bout en bout, Candace lança : « Mais quelle idée ! Pourquoi faisons-nous cela ? On dirait que nous cherchons un enfant ou un animal égaré. La police n'a qu'à s'en occuper, si elle juge son absence inquiétante.

– Après tout, nous avons quasiment fini, objecta Lettie, et nous l'avons cherché consciencieusement. Il n'est ni dans les cottages ni dans les abris de jardin. »

Candace était entrée dans le cellier attenant. Sa voix était assourdie. « Il est grand temps que je mette un peu d'ordre ici. Quand Père était malade, j'ai commencé à faire des confitures. Une véritable obsession. Dieu sait pourquoi. Il aimait les conserves maison, mais pas à ce point. J'avais oublié que les pots étaient encore ici. Je vais demander à Dean de les emporter. Il leur trouvera bien un emploi s'il condescend à venir les chercher. Il est vrai que ma confiture n'est certainement pas à la hauteur de ses exigences. »

Elle réapparut. Se tournant pour la suivre en direction de la porte, Lettie s'arrêta devant le vieux congélateur, défit le loquet du couvercle et l'ouvrit. Le geste avait été machinal et irréfléchi. Le temps s'arrêta. L'espace de quelques secondes, qui se prolongeraient rétrospectivement en d'interminables minutes, elle en observa le contenu, l'œil fixe.

Le couvercle lui retomba des mains dans un bruit métallique assourdi et elle s'effondra sur le congélateur, agitée de tremblements irrépressibles. Son cœur battait à tout rompre et elle avait perdu l'usage de la parole. Haletante, elle essayait de former des mots, mais aucun son ne sortait de sa bouche. Enfin, avec un effort infini, elle retrouva sa voix. Elle ne la reconnut pas. Elle coassa : « Candace, ne regardez pas, surtout, ne regardez pas ! N'approchez pas ! »

Mais déjà Candace l'écartait, ouvrant le couvercle tout grand en repoussant le corps de Lettie.

Il était allongé sur le dos, recroquevillé, les deux jambes dressées, toutes raides. Ses pieds avaient sans doute été en appui contre le couvercle du congélateur. Ses deux mains, crispées comme des griffes, étaient pâles et délicates, les mains d'un enfant. Dans son désespoir, il avait dû tambouriner contre l'intérieur du couvercle, ses jointures étaient meurtries et ses doigts maculés de sang séché. Son visage était réduit à un masque de terreur, ses yeux bleus écarquillés et sans vie comme ceux d'une poupée, les lèvres retroussées. Il s'était certainement mordu la langue dans un dernier spasme et deux filets de sang s'étaient coagulés sur son menton. Il portait un jean et une chemise à carreaux bleu et fauve à col ouvert. L'odeur, familière et écœurante, s'éleva comme du gaz.

Lettie réussit tant bien que mal à s'approcher en titubant d'une des chaises de cuisine sur laquelle elle s'effondra. Assise, elle sentit ses forces revenir progressivement et ses battements de cœur devenir plus lents, plus réguliers. Elle entendit le bruit du couvercle qui se refermait, doucement, presque délicatement, comme si Candace craignait de réveiller le mort.

Elle tourna les yeux vers elle : Candace se tenait, immobile, à côté du congélateur. Soudain, prise de nausées, elle se précipita vers l'évier de pierre et vomit violemment, se cramponnant aux deux côtés. Les haut-le-cœur se poursuivirent alors qu'elle n'avait plus rien à rendre, lui arrachant des cris rauques et bruyants qui devaient lui déchirer la gorge. Les yeux rivés sur elle, Lettie aurait voulu l'aider, mais elle savait que Candace ne se laisserait pas toucher. Candace ouvrit alors le robinet tout grand et s'éclaboussa le visage comme si elle avait la peau en feu. L'eau ruisselait sur sa veste et ses cheveux se collaient sur ses joues en mèches trempées. Sans un mot, elle tendit la main vers un torchon accroché à un clou près de l'évier, elle l'essora sous le robinet toujours ouvert et recommença à se laver le visage. Enfin, Lettie eut la force de se lever et, prenant Candace par la taille, elle la conduisit vers la deuxième chaise.

« Je suis désolée, dit Candace. C'est cette odeur… je n'ai jamais pu la supporter. »

L'esprit encore marqué au fer rouge par l'horreur de cette mort solitaire, Lettie éprouva un élan de pitié qui lui fit avancer cette excuse : « Ce n'est pas l'odeur de la mort, Candace. Il n'a pas pu se retenir. La terreur, peut-être. Ce sont des choses qui arrivent. »

Elle pensa, sans le formuler tout haut : *Cela veut dire qu'il était vivant quand il est entré dans le congélateur, non ? Le médecin légiste pourra le dire.* Maintenant qu'elle avait retrouvé ses forces physiques, son esprit lui sembla d'une lucidité surnaturelle. « Il faut prévenir la police, dit-elle. Le commandant Dalgliesh nous a donné un numéro. Vous en souvenez-vous ? » Candace secoua la tête. « Moi non plus. Je n'imaginais pas que nous en aurions besoin. Dalgliesh doit être au manoir avec l'autre policier. Je vais aller le chercher. »

Mais Candace, la tête renversée, le visage si pâle qu'il avait l'air lavé de toute émotion, de tout ce qui faisait d'elle un être unique, réduit désormais à un masque de chair et d'os, protesta : « Non. Ne partez pas. Je vais bien, mais je pense que nous ferions mieux de rester ensemble. Mon portable est dans ma poche. Prenez-le et essayez de trouver quelqu'un au manoir. Essayez le bureau d'abord, puis George. Dites-lui d'appeler Dalgliesh. Il ne faut pas que George vienne. Que personne ne vienne. Je ne supporterais pas la foule, les questions, la curiosité, la pitié. Cela viendra en son temps, mais pas maintenant. »

Lettie appela le bureau. Comme personne ne répondait, elle composa le numéro de George. Tout en écoutant le téléphone sonner et en attendant qu'il décroche, elle dit : « De toute façon, il ne faut pas qu'il vienne. Il le sait bien. Nous sommes sur le lieu d'un crime. »

La voix de Candace s'éleva, brutale : « Comment ça, d'un crime ? »

George ne répondait toujours pas. Lettie reprit : « Il pourrait s'agir d'un suicide, bien sûr. Mais n'est-ce pas aussi une forme de crime ?

– Parce que ça ressemble à un suicide ? Ah oui, vous trouvez ? Vous trouvez ? »

Consternée, Lettie songea : *Pourquoi cette querelle ?* Mais elle répondit calmement : « Vous avez raison. Nous ne savons rien. Mais le commandant Dalgliesh préférera ne pas être envahi. Nous allons rester ici et l'attendre. »

Enfin, Lettie entendit la voix de George. « Je vous appelle de Stone Cottage, dit-elle. Candace est ici avec moi. Nous avons trouvé le corps de Robin Boyton dans le vieux congélateur. Pourriez-vous demander au commandant Dalgliesh de venir aussi vite que possible ? Il vaut mieux ne prévenir personne d'autre jusqu'à son arrivée. Et ne venez pas. Que personne ne vienne. »

George demanda sèchement : « Le corps de Boyton ? Vous êtes sûre qu'il est mort ?

– Oui, George. Je ne peux pas vous en dire plus long pour le moment. Demandez à Dalgliesh de venir, c'est tout. Oui, nous allons bien. Choquées, mais ça va.

– Je vous envoie Dalgliesh. » La conversation s'interrompit.

Elles restèrent muettes. Dans le silence, Lettie n'avait conscience que de leurs profondes inspirations. Elles étaient assises, sans rien dire, sur les deux chaises de cuisine. Le temps passa, un temps infini, sans mesure. Puis des silhouettes se dessinèrent devant la fenêtre, en face d'elles. Les policiers étaient là. Lettie s'attendait à ce qu'ils entrent, mais ils frappèrent à la porte et, tournant les yeux vers le visage figé de Candace, elle se leva pour leur ouvrir. Le commandant Dalgliesh entra, suivi de l'inspectrice principale Miskin et de l'inspecteur Benton-Smith. À sa grande surprise, Dalgliesh ne s'approcha pas tout de suite du congélateur, mais s'occupa d'abord d'elles. Prenant deux tasses dans le vaisselier, il les remplit au robinet et les leur apporta. Candace laissa sa tasse sur la table, mais Lettie se rendit compte qu'elle était assoiffée et vida la sienne d'un trait. Elle sentait le regard du commandant Dalgliesh posé sur elles.

« J'aurai quelques questions à vous poser, bien sûr, dit-il. Mais vous avez dû subir un choc terrible. Pensez-vous être en mesure de me répondre ? »

Tournant vers lui un regard calme, Candace répondit : « Oui, parfaitement, merci. »

Lettie émit un murmure d'approbation.

« Dans ce cas, peut-être pourriez-vous passer à côté. Je vous rejoins tout de suite. »

L'inspectrice principale Miskin les suivit au salon. Lettie se dit : *Il ne va pas nous laisser seules un instant, tant qu'il n'aura pas entendu ce que nous avons à lui dire*, puis elle se demanda si elle faisait preuve de perspicacité ou d'une méfiance infondée. Si Candace et elle avaient voulu mettre au point une version des faits commune, elles auraient eu tout le temps de se concerter avant l'arrivée de la police.

Elles s'assirent sur le banc de chêne. L'inspectrice principale Miskin se dirigea vers la table pour chercher deux chaises qu'elle disposa en face d'elles. Toujours debout, elle leur demanda : « Voulez-vous quelque chose ? Du thé, du café… si Miss Westhall veut bien me dire où je peux en trouver. »

La voix de Candace était d'une dureté inflexible. « Rien, merci. Tout ce que je veux, c'est sortir d'ici.

– Le commandant Dalgliesh ne va pas tarder. »

Il apparut effectivement alors qu'elle venait de finir sa phrase, tira une des chaises et s'assit juste en face d'elles. L'inspectrice principale Miskin prit place sur l'autre siège. Le visage de Dalgliesh, tout près d'elles, était aussi pâle que celui de Candace, mais il était impossible de deviner ce qui se passait derrière ce masque sculpté énigmatique. Quand il prit la parole, sa voix était douce, presque compatissante, mais Lettie était certaine que les idées qui agitaient son cerveau n'avaient pas grand-chose à voir avec la compassion. Il demanda : « Pourquoi êtes-vous venues toutes les deux à Stone Cottage ce matin ? »

Ce fut Candace qui répondit : « Nous cherchions Robin. Son associé a téléphoné au bureau vers dix heures moins vingt. Il cherchait vainement à joindre Robin depuis hier matin et commençait à s'inquiéter. Mrs Frensham est passée chez lui voir s'il y était. Elle a trouvé des reliefs de repas sur la table de la cuisine, sa voiture dans l'allée ; il n'avait apparemment pas dormi dans son lit. Nous sommes donc revenues toutes les deux entreprendre une fouille plus approfondie.

– Saviez-vous, l'une ou l'autre, ou supposiez-vous que vous trouveriez Robin Boyton dans le congélateur ? »

Il ne s'excusa pas du caractère brutalement explicite de sa question. Lettie espéra que Candace ne perdrait pas son sang-froid. Elle-même se contenta d'un « Non » prononcé tout bas et, regardant Dalgliesh dans les yeux, elle eut l'impression qu'il la croyait.

Candace garda le silence quelques instants et Dalgliesh attendit. « Bien sûr que non, dit-elle enfin, autrement nous aurions regardé tout de suite dedans. Nous cherchions un homme vivant, pas un cadavre. J'étais presque sûre que Robin n'allait pas tarder à réapparaître, mais son absence était tout de même curieuse. Ce n'est pas un adepte des grandes balades. Nous cherchions sans doute un indice qui aurait pu nous apprendre où il était allé.

– Laquelle de vous deux a ouvert le congélateur ?

– C'est moi, répondit Lettie. L'ancien office, la pièce qui est juste à côté, est le dernier endroit où nous l'avons cherché. Au moment où nous allions repartir, j'ai soulevé le couvercle du congélateur machinalement, presque sans y penser. Nous avions ouvert tous les placards de Rose Cottage et d'ici, et nous avions fouillé les cabanes de jardin. Regarder dans le congélateur m'a sans doute paru naturel. »

Dalgliesh ne dit rien. *Va-t-il faire remarquer que quand on cherche un homme vivant, il est un peu étrange de regarder dans tous les placards et jusque dans le congélateur ?* se demanda-t-elle. Mais elle avait donné son explication. Elle n'était pas certaine qu'elle soit convaincante à ses propres oreilles, mais c'était la vérité, et elle n'avait rien à ajouter. Ce fut Candace qui chercha à argumenter.

« Je n'ai jamais imaginé que Robin pouvait être mort et aucune de nous n'a évoqué cette éventualité. C'est moi qui ai pris l'initiative d'ouvrir les placards, et comme l'a dit Lettie, à partir du moment où nous avions décidé de mener une fouille consciencieuse, il paraissait normal de ne rien négliger. Peut-être n'ai-je pas exclu qu'il ait pu avoir un accident, mais ce mot n'a jamais été prononcé par aucune de nous. »

Dalgliesh et l'inspectrice principale Miskin se levèrent. Dalgliesh dit : « Je vous remercie toutes les deux. Il faut que vous sortiez d'ici. Je ne vous dérangerai pas plus longtemps pour le moment. » Il se tourna vers Candace : « Je crains que nous ne soyons obligés de mettre Stone Cottage sous scellés pour quelques jours.

– En tant que lieu d'un crime ? interrogea Candace.

– En tant que lieu d'une mort inexpliquée. Le docteur Chandler-Powell m'a dit qu'il y a des chambres disponibles pour vous et votre frère au manoir. Je suis désolé de ce désagrément, mais vous en comprenez la nécessité, j'en suis sûr. Je vais devoir faire venir un médecin légiste et des spécialistes de la police scientifique, mais ils veilleront à ne rien abîmer.

– En ce qui me concerne, vous pouvez démonter toute la maison. Je n'ai plus rien à y faire. »

Il fit comme s'il n'avait pas entendu. « L'inspectrice principale Miskin va vous accompagner à l'étage pour chercher ce dont vous aurez besoin au manoir. »

Elles étaient donc sous surveillance, se dit Lettie. Que craignait-il ? Qu'elles ne prennent la fuite ? Non, elle était injuste, se reprit-elle. Il s'était montré poli et courtois, scrupuleusement même. Mais qu'aurait-il gagné à se conduire autrement ?

Candace se leva. « Je vais aller rassembler quelques affaires. Mon frère fera ses bagages lui-même, sous bonne garde, je n'en doute pas. Je n'ai aucune envie d'aller fouiller dans sa chambre.

– Je vous préviendrai quand il pourra venir prendre ce qu'il lui faut, dit Dalgliesh calmement. L'inspectrice Miskin va vous aider maintenant. »

Elles montèrent toutes les trois à l'étage, Candace en tête. Lettie était soulagée d'avoir un prétexte pour s'éloigner de l'ancien office. Dans sa chambre, Candace tira une valise de la penderie, mais ce fut l'inspectrice principale Miskin qui la posa sur le lit. Candace commença à sortir des vêtements des tiroirs et de la penderie, les pliant rapidement et les rangeant d'une main experte dans la valise : pulls chauds, pantalons, chemisiers, sous-vêtements, vêtements de nuit et chaussures. Elle passa dans la salle de bains et en revint avec sa trousse de toilette. Sans un regard en arrière, elles s'apprêtèrent à partir.

Le commandant Dalgliesh et l'inspecteur Benton-Smith se trouvaient dans l'ancien office, attendant manifestement leur départ. Le couvercle du congélateur était fermé. Candace tendit les clés de la maison. L'inspecteur Benton-Smith griffonna un reçu et la porte du cottage se referma derrière elles. Tendant l'oreille, Lettie eut l'impression d'entendre une clé tourner dans la serrure.

En silence, encadrant l'inspectrice Miskin, elles inhalèrent de profondes bouffées purifiantes d'air matinal doux et humide, et toujours en silence, reprirent à pas lents le chemin du manoir.

9

Elles approchaient de la porte d'entrée quand l'inspectrice Miskin les laissa prendre un peu d'avance et se détourna avec tact, comme pour éviter de donner l'impression qu'elles étaient revenues sous escorte policière. Candace en profita pour chuchoter à Lettie au moment où celle-ci ouvrait la porte : « Ne discutez pas de ce qui s'est passé. Rapportez les faits, c'est tout. »

Lettie faillit répliquer qu'elle n'avait pas d'autre intention, mais n'eut que le temps de murmurer : « Bien sûr. »

Elle remarqua que Candace se déroba immédiatement à toute question importune en annonçant qu'elle souhaitait voir où elle allait loger. Helena s'avança vers elle et elles disparurent toutes les deux dans l'aile est, qui, Flavia y ayant déjà emménagé depuis la fermeture du couloir des patientes, risquait d'être bientôt inconfortablement surpeuplée. Après avoir téléphoné pour obtenir de Dalgliesh l'autorisation nécessaire, Marcus fit un saut à Stone Cottage pour chercher les vêtements et les livres dont il avait besoin, avant de rejoindre sa sœur dans l'aile est. Tout le monde était calme, plein de sollicitude. Personne ne posa de question importune mais, à mesure que le temps passait, l'air semblait bourdonner de commentaires et d'interrogations tacites, dont la principale était de savoir pourquoi exactement Lettie avait soulevé le couvercle du congélateur. Consciente que quelqu'un finirait bien par la formuler, Lettie commençait à se convaincre que, malgré l'accord passé avec Candace, elle ferait mieux de rompre son silence.

Il était presque une heure et il n'y avait toujours aucune nouvelle du commandant Dalgliesh et de son équipe. Quatre membres seulement de la maisonnée vinrent déjeuner à la salle à manger : le docteur Chandler-Powell, Helena, Flavia et Lettie. Candace avait demandé qu'on monte un plateau dans sa chambre pour Marcus et elle. Les jours où il opérait, Chandler-Powell déjeunait plus tard avec son équipe, quand il prenait un vrai repas, mais le reste du temps, comme ce jour-là, il se joignait aux autres dans la salle à manger. Lettie se disait parfois avec une certaine gêne qu'il serait plus agréable que le personnel de maison, si peu nombreux, mange avec eux, mais Dean, elle le savait, aurait jugé au-dessous de sa dignité de chef de devoir déjeuner avec ceux qu'il servait. Kim et lui prenaient leur repas plus tard, chez eux, avec Sharon.

Le menu fut simple, un minestrone en entrée suivi d'une terrine de porc et de canard, de pommes de terre au four et d'une salade d'hiver. Quand, au moment de se servir de salade, Flavia demanda si quelqu'un savait quand la police était censée arriver, Lettie a répondu avec une nonchalance qui lui parut artificielle :

« Ils n'ont rien dit quand nous étions à Stone Cottage. Je suppose qu'ils inspectent le congélateur. Ils vont peut-être l'emporter. Je ne saurais pas vous expliquer pourquoi j'ai soulevé le couvercle. Nous étions sur le point de sortir, et j'ai fait ça machinalement, peut-être par curiosité, tout simplement.

– Heureusement que vous l'avez fait, observa Flavia. Il aurait pu rester là-dedans pendant des jours, le temps que les policiers aient fini de fouiller les environs. Après tout, à moins de soupçonner qu'ils cherchaient un cadavre, quelle raison auraient-ils eu d'ouvrir le congélateur ? Quelle raison aurait eu qui que ce soit de l'ouvrir ? »

Le docteur Chandler-Powell fronça les sourcils, mais s'abstint de tout commentaire. Il y eut un moment de silence, rompu par l'entrée de Sharon venue débarrasser les assiettes à soupe. Cette période d'inactivité inhabituelle avait fini par la lasser et elle avait condescendu à effectuer un nombre limité de tâches domestiques. Sur le seuil, elle se retourna et lança, avec une vivacité rare de sa part : « Il y a peut-être un tueur en série qui rôde dans le village. Il va tous nous avoir, un par un. J'ai lu un bouquin d'Agatha Christie qui raconte un truc comme ça. Ils sont tous sur une île, coupés du monde et le tueur est parmi eux. Pour finir, il n'en reste qu'un de vivant. »

La voix de Flavia était sèche. « Ne soyez pas ridicule, Sharon. Vous trouvez, vous, que la mort de Miss Gradwyn, ressemble à l'acte d'un tueur en série ? Ils utilisent toujours le même modus operandi. Et pourquoi un assassin en série irait-il fourrer un corps dans un congélateur ? Après tout, peut-être que votre tueur est un obsédé de congélateurs et qu'il est en train d'en chercher un autre pour y loger sa prochaine victime. »

Sharon ouvrit la bouche pour répliquer mais, croisant le regard du docteur Chandler-Powell, elle se ravisa et referma la porte derrière elle d'un coup de pied. Personne ne pipa mot. Lettie sentit que tout le monde songeait que si le commentaire de Sharon avait été maladroit, la réflexion de Flavia l'était tout autant. L'assassinat était un crime infectieux, qui modifiait subtilement des relations qui, sans avoir été intimes, avaient été aisées et détendues, d'abord avec Candace, et maintenant avec Flavia. Il n'était pas question de soupçons ; c'était plutôt un climat de malaise envahissant, la prise de conscience que les autres gens, les autres esprits, étaient insondables. Mais elle était inquiète pour Flavia. Sa suite de l'aile ouest lui étant interdite, elle avait pris l'habitude de se promener seule dans le parc ou le long de l'allée de tilleuls en direction des pierres et revenait les yeux plus rouges et plus gonflés que ne pouvaient le justifier un vent particulièrement vif ou une averse soudaine. Peut-être, se dit Lettie, n'était-il pas étonnant que Flavia semblât plus affectée que les autres par la mort de Miss Gradwyn. Chandler-Powell et elle avaient perdu une patiente. C'était une catastrophe professionnelle pour elle comme pour lui. Sans parler des rumeurs sur ses relations avec George. Quand ils étaient ensemble au manoir, ils se conduisaient toujours en chirurgien et en infirmière-chef, et leur attitude semblait même parfois exagérément professionnelle. Certainement, s'ils avaient couché ensemble au manoir, quelqu'un l'aurait su. Mais Lettie se demanda si les sautes d'humeur de Flavia, cette agressivité inhabituelle et ces déambulations solitaires n'étaient pas dues à une autre cause qu'au décès d'une patiente.

La journée s'écoulant, Lettie prit conscience que cette nouvelle mort inspirait moins de crainte ou d'angoisse que d'intérêt discret. Robin Boyton était très peu connu, sinon de ses cousins, et ceux qui le connaissaient ne l'appréciaient guère. Et au moins, il avait eu la décence de mourir à l'extérieur du manoir. Personne ne l'aurait exprimé avec une insensibilité aussi cynique, mais la centaine de mètres qui séparait le manoir de Stone Cottage créait une distance psychologique aussi bien que physique avec un cadavre que la majorité d'entre eux pouvait imaginer, mais n'avait pas vu. Ils étaient plus spectateurs qu'acteurs de ce drame, isolés du théâtre des opérations, commençant même à se sentir injustement exclus par Dalgliesh et son équipe, qui réclamaient des informations et en donnaient si peu en échange. Mog, à qui son travail au jardin et dans l'ensemble du domaine offrait un prétexte pour traîner près de la grille, leur avait livré quelques bribes de nouvelles. Il leur apprit le retour de la police scientifique, l'arrivée du photographe et du professeur Glenister et, enfin, le départ de la housse mortuaire bossuée sur une civière qui avait suivi le sentier du cottage jusqu'au sinistre fourgon. Ainsi renseigné, le groupe du manoir se prépara au retour de Dalgliesh et de son équipe.

10

Encore occupé à Stone Cottage, Dalgliesh confia les interrogatoires préliminaires à Kate et Benton. Il était déjà quinze heures trente quand ils arrivèrent et, une fois de plus avec le consentement du docteur Chandler-Powell, ils s'installèrent à la bibliothèque pour mener la majorité des entretiens. Pendant les premières heures, les résultats furent décevants. Il ne fallait pas espérer que le professeur Glenister pût préciser l'heure de la mort avant l'autopsie et sa première estimation était que Boyton était mort la veille, entre quatorze heures et dix-huit heures. Le fait qu'il n'ait pas eu le temps de faire la vaisselle après un repas qui, de toute évidence, ressemblait plus à un déjeuner qu'à un petit déjeuner était moins utile qu'il n'y paraissait, car l'évier contenait déjà de la vaisselle sale et deux casseroles qui semblaient y être depuis la veille au soir.

Kate décida de demander aux occupants du manoir où ils se trouvaient la veille entre treize heures et le dîner, généralement servi à vingt heures. Ils furent presque tous en mesure de fournir un alibi pour une partie de ce laps de temps, mais aucun pour la totalité des sept heures. L'après-midi, tout le monde était généralement libre de vaquer à ses activités personnelles, et la plupart avaient passé un certain temps seuls, soit au manoir, soit dans le parc. Marcus Westhall était allé à Bournemouth faire quelques courses de Noël, il était parti peu après le déjeuner et n'était rentré qu'à dix-neuf heures trente. Kate sentit que les autres résidents s'étonnaient un peu de la bonne fortune de Marcus Westhall, providentiellement absent chaque fois qu'on découvrait un cadavre. Sa sœur avait travaillé avec Lettie au bureau pendant la matinée et était retournée à Stone Cottage après le déjeuner pour jardiner. Elle avait ratissé des feuilles, les avait mises sur le tas de compost et avait taillé les branches mortes des buissons jusqu'à ce que le jour commence à décliner. Elle était alors rentrée se faire un thé, en passant par la porte du jardin d'hiver qu'elle avait laissée ouverte. Elle avait aperçu la voiture de Boyton rangée à l'extérieur, mais n'avait ni vu ni entendu son cousin de tout l'après-midi.

George Chandler-Powell, Flavia et Helena étaient restés au manoir, dans leurs propres appartements ou au bureau, mais n'avaient d'alibis solides que pour les quelques moments où ils avaient retrouvé le reste de la maisonnée pour déjeuner, prendre le thé à la bibliothèque, puis pour dîner à vingt heures. Kate sentit que, comme les autres, ils n'appréciaient pas qu'on leur réclame plus de précisions sur leur emploi du temps. Après tout, il s'était agi d'une journée ordinaire pour eux. Mog affirma avoir passé l'essentiel de l'après-midi de la veille à travailler dans la roseraie et à planter des bulbes de tulipes dans les grands pots du parc. Personne ne se rappelait l'avoir vu, mais il présenta un seau où se trouvaient encore quelques bulbes et le paquet déchiré qui avait contenu les autres. Ni Kate ni Benton n'eurent envie de se ridiculiser à ses yeux en allant creuser dans les pots pour vérifier si les bulbes y étaient bien, mais au besoin, c'était une chose qui pouvait être faite.

Sharon s'était laissé convaincre de consacrer une partie de l'après-midi à épousseter et à cirer les meubles et à passer l'aspirateur sur les tapis de la grande salle, de l'entrée et de la bibliothèque. Le bruit de l'aspirateur avait effectivement agacé épisodiquement les autres occupants du manoir, mais personne n'était en mesure de préciser à quelle heure ils l'avaient entendu. Benton fit remarquer qu'on pouvait fort bien laisser un aspirateur allumé sans l'utiliser, une hypothèse que Kate trouva pour le moins farfelue. Sharon avait également passé un moment à aider Dean et Kimberley à la cuisine. Elle ne mit aucune mauvaise volonté à venir témoigner, mais prit un temps infini pour répondre aux questions et ne cessa de dévisager Kate avec un intérêt inquisiteur et une nuance de pitié que celle-ci trouva plus déconcertante que l'hostilité sans fard à laquelle elle s'attendait.

Dans l'ensemble, en fin d'après-midi, ils avaient le sentiment de n'avoir pas beaucoup avancé. N'importe quel occupant du manoir avait très bien pu passer à Stone Cottage, y compris Marcus sur la route de Bournemouth. Mais comment quelqu'un d'autre qu'un Westhall aurait-il pu attirer Robin à l'intérieur du cottage, le tuer et revenir discrètement au manoir en évitant les agents de surveillance ? De toute évidence, le suspect numéro un ne pouvait qu'être Candace Westhall. Elle était assez robuste pour fourrer Boyton dans le congélateur. Mais il était prématuré de se concentrer sur un suspect tant qu'on ne savait pas avec certitude s'il s'agissait bien d'un assassinat.

Il était presque dix-sept heures quand ils réussirent à voir les Bostock. L'entretien eut lieu à la cuisine, où Kate et Benton s'installèrent confortablement dans des fauteuils bas près de la fenêtre, tandis que les Bostock allaient prendre deux chaises à dossier droit qui se trouvaient devant la table. Avant de s'asseoir, ils préparèrent du thé pour eux quatre et disposèrent avec une certaine cérémonie une table basse devant leurs visiteurs, les invitant à goûter les biscuits que Kim venait de confectionner. Une odeur irrésistible, riche et épicée, s'échappait de la porte ouverte du four. Presque trop chauds encore pour qu'on puisse les tenir, les biscuits, fins et crous-tillants, étaient un délice. Le visage radieux comme celui d'une enfant, Kim les regardait manger en sou-riant et les pressait de se resservir – il y en avait plus qu'il n'en fallait. Dean versa le thé ; l'atmosphère devint familière, presque intime. Dehors, l'air saturé de pluie se heurtait aux fenêtres closes comme du brouillard et une obscurité de plus en plus profonde enveloppait le paysage, ne laissant apparaître que la géométrie du jardin de topiaires, tandis que la haute haie de hêtres se transformait en une masse indis-tincte et lointaine. À l'intérieur, tout n'était que lumière, couleur et chaleur, auxquelles s'ajoutait l'arôme réconfortant du thé et de la pâtisserie.

Les Bostock étaient en mesure de se fournir réci-proquement un alibi, car ils ne s'étaient pour ainsi dire pas quittés durant les vingt-quatre heures pré-cédentes, qu'ils avaient essentiellement passées à la cuisine ou, pour quelques instants, au potager, où ils étaient allés ensemble cueillir des légumes pour le dîner en profitant de l'absence momentanée de Mog. Celui-ci avait tendance à s'offusquer de toute saignée dans les alignements méticuleux de ses plantations. À son retour, Kim avait servi les repas et avait débarrassé, généralement en présence de Miss Cressett ou de Mrs Frensham.

Le couple avait l'air choqué, mais moins affligé ou effrayé que ne l'auraient pensé Kate et Benton. Il est vrai, se dit Kate, que Boyton n'avait été qu'un visiteur occasionnel dont ils n'étaient pas responsables et dont les rares séjours, loin d'ajouter de l'entrain à la vie de la communauté, étaient considérés, par Dean surtout, comme une source potentielle d'exaspération et de travail supplémentaire. Boyton n'avait pas manqué de faire impression – ce qui était bien naturel pour un jeune homme doté d'un tel physique –, mais Kimberley, amoureuse de son mari et heureuse en ménage, était insensible à cette beauté classique tandis que Dean, en époux attentionné, cherchait avant tout à préserver sa cuisine d'intrusions importunes. Ni l'un ni l'autre n'avaient l'air particulièrement effrayé ; sans doute étaient-ils arrivés à se convaincre qu'il s'agissait d'une mort accidentelle.

Conscients de n'être pas impliqués dans cette affaire, curieux, vaguement excités et n'éprouvant aucun chagrin, ils se laissèrent aller à bavarder. Kate les laissa faire. Comme le reste de la maisonnée, les Bostock avaient appris qu'on avait trouvé le corps de Boyton et où. Rien de plus. Que pouvait-on dire d'autre pour le moment ? De toute manière, il n'aurait servi à rien de laisser qui que ce soit dans l'ignorance. Avec un peu de chance, on pourrait éviter que la presse ait vent de ce nouveau décès, et le village aussi pendant un moment, à condition que Mog tienne sa langue ; mais il était impossible et inutile de vouloir cacher ce nouveau drame aux occupants du manoir.

Il était presque dix-huit heures quand la situation évolua enfin. Après quelques instants de rêverie silencieuse, Kim sortit de sa torpeur : « Pauvre garçon. Il a dû grimper dans le congélateur et le couvercle se sera refermé sur lui. Mais pour quoi faire ? Il jouait peut-être à un jeu idiot, une sorte de défi comme s'en lancent les enfants. Maman avait une grande corbeille d'osier chez nous, plutôt une malle en fait, et quand nous étions petits, nous nous y cachions. Mais pourquoi n'a-t-il pas repoussé le couvercle ? »

Dean débarrassait déjà la table. « Si le loquet est retombé, il n'aura pas pu, remarqua-t-il. Mais ce n'est plus un gosse. Quelle idée stupide ! Ce n'est pas une mort bien agréable, l'asphyxie. Ou alors, il a eu une crise cardiaque. » Devant le visage de Kim tout crispé d'angoisse, il répéta : « Oui, c'est sûrement ça, une crise cardiaque. Il est entré dans le congélateur comme ça, par curiosité ; il a paniqué en s'apercevant qu'il n'arrivait plus à ouvrir le couvercle et il est mort. Propre et rapide. Il n'a rien dû sentir.

– C'est possible, approuva Kate. Nous en saurons davantage après l'autopsie. S'était-il plaint de problèmes cardiaques en votre présence, vous a-t-il dit qu'il devait faire attention, quelque chose de ce genre ? »

Dean regarda Kim qui secoua la tête. « Non, il ne nous a rien dit. Mais il n'avait aucune raison de le faire. Il ne venait pas souvent et généralement, nous ne le voyions même pas. Les Westhall doivent en savoir plus long. Ils sont cousins et il disait qu'il venait ici pour les voir. Mrs Frensham lui fait payer quelque chose, mais Mog dit que ça l'étonnerait que ça corresponde au prix de la pension complète.

Il dit que tout ce que voulait Mr Boyton, c'était passer des vacances bon marché.

– Je ne pense pas que Miss Candace sache quelque chose sur son état de santé, intervint Kim. Mr Marcus, peut-être, puisqu'il est médecin, mais je n'ai pas l'impression qu'ils aient été très proches. J'ai entendu Miss Candace dire à Mrs Frensham que Robin Boyton ne prenait jamais la peine de les prévenir quand il réservait le cottage ; si vous voulez savoir ce que je pense, ils n'étaient pas tellement contents de le voir. Mog dit qu'il y a une sorte de querelle de famille, mais il ne sait pas trop de quoi il retourne.

– Cette fois-ci, observa Kate, Mr Boyton prétendait qu'il était venu pour voir Miss Gradwyn.

– Mais il ne l'a pas vue, si ? Pas plus cette fois qu'il y a quinze jours, lors de son premier séjour. Le docteur Chandler-Powell et Miss Holland l'en ont empêché. J'ai du mal à croire qu'ils aient été amis, Mr Boyton et Miss Gradwyn. Il cherchait sans doute à faire l'important, c'est tout. Tout de même, cette histoire de congélateur est bizarre. Il n'est même pas dans son cottage, et pourtant il avait l'air de le fasciner. Tu te rappelles, Dean, toutes les questions qu'il a posées la fois où il nous a emprunté du beurre ? Il ne l'a jamais payé d'ailleurs. »

D'un ton faussement détaché et prenant soin d'éviter le regard de Benton, Kate demanda : « C'était quand ? »

Dean jeta un coup d'œil à sa femme. « La nuit où Miss Gradwyn est arrivée, la première fois. Le mardi 27, c'est bien ça ? Les visiteurs sont censés apporter leurs provisions et faire le reste de leurs courses sur place, ou bien manger à l'extérieur. Je mets toujours du lait au réfrigérateur et aussi du thé, du café et du sucre, mais c'est tout, à moins qu'ils ne passent une commande à l'avance ; dans ce cas, c'est Mog qui fait les courses pour eux. Mr Boyton m'a téléphoné parce qu'il avait oublié d'apporter du beurre. Il voulait savoir si je pouvais lui en fournir une plaque. Il a proposé de passer la prendre, mais je n'avais pas envie qu'il vienne fouiner dans ma cuisine, alors j'ai préféré la lui apporter. Il était six heures et demie, il venait sûrement d'arriver. Toutes ses affaires étaient par terre dans la cuisine. Il m'a demandé si Miss Gradwyn était déjà là et quand il pourrait la voir, mais j'ai répondu que je ne pouvais rien dire à propos des patientes et qu'il devait s'adresser à l'infirmière-chef ou au docteur Chandler-Powell. Et puis, comme si de rien n'était, il a commencé à poser des questions sur le congélateur : depuis combien de temps est-ce qu'il était dans la maison d'à côté, est-ce qu'il marchait encore, est-ce que Miss Westhall s'en servait ? Je lui ai dit qu'il était vieux, qu'il ne servait à rien et que personne ne l'utilisait. Que Miss Westhall avait demandé à Mog de s'en débarrasser, mais qu'il avait répondu que ce n'était pas à lui de s'en occuper. Les services municipaux étaient là pour ça, Miss Cressett ou Miss Westhall n'avaient qu'à les appeler. Je ne sais pas si elles l'ont fait. Et puis il a arrêté de poser des questions. Il m'a proposé une bière, mais je n'avais pas envie de boire avec lui – de toute façon, je n'ai pas le temps –, alors je suis parti et je suis revenu au manoir.

– Le congélateur était à côté, dans Stone Cottage, remarqua Kate. Comment en connaissait-il l'existence ?

– Il l'avait sûrement aperçu lors d'une précédente visite. Il a bien dû mettre les pieds de temps en temps à Stone Cottage, au moins après la mort du vieux monsieur. Il faisait tout un plat de son lien de parenté avec les Westhall. Il a aussi pu venir fureter pendant que Miss Westhall n'y était pas. Par ici, les gens ne ferment pas toujours leurs portes à clé.

– De toute façon, ajouta Kim, on peut entrer dans l'ancien office par-derrière, en passant par le jardin d'hiver. Cette porte-là était peut-être ouverte. Il peut aussi avoir vu le congélateur par la fenêtre. C'est quand même drôle que ça l'ait intéressé comme ça. Ce n'est qu'un vieux congélateur. Il ne marche même pas. Il est tombé en panne en août. Tu te rappelles, Dean ? Tu voulais l'utiliser pour conserver du gibier pendant les jours fériés et tu t'es rendu compte qu'il ne fonctionnait pas. »

Enfin, ils tenaient une piste. Benton jeta un rapide coup d'œil à Kate. Son visage était impassible, mais il savait que leurs pensées suivaient le même cours. Elle demanda : « Quand s'en est-on servi pour la dernière fois ?

– Je ne pourrais pas vous le dire, répondit Dean. Personne n'a jamais signalé qu'il était en panne. Nous n'en avions pas besoin, sauf les jours fériés et quand le docteur Chandler-Powell avait des invités. C'étaient les seuls moments où il pouvait servir à quelque chose. Le congélateur que nous avons ici est généralement bien assez grand. »

Kate et Benton se levèrent pour prendre congé. Kate dit encore : « Avez-vous parlé à quelqu'un d'ici de cet étrange intérêt de Mr Boyton pour le congélateur ? » Les Bostock se regardèrent, puis secouèrent énergiquement la tête.

« Dans ce cas, gardez ça pour vous, c'est entendu ? N'en parlez à aucun habitant du manoir. »

Les yeux écarquillés, Kimberley demanda : « C'est important ?

– Sans doute pas, mais pour le moment, nous ne savons pas encore ce qui l'est ou pourrait l'être. Voilà pourquoi je préfère que vous vous taisiez.

– Nous ne dirons rien, assura Kim. Croix de bois, croix de fer. De toute façon, le docteur Chandler-Powell a horreur des commérages et nous faisons toujours attention à ne pas trop parler. »

Kate et Benton venaient de se lever et remerciaient encore Dean et Kimberley pour le thé et les biscuits quand le portable de Kate sonna. Elle prit l'appel, mais ne fit aucun commentaire jusqu'à ce qu'ils soient sortis. Elle dit alors : « C'était AD. Il nous demande de venir immédiatement à l'ancien cottage de la police. Candace Westhall veut faire une déposition. Elle y sera dans un quart d'heure. On dirait qu'enfin, ça bouge un peu. »

11

Ils arrivèrent à l'ancien cottage de la police juste avant que Candace ne franchisse la grille du manoir et, par la fenêtre, Kate vit sa silhouette robuste s'arrêter un instant pour regarder des deux côtés de la route, puis traverser d'un bon pas, balançant ses larges épaules. Dalgliesh l'accueillit sur le seuil et la conduisit vers un siège, devant la table. Il s'assit en face d'elle avec Kate. Benton prit la quatrième chaise et, carnet en main, se posta à droite de la porte. Dans sa tenue de campagne et ses chaussures de marche, songea-t-il, Candace avait l'assurance d'une femme de pasteur rural rendant visite à un paroissien impénitent. Mais de son siège, il releva un unique signe de nervosité, une crispation fugace des mains posées sur ses genoux. Quoi qu'elle soit venue leur annoncer, elle avait pris le temps d'y réfléchir, mais il ne doutait pas qu'elle sût précisément ce qu'elle avait l'intention de dire et comment elle le formulerait. Sans laisser à Dalgliesh le temps de prendre la parole, elle commença son récit.

« J'ai une explication de ce qui a pu se passer. Elle me paraît plausible, et même probable. Je n'ai pas le beau rôle dans cette affaire, mais j'estime que vous devez en être informés, même si vous décidez de ne pas en tenir compte. Il n'est pas exclu que

Robin ait voulu vérifier quelque chose qui n'était qu'une blague absurde, et que les choses aient mal tourné. Il faut que je vous explique, mais cela m'oblige à vous révéler des histoires de famille qui n'ont rien à voir, en soi, avec l'assassinat de Rhoda Gradwyn. Je compte évidemment sur vous pour considérer mes propos comme confidentiels dès que vous serez convaincus qu'ils n'ont aucun lien direct avec sa mort. »

Les mots que prononça Dalgliesh étaient dénués de toute emphase, c'était une déclaration et non un avertissement, mais ils étaient directs. « Ce sera à moi de décider ce qui est pertinent et dans quelle mesure des secrets de famille peuvent être préservés. Je ne peux vous donner aucune assurance à l'avance, vous en êtes bien consciente.

– Autrement dit, sur ce point comme sur d'autres, nous devons faire confiance à la police. Pardonnez-moi, mais ce n'est pas si facile à une époque où la moindre information tant soit peu croustillante vaut de l'or. »

Dalgliesh répondit calmement : « Mes collaborateurs n'ont pas l'habitude de vendre des informations aux journaux. Miss Westhall, nous perdons notre temps, me semble-t-il. Vous êtes tenue de collaborer à l'enquête en me communiquant toute information en votre possession susceptible de présenter un intérêt pour nous. Nous ne souhaitons pas causer plus de chagrin que nécessaire, et le traitement des informations pertinentes est déjà assez compliqué pour que nous ne perdions pas notre temps sur des sujets qui ne le sont pas. Si vous savez comment le corps de Robin Boyton s'est retrouvé dans le congélateur, ou si vous avez la moindre information susceptible de nous aider à répondre à cette question, ne vaudrait-il pas mieux nous le dire ? »

Si l'observation la heurta, elle n'en manifesta rien. « Vous disposez peut-être déjà de certaines de ces informations, dit-elle, si Robin vous a parlé de ses relations avec ma famille. »

Devant le silence de Dalgliesh, elle poursuivit : « Il est, comme il aime à le proclamer, notre cousin germain, à Marcus et moi. Sa mère, Sophie, était l'unique sœur de notre père. Depuis au moins deux générations, les hommes de la famille Westhall mésestiment leurs filles, et vont parfois même jusqu'à les mépriser. La naissance d'un fils a toujours été un motif de réjouissance, celle d'une fille un malheur. Ce préjugé n'a pas totalement disparu de nos jours, mais chez mon père et mon grand-père, il frôlait l'obsession. Je ne veux pas dire qu'il y ait eu négligence physique ou cruauté. Non. Mais je ne doute pas que la mère de Robin ait été victime de carences affectives, qu'elle ait manqué de confiance en soi et ait souffert d'un complexe d'infériorité. Elle n'était ni intelligente ni jolie, ni particulièrement sympathique d'ailleurs et, ce qui n'a rien de surprenant, elle a donné du fil à retordre à ses parents dès son enfance. Elle a quitté leur foyer aussitôt que possible et a sans doute éprouvé une certaine satisfaction à les contrarier en menant une vie dissolue dans les milieux agités qui gravitent autour de la pop music. Elle avait à peine vingt et un ans quand elle a épousé Keith Boyton et elle aurait difficilement pu trouver pire. Elle était enceinte quand ils se sont mariés, mais ce n'était pas vraiment une excuse, et je suis étonnée qu'elle ait mené sa grossesse à son terme. La maternité devait être une sensation nouvelle, j'imagine. Keith possédait un certain charme superficiel, mais je n'ai jamais rencontré un homme plus manifestement désireux de s'en mettre plein les poches. Il était designer, c'est du moins ce qu'il disait, et trouvait du travail très occasionnellement. Le reste du temps, il prenait des petits boulots pour gagner un peu d'argent. Je crois qu'à un moment, il a fait du démarchage téléphonique dans la vente de doubles vitrages. Rien ne durait jamais. Ma tante, qui était secrétaire, faisait bouillir la marmite. Leur couple a tenu je ne sais comment, sans doute en grande partie parce qu'il dépendait d'elle. Peut-être l'aimait-elle. Toujours est-il qu'elle est morte d'un cancer quand Robin avait sept ans. Plus tard, Keith a émigré en Australie et on n'en a plus jamais entendu parler.

– À quel moment Robin Boyton a-t-il commencé à venir vous voir régulièrement ? demanda Dalgliesh.

– Quand Marcus a pris ce poste, ici, avec Chandler-Powell et que nous avons installé Père à Stone Cottage. Il a commencé par venir passer quelques jours ici, dans le cottage des visiteurs, espérant sans doute éveiller en Marcus ou en moi une quelconque fibre familiale. Il a dû être déçu. Tout de même, il me donnait un peu mauvaise conscience, je l'avoue. De temps en temps, je le dépannais en lui remettant de petites sommes, deux billets de cinquante livres par-ci, cinq cents par-là, quand il venait crier famine. Et puis, il y a environ un mois, il s'est fourré dans la tête une idée abracadabrante. La mort de mon père n'a suivi celle de mon grand-père que de trente-cinq jours. Si le délai avait été inférieur à vingt-huit jours, la validité du testament aurait pu être contestée, car une clause précise qu'un bénéficiaire doit, pour hériter, survivre au testateur d'au moins vingt-huit jours. Il va de soi que si mon père n'avait pas été le bénéficiaire du testament de notre grand-père, il n'aurait pas eu de fortune à nous transmettre. Robin s'est procuré une copie du testament de Grand-Père et s'est persuadé que notre père était mort avant l'expiration des fameux vingt-huit jours et que Marcus et moi – ou bien l'un ou l'autre d'entre nous – avions conservé son corps dans le congélateur de Stone Cottage. Nous l'aurions décongelé au bout d'une quinzaine de jours et nous aurions appelé le vieux docteur Stenhouse pour qu'il signe le certificat de décès. Le congélateur a fini par rendre l'âme l'été dernier, mais à ce moment-là, bien qu'il n'ait pas beaucoup servi, il marchait encore.

– Quand vous a-t-il exposé cette idée pour la première fois ? demanda Dalgliesh.

– Pendant les trois jours que Rhoda Gradwyn a passés ici pour sa visite préliminaire. Il est arrivé un jour après elle. Je crois qu'il avait l'intention de la voir, mais elle a refusé toutes les visites et, à ma connaissance, il n'a jamais pu franchir la porte du manoir. Il n'est pas impossible qu'elle soit à l'origine de cette théorie fumeuse. Je ne doute pas qu'ils aient été de connivence – il l'a plus ou moins admis, d'ailleurs. Pour quelle autre raison Gradwyn aurait-elle choisi le manoir, et pourquoi Robin tenait-il tant à s'y trouver en même temps qu'elle ? Cette intrigue rocambolesque n'était peut-être que malice de sa part, elle n'a certainement pas pris ça au sérieux, mais je peux vous dire que Robin, lui, ne plaisantait pas.

– Comment a-t-il abordé cette question avec vous ?

– Il m'a donné un vieux livre de poche. *Mort prématurée*, de Cyril Hare. C'est un roman policier où il est question de la falsification de l'heure d'un décès. Il me l'a apporté dès son arrivée, en me disant que ça devrait m'intéresser. En fait, je l'avais lu il y a bien des années, et à ma connaissance, il n'est plus disponible. J'ai simplement répondu à Robin que je n'avais pas envie de le relire et je le lui ai rendu. J'avais parfaitement compris où il voulait en venir.

– Tout de même, c'était une idée invraisemblable, tout à fait à sa place sans doute dans un roman, mais qui ne pouvait pas s'appliquer à votre situation. A-t-il vraiment pu croire que cette histoire tenait debout ? demanda Dalgliesh.

– Pour ce qui est d'y croire, je vous assure qu'il y croyait. Il est vrai que certains détails pouvaient prêter quelque vraisemblance à ce fantasme. L'idée était moins ridicule qu'il n'y paraît. Nous n'aurions pas pu poursuivre la supercherie bien longtemps, mais pendant quelques jours, une semaine, deux peut-être, cela n'aurait rien eu d'impossible. Mon père était un malade extrêmement difficile, qui détestait la maladie, abhorrait la compassion et refusait catégoriquement les visites. Je me suis occupée de lui avec l'aide d'une infirmière à la retraite, qui vit à présent au Canada, et d'une vieille domestique qui est morte il y a juste un an. Le lendemain du départ de Robin, j'ai reçu un coup de fil du docteur Stenhouse, le généraliste qui avait soigné mon père. Robin était allé le voir sous un prétexte quelconque et avait essayé de savoir depuis combien de temps mon père était mort quand nous avions appelé le médecin. Le docteur Stenhouse n'a jamais été très patient et depuis qu'il est à la retraite, il supporte encore moins les imbéciles que quand il était obligé de les soigner. Je n'imagine que trop bien comment il a réagi à l'impertinence de Robin. Il lui a dit qu'il ne répondait pas aux questions concernant des patients, qu'ils soient morts ou vifs. Je suppose que Robin est reparti convaincu que le vieux médecin, s'il n'était pas sénile au moment où il avait signé le certificat de décès, s'était fait duper ou était complice. Il devait être certain que nous avions acheté Grace Holmes, la vieille infirmière qui a émigré au Canada, et la domestique, Elizabeth Barnes, qui est morte depuis.

« Mais il y a une chose qu'il ne pouvait pas savoir. La nuit qui a précédé sa mort, mon père a demandé à voir le prêtre de la paroisse, le père Clement Matheson ; il est toujours prêtre au village. Il est venu immédiatement, vous vous en doutez, conduit par sa sœur aînée, Marjorie, qui tient son ménage et dont on peut dire qu'elle est l'incarnation même de l'Église militante. Ils n'auront certainement pas oublié cette soirée, ni l'un ni l'autre. Le père Clement est arrivé muni de tout ce qu'il fallait pour administrer les derniers sacrements et réconforter une âme repentante. Au lieu de quoi, mon père a trouvé la force de vitupérer une dernière fois contre toutes les convictions religieuses, et contre le christianisme en particulier, avec des allusions cinglantes aux ecclésiastiques de son espèce. Ce n'est pas le genre d'informations que Robin est susceptible d'avoir glanées au bar du Cressett Arms. Ça m'étonnerait que le père Clement ou Marjorie en aient parlé à qui que ce soit d'autre que Marcus et moi. L'expérience avait été désagréable et humiliante. Heureusement, ils sont toujours en vie, l'un comme l'autre. J'ai d'ailleurs un autre témoin. J'ai fait un court séjour à Toronto il y a dix jours pour voir Grace Holmes. C'est l'une des rares personnes dont mon père tolérait la présence, mais il ne lui a rien laissé dans son testament. Maintenant que celui-ci a été homologué, je tenais à lui remettre une somme forfaitaire pour la remercier de tout ce qu'elle a fait pendant cette dernière année effroyable. Elle m'a donné une lettre que j'ai transmise à mon notaire, certifiant qu'elle se trouvait aux côtés de mon père le jour de sa mort.

– Puisque vous aviez cette attestation, intervint Kate calmement, n'êtes-vous pas allée immédiatement trouver Robin Boyton pour mettre les choses au clair ?

– J'aurais dû le faire, j'en conviens, mais cela m'a amusée de ne rien dire et de le laisser s'empêtrer. Si j'analyse ma conduite aussi honnêtement que le permet une tentative de justification, je pense que j'étais assez contente qu'il ait révélé sa vraie nature. Sa mère avait été laissée pour compte, c'est un fait, et cela m'avait toujours inspiré un certain sentiment de culpabilité. À présent, les choses étant ce qu'elles étaient, j'estimais n'avoir plus de dette à l'égard de Robin. Cette tentative de chantage m'avait délivrée de toute obligation envers lui. J'attendais impatiemment l'heure de mon triomphe, aussi mesquin fût-il, et de sa déception.

– Vous a-t-il réclamé de l'argent ? demanda Dalgliesh.

– Il n'est pas allé jusque-là. Autrement, j'aurais pu porter plainte pour tentative de chantage. Je ne pense pas cependant que je l'aurais fait. Mais il ne m'a pas caché ce qu'il avait en tête. Il a eu l'air satisfait quand je lui ai dit que j'allais en discuter avec mon frère et que je reprendrais contact avec lui. Je n'ai rien reconnu, cela va de soi. »

Kate demanda : « Votre frère est-il au courant ?

– Non. Il ne sait rien. Ces derniers temps, il a été très préoccupé par ses projets de démission de la clinique et de départ pour l'Afrique, et je n'ai pas jugé bon de le tracasser avec une histoire aussi grotesque. Bien sûr, il n'aurait pas approuvé que je laisse traîner les choses pour ajouter encore à l'humiliation de Robin. Il a une meilleure nature que moi. J'imagine que Robin avait l'intention de lancer une ultime accusation, et peut-être de me proposer de lui verser un montant précis pour prix de son silence. C'est sûrement pour cela qu'il n'est pas rentré à Londres après la mort de Rhoda Gradwyn. Après tout, vous ne pouviez certainement pas le retenir ici légalement s'il n'était pas mis en accusation, et la plupart des gens préfèrent quitter le lieu d'un crime le plus vite possible. Depuis la mort de Gradwyn, il rôdait au village et autour de Rose Cottage. De toute évidence, il était déstabilisé, et effrayé, me semble-t-il. Mais il fallait qu'il règle cette affaire. Je ne sais pas pourquoi il a grimpé dans le congélateur. Peut-être pour voir si nous avions vraiment pu y mettre le corps de mon père. Après tout, même émacié par la maladie, il était beaucoup plus grand que mon cousin. Robin avait peut-être l'intention de me convoquer à l'office et d'ouvrir lentement le couvercle du congélateur. J'aurais eu tellement peur que j'aurais tout avoué. C'était exactement le genre de mise en scène susceptible de lui plaire.

– Vous dites qu'il semblait effrayé, observa Kate. Pensez-vous qu'il avait peur de vous ? N'aurait-il pas pu imaginer que vous aviez tué Miss Gradwyn

461

parce qu'elle avait joué un rôle dans ce complot ? Le cas échéant, il aurait été en danger, lui aussi. »

Candace Westhall posa les yeux sur Kate. Cette fois, l'aversion et le mépris étaient flagrants. « À mon avis, même un esprit aussi exalté que celui de Robin Boyton aurait du mal à croire que je puisse considérer le meurtre comme une manière rationnelle de régler un dilemme, quel qu'il soit. Mais après tout, cela n'est pas exclu. Maintenant, si vous n'avez pas d'autres questions à me poser, j'aimerais regagner le manoir.

– Deux dernières questions et ce sera tout, dit Dalgliesh. Avez-vous mis Boyton dans le congélateur, mort ou vivant ?

– Non.

– Avez-vous tué Robin Boyton ?

– Non... »

Elle hésita et Dalgliesh crut un instant qu'elle allait ajouter quelque chose. Mais elle se leva en silence et s'éloigna sans se retourner.

12

Ce soir-là, à vingt heures, Dalgliesh s'était douché et changé. Il commençait à penser à son dîner quand il entendit la voiture. Elle remonta l'allée presque silencieusement. Les phares éclairèrent soudain les fenêtres derrière les rideaux tirés. En ouvrant la porte d'entrée, il aperçut une Jaguar qui s'arrêtait sur le bas-côté d'en face. Les phares s'éteignirent. Quelques secondes plus tard, Emma traversait la route pour le rejoindre. Tête nue, elle portait un gros pull et un gilet en peau de mouton. Elle entra sans un mot et il l'enlaça instinctivement, mais son corps était raide. Elle semblait presque inconsciente de sa présence et la joue qui frôla la sienne était glacée. Il était rempli d'appréhension. Il s'était passé quelque chose de terrible, un accident, une tragédie même. Autrement, elle ne serait pas arrivée ainsi, sans le prévenir. Quand il était sur une affaire, Emma ne lui téléphonait jamais ; il ne lui avait pas demandé de s'en abstenir, c'était elle qui en avait décidé ainsi. Jamais encore elle n'avait mis le nez dans une de ses enquêtes. Pour qu'elle soit venue en personne, il fallait qu'il se soit produit une catastrophe.

Il lui retira son gilet et la conduisit vers un fauteuil près du feu, attendant qu'elle parle. Comme elle restait assise en silence, il se rendit à la cuisine et fit réchauffer le café. Il était déjà chaud et il ne lui fallut que quelques secondes pour en verser dans une tasse, ajouter du lait et le lui apporter. Retirant ses gants, elle enveloppa ses doigts autour de sa chaleur.

« Pardon de ne pas t'avoir appelé, dit-elle enfin. Il fallait que je vienne. Il fallait que je te voie.

– Que se passe-t-il, ma chérie ?

– C'est Annie. Elle s'est fait agresser et violer. Hier soir. Elle rentrait chez elle après avoir donné un cours d'anglais à deux immigrés. C'est une des choses qu'elle fait. Elle est à l'hôpital ; ils pensent qu'elle va se remettre. J'imagine que ça veut dire qu'elle ne va pas mourir. Mais je ne vois pas comment elle pourrait se remettre, complètement en tout cas. Elle a perdu beaucoup de sang, et un des coups de couteau qu'elle a reçus lui a perforé un poumon. Il n'a manqué le cœur que de justesse. Quelqu'un à l'hôpital a dit qu'elle avait eu de la chance. De la chance ! Façon de parler. »

Il avait failli demander *Et Clara ? Comment va-t-elle ?*, mais il s'interrompit avant d'avoir formé les mots ; la question était aussi ridicule qu'indélicate. À présent, elle le regarda bien en face pour la première fois. Ses yeux étaient remplis de douleur. Elle était dévorée de colère et de chagrin.

« Je n'ai rien pu faire pour Clara. Je n'ai pu lui servir à rien. Je l'ai prise dans mes bras, mais ce n'était pas de mes bras qu'elle avait besoin. Il n'y avait qu'une chose qu'elle voulait de moi : que je te persuade de te charger de l'affaire. Voilà pourquoi je suis ici. Elle a confiance en toi. Toi, elle peut te parler. Et elle sait que tu es le meilleur. »

Évidemment, c'était pour cela qu'elle était là. Elle n'était pas venue chercher du réconfort auprès de lui, ni parce qu'elle avait besoin de le voir et de partager sa peine. Elle voulait quelque chose de lui, et c'était une chose qu'il ne pouvait pas lui accorder. Il s'assit en face d'elle et dit tout doucement : « Emma, ce n'est pas possible. »

Elle posa sa tasse près de l'âtre et il remarqua que ses mains tremblaient. Il eut envie de tendre les bras pour les prendre dans les siennes mais il eut peur qu'elle les retire. Tout, plutôt que cela.

« Je me doutais que tu dirais ça, reprit-elle. J'ai essayé d'expliquer à Clara que c'était peut-être contraire aux règles, mais elle ne comprend pas, pas vraiment. Je ne suis pas sûre de comprendre moi-même. Elle sait que la victime dont tu t'occupes ici, cette femme qui est morte, est plus importante qu'Annie. C'est la fonction de ton unité spéciale : résoudre des crimes qui concernent des gens importants. Mais pour elle, c'est Annie qui est importante. Pour elle et pour Annie, un viol est plus atroce que la mort. Si tu te chargeais de l'enquête, elle saurait qu'on va arrêter le type qui a fait ça.

– Emma, ce n'est pas tellement l'importance de la victime qui compte pour l'Unité. Pour la police, un assassinat est un assassinat, un cas unique, une affaire qu'on ne classe jamais définitivement, une enquête qui n'est jamais étiquetée comme un échec, mais comme une question qui n'a pas encore trouvé de réponse. Aucune victime n'est sans importance. Aucun suspect, aussi puissant soit-il, ne peut acheter son immunité ni se soustraire à une enquête. Mais il y a des affaires qu'il vaut mieux confier à une petite équipe spécialisée, des affaires où il est dans l'intérêt de la justice d'obtenir des résultats rapides.

– Clara ne croit pas à la justice, pas en ce moment en tout cas. Elle pense que si tu le voulais, tu pourrais t'en charger, que si tu le demandais, tu obtiendrais ce que tu veux, règle ou pas règle. »

La distance physique qui les séparait le gênait. Il mourait d'envie de la prendre dans ses bras, mais ce réconfort-là serait trop facile – presque une insulte à son chagrin, songea-t-il. Et si elle s'écartait, si elle lui montrait, par un frisson de dégoût, que loin de la soutenir, il ajoutait encore à son angoisse ? Que représentait-il pour elle en ce moment ? La mort, le viol, la mutilation et la décomposition ? Son métier n'avait-il pas été entouré d'une barrière et d'un panneau qui, pour être invisibles, n'en étaient pas moins clairs, *Défense d'entrer* ? Et le problème qu'elle était venue lui soumettre n'était pas de ceux qui se règlent avec des baisers et des paroles apaisantes. Il ne pouvait même pas se résoudre par une discussion rationnelle, or c'était le seul moyen dont ils disposaient. Ne s'était-il pas flatté, songea-t-il amèrement, de la facilité avec laquelle ils se parlaient ? Mais pas maintenant, pas à n'importe quel sujet.

Il demanda : « Qui est chargé de l'enquête ? Vous lui avez parlé ?

– C'est l'inspecteur principal A. L. Howard. J'ai sa carte quelque part. Il a parlé à Clara, bien sûr, et il a vu Annie à l'hôpital. Il a tenu à ce qu'une inspectrice vienne lui poser quelques questions avant l'anesthésie, il devait avoir peur qu'elle meure, je suppose. Elle était trop faible pour prononcer plus que quelques mots, mais apparemment, ce qu'elle a dit était important.

– Andy Howard est un bon inspecteur, dit-il, et il dirige une équipe compétente. Ce n'est pas une affaire qui peut se régler autrement que par un travail de police consciencieux, avec beaucoup de routine laborieuse et pesante. Mais ils y parviendront.

– Clara ne l'a pas trouvé sympathique, pas vraiment. Sans doute parce que ce n'était pas toi. Et cette inspectrice… Clara a bien failli lui casser la figure. Elle a demandé si Annie avait eu des relations sexuelles avec un homme peu de temps avant le viol.

– Emma, elle était obligée de poser cette question. Cela peut vouloir dire qu'ils ont de quoi procéder à une analyse d'ADN, ce qui constituerait un immense pas en avant. Mais je ne peux pas me charger de l'enquête d'un autre inspecteur, sans compter que je suis en plein travail moi-même, et même si je le pouvais, ça ne serait pas très utile. À ce stade, ça risquerait même de compliquer les choses. Je suis désolé de ne pas pouvoir t'accompagner pour essayer de l'expliquer à Clara.

– Oh, je pense qu'elle finira bien par comprendre, murmura-t-elle tristement. Tout ce dont elle a besoin pour le moment, c'est quelqu'un en qui elle puisse avoir confiance. C'est difficile avec des gens qu'elle ne connaît pas. Je me doutais bien que tu dirais ça, et j'aurais dû pouvoir l'expliquer à Clara moi-même. Je n'aurais pas dû venir. Ce n'était pas une bonne idée. »

Elle s'était levée, et, se redressant, il s'approcha d'elle : « Je suis incapable de regretter une décision qui vient de toi et qui te conduit près de moi. »

Elle était enfin dans ses bras, secouée par la violence de ses sanglots. Le visage qui se pressait contre le sien était mouillé de larmes. Il la tint contre lui sans parler, attendant qu'elle s'apaise un peu, puis il lui demanda : « Ma chérie, faut-il vraiment que tu rentres ce soir ? C'est une longue route. Je peux très bien dormir dans ce fauteuil. »

Il l'avait déjà fait un jour, se rappela-t-il, au Collège St Anselm, peu de temps après leur première rencontre. Elle logeait à côté mais, après le meurtre, il s'était installé dans un fauteuil de son salon et lui avait laissé son lit pour qu'elle se sente en sécurité et essaie de trouver le sommeil. Il se demanda si elle s'en souvenait, elle aussi.

« Je serai prudente, le rassura-t-elle. Nous nous marions dans cinq mois. Je ne vais certainement pas risquer ma vie d'ici là.

– À qui est cette Jaguar ?

– À Giles. Il est à Londres pour une semaine, est venu pour une conférence, et il m'a appelée. Il se marie et je pense qu'il voulait me l'annoncer. Quand il a appris ce qui était arrivé à Annie et qu'il a su que je venais ici, il m'a prêté sa voiture. Clara a besoin de la sienne pour aller voir Annie et la mienne est à Cambridge. »

Dalgliesh fut surpris par un brusque mouvement de jalousie, aussi puissant qu'importun. Cette relation était de l'histoire ancienne, antérieure à leur rencontre. Giles avait demandé Emma en mariage ; elle avait refusé. Il n'en savait pas davantage. Il ne s'était jamais senti menacé par le passé d'Emma, pas plus qu'elle ne redoutait le sien. Alors pourquoi cette soudaine réaction primitive à un geste qui était, après tout, prévenant et généreux ? Il n'avait pas envie de prêter ces qualités à Giles. Celui-ci était désormais titulaire d'une chaire dans une université du Nord, à distance respectable. Pourquoi diable n'y restait-il pas ? Il se surprit à penser avec amertume qu'Emma aurait pu lui faire remarquer qu'elle était tout à fait à l'aise au volant d'une Jag ; après tout, ce n'était pas une nouveauté. Il la laissait souvent conduire la sienne.

Se reprenant, il dit : « Il y a de la soupe et du jambon, je vais préparer quelques sandwiches. Reste près du feu, je m'occupe de tout. »

En cet instant, au plus profond du désespoir, lasse et les paupières lourdes, elle était toujours aussi belle. Il fut consterné que cette pensée, pleine d'égoïsme et frémissante de désir sexuel, se soit imposée si rapidement à son esprit. Elle était venue à lui en quête de réconfort, et le seul auquel elle aspirait, il ne pouvait pas le lui donner. Cet élan de colère et de frustration devant son impuissance n'était-il que l'expression de l'arrogance masculine atavique – le monde est un endroit dangereux et cruel, mais maintenant, je t'ai donné mon amour et je te protégerai ? La réticence qu'il éprouvait à lui faire place dans son travail était-elle moins une réaction à l'aversion d'Emma elle-même que le désir de lui éviter les pires réalités d'un monde violent ? Et pourtant son propre monde, universitaire et apparemment si cloîtré, n'était pas dénué de toute brutalité. La paix sacrée de Trinity Great Court était illusoire. *Nous sommes violemment projetés ici-bas dans le sang et la douleur,* se dit-il, *et peu d'entre nous meurent dans la dignité que nous espérons et pour laquelle certains prient. Que nous choisissions de considérer la vie comme un bonheur imminent que n'interrompent que le chagrin et les déceptions inévitables, ou comme la proverbiale vallée de larmes entrecoupée de brefs interludes de joie, la douleur viendra, sauf pour ceux que leur sensibilité émoussée a rendus apparemment imperméables à la joie comme au chagrin.*

Ils mangèrent ensemble, presque en silence. Le jambon était tendre et il l'empila généreusement sur le pain. Il but sa soupe presque sans la goûter, ne se rendant que vaguement compte qu'elle était bonne. Elle réussit à avaler quelque chose et moins de vingt minutes plus tard, elle était prête à repartir.

L'aidant à enfiler son gilet, il lui dit : « Tu m'appelles en arrivant à Putney ? Je ne veux pas t'ennuyer, mais je tiens à savoir que tu es bien arrivée. Et je dirai un mot à l'inspecteur Howard.

– Je t'appellerai », promit-elle.

Il l'embrassa presque cérémonieusement sur la joue et l'accompagna jusqu'à sa voiture. Puis il la suivit des yeux jusqu'à ce qu'elle ait disparu sur le chemin.

Revenant vers la cheminée, il demeura immobile, les yeux rivés sur les flammes. Aurait-il dû insister pour qu'elle reste pour la nuit ? Insister était un mot qui ne serait jamais employé entre eux. Et rester où ? Il y avait sa chambre, mais aurait-elle voulu y dormir, maintenue à distance par les émotions complexes et les inhibitions inexprimées qui les éloignaient l'un de l'autre quand il était sur une affaire ? Aurait-elle eu envie d'affronter Kate et Benton demain matin, sinon ce soir ? Il se faisait tout de même du souci pour elle. Elle conduisait bien et se reposerait si elle était fatiguée, mais son image sur une aire de stationnement, même si elle prenait la précaution de verrouiller les portières, ne le rassurait pas.

Il se secoua. Il avait des choses à faire avant de convoquer Kate et Benton. Avant tout, joindre l'inspecteur principal Andy Howard et lui demander où il en était. Howard était un policier expérimenté et raisonnable. Il ne verrait pas dans cet appel une interruption malvenue ni, pire, une tentative d'ingérence. Il faudrait ensuite qu'il appelle Clara ou qu'il lui écrive pour lui transmettre un message à l'intention d'Annie. Téléphoner était presque aussi déplacé qu'envoyer un fax ou un courriel. Certaines circonstances ne supportaient qu'une lettre manuscrite, avec des mots qui coûtaient un peu de temps et de réflexion, des phrases indélébiles dont on pouvait espérer qu'elles offriraient un minimum de réconfort. Mais il n'y avait qu'une chose que Clara attendait de lui, et celle-là, il ne pouvait pas la lui offrir. Appeler maintenant, l'obliger à apprendre cette mauvaise nouvelle de sa bouche, serait intolérable pour elle comme pour lui. La lettre attendrait jusqu'au lendemain et entretemps, Emma serait auprès de Clara.

Il lui fallut un moment pour arriver à joindre l'inspecteur principal Andy Howard. Celui-ci lui dit : « Annie Townsend s'en tire plutôt bien, mais la route sera longue, la pauvre fille. J'ai rencontré Miss Lavenham à l'hôpital ; elle m'a dit que vous vous intéressiez à l'affaire. J'avais l'intention de vous appeler plus tôt.

– Cela n'avait rien d'une priorité, fit remarquer Dalgliesh. Et cela n'en a pas davantage maintenant. Je ne vais pas vous faire perdre votre temps, mais j'espérais avoir des nouvelles plus récentes que celles qu'Emma a pu me transmettre.

– Ma foi, elles sont bonnes, si on peut dire. Nous avons l'ADN du type. Avec un peu de chance, il figure déjà dans la banque de données. Ça m'étonnerait beaucoup qu'il ne soit pas fiché. L'agression a été violente, mais il n'est pas allé jusqu'au bout du viol. Trop ivre sans doute. Elle s'est débattue avec un courage incroyable pour une femme aussi frêle. Je vous appellerai dès que j'aurai du nouveau. Et bien sûr, nous restons en contact avec Miss Beckwith. C'est sûrement un type du coin. De toute évidence, il savait où l'entraîner. Nous avons déjà commencé le porte-à-porte. Inutile de perdre du temps, ADN ou non. Et de votre côté, tout se passe comme vous le voulez, commandant ?

– Pas vraiment, non. Aucune piste solide pour le moment. » Il ne parla pas du nouveau décès.

« Après tout, l'enquête vient de commencer, n'est-ce pas ? »

Dalgliesh acquiesça, et après avoir remercié Howard, il raccrocha.

Il apporta les assiettes et les tasses à la cuisine, les lava et les essuya, avant d'appeler Kate. « Vous avez dîné ?

– Oui, commandant, nous venons de finir.

– Dans ce cas, venez tout de suite, voulez-vous ? »

13

Au moment où Kate et Benton arrivèrent, les trois verres étaient sur la table, le vin débouché, mais pour Dagliesh, la réunion fut moins fructueuse que d'ordinaire, presque acrimonieuse par instants. Il ne parla pas de la visite d'Emma, mais se demanda si ses collaborateurs étaient au courant. Ils avaient certainement entendu la Jaguar passer devant Wisteria House et la présence d'une voiture arrivant de nuit sur la route du manoir n'avait pu qu'éveiller leur curiosité. Mais aucun d'eux ne l'évoqua.

La discussion fut sans doute insatisfaisante du fait que, depuis la mort de Boyton, ils couraient le risque d'avancer des hypothèses sans attendre de disposer de faits concrets. Il n'y avait pas grand-chose de nouveau sur l'assassinat de Miss Gradwyn. Le rapport d'autopsie était arrivé, et la conclusion du professeur Glenister était celle qu'ils prévoyaient : la victime était morte par strangulation, l'assassin était droitier et portait des gants à surface lisse. Cette dernière information n'avait guère d'utilité puisqu'ils avaient retrouvé un fragment de gant dans les toilettes d'une des suites vides. Le professeur confirmait sa dernière estimation de l'heure de la mort :

Miss Gradwyn avait été tuée entre vingt-trois heures et minuit et demi.

Kate avait parlé avec tact au révérend Matheson et à sa sœur. Ils avaient été étonnés l'un comme l'autre qu'elle les interroge sur leur seule et unique visite au professeur Westhall, mais avaient confirmé qu'ils s'étaient bien rendus à Stone Cottage et que le prêtre avait rencontré le malade. Benton avait appelé le docteur Stenhouse, qui lui avait déclaré que Boyton lui avait effectivement posé des questions sur l'heure de la mort du professeur, une impertinence à laquelle il avait refusé de répondre. La date figurant sur le certificat de décès était exacte, tout comme son diagnostic. Il n'avait pas eu l'air particulièrement surpris qu'on lui pose des questions si longtemps après les événements, sans doute, songea Benton, parce que Candace Westhall avait été en contact avec lui.

Les agents de la société de surveillance s'étaient montrés coopératifs, mais n'avaient pas été d'un grand secours. Leur responsable avait rappelé qu'ils étaient là pour éviter les éventuelles intrusions d'étrangers, et plus particulièrement des médias, et non pour surveiller les résidents du manoir. Un seul des quatre hommes se trouvait dans la caravane, de l'autre côté des grilles, à l'heure dite et il ne se rappelait pas avoir vu quelqu'un de la maisonnée quitter la propriété. Les trois autres membres de l'équipe patrouillaient à la limite entre le parc du manoir et les pierres ainsi que dans le champ où elles se trouvaient, un endroit facile d'accès. Dalgliesh n'insista pas. Après tout, s'ils avaient des comptes à rendre à quelqu'un, ce n'était pas à lui mais à Chandler-Powell, qui les avait engagés.

Il laissa Kate et Benton mener la discussion pendant presque toute la soirée.

Benton expliqua : « Miss Westhall prétend n'avoir parlé à personne des soupçons de Boyton à propos de la date du décès de son père. On ne voit pas très bien pourquoi elle en aurait fait état. Mais Boyton aurait pu se confier à quelqu'un, au manoir ou à Londres. Dans ce cas, cette personne pourrait avoir exploité cette confidence pour le tuer, puis pour raconter à peu près la même histoire que Miss Westhall. »

La voix de Kate était désapprobatrice. « Je ne vois pas un étranger, londonien ou non, tuer Boyton. Pas comme ça, en tout cas. Pensez aux détails pratiques. Il aurait dû prendre rendez-vous avec la victime à Stone Cottage à un moment où il était certain que les Westhall n'y seraient pas, et que la porte serait ouverte. Et sous quel prétexte aurait-il pu attirer Boyton dans le cottage de ses voisins ? D'ailleurs, pourquoi le tuer ici ? Il aurait été plus simple et plus sûr de le faire à Londres. Les mêmes objections vaudraient du reste pour n'importe quel occupant du manoir. De toute façon, il ne sert à rien d'échafauder des théories tant que nous n'avons pas reçu le rapport d'autopsie. À première vue, un accident malheureux paraît plus vraisemblable qu'un meurtre, surtout si l'on songe au témoignage des Bostock sur la fascination de Boyton pour le congélateur, qui ajoute un certain crédit à l'explication de Miss Westhall... à condition qu'ils ne mentent pas, bien sûr. »

Benton l'interrompit : « Vous étiez là. Je suis sûr qu'ils ne mentaient pas. Je ne crois pas que Kim notamment aurait l'intelligence nécessaire pour imaginer une histoire pareille et la raconter de façon aussi convaincante. Elle m'a vraiment parue sincère.

– À moi aussi, sur le coup, mais il faut garder l'esprit ouvert. Et s'il s'agit d'un meurtre et non d'un accident, il est certainement lié à la mort de Rhoda Gradwyn. Deux tueurs dans la même maison en même temps, c'est un défi à la raison.

– Ce ne serait pourtant pas la première fois, remarqua Benton calmement.

– Si nous nous en tenons aux faits, reprit Kate, et que nous laissons provisoirement de côté la question du mobile, les suspects les plus évidents sont évidemment Miss Westhall et Mrs Frensham. Qu'étaient-elles véritablement venues faire dans les deux cottages, pourquoi ouvrir ainsi les placards puis le congélateur ? On dirait qu'elles savaient que Boyton était mort. Et pourquoi fallait-il être deux pour fouiller les maisons ?

– Quelles qu'aient été leurs intentions, elles n'ont pas déplacé le corps, intervint Dalgliesh. Tout indique qu'il est mort là où on l'a trouvé. Je ne trouve pas leurs agissements aussi étranges que vous, Kate. Quand les gens sont stressés, ils ont tendance à se conduire de façon irrationnelle, et depuis samedi, ces deux femmes sont sous tension. Peut-être craignaient-elles inconsciemment un nouveau drame. D'un autre côté, l'une des deux avait peut-être tout intérêt à ce qu'on ouvre le congélateur. Le geste paraîtrait plus naturel si le reste de la fouille avait été méticuleux.

– Meurtre ou non, les empreintes ne nous apprendront pas grand-chose, soupira Benton. Elles ont toutes les deux touché le couvercle du congélateur. Tout à fait intentionnellement, peut-être, pour l'une des deux. De toute façon, y aurait-il eu des empreintes ? Noctis aurait certainement porté des gants. »

Kate commençait à s'impatienter. « Pas s'il a fait basculer Boyton vivant dans le congélateur. Vous n'auriez pas trouvé ça un peu bizarre si vous aviez été Boyton ? Et n'est-il pas prématuré d'employer le nom de Noctis ? Nous ne savons même pas s'il s'agit d'un meurtre. »

Ils étaient fatigués tous les trois. Le feu commençait à mourir et Dalgliesh décida qu'il était temps de mettre un terme à cette discussion. Il avait l'impression que cette journée n'en finissait pas.

« Je crois que nous ferions bien de nous coucher tôt, intervint-il. Nous avons du pain sur la planche demain. Je resterai ici mais je voudrais, Kate, que vous alliez à Londres avec Benton pour interroger l'associé de Boyton. Boyton logeait, a-t-il dit, à Maida Vale. Ses papiers et ses affaires devraient s'y trouver. Nous n'avancerons pas tant que nous ne saurons pas quel genre d'homme c'était, et si possible, pourquoi il était ici. Avez-vous pu obtenir un rendez-vous ?

– Il peut nous recevoir à onze heures, commandant, répondit Kate. Je ne lui ai pas précisé qui viendrait. Il a dit que le plus tôt serait le mieux.

– Bien. Alors à onze heures, à Maida Vale. Nous nous reparlerons avant votre départ. »

Enfin, la porte se referma derrière eux. Il disposa le pare-feu devant les flammes mourantes, resta un moment immobile à en regarder les derniers vacillements puis monta l'escalier d'un pas lent pour aller se coucher.

LIVRE QUATRE

19-21 décembre
Londres, Dorset

1

La demeure de Jeremy Coxon à Maida Vale faisait partie d'une rangée de charmantes villas
anciennes avec des jardins qui descendaient vers le
canal, une adorable maison de poupée qui aurait
grandi et pris une taille adulte. Le jardin de devant,
qui, malgré la désolation hivernale, révélait des
signes de plantations soignées faisant déjà espérer le
printemps, était coupé en deux par un sentier de
pierres conduisant à une porte d'entrée laquée. Ce
n'était pas, à première vue, une maison que Benton
aurait eu tendance à associer à ce qu'il savait de
Robin Boyton ni à ce qu'il attendait de l'ami de ce
dernier. La façade présentait une certaine élégance
féminine, et il se rappelait avoir lu que les gentils-
hommes du dix-neuvième siècle avaient logé leurs
maîtresses dans ce quartier de Londres. Songeant
à la toile de Holman Hunt, *L'Éveil de la conscience*,
il revit en esprit un salon encombré, une jeune
femme aux yeux brillants, se levant du piano, son
amant, à demi allongé, une main sur les touches,
tendant l'autre main pour la retenir. Il s'était
découvert récemment un goût pour la peinture de
genre victorienne, mais cette représentation fié-
vreuse du remords, peu convaincante à ses yeux, ne
comptait pas parmi ses toiles préférées.

Au moment où ils soulevaient le loquet de la grille, la porte s'ouvrit et un jeune couple se fit expulser, aimablement mais fermement. Il était suivi d'un petit monsieur d'un certain âge, pimpant comme un mannequin, aux cheveux blancs bouffants et au hâle qu'aucun soleil hivernal n'aurait pu produire. Il portait un costume avec un gilet, dont les rayures exagérées écrasaient encore sa silhouette chétive. Il sembla ne pas remarquer les nouveaux venus, mais sa voix flûtée leur parvint jusqu'au bas du sentier.

« Il ne faut pas sonner, voyons. Vous êtes censés entrer dans un restaurant, pas dans une maison particulière. Un peu d'imagination, que diable ! Quant à vous, Wayne, mon cher, tâchez de vous conduire correctement cette fois. Vous donnez votre nom et les détails de la réservation à l'accueil, quelqu'un vient prendre vos manteaux, puis vous suivez la personne qui vous a accueillis jusqu'à votre table. Laissez passer la dame devant. Ne vous précipitez pas pour tirer la chaise de votre invitée comme si vous aviez peur que quelqu'un vous la prenne. Laissez le maître d'hôtel faire son travail. Il veillera à ce qu'elle soit confortablement installée. Allons, recommençons. Et essayez d'avoir l'air sûr de vous, mon cher. C'est vous qui payez l'addition, bon sang. Vous devez veiller à ce qu'on serve à votre invitée un repas qui puisse au moins donner l'illusion de valoir ce que vous payez, et à ce qu'elle passe une bonne soirée. Ce ne sera certainement pas le cas si vous ne savez pas ce que vous faites. Bien, peut-être pourriez-vous entrer. Nous allons faire quelques exercices de couverts. »

Le couple s'engouffra à l'intérieur. Le petit homme daigna alors porter son attention sur Kate et Benton. Ils s'avancèrent vers lui et Kate ouvrit son portefeuille. « Inspectrice principale Miskin, et inspecteur chef Benton-Smith. Nous désirons voir Mr Jeremy Coxon.

– Je suis désolé de vous avoir fait attendre. Je crains que vous ne soyez arrivés au mauvais moment. Ces deux-là sont encore loin d'être prêts pour le Claridge's. Effectivement, Jeremy m'a dit qu'il attendait la police. Entrez. Il est en haut, dans le bureau. »

Ils pénétrèrent dans le vestibule. Par la porte de gauche restée ouverte, Benton vit qu'une petite table pour deux avait été dressée avec quatre verres devant chaque assiette et une pléthore de fourchettes et de couteaux. Le couple était déjà assis, se jetant des regards désespérés.

« Je suis Alvin Brent. Si vous voulez bien attendre, je vais faire un saut à l'étage pour voir si Jeremy est disponible. Ne le brutalisez pas, s'il vous plaît. Il est bouleversé. Il vient de perdre un ami très cher. Mais vous le savez, évidemment, c'est la raison de votre venue. »

Il était sur le point de s'engager dans l'escalier quand une silhouette apparut sur la dernière marche. C'était un homme de haute taille, très mince, aux cheveux noirs et raides coiffés en arrière, dégageant un visage tendu et pâle. Il portait de luxueux vêtements d'une décontraction soigneusement étudiée, qui, ajoutés à sa posture théâtrale, lui donnaient l'aspect d'un modèle masculin posant pour une séance de photos. Son pantalon noir serré était impeccable. Sa veste de couleur fauve, déboutonnée, était un modèle que Benton reconnut et qu'il regrettait de ne pas pouvoir se payer. Le col de sa chemise amidonnée était ouvert et il portait une cravate. Le soulagement détendit soudain son visage crispé d'angoisse.

Il descendit à leur rencontre : « Dieu soit loué, vous êtes là. Désolé pour l'accueil. J'étais comme fou. On ne m'a rien dit, rien du tout, sinon qu'on a retrouvé Robin mort. Naturellement, il m'avait appelé pour m'annoncer le décès de Rhoda Gradwyn. Et maintenant, c'est son tour. Vous ne seriez pas ici s'il s'agissait d'une mort naturelle. Il faut que je sache… s'est-il suicidé ? A-t-il laissé un message ? »

Ils le suivirent dans l'escalier et, s'effaçant, il leur désigna une pièce sur la gauche. Elle était encombrée et servait visiblement à la fois de salon et de bureau. Un ordinateur, un fax et un classeur étaient posés sur une grande table à tréteaux. Trois petites tables d'acajou, dont l'une portait une imprimante en équilibre précaire, débordaient de bibelots de porcelaine, de brochures et d'ouvrages de référence. Un grand canapé occupait tout un pan de mur, mais il était à peu près inutilisable car couvert de boîtes à archives. Néanmoins, malgré ce capharnaüm, on remarquait une tentative d'ordre et d'organisation. Il n'y avait qu'une chaise, derrière le bureau, et un petit fauteuil. Jeremy Coxon regarda autour de lui comme s'il espérait qu'un troisième siège allait apparaître par enchantement, puis il passa dans le couloir et revint avec une chaise cannée. Ils s'assirent.

« Non, il n'y avait pas de message, répondit Kate. Un suicide vous surprendrait-il ?

– Seigneur oui ! Robin avait des problèmes, mais il n'aurait certainement pas choisi cette issue. Il aimait la vie et il avait des amis, des gens prêts à l'aider en cas de besoin. Bien sûr, il lui arrivait d'être déprimé, comme tout le monde. Mais chez Robin, ça ne durait jamais. Si je vous ai demandé s'il avait laissé un message, c'est que toutes les autres éventualités me paraissent encore moins envisageables. Il n'avait pas d'ennemis.

– Avait-il des difficultés particulières en ce moment ? demanda Benton. N'y avait-il rien à votre connaissance qui aurait pu le pousser au désespoir ?

– Non, rien. De toute évidence, il avait été atterré par la mort de Rhoda, mais le terme de désespoir ne me viendrait certainement pas à l'esprit à propos de Robin. C'était un optimiste, toujours persuadé qu'une solution finirait bien par être trouvée, ce qui était généralement le cas. Et ici, la situation n'était pas mauvaise. Le capital posait un problème, évidemment. C'est inévitable quand on monte une entreprise. Mais il avait des projets, disait-il, il prétendait qu'il attendait une somme, une grosse somme. Il n'a pas voulu me dire d'où devait venir cet argent, mais il était très excité, plus joyeux que je ne l'avais vu depuis longtemps. Le jour et la nuit par rapport à l'humeur dans laquelle il était en rentrant de Stoke Cheverell, il y a trois semaines. Ce jour-là, oui, il avait l'air déprimé. Franchement, vous pouvez exclure l'éventualité d'un suicide. Mais comme je vous l'ai dit, personne n'a voulu me donner d'informations. Tout ce que j'ai pu apprendre, c'est que Robin était mort et qu'il fallait que je m'attende à la visite de la police. S'il a rédigé un testament, il est probable que je suis son exécuteur testamentaire. Il indiquait toujours mon nom comme celui de son plus proche parent. Je ne pense pas que quelqu'un d'autre ait l'intention de s'occuper de ses affaires ici, ni de ses obsèques. Alors pourquoi ces secrets ? N'est-il pas temps de jouer cartes sur tables et de m'expliquer comment il est mort ?

– Nous n'avons aucune certitude, Mr Coxon, répondit Kate. Nous devrions en savoir plus long quand nous aurons les résultats de l'autopsie. Nous espérons les recevoir aujourd'hui.

– Mais où a-t-il été trouvé ?

– Dans un vieux congélateur, dans le cottage voisin de celui qu'il occupait, dit Kate.

– Dans un congélateur ? Vous voulez parler d'un de ces congélateurs bahuts ?

– Oui. Un congélateur qui ne servait plus.

– Le couvercle était ouvert ?

– Non, il était fermé. Nous ne savons pas encore comment votre ami s'est retrouvé à l'intérieur. Il pourrait s'agir d'un accident. »

Cette fois, Coxon les regarda avec un étonnement sans fard qui, sous leurs yeux, se mua en horreur. Il y eut un instant de silence, puis il reprit : « Parlons clair. Vous me dites qu'on a retrouvé le corps de Robin enfermé dans un congélateur ? »

Kate répondit patiemment : « Oui, Mr Coxon, mais nous ne savons pas comment il y est arrivé, et nous ne connaissons pas encore la cause de la mort. »

Ses yeux écarquillés passèrent de Kate à Benton comme s'il se demandait qui croire. Quand il reprit la parole, sa voix était ferme, toute nuance d'hystérie réprimée à grand-peine : « Dans ce cas, je vais vous dire une chose. Ce n'est pas un accident. Robin était claustrophobe au dernier degré. Il ne prenait jamais l'avion, jamais le métro. Il n'aimait pas aller au restaurant s'il n'était pas assis près de la porte. Il essayait de surmonter cette phobie, mais sans succès. Rien ni personne ne l'aurait jamais persuadé de grimper dans un congélateur.

– Même avec le couvercle grand ouvert ?

– Il aurait immédiatement imaginé qu'il allait se rabattre et qu'il serait enfermé à l'intérieur. C'est sur un assassinat que vous enquêtez. »

Kate aurait pu objecter qu'il n'était pas exclu que la mort de Boyton ait été due à un accident ou à une cause naturelle et que quelqu'un, pour une raison inconnue, ait fourré son corps dans le congélateur, mais elle n'avait pas envie de se livrer à un échange d'hypothèses avec Coxon. Elle préféra demander : « Ses amis savaient-ils en général qu'il était claustrophobe ? »

Coxon s'était repris, mais son regard passait toujours de Kate à Benton, tenant à les convaincre. « Certains le savaient peut-être ou l'avaient deviné, je suppose, mais je ne l'ai jamais entendu en parler. C'est une chose dont il avait plutôt honte, surtout de ne pas pouvoir prendre l'avion. C'est pour cela qu'il ne partait jamais en vacances à l'étranger, sauf s'il pouvait voyager en train. Je n'aurais pas pu le faire monter dans un avion même si je l'avais soûlé à mort avant l'embarquement. C'était un vrai handicap. La seule personne à qui il aurait pu en parler était Rhoda, et Rhoda est morte. Écoutez, je ne peux évidemment avancer aucune preuve. Mais vous devez me croire. Jamais Robin ne serait entré vivant dans un congélateur.

– Ses cousins ou quelqu'un d'autre à Cheverell Manor savaient-ils qu'il était claustrophobe ? demanda Benton.

– Je n'en ai pas la moindre idée. Je ne les ai jamais vus, et je ne suis jamais allé là-bas. Vous n'avez qu'à leur poser la question. »

Il perdit contenance. Il semblait au bord des larmes. Il murmura : « Pardon, pardon », et se tut. Au bout d'une minute de silence, durant laquelle il inspira profondément et régulièrement comme s'il s'agissait d'un exercice de relaxation, il dit : « Ces derniers temps, Robin est allé plus fréquemment au manoir. Peut-être aurait-il pu aborder le sujet au cours d'une conversation, s'il était question de vacances ou de l'enfer du métro londonien aux heures de pointe.

– Quand avez-vous appris la mort de Rhoda Gradwyn ? demanda Kate.

– Samedi après-midi. Robin m'a appelé vers cinq heures.

– Quel était son état d'esprit quand il vous a annoncé son décès ?

– Son état d'esprit ? Figurez-vous qu'il ne m'appelait pas pour prendre des nouvelles de ma santé. Oh, excusez-moi ! Je ne voulais pas dire ça, je ne demande qu'à vous être utile. J'ai du mal à assimiler, c'est tout. Dans quel état d'esprit il était ? Au début, il était presque incohérent. Il m'a fallu plusieurs minutes pour le calmer. Ensuite, je l'ai trouvé choqué, horrifié, surpris, effrayé… choisissez l'adjectif que vous voudrez. Surtout choqué et effrayé. C'est assez naturel. Il venait d'apprendre l'assassinat d'une amie proche.

– A-t-il employé ce mot : assassinat ?

– Oui. L'hypothèse n'était pas déraisonnable, me semble-t-il. La police était là et on l'avait prévenu qu'elle viendrait l'interroger. En plus, ce n'était pas la PJ locale, mais Scotland Yard. Il n'avait pas besoin qu'on lui précise qu'il ne s'agissait pas d'une mort naturelle.

– Vous a-t-il dit quelque chose à propos de la manière dont Miss Gradwyn était morte ?

– Il n'en savait rien. Il était plutôt fumasse que personne au manoir n'ait pris la peine de le prévenir. Il ne s'est douté de quelque chose qu'en voyant les voitures de police arriver. Je ne sais toujours pas comment elle est morte, d'ailleurs, et j'imagine que vous n'avez pas l'intention de m'en informer.

– Ce que nous voudrions, Mr Coxon, dit Kate, c'est que vous nous disiez tout ce que vous savez de la relation de Robin avec Rhoda Gradwyn et avec vous, bien sûr. Nous avons maintenant deux morts suspectes qui pourraient être liées. Depuis combien de temps connaissiez-vous Robin ?

– À peu près sept ans. Nous nous sommes rencontrés à une soirée, après un spectacle de l'école de théâtre dans lequel il jouait un rôle sans grand intérêt. J'y étais allé avec un ami professeur d'escrime et Robin m'a tapé dans l'œil. C'est comme ça, il attire les regards. Nous ne nous sommes pas parlé, mais la soirée s'est éternisée et mon ami, qui avait un autre rendez-vous, était déjà parti quand la dernière bouteille a été vidée. Il faisait un temps épouvantable cette nuit-là, il pleuvait des cordes et j'ai vu Robin qui attendait le bus, dans une tenue tout à fait insuffisante. J'ai appelé un taxi et lui ai proposé de le déposer quelque part. Voilà comment nous avons fait connaissance.

– Et vous êtes devenus amis ? demanda Benton.

– Amis, puis associés. Rien d'officiel, mais nous avons travaillé ensemble. Il avait des idées, j'avais un peu d'expérience pratique et ne fût-ce que l'espoir de trouver des fonds. Je vais répondre à la question que vous ne savez pas comment poser avec délicatesse. Nous étions amis. Pas amants, pas complices, pas copains, pas compagnons de beuveries, amis. Je l'appréciais beaucoup, et je pense que nous nous complétions bien. Je lui ai dit que je venais d'hériter plus d'un million d'une tante célibataire récemment décédée. La tante existait bien, mais la pauvre vieille n'avait pas un sou. En fait, j'avais gagné au loto. Je ne sais pas pourquoi je vous raconte tout ça, mais sans doute l'apprendrez-vous tôt ou tard quand vous vous demanderez si la mort de Robin pouvait me rapporter quelque chose. Ce n'est pas le cas. À mon avis, il a dû ne laisser que des dettes et le fatras, des vêtements surtout, qui se trouve ici.

– Lui avez-vous parlé un jour de ce gain au loto ?

– Non. Il ne m'a jamais paru judicieux de confier ce genre de choses à qui que ce soit. Les gens ont tendance à penser que, dans la mesure où vous n'avez rien fait pour mériter cette chance, vous avez l'obligation d'en faire profiter ceux qui n'ont pas plus de mérite que vous. Robin a cru à l'histoire de la tante cousue d'or. J'ai investi plus d'un million dans cette maison et c'est lui qui a eu l'idée de donner des cours de savoir-vivre aux nouveaux riches ou aux candidats à l'ascension sociale qui n'ont pas envie de rougir de honte chaque fois qu'ils reçoivent leur patron ou qu'ils invitent une fille à dîner dans un restaurant correct.

– Je croyais que les gens très riches ne se souciaient pas des convenances, remarqua Benton. Respectent-ils d'autres règles que celles qu'ils définissent eux-mêmes ?

– Nous n'espérons pas attirer des milliardaires, mais vous pouvez me croire, la plupart des gens font très attention à leur image. Nous vivons dans une société de mobilité sociale. Manquer d'assurance en public peut être très gênant. Et l'affaire marche bien. Nous avons déjà vingt-huit clients, qui versent cinq cent cinquante livres pour quatre semaines de cours. À temps partiel, bien sûr. Ce n'est pas cher payé. C'est la seule combine de Robin qui ait jamais paru prometteuse sur le plan financier. Il a été viré de son appartement il y a une quinzaine de jours, alors il s'est installé ici. Il occupe une chambre sur l'arrière. Il n'est pas... enfin, il n'était pas... ce qu'on pourrait appeler un pensionnaire très attentionné, mais dans le fond, cela nous convenait à tous les deux. Il surveillait la maison et il était là quand c'était à lui de faire cours. Vous aurez peut-être du mal à le croire, mais c'était un bon professeur et il connaissait son sujet. Les clients l'appréciaient. Le problème de Robin, c'est qu'il est... était... versatile et qu'on ne peut jamais compter vraiment sur lui. Il peut être fou d'enthousiasme à un moment, et enfourcher un nouveau cheval de bataille, tout aussi insensé que le précédent, dès la minute suivante. Il pouvait se montrer tout à fait exaspérant, mais je n'ai jamais eu envie de l'envoyer balader. Ça ne m'a même pas traversé l'esprit. Si vous avez des explications sur les mystérieuses affinités qui unissent des êtres disparates, je ne demande qu'à vous entendre.

– Et ses relations avec Rhoda Gradwyn ?

– C'est plus compliqué. Il ne parlait pas beaucoup d'elle mais de toute évidence, il était heureux de pouvoir se dire son ami. Il en tirait un certain prestige à ses propres yeux, et après tout, c'est sûrement le plus important.

– S'agissait-il d'une liaison, au sens sexuel du terme ? demanda Kate.

– Certainement pas. Cette dame ne devait pas manquer d'occasions plus intéressantes que Robin. Et ça m'étonnerait qu'il l'ait fait craquer. Ce n'est pas un séducteur. Il est trop beau, peut-être, un peu asexué. On aurait eu l'impression de coucher avec une statue. Le sexe n'était pas important pour lui, mais Rhoda comptait, vraiment. Je crois qu'elle incarnait une sorte d'autorité, de stabilité. Il a dit un jour qu'il pouvait lui parler et qu'elle lui disait la vérité, ou ce qu'on considère comme telle. Il m'est arrivé de me demander si elle lui rappelait quelqu'un qui l'avait influencé de cette façon-là, une institutrice, peut-être. Il a perdu sa mère à sept ans. Il y a des gosses qui ne s'en remettent jamais. Il cherchait peut-être un substitut. De la psychologie à deux balles, je sais, mais quand même. »

Benton se dit qu'il n'aurait certainement pas utilisé l'adjectif maternel à propos de Rhoda Gradwyn mais après tout, que savaient-ils vraiment d'elle ? Cette ignorance d'autrui ne faisait-elle pas partie du charme de son métier ? Il demanda : « Robin vous a-t-il dit que Miss Gradwyn allait se faire retirer sa cicatrice et où l'opération devait avoir lieu ?

– Non, et ça ne m'étonne pas. Je veux dire que ça ne m'étonne pas qu'il ne m'en ait pas parlé. Elle lui a sans doute demandé de garder le secret. Robin était capable de se taire s'il considérait que ça valait la peine. Il m'a simplement prévenu qu'il allait passer quelques jours au cottage des visiteurs à Stoke Cheverell. Il n'a même pas évoqué la présence de Rhoda.

– De quelle humeur était-il ? demanda Kate. Avait-il l'air excité ou avez-vous eu l'impression que c'était un séjour comme les autres ?

– Comme je vous l'ai dit, il était déprimé quand il est revenu de sa première visite, mais excité quand il est parti jeudi soir. Je l'ai rarement vu aussi heureux. Il a dit quelque chose à propos de bonnes nouvelles qu'il aurait pour moi à son retour, mais je ne l'ai pas pris au sérieux. Les bonnes nouvelles de Robin se transformaient d'ordinaire en mauvaises nouvelles ou en pas de nouvelles du tout.

– Après ce premier appel, vous a-t-il retéléphoné de Stoke Cheverell ?

– Oui, une fois. Il m'a passé un coup de fil après son interrogatoire. Il m'a dit que vous aviez été sacrément durs avec lui, pas très prévenants pour un homme qui pleurait une amie.

– Je suis navrée qu'il ait eu cette impression, dit Kate. Il ne s'est pas plaint officiellement de la façon dont il avait été traité.

– L'auriez-vous fait, à sa place ? Il faut être idiot, ou très puissant, pour risquer de se mettre la police à dos. Après tout, vous ne l'avez pas passé à tabac. Quoi qu'il en soit, il m'a rappelé après son interrogatoire au cottage et je lui ai dit de rentrer, que la police n'avait qu'à le cuisiner ici où je me débrouillerais pour faire venir mon avocat au besoin. Ce n'était pas complètement désintéressé. Nous avons du travail et j'avais besoin de lui. Il m'a dit qu'il avait l'intention de rester toute la semaine, comme prévu. Il a parlé de ne pas abandonner Rhoda dans la mort. Un peu théâtral, mais c'était Robin. Bien sûr, il en savait plus long à ce moment-là et il m'a dit qu'on l'avait trouvée morte à sept heures et demie, le samedi matin, et que ça avait tout l'air d'un crime commis par quelqu'un de la maison. Ensuite, je l'ai appelé plusieurs fois sur son portable, mais il ne m'a pas répondu. J'ai laissé des messages demandant qu'il me rappelle. Il ne l'a pas fait.

– Vous disiez qu'il avait l'air effrayé la première fois qu'il a appelé, dit Benton. Vous n'avez pas trouvé bizarre qu'il veuille rester sur place, alors qu'un assassin courait en liberté ?

– Si, bien sûr. J'ai insisté, et il m'a dit qu'il avait encore des affaires à régler. »

Il y eut un moment de silence. La voix de Kate était délibérément dénuée de curiosité : « Des affaires à régler ? Vous a-t-il expliqué ce qu'il voulait dire ?

– Non. Et je ne lui ai pas posé la question. Comme je vous l'ai dit, il arrivait à Robin d'être un peu théâtral. Il envisageait peut-être d'enquêter de son côté. Il était en train de lire un roman policier que vous trouverez sans doute dans sa chambre. J'imagine que vous voudrez la voir, non ?

– En effet, confirma Kate, dès que nous aurons fini de discuter avec vous. Une dernière chose. Où étiez-vous entre vendredi dernier à partir de seize heures trente et samedi matin à sept heures et demie ? »

Coxon ne manifesta pas la moindre nervosité. « Je pensais bien que vous en viendriez là. J'ai donné des cours ici entre quinze heures trente et dix-neuf heures trente, à trois couples, avec des trous entre les cours. Puis je me suis préparé des spaghetti bolognaise, j'ai regardé la télé jusqu'à vingt-deux heures et je suis allé au pub. Grâce à un gouvernement bienfaisant qui nous permet de boire jusqu'au petit jour, c'est ce que j'ai fait. Le patron servait, il pourra vous confirmer que je suis resté jusqu'à une heure et quart environ. Et si vous voulez bien me dire quand Robin est mort, je pense pouvoir vous fournir un alibi tout aussi valable.

– Nous ne savons pas encore exactement quand il est mort, Mr Coxon, mais cela s'est passé lundi, sans doute entre treize heures et vingt heures.

– Cela paraît un peu ridicule de devoir fournir un alibi pour la mort de Robin, mais vous allez être bien obligés de me le demander. De toute façon, cela ne me pose aucun problème. J'ai déjeuné ici à une heure et demie avec un de nos professeurs intérimaires, Alvin Brent... vous l'avez rencontré à la porte. À quinze heures, j'ai donné un cours à deux nouveaux clients. Je peux vous indiquer leurs noms et adresses et Alvin vous confirmera le déjeuner.

– À quelle heure votre cours s'est-il terminé ? demanda Kate.

– Il aurait dû durer une heure, mais comme je n'avais rien après, j'ai un peu débordé. Il était quatre heures et demie quand ils sont partis. J'ai ensuite travaillé ici, au bureau, jusqu'à six heures, puis je suis allé au pub – au Leaping Hare, un nouveau pub gastronomique de Napier Road. J'y ai rencontré un copain – je peux vous donner ses coordonnées – et j'y suis resté jusque vers vingt-trois heures, heure à laquelle je suis rentré chez moi. Il faut que je cherche les adresses et les numéros de téléphone dans mon carnet. Je peux le faire tout de suite si vous voulez bien attendre un instant. »

Il se dirigea vers le secrétaire et après avoir feuilleté son carnet d'adresses pendant quelques instants, il sortit une feuille de papier d'un tiroir, copia les renseignements et leur tendit le papier. « Si vous procédez à des vérifications, ajouta-t-il, vous seriez gentils de préciser que je ne suis pas suspect. C'est déjà assez dur d'encaisser la disparition de Robin – je ne suis pas encore vraiment sous le choc, sans doute parce que je n'arrive pas à y croire, mais ça ne va sûrement pas tarder –, et je n'ai pas envie de passer pour son assassin.

– Si nous pouvons confirmer vos propos, il ne devrait pas y avoir le moindre risque à ce sujet », le rassura Benton.

En effet, si sa version des faits était exacte, le seul moment où Jeremy était resté seul était l'intervalle d'une heure et demie entre la fin de son cours et son arrivée au pub, ce qui ne lui aurait même pas laissé le temps de se rendre à Stoke Cheverell.

« Serait-il possible de jeter maintenant un coup d'œil à la chambre de Mr Boyton ? Je suppose que vous ne l'avez pas fermée à clé depuis sa mort ?

– Je n'aurais pas pu, il n'y a pas de clé. D'ailleurs, cette idée ne m'a pas traversé l'esprit. Si cela avait été nécessaire, vous m'auriez sans doute prévenu. Comme je m'obstine à vous le dire, on ne m'a rien dit avant votre arrivée.

– Ce n'est certainement pas très important, confirma Kate. Je suppose que personne n'est entré dans sa chambre depuis sa mort ?

– Personne. Même pas moi. Elle me déprimait déjà quand il était en vie. Je n'ai vraiment pas le courage d'y mettre les pieds. »

La chambre était au fond du palier, sur l'arrière. Vaste et de belles proportions, elle avait deux fenêtres qui donnaient sur la pelouse avec son massif central et, au-delà, le canal.

Restant sur le seuil, Coxon dit : « Je suis désolé pour le désordre. Robin ne s'est installé qu'il y a deux semaines et il a déposé ici tout ce qu'il possède à part ce qu'il a donné à la Croix-Rouge ou vendu à des clients du pub, et je ne pense pas qu'il y ait eu beaucoup d'amateurs. »

La chambre était indéniablement peu engageante. Le divan situé à gauche de la porte était encombré d'une pile de vêtements sales. Les portes grandes ouvertes d'une armoire révélaient des chemises, des vestes et des pantalons serrés sur des cintres métalliques. Une demi-douzaine de grands cartons carrés portant le nom d'une société de déménagement étaient posés par terre, sous trois sacs en plastique noir bourrés. Dans l'angle, à droite de la porte, des livres étaient entassés près d'un carton rempli de revues. Entre les deux fenêtres, un bureau ministre avec des tiroirs et un placard de chaque côté servait de support à un ordinateur portable et à une lampe de lecture réglable. Une odeur déplaisante de renfermé régnait dans la pièce.

« L'ordinateur est neuf, précisa Coxon. C'est moi qui l'ai acheté. Robin était censé me donner un coup de main pour la correspondance, mais il ne s'y est jamais mis. Je suppose que c'est le seul objet ici qui ait la moindre valeur. Il a toujours été effroyablement désordonné. Nous nous sommes un peu disputés avant son départ pour le Dorset. Je lui ai fait remarquer qu'il aurait au moins pu faire nettoyer ses vêtements avant d'emménager. Et maintenant, bien sûr, je me reproche d'avoir été aussi mesquin. Je me le reprocherai sans doute toute ma vie. C'est irrationnel, mais c'est comme ça. À ma connaissance, tout ce qu'il possède se trouve dans cette chambre et en ce qui me concerne, vous êtes libres de fouiller à votre guise. Il n'a pas de famille susceptible de s'y opposer. Il a bien mentionné un père, mais il me semble qu'il était sans nouvelles de lui depuis belle lurette. Vous constaterez que les deux tiroirs du bureau sont fermés. Ne me demandez pas la clé, je ne l'ai pas.

– Vous n'avez pas à vous sentir coupable, intervint Benton. Il y a une pagaille noire dans cette chambre, et il aurait certainement pu passer à la laverie avant de s'installer. Vous lui avez dit la vérité, rien de plus.

– Peut-être, mais être désordonné ne relève pas vraiment de la haute délinquance morale. Après tout, qu'est-ce que ça pouvait bien faire ? À quoi bon se mettre en colère pour une bêtise pareille ? En plus, je le connaissais. On devrait être capable de faire preuve d'un minimum de tolérance envers un ami.

– En même temps, on ne peut pas faire attention à tout ce qu'on dit à un ami simplement parce qu'il risque de mourir sans qu'on ait eu l'occasion de mettre les choses au point », insista Benton.

Il était temps de couper court à cette conversation, se dit Kate. Si elle laissait Benton poursuivre sur sa lancée, il allait s'engager dans un débat pseudo-philosophique sur les obligations respectives de l'amitié et de la vérité. Elle prit la parole : « Nous avons son trousseau de clés. Celle des tiroirs s'y trouve probablement. S'il y a beaucoup de papiers, il nous faudra peut-être un sac pour les emporter. Je vous remettrai un reçu.

– Vous pouvez tout emporter, inspectrice. Tout fourrer dans un fourgon de police. Louer une benne. Le brûler. Ça me déprime à mort. Appelez-moi quand vous aurez fini. »

Sa voix se brisa. Sans ajouter un mot, il s'éclipsa. Benton se dirigea vers la fenêtre et l'ouvrit tout grand. L'air frais entra à flot. « C'est trop pour vous ? demanda-t-il à Kate.

– Non, Benton, vous pouvez laisser ouvert. Comment diable quelqu'un peut-il vivre comme ça ? Il n'a pas fait le moindre effort pour rendre cette pièce habitable. Espérons que la clé du bureau est sur son trousseau. »

Ils n'eurent pas de mal à identifier la bonne. C'était la plus petite du lot et elle s'adaptait parfaitement à la serrure des deux tiroirs. Ils s'attaquèrent d'abord à celui de gauche, mais Kate fut obligée de le forcer parce que des papiers froissés le bloquaient. Il finit par s'ouvrir brusquement, laissant échapper d'anciennes factures, des cartes postales, un vieux journal intime, quelques cartes de Noël neuves et une liasse de lettres qui se répandirent par terre. Benton ouvrit le placard : lui aussi était bourré de chemises débordantes, de vieux programmes de théâtre, de scénarios et de photographies publicitaires, complétés par un sac à linge qui, ouvert, révéla un stock de maquillage de scène desséché.

« Inutile de trier ça maintenant, dit Kate. Voyons si l'autre tiroir est plus intéressant. »

Il céda plus facilement. Il renfermait un classeur en papier kraft et un livre. C'était un vieux livre de poche, *Mort prématurée*, de Cyril Hare. Quant au classeur, il ne contenait qu'une feuille de papier, écrite recto verso. C'était la copie d'un testament, intitulé *Les dernières volontés et le testament de Peregrine Richard Westhall* et daté en toutes lettres sur la dernière page : *Signé de ma main le sept juillet deux mille cinq*. Le testament était accompagné d'un reçu de cinq livres du Bureau des successions d'Holborn. Le document était entièrement manuscrit, rédigé d'une écriture bien droite, ferme par endroits, mais qui commençait à trembler vers la fin. Le premier paragraphe désignait comme exécuteurs testamentaires son fils Marcus St John Westhall, sa fille Candace Dorothea Westhall et ses notaires, Kershaw et Price-Nesbitt. Le deuxième paragraphe exprimait le désir d'être incinéré dans l'intimité, en présence exclusive de la proche famille, sans rites religieux ni messe commémorative ultérieure. Le troisième paragraphe – dont l'écriture devenait plus grosse – contenait le texte suivant : *Je donne et lègue tous mes livres à Winchester College. Ceux dont le Collège ne voudra pas seront vendus ou connaîtront le sort que leur réservera mon fils, Marcus St John Westhall. Je donne tout le reste de mes possessions en argent et en biens meubles à parts égales à mes deux enfants, Marcus St John Westhall et Candace Dorothea Westhall.*

Le testament était signé et l'authenticité de la signature attestée par Elizabeth Barnes, qui se présentait comme domestique et indiquait pour adresse Stone Cottage, Stoke Cheverell, et par Grace Holmes, infirmière, domiciliée Rosemary Cottage, Stoke Cheverell.

« À première vue, rien d'intéressant pour Robin Boyton, observa Kate, bien qu'il ait visiblement pris la peine de se procurer cette copie. Je pense que nous ferions bien de jeter un coup d'œil à ce livre. Lisez-vous vite, Benton ?

– Assez vite, oui, et il n'est pas très gros.

– Dans ce cas, vous pourrez le commencer dans la voiture. Je prendrai le volant. Nous allons demander un sac à Coxon et emporter tout ça à l'ancien cottage de la police. Il me semble que l'autre placard ne contient rien d'intéressant, mais il faudra tout de même le débarrasser.

– Même si nous apprenons que plusieurs de ses amis lui en voulaient, affirma Benton, j'ai du mal à imaginer qu'un ennemi se soit rendu à Stoke Cheverell pour le tuer, se soit introduit dans le cottage des Westhall et ait fourré le corps dans leur congélateur. Mais cette copie du testament a certainement de l'importance, à moins qu'il n'ait simplement voulu avoir confirmation que le vieux ne lui avait rien laissé. Je me demande pourquoi il a été écrit à la main. Grace Holmes a quitté Rosemary Cottage. La maison est à vendre. Mais pour quelle raison Boyton cherchait-il à la joindre ? La date du testament n'est pas inintéressante non plus, vous ne trouvez pas ? »

Kate répondit lentement. « Il n'y a pas que la date. Sortons de ce capharnaüm. Plus vite nous apporterons ça à AD, mieux cela vaudra. Mais il nous reste à rencontrer l'agent de Miss Gradwyn. Ça ne devrait pas nous prendre trop longtemps. Rappelez-moi son nom et où nous avons rendez-vous, Benton.

– Elle s'appelle Eliza Melbury. Nous devons la retrouver à trois heures et quart, à son bureau, à Camden.

– Bon sang ! Ça nous fait faire un détour. Je vais voir avec AD s'il n'a besoin de rien à Londres tant que nous y sommes. En général, il a toujours des choses à prendre au Yard. Ensuite, nous trouverons un coin où déjeuner sur le pouce et nous irons voir si Eliza Melbury a quelque chose à nous raconter. En tout cas, nous n'avons pas perdu notre temps ce matin. »

2

Les bouchons londoniens les ralentirent et ils mirent plus longtemps que prévu pour arriver chez Eliza Melbury à Camden. Benton espérait qu'elle disposerait d'informations justifiant cette perte de temps et le mal qu'ils s'étaient donnés pour la rencontrer. Son bureau était situé en face d'un magasin de primeurs et l'odeur des fruits et légumes les suivit dans l'étroit escalier qui menait au premier étage. Arrivés sur le palier, ils pénétrèrent dans ce qui était manifestement un bureau collectif. Trois jeunes femmes étaient assises devant des ordinateurs, tandis qu'un homme d'âge moyen rangeait des livres, arborant tous des jaquettes rutilantes, sur une étagère qui couvrait toute la longueur d'un mur. Trois paires d'yeux se tournèrent vers eux, et quand Kate présenta sa carte de police, une jeune femme se leva et frappa à la porte d'une pièce située sur l'avant du bâtiment, annonçant d'une voix enjouée : « La police est là, Eliza. Vous les attendiez, n'est-ce pas ? »

Eliza venait de clore une conversation téléphonique. Elle reposa le combiné, leur sourit et leur indiqua deux sièges en face de son bureau. C'était une grande femme séduisante avec une crinière brune crêpée retombant sur ses épaules, des joues rebondies, vêtue d'un caftan de couleurs vives brodé de perles.

« Vous souhaitez que je vous parle de Rhoda Gradwyn, dit-elle. Tout ce qu'on m'a dit, c'est que vous meniez une enquête à la suite de ce qu'on a qualifié de mort suspecte, ce qui désigne, je suppose, un meurtre. Si tel est le cas, c'est franchement atroce, mais je ne crois pas avoir la moindre information susceptible de vous aider. Rhoda est venue me voir il y a vingt ans quand j'ai quitté l'agence Dawkins-Bower pour m'installer à mon compte, et elle est restée avec moi depuis.

– Vous la connaissiez bien ? demanda Kate.

– À titre professionnel, assez bien, oui. Autrement dit, je serais capable d'identifier n'importe quel texte de sa main, je savais comment elle aimait traiter avec ses commanditaires et j'étais en mesure d'anticiper sa réaction à toutes les propositions que je lui faisais. Je la respectais, je l'appréciais, et j'étais très contente d'être son agent. Nous déjeunions ensemble tous les six mois, généralement pour discuter de ses projets. Ceci mis à part, je ne peux pas dire que je la connaissais.

– On nous l'a décrite comme une femme très réservée, observa Kate.

– C'est exact. Quand je pense à elle – ce que j'ai beaucoup fait, évidemment, depuis que j'ai appris la nouvelle –, j'ai l'impression qu'elle était rongée par un secret qu'elle se sentait obligée de garder et qui l'inhibait, qui lui interdisait toute intimité avec qui que ce soit. Je la connaissais à peine mieux au bout de vingt ans que le jour où elle a poussé ma porte pour la première fois. »

Benton, qui avait manifesté un vif intérêt pour la décoration du bureau et plus particulièrement pour les portraits d'écrivains alignés sur un mur, demanda : « N'est-ce pas un peu inhabituel ? J'ai toujours pensé qu'une relation particulièrement étroite avec son agent était une des clés du succès.

– Pas forcément. Il faut qu'il y ait de la sympathie et de la confiance, c'est vrai, et il faut s'entendre sur l'essentiel. Mais les situations sont très diverses. Certains de mes auteurs sont devenus d'excellents amis. Plusieurs d'entre eux ont besoin qu'on les suive de près. Ils recherchent une mère, un confesseur, un conseiller financier, un conseiller conjugal, un rédacteur, un exécuteur littéraire, parfois même une nounou. Ce n'était absolument pas le cas de Rhoda.

– Lui connaissiez-vous des ennemis ? demanda Kate.

– Elle était journaliste d'investigation. Il lui est certainement arrivé de heurter des gens. Mais elle ne m'a jamais laissé entendre que ses détracteurs pouvaient la mettre physiquement en danger. À ma connaissance, elle n'a jamais reçu de menaces de ce type. Il a pu arriver qu'on la menace de poursuites judiciaires, mais je lui ai toujours conseillé de ne rien dire et de ne rien faire et, comme je m'en doutais, personne n'est jamais allé jusqu'au procès. Rhoda n'était pas femme à publier des informations dont on pouvait prouver qu'elles étaient inexactes ou diffamatoires.

– Pas même cet article de la *Paternoster Review* dans lequel elle accusait Annabel Skelton de plagiat ? insista Kate.

– Certaines personnes s'en sont servies pour fustiger le journalisme moderne en général, mais la plupart des lecteurs ont reconnu que c'était un article sérieux consacré à un sujet intéressant. Nous avons effectivement reçu la visite, Rhoda et moi, d'une dame particulièrement mécontente, une certaine Candace Westhall, mais elle n'a intenté aucune action en justice. Elle n'avait du reste aucun argument pour le faire. Les passages qui l'avaient heurtée étaient formulés sur un ton tout à fait mesuré et leur véracité était incontestable. Cette affaire-là remonte à environ cinq ans. »

Benton intervint : « Saviez-vous que Miss Gradwyn avait décidé de se faire retirer sa cicatrice ?

– Non. Elle ne m'en a pas parlé. C'est un sujet que nous n'avons jamais abordé.

– Qu'en était-il de ses projets actuels ? Avait-elle l'intention de faire prendre un nouveau tournant à sa carrière ?

– Je suis désolée, mais je ne peux pas vous en parler. En tout état de cause, rien n'était décidé et il me semble que ses plans n'étaient pas encore arrêtés. Elle n'aurait pas aimé de son vivant que j'évoque ce sujet avec tout autre qu'elle-même, et vous comprendrez que je ne puisse pas en parler maintenant. Mais je peux vous assurer qu'il n'y a certainement pas le moindre lien entre ses éventuels projets et sa mort. »

Il n'y avait rien à ajouter et Miss Melbury souhaitait visiblement se remettre au travail.

En quittant son bureau, Kate demanda à Benton : « Pourquoi cette question à propos de ses projets ?

– Je voulais lui demander si elle n'avait pas l'intention d'écrire une biographie. Si elle avait pris pour sujet une personne vivante, celle-ci aurait pu avoir une raison de vouloir l'empêcher d'écrire sans même attendre qu'elle commence.

– Ce n'est pas impossible. Mais à moins de penser que cette personne hypothétique ait réussi à découvrir ce que Miss Melbury elle-même ignorait, à savoir que Miss Gradwyn serait au manoir, et ait pu persuader la victime ou quelqu'un d'autre de l'introduire dans les lieux, les hypothèses sur les projets de Miss Gradwyn ne nous seront pas d'un grand secours. »

Au moment où ils bouclaient leurs ceintures, Benton dit : « Je l'ai trouvée plutôt sympathique.

– Dans ce cas, quand vous écrirez votre premier roman, ce dont je ne doute pas vu la multiplicité de vos intérêts, vous saurez à qui vous adresser. »

Benton rit. « Quelle journée ! Au moins, nous ne rentrons pas bredouilles. »

3

Le voyage de retour fut cauchemardesque. Il leur fallut plus d'une heure pour rejoindre la M3 depuis Camden et ils se trouvèrent coincés en fin de journée dans une procession de voitures qui sortaient de Londres pare-chocs contre pare-chocs. Après la bretelle numéro 5, la file s'arrêta parce qu'un car était tombé en panne et obstruait une des voies, et ils firent du sur-place pendant presque une heure en attendant que la route soit dégagée. Comme, après cela, Kate refusa de s'arrêter pour dîner, c'est épuisés et affamés qu'ils arrivèrent à Wisteria House, à vingt et une heures. Kate téléphona à l'ancien cottage de la police et Dalgliesh leur demanda de passer dès qu'ils auraient mangé. Le repas qu'ils avaient attendu avec une impatience grandissante fut dévoré précipitamment – la tourte au steak et aux rognons de Mrs Shepherd n'avait pas gagné à être réchauffée.

Il était dix heures et demie quand ils s'assirent en compagnie de Dalgliesh pour lui faire le compte rendu de leur journée.

« Autrement dit, remarqua Dalgliesh, son agent ne vous a rien appris que nous ne sachions déjà, à savoir que Rhoda Gradwyn était une personne très discrète. Et manifestement, Eliza Melbury respecte ce trait de caractère dans la mort comme elle l'a fait de son vivant. Voyons ce que vous avez rapporté de chez Jeremy Coxon. Nous commencerons par le moins important, ce livre de poche. Vous l'avez lu, Benton ?

– Je l'ai parcouru dans la voiture. Il s'achève par une subtilité judiciaire qui m'a un peu échappé. Un juriste comprendrait sans doute et ce roman a du reste été écrit par un juge. Quoi qu'il en soit, l'intrigue porte sur une tentative de falsification de la date d'un décès. J'imagine que ça a pu donner des idées à Boyton.

– Ce serait donc un indice supplémentaire confirmant que Boyton est bien venu à Stoke Cheverell dans l'intention de soutirer de l'argent aux Westhall, une idée qui, à en croire Candace Westhall, lui aurait été initialement soufflée par Rhoda Gradwyn puisque c'est elle qui lui a parlé de ce roman. Passons à une information plus importante, ce que Coxon vous a dit du changement d'humeur de Boyton. Il affirme que celui-ci est rentré déprimé de son premier séjour, le 27 novembre. Pourquoi cette morosité si Candace Westhall lui avait promis de lui consentir un legs ? Se serait-il rendu compte de l'absurdité de ses soupçons à propos de la congélation du corps ? Pouvons-nous vraiment croire que Candace Westhall avait décidé de le faire marcher pour pouvoir le démasquer de façon plus spectaculaire ? Une femme raisonnable peut-elle réellement se conduire ainsi ? Ensuite, avant que Boyton ne revienne ici jeudi dernier, quand Rhoda Gradwyn a été admise pour son intervention, Coxon prétend que l'humeur de Boyton avait changé, qu'il était surexcité et plein d'optimisme et qu'il évoquait des perspectives de rentrées financières. Il envoie son texto à Miss Gradwyn, la suppliant de le recevoir de toute urgence. Que s'est-il passé entre sa première et sa seconde visite qui ait pu provoquer un tel retournement de situation ? Il s'est rendu au bureau des successions de Holborn et s'est procuré une copie du testament de Peregrine Westhall. Pour quelle raison, et pourquoi à ce moment-là ? Il devait bien savoir qu'il n'était pas légataire. N'est-il pas possible qu'après avoir démonté son hypothèse sur la congélation du corps, Candace Westhall lui ait proposé un arrangement financier ou l'ait incité, d'une manière ou d'une autre, à soupçonner qu'elle cherchait à mettre fin à toutes les discussions à propos du testament de son père ?

– Vous pensez à une falsification, commandant ? demanda Kate.

– Ce n'est pas exclu. Il est temps de jeter un coup d'œil à ce testament. »

Dalgliesh étala le feuillet et ils l'étudièrent en silence. « Tout le testament est holographe, remarqua-t-il, et la date est écrite en toutes lettres, le sept juillet deux mille cinq. Le jour des attentats de Londres. Si quelqu'un avait voulu falsifier la date, le choix ne serait pas très judicieux. La plupart des gens se souviennent aussi bien de ce qu'ils faisaient le 7 juillet que le 11 septembre. Nous partirons de l'hypothèse que la date et le testament lui-même sont bien de la main du professeur Westhall. L'écriture est tout à fait caractéristique et une fraude d'une telle ampleur aurait certainement été décelée. Mais les trois signatures ? J'ai appelé aujourd'hui un membre du bureau des notaires qui s'occupait des affaires du professeur Westhall pour lui poser quelques questions à propos du testament. Une des signataires, Elizabeth Barnes, une vieille servante qui avait longtemps travaillé au manoir, est morte depuis. L'autre est Grace Holmes, qui vivait au village plus ou moins en recluse et qui a émigré à Toronto où elle loge chez une nièce. »

Benton prit le relais : « Boyton arrive jeudi dernier et essaie de dénicher l'adresse de Grace Holmes à Toronto en faisant un saut vendredi à Rosemary Cottage. Et c'est après sa première visite que Candace Westhall a su que si ses premiers soupçons étaient évidemment ridicules, c'était au testament lui-même qu'il s'intéressait désormais. Mog nous a appris que Boyton était passé à Rosemary Cottage. Aurait-il également transmis cette information à Candace ? Elle s'est rendue à Toronto prétendument pour remettre à Miss Holmes une petite somme prélevée sur le legs du professeur Westhall, une affaire qu'il aurait été bien plus facile de régler par courrier, par téléphone ou par courriel. Et pourquoi avoir attendu aussi longtemps pour la récompenser de ses bons et loyaux services ? Pourquoi tenait-elle tant à voir personnellement Grace Holmes ?

– S'il y a eu un faux, intervint Kate, le motif est flagrant, c'est un fait. J'imagine qu'on peut faire rectifier des anomalies mineures dans un testament. Ne peut-on pas modifier des legs si tous les exécuteurs y consentent ? Tout de même, la falsification est un délit. Candace Westhall ne pouvait pas risquer de compromettre la réputation de son frère en même temps que son droit à l'héritage. Mais si Grace Holmes a accepté de l'argent de Candace Westhall pour prix de son silence, je serais surprise qu'on arrive aujourd'hui à lui arracher la vérité. Pourquoi parlerait-elle ? Peut-être le professeur avait-il l'habitude de rédiger des testaments et de

512

revenir ensuite sur sa décision. Elle pourrait parfaitement prétendre avoir signé plusieurs testaments holographes et n'avoir pas de souvenir précis de celui-ci ou de celui-là. Elle a aidé Candace à soigner le professeur, des années qui n'ont certainement pas été faciles pour les Westhall. Elle a sans doute estimé qu'il était moralement équitable que l'argent revienne au frère et à la sœur. » Elle se tourna vers Dalgliesh : « Savons-nous, commandant, ce que prévoyait le testament précédent ?

– J'ai posé la question aux notaires quand je leur ai parlé. L'ensemble de la succession était divisé en deux parts. Robin Boyton devait toucher la moitié en reconnaissance du traitement injuste que la famille avait infligé à ses parents et à lui-même ; l'autre moitié devait être partagée à égalité entre Marcus et Candace.

– Boyton le savait-il ?

– Cela m'étonnerait. J'espère en savoir plus long vendredi. J'ai pris rendez-vous avec Philip Kershaw, le juriste qui s'est occupé de ce testament-là et du dernier en date. Il est très malade et a été admis dans une maison de retraite médicalisée en périphérie de Bournemouth. Mais il a accepté de me recevoir.

– C'est un mobile solide, observa Kate. Envisagez-vous d'arrêter Candace Westhall ?

– Non, Kate. Je propose que nous organisions pour demain un interrogatoire officiel en bonne et due forme, avec enregistrement. Mais cela risque d'être délicat. Il serait déraisonnable, et peut-être même contreproductif, de révéler ces nouveaux soupçons tant que nous ne disposons pas d'indices plus probants. Nous n'avons guère que la déclaration de Coxon affirmant que Boyton était déprimé après sa première visite, et aux anges avant la deuxième. Quant au texto adressé à Rhoda Gradwyn, il peut vouloir dire tout et n'importe quoi. C'était apparemment un jeune homme un peu instable. Nous avons pu le constater nous-mêmes.

– Tout de même, nous progressons, commandant, remarqua Benton.

– Sans doute, mais nous n'avons aucune preuve matérielle d'une éventuelle falsification, pas plus que de l'assassinat de Rhoda Gradwyn et de Robin Boyton. Pour compliquer les choses, une jeune femme condamnée pour meurtre vit au manoir. Nous n'irons pas plus loin ce soir et nous sommes tous fatigués. Je vous suggère donc que nous en restions là. »

Il était presque minuit, mais Dalgliesh remit du bois dans l'âtre. Il était inutile qu'il aille se coucher alors que son cerveau était en ébullition. Candace Westhall avait eu la possibilité et les moyens de commettre les deux crimes ; en fait, elle était la seule personne capable d'attirer en toute confiance Boyton dans l'ancien office à un moment où elle était sûre d'être seule. Elle avait la force nécessaire pour le faire basculer dans le congélateur, elle avait veillé à pouvoir justifier la présence de ses empreintes sur le couvercle et s'était assurée de la présence d'un tiers au moment de la découverte du corps et jusqu'à l'arrivée de la police. Mais tout cela n'était que présomptions et elle était assez intelligente pour le savoir. Pour le moment, il devrait se contenter d'un interrogatoire en bonne et due forme.

À cet instant, une idée lui traversa l'esprit et il agit avant que la réflexion ne vînt en contester la sagesse. S'il avait bien compris, Jeremy Coxon passait souvent ses fins de soirée au pub de son quartier. Son portable était peut-être encore allumé. Sinon, il réessayerait le lendemain matin.

Jeremy Coxon était bien au pub. Le bruit de fond interdisait toute conversation cohérente, mais quand il comprit qu'il parlait à Dalgliesh, il dit : « Ne quittez pas, je vais sortir. Je ne vous entends pas bien ici. » Une minute plus tard, il reprit : « Vous avez du nouveau ?

– Rien pour le moment, répondit Dalgliesh. Nous ne manquerons pas de vous tenir informé dès que nous aurons quelque chose. Excusez-moi de vous déranger si tard. Je vous appelle pour une autre question, mais elle me paraît importante. Vous rappelez-vous ce que vous avez fait le 7/7 ? »

Il y eut un moment de silence, puis Coxon demanda : « Vous voulez dire le jour des attentats de Londres ?

– Oui, le 7 juillet 2005. »

Une nouvelle pause. Sans doute, songea Dalgliesh, Coxon résistait-il à la tentation de lui demander ce que le 7/7 avait à voir avec la mort de Robin. Il répondit enfin : « Je suppose que personne ne l'a oublié. C'est comme le 11 septembre et le jour de la mort de Kennedy. On s'en souvient.

– Robin Boyton était déjà votre ami à l'époque, n'est-ce pas ? Vous rappelez-vous ce qu'il a fait ce jour-là ?

– Je me rappelle ce qu'il m'a dit avoir fait. Il était au centre de Londres. Il a fait un saut à l'appartement de Hampstead où j'habitais à ce moment-là un peu avant onze heures du soir et il m'a cassé les pieds jusqu'au petit matin avec ses aventures, il m'a raconté qu'il l'avait échappé belle et avait été obligé de venir à pied à Hampstead. Il était à Tottenham

Court Road, à deux pas de la bombe qui a fait exploser le bus. Il s'était fait coincer par une petite vieille qui était aux cent coups et il lui a fallu un bon moment pour la calmer. Elle lui a dit qu'elle habitait Stoke Cheverell et qu'elle était venue la veille pour faire quelques courses. Elle logeait chez une amie. Elle avait l'intention de rentrer chez elle le lendemain. Robin a bien cru qu'il n'arriverait pas à s'en débarrasser, mais il a fini par trouver un unique taxi devant Heal's, il lui a donné vingt livres pour la course et elle est partie rassérénée. C'était du Robin craché. Il a dit qu'il préférait encore perdre vingt livres plutôt que de se retrouver avec la petite vieille sur le dos toute la journée.

– Vous a-t-il dit comment elle s'appelait ?

– Non. Je ne sais ni le nom de la dame, ni l'adresse de son amie ni, d'ailleurs, le numéro du taxi. Toute cette affaire n'avait pas grand intérêt, mais enfin, voilà ce qui s'est passé.

– C'est tout ce dont vous vous souvenez, Mr Coxon ?

– C'est tout ce qu'il m'a dit. Ah ! un détail encore. Si j'ai bonne mémoire, il a précisé que c'était une domestique à la retraite qui aidait les cousins de Robin à s'occuper d'un parent malade qu'ils avaient sur les bras. Désolé de ne pas pouvoir vous être plus utile. »

Dalgliesh le remercia et referma son portable. Si le récit de Coxon était exact et si la domestique en question était bien Elizabeth Barnes, elle ne pouvait en aucun cas avoir signé le testament à Cheverell Manor le 7 juillet 2005. Mais était-ce vraiment Elizabeth Barnes ? Il pouvait s'agir de n'importe quelle villageoise qui donnait occasionnellement un coup de main à Stone Cottage. Ils auraient pu

516

l'identifier avec l'aide de Robin Boyton. Mais Boyton était mort.

Il était trois heures passées. Dalgliesh n'avait toujours pas sommeil. Les souvenirs de Coxon n'étaient que des ouï-dire. Maintenant que Boyton et Elizabeth Barnes étaient morts, quelle chance avait-il de retrouver l'amie chez qui elle avait dormi, ou le taxi qui l'y avait conduite ? Toute sa théorie sur la falsification du testament ne reposait que sur des présomptions. L'idée de procéder à une arrestation qui ne serait pas suivie d'une mise en examen lui faisait horreur. Ce genre d'intervention pouvait avoir de graves conséquences : l'accusé avait le plus grand mal à se laver de tout soupçon et le policier chargé de l'enquête pouvait se faire une réputation de précipitation et d'irréflexion. Allait-il s'agir d'une de ces affaires profondément frustrantes, et elles n'étaient pas rares, où l'on connaissait l'identité du meurtrier mais où les preuves étaient insuffisantes pour que l'on puisse procéder à une arrestation ?

Renonçant enfin à trouver le sommeil, il sortit du lit, enfila son pantalon et un gros pull et enroula une écharpe autour de son cou. Peut-être une promenade dans l'allée le fatiguerait-elle suffisamment pour qu'il ne soit pas inutile de se recoucher.

Il y avait eu une averse à minuit, brève mais violente, et l'air frais sans être glacé répandait une odeur suave. Il marcha sous un ciel moucheté d'étoiles, n'entendant que le bruit de ses pas. Puis il sentit, comme une prémonition, le souffle du vent qui se levait. La nuit s'anima tandis que la brise faisait frémir les haies désolées et craquer les hautes branches des arbres, un bref tumulte après lequel elle expira aussi soudainement qu'elle s'était levée.

S'approchant du manoir, Dalgliesh crut distinguer des langues de feu au loin. Qui pouvait bien faire brûler des herbes à trois heures du matin ? Des flammes s'élevaient du cercle de pierres. Sortant son portable de sa poche, il appela Kate et Benton, tout en courant, le cœur battant, vers le feu.

4

Elle n'avait pas mis le réveil à deux heures et demie, craignant que quelqu'un ne l'entende, même si elle éteignait immédiatement la sonnerie. Mais elle n'avait pas besoin de réveil. Depuis des années, elle était capable de se réveiller par un simple acte de volonté, de même qu'elle pouvait feindre le sommeil de façon si convaincante que sa respiration se ralentissait et qu'elle-même n'aurait su dire si elle veillait ou si elle dormait. Deux heures et demie. C'était une bonne heure. Minuit était évidemment l'heure fatidique, l'heure puissante du mystère et des cérémonies secrètes. Mais le monde ne dormait plus à minuit. Quand le docteur Chandler-Powell était nerveux, il pouvait lui arriver de sortir faire un tour en pleine nuit, mais à deux heures et demie, il ne serait pas dehors, et les lève-tôt non plus. On avait brûlé Mary Keyte à trois heures de l'après-midi le 20 décembre, mais l'après-midi ne convenait pas à cet acte d'expiation par personne interposée, à l'ultime cérémonie d'identification qui réduirait à jamais au silence la voix inquiète de Mary Keyte et lui accorderait le repos. Il faudrait se satisfaire de trois heures du matin. Mary Keyte comprendrait. L'important était de lui rendre ce dernier hommage, de rejouer, aussi exactement qu'elle en aurait le courage, ces dernières minutes effroyables. Le 20 décembre était le bon jour, et peut-être sa dernière chance. Il n'était pas impossible que Mrs Rayner la fasse chercher dès le lendemain. Elle était prête à partir, elle en avait assez qu'on lui donne des ordres comme si elle ne comptait pour rien au manoir, alors qu'elle était la plus puissante. S'ils savaient... Bientôt, la servitude appartiendrait au passé. Elle serait riche et des gens seraient payés pour s'occuper d'elle. Mais avant cela, il y avait cet ultime adieu, la dernière fois qu'elle parlerait à Mary Keyte.

Elle avait bien fait de tout prévoir. Après la mort de Robin Boyton, la police avait mis les deux cottages sous scellés. Il serait risqué de s'y rendre à la nuit tombée et il était impossible, quelle que soit l'heure, de quitter le manoir sans que les agents de sécurité ne s'en aperçoivent. Mais elle avait agi dès que Miss Cressett lui avait appris qu'un invité était attendu à Rose Cottage le jour où Miss Gradwyn devait se faire opérer. C'est elle qui était chargée de passer l'aspirateur et de laver le sol, d'épousseter et de cirer et aussi de faire le lit avant l'arrivée d'un visiteur. Tout s'était parfaitement arrangé. Il devait en être ainsi. Elle avait le panier en osier à roulettes pour transporter le linge propre et rapporter les draps et les serviettes de toilette à laver, le savon pour la douche et le lavabo, et le sac en plastique contenant ses produits ménagers. Elle pourrait se servir du panier pour transporter deux des sacs de petit bois qui se trouvaient dans la cabane de Rose Cottage, une vieille corde à linge qui y avait été laissée et deux boîtes de paraffine enveloppées dans les vieux journaux qu'elle prenait toujours avec elle pour les étaler sur les sols qu'elle venait de lessiver.

La paraffine, même si le problème de son transport était réglé, dégageait une forte odeur. Comment la dissimuler à l'intérieur du manoir ? Elle avait donc décidé d'emballer les bidons dans deux sachets en plastique et d'aller les déposer de nuit sous les feuilles et les herbes du fossé, près de la haie. Le fossé était assez profond pour qu'on ne puisse pas distinguer les boîtes, et le plastique éviterait qu'elles prennent l'humidité. Quant au petit bois et à la corde, elle n'avait qu'à les cacher dans une grande valise, sous son lit. Personne ne les y trouverait. Elle était chargée de faire le ménage dans sa propre chambre et de faire son lit, et au manoir, tout le monde était très à cheval sur le respect de la vie privée.

Quand sa montre indiqua trois heures moins vingt, elle était prête. Elle enfila son manteau le plus sombre, dont la poche contenait déjà une grosse boîte d'allumettes, et noua une écharpe sur sa tête. Ouvrant précautionneusement la porte de sa chambre, elle resta immobile un instant, retenant son souffle. La maison était silencieuse. Tout risque de patrouille nocturne écarté, elle pouvait se déplacer sans craindre les yeux vigilants et les oreilles aux aguets des agents de sécurité. Seuls les Bostock dormaient dans le corps central du bâtiment, et elle pouvait éviter de passer devant leur porte. Portant les sacs de petit bois et la corde à linge enroulée autour de son épaule, elle se déplaçait silencieusement, prudemment, pas à pas. Elle longea le couloir et descendit l'escalier latéral conduisant au rez-de-chaussée, jusqu'à la porte ouest. Comme la dernière fois, elle dut se hausser sur la pointe des pieds pour repousser le verrou et prit son temps, veillant à ce qu'aucun grincement métallique ne trouble le silence. Puis, tout doucement, elle tourna la clé, sortit dans la nuit et referma la porte à clé derrière elle.

La nuit était froide, les étoiles brillaient haut dans le ciel, l'air était vaguement lumineux et quelques nuages légers se déplaçaient devant le segment de lune éclatant. Le vent se leva alors, irrégulier, de brèves bourrasques semblables à des exhalaisons. Elle descendit l'allée de tilleuls, voltigeant comme un spectre, se dissimulant de tronc en tronc. Mais elle ne craignait pas vraiment qu'on la voie. L'aile ouest était plongée dans l'obscurité et aucune autre fenêtre ne donnait sur l'allée. En arrivant au muret, au moment où le cercle de pierres blanchi par la lune apparut en pleine vue, une rafale de vent parcourut d'une ondulation la haie sombre, faisant craquer les rameaux dénudés tandis que les hautes herbes au-delà du cercle chuchotaient et se balançaient. L'irrégularité du vent la préoccupait. Bien sûr, le feu prendrait plus aisément, mais son imprévisibilité était dangereuse. Il devait s'agir d'une cérémonie commémorative, pas d'un second sacrifice. Il faudrait veiller à ce que les flammes ne s'approchent pas trop. Elle suça son index et le dressa, cherchant à déterminer la direction du vent, puis se déplaça entre les pierres aussi discrètement que si elle craignait que quelqu'un ne fût tapi derrière. Elle posa les sacs de fagots à côté du bloc central. Puis elle se dirigea vers le fossé.

Il lui fallut quelques minutes pour retrouver les sachets de plastique contenant les boîtes de paraffine ; elle croyait, sans savoir pourquoi, les avoir laissés plus près des pierres et la mobilité de la lune, l'alternance rapide de lumière et d'obscurité, la déconcertaient. Elle se glissa le long du fossé, penchée en avant, mais ses mains ne rencontraient que des herbes et des plantes, et le limon froid de la boue. Enfin, elle trouva ce qu'elle cherchait et apporta les bidons près du petit bois. Elle aurait dû prendre un couteau. La première ficelle était plus résistante qu'elle ne l'aurait cru et elle fut obligée de tirer sur le nœud pendant plusieurs minutes avant que le sac ne s'ouvre brusquement, répandant les bûchettes par terre.

Elle se mit alors à disposer un cercle de bois à l'intérieur des pierres. Il ne fallait pas que le diamètre soit trop large, sinon le cercle de feu serait incomplet, ni trop étroit, car cela la mettrait en danger. Inclinée en avant, progressant méthodiquement, elle referma enfin le cercle puis, dévissant le bouchon et tenant prudemment la première boîte de paraffine, elle se courba et parcourut le cercle de petit bois, arrosant chaque bûchette. Craignant d'avoir été trop généreuse, elle fut plus parcimonieuse avec le second bidon. Impatiente d'allumer le feu et certaine que les fagots étaient imprégnés, elle n'en utilisa que la moitié.

Ramassant la corde à linge, elle entreprit de se ligoter à la pierre centrale. C'était plus compliqué qu'elle ne l'avait cru, mais elle découvrit finalement que le plus efficace était d'entourer deux fois la pierre avec la corde, puis de s'introduire entre les liens, de les remonter le long de son corps et de serrer. La pierre centrale, son autel, était plus haute mais plus lisse et plus étroite que les autres, ce qui facilitait l'opération. Elle noua ensuite la corde au niveau de sa taille, laissant pendre les extrémités. Sortant les allumettes de sa poche, elle se raidit un moment, les yeux fermés. Il y eut une bourrasque de vent, qui retomba aussitôt. Elle s'adressa à Mary Keyte : « C'est pour toi. C'est en mémoire de toi.

C'est pour te dire que je sais que tu étais innocente. Ils m'emmènent loin de toi. C'est la dernière fois que je peux venir te voir. Parle-moi. » Mais cette nuit, nulle voix ne lui répondit.

Elle frotta une allumette et la jeta en direction du cercle de bois, mais le vent éteignit la flamme presque aussitôt. Elle essaya encore et encore, les mains tremblantes. Elle en sanglotait presque. Elle n'y arriverait jamais. Il faudrait qu'elle se rapproche du cercle puis rejoigne en courant la pierre sacrificielle pour reprendre sa place. Et si le feu refusait toujours de prendre ? Alors qu'elle avait les yeux fixés sur l'allée, les grands troncs des tilleuls se rapprochèrent et se refermèrent ; leurs branches supérieures se fondirent et s'emmêlèrent, brisant la lune en fragments. Le sentier se rétrécit en un tunnel et la forme sombre et lointaine de l'aile ouest s'évanouit dans l'obscurité profonde.

Elle entendit alors la foule des villageois qui arrivaient. Ils se bousculaient dans l'allée de tilleuls rétrécie, leurs voix encore distantes s'élevant en un cri qui martelait à ses oreilles : *Brûlons la sorcière ! Brûlons la sorcière ! Elle a tué notre bétail. Elle a empoisonné nos enfants. Elle a assassiné Lucy Beale. Brûlons-la ! Brûlons-la !* Ils avaient atteint le muret. Mais ils ne l'enjambèrent pas. Ils se pressaient contre lui, la foule grandissait, bouches béantes comme une rangée de têtes de morts, hurlant sa haine.

Soudain, les cris s'interrompirent. Une silhouette se détacha, franchit le muret et s'approcha d'elle. Une voix familière lui demanda doucement, avec une nuance de reproche : « Comment as-tu pu croire que je te laisserais faire ça toute seule ? Je savais que tu ne l'abandonnerais pas. Tu n'y arrive-

524

ras jamais comme ça. Je vais t'aider. Je suis venue pour être le Bourreau. »

Elle n'avait pas prévu cela. Elle avait eu l'intention d'agir seule. Mais peut-être ne serait-il pas inutile d'avoir un témoin, et après tout, c'était un témoin exceptionnel, quelqu'un qui comprenait, quelqu'un à qui elle pouvait faire confiance. Elle détenait à présent le secret d'autrui, un secret qui lui donnait du pouvoir et lui assurerait la richesse. Peut-être était-il bon de faire cela ensemble. Le Bourreau ramassa un petit fagot, l'apporta et, l'abritant du vent, l'alluma et le brandit en l'air puis, se rapprochant du cercle, il le jeta au milieu du petit bois. Une flamme s'éleva sur-le-champ et le feu prit comme une créature vivante, crachotant, crépitant et projetant des étincelles. La nuit s'anima, et les voix, de l'autre côté du muret, montèrent en crescendo pendant qu'elle vivait un instant de triomphe extraordinaire, comme si le passé, le sien et celui de Mary Keyte, se consumaient.

Le Bourreau s'approcha d'elle. Pourquoi, se demanda-t-elle, ses mains étaient-elles d'un rose si pâle, si translucide ? Pourquoi ces gants chirurgicaux ? Les mains s'emparèrent de l'extrémité de la corde à linge et d'un geste preste, l'enroulèrent autour de son cou. Elle sentit une traction brutale quand le lien se resserra. Une fraîcheur soudaine éclaboussa son visage. On avait projeté quelque chose sur elle. L'odeur de paraffine s'intensifia, ses vapeurs la suffoquaient. Tout près de son visage, le souffle du Bourreau était brûlant et les yeux rivés sur les siens étaient comme des billes marbrées. Les iris semblaient se dilater, engloutissant le visage dans deux taches noires à l'intérieur desquelles elle ne voyait que le reflet de son désespoir. Elle voulut crier, mais elle n'avait pas de souffle, pas de voix. Elle tira sur les nœuds qui la liaient, mais ses mains étaient sans force.

À peine consciente, elle s'affaissa sur la corde et attendit la mort : la mort de Mary Keyte. Elle entendit alors ce qui ressemblait à un sanglot suivi d'un grand cri. Ce n'était pas sa voix, elle en était sûre ; elle n'avait pas de voix. Et puis le bidon de paraffine fut soulevé et jeté en direction de la haie. Elle vit un arc de feu et la haie explosa en flammes.

Elle était seule. À demi évanouie, elle voulut tirer sur la corde qui lui serrait le cou, mais elle était trop faible pour lever les bras. La foule était partie. Le feu commençait à s'éteindre. Elle se laissa aller contre ses liens, les jambes molles. Elle n'avait plus conscience de rien.

Il y eut soudain des voix, des lampes de poche qui l'éblouirent. Quelqu'un franchissait le muret d'un bond, courait vers elle, sautant au-dessus du feu mourant. Elle sentit des bras autour d'elle, des bras d'homme, et elle entendit sa voix.

« Tout va bien. C'est fini. Sharon, vous m'entendez ? Tout va bien. »

5

Ils avaient entendu la voiture qui démarrait avant même d'être arrivés aux pierres. Il était inutile de se précipiter pour essayer de la prendre en chasse. La priorité était Sharon. Dalgliesh dit alors à Kate : « Prenez les choses en main ici, voulez-vous ? Obtenez une déposition dès que Chandler-Powell estimera qu'elle est en état de la faire. Nous nous occupons de Miss Westhall, Benton et moi. »

Alertés par les flammes, les quatre agents de sécurité s'étaient attaqués à la haie en feu. Grâce à l'humidité de la dernière pluie, l'incendie fut rapidement maîtrisé, ne laissant que des rameaux carbonisés et une fumée âcre. Un nuage bas glissa et découvrit la lune. La nuit prit un caractère sacré. Les pierres, argentées dans l'étrange lumière lunaire, brillaient comme des sépultures spectrales et les silhouettes d'Helena, de Lettie et des Bostock se transformèrent sous les yeux de Dalgliesh en formes désincarnées s'effaçant dans l'obscurité. Il regarda Chandler-Powell, hiératique dans sa longue robe de chambre, transporter Sharon de l'autre côté du muret avec l'aide de Flavia ; ils disparurent, eux aussi, dans l'allée de tilleuls. Il avait conscience qu'il restait quelqu'un et soudain, au clair de lune, le visage de Marcus Westhall lui fit l'effet d'une image sans substance, en suspension, le masque d'un mort.

S'approchant de lui, Dalgliesh demanda : « Où est-elle allée, selon vous ? Il faut nous le dire. Il n'y a pas de temps à perdre. »

Quand elle s'éleva, la voix de Marcus était rauque : « Elle a dû aller à la mer. Elle adore la mer. Il y a un endroit où elle aime particulièrement aller nager. La baie de Kimmeridge. »

Benton avait enfilé à la hâte un pantalon et un gros pull en courant vers le feu. Dalgliesh lui cria : « Vous vous souvenez du numéro de la voiture de Candace Westhall ?

– Oui, commandant.

– Appelez le service du trafic local. Qu'ils commencent les recherches. Suggérez-leur d'aller voir à Kimmeridge. Nous prendrons la Jag.

– Bien commandant. » Benton s'éloigna à grandes foulées.

Marcus avait retrouvé sa voix. Il suivit Dalgliesh en trébuchant, maladroit comme un vieillard, criant d'un timbre éraillé : « Je vous accompagne. Attendez-moi ! Attendez-moi !

– C'est inutile. On finira bien par la retrouver.

– Il faut que je vienne. Je veux être là. »

Dalgliesh ne perdit pas de temps à discuter. Marcus Westhall avait le droit d'être avec eux et pourrait leur permettre d'identifier plus facilement le secteur de la plage où elle avait le plus de chances d'être allée. Il lui lança : « Prenez un manteau chaud, mais dépêchez-vous. »

Sa voiture était la plus rapide, mais il ne fallait pas compter faire de la vitesse sur les routes de campagne sinueuses. Peut-être était-il déjà trop tard pour arriver à la mer avant qu'elle ne se soit donné la mort, en admettant qu'elle eût l'intention de se noyer. Il était impossible de savoir si son frère disait la vérité, mais en revoyant son visage angoissé, Dalgliesh eut tendance à lui faire confiance. Il ne fallut que quelques minutes à Benton pour aller chercher la Jaguar à l'ancien cottage de la police et il attendait déjà devant la voiture lorsque Dalgliesh et Westhall arrivèrent sur la route. Sans un mot, il ouvrit la portière arrière pour laisser passer Westhall, et s'engouffra derrière lui. De toute évidence, le comportement de ce passager était trop imprévisible pour qu'il reste seul sur la banquette arrière.

Benton sortit sa lampe de poche et indiqua la route à prendre. L'odeur de paraffine qui imprégnait les vêtements et les mains de Dalgliesh envahit la voiture. Il baissa sa vitre et l'air de la nuit, doux et froid, lui emplit les poumons. Les étroites routes de campagne, qui montaient et descendaient alternativement, se déroulaient devant eux. Le Dorset s'étendait de part et d'autre, avec ses vallées et ses collines, ses petits villages, ses cottages de pierre. Il y avait peu de circulation dans cette nuit profonde. Toutes les maisons étaient plongées dans l'obscurité.

Dalgliesh sentit alors un changement dans l'air, une fraîcheur qui relevait plus de la sensation que de l'odeur, mais qui était typique entre toutes : la senteur salée et piquante de la mer. La route devint plus étroite alors qu'ils traversaient le village silencieux avant d'arriver sur le quai de Kimmeridge Bay. Devant eux, la mer scintillait sous la lune et les étoiles. Chaque fois qu'il était près de la mer, Dalgliesh se sentait attiré vers elle comme un animal par un point d'eau. Ici, au fil des siècles qui s'étaient écoulés depuis que l'homme s'était, pour la première fois, tenu debout sur une grève, son roulement immémorial, inébranlable, aveugle, indifférent, déclenchait un torrent d'émotions, parmi lesquelles, comme en cet instant précis, la conscience de la fugacité de la vie humaine. Ils prirent en direction de l'est, vers la plage, sous la noirceur menaçante de la falaise qui s'élevait, sombre comme du charbon et couverte à son pied de touffes d'herbe et de buissons. Les dalles de schiste noir s'enfonçaient dans la mer, dessinant un sentier de rochers éclaboussés par la mer. Les vagues glissaient dessus, et se retiraient en sifflant. À la lueur de la lune, elles brillaient comme de l'ébène poli.

Ils progressaient à la lumière de torches électriques, balayant de leurs faisceaux la plage et la chaussée. Marcus Westhall, qui avait gardé le silence pendant tout le trajet, semblait avoir retrouvé sa vitalité et arpentait, infatigable, la frange de rivage couverte de galets. Ils contournèrent un promontoire et arrivèrent sur une autre bande de plage, une nouvelle étendue de rochers noirs fissurés. Ils ne virent rien.

Il était impossible d'aller plus loin. La plage s'achevait là, et les falaises, descendant jusqu'à la mer, leur barraient le passage.

« Elle n'est pas ici, remarqua Dalgliesh. Essayons l'autre plage. »

La voix de Westhall, forcée pour couvrir le mugissement rythmique de la mer, était un cri rauque. « Elle ne va jamais nager là-bas. C'est ici qu'elle a dû venir. Elle est sûrement là, dans l'eau, quelque part. »

Dalgliesh annonça calmement : « Nous reprendrons les recherches quand il fera jour. Il faut nous arrêter là. »

Mais Westhall était déjà reparti sur les rochers, gardant difficilement son équilibre, jusqu'au bord des déferlantes. Il s'immobilisa alors, sa silhouette se découpant sur l'horizon. Échangeant un regard, Dalgliesh et Benton bondirent prudemment au-dessus des plaques rocheuses balayées par les vagues pour le rejoindre. Westhall ne se retourna pas. Sous un ciel pommelé où des nuages bas ternissaient l'éclat lumineux des étoiles et de la lune, la mer ressemblait, songea Dalgliesh, à un chaudron sans fin rempli d'eau de bain sale, soulevant de la mousse de savon qui s'enfonçait dans les crevasses des rochers comme de l'écume. La marée montait rapidement et il vit que le bas du pantalon de Westhall était déjà trempé ; lorsqu'il arriva à son niveau, une puissante vague se souleva soudain et se brisa sur les jambes de la silhouette rigide, manquant de justesse de les faire basculer tous les deux du rocher. Dalgliesh l'attrapa fermement par le bras. Il murmura : « Venez maintenant. Elle n'est pas ici. Vous ne pouvez rien faire. »

Sans un mot, Westhall se laissa guider à travers l'étendue traîtresse d'argile schisteuse et pousser doucement à l'intérieur de la voiture.

Ils étaient à mi-chemin du manoir quand la radio crépita. C'était l'inspecteur Warren. « Nous avons retrouvé le véhicule, commandant. Elle n'a pas dépassé Baggot's Wood, à moins d'un kilomètre du manoir. Nous avons commencé à fouiller le bois.

– La voiture était-elle ouverte ?

– Non, fermée. Nous n'avons rien remarqué de spécial à l'intérieur.

– Bien. Continuez, je vous rejoins. »

Il aurait préféré s'épargner cette recherche. Puisqu'elle avait rangé la voiture et n'avait pas utilisé les gaz d'échappement pour se suicider, il y avait de grands risques qu'elle se soit pendue. La pendaison l'avait toujours horrifié, en partie parce qu'elle avait été très longtemps le mode d'exécution britannique. Malgré toutes les précautions que l'on pouvait prendre, il y avait quelque chose de particulièrement dégradant dans la suspension inhumaine d'un être humain. Il était convaincu désormais que Candace Westhall s'était tuée, mais, se dit-il, plaise à Dieu qu'elle n'ait pas choisi ce moyen.

Sans tourner la tête, il annonça à Westhall : « La police locale a retrouvé la voiture de votre sœur. Elle n'est pas à l'intérieur. Je vais vous reconduire au manoir pour que vous puissiez vous sécher et vous changer. Il va falloir que vous attendiez. Il n'y a rien d'autre à faire. »

Westhall ne répondit pas, mais quand les grilles s'ouvrirent devant eux et qu'ils s'arrêtèrent devant la porte d'entrée, il se laissa conduire à l'intérieur de la demeure par Benton et confier à Lettie Frensham qui attendait. Il la suivit vers la bibliothèque comme un enfant docile. Une pile de couvertures et un plaid avaient été mis à chauffer devant une grande flambée ; du cognac et du whisky avaient été posés sur la table, près d'une chauffeuse.

« Un peu de soupe vous fera du bien, lui dit-elle. Dean en a préparé. Mais d'abord, retirez votre veste et votre pantalon et enveloppez-vous dans ces couvertures. Je vais vous apporter vos chaussons et votre robe de chambre.

– Ils doivent être quelque part dans la chambre, dit-il d'une voix éteinte.

– Je les trouverai, ne vous en faites pas. »

Toujours soumis comme un enfant, il fit ce qu'elle avait dit. Son pantalon fumait comme un tas de haillons devant les flammes qui s'élevaient. Il se laissa aller contre le dossier de la chauffeuse. Il avait l'impression de sortir d'anesthésie, étonné de constater qu'il pouvait bouger, se réconciliant avec la vie tout en aspirant à sombrer à nouveau dans l'inconscience pour que s'apaise la douleur. Il avait dû s'assoupir quelques instants. Ouvrant les yeux, il aperçut Lettie à ses côtés. Elle l'aida à enfiler sa robe de chambre et ses pantoufles. Un bol de soupe apparut devant lui, chaude et relevée, et il découvrit qu'il réussissait à la boire, bien qu'il ne remarquât que le goût du sherry.

Au bout d'un moment durant lequel elle resta assise près de lui, silencieuse, il prit la parole : « J'ai quelque chose à vous dire. Il faudra que j'en parle à Dalgliesh, mais je tiens à le dire maintenant. Je tiens à vous le dire. »

Il la regarda bien en face et vit la tension de son regard, l'angoisse naissante à l'idée de ce qu'elle risquait d'entendre.

« J'ignore tout des assassinats de Rhoda Gradwyn ou de Robin, commença-t-il. Ce n'est pas de cela que je veux vous parler. Mais j'ai menti à la police. Si je ne suis pas resté chez les Greenfield cette nuit-là, ce n'est pas parce que j'ai eu des ennuis de voiture. Je suis parti de bonne heure de chez eux pour passer chez un ami, Eric. Il a un appartement près de l'hôpital St Angela's, où il travaille. Je voulais lui annoncer que je partais en Afrique. Je savais qu'il en serait très affecté mais il fallait que j'essaie de lui faire comprendre ma décision.

– A-t-il compris ? demanda-t-elle doucement.

– Non, pas vraiment. J'ai fait un affreux gâchis, comme d'habitude. »

Lettie lui effleura la main. « Si j'étais vous, je n'embêterais pas la police avec ça, à moins que vous n'y teniez vraiment ou qu'on vous pose la question. Cela n'a plus aucune importance pour eux maintenant.

– Cela en a pour moi. »

Il y eut un instant de silence, puis il reprit : « Laissez-moi maintenant, je vous en prie. Tout va bien. Je vous assure que tout va bien. J'ai besoin d'être seul. Prévenez-moi simplement quand ils l'auront trouvée. »

Lettie, il le savait, était la seule femme capable de comprendre son besoin de solitude et de ne pas discuter. Elle dit : « Je vais baisser les lampes. » Elle posa un coussin sur un tabouret. « Inclinez-vous en arrière et posez vos pieds ici. Je reviendrai dans une heure. Essayez de dormir. »

Elle était partie. Mais il n'avait pas l'intention de dormir. Il fallait combattre le sommeil. Il y avait un endroit, un seul, où il pouvait aller s'il voulait éviter de devenir fou. Il lui fallait du temps pour réfléchir. Il devait essayer de comprendre. Il devait accepter ce qui était, son esprit le lui disait, la vérité. Il fallait aller là où il trouverait plus de paix et une sagesse plus sûre qu'il n'en pouvait atteindre ici, au milieu de ces livres morts et sous le regard vide des bustes.

Il sortit silencieusement de la pièce, refermant la porte derrière lui, traversa la grande salle plongée dans l'obscurité, rejoignit l'arrière de la maison, passa par la cuisine et sortit dans le parc par la porte latérale. Il ne sentit ni la force du vent ni le froid. Il passa devant les anciennes écuries puis traversa le jardin de topiaires pour rejoindre la chapelle de pierre.

En s'approchant dans la lueur de l'aube, il aperçut une tache sombre sur les pierres, devant le porche. On avait dû y renverser quelque chose, quelque chose qui n'aurait pas dû s'y trouver. Déconcerté, il s'agenouilla et, les doigts tremblants, effleura une substance gluante. Puis l'odeur lui monta aux narines et levant les mains, il remarqua qu'elles étaient couvertes de sang. Toujours à genoux, il s'avança à grand-peine et, se redressant dans un sursaut de volonté, réussit à soulever le loquet. La porte était verrouillée. Il comprit. Il frappa contre le battant, sanglotant, l'appelant par son nom jusqu'à ce que ses forces l'abandonnent ; il s'affaissa lentement à genoux, ses paumes rouges pressées contre le bois inexorable.

C'est là, encore agenouillé dans le sang de sa sœur, que l'équipe de recherche le trouva vingt minutes plus tard.

6

Kate et Benton avaient été sur la brèche pendant plus de quatorze heures et quand le corps eut enfin été emmené, Dalgliesh leur avait donné l'ordre d'aller prendre deux heures de repos, de dîner tôt et de le rejoindre à l'ancien cottage de la police à vingt heures. Ils ne trouvèrent pas le sommeil, ni l'un ni l'autre, pendant ces deux heures. Dans sa chambre plongée dans la pénombre, la fenêtre ouverte sur le jour déclinant, Benton était allongé, aussi raide que si tous ses nerfs et ses muscles étaient tendus, prêts à passer à l'action à tout moment. Il avait l'impression qu'une éternité s'était écoulée depuis le moment où, répondant à l'appel de Dalgliesh, ils avaient aperçu le feu et entendu les cris de Sharon ; la longue attente du médecin légiste, du photographe puis du fourgon mortuaire était entrecoupée d'images dont le souvenir était si vif qu'il avait l'impression qu'elles avaient été projetées sur son cerveau comme des diapositives sur un écran ; la douceur avec laquelle Chandler-Powell et Miss Holland avaient soutenu Sharon pour lui faire franchir le muret et l'aider à descendre l'allée de tilleuls ; Marcus debout, seul, sur la plaque de schiste noir, regardant la mer grise et palpitante ; le photographe contournant le corps précautionneusement pour éviter de marcher dans le sang ; le craquement de la jointure des doigts quand le professeur Glenister les avait ouverts, l'un après l'autre, et avait arraché la bande magnétique à l'étreinte de Candace. Allongé, il ne sentait pas la fatigue, mais éprouvait encore la douleur dans son bras et son épaule contusionnés après ce dernier élan pour forcer la porte de la chapelle.

Dalgliesh et lui avaient poussé ensemble de toutes leurs forces contre le panneau de chêne, mais le verrou n'avait pas cédé. « Nous nous gênons, Benton, avait alors dit Dalgliesh. Prenez de l'élan et essayez de l'enfoncer. »

Il avait pris le temps de réfléchir, de choisir une trajectoire qui éviterait la flaque de sang, reculant d'une quinzaine de mètres. Le premier assaut avait ébranlé la porte. À la troisième tentative, elle avait cédé, buttant contre l'obstacle du corps. Il avait alors reculé, laissant Dalgliesh et Kate entrer les premiers.

Elle était couchée sur le côté, pelotonnée comme une enfant endormie, le couteau à proximité de sa main droite. Il n'y avait qu'une entaille à son poignet, mais elle était profonde, béante comme une bouche ouverte. Sa main gauche était refermée sur une cassette.

L'image fut brisée par la sonnerie de son réveil et par le bruit de Kate, qui frappait à sa porte. Il bondit sur ses pieds. Quelques minutes plus tard, habillés, ils se retrouvèrent au rez-de-chaussée. Mrs Shepherd posa sur la table des saucisses grésillantes, des haricots blancs et de la purée de pommes de terre et repartit à la cuisine. Ce n'était pas un repas qu'elle servait couramment, mais elle avait dû se douter qu'ils avaient besoin d'une nourriture chaude et revigorante. Ils s'étonnèrent eux-mêmes d'avoir aussi faim et mangèrent de bon cœur, dans un silence presque complet, avant de prendre ensemble le chemin de l'ancien cottage de la police.

En passant devant le manoir, Benton constata que la caravane et les véhicules de la société de surveillance n'étaient plus là. Toutes les fenêtres étaient éclairées, comme pour une fête. Ce n'était pas un mot qui serait venu à l'esprit des habitants du manoir, mais Benton savait qu'ils étaient tous déchargés d'un grand poids, qu'enfin, la peur, les soupçons, et l'angoisse croissante à l'idée de ne jamais connaître la vérité s'étaient évanouis. Une arrestation aurait été préférable, mais elle n'aurait fait que prolonger le suspense, il aurait fallu affronter la perspective d'un procès public, le spectacle des témoins appelés à la barre, une publicité désastreuse. Des aveux suivis d'un suicide représentaient certainement la solution la plus rationnelle et, pouvaient-ils se dire, la plus miséricordieuse pour Candace. Sans doute n'auraient-ils pas formulé ce jugement tout haut mais Benton, lorsqu'il avait raccompagné Marcus au manoir, l'avait lu sur leurs visages. Ils pourraient enfin se réveiller le matin sans être accablés par la crainte de ce que la journée risquait d'apporter, ils pourraient dormir sans fermer leur porte à clé, ils n'auraient pas besoin de peser soigneusement tous leurs propos. Demain, ou après-demain, les policiers s'en iraient. Dalgliesh et son équipe seraient obligés de revenir dans le Dorset pour l'enquête criminelle, mais pour le moment, l'unité n'avait plus rien à faire au manoir. On ne les regretterait pas.

On avait fait trois copies de la bande magnétique enregistrée par Candace avant son suicide, et l'original avait été confié à la police du Dorset en tant que pièce à conviction à remettre au coroner. Ils allaient à présent réécouter cet enregistrement ensemble.

Dalgliesh n'avait pas dormi, Kate le remarqua tout de suite. Les bûches s'empilaient dans l'âtre, les flammes s'élevaient, et comme d'ordinaire, il régnait une odeur de bois brûlé et de café frais, mais il n'y avait pas de vin. Ils s'assirent autour de la table et il inséra la cassette dans l'appareil qu'il alluma. Ils s'attendaient certes à entendre la voix de Candace Westhall, mais son timbre était si clair et si assuré que l'espace d'un instant, Kate faillit croire qu'elle était avec eux dans la pièce.

« Je m'adresse au commandant Adam Dalgliesh, sachant que cette cassette sera transmise au coroner et à tous ceux qui souhaitent, en toute légitimité, connaître la vérité. Ce que je vais dire à présent est la vérité et je pense qu'elle ne vous surprendra pas. Je sais depuis plus de vingt-quatre heures que vous allez m'arrêter. Le projet de brûler Sharon sur la pierre de la sorcière était une dernière tentative désespérée pour m'éviter un procès et une condamnation à la détention à perpétuité, avec tout ce que cela aurait entraîné pour ceux qui me sont chers. Si j'avais réussi à tuer Sharon, j'aurais été sauvée, même si vous aviez soupçonné la vérité. Son sacrifice aurait été interprété comme le suicide d'une meurtrière névrosée et obsédée, un suicide que je n'aurais pas réussi à empêcher. Comment auriez-vous pu m'accuser de l'assassinat de Gradwyn, sans aucune preuve, alors que Sharon, avec ses antécédents, faisait partie des suspects ?

« Oh oui, je savais, bien sûr. J'ai assisté à son entretien d'embauche au manoir. Flavia Holland était avec moi, et elle a vu tout de suite que Sharon n'était pas faite pour s'occuper des patientes. Elle m'a laissée libre de décider s'il y avait un emploi pour elle dans l'entretien de la maison. Or nous manquions cruellement de personnel à l'époque. Nous avions besoin d'elle. Bien sûr, elle m'a intriguée. Une jeune femme de vingt-cinq ans sans mari, sans petit ami, sans famille, apparemment sans passé, sans autre ambition que d'occuper l'échelon le plus bas dans la hiérarchie domestique ? Il devait y avoir une explication. Ce mélange de volonté exaspérante de plaire et d'introversion muette, l'impression qu'elle était tout à fait à l'aise dans une institution, qu'elle avait été habituée à être observée, qu'elle était en quelque sorte sous surveillance. Il y avait forcément quelque chose là-dessous. J'ai fini par savoir, parce qu'elle me l'a dit.

« Mais ce n'était pas la seule raison pour laquelle il fallait qu'elle meure. Elle m'avait vue quitter le manoir après la mort de Rhoda Gradwyn. Dès cet instant, cette fille qui avait toujours eu un secret à garder s'est trouvée en possession du secret d'autrui. Sa satisfaction, son triomphe ne m'ont pas échappé. Et elle m'a confié ce qu'elle avait l'intention de faire sur le cercle de pierres, son dernier hommage à Mary Keyte, une cérémonie commémorative et un adieu. Pourquoi ne me l'aurait-elle pas dit ? Nous avions tué, l'une comme l'autre, nous étions liées par ce crime terrible et iconoclaste. Mais voilà qu'après lui avoir passé la corde autour du cou et avoir versé la paraffine sur elle, j'ai été incapable de frotter l'allumette. À cet instant, j'ai compris ce que j'étais devenue.

« Il n'y a pas grand-chose à dire sur la mort de Rhoda Gradwyn. L'explication la plus simple est que je l'ai tuée pour venger la mort d'une amie très chère, Annabel Skelton, mais les explications simples ne suffisent jamais à cerner toute la vérité. Suis-je montée dans sa chambre cette nuit-là dans l'intention de la tuer ? Après tout, j'avais tout fait pour dissuader Chandler-Powell de l'opérer au manoir. Après coup, je me suis dit que non, que je voulais seulement lui faire peur, lui dire la vérité sur elle-même, lui faire savoir qu'elle avait détruit une jeune vie et un grand talent et que si Annabel avait plagié quatre pages de dialogue et de description, le reste du roman dans son unicité et dans sa beauté n'appartenait qu'à elle. Et quand j'ai retiré la main de son cou et que j'ai su qu'il n'y aurait jamais plus de communication entre nous, j'ai éprouvé un soulagement, une libération aussi physique que mentale. J'ai eu l'impression que ce geste unique avait emporté toute la culpabilité, la frustration et les regrets des années passées. En un instant grisant, tout avait disparu. J'éprouve encore un peu de cette délivrance.

« Je crois à présent que je me suis rendue dans sa chambre en sachant que j'avais l'intention de tuer. Pour quelle autre raison aurais-je porté ces gants chirurgicaux que j'ai découpés ensuite dans la salle de bains d'une suite non occupée ? C'était là que je m'étais cachée : j'avais quitté le manoir par la porte d'entrée comme d'habitude puis j'étais revenue par la porte de derrière avec ma clé, avant que Chandler-Powell ne l'ait verrouillée pour la nuit. J'ai pris l'ascenseur pour monter à l'étage des patientes. Personne ne risquait de me surprendre. Qui aurait l'idée de fouiller une chambre vide à la recherche d'un intrus ? Ensuite, je suis redescendue, toujours par l'ascenseur, m'attendant à devoir déverrouiller la porte. Mais le verrou n'était pas poussé. Sharon était sortie avant moi.

« Ce que je vous ai dit après la mort de Robin Boyton est vrai, pour l'essentiel. Il s'était fourré dans la tête que nous avions falsifié la date du décès de mon père en congelant son corps. Je ne crois pas que cette hypothèse abracadabrante soit venue de lui. C'était, là encore, une idée de Rhoda Gradwyn, et ils avaient l'intention d'enquêter tous les deux. Voilà pourquoi, après plus de trente ans, elle avait décidé de se faire retirer sa cicatrice ici. Et voilà pourquoi Robin est venu au moment de son premier séjour puis quand elle est revenue pour l'intervention. Cette théorie était évidemment ridicule, mais certains faits pouvaient lui prêter quelque vraisemblance. C'est la raison pour laquelle je suis allée à Toronto voir Grace Holmes qui était aux côtés de mon père au moment de sa mort. Je tenais également à la voir pour lui verser une somme forfaitaire en échange de la pension qu'elle aurait bien méritée, me semble-t-il. Je n'ai pas dit à mon frère ce que Gradwyn et Robin mijotaient. J'avais suffisamment de preuves pour les accuser de chantage, si telle était vraiment leur intention. Mais j'ai décidé d'entrer dans le jeu et de laisser Robin s'enferrer, avant de savourer ma vengeance en le détrompant.

« Je l'ai invité à me retrouver dans l'ancien office. Le couvercle du congélateur était fermé. Je lui ai demandé quel genre d'arrangement il était prêt à me proposer et il m'a répondu qu'il estimait avoir moralement droit au tiers de la succession. Si cette somme lui était versée, il n'aurait pas d'autre exigence. Je lui ai fait remarquer qu'il pouvait difficilement révéler que j'avais falsifié la date sans risquer d'être lui-même accusé de chantage. Il a admis que chacun de nous tenait l'autre en son pouvoir. Je lui ai proposé le quart de la succession avec un premier versement de cinq mille livres. J'ai prétendu que je tenais la somme prête en liquide dans le congélateur. Je le savais trop cupide pour résister. Peut-être a-t-il éprouvé quelques doutes, mais il n'a pas pu s'empêcher d'aller voir. Nous nous sommes approchés du congélateur et quand il a soulevé le couvercle et qu'il s'est penché, je l'ai attrapé par les jambes et je l'ai fait basculer à l'intérieur. Je suis bonne nageuse, j'ai les épaules et les bras musclés, et il n'était pas lourd. J'ai refermé le couvercle et j'ai fixé le crochet. J'étais exténuée et j'avais du mal à respirer, pourtant ce n'était pas cet effort minime qui avait pu m'épuiser. Ce n'était pas plus difficile que de faire basculer un enfant. J'entendais des bruits en provenance du congélateur, des cris, des coups, des supplications étouffées. Je suis restée là quelques minutes, appuyée contre le congélateur, à l'écouter gémir. Puis je suis passée à côté et je me suis fait du thé. Les bruits se sont affaiblis, et quand ils ont cessé, je suis retournée à l'office pour le laisser sortir. Il était mort. J'avais voulu le terrifier, c'est tout, mais je crois à présent, si j'essaie d'être vraiment honnête – et qui d'entre nous peut jamais l'être ? – que j'ai été assez satisfaite de découvrir qu'il était mort.

« Je n'éprouve de pitié pour aucune de mes victimes. Rhoda Gradwyn a fait un mauvais usage d'un authentique talent et a infligé de la souffrance et de la détresse à des gens vulnérables. Quant à Robin Boyton, c'était une mouche du coche, une nullité insignifiante, vaguement amusante. Je ne crois pas qu'on les pleurera ni qu'on les regrettera.

« C'est tout ce que j'ai à dire. Je tiens tout de même à insister sur le fait que j'ai toujours agi entièrement seule. Je n'en ai parlé à personne, je n'ai consulté personne, je n'ai demandé d'aide à personne, je n'ai mêlé personne à mes actes ni à mes mensonges ultérieurs. Je mourrai sans regrets et sans crainte. Je laisserai cette bande magnétique quelque part où je suis sûre qu'on la trouvera. Sharon vous racontera sa version des faits. De toute façon, vous aviez déjà plus ou moins deviné la vérité. J'espère que tout se passera bien pour elle. Quant à moi, je suis sans espoir et sans crainte. »

Dalgliesh arrêta le magnétophone. Ils se redressèrent tous les trois et Kate se rendit compte qu'elle respirait profondément, comme si elle se remettait d'une épreuve. Puis, sans un mot, Dalgliesh apporta la cafetière sur la table. Benton la prit, remplit les trois tasses et approcha le lait et le sucre.

« Après ce que Jeremy Coxon m'a dit hier soir, que devons-nous croire de ces aveux ? » demanda Dalgliesh.

Après un instant de réflexion, ce fut Kate qui répondit : « Nous savons qu'elle a tué Miss Gradwyn, et un seul fait le prouve : personne au manoir n'a su que nous avions la preuve que des gants de latex avaient été découpés et qu'on s'en était débarrassé dans les toilettes. Il s'agit d'autre part d'un assassinat avec préméditation. On n'enfile pas de gants pour se rendre auprès de sa victime dans la seule intention de l'effrayer. Il y a aussi l'agression contre Sharon. Elle n'était pas feinte. Elle voulait la tuer.

– Vous croyez ? demanda Dalgliesh. Je me pose la question. Elle a tué Rhoda Gradwyn et Robin Boyton et nous a indiqué ses motifs. Reste à savoir si le coroner et le jury, s'il décide d'en constituer un, y croiront.

– Le mobile a-t-il encore de l'importance, commandant ? intervint Benton. Je veux dire par là qu'il en aurait si l'affaire était jugée. Les jurés ont besoin de mobiles et nous aussi. Mais vous nous avez toujours dit que seuls les preuves matérielles, les faits eux-mêmes sont concluants. Les mobiles resteront toujours mystérieux. Nous sommes incapables de lire dans l'esprit d'autrui. Candace Westhall nous a indiqué le sien. Il peut paraître insuffisant, mais un mobile d'assassinat ne l'est-il pas toujours ? Je ne vois pas sous quel prétexte nous serions en droit de réfuter ses propos.

– Je ne me propose pas de le faire, Benton, en tout cas pas officiellement. Elle a laissé ce qui est, dans le fond, une dernière confession, d'ultimes aveux, étayés par un certain nombre de faits. Mais j'ai du mal à la croire. Nous n'avons pas été très brillants sur cette affaire. C'est terminé maintenant, ou cela le sera après l'enquête. Mais son récit de la mort de Boyton contient un certain nombre d'éléments curieux. Reprenons d'abord cette partie de l'enregistrement. »

Benton ne put s'empêcher d'intervenir : « Pourquoi a-t-elle éprouvé le besoin de nous redire tout ça ? Nous avions déjà sa déposition à propos des soupçons de Boyton et de sa décision de le mener en bateau.

– On dirait qu'il fallait absolument qu'elle l'enregistre sur la bande, remarqua Kate. Et elle passe plus de temps à décrire la mort de Boyton que l'assassinat de Rhoda Gradwyn. Cherche-t-elle à détourner l'attention de quelque chose de bien plus important que les soupçons grotesques de Boyton à propos du congélateur ?

– C'est exactement ce que je pense, approuva Dalgliesh. Elle tenait à ce que personne ne soupçonne une falsification du testament. Aussi fallait-il impérativement que nous trouvions la bande. La laisser dans la voiture ou avec un tas de vêtements sur la plage, c'était risquer qu'elle se perde. Elle a donc choisi de mourir en la serrant dans sa main. »

Benton se tourna vers Dalgliesh. « Allez-vous contester cet enregistrement, commandant ?

– À quoi bon, Benton ? Nous pouvons éprouver des soupçons, forger nos propres théories concernant ses mobiles, et elles peuvent être parfaitement rationnelles. Mais il ne s'agit que de présomptions et rien de tout cela ne peut être prouvé. On ne peut ni interroger ni accuser les morts. C'est peut-être une forme d'arrogance, ce besoin de toujours connaître la vérité. »

Benton reprit : « Il faut du courage pour se tuer avec un mensonge sur les lèvres, mais c'est peut-être mon éducation religieuse qui s'exprime… elle a tendance à le faire hors de propos.

– C'est demain que j'ai rendez-vous avec son notaire, Philip Kershaw, annonça Dalgliesh. Officiellement, avec cet enregistrement, l'enquête est close. Vous devriez pouvoir partir demain après-midi. »

Il n'ajouta pas *et peut-être demain après-midi, l'enquête sera-t-elle close pour moi aussi.* Celle-ci risquait fort d'être la dernière. Il aurait sans doute préféré qu'elle se conclue autrement, mais il avait encore l'espoir de la voir révéler une aussi grande part de vérité que quiconque, hormis Candace Westhall, pouvait souhaiter en découvrir.

7

Vendredi à midi, Benton et Kate avaient pris congé de tout le monde. George Chandler-Powell avait réuni la maisonnée dans la bibliothèque et ils avaient tous échangé des poignées de main, marmonnant des adieux ou les exprimant à haute et intelligible voix avec, songea Kate, un degré variable de sincérité. Elle savait que l'atmosphère du manoir serait purifiée par leur départ et n'en éprouvait aucun ressentiment. Peut-être cet au revoir collectif avait-il été organisé par le docteur Chandler-Powell pour s'acquitter d'une politesse indispensable moyennant un minimum de tracas. Les adieux avaient été plus chaleureux à Wisteria House, où ils avaient été traités par les Shepherd comme des habitués, toujours bienvenus. Chaque enquête faisait découvrir des lieux ou des êtres dont on était heureux de se souvenir. Wisteria House en ferait partie.

Dalgliesh, elle le savait, serait occupé une partie de la matinée par son entretien avec le représentant du coroner ; il devait également prendre congé du directeur de police et le remercier pour l'aide et la coopération de ses services, plus particulièrement celles de l'inspecteur Warren. Il avait l'intention de se rendre ensuite à Bournemouth pour son rendez-vous avec Philip Kershaw. Il avait déjà dit au revoir officiellement au docteur Chandler-Powell et au petit groupe du manoir, mais repasserait chercher ses bagages à l'ancien cottage de la police. Kate demanda à Benton de s'y arrêter et de l'attendre dans la voiture le temps qu'elle vérifie si la police du Dorset avait bien repris tout son matériel. Il était inutile, elle le savait, de vérifier l'état de la cuisine et, montant à l'étage, elle vit que le lit avait été défait et les draps soigneusement pliés. Au cours de toutes ses années de collaboration avec Dalgliesh, elle avait toujours éprouvé ce léger pincement de nostalgie à la fin d'une affaire, au moment où il fallait définitivement quitter le lieu où ils s'étaient retrouvés en fin de journée pour discuter, aussi bref qu'eût été leur séjour.

La valise de Dalgliesh était déjà prête en bas, et elle savait qu'il avait sa mallette avec lui, dans la voiture. Il ne restait que l'ordinateur à débrancher et, instinctivement, elle tapa son mot de passe. Un unique courriel s'afficha à l'écran.

Très chère Kate. Un courriel n'est sans doute pas le moyen le plus approprié pour transmettre un message important, mais je veux être sûr qu'il te parviendra et que, si tu décides de ne pas répondre, il te suffira de l'effacer de l'écran et de penser à autre chose. Je vis comme un moine depuis six mois pour me prouver quelque chose à moi-même et j'ai enfin compris que tu avais raison. La vie est trop précieuse et trop courte pour qu'on gaspille du temps pour des gens qui ne comptent pas, et beaucoup trop précieuse pour qu'on renonce à l'amour. Je voudrais te dire deux choses que je ne t'ai pas dites quand tu m'as quitté, parce qu'elles auraient ressemblé à des excuses. Elles ne sont pas autre chose, d'ailleurs, mais je tiens à ce que tu le saches. La fille avec qui tu m'as vu était la première et la dernière depuis le jour où nous sommes devenus amants. Tu sais que je ne te mens jamais.

Les lits du monastère sont très durs et très solitaires, et la nourriture est exécrable.

Tendrement, Piers.

Elle resta assise un moment en silence, plus longtemps sans doute qu'elle ne l'aurait cru parce que ses réflexions furent interrompues par un coup de klaxon de Benton. Il ne lui fallut ensuite qu'une seconde. En souriant, elle tapa sa réponse.

Message reçu et compris. L'affaire ici est terminée, plutôt mal d'ailleurs, et je serai de retour à Wapping vers sept heures. Pourquoi ne pas dire au revoir au père supérieur et rentrer à la maison ?

Kate.

8

On accédait à Huntingdon Lodge, situé sur une haute falaise à quelque cinq kilomètres à l'ouest de Bournemouth, par une courte allée qui s'incurvait entre des cèdres et des rhododendrons jusqu'à une impressionnante porte d'entrée flanquée de colonnes. Les proportions du bâtiment, agréables pour le reste, étaient gâchées par une aile moderne et par un vaste parking aménagé sur la gauche. On avait pris soin de ne pas accabler les visiteurs en faisant figurer les mots « retraite », « personnes âgées » ou « soins » sur un quelconque panneau. Une plaque de bronze, rutilante et discrètement apposée sur le mur, à côté des grilles de fer, portait simplement le nom de l'établissement. Un domestique en courte veste blanche répondit promptement au coup de sonnette de Dalgliesh et le dirigea vers le comptoir de la réception, au fond du hall d'entrée. Là, une femme à cheveux gris, impeccablement coiffée et portant twin-set et perles, vérifia son nom sur le registre des visiteurs annoncés et lui annonça avec un sourire que Mr Kershaw l'attendait. Il le trouverait dans Seaview, la première pièce à l'étage supérieur. Mr Dalgliesh préférait-il prendre l'escalier ou l'ascenseur ? Charles se ferait un plaisir de le conduire.

Choisissant la première solution, Dalgliesh suivit le jeune homme qui lui avait ouvert la porte dans un large escalier de bois. Les murs de la cage d'escalier et du couloir du premier étage étaient décorés d'aquarelles, de gravures et d'une ou deux lithographies ; des vases de fleurs et des bibelots de porcelaine, dégoulinant de sentimentalité, étaient soigneusement disposés sur des petites tables échelonnées contre le mur. Tout à Huntingdon Lodge était d'une propreté immaculée, parfaitement impersonnel et, aux yeux de Dalgliesh, déprimant. Ces institutions qui coupaient les gens du reste de la société, aussi nécessaires et bienfaisantes fussent-elles, lui inspiraient toujours un malaise qu'il faisait remonter aux années passées, quand il était enfant, dans un internat privé.

Son accompagnateur n'eut pas besoin de frapper. La porte de Seaview était déjà ouverte et Philip Kershaw l'attendait, appuyé sur une béquille. Charles s'éclipsa discrètement. Kershaw lui serra la main et dit en s'effaçant : « Entrez, je vous en prie. Vous êtes venu me parler de la mort de Candace Westhall. Je n'ai pas eu accès à ses aveux, mais Marcus a appelé notre étude, à Poole, et mon frère m'a prévenu. Vous avez bien fait d'annoncer votre visite. À l'approche de la mort, on perd le goût de la surprise. Je m'installe généralement dans ce fauteuil, près du feu. Si vous voulez bien approcher un deuxième siège, vous devriez pouvoir vous installer confortablement. »

Ils s'assirent et Dalgliesh posa sa serviette sur la table qui les séparait. Il eut l'impression que Philip Kershaw était prématurément vieilli par la maladie. Ses cheveux clairsemés étaient soigneusement peignés sur un crâne marqué de cicatrices, peut-être les traces d'anciennes chutes. Sa peau parcheminée était tendue sur les os saillants de son visage, qui avait peut-être été séduisant jadis mais était désormais marbré et strié par les hiéroglyphes de l'âge. Il était aussi élégamment vêtu qu'un marié d'autrefois, mais le cou flétri jaillissait d'un col blanc immaculé trop large d'au moins une taille. Il paraissait à la fois vulnérable et pitoyable. Pourtant, sa poignée de main, bien que froide, avait été ferme et quand il parla, sa voix était basse, mais il articulait sans effort apparent.

Ni les dimensions de la pièce, ni la qualité et la diversité du mobilier disparate ne pouvaient dissimuler qu'il s'agissait de la chambre d'un malade. Il y avait un lit d'une place contre le mur, à droite des fenêtres, et un paravent qui, vu de la porte, ne masquait pas entièrement la bonbonne d'oxygène et l'armoire à pharmacie. À côté du lit, une porte donnait sans doute, se dit Dalgliesh, sur la salle de bains. Seule la partie supérieure d'une fenêtre était ouverte, mais l'air était sans odeur, sans même le moindre effluve de chambre de malade, un côté aseptisé que Dalgliesh trouva plus dérangeant que d'éventuels relents de désinfectant. Il n'y avait pas de feu dans la cheminée, ce qui n'avait rien de surprenant dans la chambre d'un patient qui avait du mal à se déplacer, pourtant il faisait chaud, trop même. Les radiateurs devaient être ouverts à fond. Mais l'âtre vide était triste, le manteau de cheminée était orné d'une figurine en porcelaine représentant une femme en crinoline et en béguin maniant, chose incongrue, une binette, un ornement dont Dalgliesh doutait qu'il eût été choisi par Kershaw. Mais on pouvait évidemment être assigné à résidence dans des lieux bien plus déplaisants. Le seul meuble que Kershaw avait probablement apporté avec lui était une longue bibliothèque de chêne, dont les rayonnages portaient des volumes serrés si étroitement qu'ils paraissaient collés les uns aux autres.

Regardant par la fenêtre, Dalgliesh remarqua : « Vous avez une vue remarquable.

– C'est vrai. Comme on me le rappelle fréquemment, je dois m'estimer heureux d'être ici ; heureux aussi de pouvoir me payer cet endroit. Contrairement à d'autres maisons de retraite, le personnel condescend aimablement à s'occuper de vous, jusqu'à votre mort s'il le faut. Mais peut-être aimeriez-vous admirer la vue de plus près. »

C'était une suggestion inhabituelle, mais Dalgliesh suivit Kershaw qui fit laborieusement quelques pas jusqu'à la baie vitrée flanquée de deux fenêtres plus petites, qui ouvraient sur la Manche. Le matin était gris avec de rares échappées de soleil, l'horizon dessinant une ligne floue entre la mer et le ciel. Sous les fenêtres, un patio de pierre offrait aux promeneurs trois bancs de bois à intervalles réguliers. Au-dessous, le sol descendait d'une vingtaine de mètres jusqu'à la mer dans un fouillis d'arbres et de buissons enchevêtrés, d'où émergeaient les feuilles coriaces et luisantes de persistants. Là où les buissons s'éclaircissaient, Dalgliesh aperçut, çà et là, quelques personnes qui déambulaient sur la promenade, s'avançant comme des ombres sur des pieds silencieux.

« Il faut que je me mette debout pour profiter de la vue, dit Kershaw, et c'est devenu un effort pour moi. Les changements de saison, le ciel, la mer, les arbres, certains buissons me sont trop familiers. La vie humaine se déroule au-dessous de moi, hors de portée. N'ayant aucune envie de me soucier de ces personnages presque invisibles, je me demande pourquoi je me sens privé d'une compagnie que je ne fais rien pour attirer et qui me déplairait vivement. Les autres résidents – nous ne parlons pas de patients à Huntingdon Lodge – ont depuis longtemps épuisé les rares sujets de conversation susceptibles de les intéresser : la nourriture, le temps, le personnel, le programme de télévision de la veille et les travers exaspérants des uns et des autres. C'est une erreur de vivre jusqu'à l'âge où, le matin, on n'accueille plus la lumière avec joie et soulagement, mais avec déception et avec un sentiment qui ressemble fort au désespoir. Je n'en suis pas encore tout à fait là, mais cela approche. Tout comme, bien sûr, les ténèbres ultimes. Si je parle de la mort, ce n'est pas pour introduire une note morbide dans notre conversation ni, Dieu m'en garde, pour éveiller la pitié. Mais autant savoir où nous en sommes avant de parler. De toute évidence, Mr Dalgliesh, nous verrons les choses différemment, vous et moi. Mais vous n'êtes pas venu ici pour discuter du paysage. Mettons-nous au travail, voulez-vous ? »

Dalgliesh ouvrit sa serviette et posa sur la table la copie du testament de Peregrine Westhall trouvée en possession de Robin Boyton. « Vous êtes très aimable de me recevoir, dit-il. Si je vous fatigue, prévenez-moi.

– Il est peu probable, commandant, que la fatigue ou l'ennui que vous pourriez m'inspirer deviennent intolérables. »

C'était la première fois qu'il employait le rang de Dalgliesh pour s'adresser à lui. « Si j'ai bien compris, reprit celui-ci, vous avez assisté la famille Westhall pour tout ce qui a touché les testaments du grand-père et du père.

– Il ne s'agit pas de moi, mais de l'étude familiale. Depuis que j'ai été admis ici il y a onze mois, le travail de routine a été effectué par mon frère cadet à l'étude de Poole. Mais il m'en a tenu informé, bien sûr.

– Vous n'étiez donc pas présent au moment où ce testament a été rédigé ou signé.

– Aucun membre de l'étude ne l'était. Nous n'en avons pas reçu copie au moment où il a été établi, et ni la famille ni nous-mêmes n'étions informés de son existence. Ce n'est que trois jours après la mort de Peregrine Westhall que Candace a trouvé ce document dans un tiroir fermé à clé d'un placard de la chambre à coucher où son père rangeait ses papiers personnels. Comme on vous l'a sans doute dit, Peregrine Westhall avait commencé à rédiger des testaments à l'époque où il était dans le même établissement de soins que son défunt père. En général, il s'agissait de codicilles de sa propre main, les infirmières servant de témoins. Si j'ai bien compris, il éprouvait autant de plaisir à les détruire qu'à les rédiger. Cette activité devait sans doute rappeler à sa famille qu'il avait la liberté de changer d'avis à son gré.

– Le testament n'était donc pas caché ?

– Apparemment non. D'après Candace, il y avait une enveloppe fermée dans un tiroir du placard de sa chambre. Il en conservait la clé sous son oreiller.

– Au moment où il a été signé, demanda Dalgliesh, le père de Miss Westhall aurait-il encore été capable de sortir de son lit sans aide pour l'y ranger ?

– Il faut croire que oui, à moins qu'il n'ait demandé à une des domestiques ou à un visiteur de le faire pour lui. Aucun membre de la famille ni du personnel n'admet en avoir eu connaissance. Bien sûr, nous ignorons quand il a été rangé dans ce tiroir. Peut-être Peregrine Westhall l'a-t-il mis là peu de temps après l'avoir rédigé, à un moment où il était certainement capable de marcher tout seul.

– L'enveloppe portait-elle une adresse ?

– Je ne l'ai pas vue. Candace dit qu'elle l'a jetée.

– Mais on vous a envoyé une copie du testament ?

– Oui. C'est mon frère qui me l'a transmise. Il savait que tout ce qui concernait mes anciens clients m'intéressait. Il voulait peut-être me donner l'impression que j'étais encore dans le coup. Dites-moi, cela commence à ressembler étrangement à un interrogatoire serré, commandant. N'y voyez pas une critique. Cela fait un moment qu'on ne m'a pas demandé de me servir de mon cerveau.

– En voyant le testament, avez-vous éprouvé des doutes quant à son authenticité ?

– Non. Et je n'en ai toujours aucun. Pourquoi en aurais-je ? Comme vous devez le savoir, un testament holographe est aussi valable que n'importe quel autre, pourvu qu'il ait été signé et daté en présence de témoins. Aucun de ceux qui connaissaient l'écriture de Peregrine Westhall ne peut douter qu'il soit de sa plume. Les dispositions sont exactement celles d'un testament antérieur, pas de celui qui a immédiatement précédé celui dont nous parlons, mais d'un testament qui avait été dactylographié dans mon étude en 1995, que j'avais apporté à la maison où il vivait à l'époque et qu'il avait signé en présence de deux témoins, des membres de mon personnel qui m'avaient accompagné à cette fin. Les dispositions étaient parfaitement raisonnables. À l'exception de sa bibliothèque, qu'il léguait à son université si elle la voulait et qui, dans le cas contraire, devait être vendue, il partageait tous ses biens à parts égales entre Marcus son fils, et sa fille, Candace. Pour une fois, il faisait preuve d'équité envers un sexe qu'il méprisait. J'ai eu l'occasion d'exercer une certaine influence sur lui dans le cadre de mon métier. Et j'en ai fait usage.

– Y a-t-il eu un autre testament, antérieur à celui dont l'homologation vient d'être prononcée ?

– Oui. Il l'avait rédigé le mois qui avait précédé son départ de l'établissement de soins et son installation à Stone Cottage avec Candace et Marcus. Vous pouvez y jeter un coup d'œil si vous voulez. Il était manuscrit, lui aussi. Cela vous permettra de comparer l'écriture. Si vous voulez bien tourner la clé du bureau et soulever le couvercle, vous trouverez un coffret noir. C'est le seul que j'aie emporté avec moi. J'en avais peut-être besoin comme talisman, pour me convaincre que je me remettrais au travail un jour. »

Il glissa ses longs doigts déformés dans une poche intérieure de sa veste et en sortit un anneau auquel étaient accrochées des clés. Dalgliesh souleva le coffret et le posa devant lui. Kershaw l'ouvrit avec la plus petite clé.

Le notaire dit : « Comme vous le verrez, ce texte annule le précédent testament. Il y lègue la moitié de ses biens à son neveu Robin Boyton, la moitié restante devant être partagée à parts égales entre Marcus et Candace. Si vous comparez l'écriture des deux testaments, vous constaterez qu'ils sont de la même main. »

Comme sur le document postérieur, l'écriture était vigoureuse, noire et bien lisible, d'une fermeté surprenante pour un homme affaibli par la maladie, les lettres hautes, les pleins et les déliés parfaitement tracés. Dalgliesh demanda : « J'imagine que ni vous ni aucun autre membre de votre étude n'aura informé Robin Boyton de cette bonne fortune en perspective ?

– C'eût été une grave faute professionnelle. À ma connaissance, il n'en savait rien et n'a pas posé de question.

– Et même s'il l'avait su, il n'aurait pas pu contester la validité du testament ultérieur une fois l'homologation prononcée.

– En effet, et vous non plus, commandant. » Après un instant de silence, il poursuivit : « Maintenant que j'ai répondu docilement à vos questions, je voudrais vous en poser une, moi aussi. Êtes-vous parfaitement convaincu que Candace Westhall a assassiné Robin Boyton et Rhoda Gradwyn et qu'elle a cherché à assassiner Sharon Bateman ?

– Je répondrai oui à la première partie de votre question. Ces aveux ne me convainquent pas entièrement, mais sur un point, ils sont véridiques. Elle a assassiné Miss Gradwyn et a été responsable de la mort de Mr Boyton. Elle a avoué avoir préparé le meurtre de Sharon Bateman. Mais à ce moment-là, je pense qu'elle avait déjà décidé de se suicider. Dès l'instant où elle a soupçonné que je savais la vérité à propos du dernier testament, elle ne pouvait pas courir le risque d'un contre-interrogatoire devant les tribunaux.

– La vérité à propos du dernier testament, répéta Philip Kershaw. Je pensais bien que nous en arriverions là. Mais connaissez-vous la vérité ? Et en admettant que cela soit, cette version tiendrait-elle la route devant un tribunal ? Si elle était en vie et si elle était reconnue coupable d'avoir falsifié les signatures, tant de son père que des deux témoins, les complications juridiques seraient considérables, maintenant que Boyton est mort. Je regrette de ne pas pouvoir discuter de certains de ces points avec mes collègues. »

Il parut s'animer pour la première fois depuis que Dalgliesh était entré dans la chambre. Celui-ci demanda : « Et qu'auriez-vous dit, sous serment ?

– À propos du testament ? Que je l'ai considéré comme valable et que les signatures ne m'ont inspiré aucun soupçon, pas plus celle du testateur que celles des témoins. Comparez l'écriture de ces deux documents. Peut-il y avoir le moindre doute ? Commandant, vous ne pouvez rien faire, et vous ne devez rien faire. Seul Robin Boyton aurait pu contester ce testament, et Boyton est mort. Ni vous ni la Metropolitan Police ne disposez du moindre droit d'action en la matière. Vous avez vos aveux. Vous avez votre meurtrière. L'affaire est close. L'argent a été légué aux deux personnes qui pouvaient le plus légitimement y prétendre.

– Je reconnais, dit Dalgliesh, qu'avec ces aveux, nous ne pouvons guère, raisonnablement, aller plus loin. Mais je n'aime pas les affaires inachevées. Je voulais savoir si j'avais raison et, si possible, comprendre. Vous m'avez beaucoup aidé. Maintenant, je connais la vérité autant qu'on peut la connaître, et je crois comprendre pourquoi Miss Westhall a agi ainsi. Ou serait-il trop arrogant de le prétendre ?

– Prétendre connaître la vérité et la comprendre ? Oui, avec tout le respect que je vous dois, commandant, il me semble que oui. Trop arrogant et peut-être même impertinent. Nous furetons autour des vies de défunts célèbres comme des poules qui gloussent et picorent la moindre miette de ragot et de scandale. Maintenant, c'est à moi de vous poser une question. Seriez-vous prêt à enfreindre la loi si cela vous permettait de réparer une injustice et d'accorder un avantage à quelqu'un que vous aimez ?

– Vous allez dire que je tergiverse, répondit Dalgliesh, mais cette question est purement hypothétique. Tout dépend, me semble-t-il, de l'importance et de la nature raisonnable ou non de la loi que je pourrais être conduit à enfreindre ; il faudrait qu'à mes yeux le bien susceptible d'en résulter pour cet hypothétique être aimé, ou, en fait, le bien public, soit supérieur au tort commis par cette entorse à la loi. S'agissant de certains crimes – le meurtre et le viol, par exemple –, comment pourrait-il jamais l'être ? La question ne peut pas être appréhendée de façon abstraite. Je suis policier, pas théologien moraliste ni spécialiste d'éthique.

– Bien sûr que si, commandant. Depuis la mort de ce que Sydney Smith appelait la religion rationnelle et devant les messages déroutants et bien incertains que nous adressent les représentants de ce qui en reste, tous les gens civilisés se doivent d'être des spécialistes de l'éthique. Nous devons œuvrer à notre propre salut avec diligence, en fonction de nos croyances. Alors dites-moi, y a-t-il des circonstances où vous seriez prêt à enfreindre la loi pour accorder un avantage à autrui ?

– Un avantage en quel sens ?

– Tout ce qui peut représenter un avantage. La satisfaction d'un besoin. La protection. La réparation d'un tort.

– Dans ce cas, si l'on présente les choses sous une forme aussi abrupte, je pense que la réponse ne peut qu'être oui. Je pourrais imaginer ainsi aider quelqu'un que j'aime à mourir de la façon la plus clémente possible si cette personne était, comme le dit Shakespeare, étalée sur le chevalet de cette rude vie et si chaque souffle était une souffrance pour elle. J'espère ne pas avoir à le faire, mais puisque vous me posez la question, oui, j'imagine que je pourrais enfreindre la loi pour accorder un avantage à quelqu'un que j'aime. Quant à réparer un tort, j'en suis moins sûr. Cela supposerait que je sois assez sage pour décider ce qui est bien et mal et assez humble pour me demander si toute action que je pourrais entreprendre aura pour effet d'améliorer ou d'empirer les choses. Maintenant, c'est à moi de vous poser une question. Pardonnez-moi si vous la trouvez insolente. L'être aimé auquel vous faites allusion serait-il, s'agissant de vous, Candace West-hall ? »

Kershaw se leva péniblement et, attrapant sa béquille, se dirigea vers la fenêtre. Il y resta immobile quelques instants, regardant dehors comme s'il y cherchait un monde dans lequel pareille question ne serait jamais posée, ou, le cas échéant, n'exigerait pas de réponse. Dalgliesh attendit, sans le quitter des yeux. Puis Kershaw revint vers lui et regagna son fauteuil d'une démarche incertaine, comme quelqu'un qui apprend à marcher pour la première fois

Il prit enfin la parole : « Je vais vous dire quelque chose que je n'ai jamais dit à aucun être humain et que je ne répéterai à personne. Je le fais parce qu'il me semble que ce récit sera en sécurité entre vos mains. Et peut-être arrive-t-il, au terme de l'existence, un moment où un secret devient un fardeau qu'on aspire à poser sur les épaules d'autrui, comme si le simple fait qu'un autre en soit informé et participe à sa préservation en allégeait le poids. C'est sans doute pour cela que les croyants vont se confesser. Quelle purification rituelle extraordinaire cela doit être ! Quoi qu'il en soit, c'est un recours dont je ne dispose pas et je n'ai pas l'intention de revenir sur toute une vie d'incroyance pour ce qui serait à mes yeux un réconfort fallacieux. C'est donc à vous que je vais le dire. Ce ne sera pour vous ni un fardeau ni une source d'affliction. C'est à Adam Dalgliesh le poète que je m'adresse et non à Adam Dalgliesh le policier.

– En ce moment, observa Dalgliesh, il n'y a pas de différence entre les deux.

– Dans votre esprit, peut-être, commandant, mais dans le mien si. Et j'ai une autre raison de parler, qui n'a rien de très noble, mais en est-il qui le sont ? Je ne saurais vous dire le plaisir que j'éprouve à échanger avec un homme civilisé des propos qui n'ont rien à voir avec mon état de santé. La première question, et la dernière aussi, que me pose le personnel ou n'importe quel visiteur est comment je vais. Voilà ce qui me définit à présent, la maladie et l'approche de la mort. J'imagine que vous avez bien du mal à rester courtois quand les gens insistent pour parler de votre poésie.

– J'essaie d'être aimable, car cela part d'une bonne intention, mais je déteste cela et ce n'est pas facile.

– Dans ce cas, je m'abstiendrai de vous parler poésie et vous vous abstiendrez de me parler de l'état de mon foie. »

Il rit, une expiration aiguë mais dure, proche d'un cri de douleur et rapidement interrompue. Dalgliesh attendit en silence. Kershaw semblait rassembler ses forces, réinstaller sa carcasse squelettique aussi confortablement que possible dans son fauteuil.

« Dans le fond, dit-il enfin, c'est une histoire banale. Le genre de choses qui arrive partout. Elle n'a rien d'inhabituel ni d'intéressant sauf pour les personnes concernées. Il y a vingt-cinq ans – j'avais alors trente-huit ans et Candace dix-huit –, elle a eu un enfant de moi. J'étais entré récemment dans l'étude comme associé et c'est moi qui me suis chargé des affaires de Peregrine Westhall. Elles n'étaient ni particulièrement compliquées ni très intéressantes, mais j'allais voir mon client assez souvent pour pouvoir observer ce qui se passait dans la grande maison de pierre des Cotswolds où habitait alors la famille. La jolie épouse fragile qui se servait de la maladie pour se protéger de son mari, la fille silencieuse et terrifiée, le jeune fils introverti. Je crois qu'à l'époque, j'étais persuadé de m'intéresser aux autres, d'être sensible aux émotions humaines. Je l'étais peut-être. Quand je dis que Candace était terrifiée, je ne suggère absolument pas que son père abusait d'elle ou la frappait. Il n'avait qu'une arme, la plus meurtrière – sa langue. Je serais surpris qu'il l'ait jamais touchée, et il ne lui a certainement jamais manifesté d'affection. C'était un homme qui détestait les femmes. Candace l'avait déçu dès l'instant de sa naissance. N'allez pas croire pourtant qu'il était délibérément cruel. Je savais que c'était un remarquable universitaire. Je n'avais pas peur de lui. Je pouvais lui parler, ce que Candace n'a jamais réussi à faire. Il l'aurait respectée si elle lui avait tenu tête. Il avait horreur de la servilité. Et bien sûr, il aurait préféré qu'elle soit jolie. N'est-ce pas toujours le cas quand on a une fille ?

– Il est bien difficile de tenir tête à quelqu'un quand on en a eu toujours peur », remarqua Dalgliesh.

Comme s'il n'avait pas entendu le commentaire, Kershaw poursuivit : « Nos relations, je ne parle pas de liaison, ont commencé un jour où je suis passé à la librairie Blackwell d'Oxford. J'ai aperçu Candace qui était arrivée au trimestre d'automne. Elle avait apparemment envie de bavarder, ce qui n'était pas courant, et je l'ai invitée à prendre un café. En l'absence de son père, elle s'animait enfin. Elle a parlé, j'ai écouté. Nous avons décidé de nous revoir, et j'ai plus ou moins pris l'habitude de me rendre à Oxford pendant qu'elle y était et de l'inviter à déjeuner à l'extérieur de la ville. Nous étions de bons marcheurs, tous les deux, et j'attendais avec impatience ces retrouvailles automnales et nos excursions dans les Cotswolds. Nous avons eu une relation sexuelle, une seule, par un après-midi particulièrement chaud, nous étions allongés dans la forêt sous la voûte des arbres éclairés par le soleil, et je suppose que l'association entre la beauté et la solitude des bois, la chaleur, le sentiment de satiété après un bon déjeuner, ont mené au premier baiser et, ensuite, à l'inévitable séduction. Je crois que nous avons su immédiatement tous les deux que c'était une erreur. Et nous nous connaissions suffisamment bien, l'un comme l'autre, pour savoir comment cela s'était produit. Elle avait passé une mauvaise semaine à l'université et avait besoin de réconfort ; et il est gratifiant d'arriver à donner du réconfort, je ne veux pas seulement dire physiquement. Elle ne se sentait pas à la hauteur sexuellement, elle était si différente des autres étudiantes, et, consciemment ou non, cherchait une occasion de perdre sa virginité. J'étais plus âgé qu'elle, j'étais attentionné, j'avais beaucoup d'affection pour elle, j'étais disponible, en un mot le partenaire idéal pour une première expérience sexuelle qu'elle souhaitait et redoutait en même temps. Elle se sentait en sécurité avec moi.

« Et quand, alors qu'il était trop tard pour envisager un avortement, elle m'a informé de sa grossesse, nous avons su aussi bien l'un que l'autre qu'il ne faudrait jamais en parler à sa famille, et plus particulièrement à son père. Elle m'a confié qu'il la méprisait et ne l'en mépriserait que davantage, non pas à cause de cette relation sexuelle qui ne le préoccuperait sans doute guère, mais parce qu'elle avait choisi la mauvaise personne et avait été assez sotte pour se faire engrosser. Elle savait exactement les propos qu'il tiendrait ; j'en ai été dégoûté et horrifié. J'approchais de la quarantaine et j'étais toujours célibataire. Je n'avais aucune envie d'assumer la responsabilité d'un enfant. Je comprends aujourd'hui, alors qu'il est trop tard pour réparer quoi que ce soit, que nous avons traité ce bébé comme une sorte de tumeur maligne à éradiquer, dont il fallait se débarrasser rapidement pour pouvoir l'oublier. Si nous présentons les choses en termes de péché – vous êtes, ai-je entendu dire, fils de pasteur et je suppose que vous n'avez pas entièrement échappé à l'influence familiale –, nous pourrions dire alors que c'était notre péché. Elle a dissimulé sa grossesse le plus longtemps possible, puis elle est partie à l'étranger. Elle est revenue pour accoucher dans une clinique de Londres. Je n'ai pas eu de mal à organiser un placement dans une famille d'accueil qui a débouché sur une adoption. J'étais juriste ; je disposais des connaissances et de l'argent nécessaires. Et à l'époque, les contrôles étaient moins stricts qu'aujourd'hui.

« Candace a été d'un stoïcisme parfait. Si elle aimait son enfant, elle a réussi à le cacher. Nous ne nous sommes pas revus, elle et moi, après l'adoption. Sans doute notre relation n'était-elle pas assez solide pour que nous bâtissions autre chose, et toute rencontre risquait d'être source d'embarras, de honte, le rappel de désagréments, de mensonges, de carrières interrompues. Elle a ensuite terminé ses études à Oxford. Je pense qu'elle a choisi les lettres classiques en espérant gagner ainsi l'amour de son père. Tout ce que je sais, c'est qu'elle n'y est pas parvenue. Elle n'a pas revu Annabel – son nom lui-même avait été choisi par ses futurs parents adoptifs – jusqu'à ses dix-huit ans, mais elle a certainement maintenu une forme de contact, indirect sans doute, et sans jamais reconnaître que c'était son enfant. Elle a découvert dans quelle université Annabel avait été admise et y a obtenu un poste, même si ce choix ne correspondait pas à son statut de docteur en lettres classiques.

– Avez-vous revu Candace ? demanda Dalgliesh.

– Une seule fois. Le vendredi 7 décembre, elle est revenue du Canada où elle était allée rendre visite à la vieille infirmière de son père, Grace Holmes. Mrs Holmes est le seul témoin survivant du testament de Peregrine. Candace voulait lui remettre une somme d'argent, il me semble qu'elle a parlé de dix mille livres, pour la remercier de son aide. L'autre témoin, Elizabeth Barnes, avait été domestique chez les Westhall. Elle était à la retraite et avait touché une petite pension qui a pris fin, évidemment, à sa mort. Candace estimait que Grace Holmes méritait un dédommagement. Elle tenait aussi à obtenir le témoignage de l'infirmière sur la date du décès de son père. Elle m'a parlé de l'hypothèse grotesque de Robin Boyton qui les soupçonnait d'avoir caché la dépouille dans le congélateur jusqu'à l'expiration du délai de vingt-huit jours après la mort du grand-père. Voici la lettre que Grace Holmes a écrite et lui a donnée. Elle voulait que j'en garde une copie, peut-être pour se prémunir contre toute éventualité. Au besoin, je l'aurais transmise au responsable de l'étude. »

Soulevant l'exemplaire du testament, il prit une feuille de papier à lettres qu'il tendit à Dalgliesh. La lettre était datée du 5 décembre 2007. L'écriture était grosse, les lettres rondes et soigneusement formées.

Cher Monsieur,

Miss Candace Westhall m'a demandé de vous envoyer une lettre confirmant la date du décès de son père, le professeur Peregrine Westhall. Celle-ci s'est produite le 5 mars 2007. Son état s'était considérablement dégradé au cours des deux journées précédentes ; le docteur Stenhouse est venu le voir le 3 mars, mais n'a pas prescrit d'autres médicaments. Le professeur Westhall a dit qu'il souhaitait voir le prêtre local, le révérend Matheson, qui est venu immédiatement. C'est sa sœur qui l'a conduit. J'étais dans la maison à ce moment-là mais je ne me trouvais pas dans la chambre du malade. J'ai entendu le professeur crier, mais je n'ai pas entendu ce que Mr Matheson disait. Ils ne sont pas restés très longtemps, et quand ils sont partis, le révérend avait l'air bouleversé. Le professeur Westhall est mort deux jours plus tard, j'étais dans la maison avec son fils et Miss Westhall

quand il est décédé. C'est moi qui ai fait sa toilette
mortuaire.

J'ai également été témoin du testament qu'il a rédigé
de sa propre main pendant l'été de 2005, mais je ne me
souviens plus de la date exacte. Il s'agit du dernier tes-
tament dont j'aie été témoin. Le professeur Westhall
en avait fait d'autres au cours des semaines précé-
dentes, et Elizabeth Barnes et moi en avions été
témoins, mais je crois qu'il les a déchirés.

Tout ce que j'ai écrit est vrai.

Cordialement, Grace Holmes.

Dalgliesh demanda : « On lui demandait de
confirmer la date de la mort, alors pourquoi ce
paragraphe à propos du testament ?

– Boyton ayant émis des doutes à propos de la
date de décès de son oncle, elle a peut-être préféré
mentionner tout ce qui pouvait faire l'objet d'un
litige à propos de la mort de Peregrine.

– Mais personne n'a jamais contesté ce testament, si ? Et pourquoi Candace Westhall a-t-elle
jugé nécessaire de se rendre à Toronto et de rencontrer Grace personnellement ? Elle n'avait pas besoin
de faire un tel voyage pour mettre en place les dispositions financières, et l'information concernant la
date de la mort pouvait très bien être donnée par
téléphone. Pourquoi en avait-elle besoin d'ailleurs ?
Elle savait que le révérend Matheson avait vu son
père deux jours avant sa mort. Le témoignage du
pasteur et de sa sœur était bien suffisant.

– Voulez-vous insinuer que les dix mille livres
devaient servir à payer cette lettre ?

– Son dernier paragraphe, approuva Dalgliesh.
Candace Westhall a très bien pu vouloir s'assurer
que l'unique témoin vivant du testament de son

père tiendrait sa langue. Grace Holmes avait soigné Peregrine Westhall et savait ce qu'il avait fait subir à sa fille. À mon avis, elle ne pouvait qu'être heureuse d'apprendre qu'en définitive, justice avait été faite à Candace et Marcus. Évidemment, elle a accepté les dix mille livres. Que lui demandait-on en échange ? Simplement de confirmer qu'elle avait été témoin de la rédaction d'un testament, mais qu'elle n'était plus très sûre de la date. Personne sûrement ne pourra jamais la persuader de revenir sur ces propos ni de les compléter. Elle n'avait pas été le témoin du précédent testament. Elle ne pouvait rien savoir de l'injustice commise envers Robin Boyton. Rien ne l'empêchait d'être sûre de dire la vérité. »

Ils restèrent assis en silence pendant près d'une minute, puis Dalgliesh reprit : « Si je vous demandais si, au cours de cette dernière visite, Candace Westhall et vous avez évoqué la vérité au sujet du testament de son père, me répondrez-vous ?

– Non, et vous n'en serez pas surpris, je pense. C'est pourquoi vous ne me poserez pas cette question. Mais je peux vous dire une chose, commandant. Elle n'était pas femme à m'accabler de plus d'informations que nécessaire. Elle voulait me remettre la lettre de Grace Holmes, mais c'était le motif le moins important de cette visite. Elle m'a annoncé que notre fille était morte, et comment. Nous avions des affaires à régler. Il y avait des choses que nous devions nous dire, l'un et l'autre. J'aimerais à penser qu'après notre entrevue une grande partie de l'amertume des vingt-cinq dernières années l'avait quittée, mais ce serait un sophisme romantique. Nous nous étions fait trop de mal. Je pense qu'elle est morte plus heureuse parce qu'elle savait qu'elle pouvait me faire confiance. C'était tout ce qu'il y avait entre nous, tout ce qu'il y avait jamais eu, de la confiance, pas de l'amour. »

Dalgliesh avait une dernière question à lui poser : « Quand je vous ai téléphoné et que vous avez accepté de me recevoir, avez-vous prévenu Candace Westhall de ma visite ? »

Kershaw le regarda droit dans les yeux et dit rapidement : « Je lui ai téléphoné et je l'ai prévenue. Et maintenant, si vous voulez bien m'excuser, je voudrais me reposer. Je suis heureux que vous soyez venu, mais nous ne nous reverrons plus. Si vous aviez la bonté d'appuyer sur la sonnette qui se trouve près du lit, Charles vous raccompagnera à la sortie. »

Il lui tendit la main. L'étreinte était toujours ferme, mais l'éclat des yeux s'était terni. Quelque chose s'était refermé. Charles l'attendait à côté de la porte ouverte, et Dalgliesh se retourna une dernière fois vers Kershaw. Il était assis dans son fauteuil, silencieux, le regard fixé sur l'âtre vide.

Dalgliesh venait de boucler sa ceinture quand son portable sonna. C'était l'inspecteur principal Andy Howard. La note de triomphe de sa voix était contenue mais parfaitement perceptible.

« Nous l'avons, commandant. Un type du coin, comme nous le pensions. Il a déjà été interpellé quatre fois pour des affaires d'agressions sexuelles, et on n'avait jamais pu le coincer. Le ministère de la Justice sera très satisfait d'apprendre qu'il ne s'agit pas d'un immigré clandestin ni d'un détenu en liberté conditionnelle. Et bien sûr, nous avons son ADN. Conserver l'ADN d'un suspect même quand il n'y a pas eu mise en examen ne me plaît pas beaucoup, mais ce n'est pas la première fois que cela se révèle utile.

– Félicitations, inspecteur. Savez-vous s'il a l'intention de plaider coupable ? J'aimerais autant éviter à Annie l'épreuve d'un procès.

– Il y a de bonnes chances, commandant. L'ADN n'est pas la seule preuve que nous ayons, mais elle est irréfutable. Franchement, il n'a aucune chance de s'en tirer. »

Ce fut d'un cœur plus léger que Dalgliesh referma son portable. Il ne lui restait qu'à trouver un lieu tranquille pour passer un moment seul.

9

Il prit à l'ouest de Bournemouth puis, empruntant la route côtière, trouva un endroit pour ranger sa voiture et contempler la mer, en direction de Poole Harbour. Au cours de la semaine qui venait de s'écouler, son esprit et son énergie avaient été exclusivement mobilisés par la mort de Rhoda Gradwyn et celle de Robin Boyton. Maintenant, il devait réfléchir à son avenir. Il avait le choix entre plusieurs solutions, presque toutes exigeantes ou intéressantes, mais il ne leur avait guère consacré d'attention jusqu'à présent. Une seule chose était assurée, un événement qui allait transformer sa vie : son mariage avec Emma, et sur ce point, il n'y avait aucun doute, rien que la certitude de la joie.

Enfin, il savait la vérité sur ces deux morts. Peut-être Philip Kershaw avait-il eu raison : il y avait une certaine arrogance à vouloir toujours connaître la vérité, surtout lorsqu'il s'agissait des motifs humains, du mystérieux fonctionnement du cerveau d'autrui. Il était convaincu que Candace Westhall n'avait jamais eu l'intention d'assassiner Sharon. Elle avait dû encourager la petite dans ses fantasmes, peut-être lorsqu'elles étaient seules et que Sharon l'aidait à trier les livres. Mais ce que Candace avait voulu, ce qu'elle avait préparé, était le moyen le plus sûr de convaincre le monde qu'elle et elle seule avait tué Gradwyn et Boyton. En présence de ses aveux, le verdict du coroner était certain. L'affaire serait classée et sa mission à lui terminée. Il ne pouvait, et ne voulait, rien faire de plus.

Comme toutes ses enquêtes, celle-ci lui laisserait des souvenirs ; à leur insu, certains personnages s'installeraient pendant des années dans son esprit et ses pensées comme des présences silencieuses, et il suffirait d'un lieu, du visage d'un étranger, d'une voix pour leur redonner vie. Il ne souhaitait pas revivre régulièrement le passé, mais ces brèves visites le conduisaient à se demander avec curiosité pourquoi certains êtres se logeaient dans sa mémoire, et ce qu'ils étaient devenus. Il s'agissait rarement des principaux acteurs de ses enquêtes et il lui semblait déjà savoir qui, de la semaine qui venait de s'écouler, resterait à jamais présent pour lui. Le père Curtis et sa ribambelle d'enfants blonds, Stephen Collinsby et Lettie Frensham. Au cours des années précédentes, combien de vies avaient effleuré la sienne, souvent dans l'horreur et la tragédie, la terreur et l'angoisse ? Sans le savoir, elles lui avaient inspiré ses plus beaux poèmes. Quelle inspiration pouvait-il espérer trouver dans la bureaucratie ou dans les réussites d'une fonction officielle ?

Il était temps de regagner l'ancien cottage de la police, de prendre ses bagages et de repartir. Il avait pris congé de tous les habitants du manoir et était passé à Wisteria House remercier les Shepherd de leur hospitalité à l'égard de son équipe. Il n'y avait qu'une personne qu'il avait envie de voir à présent.

Arrivant au cottage, il ouvrit la porte. Le feu avait été rallumé, mais la pièce était plongée dans l'obscurité, à l'exception d'une unique lampe posée sur une table, près du fauteuil de la cheminée. Emma se leva et se dirigea vers lui, son visage et ses cheveux bruns ambrés par la lueur du feu.

« Tu as appris la nouvelle ? dit-elle. L'inspecteur Howard a procédé à une arrestation. Plus besoin d'imaginer ce type rôdant dehors, prêt à recommencer peut-être. Et puis Annie va un peu mieux.

– Andy Howard m'a appelé, oui. Ma chérie, c'est une excellente nouvelle, surtout à propos d'Annie. »

Elle se blottit dans ses bras : « Benton et Kate sont venus me chercher à Wareham avant de rentrer à Londres. Je me suis dit que tu serais heureux d'avoir de la compagnie pour le retour. »

LIVRE CINQ

Printemps
Dorset, Cambridge

1

Le premier jour officiel du printemps, George Chandler-Powell et Helena Cressett étaient assis au bureau, côte à côte. Cela faisait trois heures qu'ils étudiaient et analysaient ensemble des chiffres, des échéanciers et des plans d'architecte et, comme par un accord tacite, ils tendirent alors tous deux la main pour éteindre l'ordinateur.

Se reculant dans son fauteuil, Chandler-Powell dit : « C'est donc envisageable, financièrement. À condition, bien sûr, que je reste en forme et que j'augmente le nombre de mes patients privés à St Angela's. Les revenus du restaurant n'assureront même pas l'entretien du parc, dans un premier temps en tout cas. »

Helena repliait les plans. « Nous avons été très prudents dans l'évaluation des revenus de St Angela's. Sans augmenter le nombre d'opérations, vous avez déjà réalisé au cours des trois dernières années les deux tiers du montant de notre estimation. La transformation des écuries coûte plus cher que vous ne l'aviez prévu, j'en conviens, mais l'architecte a fait du bon boulot et nous ne devrions pas dépasser le bas de la fourchette. Vos valeurs asiatiques se portent bien, et votre portefeuille devrait vous permettre de couvrir les frais. Vous pourriez aussi obtenir un prêt bancaire.

– Faut-il obligatoirement signaler le restaurant à la grille ?

– Non, pas forcément. Mais il faut bien qu'il y ait quelque part un panneau avec les heures d'ouverture. George, essayez de ne pas être trop chatouilleux sur ce point. Je vous rappelle que vous gérez une entreprise commerciale.

– Ce projet a l'air d'emballer Dean et Kim Bostock, mais ils ne vont pas pouvoir tout faire, remarqua Chandler-Powell.

– Voilà pourquoi nous avons prévu d'engager des aides à temps partiel et un cuisinier supplémentaire quand le restaurant marchera bien. Et sans patientes – je vous rappelle qu'elles ont toujours été très exigeantes au manoir –, ils ne feront la cuisine que pour vous, quand vous serez là, pour le personnel résident et pour moi. Dean est fou de joie. C'est un projet ambitieux, un restaurant gastronomique de première classe, pas un salon de thé, qui attirera des clients de tous les coins du comté et au-delà. Dean est un excellent chef. Si vous voulez le garder, il faut lui donner la possibilité d'exprimer son talent. Avec la grossesse de Kimberley et la perspective de m'aider à concevoir un restaurant qui sera vraiment sa création, je ne l'ai jamais vu aussi heureux ni aussi stable. L'enfant ne posera pas de problème. Il faut un enfant au manoir. »

Chandler-Powell se leva et étira ses bras au-dessus de sa tête. « Allons jusqu'aux pierres, dit-il. Il fait trop beau pour rester assis toute la journée derrière un bureau. »

En silence, ils enfilèrent leurs vestes et sortirent par la porte ouest. Le bloc opératoire avait déjà été démoli et tout l'équipement médical évacué. Helena dit : « Il faut que vous réfléchissiez à ce que vous voulez faire de l'aile ouest.

– Nous allons laisser les chambres en l'état. S'il nous faut du personnel supplémentaire, elles seront utiles. Vous êtes contente que la clinique ne soit plus là, n'est-ce pas ? Vous ne l'avez jamais approuvée.

– Cela se voyait donc tant ? J'en suis navrée, mais je reconnais qu'elle ne m'a jamais plu. Elle n'avait rien à faire là.

– Dans un siècle, plus personne ne s'en souviendra.

– Cela m'étonnerait, elle fera partie de l'histoire du manoir. Et je ne pense pas qu'on oubliera un jour votre dernière patiente privée.

– Candace m'avait pourtant mis en garde, dit-il. Elle ne voulait pas qu'elle vienne. Si je l'avais opérée à Londres, elle ne serait pas morte et notre vie à tous aurait été bien différente.

– Différente, oui, mais pas forcément meilleure. Avez-vous cru aux aveux de Candace ?

– À la première partie, l'assassinat de Rhoda, oui.

– Assassinat ou homicide ?

– Je pense qu'elle a perdu son sang-froid, mais il n'y a eu ni menace ni provocation. Je suis presque sûr qu'un jury d'assises l'aurait condamnée pour assassinat.

– En admettant que l'affaire soit arrivée un jour devant les tribunaux, dit-elle. Le commandant Dalgliesh ne disposait même pas de suffisamment de preuves pour l'arrêter.

– À mon avis, il n'en était pas loin.

– C'était tout de même risqué. Sur quoi pouvait-il s'appuyer ? Il n'y avait aucun élément de preuve scientifique. N'importe lequel d'entre nous aurait pu être coupable. Sans l'agression contre Sharon et sans les aveux de Candace, l'affaire n'aurait jamais été résolue.

– L'a-t-elle été ? C'est une question qu'on peut se poser, non ?

– Vous croyez qu'elle aurait pu mentir pour protéger quelqu'un ? demanda Helena.

– Non, c'est ridicule. Et pour qui aurait-elle fait une chose pareille, sinon pour son frère ? Non, c'est bien elle qui a tué Rhoda Gradwyn et je pense qu'elle avait l'intention d'assassiner Robin Boyton aussi. Elle l'a avoué.

– Mais pourquoi ? Que savait-il ou qu'avait-il deviné qui le rendait si dangereux pour elle ? Et avant de s'en prendre à Sharon, était-elle vraiment en danger ? Si on l'avait accusée d'avoir assassiné Gradwyn et Boyton, n'importe quel avocat compétent aurait aisément convaincu un jury qu'il existait un doute raisonnable. C'est l'agression contre Sharon qui a prouvé sa culpabilité. Alors pourquoi a-t-elle fait cela ? Elle a prétendu que c'était parce que Sharon l'avait vue sortir du manoir ce fameux vendredi soir. Mais rien ne l'empêchait de nier. C'était sa parole contre celle de la petite. Quant à cette agression contre Sharon, elle est incompréhensible. Comment pouvait-elle espérer s'en sortir ?

– Ce que je pense, reprit George, c'est que Candace en avait assez. Elle voulait en finir.

– En finir avec quoi ? Avec ces soupçons et cette incertitude, avec le risque que quelqu'un croie son frère responsable ? Cherchait-elle à nous innocenter tous ? Cela paraît invraisemblable.

– En finir avec elle-même. Je crois qu'elle estimait que cela ne valait pas la peine de vivre dans un monde pareil.

– C'est quelque chose que nous éprouvons tous par moments, observa Helena.

– Par moments, oui, mais ça passe, ce n'est pas réel et nous le savons. Pour ma part, il faudrait que j'éprouve une douleur constante et insupportable, que je perde l'esprit, que je devienne dépendant, que je doive renoncer à mon travail, ou à cet endroit, pour que j'aie cette impression.

– Je crois qu'elle perdait la tête. Elle devait avoir conscience de s'enfoncer dans la folie. Elle est morte et ne m'inspire plus que pitié. »

La voix de Chandler-Powell s'éleva soudain, dure. « De la pitié ? Je n'ai aucune pitié pour elle. Elle a tué ma patiente. J'avais fait du bon boulot sur cette cicatrice. »

Elle le regarda, puis se détourna, mais il avait surpris dans ce coup d'œil fugace quelque chose qui ressemblait à un mélange de surprise et de compréhension amusée et qui le gêna.

« Votre dernière patiente privée ici, au manoir, dit-elle. Sa mort restera mystérieuse. Sa vie aussi d'ailleurs. Que savions-nous d'elle, les uns et les autres ? Que saviez-vous ? »

Il répondit doucement : « Une seule chose : qu'elle voulait se faire retirer une cicatrice parce qu'elle n'en avait plus besoin. »

Ils longèrent l'allée de tilleuls, côte à côte. Les bourgeons étaient ouverts et les arbres arboraient le premier vert éphémère du printemps. Chandler-Powell reprit la parole : « Ce projet de restaurant… tout dépend de vous, évidemment. Il faut que vous acceptiez de rester.

– Vous aurez besoin de quelqu'un pour assurer la gestion : l'administration, l'organisation générale, l'intendance, le secrétariat. Dans le fond, le travail ne sera pas tellement différent de ce qu'il a été toutes ces années. Je pourrais certainement rester en attendant que vous ayez trouvé quelqu'un de compétent. »

Ils marchèrent en silence. Puis, sans s'arrêter, il reprit : « J'avais en tête quelque chose de plus permanent, de plus astreignant aussi sans doute. Peut-être de moins attrayant, direz-vous, pour vous en tout cas. Mais pour moi, l'enjeu était trop important pour que je coure le risque d'une déception. Voilà pourquoi je n'en ai pas parlé plus tôt. Je vous demande de m'épouser. Je crois que nous pourrions être heureux ensemble.

– Vous n'avez pas parlé d'amour, c'est honnête de votre part.

– C'est sans doute que je n'ai jamais vraiment compris ce que cela veut dire. Je me croyais amoureux de Selina quand je l'ai épousée. C'était une forme de folie. J'éprouve beaucoup d'affection pour vous. Je vous respecte, et je vous admire. Cela fait six ans maintenant que nous travaillons ensemble. J'ai envie de faire l'amour avec vous, mais c'est un désir qu'éprouverait n'importe quel homme hétérosexuel. Je ne m'ennuie jamais, je ne suis jamais agacé en votre présence, nous partageons la même passion pour cette demeure et quand je reviens ici et que vous n'y êtes pas, j'éprouve un malaise inexplicable. Le sentiment que quelque chose manque, que quelque chose est absent.

– Dans la maison ?

– Non. En moi-même. » Le silence retomba un instant. « Peut-on appeler cela de l'amour ? demanda-t-il ensuite. Est-ce suffisant ? Pour moi oui. Mais pour vous ? Peut-être avez-vous besoin de temps pour y réfléchir. »

Elle se tourna vers lui. « C'est inutile. Oui, cela me suffit aussi. »

Il ne la toucha pas. Il se sentit soudain plein d'énergie, mais avait l'impression de se trouver en terrain délicat. Il fallait éviter toute maladresse. Elle le mépriserait s'il faisait ce qui semblait s'imposer, ce qu'il avait envie de faire, la prendre dans ses bras. Ils étaient l'un en face de l'autre. Alors il dit tout bas : « Merci. »

Ils étaient arrivés aux pierres. « Quand j'étais petite, dit-elle, nous avions l'habitude de faire le tour du cercle en donnant un petit coup de pied dans chaque pierre. C'était censé porter bonheur.

– Dans ce cas, peut-être devrions-nous le faire maintenant. »

Ils contournèrent le cercle ensemble. Il frappa doucement chaque pierre tour à tour.

Alors qu'ils regagnaient l'allée de tilleuls, il demanda : « Et Lettie ? Souhaitez-vous qu'elle reste ?

– Si elle veut bien. Franchement, j'aurais du mal à me passer d'elle, dans un premier temps en tout cas. Mais elle n'aura sûrement pas envie d'habiter le manoir quand nous serons mariés et ce ne serait pas très commode pour nous. Nous pourrions lui proposer de s'installer dans Stone Cottage, une fois qu'il aura été vidé et rénové. Il faudra bien sûr lui demander son avis sur les travaux d'aménagement. Et elle prendra certainement plaisir à entretenir le jardin.

– Nous pourrions lui offrir ce cottage, dit Chandler-Powell, officiellement, je veux dire, pour qu'elle en soit propriétaire. Avec sa réputation, nous aurions du mal à le vendre, de toute façon. Et cela lui apporterait une certaine sécurité pour ses vieux jours. Qui d'autre en voudrait ? Et d'ailleurs, en voudra-t-elle ? Une odeur de meurtre, de malheur, de mort s'y attache désormais.

– Il en faudrait plus pour impressionner Lettie, le rassura Helena. Telle que je la connais, elle sera contente d'occuper Stone Cottage, mais refusera que vous le lui offriez. Elle préférera l'acheter, j'en suis sûre.

– Aurait-elle de quoi ?

– Je pense que oui. Elle a toujours été économe. Et le prix ne serait certainement pas très élevé. Après tout, comme vous venez de le dire, Stone Cottage sera difficile à vendre après ce qui s'y est passé. En tout cas, rien ne m'empêche de tâter le terrain. Si elle s'installe dans le cottage, elle aura besoin d'une augmentation de salaire.

– Est-ce que cela ne risque pas d'être difficile ? »

Helena sourit. « Vous oubliez que j'ai de l'argent. Après tout, nous avons décidé que le restaurant serait mon investissement. Guy était peut-être coureur, mais il n'était pas mesquin. »

Le problème était donc réglé. Chandler-Powell songea que sa vie conjugale suivrait certainement ce modèle. Les difficultés seraient cernées, des solutions raisonnables proposées sans qu'il soit obligé d'intervenir activement.

Il lança d'un ton léger : « Comme il nous serait difficile de nous passer d'elle, dans un premier temps, du moins, tout cela me paraît parfaitement raisonnable.

– C'est moi qui ne peux pas me passer d'elle. Vous ne l'avez pas remarqué ? Elle est ma boussole morale. »

Ils continuèrent à marcher. Chandler-Powell comprit que tout un pan de sa vie serait désormais organisé à sa place. Cette idée ne lui inspirait aucune inquiétude, au contraire, elle le satisfaisait pleinement. Il devrait travailler dur pour entretenir l'appartement de Londres et le manoir, mais qu'avait-il fait d'autre toutes ces années ? Le travail était sa vie. Ce projet de restaurant le laissait un peu sceptique, mais il était temps de réhabiliter les écuries et les clients du restaurant ne mettraient pas les pieds au manoir. De plus, il était essentiel de garder Dean et Kimberley. Helena savait ce qu'elle faisait.

« Avez-vous eu des nouvelles de Sharon ? lui demanda-t-elle. Savez-vous où elle vit, et quel emploi on lui a trouvé ?

– Non, j'en ignore tout. Elle a surgi du néant et est retournée au néant. Dieu merci, je ne suis pas responsable d'elle.

– Et Marcus ?

– J'ai reçu une lettre de lui, hier. Il a l'air de se plaire en Afrique. C'est sans doute là qu'il est le mieux. Il n'avait aucune chance de se remettre du suicide de Candace s'il avait continué à travailler ici. Si elle cherchait à nous séparer, elle a certainement trouvé le meilleur moyen. »

Mais il parlait sans rancœur, presque avec désinvolture. Après l'enquête du coroner, ils avaient rarement évoqué le suicide de Candace, et toujours avec un certain malaise. Pourquoi, se demandat-elle, avait-il choisi ce moment, cette promenade à deux, pour revisiter ce passé douloureux ? Était-ce sa façon de tourner officiellement une page, de dire qu'il était temps désormais de mettre un terme aux bavardages et aux spéculations ?

« Et Flavia ? Est-elle sortie de votre esprit, comme Sharon ?

– Non, nous sommes restés en relation. Elle va se marier.

– Déjà ?

– Un homme dont elle a fait la connaissance sur internet. Un notaire, m'a-t-elle écrit, veuf depuis deux ans. Il a une petite fille de trois ans. La quarantaine, seul, cherchant une femme qui aime les enfants. Elle a l'air très heureuse. Au moins, elle a obtenu ce qu'elle voulait. Je trouve extrêmement sage de savoir ce qu'on veut dans la vie et de diriger toute son énergie vers ce but. »

Ils avaient quitté l'allée et repassèrent par la porte ouest. Lui jetant un regard, il surprit son sourire discret.

« C'est vrai, elle a fait preuve d'une grande sagesse. Moi-même, je n'ai jamais agi autrement. »

2

Helena avait annoncé la nouvelle à Lettie dans la bibliothèque. Elle ajouta : « Tu désapprouves, n'est-ce pas ?

– Je n'ai pas à désapprouver, je ne peux que m'inquiéter pour toi. Tu n'es pas amoureuse de lui.

– Pas pour le moment peut-être, pas encore tout à fait, mais ça viendra. Tous les mariages relèvent de ce processus, l'amour qui naît ou le désamour qui s'installe. Ne t'en fais pas, nous nous entendrons très bien au lit et ailleurs, et ce mariage durera.

– Et ainsi, l'étendard des Cressett flottera à nouveau sur le manoir et le jour venu, ton enfant choisira d'y vivre.

– Chère Lettie, comme tu me connais bien ! »

Lettie était seule à présent, elle réfléchissait à la proposition qu'Helena lui avait faite avant qu'elles ne se séparent, elle faisait les cent pas dans le jardin sans rien voir, et, comme si souvent, elle s'engagea lentement dans l'allée de tilleuls qui conduisait aux pierres. Alors qu'elle se retournait vers les fenêtres de l'aile ouest, elle repensa à la patiente dont l'assassinat avait transformé la vie de tous ceux qui, innocents ou coupables, l'avaient côtoyée. Mais n'était-ce pas la conséquence immuable de la vio-

591

lence ? Quelle qu'ait été la signification de cette cicatrice pour Rhoda Gradwyn – une expiation, son *noli me tangere* personnel, un défi, un souvenir –, elle avait, pour une raison que nul habitant du manoir ne connaissait et ne connaîtrait jamais, trouvé la volonté de s'en défaire et de changer le cours de sa vie. Elle avait été privée de cet espoir ; c'était la vie des autres qui ne serait plus jamais la même.

Rhoda Gradwyn était jeune, bien sûr, plus jeune qu'elle qui, à soixante ans, en paraissait davantage et le savait. Peut-être avait-elle encore devant elle vingt années d'activité relative. Le temps était-il venu de choisir la sécurité et le confort du manoir ? Elle essaya d'imaginer sa vie. Un cottage à elle, aménagé à son goût, un jardin qu'elle pourrait cultiver et aimer, un emploi utile qu'elle pourrait exercer sans aucune tension avec des êtres qu'elle respectait, ses livres et sa musique, la bibliothèque du manoir à sa disposition, la possibilité de respirer quotidiennement l'air d'un des plus charmants comtés d'Angleterre, le plaisir peut-être de voir grandir un enfant d'Helena. Et ensuite ? Vingt années de vie utile et relativement indépendante avant de devenir une charge, à ses propres yeux et peut-être à ceux d'Helena. Mais ce seraient des années si douces à vivre.

Elle savait que déjà, elle avait pris l'habitude de considérer le vaste monde qui s'étendait au-delà du manoir comme un univers essentiellement hostile et étranger : une Angleterre qu'elle ne reconnaissait plus, la terre elle-même transformée en une planète à l'agonie où des millions d'êtres se déplaçaient constamment comme une nuée noire de sauterelles humaines, envahissant, consommant, corrompant, détruisant l'atmosphère de lieux jadis reculés et superbes, désormais rancis par les exhalaisons humaines. Mais c'était toujours son monde, celui où elle était née. Elle faisait partie intégrante de sa corruption autant que de ses splendeurs et de ses joies. Qu'avait-elle vu de tout cela au cours de ces longues années passées derrière les murs néo-gothiques de la prestigieuse école de jeunes filles dans laquelle elle avait enseigné ? Avec combien de personnes avait-elle entretenu de vraies relations, à part les êtres de son espèce, de sa classe, ceux qui partageaient ses valeurs et ses préjugés personnels, qui parlaient le même langage qu'elle ?

Il n'était pas trop tard. Elle pouvait encore découvrir un monde différent, d'autres visages, des voix inconnues. Il restait des lieux rarement visités, des sentiers qui n'avaient pas été durcis par le martèlement de milliers de pieds, des villes légendaires qui respiraient la paix aux heures silencieuses qui précèdent l'aube et les essaims de touristes surgissant des hôtels. Elle voyagerait en bateau, en train, en car et à pied, laissant l'empreinte de carbone la plus ténue possible. Elle avait suffisamment d'économies pour s'en aller pendant trois ans et garder de quoi acheter un cottage reculé quelque part en Angleterre. De plus, elle était solide et compétente. Elle pourrait peut-être faire œuvre utile en Asie, en Afrique et en Amérique du Sud. Pendant des années, voyageant avec une collègue, elle avait dû se limiter aux vacances scolaires, la période la moins agréable, la plus agitée. Ce voyage en solitaire serait différent. Elle aurait pu parler de découverte de soi, mais ces mots lui semblaient plus prétentieux qu'exacts. À soixante ans, elle savait qui et ce qu'elle était. Elle ne cherchait pas la confirmation, elle cherchait le changement.

Arrivée au niveau des pierres, elle fit demi-tour et regagna le manoir d'un pas alerte.

Helena dit : « J'en suis désolée, mais tu es évidemment la mieux placée pour en juger, comme toujours. Cependant, si j'ai besoin de toi...

– Ce ne sera pas le cas, répliqua Lettie doucement.

– Nous n'avons l'habitude ni l'une ni l'autre de nous répandre en banalités, mais tu me manqueras. De toute façon, le manoir sera toujours là. Si tu en as assez de vagabonder, tu sais que tu pourras toujours revenir. »

Mais elles avaient beau les savoir sincères, ces paroles étaient de pure forme. Lettie vit le regard d'Helena posé sur les écuries, où la tache d'or du soleil matinal caressait la pierre. Elle prévoyait déjà les travaux ; elle imaginait les clients qui arrivaient, les menus qu'elle préparait avec Dean, l'éventualité d'une étoile au guide Michelin, deux peut-être, le restaurant rentabilisé et Dean installé à demeure au manoir, pour le plus grand plaisir de George ; elle se tenait là, rêvant avec bonheur, les yeux tournés vers l'avenir.

3

À Cambridge, la cérémonie nuptiale était achevée et les invités commençaient à se diriger vers le portail. Clara et Annie restèrent assises à écouter l'orgue. Après avoir joué du Bach et du Vivaldi, l'organiste s'était lancé dans une variation sur une fugue de Bach, dont il faisait profiter les fidèles. Avant la messe, un petit groupe arrivé en avance s'était rassemblé dans le soleil et avait fait connaissance. Une jeune femme en robe d'été aux cheveux châtains coupés court encadrant un visage séduisant et intelligent s'était avancée en souriant et avait dit qu'elle était Kate Miskin, membre de l'équipe de Mr Dalgliesh. Elle avait présenté le jeune homme qui l'accompagnait, un certain Piers Tarrant, ainsi qu'un Indien extrêmement séduisant, qui était inspecteur dans l'équipe d'Adam Dalgliesh. D'autres les avaient rejoints, l'éditeur d'Adam, des poètes et écrivains, quelques universitaires, des collègues d'Emma. Ce groupe chaleureux et plein de gaieté avait traîné un moment dehors, comme réticent à échanger la beauté des murs de pierre et de la grande pelouse éclairés par le soleil de mai contre l'austérité fraîche de la chapelle.

La cérémonie avait été brève, avec de la musique mais pas de sermon. Peut-être les mariés avaient-ils estimé que la liturgie traditionnelle contenait tout ce qu'il fallait, rendant inutiles les habituelles et banales recommandations. Le père d'Emma s'était assis au premier rang, rejetant clairement le symbolisme désuet de la transmission de possession à un tiers. Et c'était seule qu'Emma, dans sa robe de mariée crème, une guirlande de roses dans ses cheveux brillants noués en chignon, avait remonté lentement l'allée centrale. L'image de sa beauté calme et solitaire avait fait monter les larmes aux yeux d'Annie. Il y avait eu une autre entorse à la tradition : au lieu de regarder l'autel en tournant le dos à sa jeune épouse, Adam avait fait volte-face et lui avait tendu la main avec un large sourire.

Il ne restait plus que quelques invités qui écoutaient Bach. Clara dit doucement : « Il me semble qu'en tant que mariage, c'est un succès. On aurait pu croire que notre intellectuelle d'Emma s'élèverait au-dessus des conventions féminines courantes. Il est rassurant de découvrir qu'elle partage l'ambition apparente de toutes les épouses le jour de leurs noces : couper le souffle à l'assemblée.

– Tu ne penses pas que l'assemblée était le dernier de ses soucis ?

– Ça me fait penser à Jane Austen, poursuivit Clara. Tu te souviens des commentaires de Mrs Elton dans le dernier chapitre d'*Emma* ? "Très peu de satin blanc, très peu de voiles de dentelle ; quelle pitié !"

– Rappelle-toi aussi la fin du roman. *Mais malgré ces insuffisances, les souhaits, les espoirs, la confiance, les prédictions du petit groupe d'amis véritables qui assistèrent à la cérémonie trouvèrent pleine satisfaction dans le bonheur parfait de cette union.*

– Un bonheur parfait, c'est peut-être beaucoup demander, remarqua Clara. Mais ils seront heureux. Et au moins, contrairement à ce pauvre Mr Knightley, Adam ne sera pas obligé de vivre avec son beau-père. Ma chérie, tu as les mains froides. Allons rejoindre les autres au soleil. J'ai envie de boire et de manger quelque chose. Pourquoi les émotions vous ouvrent-elles l'appétit ? Connaissant la mariée et le marié, ainsi que la qualité de la cuisine de la fac, nous ne serons pas déçues. Pas de canapés ramollis ni de vin blanc tiède. »

Mais Annie n'était pas encore prête à faire face à de nouvelles présentations, à rencontrer d'autres gens, à écouter le babillage de félicitations et les rires d'une assemblée affranchie de la solennité d'un mariage religieux. Elle chuchota : « Restons jusqu'à la fin du morceau, tu veux bien ? »

Elle avait des images à affronter, des idées importunes qui s'étaient imposées à elle ici, en ce lieu austère et paisible. Elle se retrouva avec Clara au tribunal d'Old Bailey. Elle pensa au jeune homme qui l'avait agressée et à l'instant où elle avait tourné les yeux vers le banc des accusés pour le dévisager. Elle n'aurait su dire ce qu'elle s'attendait à y découvrir, mais certainement pas ce garçon ordinaire, visiblement mal à l'aise dans le costume qu'il avait enfilé pour faire bonne impression devant le tribunal, et qui se tenait là, debout, sans émotion apparente. Il avait plaidé coupable d'une voix plate et maussade et n'avait exprimé aucun remords. Il ne l'avait pas regardée. Ils étaient deux étrangers, liés à jamais par un instant, par un acte. Elle n'éprouvait rien, ni pitié, ni indulgence, rien. Il n'était pas possible de le comprendre ni de lui pardonner, et elle ne pensait pas en ces termes. Elle se dit pourtant que l'on pouvait du moins ne pas entretenir l'impossibilité de pardonner, ne pas trouver de consolation vengeresse dans la prévision de son incarcération. C'était à elle, pas à lui, de définir le mal qu'il lui avait fait. Il ne pourrait exercer sur elle de pouvoir durable sans complicité de sa part. Un verset de l'Évangile, souvenir d'enfance, résonna alors en elle avec une incontestable note de vérité : *Rien de ce qui de l'extérieur pénètre dans l'homme ne peut le rendre impur, puisque cela ne pénètre pas dans son cœur.*

Et elle avait Clara. Elle glissa la main dans celle de son amie et sentit le réconfort de la pression qui lui répondit. Elle pensa : *Le monde est un lieu magnifique et terrible. Des actes d'horreur s'y commettent à chaque instant et pour finir, ceux que nous aimons meurent. Si les cris de toutes les créatures vivantes de la terre se rassemblaient en un unique hurlement de douleur, il ébranlerait sûrement les étoiles. Mais nous avons l'amour. La défense peut paraître frêle face aux horreurs du monde, mais nous devons nous y cramponner et y croire, car c'est tout ce que nous avons.*

Table

Note de l'auteur... 9

Livre un
21 novembre-14 décembre :
Londres, Dorset 11

Livre deux
15 décembre : Londres, Dorset........................ 163

Livre trois
16-18 décembre : Londres, Dorset,
Midlands, Dorset 317

Livre quatre
19-21 décembre : Londres, Dorset.................. 479

Livre cinq
Printemps : Dorset, Cambridge....................... 579

P.D. James
dans Le Livre de Poche

À visage couvert   n° 4345

Chez les Maxie, on est assez tolérant pour admettre une domestique mère célibataire. Mais rien ne va plus lorsque celle-ci annonce ses fiançailles avec le « jeune maître ». Un meurtre est commis le soir même.

Les Enquêtes d'Adam Dalgliesh   (La Pochothèque)

À visage couvert / Une folie meurtrière / Sans les mains / Meurtres en blouse blanche / Meurtre dans un fauteuil

Les Fils de l'homme   n° 13831

Dans l'Angleterre de 2021, plus aucun bébé n'a vu le jour depuis un quart de siècle. La population âgée s'enfonce dans le désespoir ; les derniers jeunes font régner la terreur ; le reste de la population s'accroche à une normalité frelatée sous l'autorité du dictateur Xan Lyppiatt.

Il serait temps d'être sérieuse   n° 15317

P.D. James se penche sur les douze mois de sa vie qui vont de son 77e à son 78e anniversaire, du 3 août 1997 au 2 août 1998. Elle fait alterner des descriptions d'événements quotidiens avec des évocations de son enfance, de sa jeunesse, des réflexions sur la littérature, sur l'art du roman policier et sur la manière dont elle élabore ses propres romans. Une singulière et captivante autobiographie !

L'Île des morts   n° 6315

Un château victorien bâti sur une île, c'est là qu'un riche excentrique a convié quelques amis pour le week-end. Au programme des réjouissances, une pièce de théâtre montée par une troupe d'amateurs. Mais quelqu'un trouble la fête, se livrant à de macabres plaisanteries aux dépens des invités. La terreur s'installe…

Meurtre dans un fauteuil   n° 6457

Adam Dalgliesh a reçu une lettre d'un vieil ami l'invitant à lui rendre visite. Lorsqu'il arrive à l'institution pour handicapés dont son ami est l'aumônier, Dalgliesh apprend que le père Baddeley est mort et enterré. Il ne croit guère à une crise cardiaque et décide de s'attarder dans cette étrange demeure.

Meurtres en blouse blanche   n° 6928

Le décor : l'hôpital John Carpendar, et son école d'infirmières. La première victime : une des élèves. Les suspects : les infirmières et la directrice, la formidable Mary Tudor, ses trois « secondes », mais aussi le grand patron, le docteur Courtney-Briggs. L'enquêteur : le commissaire Dalgliesh, bien sûr.

Meurtres en soutane   n° 18238

Ronald Treeves, étudiant à St Anselm, un collège de théologie situé sur un promontoire isolé de la côte sud-est de
l'Angleterre, est découvert mort au pied d'une falaise,
enseveli sous une coulée de sable. Son père adoptif, Sir
Alfred Treeves, demande que soit réexaminé le verdict de
« mort accidentelle » énoncé à l'issue de l'enquête.

La Meurtrière   n° 6488

Philippa Palfrey, une jeune fille aux goûts raffinés, édu-
quée dans la meilleure tradition britannique par ses
parents adoptifs, vole au secours de sa mère, Mary Duc-
ton, qui vient de sortir de prison après avoir commis un
meurtre effroyable. Mais quelqu'un d'autre est au
rendez-vous.

Mort d'un expert   n° 7340

Un village des Fens, au sud-est de l'Angleterre. Des
marécages, de la pluie, la découverte d'un cadavre de
femme... puis celui du Pr Lorrimer, responsable du service de biologie d'un laboratoire de médecine légale. Un
écheveau de rancœurs et de passions que va devoir démê-
ler le commandant Dalgliesh.

Par action et par omission   n° 9542

En vacances sur la côte du Norfolk, l'inspecteur Dalgliesh n'a aucune envie de se préoccuper de l'Étrangleur
qui sévit dans la région. Mais voilà qu'au cours d'une
promenade, il découvre lui-même un cadavre portant la
« signature » de l'Étrangleur.

Péché originel   n° 14117

Au bord de la Tamise, se dresse la vénérable maison d'édition Peverell Press, une entreprise familiale austère, qu'un
jeune manager français ambitieux s'est juré de faire entrer
dans l'ère du marketing et de la communication modernes.
Est-ce cela qui lui a valu d'être assassiné ?

Le Phare   n° 35053

Au large de la Cornouailles, Combe Island abrite une
fondation qui permet à des personnalités de venir s'iso-
ler. Outre les résidents permanents, l'écrivain Nathan
Oliver y séjourne régulièrement, avec sa fille et son secrétaire. Jusqu'au jour où l'un des habitants de l'île meurt
dans des conditions suspectes.

La Proie pour l'ombre   n° 6287

Lorsque Sir Ronald Callender engage Cordelia Gray
pour enquêter sur le suicide de son fils Mark, la détective
débarque à Cambridge et y découvre une société où
règnent la haine de classe, la médiocrité et le sadisme.
Est-ce le mal de vivre qui a poussé Mark Callender à se
tuer ? Ou bien a-t-on maquillé son meurtre en suicide ?

Romans   (La Pochothèque)

La Proie pour l'ombre | La Meurtrière | L'Île des morts

La Salle des meurtres   n° 35021

Administré par les enfants de son fondateur, le musée
Dupayne rencontre des difficultés financières. Sans

l'accord de Neville, l'un des fils, pour reconduire le bail, le musée fermera. Quand on retrouve son corps carbonisé, les soupçons du commandant Dalgliesh se portent sur les responsables et le personnel de l'institution.

Sans les mains   n° 6699

Le corps d'un homme entre deux âges, aux mains coupées, est retrouvé au fond d'un canot à voiles. Pourquoi a-t-on assassiné Maurice Seton, un célèbre auteur de romans policiers ?

Un certain goût pour la mort   n° 6585

Sir Paul Berowne a été égorgé dans une église de Paddington, au côté d'un clochard, lui aussi saigné à blanc. Une vendetta familiale, une jeune fille noyée dans la Tamise, une révélation mystique – autant d'indices qui semblent ne mener nulle part.

Une certaine justice   n° 14862

Qui a poignardé Venetia Alridge, avant de la coiffer d'une perruque de juge souillée de sang ? Les suspects ne manquent pas, et le commandant Dalgliesh les considère tour à tour.

Une folie meurtrière   n° 6835

Miss Bolam, la directrice d'un centre de psychothérapie des beaux quartiers de Londres, a été assassinée dans la salle des archives médicales. On l'a retrouvée au milieu des dossiers, un burin en plein cœur et, sur la poitrine, une monstrueuse sculpture fétiche…

Du même auteur :

LA PROIE POUR L'OMBRE, Mazarine, 1984, Fayard, 1989.

LA MEURTRIÈRE, Mazarine, 1984, Fayard, 1991.

L'ÎLE DES MORTS, Mazarine, 1985, Fayard, 1989.

SANS LES MAINS, Mazarine, 1987, Fayard, 1989.

MEURTRE DANS UN FAUTEUIL, Mazarine, 1987, Fayard, 1990.

UN CERTAIN GOÛT POUR LA MORT, Mazarine, 1987, Fayard, 1990.

UNE FOLIE MEURTRIÈRE, Fayard, 1988.

MEURTRES EN BLOUSE BLANCHE, Fayard, 1988.

À VISAGE COUVERT, Fayard, 1989.

MORT D'UN EXPERT, Fayard, 1989.

PAR ACTION ET PAR OMISSION, Fayard, 1990.

LES FILS DE L'HOMME, Fayard, 1993.

LES MEURTRES DE LA TAMISE, Fayard, 1994.

PÉCHÉ ORIGINEL, Fayard, 1995.

UNE CERTAINE JUSTICE, Fayard, 1998.

IL SERAIT TEMPS D'ÊTRE SÉRIEUSE…, Fayard, 2000.

MEURTRES EN SOUTANE, Fayard, 2001.

LA SALLE DES MEURTRES, Fayard, 2004.

LE PHARE, Fayard, 2006.

Composition réalisée par NORD COMPO

Achevé d'imprimer en mai 2011 en Allemagne par
GGP Media GmbH
Pößneck
Dépôt légal 1re publication : mars 2011
Édition 2 : mai 2011
LIBRAIRIE GÉNÉRALE FRANÇAISE – 31, rue de Fleurus – 75278 Paris Cedex 06

31/3374/1